아일랜드

아일랜드 1

초판 1쇄 찍은 날 § 2010년 3월 22일
초판 1쇄 펴낸 날 § 2010년 3월 29일

지은이 § 김도경
펴낸이 § 서경석

편집장 § 문혜영
편집책임 § 유경화
편집 § 조수희

펴낸곳 § 도서출판 청어람
등록번호 § 제1081-1-89호
등록일자 § 1999. 5. 31
어람번호 § 제5-0253호

주소 § 경기도 부천시 원미구 심곡 2동 163-2 서경B/D 3F (우) 420-822
전화 § 032-656-4452 팩스 § 032-656-4453
http://www.chungeoram.com
E-mail § chungeoram@chungeoram.com

ⓒ 김도경, 2010

ISBN 978-89-251-2130-7 04810
ISBN 978-89-251-2129-1 (SET)

Chungeoram romance novel

아일랜드

김도경 지음

도서출판
청어람

❖ 차례 ❖

✢ " " : 영어

✢ [ ] : 한국어

✢ 〈 〉 : 불어

내 이름은 콜튼 와이즈먼이다.

나는 타이티의 무수히 많은 섬 중에 한곳에서 태어났다. 섬의 공식적인 이름은 없다. 그저 무인도다. 다만 어머니는 이 섬을 피치라고 부르셨다. 섬의 모양이 복숭아와 닮았기 때문이다.

아버지는 영국인이셨고 어머니는 프랑스인이셨다. 두 분은 모두 각자의 나라에서 태어나고 자라셨다. 두 분은 대학 재학 중에 만나셨다고 한다. 처음 만난 순간 첫눈에 반하셨다고 한다. 한눈에 서로가 운명의 상대라는 것을 알아본 연인. 어머니가 아버지보다 네 살이 많으셨다.

두 분은 이상향도 같으셨단다. 성공하기 위해 서로를 속고 속이는 세상, 진실보다 명분이 더 중요한 세상. 그런 세상에 두 분 모두 염증을 갖고 계셨단다. 속임수와 계략이 판치는 이율배반적인 세상에서 벗어나 순수한 자연으로의 회귀를 꿈꾸던 두 분은 금세 의기투합을 하셨다고 한다. 만난 지 한 달 만에 결혼을 하시고 신혼여행을 떠나셨단다.

꿈꾸던 이상향의 낙원을 찾아서.

신혼여행은 두 분이 함께한 처음이자 마지막 여행이었다. 두 분은 배에 오르자마자 곧장 타이티로 직행하셨다. 짙푸른 바다와 투명한 하늘만이 존재하는 그곳으로. 수개월 동안 서로만을 의지한 채 온 바다를 헤매고 다니셨다고 한다. 오롯이 두 분만이 함께할 수 있는 지상 낙원을 찾아가기 위해서라면 그 무엇도 두렵지 않았다고 한다.

부족한 식수와 식량, 때때로 거칠게 몰아치는 바다 때문에 생사의 고비도 무수히 많이 겪으셨다고 한다. 하지만 결코 포기하지 않으셨단다. 항상 두 분은 그 힘들었던 순간마저도 행복했다고 말씀하시고는 했다.

그렇게 행복하고도 힘들었던 고비를 견뎌내고 항해를 시작하신 지 다섯 달 만에 이곳을 발견하셨다고 한다. 서로에게 첫눈에 반하셨던 것처럼 두 분은 이 섬 또한 그토록 찾으시던 이상향, 낙원임을 첫눈에 알아보셨다고 한다.

두 분이 이곳에 정착하신 것은 당연한 일이었을 것이다. 도착하신 첫날, 어머니는 이 섬의 이름을 '피치'라고 지으셨단다. 그렇게 두 분은 아무도 살지 않는 이 섬에 이름을 지어주고 주인이 되셨다.

두 분이 섬의 주인이 되신 후 제일 처음으로 하신 일은 바나나 잎을 엮어 집을 만드는 일이었단다. 소라 껍데기나 나무 잎사귀, 나뭇가지, 조약돌 등을 주워 가재도구를 만들고 거추장스러운 옷을 모두 벗어 던져 버리셨단다. 밖의 세상처럼 남의 이목 때문에 옷을 지어 입을 필요가 없었던 두 분은 항상 최소한의 의복만을 갖추셨다.

아버지는 돌을 이용해 불을 지피는 방법과 고기 잡는 방법을 스스로 터득해 가셨다고 한다. 시간이 지나면서 자연스럽게 나무를 타고 높이 올라가 야자나 파파야를 따는 방법을 몸에 익히고 뱀이나 고약한 피충류에 대처하는 방법도 익히셨단다.

어머니는 천연의 재료로 음식을 맛있게 만드는 방법을 하나씩 터득해 가시고 최소한의 의복을 짓는 방법을 알아나가셨단다. 섬에 살고 있는 무수히 많은 작은 동물들과 교류하는 방법을 깨우쳐 가며 새나 작은 원숭이들과 금방 친구가 되셨다고 한다.

그렇게 부모님은 고향을 떠나 당신들만의 새로운 세상을, 낙원을 찾으셨다.

그리고 내가 태어났다.

나는 어렸을 때부터 아버지로부터 피치 섬의 주인으로서 살아가는 방법을 배우고 터득했다. 헤엄치는 방법을 배우고 물고기를 잡는 방법을 배웠다. 나무를 타는 방법과 불을 지피는 방법, 그리고 집을 만들고 집기를 만드는 방법을 배웠다.

어머니로부터는 영어와 프랑스어를 배웠다. 넌덜머리가 나서 스스로 떠나온 곳이었지만 어머니는 내가 당신들이 나고 자란 고향의 언어를 자유자재로 구사할 수 있기를 바라셨다. 영국과 프랑스의 오래된 역사도 배웠다. 때문에 어렸을 때 가끔 나는 내 뿌리가 이곳인지, 아님 바다 건너 한 번도 가본 적 없는 영국과 프랑스인지 헷갈려 하곤 했었다.

그 외에도 어머니한테는 음식 하는 법도 배웠다. 동물들과 교류하는 법도 배우고 최소한의 옷을 만드는 방법도 배웠다. 또한 어머니는 무척 아름다운 분이셨다. 특히 허리까지 내려오는 눈부신 금발 머리와 커다랗고 투명한 녹색 눈동자는 그 무엇과도 비교할 수 없을 정도로 아름다웠다.

어머니가 햇빛에 빛이 바랜 금발 머리를 늘어뜨리고 바다 한가운데에 서 계실 때면 나는 어머니의 그 아름다운 모습에서 눈을 뗄 수 없었다. 어머니는 마치 한없이 푸르고 투명한 하늘과 바다만이 공존하는 세상을 지배하는 여신 같았다.

아버지 역시 그런 아름다운 어머니를 항상 넋을 잃고 바라보시고는 했다. 피치 섬의 유일한 남자인 아버지와 나는 어깨를 나란히 하고 서서 피치 섬의 여신인 어머니를 황홀하게 바라보곤 했다. 어머니는 아버지와 내가 목숨을 걸고 지켜야만 될 유일한 존재이자 신앙과 같은 존재셨다.

때문에 나는 아버지의 죽음을 이해한다.

아버지는 폭풍우에 쓰러진 나무에 깔린 어머니를 구해내시고 대신 돌아가셨다. 당신 몸을 바쳐 어머니를 커다란 나무 밑에서 빼내시는 데 성공했지만 정작 당신은 끝내 빠져나오시지 못하셨다.

당시 나는 13살이었다. 나는 있는 힘을 다해 나무를 들어 올려 아버지를 구하려고 했지만 13살 어린아이의 힘으로는 아버지가 어머니를 구해내신 것처럼 거대한 나무를 들어 올릴 수 없었다. 아버지는 집채만 한 나무에 깔리신 채 이틀을 버티시다 결국 숨을 거두셨다. 어머니와 나는 아버지가 숨을 거두시는 순간까지 그 곁을 지켰다.

싸늘하게 식어가는 아버지의 주검을 바라보며 나는 마음속으로 수없이 아버지와의 약속을 되뇌었다.

무슨 일이 있어도 절대 울지 않겠다는 약속. 숨이 다할 때까지 목숨을 걸고 어머니를 지켜 드리겠다고, 아버지보다 강하고 멋진 남자가 되겠다는 약속.

그 후 10년 동안 나는 아버지와의 약속을 지키기 위해 최선을 다했다. 단 한 번도 아버지와의 약속을 어긴 적이 없었다. 그러나 10년이 지난 지금, 나는 아버지와의 약속을 저버린 못난 아들이 되고 말았다.

목숨을 걸고 어머니를 지켜 드리겠다는 약속을 지키지 못한 것이다.

어머니는…… 사흘 내리 내리던 폭우에 지독한 감기에 걸리신 뒤 고열에 시달리시다 결국 이틀 전에 돌아가시고 말았다. 나는 어머니가 눈을 감으시는 순간까지 불덩이처럼 뜨거워진 어머니의 체온을 내리기 위해 갖은 방법을 다 써보았다. 그러나 어떠한 방법으로도 뜨거워진 어머니의 체온을 떨어트리지 못했다.

나는 생명의 빛이 사라져 가는 어머니의 뜨거운 몸뚱이를 끌어안고 처절하게 목 놓아 울었다. 아버지에 이어 어머니까지 속절없이 떠나보내고 마는 못난 내 자신이 한심하고 증오스러워 가슴을 쥐어뜯으며 울부짖었다.

어머니는 고통에 신음하시면서도 그런 못난 아들의 몸에 혹여 상처라도 날세라, 내 손을 붙잡고 놓지 않으셨다. 슬픔과 고통에 허우적거리는 못난 아들의 눈물을 닦아주시고 되려 못난 아들을 위로하셨다.

슬퍼하지 말라고. 아버지의 곁으로 가는 길이니 슬퍼할 일이 아니라고.

그러면서 어머니는 오히려 내게 미안하다며 용서를 구하셨다. 세상을 등졌던 당신들의 선택이 잘못이었다는 것을 너무 늦게 깨달아 미안하다고. 부모라는 이유만으로 자식에게 수많은 기회와 가능성을 박탈한 채 하나의 삶만을 강요해서는 안 되는 것이었다며 후회의 눈물을 흘리셨다.

어머니는 가쁜 숨을 헐떡이며 말씀하셨다. 당신이 숨을 거두면 동쪽 바다 백사장의 가장 끄트머리에 있는 바위 중 십자 모양이 새겨져 있는 바위 밑을 파보라고. 거기에는 두 분이 피치섬에 도착하던 날 파묻었던 노트들이 묻혀 있다고 하셨다. 그 노트에는 두 분이 떠나온 세상으로 돌아가는 방법과 그곳에서 내가 찾아야 할 두 분의 가족들에 대한 것이 소상히 쓰여 있다고 하셨다.

어머니는 그 노트들을 찾아 돌아가라고 하셨다. 당신들이 떠나온 그곳을 찾아가라고 애원하셨다. 고통스러운 마지막 순간까지 어머니는 홀로 남을 나에 대한 걱정으로 쉬이 눈을 감지 못하셨다. 그 고통스러운 모습을 더 이상 차마 볼 수 없어서 나는 마지못해 그러겠노라 대답했다.

마지못한 나의 대답에 어머니는 안도의 숨을 내쉬셨다. 그리고 이내 숨을 멈추셨다.

나는 어머니를 아버지 곁에 고이 묻어드렸다. 썩어가는 커다란 고목 아래가 부모님의 무덤이다. 그곳에서 아버지는 숨을 거두셨고, 어머니는 묻히셨다.

그리고 나는 어머니가 말씀하신 십자 모양이 새겨진 바위를 찾기 위해 동쪽 바닷가로 향했다. 어머니가 말씀하신 노트들은 바위 아래 땅속 깊숙이 묻혀 있었다.

그 노트들에는 한 번도 들어본 적 없는 아버지와 어머니의 가족들의 낯선 이름과 어딘지도 알 수 없는 주소들이 빼곡하게 적혀 있었다. 그 외에도 배를 만드는 방법과 부모님이 피치 섬을 찾았을 때까지 걸린 다섯 달간의 항해일지, 그리고 그 바닷길을 되짚어 부모님이 떠나온 세상으로 돌아갈 수 있는 항해법이 자세하게 적혀 있었다.

나는 노트들을 한 장, 한 장 빠짐없이 읽어본 후 다시 그 자리에 노트들을 파묻었다.

나는 어머니에게 거짓말을 했다. 나는 어머니의 마지막 말씀을 따를 수 없다. 그것은 지키지 못할 거짓 약속이었다. 아버지와의 마지막 약속을 지키지 못한 것처럼.

나는…… 한심하고 어리석은 못난 아들일 뿐 아니라 나쁜 아들이다.

거짓말쟁이다.

그래도 어쩔 수 없다. 나는 어머니의 말씀을 이해할 수 없다. 수긍도 가지 않는다. 아니, 사실은 이해하기 싫다. 모른 척하고 싶다. 나는 영원히 나쁜 아들로 남는 길을 선택했다.

나는 내가 돌아갈 곳이 어디인지 모른다. 내가 태어나고 자라온 곳은 이곳, 피치 섬이다. 또한 이곳은 아버지와 어머니가 영원히 살아 숨 쉬는 유일한 곳이기도 하다.

그런데 이제 와 이곳을 떠나 어디로 간단 말인가.

앞으로 내가 살아가야 할 곳은 이곳뿐이다.

아무리 외로워도, 아무리 힘들어도.

어딘가로 돌아가야 한다면 그곳은 바로 이곳이다.

나는 매일 밤 부모님의 무덤을 찾는다. 다행히 그곳은 바닷가에서 떨어진 곳이라 해일에 안전하다. 한낮에는 울창한 나뭇잎이 뜨거운 태양열을 가려주고 밤에는 수많은 새들이 어머니를 위해 노래를 부른다. 나는 아버지의 숨을 거둬간 나뭇등걸에 앉아 어둠에 묻힌 하늘을 바라보며 밤을 지새운다. 약속을 지키지 못한 못난 아들은 그렇게 용서를 구한다.

나는 피치 섬에서 사랑하는 부모님과 함께 13년을 살았다. 그리고 셋이었던 가족이 둘이 되어 10년을 보냈다. 이제 남은 것은 나 하나다. 혼자가 된 나는 이곳에서 또다시 10년을 보낼 것이다.

그리고 그다음 10년은?

글쎄, 그다음은…… 나도 알지 못한다. 사실, 그다지 생각하고 싶지도 않다. 영원처럼 반복될 외로운 일상을 굳이 떠올려 벌써부터 외로움에 몸부림치고 싶지 않다.

나는 콜튼 와이즈먼이다.

나는 피치 섬의 주인이다.

나는 이곳에서 태어났고 이곳에서 자라났다.

나는 이곳에서 살아가는 방법밖에 알지 못한다.

때문에 내가 살아가야 할 곳은 이곳뿐이다.

내 영혼이 돌아가야 할 곳 역시 바로 이곳뿐이다.

이곳은…….

나의 고향이자 낙원이며 나의 유일한 세상이다.

나만의 아일랜드…… 나만의 피치 섬.

아 일 랜 드

이상야릇한 냄새가 바람을 타고 섬 곳곳을 훑고 다닌다. 무슨 냄새지? 예민한 감각을 자극하는 생소한 냄새에 나는 눈을 번쩍 떴다가 얼른 도로 눈을 감는다. 커다란 잎새의 작은 틈을 비집고 쏟아지는 눈부신 햇살 때문이다. 아무래도 천장을 다시 손봐야 될 것 같다. 손등으로 따갑게 쏘아대는 햇살을 가리고 나는 서둘러 침상에서 일어났다. 아침부터 태양이 뜨겁다. 오늘 하루도 푹푹 찔 모양이다.

어딘가에서 리사가 깍깍거리며 달려온다. 누런 이를 드러내고 달려드는 것을 보니 녀석, 어지간히 일찍 일어나 혼자 심심했나 보다. 검은 털을 휘날리며 달려오는 자그마한 녀석을 보니 불현듯 짓궂은 장난기가 발동한다. 녀석을 집어 던지고 바닥을 뒹굴 생각에 손이 근질거린다.

그러나 아쉽지만 녀석과의 장난은 잠시 후로 미뤄야겠다. 공기에 떠도는 이상야릇한 냄새가 자꾸 신경을 건드린다. 일단 이 냄새가 어디서 나는 건지 먼저 알아내는 것이 급하다. 나는 밤새 빼놓았던 단도를 왼쪽 팔뚝에 꽂아 넣고 서둘러 몸을 돌렸다. 그런데 이 녀석 좀 보게. 잠시 방심한 사이에 어느새 코앞까지 다가와 와락 달려든다.

"어이쿠! 뭐야, 리사! 깜짝 놀…… 음?"

리사한테도 이상한 냄새가 난다. 나는 얼굴을 간질이는 시꺼먼 털을 떼버리다 말고 녀석의 정수리에 코를 파묻는다.

킁킁.

장난이 치고 싶어 얼굴을 비벼대며 수선을 피워대는 녀석을 단단히 틀어잡고 나는 연신 코를 킁킁댔다. 새로운 장난인 줄 아는지 녀석, 깍깍거리고 난리도 아니다.

역시 냄새가 다르다. 분명 잠결에 맡았던 그 냄새다.

드라곤의 냄새는 아니었지만 혹시 또 모를 일이라 나는 떨어지지 않으려는 리사를 억지로 떼어놓고 녀석을 이리저리 굴려가며 자세히 살핀다.

드라곤은 주변을 배회하면서 호시탐탐 리사를 노리는 커다란 뱀으로서 평화로운 피치 섬을 위협하는 유일한 존재다. 피치 섬의 주인인 나의 권위에 도전하는 유일한 녀석이기도 하다. 드라곤은 교활하고 음흉하다. 한동안 잠잠했으니 또 무슨 짓을 저질렀을지 모른다. 드라곤에게 리사처럼 촐싹맞고 덩치 작은 원숭이는 먹음직스러운 먹잇감이다.

다행히 리사의 몸에는 드라곤의 징후가 보이지 않는다. 드라곤의 둘레는 내가 두 손으로도 껴안을 수 없는 커다란 나무의 둘레와 맞먹는다. 길이도 하늘 높이 치솟은 오래된 나무보다 더 길다. 그런 녀석에게 살짝이라도 감기면 원숭이 털은 납작하게 눌리고 만다.

그런데 리사의 털에는 어느 한군데 눌린 자국이 없다. 드라곤과 맞부딪칠 때마다 겁을 집어먹고 입에 물던 거품 자국도 보이지 않는다. 하긴 이 냄새는 녀석의 냄새가 아니다. 녀석의 냄새는 훨씬 고약하다. 이렇게 묘하지 않다.

이건 뭘까.

그래! 짭짤한 바다 냄새와 뒤섞인 비릿한 피 냄새다. 그리고 만개한 꽃 냄새도 연하게 뒤섞여 있다. 음, 바다와 피와 꽃이라? 도대체 이게 무슨 냄새지? 아무리 머리를 쥐어짜 봐도 도통 무슨 냄새인지 감이 잡히지 않는다. 어쨌든, 묘하게 비릿하면서도 달콤한 낯선 냄새인 것만은 분명하다.

겁도 없이 계속 장난을 치자고 덤비는 리사를 무시하고 나는 서둘러 주변을 둘러봤다. 달라진 것은 없다. 집 안은 어제와 그제, 아니, 세기도 귀찮을 정도로 오랜 시간 동안 변함없이 유지되어 온 그 모습 그대로다. 나는 새삼 넌덜머리를 내며 눈을 감고 가만히 숨을 들이켠다. 나른하게 늘어져 있던 예민한 감각을 일제히 곤두세운다.

확실히 공기의 냄새가 다르다.

바다 냄새에 뒤섞인 묘한 냄새가 좀 더 날카롭게 후각을 자극한다. 드라곤만 아니라면 한결같이 평화롭기만 한 피치 섬에 무언가 변화가 생긴 것이 분명하다. 새로운 그 무언가가. 권태감에 빠져 느릿느릿 뛰던 심장이 '새로운'이라는 단어를 인식하자마자 흥분해서 빠르게 뛰기 시작한다.

빠르게 뛰는 심장박동이 영 낯설다. 하지만 기분은 가히 나쁘지 않다. 나는 쿵쾅거리는 심장 부근을 지그시 누르며 서둘러 집 밖으로 나갔다. 밖으로 나오자 묘한 냄새가 더욱 진하게 맡아진다. 바람이 묘한 냄새를 싣고 섬 곳곳을 신나게 돌아다니고 있는 탓이다. 바람은 동쪽 바닷가 쪽에서 불어오고 있었다. 그렇다면 묘한 냄새를 풍기는 무언가가 동쪽 바닷가에 있다는 말이었다.

나는 낯선 냄새의 정체를 찾아 꺅꺅거리며 부리나케 쫓아오는 리사를 꽁무니에 달고 동쪽 바닷가를 향해 몸을 날렸다. 울창한 이파리를 뚫고 숲으로 쏟아지는 햇살이 오늘따라 유난히 따갑게 느껴진다. 피부도 유난히 따끔거리는 것 같고 아랫배도 조금 딱딱하게 뭉친 것 같다. 아무래도 평소보다 유난히 빨리 뛰는 심장 탓인 듯싶다.

'뭐냐, 콜튼 와이즈먼. 고작 낯선 냄새 하나에 이렇게까지 흥

분하다니. 그동안 그렇게 무료했었냐? 한심한 놈.'

절로 비소가 흘러나온다. 안 되겠다. 이렇게 흥분해서는 묘한 냄새를 풍기는 낯선 존재와 맞부닥치기도 전에 제풀에 지쳐 버리고 말겠다. 나는 일부러 천천히 달리는 속도를 늦추고 숲으로 시선을 돌렸다.

그제야 밤새 맞은 이슬을 그새 태양열에 빼앗기고 바삭하게 말라가는 이파리들이 눈에 들어온다. 달리기를 온전히 멈추고 나무껍질과 잎사귀에 손을 가져간다. 다행히 약간의 수분기가 느껴진다. 이 정도의 수분이라면 당분간은 버틸 수 있을 것 같다. 하지만 5일 전부터 계속된 가문 날씨가 이대로 30일 이상 계속된다면 나무들은 하나씩 죽어갈 것이다. 이제 갓 뿌리 내린 어린 나무들부터……

나는 원망 가득한 시선으로 짙푸른 이파리 사이로 보이는 새파란 하늘을 올려다보았다. 5일 전부터 기상 변화가 심상치 않았다. 비는 고사하고 하루에 대여섯 번씩 앵무새 분비물처럼 찔끔거리던 스콜마저 내리지 않고 있었다. 그래 놓고 하늘은 비를 뿌릴 듯 말 듯 변죽만 울리고 있었다.

어젯밤에는 특히 그랬다. 마른하늘에 날벼락만 치고 비가 내리지 않았다. 지축을 뒤흔드는 천둥 번개에 잔뜩 기대했다가 결국 실망만 하고 말았다. 하지만 실망은 길지 않았다. 비록 어젯밤에는 끝내 비가 내리지 않았지만 천둥 번개가 쳤다는 것은 꽤 많은 양의 비가 내릴 조짐이었으니까.

시선을 돌려 하늘을 찌를 듯 높이 자란 야자수들을 바라보았다. 녀석들은 마치 어린 나무들을 보호하듯 울창한 이파리를 최대한 넓게 펼치고 있었다. 뜨거운 태양으로부터 어린 생명을 보호하는 녀석들의 보살핌이 대견스럽다.

'고맙다.'

애정 어린 손짓으로 탄탄한 몸체를 툭툭 쳐주었다.

우웅, 사사삭.

녀석들이 이파리를 흔들고 몸체를 떨어댄다. 걱정 말라고 우렁차게 대답해 온다.

'조금만 더 견디어라. 며칠 내로 갈증이 해소될 것이다.'

꺅꺅.

따라쟁이 리사가 여지없이 나를 따라 흉내를 낸다. 털북숭이 손으로 커다란 나무 몸통을 퉁퉁 쳐댄다. 리사보다 몇 수십 년은 더 산 듬직한 나무들이 바람결에 흔들리는 울창한 이파리로 건방지다며 리사의 머리통을 쥐어박는다.

꺅꺅.

호들갑스러운 녀석은 머리통을 쥐어 박히고도 뭐가 그리 좋은지 제 몸의 두 배나 되는 나뭇등걸을 타고 오르락내리락 장난을 쳐댄다.

푸드덕.

나무 꼭대기에 앉아 있었던 골든체리 모란앵무새가 호들갑떠는 리사가 못내 시끄럽고 귀찮다는 듯 얼른 자리를 피해 버린다. 아름다운 빛깔의 날개를 활짝 펴고 멋지게 비상하던 녀석이 내 모습을 발견하고 우아한 곡선을 그리며 되돌아온다. 천천히 속도를 줄이며 날아와 어깨에 살포시 내려앉는다. 빨간 머리를 목덜미에 비벼대며 반갑다고 아양을 부린다.

골든체리 모란앵무새는 어머니가 유난히 좋아하던 녀석들이다. 이 녀석들을 볼 때면 언제나 녀석들과 함께 노래를 부르시던 어머니의 모습이 먼저 떠오른다. 나는 싱긋, 미소를 머금고 녀석의 붉은 머리와 목덜미를 살살 긁어준다.

인사를 마친 녀석이 다시 높이 날아오른다. 초록으로 물든 하늘에 녀석의 빨간 머리가 화려한 꽃처럼 너울거린다.

샤사사삭.

꺅꺅. 꺅꺅.

꺄악, 꺅.

골든체리 모란앵무새가 날아오른 푸른 잎사귀 사이로 빠르게 움직이는 검은 물체들이 보인다. 이 나무에서 저 나무로 훌쩍훌쩍 건너뛰는 모습들이 마치 하늘을 자유로이 나는 새와 같다. 하지만 녀석들은 결코 하늘을 날 수 없다, 원숭이한테는 날개가 없으니까. 녀석들은 나와 리사의 냄새를 맡고 쫓아오는 원숭이들이다. 반갑다고 꺅꺅거리는 녀석들의 인사 소리가 어찌나 요란한지 숲 전체가 통째로 들썩거리는 것 같다.

나는 손을 들어 대충 인사를 대신하고 서둘러 발길을 돌린다. 리사뿐 아니라 원숭이들은 하나같이 극성맞고 몸싸움을 좋아한다. 그중에서 특히 덩치가 큰 수컷들은 몸싸움이라면 사족을 못 쓴다. 근성도 대단해서 웬만하면 포기할 줄 모른다.

때문에 서열 다툼이라도 벌어지면 몇 놈씩은 꼭 목숨을 잃는다. 며칠 전에 있었던 서열 다툼에서도 네 놈이 죽었다. 죽은 네 놈 중 한 놈이 원래 대장이었던 놈이었다. 새로 대장 자리를 차지한 놈이 꽤 힘이 센 모양이다.

아마 몰려오는 놈들 중에 새롭게 대장이 된 놈도 있을 것이다. 어떤 녀석인지 꽤 궁금하지만 녀석의 인사는 다음에 받아야겠다. 녀석의 인사를 받고 어영부영하다 보면 몇 놈이 놀아달라고 귀찮게 달려들 게 분명하다.

평소라면 녀석들과 한바탕 신나게 놀아주겠지만 지금은 녀석들과 길게 놀아줄 시간이 없다. 나는 녀석들을 싹 무시하고 빠르게 숲을 가로질렀다. 그런 내 뒤를 따라 녀석들이 무리를 지어 따라온다. 시끄러운 꼬리가 하나에서 십여 개로 늘어났다.

동쪽 바닷가에 다다랐다. 숲을 벗어나자 태양을 삼킨 하얀 모래사장이 모습을 드러낸다. 맨드라운 모래가 딱딱한 발 가죽을 뜨겁게 달군다. 묘하고 낯선 냄새가 한층 더 짙게 맡아진다.

몇 걸음을 가지 못하고 나는 걸음을 멈췄다.

파란 바다가 하얀 모래사장과 만나 하얀 포말을 만들고 이지러지는 경계 즈음에 무언가 낯선 물체가 쓰러져 있다.

'뭐지?'

뜀박질을 멈췄는데도 심장이 아까보다 조금 더 세게 뛰어댄다. 나는 잔뜩 경계를 하고 조심스럽게 다가갔다.

극성을 부리며 부리나케 쫓아오던 녀석들이 더 이상 따라오지 않는다. 녀석들도 묘한 냄새를 풍기는 낯선 물체를 본 것이다. 귀청을 시끄럽게 때리던 울음소리도 더 이상 들리지 않는다. 녀석들의 긴장한 시선이 긴장으로 굳은 나의 등골을 훑어내린다.

처억척. 스르르. 처억척, 스르르.

푸른 바다가 하얀 포말을 일으키며 쓰러진 물체를 자꾸 모래사장으로 밀어내고 있다. 차가운 바닷물을 뒤집어썼다가 뜨거운 태양열에 노출되기를 반복하는 물체가 백사장에 밀려온 해초처럼 맥없이 흔들거린다.

나는 자세를 낮추고 좀 더 가까이 다가간다. 점차 흔들리는 해초의 정체가 또렷이 보이기 시작한다. 순간 두 눈이 부릅떠진다.

'헉! 저, 저건…… 사람이다!'

젖은 해초처럼 보였던 것은 헝클어진 머리카락이었다. 젖은 머리는 믿을 수 없을 만큼 새까맸다. 깊은 바닷속에 박혀 있는 검푸른 해초보다 더욱 새까맸다. 그 까만 머리통이 쏟아지는 태양빛에 반사되어 눈부시게 반짝이고 있었다.

입이 바짝 탔다. 나는 마른침을 목구멍으로 넘기며 조심스럽게 한 발 한 발 다가갔다. 묘하게 비릿하고 달달하던 냄새가 코를 찌를 듯 더욱 강렬해졌다. 진동하는 역한 피비린내에 미간이 절로 찌푸려졌다.

빛나는 까만 머리 아래는 온통 붉은색이다. 머리통이 깨진 모양이다. 까만 머리에서 흘러나오는 새빨간 피가 하얀 모래를 점점 더 시뻘겋게 물들이고 있다. 한데 어우러진 까맣고 하얗고 빨간 색들이 시야를 어지럽힌다. 숨이 막힌다. 까만 머리 아래 축 늘어진 몸뚱이로 시선을 내린다.

가늘고 긴 팔, 다리는 아무렇게나 벌어져 있고 진한 바다색 천에 감싸인 몸뚱이는 리사보다는 크고 나보다는 한참이나 작아 보인다. 그 작고 가는 몸뚱이 여기저기에 시꺼먼 해초와 허연 소금기가 꾸덕꾸덕하게 말라 덕지덕지 달라붙어 있다.

여, 여자다!

묘한 냄새를 풍기며 백사장에 널브러진 낯선 존재가 사람이자 여자라는 것을 깨달은 순간, 나는 엄청난 충격에 사로잡혀 나도 모르게 휘청거리며 두어 걸음 뒤로 물러났다.

나는 눈을 부릅뜨고 엎어져 있는 여자의 뒷모습을 뚫어져라 노려보았다. 충격에 머리가 어떻게 됐는지 여자의 뒷모습을 보고 있으면서도 현실로 느껴지지 않았다. 혹시 꿈을 꾸고 있는 것은 아닐까?

나는 눈을 질끈 감고 두 손바닥으로 양 눈두덩을 세차게 눌렀다. 머리통도 악 소리 나올 만큼 두드린 다음 천천히 눈꺼풀을 들어올렸다. 현실이 아닐 거야. 분명히 뭔가를 잘못 보고……

그러나 눈앞에 있는 물체는 여자가 분명했다. 아, 어떻게 이런 일이……. 나는 어찌할 바를 몰라 여자의 뒤통수만 노려보며 한동안 가쁜 숨만 몰아쉬었다. 그렇게 얼마나 있었을까. 살갗을 뚫고 튀어나올 것처럼 무섭게 뛰어대던 심장이 조금씩 가라앉으며 두려울 정도로 급박하게 일어났던 충격이 서서히 가라앉기 시작했다.

기분이 이상하다.

10년 만에 사람을 봐서 기분이 이상한 것인지, 태어나서 처음으로 여자라는 생명체를 봐서 기분이 이상한 것인지는 잘 모르겠다. 어쨌든, 기분이 너무 이상하다. 두려운 것 같기도 하고 기쁜 것 같기도 하고……. 안타깝기도 하고 반갑기도 하다.

여자는 어디서 나타난 걸까?

어디서 떠밀려 왔을까?

주변을 서둘러 둘러본다. 그러나 어디에도 여자 이외에 낯선 물체는 보이지 않는다. 난파한 배의 흔적조차 보이지 않았다.

나는 여자를 자세히 살펴보았다. 작열하는 태양을 등에 지고 짙은 그림자 아래 갇힌 여자를 천천히 살폈다. 여자는 미동도 하지 않는다. 죽었을까? 살았을까? 글쎄, 모르겠다. 얼굴은 까만 머리카락에 가려 보이지 않는다. 그냥 보기만 해서는 숨을 쉬는지조차 알 수 없다. 여자를 빼앗긴 것에 심통이 났는지 태양이 매섭게 등가죽을 파고들었다. 멀리서 훔쳐보는 원숭이들의 시선과 엉킨 매서운 태양열이 등가죽을 따갑게 태운다.

그러나 나는 움직일 생각을 하지 않는다. 발아래 널브러져 있는 여자의 전신을 다시 천천히 훑는다.

여자의 몸은 놀라울 정도로 무척 가늘다. 갓 태어난 숲의 어린 나무들을 닮았다. 드러난 팔뚝은 내 팔뚝의 반도 되어 보이지 않는다. 좁은 어깨와 이어진 허리는 한 손으로도 잡힐 것 같다. 엉덩이까지 말려 올라간 푸른 천 아래로 얇은 나무줄기 두 개가 힘없이 뻗어 나와 있다. 가늘지만 곧게 자란 모양새다.

나는 머뭇거리다 햇볕에 뜨겁게 달구어진 발을 여자의 뱃가죽 밑으로 밀어 넣었다. 발등이 축축하다. 뜨거운 발등에 닿은 축축한 촉감이 이질적이다. 여자의 배는 축축하고 부드러웠다. 갓 잡아 올린 물고기처럼 말랑말랑하고 탱탱하다. 간질거리는 소름이 종아리를 타고 올라온다. 그 생소한 감촉에 소스라치게 놀란 나는 얼른 여자의 몸을 훌쩍 뒤집고 후다닥 발을 뒤로 뺐다.

맥없이 여자의 몸이 뒤집어지며 하얀 모래 알갱이를 잔뜩 뒤집어쓴 얼굴이 드러났다. 나는 숨을 훅하고 들이마셨다. 백사장을 붉게 물들이던 빨간 피가 얼굴에도 번져 있다. 정말 머리가 깨진 모양이다.

여자의 얼굴에 묻어 있는 핏자국은 검붉은색이다. 벌써 응고되기 시작한 것이다. 나는 미간을 찌푸린 채 자잘한 모래를 잔뜩 머금은 자그마한 얼굴을 뚫어지게 내려다보았다.

여자의 두 눈은 꼭 감겨 있다. 감긴 눈 아래로 오뚝 솟은 작은 코는 모래를 잔뜩 뒤집어쓰고 있어 마치 만들다 만 모래성 같

다. 한 뼘쯤 벌어져 있는 입속에는 서걱거리는 모래 알갱이가
잔뜩 들어가 있다.

아무래도 여자는 죽은 모양이다. 코끝에 걸려 있는 머리카락
은 물론 만들다 만 모래성의 모래 한 톨마저 전혀 흔들리지 않
는다. 여자는 숨을 쉬고 있지 않았다.

기분이 묘하다. 펄떡거리던 심장이 무겁게 가라앉는다.

난데없이 죽어가던 어머니의 모습이 죽은 낯선 여자의 모습
에 겹쳐 떠오른다. 이상한 일이었다.

어머니의 머리카락은 태양처럼 눈부신 금발이었다.

그러나 여자의 머리카락은 심해의 해초처럼 까만 흑발이다.

어머니의 피부는 코코넛 속살처럼 하얗고 윤기가 흘렀다.

그러나 여자의 피부는 잘 익은 바나나처럼 덜 하얗고 푸석해
보이기까지 하다.

어머니의 이목구비는 크고 뚜렷했다.

그러나 여자의 이목구비는 작고 섬세하다.

여자는 결코 어머니와 조금도 닮지 않았다.

그럼에도 낯선 여자의 모습 위에 돌아가신 어머니의 모습이
겹쳐 떠오른다.

어쩌면 '죽음' 과 '여자' 라는 공통점 때문일지 모르겠다.

나는 갈등했다.

죽은 여자의 뒤처리를 바다와 갈매기에게 맡기고 그냥 돌아
갈 것인가, 아니면 시신을 수습해 양지바른 숲 속 어딘가에 묻

어줄 것인가.

처억척, 스르르.

파도가 여자를 끌고 갔다가 다시 토해낸다.

바다로 시선을 돌린다. 하늘과 맞닿은 그곳에 갈매기들이 모여들고 있다. 하늘로 비상한 갈매기 한 마리가 빠르게 넘실대는 또 다른 하늘로 곤두박질친다. 그리고는 이내 입에 버둥거리는 물고기 한 마리를 물고 다시 하늘로 솟구쳐 오른다.

바다는 또 다른 하늘이자, 또 다른 대지이다.

그곳에는 언제나 생과 사의 모습이 공존한다. 바다와 대지는 다른 듯 닮아 있다.

여자를 이대로 내버려 두고 돌아가면 바다와 갈매기들이 여자를 서로 차지하기 위해 다툴 것이다. 결국 갈매기들이 먼저 말랑말랑하고 탱탱한 여자의 살점을 야금야금 뜯어 먹겠지. 그러면 파도가 가벼워진 여자를 깊은 바닷속으로 끌고 갈 것이다. 제 안에 살고 있는 물고기들에게 먹이로 던져 주기 위해서.

꺅꺅.

언제 다가왔는지 리사가 여자의 주변을 빙글빙글 돌고 있다. 호기심에 가득 찬 시선으로 여자를 힐끔거리며. 역시 리사는 눈치가 빠르다. 여자가 위험하지 않다는 것을 알아챈 것이다.

여자가 꼼짝을 하지 않는 것을 확인한 녀석이 용기를 내 슬쩍 여자의 팔을 툭 치고는 후다닥 뒤로 도망친다. 그리고는 다시 슬금슬금 간격을 좁히며 다가간다. 녀석의 까만 눈동자가 재미난 장난감을 발견한 것마냥 반짝인 것은 바로 그 순간이었다. 말릴 사이도 없이 녀석이 여자의 가슴 위로 펄쩍 뛰어올랐다. 신이 나 마구 소리를 질러대며 그 위에서 펄쩍펄쩍 뛰어댄다.

"리사, 그만두지 못해!"

순간적으로 화가 치솟은 나는 버럭 소리를 질렀다. 엄청난 불쾌감이 등짝을 후려쳤다. 나는 왜 화가 나는지, 왜 불쾌한지 깨닫기도 전에 꺅꺅거리는 녀석의 팔을 거칠게 잡아챘다. 펄쩍 뛰어오르는 녀석을 공중으로 멀리 집어 던졌다. 멀리 내동댕이쳐진 녀석이 흥분해서 난동을 피워댔다.

녀석이 재미난 장난감을 빼앗길 수 없다는 듯이 털을 곤두세우고 여자를 향해 무섭게 돌진해 온다. 나는 눈을 부릅뜨고 달려오는 녀석을 노려보았다. 여자 앞에 버티고 서서 녀석의 돌진을 온몸으로 막았다. 녀석이 움찔하며 멈춰 선다. 어리고 촐싹맞은 녀석이긴 하지만 눈치 하나는 기가 막히게 빠른 녀석답게 언짢아하는 기색을 얼른 눈치 채고 쭈뼛거리며 주변을 어슬렁거린다.

쿨럭.

그 순간 발아래에서 나지막한 소리가 들려왔다. 소스라치게 놀란 나는 홀린 듯 뒤를 돌아보았다. 그리고 나는 그대로 굳어버렸다. 믿을 수 없는 광경이 발아래 펼쳐져 있었다.

이런, 맙소사. 죽은 게 아니었어?

여자가 온몸을 뒤흔들며 입에서 하얀 거품을 뿜어내고 있었다.

오늘은 바다 멀리까지 나가 하푸카와 스캠피를 한 마리씩 잡
았다. 두 마리 모두 제법 살이 통통하게 오른 것이 꽤 실하다.
하푸카는 구워 먹기에 좋고 스캠피는 뼈를 발라내 파파야와 함
께 푹 삶으면 담백한 맛이 일품인 녀석이다. 물론 몸에도 좋다.
다친 여자에게 좋을 것이다.

얼른 음식을 만들어 여자에게 먹일 생각에 마음이 급하다. 머
리와 몸에 묻은 물기를 대충 털어내는 손짓에 조급함이 묻어난
다. 뛸 듯이 성큼성큼 걸음을 옮길 때마다 온몸에서 물이 뚝뚝
떨어진다. 내가 지나가는 자리마다 하얀 모래사장이 축축하게
젖어든다. 하지만 굳이 물기를 닦아낼 필요는 없다. 숲을 가로

질러 집으로 가는 동안 축축하게 젖어 있던 몸은 저절로 금세 마를 테니까.

높다란 나무 위에 매달려 망을 보며 기다리고 있던 리사가 내 모습을 발견하고 후다닥 내려와 부리나케 뒤쫓아온다. 자식, 물고기들에서 시선을 뗄 줄 모른다. 처음에는 파닥거리는 물고기만 봐도 도망가기 바쁘던 녀석이 이제는 물고기만 보면 좋아 미친다. 이젠 제법 물고기 맛을 알기 때문이다. 낑낑거리며 군침을 흘리는 모습이 여간 우습지 않다.

저 멀리 어렴풋이 커다란 야자수 잎을 얼기설기 엮어놓은 집이 보인다. 절로 걸음이 빨라진다. 나는 단숨에 오르막을 뛰어올라 바람처럼 집 안으로 뛰어 들어갔다.

멍하니 허공을 바라보고 있던 여자가 화들짝 놀라 고개를 돌린다. 시선이 마주치자 여자의 커다란 까만 눈동자가 이루 말할 수 없을 정도로 부릅떠진다. 그리고 여자는 눈 깜짝할 사이에 겁먹은 새끼 기니피그처럼 후다닥 구석으로 숨어들어 간다. 잔뜩 경계한 여자가 바들바들 떨며 안 그래도 작은 몸뚱이를 더욱 작게 만들어 웅크린다.

여자는 며칠 전, 정신을 차린 후부터 계속 저랬다. 나는 시선을 이리저리 피하는 여자에게 시선을 고정한 채 팔뚝만 한 물고기들을 여자 앞으로 휙 집어 던졌다.

털썩.

펄떡대는 물고기들을 제대로 쳐다보지도 못하고 여자는 움찔

몸을 떨며 작은 몸을 소라처럼 말아댄다. 벌벌 떠는 모습이 꼭 예전의 리사를 닮았다. 리사도 예전에는 제 몸뚱이 반만 한 물고기들을 처음 봤을 때 도망가기 바빴었다. 지금은 군침을 삼키느라 바쁘지만.

백사장에 널브러져 있던 여자를 집으로 데려온 지 벌써 7일이 지났다.

여자는 리사의 장난 덕에 폐 속에 들어차 있던 바닷물을 모두 게워내고 극적으로 살아났다. 다시 생각해 봐도 왜 내가 그 생각을 미처 하지 못했는지 모르겠다. 진짜 멍청하다. 어쨌든 여자는 정신을 차리는가 싶더니 이내 곧 다시 정신을 잃고 쓰러졌다. 더 이상 이것저것 고민할 필요가 없었다. 나는 다시 정신을 잃은 여자를 번쩍 안아 올렸다.

축 늘어진 여자는 물고기보다도 가벼웠다. 여자를 안고 집으로 향하는 동안 리사와 원숭이늘이 우르르 뒤따라왔다. 숲이 들썩일 정도로 시끄럽게 소리치는 녀석들 때문에 귀청이 떨어져 나갈 것 같았다. 그런데도 여자는 정신을 차리지 못했다.

정신을 잃고 쓰러진 여자를 나무 침상에 눕힌 나는 제일 먼저 여자의 새까만 머리카락을 밀어냈다. 여자의 얼굴과 백사장을 붉게 물들이던 상처를 찾아내야만 했다. 그러자면 하얀 모래와 해초가 한데 뒤엉켜 처치 곤란한 머리카락은 밀어낼 수밖에 없었다.

오른쪽 정수리 아래 부분에 깊고 길게 찢어져 있는 상처를 발견했다. 벌어진 틈으로 응고된 검붉은 피가 한가득 고여 있었다. 깨끗하게 밀어낸 푸르스름한 머리통에도 피가 덕지덕지 묻어 있었다.

호수에서 길어온 물로 깨끗하게 상처를 닦아냈다. 바라쿠다의 얇은 뼈를 불에 달궈 야자수 이파리에서 뽑아낸 심지를 뼈 끄트머리에 매달아 벌어진 상처를 꼼꼼하게 꿰맸다. 여자의 머리 가죽은 생각처럼 단단하지는 않았다. 하지만 혹시라도 바라쿠다의 뼈가 깊이 들어가 더 깊은 상처를 낼까 봐 얼마나 무서웠는지 모른다. 처음 해보는 일에 손이 바들바들 떨렸다.

상처를 꿰매는 동안 얼마나 긴장했던지 일을 마쳤을 때는 온몸에 쥐가 날 것 같았다. 나는 저릿한 손으로 땀으로 흥건하게 젖은 이마를 훔치며 여자의 머리통을 내려다보았다. 비록 삐뚤빼뚤하고 보기는 흉했지만 벌어졌던 틈은 완전히 봉해져 있었다. 천만다행이었다. 나는 안도의 숨을 내쉬며 상처 부위에 잘게 으깬 약초를 듬뿍 발랐다. 싸맬 것이 마땅치 않아 여자가 입고 있는 푸른 옷자락을 찢었다. 깨끗하게 물에 헹군 후 약초가 떨어지지 않도록 단단히 동여맸다.

그러고도 여자는 삼 일이 지나도록 깨어나지 못했다.

나는 삼 일 동안 매일 실신한 여자의 푸르스름한 머리통을 깨끗한 물로 씻어내고 새로운 약초를 바르는 일을 반복했다. 매 순간마다 여자가 빨리 깨어나기를 간절하게 바랐다. 그러나 여자는 좀처럼 깨어나지 못했다. 나는 그대로 여자가 영원히 깨어나지 않을까 봐 두려웠다. 조바심이 일었다. 잠도 오지 않았다. 식량을 구하러 나갈 수도 없었다. 나는 언제 깨어날지 모르는 여자의 곁에서 한시도 떠나지 않았다. 배가 고프면 따놓은 바나나와 파파야 등으로 시장기를 달랬다.

그쯤 되자 지루해진 리사가 급기야 신경질을 부려댔다. 꼼짝하지 않고 여자만 지켜보고 있는 내 주위를 풀쩍풀쩍 뛰어다녔다. 귀찮고 정신 사나웠다. 나는 몇 번씩이나 녀석의 팔을 잡아 멀찍이 집어 던지고는 했다. 그때마다 리사는 내동댕이쳐진 몸을 느릿느릿 일으켜 세우고 상처받은 눈빛으로 나를 바라보았다. 그러면서도 리사는 웬일인지 여느 때처럼 팽 토라져 숲으로 달려나가지 않았다. 낑낑거리면서도 내 주변을 맴돌았다. 녀석도 나 못지않게 초조하고 불안한 모양이었다.

그렇게 삼 일이 지났다.

그리고 드디어 여자가 깨어났다!

여자는 얕은 신음을 흘리며 힘겹게 눈꺼풀을 들어 올렸다. 정신이 온전치 못한 여자는 눈을 게슴츠레 뜬 채 멍하게 허공을 바라보았다.

그날, 나는 여자의 눈동자를 처음으로 보았다.

여자의 눈동자는 이제는 사라지고 없는 머리카락처럼 새까맸다. 동공이 활짝 열린 까만 눈동자는 짙은 물안개에 싸인 새벽녘의 호수처럼 흐릿하고 몽롱하게 젖어 있었다.

여자가 눈꺼풀을 대여섯 번 천천히 감았다 뜨기를 반복했다.

여자는 그 작은 움직임조차도 버거운 듯 탁한 신음 소리를 흘렸다. 그렇게 힘겹게 깨어난 여자는 한동안 멍하니 천장만 바라보았다. 눈은 뜨였지만 정신은 아직 온전히 깨어나지 못한 듯했다.

나는 여자가 깨어난 것이 새벽이어서 다행이라고 생각했다. 이른 아침이나 한낮이었다면 이파리 사이를 뚫고 쏟아지는 따가운 햇볕이 여자의 동공을 무섭게 파고들었을 터였다. 그랬다면 힘겹게 눈을 뜬 여자는 도로 눈을 감아버렸을 것이다.

얼마나 그러고 있었을까. 여자의 신음 소리가 서서히 잦아들었다. 서서히 정신이 돌아오는지 여자는 주변을 둘러보기 위해 힘겹게 목을 움직이기 시작했다. 반대편으로 살짝 돌아갔던 여자의 얼굴이 천천히 내 쪽으로 돌아왔다.

심장이 쿵쾅거렸다. 순간적으로 머릿속이 하얘지는 것 같았다. 나는 목구멍을 치밀고 올라오려는 심장을 마른침으로 꿀꺽 삼켰다. 나는 꼼짝도 하지 못한 채 두 눈만 부릅뜨고 여자의 얼굴을 뚫어지게 응시했다. 아주 짧은 순간, 여자와 시선이 마주친 것 같기도 했다.

하지만 여자는 어떤 반응도 보이지 않았다. 사방이 캄캄한 어둠에 잡아먹힌 후라 내 존재가 쉬이 보이지 않는 모양이었다. 나는 눈꺼풀도 깜박이지 않고 집요하게 여자의 흐릿한 눈동자에 시선을 맞췄다.

오래지 않아 두리번거리던 여자의 눈동자와 시선이 정확하게 마주쳤다. 흐릿했던 여자의 까만 눈동자가 놀라우리만치 커다랗게 떠졌다. 어둠 속에서도 여자의 눈빛이 또렷해지는 것이 보였다. 여자가 숨을 멈췄다. 눈꺼풀을 두어 번 깜박거리더니 갑자기 버둥거리기 시작했다. 탁한 음성으로 꺽꺽 소리를 냈다.

나는 그날, 여자의 목소리도 처음 들었다.

[누…… 누구…… 여기가 어디……]

흥분한 리사가 질러대는 고함 소리보다 몇 배는 더 갈라지고 탁한 음성으로 여자는 알 수 없는 말을 중얼거렸다. 여자는 낯선 모습처럼 언어도 낯선 언어를 사용했다.

꺽꺽거리던 여자가 머리가 아픈지, 하얗게 굳은 얼굴을 찡그렸다. 제대로 들리지도 않는 손을 바들거리며 힘겹게 들어 올렸다. 여자의 손이 파르라니 민머리에 닿았다. 상처 부위를 향하던 손이 허공에서 바르르 떨렸다. 여자의 얼굴이 믿을 수 없을 만큼 하얗게 변했다. 커다란 눈이 좀 전보다 배는 더 크게 떠졌다. 꺽꺽거리는 소리도 점점 커져 갔다. 여자는 급기야 새된 비명을 지르기 시작했다. 두 손으로 머리를 움켜잡고 마구 몸을 떨어댔다.

여자는 알 수 없는 언어와 비명을 동시에 질러댔다.

나는 아무 말도 하지 않았다.

움직이지도 않았다.

팔짱을 끼고 가만히 앉아 비명을 질러대는 여자를 바라보기만 했다.

다친 동물을 어떻게 다뤄야 하는지 나는 잘 알고 있다. 절대로 섣불리 손을 내밀어서는 안 된다. 다쳐서 흥분한 동물은 스스로 진정할 때까지 가만히 내버려 둬야 한다. 안타깝지만 도움의 손길은 그다음이다. 그렇지 않으면 나까지 다치고 만다. 다쳐서 흥분한 동물은 본능적으로 공격력을 최대치로 끌어올린다. 예전에 멋모르고 그런 녀석에게 손을 내밀었다가 뼈가 드러날 정도로 세게 물린 경험이 있다. 나는 같은 실수를 두 번 할 정도로 어리석지 않다.

다행히 여자는 오래지 않아 진정했다.

더 이상 시끄러운 비명을 질러대지 않았다.

대신 버둥거리며 일어나 앉아 엉덩이를 밀며 구석으로 도망쳤다. 작은 몸뚱이를 잔뜩 웅송그리고 웅크렸다.

여자의 떨리는 시선이 내 온몸을 샅샅이 훑으며 돌아다니는 것이 느껴졌다. 여자의 커다란 눈이 만월처럼 동그래졌다 잦아들기를 수차례 반복했다. 여자는 거칠고 약한 숨을 빠르게 토해냈다. 여자가 느끼는 두려움이 피부를 꿰뚫고 느껴졌다.

동물은 본능적으로 자신보다 커다란 덩치의 동물을 경계하기 마련이다. 낯선 상대에 대한 두려움 또한 본능이다. 동물은 본능적으로 자신보다 강한 상대를 인지한다. 그리고 강한 상대에 대한 두려움은 복종으로 이어진다. 그렇게 개체 간의, 무리 간의 서열이 정해지는 것이다.

사람도 동물이다.

여자도 동물이다.

그러니 여자가 느끼는 경계와 두려움은 자연스러운 현상이었다. 나는 여자의 두려움이 낯설지 않았다. 오히려 친근하게 느껴졌다. 여자는 두려움과 충격 속에서 제 방식대로 자신을 방어하고 있을 뿐이었다.

나는 여자를 도발하지 않았다.

그저 여자를 지켜볼 뿐이었다.

부엉.

스르르르.

꺅꺅.

차르르르.

숲 속 어딘가에서 밤을 지키는 올빼미가 낮게 울어댔다. 뜨거운 태양을 피해 낮 시간 동안 몸을 숨기고 있던 구렁이와 이구아나가 서늘해진 숲을 헤치고 돌아다니는 소리가 조용한 숲을 울렸다. 그들의 움직임을 간파한 원숭이 떼가 분주하게 잠자리를 옮기는 소리도 들려왔다. 녀석들 때문에 밤잠을 설치는 나무들이 귀찮은 듯 이파리를 떨어대고 있었다.

숲은 밤에도 잠들지 않는다.

자연은 항상 깨어 있다.

그날 밤, 여자와 나도 잠들지 않았다.

깨어 있는 자연과 하나가 되어 함께 깨어 있었다.

시간이 지나자 휴식을 취하던 태양이 동쪽 바다에서 힘차게 솟아오르기 시작했다. 바다에서 솟아오른 태양이 어둠을 몰아내고 잠들었던 섬을 깨우기 위해 바지런히 돌아다녔다. 잠들지 않은 여자의 창백한 얼굴에도 붉은 햇살이 스며들기 시작했다. 오래지 않아 환한 빛이 이파리 틈을 뚫고 쏟아져 들어왔다.

어두웠던 공간이 눈 깜짝할 순간에 눈부시도록 환하게 깨어났다.

그와 동시에 내게서 시선을 떼지 않고 있던 여자의 눈이 다시 부릅떠졌다. 여자의 놀란 시선은 벌거벗은 내 몸뚱이에 고정되어 있었다. 나는 옷을 입지 않는다. 어머니와 함께 살 때는 하체를 가리는 옷을 입었지만 더 이상은 입지 않는다. 어머니가 돌아가신 후부터 나는 쭉 이 상태였다. 물론 어머니한테 옷 만드는 방법을 배우기는 했다. 잘 만들었다는 칭찬도 곧잘 들었었다. 그러나 더 이상은 만들지 않는다. 귀찮기도 했지만 굳이 만들어 입을 필요를 느끼지 못하기 때문이다.

여자의 시선이 벌거벗은 상체를 헤매다 하체로 내려갔다. 여자가 놀라서 눈을 더 크게 부릅떴다. 이번에는 나 역시 놀랐다. 여자의 시선에 아랫도리가 뻣뻣하게 굳었기 때문이었다. 동물들의 교미를 지켜볼 때처럼 아랫도리가 뻣뻣하게 굳으면서 커지는 것이 느껴졌다. 온몸에 소름이 돋는 것이…… 뭐랄까. 어쨌든 기분이 묘했다.

여자의 얼굴이 새빨개졌다가 놀라운 속도로 하얗게 질려갔다. 잔뜩 겁을 집어먹은 여자가 두 손으로 얼굴을 감싸고 도리질을 쳤다. 알아들을 수 없는 말을 쉴 새 없이 빠르게 응얼거렸다. 끊어질 듯 밭은 숨을 빠르게 내쉬고는 거칠게 헐떡거렸다. 여자가 완전히 겁을 집어먹었다는 것을 알 수 있었다. 나는 간신히 정신을 차린 여자가 다시 정신을 잃을까 두려웠다.

나는 그날 여자에게 한 발자국도 가까이 다가가지 않았다.

입도 뻥긋하지 않았다.

여자가 더 이상 겁먹지 않도록 최대한 조심했다.

그렇게 하루가 지나고 이틀이 지났다.

여자는 눈을 뜨고 있을 때면 구석에서 몸을 웅크리고는 꼼짝도 하지 않았다. 바람에 흔들리는 여린 이파리처럼 벌벌 떨기만 했다. 하루 종일 벌벌 떨던 여자는 밤이 되면 지쳐 쓰러졌다.

나는 여자가 쓰러지듯 깊이 잠든 다음에야 여자에게 가까이 다가갔다. 구석에 웅크리고 잠든 여자를 안아 나무침상 한가운데에 바르게 눕혔다. 성수리의 상처를 성성껏 새로 씻어내고 신선한 약초를 새로 빻아 꼼꼼히 발랐다. 발라놓은 으깬 약초가 떨어지지 않도록 푸르스름한 민머리를 푸른 천으로 꽁꽁 싸맸다.

잠든 여자의 숨소리가 고른 것을 확인한 다음에야 나는 바다로 나갔다. 어두운 바다에서 소라와 해삼을 건졌다. 먼 바다까지 나가 배불리 먹을 수 있는 싱싱한 물고기를 잡고 싶었지만 그럴 수 없었다. 여자가 깨기 전에 대충이라도 그녀가 먹을 만한 음식을 준비해야 했기 때문이다.

나는 집에서 멀찍이 떨어진 곳에 불을 지폈다. 여자가 잠들어 있는 집 안으로 연기가 스며들어 가지 않도록 하기 위해서였다. 깨끗하게 씻은 소라와 해삼을 물에 넣고 팔팔 끓였다. 짠맛과 쓴맛을 없애줄 약초도 아끼지 않고 듬뿍 넣었다.

서두른 덕분에 나는 다행히 여자가 깨어나기 전에 음식 준비를 마칠 수 있었다. 잠든 여자의 머리맡에 따끈한 수프와 잘게 으깬 바나나, 파인애플을 놓아두고는 여자가 일어나 나를 보고 또 구석으로 도망치기 전에 얼른 집 밖으로 나왔다. 그리고 나는 초조하게 문밖에서 여자가 깨어나기를 기다렸다. 수프가 식기 전에 여자가 깨어나야 할 텐데…… 내 머릿속은 온통 그 걱정뿐이었다. 나는 초조하게 문틈으로 안을 살펴보았다.

다행히 잠결에 음식 냄새를 맡은 여자가 오래지 않아 깨어났다. 여자는 일어나자마자 여지없이 구석을 찾아 기어들어 갔다. 몸놀림이 어찌나 빠른지 도망치는 이구아나보다 빠를 듯싶었다.

커다란 눈을 굴리며 주변을 두리번거리던 여자의 시선이 수프에서 우뚝 멈췄다. 여자는 드래곤을 바라보는 리사처럼 잔뜩 겁을 먹은 표정으로 수프를 노려보았다. 마치 수프가 달려들기라도 하는 것처럼 노려보기만 할 뿐 먹을 생각을 하지 않았다.

배가 많이 고플 텐데……. 벌써 며칠째 여자는 물 이외에는 아무것도 입에 대지 않고 있었다. 그런데도 먹을 것을 앞에 두고 먹을 생각을 하지 않는 여자를 나는 도통 이해할 수 없었다.

몰래 훔쳐보고 있던 내 입이 더 바짝 말라왔다. 조바심이 일었다. 저러다 다시 쓰러지기라도 하면 어쩌려고……. 결국 나는 강제로라도 먹여야겠다고 결심했다. 구석으로 도망치면 구석에 몰아넣고 억지로라도 입에 들이부어야지. 결심을 굳힌 나는 나무줄기와 이파리로 엮어놓은 문으로 손을 뻗었다.

　그때였다. 여자가 움직였다.

　나는 얼른 도로 몸을 감추고 여자를 훔쳐보았다.

　여자는 겁을 잔뜩 집어먹은 눈으로 사방을 경계하며 조금씩 앞으로 기어나오고 있었다. 음식 앞까지 기어나온 여자는 그 앞에서 또 한참을 머뭇거렸다. 그러더니 마침내 여자가 바들바들 떨리는 손을 주춤거리며 앞으로 내밀어 수프가 담긴 코코넛 통을 조심스럽게 집어 들었다. 그러나 여자는 코코넛 통을 들고 또 한참 동안 주변을 두리번거렸다. 아마도 나를 찾는 모양이었다.

　나는 여자에게 들킬세라 허리를 잔뜩 구부리고 확실하게 몸을 숨겼다. 그러나 시선만은 여자에게서 떼지 않았다.

　여자가 허옇게 딱지가 앉은 입술을 혀로 축이는 모습이 보였다. 그리고 이리저리 흔들리는 눈을 꼭 감고는 조심스럽게 코코넛 통을 입가로 가져가는 모습도 보였다. 훌쩍 마시려는 모양이었다. 뜨겁지 않을까? 다 식었을까? 괜한 걱정이 앞섰다. 휴, 다행히 수프는 이미 식어버린 듯했다. 여자는 망설이던 것이 무색하리만치 수프를 게 눈 감추듯 단숨에 비워냈다.

여자의 창백한 얼굴에 잠시나마 만족스러운 표정이 어리었다 사라졌다. 작은 손으로 입술을 쓰윽 닦아낸 여자는 다시 주변을 경계하며 두리번거렸다. 그러더니 이내 잘게 썬 소라와 해삼, 바나나와 파인애플까지 남김없이 먹어치우기 시작했다.

빠르게 배를 채운 여자는 포만감을 즐길 여유도 가지지 못하고 누가 볼세라 도로 후다닥 구석으로 숨어들어 갔다.

그 모습이 못내 안쓰러웠지만 여자가 스스로 주린 배를 채웠다는 사실에 나는 안도했다. 그리고 자그마한 희망을 품었다. 조만간 여자의 경계를 무너뜨릴 수 있으리라는 작은 희망을.

그렇게 나는 여자를 이틀 동안 먹였다.

그리고 여자는 내 작은 희망처럼 더 이상 음식을 먹으며 주변을 경계하지 않게 되었다. 배를 채운 후 구석으로 도망치기 전에 잠시 포만감을 즐기는 여유까지 보이기 시작했다. 그 모습에 용기를 얻은 나는 그날 이후로 더 이상 숨어서 여자를 훔쳐보지 않고 당당히 여자 앞에 모습을 드러냈다. 말은 한마디도 나누지 않았지만 음식을 갖다주고 상처를 치료해 주고 여자가 음식을 깨끗이 비울 때까지 자리를 뜨지 않았다.

그렇게 며칠이 지나자 여자의 경계가 눈에 띄게 약해졌다. 여자는 자신을 위해 식사를 준비해 주고 상처를 치료해 주는 나에게 경계심을 누그러뜨렸다. 내가 옆으로 가까이 가려고 하면 여전히 구석으로 도망쳐 털을 잔뜩 곤두세우기는 했지만 예전보다는 확실히 수그러진 태도를 보였다.

그 후로 나는 여자와 함께 식사를 하고 내 집에서 잠을 잘 수 있게 되었다. 비록 멀찍이 떨어져 음식을 먹고 잠에 들었지만 더 이상 숨어서 훔쳐보지 않게 된 것만으로도 나는 충분히 만족스러웠다.

오늘은 여자에게 색다른 음식을 해줄 생각이다. 모처럼 잡은 통통한 하푸카와 스캠피로 조금은 더 맛난 음식을 해줘야겠다.

여자의 눈앞으로 집어 던졌던 물고기들을 가뿐하게 집어 들고 나는 집 밖으로 나왔다. 내 움직임을 좇는 여자의 시선이 등 뒤로 느껴진다. 나는 일부러 멀리가지 않고 활짝 열어놓은 문 앞에서 물고기들을 손질하기 시작했다.

나는 여자의 시선이 내게 머무는 것이 좋다. 비록 경계가 완전히 사라진 시선은 아니지만 그래도 좋다. 여자의 시선이 느껴질 때마다 가슴 한쪽이 간질거리고 침이 꼴깍꼴깍 넘어가는 낯설고 생소한 내 반응조차 좋아 미치겠다.

아직은 여자와 말 한마디 나눠본 적 없지만 언젠가 여자의 경계가 완전히 사라지면 천천히 말도 시켜볼 생각이다. 내가 영어나 불어를 가르쳐도 좋고 여자의 이상한 말을 배우는 것도 좋다. 뭐가 되었든 여자와 말만 할 수 있으면 된다.

나는 여자의 시선을 즐기며 스캠피의 배를 가르고 껍질을 벗겨냈다. 내장을 손질해서 약초와 파파야를 넣고 수프를 끓였다. 하푸카는 깨끗하게 씻어 머리부터 꼬리까지 꼬챙이를 길게 꿰었다. 수프는 여자의 몫이고 구이는 내 몫이다. 아니, 오늘은 구이도 맛보게 해줘야겠다. 아차, 리사 몫도 있다. 아까부터 녀석이 침을 뚝뚝 흘리며 옆에서 떨어지지 않고 있다. 안 주면 난리가 날 것이다.

수프와 구이가 익어가는 고소한 냄새가 바람을 타고 빠르게 숲 속으로 퍼져 간다. 냄새를 맡은 원숭이 녀석들이 득달같이 하나둘씩 모여든다. 녀석들은 식탐이 대단하다. 나무 위에서 고기가 다 익을 때를 눈치를 보며 기다리다가 저희들 몫이 없다는 것을 알면 언제 내려와 훔쳐 갈지 모른다.

흥, 그러기만 해봐라. 눈물이 쏙 빠지도록 혼쭐을 내줄 테다. 여자가 스캠피 수프를 얼마나 좋아하는데, 감히! 여자는 틀림없이 하푸카 구이도 좋아할 것이다. 하푸카 구이는 냄새부터가 기가 막힌다. 안 좋아할 수가 없다. 잘 먹으면 앞으로 매일 해줘야지. 그러면 상처가 더 빨리 아물지 모른다. 상처? 아차!

이런 멍청한 놈. 상처를 새로 치료해 주는 걸 깜박하다니.

나는 할 수 없이 미덥지 못한 리사에게 나무 꼬챙이를 맡기며 으름장을 놓는다.

"몰래 먹어서도 뺏겨서도 안 돼. 알았어? 잘 지키고 있어!"

꺅꺅.

녀석이 눈에 힘을 바짝 주고 제법 당차게 고개를 끄덕인다. 믿어달라는 듯 힘이 잔뜩 들어간 어깨를 쭉 편다. 그럼에도 미덥지 못한 것은 여전하다. 하지만 달리 방법이 없다. 한 번 믿어보지 뭐. 나는 잔뜩 힘이 들어간 리사의 어깨를 툭툭 쳐주고 자리에서 일어났다.

꺅꺅! 꺅꺅!

머리 위에서 배고픈 녀석들이 시끄럽게 울어댄다.

"시끄러워! 아무리 그래도 오늘은 네 녀석들 몫은 없어! 분명히 경고했다. 그런데도 감히 이 콜튼님의 음식을 겁도 없이 건드리는 놈이 있으면 혼쭐을 낼 테니 그리 알아! 알았어? 알아들었으면 당장 꺼져!"

호통 한 번에 요란하던 녀석들의 울음소리가 쑥 들어간다. 그럼 그렇지. 제아무리 식탐이 심한 녀석들이라도 이 정도로 경고를 줬으니 섣불리 움직이지 못할 것이다. 감히 피치 섬의 주인의 말을 어길 정도로 간이 배 밖으로 나온 놈들은 없다. 실망한 녀석들이 어깨를 축 늘이고 하나둘씩 모습을 감춘다.

그래도 아직은 안심할 단계가 아니다. 개중의 몇 놈이 언제 변덕을 부려 돌아올지 모른다. 나는 치료를 서둘러야겠다는 생각으로 잽싸게 집 안으로 들어갔다. 응? 그런데 구석에 웅크리고 있는 여자의 표정이 이상하다. 무언가에 상당히 놀란 표정이다. 무슨 일이지? 갑자기 원숭이 녀석들이 몰려와서 놀란 건가?

그럴 수도 있겠다 싶다. 녀석들이 한꺼번에 몰려와서 소란을 피운 것은 여자가 온 뒤로 처음이니까. 나는 잠시 갈등한다. 놀라 여자를 달래야 하나, 말아야 하나. 하지만 어떻게? 말도 안 통하는데. 에이, 모르겠다. 어쨌든 지금은 그게 중요한 것이 아니다. 지금은 빨리 치료를 하고 나가 욕심 많은 녀석들한테서 음식들을 사수해야 할 때다. 여자에게 가까이 오라고 서둘러 손짓했다. 흠칫. 여자가 긴장한다. 다시 한 번 손가락을 까닥 움직였다. 여자가 아랫입술을 잘근잘근 깨문다. 그제야 나는 침상에 느긋하게 앉아 여자가 다가오기를 기다렸다.

여자는 항상 바로 움직이지 않는다. 두 번 이상 손짓을 해야 마지못해 움직인다. 움직이기 전에는 꼭 아랫입술을 잘근잘근 깨문다. 여자가 아랫입술을 깨물었으니 곧 움직일 것이다.

역시. 주섬주섬 일어난 여자가 머뭇거리며 다가왔다. 앉으라고 옆자리를 툭툭 두드렸다. 여자가 또 아랫입술을 깨문다. 하도 깨물어서 여자의 입술은 성할 날이 없다. 하얗게 일어나 갈라진 여자의 입술은 작은 스침에도 금방 터지고 피가 흐른다. 그런 입술을 연방 깨물어대니 여자의 입술은 온통 상처투성이다. 여자가 깊이 잠든 후 몰래 야자나 물고기 기름을 짜내어 발라주고는 있지만 그때뿐이다.

조만간 뭔 방법을 생각해 내야지, 이거야 원. 나는 여자를 옆에 앉히고 구시렁거리며 소라 껍데기에 약초를 넣고 빻았다. 여자가 또 괜히 흠칫 놀란다. 별일도 없이 흠칫거리는 여자 때문에 기분이 조금 상하기는 하지만 몰래 빤히 바라보는 여자의 시선에 금세 기분이 좋아진다.

움찔 떠는 여자를 무시하고 머리에서 푸른 천을 조심스럽게 풀어낸다. 어젯밤에 발라놓은 약초를 걷어내고 차가운 물로 씻어낸다. 차가운지 여자가 몸을 바르르 떤다. 꿰맨 상처는 이제 많이 나았다. 딱지가 생겼으니 며칠만 더 치료하면 더 이상은 약초를 바르지 않아도 될 것이다.

약초를 곱게 빻은 후 한 움큼 집어 꼼꼼하게 상처에 발랐다. 턱 아래에 웅크리고 있는 여자에게서 달라진 여자의 냄새가 훅 끼쳐 온다. 여자에게서는 더 이상 피 냄새가 나지 않는다. 쌉싸래한 약초 냄새에 섞인 달달한 냄새만 풍긴다. 야릇하다.

으.

아랫배에 힘이 불끈 들어간다. 어젯밤에 잘 빨아 말린 천 조각으로 여자의 머리통을 감는 손끝이 떨린다. 벌거벗은 아랫도리가 덩치를 키우며 빳빳하게 일어나는 것이 느껴진다. 여자는 옆에 가까이 앉아 나를 향해 몸을 돌린 채 얼굴을 푹 숙이고 있다. 이 상태로는 여자의 눈에 정통으로 보일 텐데……. 기분이 이상하게 달뜬다. 호흡이 가팔라진다. 집으로 뛰어오는 동안에노 이렇게 호흡이 가파르지 않았건만.

온몸에 자잘한 소름까지 돋아나고 있다. 아, 또 시작이다. 전신을 덮치는 기묘한 감각이 오늘따라 더욱 거세다. 결국 나는 더 이상은 견디지 못하고 서둘러 상처를 싸매고 자리에서 벌떡 일어났다.

나는 벌겋게 달아오른 눈으로 얼굴을 푹 숙이고 있는 여자의 얼굴을 내려다보았다. 여자는 두 눈을 꼭 감고 있었다. 그것도 눈꼬리에 주름이 잡힐 정도로 아주 세게. 아, 이제야 여자가 비명처럼 숨을 내뱉고 거칠게 몰아쉬지 않는 이유를 알겠다. 삼

일 전, 처음으로 여자를 옆에 앉히고 상처를 치료할 때, 여자는 그랬었다. 짧게 비명을 지르고 거칠게 숨을 몰아쉬었다. 바들바들 떨기까지 했었다.

처음에는 여자가 왜 그러는지 알지 못했었다. 치료를 마친 후에도 한참 동안 여자는 벌겋게 달아오른 얼굴로 가쁜 숨을 몰아쉬었다. 어디가 안 좋은 건가 싶었다. 그러다 여자의 놀란 시선이 불끈 솟아오른 아랫도리에 고정되어 있는 것을 보았다.

여자의 떨어질 줄 모르는 시선에 내 얼굴도 벌겋게 달아올랐었다. 온몸이 흰개미에 물린 것마냥 간질간질했었다. 독초에 쏘인 것마냥 정신이 순간적으로 몽롱하기도 했었다. 그런 느낌은 처음이었다. 당황스러웠다. 나는 서둘러 몸을 돌려 집을 빠져나왔다. 쿵쾅거리는 심장 고동 소리가 내 소리 같지 않았다. 신기한 경험이었다.

그 후로 나는 고집스럽게 계속 여자를 옆에 앉히고 치료를 해오고 있다. 턱 밑에서 풍겨오는 여자의 야릇하고 달달한 냄새와 여자가 내보이는 반응, 그리고 내 몸이 보이는 생소한 반응이 어색하고 이상하면서도 한편으로는 짜릿하고 기분이 너무 좋기 때문이다. 마음 같아서는 하루 종일 여자의 머리만 치료해 주고 싶다. 하지만 그건 불가능한 바람이다. 아쉽더라도 하루에 한 번으로 만족할 수밖에 없다.

그런데 여자가 눈을 감고 반응을 보이지 않으려 한다. 달떴던 기분이 삽시간에 차갑게 가라앉는다. 불쾌하고 화가 난다. 흐릿하게 젖어가던 눈이 뾰족하게 날을 세운다. 턱을 치켜들고 바들바들 떨고 있는 여자를 무섭게 내려다본다.

하얗게 드러난 허벅지 위에 꼭 맞잡혀 있는 여자의 손이 보인다. 손등의 관절이 하얗게 도드라져 있다. 떨고 있는 여자의 손 아래 가늘고 하얀 허벅지가 눈부시다. 여자가 입고 있던 푸른 옷은 더 이상 여자의 허벅지를 가려줄 만큼 길지 않다. 머리를 싸매느라 계속 잘라낸 탓이다. 무릎 아래까지 내려왔던 옷이 이제는 허벅지 중간까지밖에 닿지 않는다. 앉아 있으니 그 길이는 더욱 짧아 보인다. 가랑이까지 보일 것 같다. 시선이 저절로 다리가 시작되는 검게 그늘진 곳으로 향한다.

호흡이 또 가팔라진다. 여지없이 묵직해진 아랫도리가 까닥까닥 움직인다. 아랫배를 퉁퉁 쳐댈 정도로 몸집을 부풀려 놓고 녀석은 계속 덩치를 키운다. 아랫배가 뻐근하게 당긴다.

"흠흠."

괜히 목이 마르고 헛기침이 나온다. 머리카락에 뒤덮인 목덜미에서 땀방울이 또로록 굴러 떨어진다. 나는 성마른 손짓으로 거칠게 땀을 닦아냈다. 축축한 목덜미가 후끈하다.

꺅꺅.

이상야릇하게 뜨거워진 공기를 뚫고 리샤의 울음소리가 들려온다. 버, 벌써 수프와 구이가 다 된 모양이다. 어쩌면 변덕쟁이 원숭이 녀석들이 돌아온 건지도 모르겠다. 이상야릇하게 뜨거웠던 공기를 호들갑스러운 울음소리로 깨트린 리샤가 반갑기도 하고 왠지 원망스럽기도 하다. 이유는 나도 모르겠다. 어쨌든 괜히 심술까지 나려고 한다.

에이 씨. 나는 괜히 속으로 툴툴거리며 마른 나뭇가지 같은 여자의 손목을 잡아채 일으켰다. 깜짝 놀란 여자가 눈을 번쩍 뜨고 올려다본다. 커다란 까만 눈동자와 시선이 마주친다. 어두운 밤, 달빛에 반짝이는 바다가 연상되는 눈동자다. 나는 금세 그 까만 눈동자에 홀려 넋을 잃고 여자의 눈동자를 응시한다. 꼴깍, 마른침이 절로 넘어간다. 갑자기 속이 울렁거린다. 텅 빈 뱃속에서 뭔가가 꼼지락거리는 것 같은 게 심한 갈증에 온몸이 타는 듯도 싶고 창자가 꼬이는 것도 같다.

아! 아무래도 배가 너무 고파서 그런 모양이다. 얼른 텅 빈 뱃속을 채워야지 안 되겠다. 나는 꼼짝 않고 서 있는 여자를 억지로 끌고 서둘러 밖으로 나왔다.

나는 여자를 멀찍이 떨어져 앉히고 잘 끓고 있는 수프를 괜히 한 번 뒤적거렸다. 나는 솔직히 여자와 떨어져 앉아 식사하고 싶지 않다. 하지만 이 또한 어쩔 수 없다. 내가 가까이 있으면 긴장한 여자가 식사를 잘하지 못하니. 도대체 언제쯤이면 마음 놓고 여자와 붙어 앉아 식사를 할 수 있을까? 그런 날이 과연 오기나 할까?

나는 얼굴을 숙이고 땅바닥만 죽어라고 쳐다보는 여자를 힐끔거리며 잘 익은 하푸카 살이 부서지지 않도록 조심하면서 꼬치에서 빼냈다. 반으로 잘라 뼈를 바르고 김이 폴폴 나는 노릇

노릇한 하푸카 살을 여자의 눈앞에 불쑥 내밀었다. 깜짝 놀란 여자가 얼굴을 번쩍 들었다가 시선이 마주치자 도로 후다닥 얼굴을 푹 숙인다. 삽시간에 여자의 온몸이 벌겋게 물든다. 귓불은 물론 민머리까지 붉어진 여자가 주저하며 양손으로 하푸카 구이를 받는다. 나는 내친김에 수프까지 한가득 담아 내민다. 따끈따끈한 하푸카 구이를 양손에 들고 여자가 어쩔 줄 몰라 한다.

잠시 망설이는가 싶더니 여자가 고개를 절레절레 흔든다. 뭐야, 수프는 안 먹겠다고? 손이 모자라서 그런가? 쳇, 좋아하면서. 구이야 허벅지에 올려놓거나 한 손으로 들고 받으면 되지, 이럴 때 보면 여자는 참 답답하다. 나는 여자의 양손에서 누가 뺏어가기라도 할까 봐 꾹 움켜쥐고 있는 큼지막한 하푸카 구이를 빼앗아 들었다.

「어!」

여자의 얼굴이 번쩍 들리고 입에서 안타까운 신음 소리가 흘러나온다. 그래 놓고 시선이 마주치자 또 금세 얼굴을 푹 숙인다. 저러다 잘못하면 목 부러지겠다. 나는 고개를 절레절레 흔들며 여자에게서 뺏은 하푸카 구이로 시선을 돌렸다.

흠, 그러고 보니 여자가 한 손으로 들고 먹기에는 좀 큰 듯싶다. 허벅지 위에 올려줄까? 아, 안 된다. 데일 정도로 뜨겁지는 않지만 여리고 뽀얀 피부가 상할 정도로는 뜨겁다. 뭐, 좋은 방법이 없을까?

아! 그 방법이 있었지!

나는 서둘러 뒤편에 있는 바나나 나무로 달려가 커다란 잎사귀 하나를 떼어냈다. 대충 몸에 비벼 닦아낸 바나나 잎사귀를 여자의 허벅지 위에 내려놓고 척하니 그 위에 하푸카 구이를 올려주었다. 이제 여린 피부가 상할 염려는 없다. 나는 움찔 놀라는 여자를 만족스럽게 내려다보며 코코넛 껍질에 한가득 담아놓은 수프를 여자의 손에 단단히 쥐어주었다.

여자는 양이 아주 작다. 여자보다 덩치가 작은 리사보다도 양이 작다. 여자는 항상 제 몫으로 나눠 준 음식의 반 이상도 먹지 못한다. 여자는 오늘도 나눠 준 구이와 수프를 반 이상 뚝 잘라 리사에게 나눠 주었다.

나는 얌체처럼 여자의 식사를 뺏어 먹는 리사를 못마땅하게 바라보며 내 몫의 식사를 몽땅 먹어치웠다. 리사 녀석, 여자를 싫어하는 것이 분명한데도 먹을 때만은 여자 옆에 딱 달라붙어 떨어질 생각을 하지 않는다. 제 몫의 음식은 눈 깜짝할 사이에 후딱 먹어치우고 여자의 음식을 뺏어 먹는 것이다. 치사하고 욕심 많은 녀석. 나는 리사가 여자의 얼마 남지 않은 몫까지 뺏어 먹을까 봐 눈을 부릅뜨고 노려보았다.

나는 여자가 식사를 마치기를 기다렸다가 갓 따온 싱싱한 코코넛 한 통을 내밀었다. 조심스럽게 건네받은 여자가 몸을 옆으로 돌리고 코코넛의 달콤한 즙을 들이마신다. 나는 그 모습을 흐뭇하게 지켜봤다. 처음에는 어떻게 마시는 줄도 모르더니 이제는 제법 코코넛 즙을 먹을 줄 안다. 왠지 모르게 기분이 좋다.

게걸스럽게 코코넛 한 통을 해치운 리사가 꺅꺅거리며 장난을 건다. 기분이 좋아진 나는 달려드는 녀석과 엎치락뒤치락하며 한바탕 땅바닥을 굴러줬다. 한바탕 장난을 치고 있는 등 뒤로 그녀의 목소리가 들려왔다.

"고, 고마워요."

나는 말 그대로 꼼짝없이 뻣뻣하게 굳어버렸다. 가슴 위에서 리사가 펄쩍펄쩍 뛰어대는데도 리사를 밀어낼 생각도 하지 못했다. 방금 '고맙다'는 말소리가 들린 것 같은데…… 이게 어찌된 일이지? 혹시 내가 꿈을 꾸고 있나? 아님 귀가 어떻게 됐나? 설마 여자가…….

나는 넋을 잃고 멍한 눈으로 멀찍이 떨어져 앉아 있는 여자를 바라보았다. 그녀는 주춤주춤거리면서도 나를 똑바로 응시하고 있었다. 허공에서 여자의 반짝이는 까만 눈동자와 시선이 마주쳤다. 그 순간 나는 깨달았다. 방금 들은 말소리가 꿈도, 환청도 아니었다는 걸. '고맙다'는 말을 한 사람이 바로 여자였다는 걸. 나는 뻣뻣하게 굳은 입술을 억지로 움직였다.

"말을…… 할 줄 알아?"

　말을 할 줄 아냐는 나의 질문에 여자의 표정이 뜨악해졌다. 약간은 어이가 없다는 표정 같기도 하다.

　끄덕끄덕.

　여자의 주억거림에 나는 방방 뛰어대는 리사를 밀어내고 자리에서 벌떡 일어났다. 여자가 후다닥 얼굴을 돌린다. 여자는 왜 자꾸 얼굴을 돌리는 걸까. 내가 그렇게 이상하게 생겼나? 기분이 살짝 나빠지려고 한다.

　그러나 지금 중요한 것은 그게 아니다. 일단은 여자와 말을 할 수 있다는 사실이 무엇보다 놀랍고…… 중요하다.

　"세상에! 말을 할 줄 알면서 왜 그동안 이상한 말을 썼지?"

여자가 슬쩍 시선을 돌리다 말고 도로 재빨리 시선을 거둔다.

"이상한 말…… 아니에요. 한국어예요."

한국어? 그런 말도 있었나? 의아함에 고개가 갸웃거려진다. 나는 그저 여자가 말을 못한다고만 생각했었는데……. 하긴 생각해 보면 여자가 말을 못하는 건 아니었다. 다만 여자의 말을 내가 알아들을 수 없었을 뿐이지.

"한국어? 그게 네가 사용하는 언어인가?"

"네. 난 한국 사람이에요. 한국에서는 한국어를 써요. 그리고 난 당신이 영어를 할 줄 안다는 걸 몰랐어요. 알았다면…… 진작 영어로 말했을 거예요."

그러고 보니 한 번도 여자 앞에서 말을 한 적이 없었다. 아까 리사와 원숭이들에게 으름장을 놓느라 말한 것이 처음이었다. 그동안 여자가 놀랄까 봐 입을 꾹 다물고 있었다. 나 역시 만약 여자가 영어를 할 줄 알았다면 진작 말했을 것이다. 조금 억울한 기분이다.

어, 가만. 방금 뭐라고 했지? 내가 말을 할 줄 알았다면 진작 영어로 말했을 거라고? 그럼 내가 아예 말을 못하는 줄 알았단 말인가? 하, 기가 막힌다. 내가 아무렴 말도 못할까 봐? 이 콜튼 와이즈먼을 어떻게 보고! 이봐, 난 영어뿐만 아니라 불어도 할 줄 안다고! 이거 왜 이래! 울컥한 기분에 나는 여자의 오해를 바로잡으려다가…… 이내 흥분을 가라앉혔다. 아, 지금 그게 중요한 게 아니지. 중요한 건 드디어 여자와 대화를 할 수 있다는 사실이다. 나는 너그럽게 여자의 오해를 이해해 주기로 했다.

"좋아. 그럼 이제 너와 나, 둘 다 영어를 할 줄 안다는 것을 알았으니, 이제 말이라는 것을 해보지."

여자에게 가까이 다가갔다. 여자가 또 움찔, 어깨를 움츠린다. 나는 더 이상 가까이 다가가지 않는다. 여자가 겁을 먹고 입을 다물까 봐 무섭다. 적당한 거리를 두고 바닥에 털썩 주저앉는다.

"한국…… 사람이라고? 한국이라는 나라도 있나? 여기서 가깝나? 여긴 어떻게 왔지? 이름은?"

입이 터지자 그동안 궁금했던 점이 한꺼번에 우르르 쏟아져 나온다. 모로 얼굴을 돌린 여자는 잠시 생각을 정리하는 듯 미간을 모은다. 붉은 혀로 상처투성이 입술을 축인 후 차분한 목소리로 대답한다.

"우선 한국은 여기서 가깝지 않아요. 비행기를 타고 20시간 이상 걸려야 갈 수 있어요. 꽤 멀죠. 그리고 내 이름은 선우진이에요. 나는 한국의 HBC 방송국 PD예요. 타이티에는 문화탐방이라는 프로그램 때문에 왔어요. 일행이 있었는데 일정에 차질이 생겨서 나만 먼저 한국으로 돌아가야 했죠. 보라보라 섬에서 작은 경비행기를 타고 파페에테 공항으로 가는 길이었어요. 그런데……."

여자는 사고 때의 기억이 되살아나는지 작은 어깨를 부르르 떨었다.

"갑자기 마른하늘에서 벼락이 쳤어요. 비도 오지 않았는데 기상이 정말 이상했어요. 가뜩이나 작고 낡은 경비행기가 심하게 흔들렸어요. 조종사가 조종대를 잡고 안간힘을 쓰면서 소리를 질러대는데 무서웠어요. 추락할지도 모른다는 생각이 들었죠. 그 순간 정말 경비행기가 바다로 곤두박질치기 시작했어요."

여자는 두 손으로 머리를 감싸고 바들바들 떨었다. 푸른 천으로 칭칭 감싸인 상처 부위를 떨리는 손으로 더듬거렸다.

"그 후로는…… 전혀 기억이 나지 않아요. 추락하면서 머리를 심하게 부딪친 것까지는 기억나는데…… 그 후로 정신을 잃었나 봐요."

여자가 흔들리는 시선으로 나를 바라본다.

"혹시…… 나를 데리고 올 때, 나 말고 다른 사람은 없었나요? 조종사 아저씨는……."

나는 고개를 천천히 가로저었다. 여자를 발견한 동쪽 모래사장에 그녀 이외의 다른 사람은 없었다. 사람은커녕 작은 조각 하나 없었다.

여자의 동공이 커다래지면서 겁 많은 짐승처럼 이리저리 흔들렸다.

"그럼 조종사 아저씨는 죽…… 죽은 건가요?"

나는 아무 말도 하지 않았다. 조종사가 뭔지 모르겠지만 여자와 함께 있던 사람이 죽었는지 살았는지 나로서는 알 수 없는 일이었다. 감정이 격해진 여자가 거칠게 숨을 몰아쉰다. 모닥불이 붉은 혀를 내밀고 모로 돌린 여자의 얼굴을 핥아낸다. 붉은 불빛에 반사된 여자의 뺨이 반짝인다. 투명한 액체가 여자의 앙상한 뺨을 타고 흘러내린다.

우는 건가?

나는 여자가 진정할 때까지 잠자코 기다렸다. 사실, 뭘 어떻게 해야 하는지 알 수 없었다. 여자가 이야기하는 비행기라느니, 조종사, 방송국, PD, 문화탐방 따위가 도대체 뭔지 모르겠다. 영어이긴 하지만 처음 듣는 낯선 단어다. 알아듣겠는 말은 오직 하나, 선우진이라는 여자의 이름뿐이다.

점차 여자의 흐느낌이 잦아들어 간다. 똑 부러질 것 같은 작고 가느다란 손가락이 눈물을 하염없이 닦아낸다. 작은 입술을 벌리고 길게 호흡을 내뱉는다. 여자의 긴 호흡이 떨리고 있다.

"나, 나도 당신이 아니었다면 죽…… 죽었겠죠?"

글쎄, 그것 역시 모르겠다. 엄밀히 말하면 여자를 살린 것은 리사였다. 나는 엉금엉금 걸어오는 리사를 곁눈질로 힐끔 쳐다본다. 녀석이 커다란 입을 벌리고 히죽 웃는다.

"정말 고마워요. 고마워요……."

기분이 이상하다. 달달한 것 같기도 하고 쑥스러운 것 같기도 하다. 예전에 어머니도 먹을거리를 구해오거나 집수리를 마쳤을 때, 고맙다는 말씀을 하시긴 했다. 하지만 이런 기분은 아니었다.

10년 만에 사람과 대화라는 것을 나누기 때문에 기분이 이런 걸까?

지난 10년간 나의 대화 상대는 오로지 돌아가신 부모님의 무덤과 리사, 원숭이들, 앵무새들, 나무들 그리고 피치 섬의 다른 모든 생물들이었다. 나는 그들과 항상 대화를 나눴고 감정을 나눴다. 그들은 비록 영어나 불어를 사용할 줄 몰랐지만 나의 언어를 알아들었고 나는 그들의 언어를 알아들을 수 있었다. 때문에 외롭다고 느낀 적은 결단코 단 한 번도 없었다.

그런데 지금 느끼는 이 감정은 뭘까?

나는 잘 피어오르고 있는 모닥불을 괜히 마른 나무로 헤집었다.

"선우진……. 그게 너의 이름인가?"

곁눈질로 여자를 살폈다. 여자가 고개를 끄덕인다.

선우진……. 입속으로 여자의 낯선 이름을 웅얼거려 본다.

"그냥 진이라고 부르면 돼요. 성이 선우고 이름이 진이니까."

진……. 다시 한 번 웅얼거려 본다. 왠지 입에 찰싹 붙는 느낌이다.

"당신 이름은……?"

여자가 살짝 얼굴을 비틀어 쳐다본다. 타오르는 불빛에 비치는 여자의 얼굴이 붉다. 밤바다처럼 반짝이던 여자의 까만 눈에 빨간 빛이 일렁이고 있다. 신비롭고 아름다운 눈동자다.

"콜튼 와이즈먼."

심장이 두근거리는가 싶더니 가라앉은 목소리가 나온다. 여자 몰래 헛기침을 했다.

"콜튼 와이즈먼……."

여자의 목소리로 듣는 내 이름이 낯설다. 두근거리던 심장이
조금 더 빠르게 움직인다.

"미스터 와이즈먼, 저기, 궁금한 게 있는데요."

미스터 와이즈먼? 그건 또 뭔가. 눈살이 찌푸려진다. 그건 내
이름이 아니다.

"콜튼. 내 이름은 콜튼이야. 이상하게 부르지 말고 제대로 불
러."

"하지만……. 알았어요. ……콜튼."

굳은 나의 음성에 여자가 어깨를 움츠렸다가 고개를 끄덕인
다.

"콜튼, 여기는 어디죠? 타이티 섬 중 한곳인가요? 보라보라
섬이나 타이티에서 얼마나 멀리 떨어져 있죠? 이곳에는 당신 혼
자인가요? 당신은 어떻게 여기서 살게 된 건가요?"

여자도 궁금한 게 많았던 모양이다. 한꺼번에 많이도 물어본
다. 나는 여자를 흉내 내어 생각에 잠긴 듯 미간을 잠시 모았다.

"여기는 피치 섬이야. 타이티의 섬 중 한곳이지. 하지만 타이
티나 보라보라라는 섬과 얼마나 멀리 떨어져 있는지는 몰라."

나는 다른 섬의 이름은 알지 못한다. 내가 아는 지명은 바로
이곳 피치 섬과 타이티, 그리고 부모님의 나라인 영국과 프랑스
뿐이다. 아, 이제 하나가 늘었다. 한국. 여자의 나라라는 한국.

그러나 그곳들이 어디에 있는지는 여전히 알지 못한다.

"난 혼자가 아니야. 피치 섬에는 나 이외에도 여러 동물들이 살고 있어. 당신이 말하는 것이 혹시 사람을 말하는 거라면…… 사람은 나 하나야. 난 여기서 태어났어. 그러니 내가 여기서 살고 있는 건 당연한 거야."

"여기서…… 태어나요? 어떻게……?"

여자의 까만 눈이 동그랗게 떠졌다.

"그야 당연히 부모님이 계셨으니까."

"부모님이 계셨어요? 그럼 그분들은……."

"돌아가셨어. 아버님은 20년 전에 돌아가셨고 어머니는 10년 전에 돌아가셨어."

모로 돌리고 있던 여자의 얼굴이 완전히 돌아섰다. 여자의 동그랗고 작은 얼굴이 온전히 내 쪽을 향하고 있다. 언제나 생각하는 거지만 여자의 얼굴은 정말 작다. 내 손바닥보다도 작다. 저 작은 얼굴에 눈, 코, 입이 다 달려 있다는 것이 신기할 뿐이다.

"아, 그랬군요. 몰랐어요. 미안해요."

나는 어깨를 으쓱거렸다.

"그럼 그 후로 당신 혼자 여기서 살고 있는 거예요?"

여자는 왜 자꾸 같은 걸 물어보는 걸까. 그게 뭐 그리 놀랄 일이라고 눈을 동그랗게 뜨고 말이다. 좀 이상한 여자다. 다치면서 머리가 어떻게 된 걸까?

나는 조심스러운 시선으로 여자를 살핀다.

"태어나서 지금까지 쭉 여기서만 살았어요?"

또! 정말 머리가 어떻게 된 건가? 조금씩 기분이 나빠지려고 한다. 나는 자꾸 같은 질문을 해대는 여자가 귀찮아 마지못해 얼굴을 끄덕였다.

"세상에, 어떻게 그럴 수가. 당신은 원주민도 아니잖아요. 발음을 보니 영국인 같은데. 부모님이 조난을 당하셨던 건가요?"

나는 팔짱을 끼고 여자를 바라보았다.

"아니. 두 분은 조난을 당하셨던 게 아니야. 아버님이 영국인이셨어. 어머님은 프랑스인이셨고. 그분들은 고향을 떠나 스스로 이곳을 찾으셨어. 피치라는 섬 이름도 어머니가 지으신 거야. 궁금한 게 또 있나?"

여자가 멍한 얼굴로 커다란 눈을 깜박거린다. 아무래도 정말 머리가 이상한 것 같다. 정신이 이상한 동물은 무슨 짓을 할지 모르는데…… 이를 어쩐다? 조금 더 지켜보자.

"콜튼, 당신 몇 살이에요?"

이제 좀 다른 질문을 하는군.

"33살. 당신은?"

"33살? 그럼 33년 동안이나 이곳에서 산 거예요?"

또! 나는 미간을 잔뜩 찌푸리고 콧구멍을 벌렁거렸다. 벌렁거리는 콧구멍으로 바람이 쉭쉭 뿜어져 나왔다.

"여기는…… 아무것도 없잖아요! 무인도에다가 원시 그대로

고 또……."

여자가 갑자기 후다닥 가까이 다가왔다.

"날짜, 날짜는 어떻게 세는 거죠? 부모님이 돌아가신 날짜와 당신 나이를 어떻게 정확하게 알고 있는 거예요? 달력이나 시계도 없는데……. 혹시 외부와 연락할 수 있는 방법이 있는 건가요? 누군가 여기를 찾아오나요? 아니면 당신이 밖으로 나가는 건가요?"

도대체 무슨 말을 하는지 모르겠다. 달력은 뭐고 시계는 또 뭐란 말인가. 게다가 외부라니……. 나는 삐뚜름하게 여자를 쳐다보았다.

"맞아. 그럴 거야. 그렇지 않고서야……."

혼잣말을 중얼거리던 여자가 먹다 남은 구이와 수프를 가리킨다.

"저, 저거, 서선 어떻게 잡아오는 거죠? 해변과 가까운 곳에서는 저런 물고기를 잡을 수 없잖아요. 깊은 바다로 나가야만 잡을 수 있는 거 아닌가요? 맞아. 내 말이 맞죠! 그렇다면…… 그래, 배! 배가 있는 거야, 그렇죠?"

횡설수설하던 여자가 갑자기 흥분해서 벌떡 일어난다. 나는 흥분해서 모닥불 주위를 왔다 갔다 하는 여자를 가만히 바라봤다. 가만히 왔다 갔다 하는 여자를 보고 있자니 눈이 다 어지럽다.

나는 어지러운 눈에 힘을 바짝 주고 정신이 이상해진 여자의 흥분이 가라앉기를 기다렸다. 그러나 여자는 쉽게 진정할 것처럼 보이지 않는다.

살짝 기가 막히려고 한다. 배라니. 물론 배가 뭔지는 안다. 본 적도 있다. 내가 꼬마였을 때, 그때는 배가 있었다. 부모님이 피치 섬으로 타고 오셨다는 낡고 커다란 배. 그리고 언젠가는 바다 멀리까지 헤엄쳐 갔을 때, 바다 한가운데에서 근사한 하얀색 배를 본 적도 있었다. 그 배는 몇 년간 가끔 잊을 만하면 나타나곤 했다. 그러나 나는 그 배가 움직이는 것을 한 번도 본 적이 없다. 그 배는 항상 섬에서 멀리 떨어진 바다 한가운데에 가만히 떠 있기만 했으니까. 그러다 그 배는 어느 날부터 더 이상 보이지 않게 되었다. 그 후로는 어떠한 배도 본 적이 없다.

부모님이 타고 오셨다는 배도 이제는 없다. 너무 낡고 아무짝에도 쓸모가 없어 불을 지피는 데 사용해 버린 지 오래다. 지금, 나는 배를 가지고 있지 않다. 옷처럼 배는 아무짝에도 쓸모없는 물건이다.

"배는 없어. 하푸카와 스캠피는 내가 헤엄쳐서 잡아온 거야. 나는 배 따위는 필요하지 않아. 달력인가 시계인가 하는 것도 여기에는 없어. 날짜를 세는데 왜 그런 게 필요하지? 해가 뜨고 달이 뜨는 것만으로도 충분히 하루가 지고 또 다른 하루가 시작되는 것을 알 수 있는데?"

"하, 하지만……."

"부모님한테 일 년이 365일이라는 걸 배웠어. 왜 그런 걸 세어야 하는지 솔직히 지금도 잘 이해가 가지는 않지만 부모님은 한 해, 한 해를 세어야 한다고 하셨어. 그래서 난 매일매일 바위에 하루가 지났다는 표시를 새겨. 그게 그렇게 놀랄 일인가?"

흥분한 여자의 얼굴이 우스꽝스러울 정도로 멍청하게 변한다. 멍한 표정으로 여자가 물고기처럼 입술을 뻐끔거린다. 저여자, 이제 보니 상당히 다양한 표정을 지을 줄 안다. 기분이 좀 언짢아지기는 했지만 수시로 달라지는 여자의 표정이 조금은 재미있다.

"그럼 정말 당신 혼자서 산다는 말이에요? 가끔 이곳을 지나가는 배나 사람도 없단 말이에요?"

"없어. 부모님이 돌아가신 후 이곳에 나 말고 사람이라는 동물을 본 적 없어. 당신이 처음이야."

"하……."

여자가 넋 나간 표정으로 풀썩 주저앉는다. 그 바람에 모닥불이 허공에서 파도처럼 출렁였다. 여자는 주저앉아 멍하니 출렁이는 불길을 바라본다. 갑자기 흥분한 여자도 걱정스러웠지만 넋 나간 표정의 여자는 더 걱정스럽다.

나는 대답을 듣지 못한 질문을 다시 던졌다.

"진, 당신 몇 살이야?"

여자가 멍한 표정으로 바라본다. 뭐야, 날짜가 어떻고 저떻고 하더니 정작 자신의 나이는 모르는 건가?

"이봐, 진. 당신 나이 말이야."

"내 나이?"

아무래도 진짜 정상은 아닌 것 같다. 나는 자리에서 벌떡 일어나 여자에게 성큼 다가갔다. 멍해 있던 여자가 후다닥 엉덩이걸음으로 뒤로 물러난다. 나는 그런 여자를 무시하고 바로 앞까지 걸어갔다.

초점이 흐릿하던 여자의 눈동자가 커다래지더니 얼굴이 시뻘겋게 달아오른다. 엉금엉금 물러나던 여자가 식사를 할 때 앉아 있던 나무토막에 가로막혀 더 이상 물러나지 못한다. 여자가 두 눈을 질끈 감고 얼굴을 홱 돌려 버린다.

모닥불은 내 등 뒤에서 활활 타오르고 있다. 그러나 불빛은 내게 가로막혀 더 이상 여자의 얼굴을 붉게 물들이지 못한다. 그런데도 여자의 얼굴은 아까보다 더욱 시뻘겋게 달아올라 있다. 얼굴뿐이 아니라 귓바퀴, 목덜미까지 아주 새빨갛다.

나는 여자 앞에 무릎을 구부리고 앉았다. 여자의 벌어진 입에서 가쁜 숨이 연방 터져 나오고 있다. 나는 손을 들어 모로 돌리고 있는 여자의 이마를 짚어보았다. 뜨겁다. 열이 오르는 모양이다. 다 나은 줄 알았는데, 아직 상처가 제대로 아물지 않았나 보다.

"열이 나. 아파?"

두 눈을 있는 대로 꼭 감은 여자가 바들거리며 손을 밀어낸다.

"아픈 거…… 아니에요. 콜튼, 부탁인데…… 좀 떨어져 줄래요?"

"왜?"

"당신…… 벌거벗고 있잖아요. 아, 정말……. 제발 뭐라도 좀 입어줄 수 없어요? 눈을 어디에 둬야 될지 모르겠단 말이에요!"

뭐라고? 나보고 옷을 입으라고? 난데없이 무슨 소리래?

어이가 없다. 나는 허공으로 밀쳐진 손을 거두고 단단히 팔짱을 꼈다.

"싫어."

"하, 제발, 콜튼. 제발 뭐라도 좀 입어요. 자, 봐요. 난 원피스를 입었잖아요. 비록 너덜너덜하긴 하지만……."

"싫어. 왜 당신이 옷을 입었다고 해서 나까지 옷을 입어야 하지? 그럼 차라리 당신이 벗어. 여긴 더워. 거추장스럽게 옷 같은 거 입을 필요 없어. 다른 동물들도 모두 옷 같은 거 입지 않아."

"그야 동물이니까 그렇죠! 하지만 우리는 사람이란 말이에요!"

여자가 벌겋게 달아오른 얼굴로 소리를 꽥 지른다. 깜짝 놀란 리사가 꺅꺅거리며 내 등 뒤로 얼른 몸을 감춘다. 빠끔히 얼굴을 내밀고 여자를 쳐다보던 녀석과 눈빛을 교환했다. 녀석도 나와 비슷한 생각인 모양이다.

'여자가 좀 이상하지?'

리사가 열심히 고개를 끄덕인다. 나는 입술을 삐죽이고 여자에게로 시선을 돌렸다.

"사람도 동물이야. 다를 것 없어."

사실, 아주 잠깐 옷을 다시 만들어 입어야 되나 고민하기는 했다. 하지만 이내 고개가 가로저어졌다. 나는 옷을 만드는 것도, 입는 것도 싫다.

옷을 만들기 위해서는 동물들을 잡아야 한다. 나는 동물들을 잡는 것이 싫다. 물론 옷을 만들기 위해서만 동물을 잡는 것은 아니었다. 부모님과 함께 살 때는 가끔씩 구렁이나 작은 동물들을 잡아먹기도 했다.

하지만 혼자가 된 후로는 그 어떤 이유로든 사냥을 하지 않았다. 함께 살아가는 동물들을 해치면서까지 입고, 먹을 필요를 느끼지 않았다. 섬에는 그 이외에도 먹을거리가 풍부하다. 과일과 물고기들만으로도 충분하다.

물론 동물의 가죽만으로 옷을 만들 수 있는 것은 아니다. 나무껍질이나 이파리 등을 으깨 바위에 평평하게 깔아놓은 후 오랜 시간 동안 햇볕 아래에서 말리면 아랫도리를 가릴 만한 옷쯤은 만들 수 있다. 그러나 그러기 위해서는 꽤 오랜 시간과 정성이 필요하다. 나는 그럴 필요를 느끼지 않는다.

한참을 씩씩대던 여자가 벌겋게 달아오른 얼굴로 한숨을 푹 내쉰다.

"알았어요. 더 이상 그 문제에 대해서는 얘기하지 말기로 해요. 당신은 당신 편한 대로 계속 그렇게…… 있어요. 나는 나 편한 대로 있을 테니까."

그러시던지.

나는 턱을 괴고 아랫입술을 꼭 깨물고 있는 여자를 바라봤다. 여자는 여전히 눈을 뜨지 않는다. 뭐가 그리 마음에 들지 않는지 가쁜 숨만 열심히 들이마시고 내쉰다. 한참을 씩씩거리던 여자의 숨이 조금씩 가라앉아 간다.

나는 꼼짝 않고 계속 여자만 바라본다. 무슨 생각을 하는지 벌게졌다 하얘졌다 변하는 얼굴색과 시시각각 변하는 표정이 무척이나 재미있다. 입속으로 쏙 빨려 들어갔다가 통통하게 부어 툭 튀어나오는 작은 입술이 탐스럽다. 도저히 시선을 뗄 수 없다.

차가운 바닥에 축 늘어져 있던 아랫도리가 꿈틀 움직이며 조금씩 덩치를 키워간다. 여자의 도톰하게 부어 빨갛게 달아오른 입술을 만져 보고 싶다. 꼭 감은 눈 아래로 파르르 떨리는 긴 속눈썹도 만져 보고 싶다.

시선이 가느다란 목덜미로 향한다. 보는 것만으로 펄떡이는 맥박이 손에 잡힐 것 같다. 여자가 숨을 내쉴 때마다 오르내리는 가슴이 시선을 잡아챈다. 부풀었다 가라앉는 볼록한 가슴 사이로 짙은 골이 보인다. 짙어진 어둠 속에서 풍겨오는 여자의 달달한 냄새가 코끝을 자극한다.

휘이잉.

바람이 분다. 나뭇잎이 바람에 흔들린다. 흔들리는 이파리 소리에 맞춰 여자의 푸른 옷자락이 펄럭인다. 드러난 허벅지가 어둠 속에서 뽀얗게 도드라져 보인다.

꿀꺽.

심장이 벌렁거리며 또다시 목이 말라온다. 아랫배가 뻐근하다. 아까 구이와 수프를 너무 많이 먹었나 보다.

깍깍.

심심했던지 리사가 펄쩍거리며 어깨 위로 뛰어올라 왔다. 녀석이 머리카락을 헤집으며 벌레 잡는 시늉을 한다. 녀석, 그만큼 나한테는 벌레 따위는 없다고 누누이 일렀건만 틈만 나면 이짓이다. 귀찮아 녀석을 어깨에서 끄집어 내렸다.

목덜미를 잡고 한 바퀴를 돌아 가슴팍 아래로 쭉 미끄러져 내려온 녀석이 한쪽 허벅지를 차지하고 앉는다. 머리카락을 만지지 못하게 했더니 이번에는 배꼽 주변의 털과 그 아래 수북한 털을 만지작거린다.

리사의 손에 커다래진 아랫도리가 스친다. 녀석이 눈을 동그랗게 뜨고 신기한 듯 꿈틀거리는 살덩어리를 툭툭 쳐댄다. 아랫배에 힘이 들어간다. 결코 유쾌하지 않다. 왠지 모르게 여자의 눈치가 보인다.

'리사, 하지 마!'

끽끽거리는 녀석을 노려보며 눈을 부라렸다. 아랫도리를 움켜쥐려는 리사의 손을 멀찍이 쳐댔다. 잠시 움찔거리던 녀석이 슬금슬금 눈치를 보며 다시 손을 뻗는다.

'이 녀석이 정말!'

나는 리사와 실랑이를 하며 나도 모르게 여자의 눈치를 살폈다. 그 순간, 벌렁거리던 심장이 그만 딱 멈추고 말았다.

이런, 여자가 슬쩍 실눈을 뜨고 이쪽을 바라보고 있다. 여자의 얼굴이 새하얗다. 쪽쪽 빨아대던 아랫입술을 쩍 벌리고 있다. 여자와 시선이 마주쳤다. 여자의 눈이 이루 말할 수 없을 정도로 커다랗게 부릅떠져 있다.

놀란 여자를 보며 난…… 당황했다. 하지만 왜 당황스러운지 이유는 알지 못하겠다.

어쨌든, 당황스럽고…… 막 그랬다.

갑자기 리사에게 화가 참을 수 없을 정도로 치밀었다. 호기심에 가득 차 꿈틀거리는 아랫도리에서 시선을 떼지 못하는 리사를 잡아채 사정없이 멀리 던져 버렸다. 녀석이 꺅꺅거리고 난리도 아니다. 그러든가 말든가. 나는 자리에서 벌떡 일어났다. 여자의 놀란 시선을 더 이상 계속 바라보고 있을 수 없었다.

후다닥 몸을 돌려 무작정 뛰었다. 얼굴을 스치는 바람이 차갑다. 후덥지근한 바람임에도 왜 이렇게 차갑게 느껴지는 걸까. 얼굴이 불덩이처럼 화끈거린다.

나는 감기에 걸린 것마냥 화끈거리는 얼굴과 벌떡거리는 심장의 이유를 모른 채 미친 원숭이처럼 무작정 숲을 질주했다.

그로부터 5일이 지났다.

여자는 여전히 나를 똑바로 바라보지 않는다. 예전보다 더 심해졌다. 내 쪽으로는 아예 얼굴도 돌리지 않는다. 가끔씩 훔쳐보기는 한다. 그러나 그 시선이 영 께름칙하다. 나를 드라곤 보듯이 이상하게 쳐다본다. 언제나 내 옆에 찰싹 붙어 다니는 리사도 이상하게 쳐다본다. 리사가 내 옆에 달라붙어서 장난을 치노라면 여자는 부리나케 자리를 피해 버린다.

아마도 그날, 그 일 때문인 것 같다.

휴, 뭔가 잘못된 것 같기는 한데 그게 뭔지 도통 감이 잡히지 않는다. 여자를 어떻게 대해야 할지 모르겠다. 난감하고 답답할 뿐이다.

그런 와중에도 나는 오늘, 코코넛게를 네 마리나 잡았다. 제법 살이 오른 것을 보니 구워 먹으면 맛이 그만일 것 같다. 여자가 좋아하겠지? 여자는 양은 많지 않지만 뭐든 참 잘 먹는다. 특히 구운 물고기를 좋아한다. 그러니 분명히 코코넛게도 좋아할 것이다.

오늘은 식사를 하면서 말을 시켜봐야겠다. 누가 뺏어 먹는 것도 아닌데 음식만 먹고 쪼로로 집 안으로 들어가 버리는 여자 때문에 그동안 말 한마디 나눠보지 못했다.

그날 이후로 나는 리사의 먹을거리를 따로 챙겨 멀찍이 놓아준다. 녀석이 제 몫을 순식간에 먹어치우고 나에게 오려고 한다거나 여자에게 가려고 하면 난 영락없는 도끼눈을 치뜨고 녀석을 노려본다. 그러면 눈치 빠른 녀석이 낑낑거리며 자리에 주저앉거나 펄쩍펄쩍 돌아다녔다. 리사는 그날 이후로 여자의 음식을 뺏어 먹지 못했다.

나는 코코넛게를 담은 나무줄기 주머니를 들고 털레털레 호숫가로 향한다. 여자와 마주 앉는 순간을 초조하게 기다리면서도 한편으로는 마음이 무겁다. 여자에게 무슨 말을 꺼내면 좋을까 생각하느라 머리가 복잡하다.

여자의 상처는 거의 다 나았다. 더 이상 약초를 바르지 않아도 된다. 까만 딱지가 앉은 머리통 주변으로 까만 가시처럼 머리카락이 조금씩 돋아나고 있다. 여자는 머리통도 참 예쁘다. 얼마나 다행인지 모른다. 하지만 한편으로는 마음이 좋지 않다. 더 이상 치료를 핑계로 여자의 작고 동글동글한 머리통을 만질 수도 없고 여자의 달콤한 향기를 가까이서 맡을 수도 없기 때문이다.

물론 흰개미에 물린 것처럼 온몸이 간질간질해지던 야릇함과 당황스러우면서도 내 몸이 보이는 생소한 반응에 흥분하던 그 짜릿했던 순간을 더 이상 즐길 수 없다는 것도……

쏴아아.

시원한 물 냄새가 훅 끼쳐 온다. 폭포에서 떨어지는 물소리가 푸른 숲을 뒤덮는다. 발바닥에 닿는 모래가 축축하다.

푸드득.

울창한 나무 이파리 사이로 색색의 색으로 치장한 새들이 높이 날아오른다. 커다란 이파리를 젖히고 나아가자 둥근 부지 가득 찰랑이는 맑은 호수가 드러났다. 투명하리만치 반짝이는 호수가 쏟아지는 햇빛을 받아 눈부시게 빛난다.

섬에서 가장 아름다운 이곳은 충분치 않은 스콜에도 절대 마르는 법이 없다. 하늘에서 쏟아지는 것처럼 높다란 바위에서 쏟아지는 폭포가 하얀 물방울을 튕기며 옅은 안개를 만들어낸다. 때문에 이곳은 언제나 몽롱한 안개에 감싸여 있다.

나는 가슴을 활짝 펴고 깊이 숨을 들이마신다. 시원하고 맑은 공기가 폐 깊숙이 들어온다. 복잡하던 머릿속까지 깨끗해지는 느낌이다. 호수 가장자리에서 마른 목을 축이던 사향고양이와 오리너구리, 기니피그들이 귀를 쫑긋하고 나를 빤히 쳐다본다.

호수는 숲에 사는 모든 동물들이 한데 모이는 장소다. 모두 이곳에서 목을 축이고 뜨겁게 달아오른 체온을 식힌다. 나는 그들과 반갑게 인사를 나눈다. 나는 나뭇가지에 주머니가 떨어지지 않도록 단단히 동여매고 시원한 호수 한가운데로 첨벙첨벙 들어갔다.

물이 가슴팍까지 차오르자 걸음을 멈췄다. 더 깊이 들어가면 발이 닿지 않는다. 마음 같아서는 깊이 들어가 폭포까지 헤엄쳐 가고 싶었지만 빨리 씻고 여자에게 돌아가야 한다는 생각에 꾹 참았다. 이끼 낀 미끄러운 바닥에 발을 단단히 고정시켰다.

가슴을 끌어안듯이 주변으로 뭉글게 원을 그리며 퍼져 가는 동심원을 바라보았다. 투명한 수면에 일그러졌다가 퍼져 가는 내 모습이 비쳐 보인다.

태양에 색이 바랜 흐린 갈색 머리가 어깨까지 내려와 있다. 물에 비춰 보니 짙게 그을린 피부색처럼 한층 짙이 보인다. 피란 눈동자 역시 여자의 눈동자처럼 검게 보인다. 어머니는 곧잘 말씀하시고는 했었다. 내 눈동자를 보면 아버지가 생각난다고.

난 내 눈동자 색이 어떠한지 정확히 잘 모른다. 그저 어머니가 아버지의 눈동자와 같다고 하시니 아버지처럼 파란색일 것이라 생각할 뿐이다. 나는 아버지의 눈동자가 어떤 색이었으며 어떤 모양새였는지 똑똑히 기억하고 있다. 어머니의 말씀대로 내 눈이 아버지를 그대로 닮았다면 내 눈동자 색은 새파란 색임이 틀림없다.

아버지의 눈 속에는 바다가 들어가 있었다. 청명한 날의 눈부시도록 푸르고 파란 바다가. 어린 시절, 나는 아버지의 눈을 바라볼 때마다 그 속으로 빨려 들어가는 것 같았다. 너무 깊고 파래서 그 안에 보이는 내 모습이 꼭 바다에서 헤엄치는 내 모습인 것만 같았다.

난 그런 아버지의 눈을 닮았다는 사실이 자랑스러웠다. 다만 머리색까지 아버지를 닮았다는 사실은 조금 아쉬웠다. 나는 내 머리 색이 태양처럼 찬란하게 빛나던 어머니의 금발을 닮았으면 싶었다.

하얀 포말이 밀려오는 바닷가에서 작열하는 태양 아래 서 있던 어머니의 아름답던 모습을 나는 한시도 잊은 적이 없다. 하얀 모래사장과 바다마저 뜨겁게 달구던 태양도 어머니의 아름다움을 찬미했었다. 태양은 어머니의 눈부시도록 빛나는 금발과 하나가 되곤 했었다.

나는 가끔씩 하늘에 떠 있는 태양이 진짜 태양인지, 어머니의 머리에서 빛나는 태양이 진짜 태양인지 헷갈렸었다.

나는 태양을 삼킨 어머니의 금빛 머리카락을 사랑했다. 그리고 그리워한다.

다행히 오랜 시간 태양에 노출된 내 옅은 갈색 머리는 조금은 어머니의 금발을 닮아가고 있다. 작열하는 모래사장을 거닐 때, 바람에 휘날리는 나의 머리카락을 보면 가끔씩 미소 짓게 된다. 어머니만큼은 아니지만 태양 아래 내 머리카락도 황금빛으로 빛나곤 했다.

그러나 지금, 호수에 비치는 내 머리카락은 검은색이다. 눈동자도 검게 보인다.

검은 머리와 검은 눈을 가지고 있는 여자가 떠오른다. 비록 지금은 민머리지만.

나는 맑은 물을 퍼 올려 머리 위로 끼얹었다. 두 손 가득 투명한 물을 담아 얼굴을 씻었다. 울퉁불퉁한 근육들로 뒤덮인 어깨와 팔뚝에도 끼얹었다. 짭조름한 소금기에 젖어 있던 몸이 깨끗하게 씻어진다.

얼추 소금기를 씻어낸 나는 숨을 크게 들이마시고 물속으로 첨벙 들어갔다. 머릿속까지 차가워진다.

"푸하."

태양을 향해 얼굴을 내밀고 수면 밖으로 나왔다. 서늘해진 피부에 따스한 햇살이 스며든다. 물이 뚝뚝 떨어지는 머리를 이마 뒤로 쓸어 올리며 호숫가 가장자리로 걸어나갔다. 걸음을 옮길 때마다 바위처럼 단단한 근육들이 불끈불끈 솟아오른다. 젖은 머리에서 흘러내린 물기가 또로록, 불끈거리는 목덜미를 따라 갈라진 가슴팍을 지나 단단하게 파인 복부를 간질이며 진갈색 털 속으로 굴러 떨어진다.

축축한 흙을 디디며 젖은 머리와 아랫도리의 젖은 털의 물기를 대충 털어냈다. 안 그래도 축축하게 젖어 있던 호숫가 주변의 흙이 까맣게 변하며 작은 물웅덩이를 만든다.

물을 떠갈까 잠시 생각한다. 그러다 이내 얼굴을 가로젓는다. 마실 물은 오전에 이미 충분하게 떠다 놓았다. 물을 떠가기 위해 야자수 나뭇잎을 따 주머니를 만들기에는 너무 촉박하다. 여자가 배고플지도 모른다.

나는 나뭇가지에 걸어놓은 주머니에 물을 여러 번 퍼 담아 코코넛게를 깨끗하게 씻어냈다. 주머니를 어깨에 걸치고 여자가 있는 집으로 서둘러 돌아갔다.

발갛게 구워진 코코넛게를 먹는 동안 여자는 연신 나를 훔쳐본다. 뭔가 할 말이 있는 듯 입술도 움찔거린다. 나는 뽀얗게 드러난 게살을 한가득 입으로 집어넣는다. 힐끔거리는 여자를 나 역시 힐끔거리느라 입안에 풍기는 게살의 담백한 맛이 제대로 느껴지지 않는다.

식사를 마치자 주변에 게 껍질이 수북하다. 소복하게 쌓인 게 껍질을 하나도 남김없이 주워 담는다. 리사가 속살을 발라낸 게 다리를 들고 장난을 치고 있다. 얼른 리사에게서 빈 게 다리를 뺏는다. 장난감을 뺏긴 녀석이 신경질을 내더니 쪼르록 뛰어가 모아놓은 게 껍질을 헤집어놓는다.

"리사!"

움찔 놀란 리사가 후다닥 나무 위로 도망을 친다. 나는 한숨을 내쉬고 어지럽혀진 껍질들을 다시 한곳으로 모은다. 게 껍질은 단단하기 때문에 잘 모아서 땅에 파묻어야 한다. 그렇지 않으면 다른 동물들이 멋모르고 날름 집어 먹었다가 딱딱한 껍질에 큰일을 당하고 만다. 뾰족한 껍질을 삼키지 못해 목에 걸려 고생을 하거나 내장이 찔려 죽기까지 하는 녀석들을 본 것이 한두 번이 아니다.

깊숙이 판 땅에 껍질들을 집어넣고 흙을 덮었다. 덮은 흙 위로 올라가 맨발로 평평하게 만든다. 등 뒤로 여자의 목소리가 들려왔다.

"저기, 콜튼."

흙을 다지던 발이 순간적으로 허공에서 잠시 멈춘다. 마음먹은 것과는 달리 식사 내내 여자와 한마디도 주고받지 못해 답답해하던 가슴이 쿵쿵 뛰어댄다. 나는 뒤도 돌아보지 않고 흙을 열심히 다지는 시늉을 했다.

"왜."

화난 듯한 통명스러운 목소리가 불쑥 튀어나간다. 어, 이게 아닌데.

"이 물…… 어디서 떠오는 거예요?"

"호수."

"호수? 호수가 있어요?"

나는 고개를 끄덕였다. 등 뒤로 여자가 벌떡 일어나는 것이 느껴진다.

"여기서 가깝나요?"

나는 손을 쭉 뻗어 호수가 있는 쪽을 가리킨다.

"호수라면…… 혹시 씻을 수 있을 정도로 큰가요?"

"응."

꿀꺽. 여자가 마른침을 삼키는 소리가 들려온다.

"어, 어디에 있는지 알려줄 수 있어요?"

그제야 나는 고개를 돌려 여자를 돌아보았다.

"왜?"

여자가 후다닥 시선을 피한다.

"저기…… 좀 씻고 싶어서요. 귀찮게 하지 않을게요. 그냥 어디에 있는지만 알려주면……."

완전히 몸을 돌려 정면으로 여자를 바라본다. 고집스럽게 얼굴을 모로 돌리고 있는 여자가 눈앞에 서 있다. 여자를 머리에서 발끝까지 한번에 쭉 훑어 내렸다. 조금씩 머리가 나기 시작하는 동그란 머리통 아래 여자의 뽀얀 얼굴이 보인다.

여자는 아침마다 길어다 주는 물로 얼굴을 씻는다. 그러나 마실 물을 남겨야 하기 때문에 몸까지는 씻지 못했다. 그럴 필요 없다고, 얼마든지 떠다 줄 테니 마음껏 쓰라고 하고 싶었지만 서로 입을 꾹 다물고 있는 상황에서 말할 기회를 잡지 못했다. 솔직히 어떡하나 두고 보자는 심통도 약간은 있었다. 여자의 가는 목덜미에서 땀방울이 또로록 굴러 떨어진다. 굴러 떨어지는 땀방울을 따라 시선이 저절로 움직인다.

가는 어깨 끈 아래 푹 파인 가슴골 사이로 땀방울이 스며든다. 여자는 가녀린 몸에 비해 가슴이 꽤 큰 편이다. 볼록하게 솟은 가슴에서 시선이 떨어지지 않는다. 쿵쾅거리던 심장이 조금 더 빠르게 움직인다.

억지로 시선을 아래로 내렸다. 여자의 가는 몸에 찰싹 달라붙어 있는 옷자락이 보인다. 새파랗던 옷이 지금은 여기저기 얼룩도 져 있고 좀 더 짙은 색으로 변해 있다. 땀과 흙에 더러워진 모습이다. 허벅지가 반 이상 드러난 쭉 뻗은 다리로 시선이 내려간다. 내 다리에 반도 되지 않을 정도로 가늘고 긴 다리다. 그 다리도 땀과 흙으로 더러워져 있기는 마찬가지다.

'그래, 좀 씻어야겠군.'

아무 말도 없이 나는 성큼 걸음을 옮긴다. 여자가 움찔 놀라 뒷걸음질친다. 그대로 여자를 스쳐 앞으로 걸어간다. 여자가 따라오는 소리가 들리지 않는다. 가던 걸음을 멈추고 슬쩍 얼굴을 모로 돌린다.

"안 가? 씻고 싶다며."

비켜간 시선으로 여자가 얼굴을 번쩍 들어 올리는 것이 보인다. 커다랗게 뜬 눈으로 나를 바라본다.

"아! 지금요?"

고개를 끄덕인다. 여자의 얼굴이 밝아지는가 싶더니 후다닥 다가온다. 하지만 여자는 얼마 오지 못하고 다시 멈춘다. 의아해진 나 역시 걸음을 멈추고 여자를 돌아본다. 여자의 얼굴이 모로 돌아가 있다. 또 아랫입술을 질겅질겅 깨물고 있다.

"저기…… 나 혼자 가면 안 될까요? 굳이 같이 안 가도 되는데. 어디에 있는지만 알려줘요."

나는 미간을 찌푸렸다. 호수까지 혼자 가겠다니, 말도 안 되는 얘기다.

"안 돼."

모로 돌리고 있던 여자의 얼굴이 홱 돌아온다.

"왜 안 돼요?"

"알려준다고 해도 당신 혼자 찾아갈 수 없어. 어디가 어디인지도 모르잖아. 게다가 조금 있으면 어두워질 거야. 밤이 되면 숲은 위험해져. 특히 호수는 더욱. 드라곤이 어슬렁거리고 다닌다고."

"드라곤?"

"길이나 두께가 저 나무보다도 한참이나 큰 뱀이야. 다른 구렁이들과는 달라. 이곳에서 유일하게 음흉하고 사악한 놈이지."

나는 하늘 높이 솟아 있는 커다란 오래된 나무를 가리켰다. 나무는 내가 두 손으로 끌어안지도 못할 만큼 굵은 몸체를 자랑하고 있었다. 여자의 동그란 눈이 더욱 커다랗게 커진다. 길고 풍성한 속눈썹을 연신 깜박거리는 모양새가 깨물어주고 싶을 정도로 귀엽다.

그러나 겉으로는 무덤덤한 척한다. 목소리도 일부러 퉁명스럽게 내뱉는다.

"결정해. 나하고 같이 가던지, 아니면 씻는 걸 포기하던지."

나는 삐딱하게 서서 여자의 결정을 기다린다. 여자는 쉬이 결정을 내리지 못한다. 불편한 나와 함께 갈 것인지, 씻는 걸 포기할 것인지. 여자의 머리가 굴러가는 소리까지 들리는 듯하다.

마침내 여자가 결정을 내렸다. 아랫입술을 쪽쪽 빨아대며 주춤주춤 다가온다. 나는 속으로 씨익 웃는다. 여자가 변덕을 부리고 다시 돌아갈까 봐 얼른 몸을 돌리고 걷기 시작한다. 다가오는 여자에게서 두어 걸음 앞서 걷는다.

저벅저벅.

사박사박.

시선은 정면을 향하고 있지만 온 신경은 뒤쪽으로 향해 있다. 조심스럽게 뒤따라오는 여자의 기척이 조금이라도 멀어질까 봐 노심초사다. 여자는 가끔씩 숨을 들이마시기도 하고 얕은 신음소리도 내기도 한다. 얕은 신음 소리에 슬쩍 뒤를 돌아보면 여자는 여지없이 비틀거리고 있다. 흙투성이의 발을 한쪽씩 번갈아 들어 올리며 깽깽이질도 한다.

호수까지 가는 길은 부드러운 풀밭이다. 그러나 굳은살이 박이지 않은 여자의 발바닥으로는 이조차도 무리인 모양이다. 맨발로 비틀거리며 걷는 여자가 아무래도 위태로워 보인다. 마음이 놓이지 않는다. 나는 앞서 걷던 걸음을 멈추고 비틀거리는 여자에게 손을 내민다.

깜짝 놀란 여자가 눈을 동그랗게 뜨고 올려다본다.

어둑해져 가는 숲 속 한가운데서 시선이 마주친 여자와 나는 잠시 숨을 멈추고 서로를 응시한다. 사방에서 바람에 흔들리는 이파리 소리가 들려온다. 온갖 동물들이 풀숲과 나무 사이로 돌아다니는 소리도 간간이 들려온다. 그러나 내 귀에는 여자의 거친 숨소리만이 또렷하게 들린다.

꿀꺽.

가느다란 여자의 목 한가운데가 꿈틀 움직인다. 작고 뽀얀 여자의 얼굴은 땀으로 흠뻑 젖어 있다. 여자의 몸에서 달콤한 냄새가 진하게 풍겨온다. 나도 마른침을 꿀꺽 삼킨다.

여자의 시선이 자신을 향해 내밀어진 커다란 손으로 내려간다. 여자의 눈동자가 바람에 흔들리는 이파리처럼 이리저리 흔들린다. 잠시의 갈등. 여자가 눈을 질끈 감는다.

"아, 아니에요. 괜찮아요. 혼자 갈 수 있어요."

고집. 기분이 나빠진 나는 몸을 팩 돌리고 혼자 앞으로 나아간다. 그러나 어쩔 수 없이 걸음걸이는 아까보다 훨씬 느려진다. 여전히 등 뒤에서는 바짝 다가오는 여자의 거친 숨소리가 들려온다. 두세 걸음 떨어져 있던 간격이 한 걸음 간격으로 좁혀진 탓인지 등 근육으로 여자의 뜨거운 숨결이 느껴진다.

토라졌던 기분이 금세 노글노글 풀린다. 나는 여자가 좀 더 편하게 걸을 수 있도록 억센 풀들을 발바닥으로 짓밟으며 걷는다. 여자의 여린 피부가 쓸리지 않도록 늘어진 이파리들을 멀찍이 쳐낸다.

쏴아아.

희미하던 폭포 소리가 가까이 들려온다. 상쾌한 물 냄새가 코끝으로 맑아진다. 거의 다 왔다. 조금 더 걸어가자 희미하던 폭포 소리가 커다랗게 들린다. 호수에 떨어지는 거센 폭포 소리가 사방을 뒤흔든다. 발바닥에 닿는 감촉도 아까와는 완전히 다르다. 물기를 머금은 흙들이 부드럽게 발바닥을 간질인다. 시원한 물기가 온몸으로 느껴진다. 여자도 느낀 모양이다. 여자의 걸음이 조금 더 빨라진다.

다 왔다. 이제 한 발자국만 나가면 눈앞에 호수가 펼쳐질 것이다. 바짝 다가오는 여자에게서 조급함이 읽힌다. 나는 걸음을 멈추고 일부러 천천히 늘어져 있는 커다란 이파리를 머리 위로 치켜 올린다. 드디어 눈앞에 막 떠오른 달빛에 반짝이는 검은 호수가 모습을 드러냈다.

"와아……."

여자가 성큼 앞으로 나서며 탄성을 내지른다.

후다닥. 츠츠츠츠.

여기저기서 여자의 갑작스러운 등장에 깜짝 놀란 동물들이 재빨리 몸을 감추는 소리가 요란하게 들린다. 힐끔 여자를 내려다보았다. 여자의 넋을 잃은 시선은 반짝이는 호수에 고정되어 있다. 그녀의 검은 눈동자가 검은 호수만큼이나 반짝인다. 여자는 도망치는 동물들은 보지도 못한 모양이다.

"너무…… 아름다워요."

여자의 목소리가 붕 떠 있다. 나는 홀린 듯 호수로 다가가는 여자의 뒷모습을 바라보며 싱긋 미소 짓는다. 여자의 감탄에 꽤

히 내 어깨에 힘이 들어간다. 피치 섬의 주인으로서 뿌듯한 순
간이다.

호수에 발을 담근 여자가 허리를 구부려 두 손 가득 물을 들
어 올린다.

차르르르. 퐁퐁. 쏴아아아.

여자의 두 손에서 떨어지는 물소리가 시원하게 쏟아지는 폭
포 소리와 화음을 맞춘다. 한참 동안 물장난을 치던 여자가 뒤
를 돌아본다. 나는 순간 숨 쉬는 것을 잊어버렸다. 여자가 웃고
있었다. 상처 입은 붉은 입술을 활짝 벌리고 반달처럼 휘어진
두 눈을 반짝이고 있었다.

아름답다.

여자가 웃는 모습은 처음 본다. 아름답다는 생각 외에는 아무
생각도 나지 않는다. 사방에서 들려오는 웅장한 폭포 소리도 들
리지 않는다. 반짝이는 검은 호수를 배경으로 서서 활짝 웃고
있는 여자는 믿을 수 없을 만큼 아름다웠다.

한들거리는 바람에 파란 옷자락을 휘날리며 그녀가 웃고 있
다. 물안개가 아스라이 그녀 주변을 맴돈다. 나는 나도 모르게
여자에게로 홀린 듯 다가간다. 현실감이 없다. 아련한 꿈을 꾸
고 있는 것만 같다.

"콜튼, 미안하지만 자리 좀 비켜줄래요?"

여자의 들뜬 목소리에 퍼뜩 꿈에서 깨어난다. 걸음을 멈추고
멍하니 눈을 깜박이며 여자를 바라본다. 여자는 나를 마주 바라

보면서 처음으로 눈을 감지도, 얼굴을 돌리지도 않는다. 여자는 여전히 아름답게 웃고 있다. 여자의 양 볼이 흥분으로 붉게 상기되어 있다.

"씻으려면…… 옷을 벗어야 돼요. 그러니까……."

여자가 수줍은 듯 시선을 내리깔고 낮은 목소리로 말한다. 멈췄던 심장이 쿵쿵 뛰기 시작한다. 나는 가슴을 들썩이며 뒤로 돌아선다. 코코넛게를 너무 많이 먹었나 보다. 나는 게처럼 옆으로 뒤뚱뒤뚱 걸어 커다란 바위 뒤로 향한다.

"여, 여기 있을 테니까 씻어."

"고마워요. 내가 됐다고 하기 전까지 절대 돌아보면 안 돼요."

여자의 수줍은 목소리에 나는 간신히 고개를 끄덕인다. 나는 바위 뒤에 서서 또 다른 바위처럼 꼼짝도 하지 않는다. 하지만 모든 신경은 등 뒤로 향해 있다.

사라락.

주춤거리던 여자가 마침내 옷을 벗는 모양이다. 심장이 단단한 피부를 뚫고 나올 듯 거세게 요동친다. 벌렁거리는 콧구멍으로 뜨거운 바람이 쉭쉭 뿜어져 나온다.

찰박찰박.

여자가 물살을 가르며 걸어가는 소리가 들려온다. 달빛에 뽀얀 속살을 드러내고 있을 여자의 모습이 흔들리는 이파리 사이로 그려진다. 온몸에 소름이 돋는 것 같다. 아랫배에 힘이 불끈 들어간다. 여지없이 아랫도리가 덩치를 키우기 시작한다.

첨벙첨벙.

차르르르.

까르르…….

물장난치는 여자의 웃음소리에 주먹이 불끈 쥐어진다. 어금니를 꽉 물고 고통스럽도록 팽창한 아랫도리를 노려본다. 시뻘건 심줄이 툭툭 터져 나온 팽창한 살덩이는 더 이상 말랑말랑한 살덩이가 아니다. 바위처럼 딱딱하게 곤두선 아랫도리가 아랫배를 퉁퉁 치며 약을 올린다.

중심에서 시작한 뻐근한 고통이 온몸으로 빠르게 전이된다. 여자를 볼 수만 있어도 좋을 텐데. 얼마나 아름다울까. 달빛에 반짝이는 뽀얀 몸이 보고 싶어 미칠 것 같다. 반짝이는 물에 젖어 윤기가 흐르는 여자의 벌거벗은 몸을 보고 싶다. 바닷가에 쓰러져 있던 여자를 처음 발견했을 때, 발등에 닿았던 여자의 탱탱한 피부를 다시 한 번 느껴보고 싶다. 갓 잡아 올린 싱싱한 물고기처럼 부드럽고 탱탱하던 그 감촉을!

어찌나 온몸에 힘을 잔뜩 주고 있었던지 관자놀이에까지 혈관이 불거져 나오는 것이 느껴진다. 하지만 나는 돌아서지 않았다. 여자가 수줍게 건넨 부탁을 차마 어길 수 없었다. 처음으로 내게 웃어 보인 여자를 놀라게 하고 싶지 않다. 터질 듯 딱딱하게 부풀어 오른 아랫도리를 두 손으로 세게 움켜잡았다. 불끈거리는 살덩이가 불을 삼키고 있는 듯 뜨겁다. 까끌거리는 털들이 손등을 휘감는다.

나는 손아귀에 더욱 힘을 주었다. 온몸에 전율이 인다. 금방이라도 뜨거운 살덩이가 터져 나갈 듯 더 부풀어 오른다. 호흡이 급격하게 가빠진다. 머릿속이 몽롱하다. 손이 제멋대로 저절로 움직인다. 내가 무슨 짓을 하고 있는지 모르겠다. 하지만 손이 멈추지 않는다. 뜨겁고 딱딱한 살덩이를 꽉 움켜잡고 있는 손이 끝에서 끝까지 아래위로 움직인다.

'으윽.'

온몸이 저릿하고 아찔하다. 머리끝까지 피가 몰렸다가 팽창한 아랫도리로 다시 빠르게 몰리는 기분이다. 전신의 근육들이 터져 나갈 듯 부풀어 오른다. 발가락이 곱아든다. 허리가 휘청거린다. 숨이 턱턱 막힌다.

'아, 이런 기분…… 뭐지? 괴로운데…… 좋다. 좋아서 미치겠다!'

치음이다. 이런 기분은 정말……. 처음 맞이한 엄청난 쾌락에 정신이 아찔하다. 아무 생각도 나지 않는다. 손이 저절로 점점 더 빨리 움직인다. 어디선가 미끈거리는 액체가 팽창한 녀석과 손등으로 흘러내린다.

"아…… 아……. 헉헉……."

목을 뒤로 젖히고 나도 모르게 벌어진 입으로 중얼거린다.

"아, 조금만…… 조금만 더……."

그때였다.

[까아악!]

여자의 비명 소리다!

순간 모든 움직임이 멈췄다. 뜨겁게 달아올랐던 머리 위로 차가운 물이 한 바가지 쏟아진 것 같았다. 튀어나올 듯 펄떡이던 심장도 우뚝 멈췄다. 나는 깜짝 놀라 홱 몸을 돌렸다.

'여자, 여자가 어디 있지?'

부리나케 여자를 찾았다. 그러나 까만 호수 어디에도 여자의 모습이 보이지 않는다. 멈췄던 심장이 숨도 쉴 수 없을 정도로 바짝 조여들었다. 순간적으로 엄청난 공포가 전신을 후려쳤다.

여자에게 무슨 일이 생긴 걸까. 여자는, 진은 어디에 있는 거야?

"진!"

나는 여자의 이름을 소리쳐 부르며 바위를 훌쩍 뛰어넘어 번개처럼 튀어나갔다. 뛰어가면서도 눈으로는 쉴 새 없이 여자를 찾아댔다. 저 멀리 호수 한가운데에서 뭔가가 오르락내리락거리는 것이 보였다. 눈을 가늘게 뜨고 어둠에 감싸인 호수를 노려보았다.

여자다! 그녀다!

"진!"

첨벙첨벙.

나는 앞뒤 가릴 것 없이 미친 듯이 호수로 돌진했다. 시뻘게진 내 눈에는 허우적거리는 여자의 작은 머리통 이외에는 아무것도 보이지 않았다.

 순식간에 호수 한가운데까지 뛰어들어 갔다. 허우적거리는 여자의 모습이 더 이상 보이지 않는다. 나는 바닥을 박차고 수면 속으로 깊이 헤엄쳐 들어갔다. 어둠이 내려앉은 한밤의 호수 아래는 한 치 앞도 보이지 않을 만큼 어두웠다. 차갑고 어두운 물살이 시야를 가렸지만 나는 두 눈을 부릅뜨고 여자의 모습을 찾아 사방을 두리번거렸다.

 저 멀리 어렴풋이 가라앉아 가는 희뿌연 몸체가 보인다. 여자다! 나는 단숨에 여자에게로 헤엄쳐 갔다 축 늘어져 해파리처럼 흐느적거리는 여자의 손이 손짓하듯 나를 부르고 있었다. 나는 힘껏 손을 뻗었다. 손끝에 여자의 손가락이 스친다. 나는 혹시라도 놓칠세라 빠르게 가라앉아 가는 여자의 손가락을 거칠게 낚아챘다. 단단하게 움켜잡고 세게 잡아당겼다.

여자의 몸이 쭉 딸려온다. 여자의 축 처진 몸뚱이가 와락 가슴으로 안겨온다. 여자를 품에 단단히 끌어안자마자 방향을 바꿔 수면 위로 빠르게 올라간다.

"푸하."

수면 위로 얼굴을 내밀고 멈췄던 숨을 한번에 토해낸다. 허겁지겁 품 안의 여자를 내려다본다. 축 늘어진 여자의 얼굴이 이루 말할 수 없이 창백하다. 눈도 뜨지 않는다. 겁이 덜컥 난다. 여자의 허리를 추슬러 안고 창백한 뺨을 세차게 두드린다.

"진, 진! 정신 차려!"

[으으음……]

여자의 입에서 가느다란 신음 소리가 흘러나온다. 눈꺼풀이 파르르 떨리고 있다. 여자를 물 밖으로 데려가야 한다. 물속에서는 아무것도 할 수가 없다. 나는 여자를 단단히 끌어안고 빠르게 호숫가 가장자리로 헤엄쳐 간다. 여자를 안고 헤엄을 치느라 속도가 잘 나지 않는다. 애간장이 탄다.

헤엄을 치면서 옆구리에 끼고 있는 여자의 창백한 얼굴을 재빨리 살핀다. 여자의 벌어진 입으로 물이 연방 들어가고 있다. 안 되겠다. 이러다가는 호수를 벗어나기도 전에 여자가 죽을지도 모른다. 여자를 있는 힘껏 수면 밖으로 들어 올렸다. 여자의 몸이 가슴팍까지 수면 밖으로 솟구쳐 올라간다. 그러나 금방 축 늘어진 여자의 몸은 다시 물속으로 푹 잠겨 버리고 만다.

정신을 잃은 여자 걱정에 마음은 급하고 몸은 말을 듣지 않는다.

'제발…… 제발…….'

한 손으로 물을 가르며 두 발로 세차게 물을 밀어낸다. 계속 여자의 몸을 수면 밖으로 들어 올린다. 정신없이 헤엄을 치면서 늘어지는 여자를 들어 올리고, 다시 물속에 잠기는 여자를 부리나케 다시 들어 올린다. 아, 겨우 수면이 얕아졌나 보다. 발바닥이 땅에 닿는다. 나는 여자의 몸을 두 손으로 받치고 몸을 일으켰다.

첨벙첨벙.

물보라를 일으키며 호숫가 가장자리로 뛰어갔다. 축 늘어진 여자를 조심스럽게 풀밭에 눕혔다.

[쿨룩.]

괴로운 듯 여자가 온몸을 뒤틀며 기침을 해댄다. 여자를 처음 발견했을 때가 떠오른다. 그때, 여자는 리사 덕분에 목숨을 건졌다. 리사가 어떻게 했더라? 그래, 여자의 가슴 위에서 펄쩍펄쩍 뛰어댔었다. 그 덕에 여자는 폐 속에 들어갔던 물을 토해내고 숨을 쉴 수 있었다.

뽀얗게 드러난 여자의 벌거벗은 가슴에 시선이 닿는다. 기침을 해댈 때마다 여자의 가슴이 들썩인다. 들썩이는 몸짓에 동그랗게 솟아오른 뽀얀 가슴이 연방 출렁인다. 나는 거칠게 숨을 내쉬며 마른침을 삼킨다.

손을 들어 올린다. 심줄이 튀어나온 커다란 손이 부들부들 떨리고 있다. 주춤거리는 스스로의 움직임이 마음에 들지 않는다. 나는 이를 악물고 머리를 세차게 내저었다. 지금은 이것저것 고민할 때가 아니다. 빨리 여자를 살려야만 한다.

떨리는 손을 여자의 가슴으로 가져갔다. 봉긋 솟은 가슴 한가운데를 지그시 눌렀다. 차갑고 축축한 여자의 부드러운 살결이 느껴진다. 이를 악물고 여자의 여린 피부에 압박을 가한다.

[쿨럭, 쿨럭.]

여자가 괴로운 듯 미간을 찌푸리고 말간 물을 한 움큼 게워낸다. 게워낸 물을 도로 들이마실까 싶어 얼른 여자의 얼굴을 옆으로 돌린다. 앞모습보다 이제는 훨씬 익숙해진 여자의 옆얼굴이다. 나는 항상 고집스레 모로 돌리고 있는 여자의 옆얼굴이 싫었다. 그러나 지금은 다르다. 자꾸 얼굴을 바로 돌리려는 여자의 얼굴을 모로 억지로 고정시켰다.

나는 아예 여자의 허리에 올라탔다. 열심히 가슴을 누르고 또 눌렀다.

'제발…… 제발…….'

여자의 가슴을 누를 때마다 앞으로 흘러내려 온 머리칼에서 물방울이 뚝뚝 떨어진다. 땀방울이 물방울과 함께 뒤섞여 흘러내린다. 흘러내린 땀방울이 여자의 가슴으로, 그 가슴을 누르고 있는 내 손등으로 뚝뚝 떨어진다.

내 잘못이다. 여자에게 깊이 들어가면 안 된다는 말을 미처 해주지 못했다. 급격히 수면이 깊어지니 조심하라고 일러줬어야 했는데……. 이미 한 번 바다에 빠져 죽을 뻔했던 여자다. 이제 겨우 상처가 나아가고 있다. 그런 여자가 다시 물에 빠져 숨을 쉬지 못한다. 그녀가 깨어나지 못할까 봐 두렵다. 두려워 미칠 것 같다.

[쿨럭! 으으…….]

상체를 들썩이며 말간 물을 한소끔 게워낸 여자가 더 이상 물을 게워내지 않는다. 바들바들 떨며 신음을 뱉어낸다. 힘없이 감겨 있던 눈꺼풀을 바르르 뜬다. 손바닥에 맞닿은 여자의 가슴에서 고동치는 심장박동이 느껴진다.

살았다!

비로소 막혔던 숨이 쉬어진다. 여자의 턱을 움켜쥐고 있던 손으로 뺨을 쓸어내렸다. 그녀가 떠는 것인지, 내가 떠는 것인지 손끝이 바들바들 떨리고 있다.

"진…… 진……. 눈을 떠봐. 진?"

목소리마저 떨려 나온다. 나지막한 부름에 여자가 반응을 보인다. 여자의 눈꺼풀이 바르르 떨리며 천천히 위로 올라간다. 까만 동공이 눈동자를 전부 먹어치웠나 보다. 안 그래도 까만 눈동자가 더없이 까맣다.

[……콜튼…….]

여자가 약하디약한 목소리로 내 이름을 부른다. 그 여리고 낮

은 목소리에 심장이 울컥거린다. 등골을 싸늘하게 스치고 내려
가던 두려움이 순식간에 안도로 모습을 바꾼다.

"진, 진."

나는 나도 모르게 여자를 왈칵 끌어안았다. 쿵쿵거리며 뛰어
대는 탄탄한 가슴에 여자의 약하게 뛰는 물컹한 가슴이 맞닿았
다. 여자의 보드라운 가슴이 이지러진다. 여자의 얼굴이 힘없이
어깨에 털썩 내려앉는다.

나는 떨리는 손으로 여자의 민머리를 쉼없이 쓰다듬었다. 뜨
겁게 뿜어져 나오는 떨리는 숨을 여자의 여린 목덜미에 쏟아냈
다.

나는 한참 동안 그대로 여자를 끌어안고 있었다. 정신을 차린
여자가 품속에서 바르작거린다. 단단하게 끌어안고 있던 여자
를 품속에서 떨어뜨렸다. 아직 혈색이 돌아오지 않은 창백한 여
자의 얼굴이 보인다.

여자가 흐릿한 시선으로 올려다본다. 한없이 여리고 약한 여
자의 모습에 다시 한 번 가슴이 뭉클거린다. 여자의 뺨을 부드
럽게 감싸 들어 올렸다.

"이제 괜찮은 건가?"

여자가 힘없이 고개를 끄덕인다.

"당신이 나를 또 구했네요. 고마워요. 그리고…… 미, 미안해
요. 많이 놀랐죠?"

여자의 흐릿한 시선을 집요하게 바라보았다. 여자가 정말 괜

찮은지 확인하기 위해 나는 몇 번이고 여자를 바라보고 또 바라 보았다.

"쿨럭. 하아……. 천천히 걸어가는데 갑자기 바닥이 없어졌어 요. 얼마나 놀라고 당황했던지……. 너무 놀라서 헤엄을 칠 수 도 없었어요."

"미안. 내 잘못이야. 너무 깊이 들어가면 안 된다고 미리 말해 줬어야 했는데…… 미처 말해주지 못했어. 정말 미안해."

여자가 고개를 가로젓는다. 미세한 고갯짓에 마음이 아릿하 게 아프다.

"아니에요. 내가 부주의해서 생긴 일이에요. 당신이 사과할 일이 아니에요."

여자는 여전히 충격이 가시지 않은 듯 온몸을 바들바들 떨고 있다. 나는 여자를 꼭 끌어안고 가녀린 등을 쓸어내렸다. 보드 라운 맨살에 툭 튀어나온 척추뼈가 안쓰럽다. 여자의 떨림이 가 라앉을 때까지 나는 여자의 등을 끊임없이 쓸어내리고 어루만 졌다.

목덜미와 등에 뿜어지는 여자의 숨이 서서히 뜨거워진다. 안 정을 되찾아가는 그녀의 숨결에 긴장했던 근육들이 서서히 풀 어져 간다. 가쁘게 내쉬던 그녀의 숨결을 따라 나의 숨결도 점 점 잦아들어 간다.

"가자, 집으로."

나는 여자를 조심스럽게 안아 들었다. 기력을 소진한 여자의 머리가 왼쪽 가슴을 파고든다. 여자는 너무 가볍다. 너무 연약하다. 갓 태어난 원숭이처럼 한없이 여리고 약해 보살핌이 필요한 존재다. 한순간 방심하면 어떤 위험을 당할지 모르는 존재.

리사처럼.

처음 리사를 만났을 때, 리사는 갓 태어난 새끼 원숭이였다. 내가 그들을 처음 발견했을 때, 욕심 많은 드라곤은 어미를 집어삼키고도 양이 차지 않아 작고 연약한 리사를 노리고 있었다. 나무에서 떨어진 모양인지 리사는 다리에 상처를 입고 있었다. 겁에 질린 녀석은 비명 소리도 크게 내지 못하고 있었다.

그 모습에 나는 앞뒤 가릴 것도 없이 칼을 번쩍 치켜들고 드라곤에게 달려들었다. 드라곤이 달려드는 나의 기척을 알아채고 거대한 몸뚱이를 돌렸다. 놈의 노릿한 눈동자와 나의 파란 눈동자가 허공에서 부딪혔다. 소름이 끼쳤지만 나는 녀석의 시선을 피하지 않았다. 서로를 쏘아보는 눈빛에 허공에서 불꽃이 튀는 것 같았다. 순식간에 녀석이 커다란 입을 벌리고 달려들었다. 나는 녀석의 공격을 피하며 녀석의 거대한 몸뚱이에 칼을 꽂아 넣을 틈을 노렸다.

공격이 번번이 실패하자 녀석이 거대한 몸집으로 나를 칭칭 감싸려고 달려들었다. 비대한 몸집에 비해 녀석의 움직임은 굉장히 빨랐다. 하지만 내가 더 빨랐다.

나는 달려드는 놈의 머리 아래로 미끄러져 들어가 재빨리 놈의 몸통 위로 올라탔다. 놈의 몸은 차갑고 미끄러웠다. 나는 떨어지지 않기 위해 안간힘을 쓰면서 놈에게 칼을 꽂아 넣는 데 성공했다.

드라곤이 요동을 쳤다. 엄청난 몸부림이었다. 나는 칼을 깊이 집어넣기 전에 바닥으로 떨어지고 말았다. 그러나 나는 칼을 절대로 놓치지 않았다. 칼을 들고 있는 손은 물론 머리부터 발끝까지 전신이 놈이 쏟아낸 시뻘건 피로 흠뻑 젖어 있었다. 나는 후다닥 일어나 다시 공격 자세를 취했다. 시야를 가리는 시뻘건 피를 거칠게 닦아냈다.

놈은 거대한 몸을 꼬아대며 괴로워했다. 나는 다시 놈에게 달려들었다. 원숭이를 집어삼킨 놈의 배를 가를 생각이었다. 그러나 상처 입은 녀석이 빠르게 도망치기 시작했다. 녀석이 기어가는 곳마다 숲이 발갛게 물들어갔다. 나는 도망치는 녀석의 뒤를 쫓았다. 이번에야말로 끝장을 볼 생각이었다.

그때였다.

꺄꺄……

등 뒤에서 애처로운 울음소리가 들려왔다. 나는 걸음을 멈추고 뒤를 돌아보았다. 팔뚝 반만 한 작은 새끼 원숭이 한 마리가 바들바들 떨며 울고 있었다. 상처 입고 어미를 잃은 새끼 원숭이는 겁에 질려 울고 있었다.

나는 그 새끼 원숭이를 외면할 수 없었다. 어머니를 잃은 지 얼마 안 된 내 모습이 녀석의 모습에 겹쳐 보였다. 나는 걸음을 돌려 새끼 원숭이에게 다가갔다. 공포에 젖은 녀석의 키다란 눈동자에 시뻘건 피를 뒤집어쓴 내 모습이 비쳐 보였다.

녀석에게 조심스럽게 손을 내밀었다. 하지만 겁먹은 녀석은 작은 몸을 웅크리고 꼼짝하지 않았다. 나는 기다렸다. 녀석이 스스로 손을 잡아오기를.

한참 만에 벌벌 떨던 녀석이 내 손가락 한마디도 되지 않는 손을 내밀었다. 망설이며 내 손을 잡았다. 나는 바닥에 무릎을 꿇고 앉아 용기 내어 손을 잡아온 녀석에게 웃어 보였다. 신기하게도 방금 전까지 겁에 질려 있던 녀석이 나를 보고 희미하게 웃어 보였다.

집으로 데려가 녀석의 상처를 치료해 주었다. 상처가 다 나은 녀석을 원숭이 무리로 돌려보냈다. 녀석은 너무 어려서 어미젖을 먹어야 할 나이였다. 나에게는 녀석의 주린 배를 채워줄 젖이 없었다.

원숭이들은 녀석을 쉽게 받아주었다. 다른 어미 원숭이가 녀석에게 젖을 물리는 것을 확인한 후 나는 집으로 돌아왔다.

다음날부터 녀석이 나를 찾아오기 시작했다. 젖만 먹고 나면 나를 찾아와 떨어지지 않으려고 했다. 가끔은 녀석이 귀찮기도 했지만 솔직히 녀석과 함께하는 것이 싫지 않았다. 좋았다. 나는 녀석에게 리사라는 이름을 지어주었다.

리사는 장난이 심했다. 어찌나 장난이 심하던지 한순간 눈을 떼고 있으면 원숭이 주제에 나무에서 떨어져서 다치기도 했다. 이제는 다 커서 더 이상 나무에서 떨어지지 않지만 말이다.

호기심도 강해 멋대로 돌아다니고 만져 대다가 코코넛게에 손가락이 잘릴 뻔도 했었고 바다에 빠질 뻔한 적도 있었다. 호시탐탐 먹잇감을 노리며 돌아다니는 드라곤과도 몇 번이나 마주치기도 했다. 다행히 항상 내가 먼저 발견하고 녀석을 구해줬기에 망정이지 잘못했으면 리사는 벌써 드라곤에게 잡혀먹혔을지 모른다.

　섬은 겉으로 보기에는 아름답고 평화롭기 그지없지만 약하고 여린 동물에게는 항상 위험이 도사리고 있는 곳이기도 하다.

　여자 역시 한없이 연약하고 여리다. 여자에게 섬은 아직 위험한 곳일 뿐이다.

　내가 지켜주겠다. 어떤 위험에도 노출되지 않도록 내가 당신을 지켜주겠어.

　여자를 안은 손에 힘이 들어간다. 여자를 가슴 깊이 끌어안았다.

　집에 도착했다. 심통이 나 놀러 갔던 리사가 어느새 돌아와 기다리고 있었다. 텅 빈 집 주변을 빙글빙글 돌고 있던 녀석이 나와 여자를 발견하자 눈을 동그랗게 뜨고 후다닥 달려왔다.

　꺅꺅.

　달려들려는 녀석을 발로 막았다.

　"저리 가, 리사."

　녀석이 의아한 표정으로 물끄러미 품에 안긴 여자와 나를 번갈아 바라본다. 녀석의 시끄러운 울음소리에 여자가 깨어났을까 싶어 얼른 여자의 얼굴을 살폈다. 여자는 지쳐 깊은 잠에 들어 있었다. 옅은 숨이 고르게 가슴을 간질인다. 다행이다. 그녀가 깨지 않아서.

성큼성큼 집 안으로 들어갔다. 쪼르륵. 리사가 뒤따라온다.

나무 침상에 여자를 조심스럽게 눕혔다. 이파리 사이를 뚫고 쏟아지는 흐릿한 달빛에 여자의 벌거벗은 몸뚱이가 뽀얗게 도드라져 보인다. 색색거리며 깊이 잠든 여자의 창백한 얼굴을 꼼꼼하게 살핀다.

다행히 지쳤을 뿐 크게 상한 것은 아닌 모양이다. 여자의 작은 얼굴에서 시선을 내린다. 가느다란 목덜미를 지나 둥근 어깨를 훑는다. 가늘고 기다란 팔이 침상에 힘없이 늘어져 있다. 뽀얗게 드러난 몸으로 시선이 향한다.

가는 몸에 봉긋 솟은 가슴이 탐스럽다. 코코넛을 반으로 잘라 엎어놓은 모양새다. 뽀얀 코코넛 속살 위에 검은 조약돌 하나씩을 얹어놓은 것 같다. 작고 맨들맨들한 반짝이는 검은 조약돌. 여자의 가슴에서 시선이 떨어지지 않는다.

뽀얀 살결에 울긋불긋한 흔적이 새겨져 있다. 여자의 가슴을 누르던 내 손자국일 터이다. 여자의 가슴에 찍혀 있는 내 손자국에 갑자기 숨이 가빠져 온다.

여자에게 무슨 일이 생겼을까 봐 두려워하고 걱정하던 마음이 이상야릇하게 변해간다. 심장이 쿵쿵 뛰어댄다. 마른침을 삼키는 목구멍이 따끔거린다.

시선을 아래로 내렸다. 만월처럼 둥글게 솟아 있는 탐스러운 가슴 아래로 잘록한 허리가 보인다. 여자가 고른 숨을 내쉴 때마다 갈비뼈가 도드라진다. 푹 파인 복부 한가운데 새끼 손톱만 한 배꼽이 둥글게 파여 있다. 그 작은 홈 속에 아직 물기가 고여 있다. 불현듯 입으로 빨아 마시고 싶다는 충동이 인다.

척추를 따라 흐르는 전율에 몸이 바르르 떨린다. 나는 떨리는 시선을 더 아래로 내렸다. 둥근 둔부 아래로 쭉 뻗은 다리가 미끈하게 뻗어 있다. 그리고 그 가운데…….

반짝이는 검은 수풀이 보인다. 물기에 젖어 번들거리는 수풀이 통통한 둔덕을 감싸고 있다. 수풀 사이로 반으로 갈라진 골이 희미하게 보인다.

심장이 거세게 뛰어댄다. 숨을 쉴 수 없을 정도로 숨이 가쁘다. 척추를 따라 흐르던 선율이 온몸으로 삽시간에 번져 간다. 손발이 저릿저릿하다. 아랫배가 딱딱하게 당겨온다. 작아져 있던 살덩이가 금세 쑥쑥 덩치를 키운다. 녀석은 금세 아랫배를 압박할 정도로 커다랗게 자라 꿈틀꿈틀 움직여 댄다.

여자의 가랑이에서 시선을 뗄 수 없다. 반짝이는 검은 수풀을 헤집고 손가락 마디마디 수풀을 휘감고 싶다. 저릿저릿한 손에 힘이 바짝 들어간다. 단단한 근육으로 뒤덮인 가슴이 들썩거린다. 거세게 뛰는 심장이 바위보다 더욱 단단한 가슴을 뚫고 튀어나올 것만 같다.

숨 쉬기가 어렵다. 입을 벌리고 모자란 숨을 토해낸다. 뜨거운 숨이 터져 나온다.

아무 생각도 나지 않는다. 머릿속이 새하얗다. 하얀 그 머릿속으로 언젠가 보았던 원숭이들의 교미 장면이 선명하게 떠오른다.

암컷을 올라타고 거친 숨을 내쉬던 수컷의 움직임. 벌겋게 솟아오른 아랫도리를 암컷의 아래에 집어넣고 헉헉대던 수컷의 모습. 그런 수컷에게 엉덩이를 내어주고 엎드려 있던 암컷은 죽을 듯이 비명을 질러댔었다.

그러나 그 비명은 고통의 비명과는 달랐다. 한껏 찡그린 수컷의 표정도 고통스러운 표정이 아니었다.

녀석들은…… 분명 엄청난 희열에 차 있었다. 녀석들은 교미의 즐거움을 만끽하고 있었다.

그 모습을 바라보며 나는 처음으로 녀석들을 부러워했었다. 짝이 있는 녀석들이 부러웠었다. 그때도 지금처럼 아랫도리는 저절로 부풀어 올랐었다. 아랫배를 압박하는 살덩이를 어찌할 바 몰라 나는 후다닥 그 자리를 피해 도망쳤었다. 그러고도 한참 동안 비대해진 살덩이는 가라앉지 않았었다. 당황스럽고 불편했던 기분이 오랫동안 가시지 않았었다.

그 후로 나는 동물들이 교미를 할라 치면 먼저 자리를 피해버렸다. 아무 곳에서나, 아무 때나 교미를 하는 녀석들을 피해 바닷가에서 한참 동안 시간을 보내기도 했다.

사람, 여자.

어쩌면 나는 드디어 내 짝을 찾았는지 모른다. 다른 동물들처럼 마음껏 교미하고 새 생명을 만들어낼 수 있는 짝. 이 여자와 과연 과거 부모님처럼 그렇게…… 아이를 낳고 새로운 가족을 다시 만들 수 있을까?

나는 가랑이에서 떨어지지 않는 시선을 가까스로 떼어냈다. 여자의 얼굴로 시선을 돌렸다. 여자는 깊이 잠들어 있었다. 아무것도 모른 채 벌거벗은 모습으로 내 앞에, 내 침상에 잠들어 있었다.

손을 들어 여자의 얼굴을 어루만진다. 보드라운 살결에 손이 녹을 것 같다. 심장이 찌릿찌릿하다. 나는 천천히 허리를 구부렸다. 그녀의 달달한 살 냄새가 훅 끼쳐 온다. 새근거리며 옅은 숨을 내쉬는 여자의 상처투성이 입술에 살짝 입술을 포갠다.

여자의 촉촉한 숨결을 늘이마신다. 가슴속이 뜨거워신나.

아버지가 어머니에게 하셨던 것처럼 나는 그렇게 여자에게 처음으로 입을 맞췄다.

입술이 뜨겁다. 모든 감각이 맞닿은 입술에만 집중되어 있는 듯하다. 나는 천천히 입술을 떼고 침상에서 한 발자국 떨어졌다. 문 앞, 바닥에 새로 마련한 나의 잠자리, 나무 이파리 더미 위에 저릿저릿한 몸을 의지했다. 사각거리는 이파리가 민감해진 피부를 간질인다.

나는 등을 기대고 앉아 여자를 바라보며 밤을 지새운다. 여자에게서 한시도 눈을 떼지 않는다. 나는 밤새 눈으로 여자를 범하고 머릿속으로는 여자를 수차례 안는다. 그럴수록 점점 더 불끈거리며 요동을 쳐대는 살덩이를 애써 무시한다.

이를 악물고 다짐한다. 언젠가는 여자를 진짜 안을 것이라고. 여자를 품에 안는 날, 여자의 연약하고 뽀얀 몸 전체에 나의 커다란 손자국을 남길 것이라고. 여자의 저 가늘고 뽀얀 몸속으로 무섭게 덩치를 키운 살덩이를 집어넣어 여자의 입에서 환희의 교성이 터지도록 만들 것이다. 여자의 몸에서 새 생명을 얻을 것이다.

그러나 지금은 아니다. 기다릴 것이다. 여자가 기꺼이 안겨오기를. 아무리 발정한 수컷도 암컷이 진심으로 받아주지 않으면 교미를 할 수 없다. 그것이 자연의 섭리다.

더구나 아버지는 말씀하셨었다. 여자는 소중하게 보살피고 존중해야 할 존재이지 강압적으로 차지하고 억압하는 존재가 아니라고. 때문에 진정으로 사랑하고 아껴야만 한다고.

사랑…….

나는 남녀 간의 사랑이 무엇인지 정확하게 알지 못한다. 다만 부모님이 서로를 바라보고 미소 짓던 모습만을 기억할 뿐이다. 내가 아는 남녀 간의 사랑은 부모님이 나누시던 사랑의 모습이 전부다. 두 분은 항상 함께하셨다. 서로를 끌어안고 키스를 나누실 때마다 주변의 공기는 덩달아 더없이 따스하고 행복하게 달아오르고는 했었다.

아버지는 어머니를 사랑하셨다.

아버지는 사랑하는 어머니를 대신해 목숨을 버리셨다.

어머니는 아버지를 사랑하셨다.

어머니는 사랑하는 아버지를 그리워하며 남은 생을 사셨다. 숨을 거두시는 순간까지 아버지를 잊지 못하셨으며 눈을 감는 순간 비로소 아버지에게 갈 수 있음에 진심으로 기뻐하셨다.

나는 그런 두 분을 사랑했다. 그리고 지금도 사랑한다.

그런 부모님에게 나는 사랑을 배웠다.

서로에게서 눈을 떼지 못하고 함께 있는 것만으로도 행복한 그런 사랑. 서로를 위해 목숨도 아깝지 않은 그런 사랑. 사랑하는 사람과의 약속을 지키기 위해 최선을 다하는 사랑. 서로를 존중하고 한결같이 서로를 아끼고 보호하는 사랑. 떨어져 있어도, 눈에 보이지 않아도 언제나 함께 있음을 느끼고 그리워하는 그런 사랑.

나도 그런 사랑을 하고 싶다.

선우진, 바로 이 여자와.

[으음…….]

　여자가 깨어나고 있다. 나는 뒤로 기대고 있던 상체를 바로 세웠다. 태양이 솟아오르고도 한참이 지난 후였다. 얼기설기 엮어놓은 이파리 사이로 햇빛이 쏟아져 들어오고 있다. 눈부신 햇살에 여자의 뽀얀 몸뚱이가 투명하게 빛난다.

　여자가 몸을 뒤척인다. 힘없이 늘어뜨리고 있던 손을 들어 햇살을 막는다. 손 그림자에 가려진 여자의 눈꺼풀이 서서히 떠진다. 여자가 붉은 혀로 마른 입술을 핥는다. 나는 천천히 몸을 일으켜 바닥에 무릎을 대고 앉는다.

　몽롱하게 젖은 여자의 검은 눈동자가 사방을 훑는다. 여자의 시선이 나를 발견하고 멈춘다. 놀란 것 같기도 하고 안도한 것 같기도 한 눈빛이다. 나는 그녀가 온전히 정신을 차릴 때까지 가만히 숨죽여 기다린다.

[콜튼······.]

여자가 나지막한 목소리로 내 이름을 부른다. 어느 순간부터 나는 내 이름을 부르는 여자의 목소리에 가슴이 설레이곤 한다. 가슴속에 자잘한 파도가 끊임없이 밀려오는 기분이다. 여자의 부름에 고무된 나는 몸을 일으켜 한 걸음 다가간다.

"이제 깼나? 몸은 괜찮아?"

여자가 작게 고개를 끄덕인다. 똑바로 나를 바라보면서도 여자가 눈을 감지 않는다. 나른한 모습으로 얼굴을 슬쩍 돌릴 뿐이다. 가슴이 답답한지 여자가 손을 들어 제 가슴을 더듬거린다. 골이 파인 가슴골을 쓰다듬는 기다란 손가락의 움직임이 나른하다. 여자의 가슴골은 벌써부터 아침 햇볕에 달아올라 송골송골 땀이 맺혀 있다.

여자의 손바닥이 벌거벗은 오른쪽 가슴을 감싸 덮는다. 순간 여자가 움찔한다. 나른하게 제 가슴을 더듬거리던 움직임이 일순 멈춘다. 손 그림자에 가려진 여자의 두 눈이 번쩍 뜨인다. 바싹 말라 있는 여자의 입술이 쩍 벌어진다.

여자가 주춤거리며 왼쪽 가슴으로 손을 가져간다. 검게 솟아오른 정점이 여자의 손바닥에 스친다. 손을 움찔거린다. 이제 여자의 손은 눈에 확연하게 보일 만큼 떨리고 있다. 떨리는 손이 벌거벗은 상체로 미끄러져 내려간다. 점점 아래로 내려간 손이 검은 수풀에 가 닿아 멈춘다.

[꺄악!]

여자가 새된 비명을 지르며 자리에서 벌떡 일어난다. 한 손으로 가슴을 감싸고 남은 한 손으로 가랑이를 가린다. 여자의 얼굴이 순식간에 시뻘겋게 달아오른다. 여자의 부릅뜬 눈이 쉴 새 없이 벌거벗은 제 몸을 훑고 돌아다닌다.

여자는 또 내가 알아들을 수 없는 한국어로 무어라 외쳐 대며 비명을 질러댄다. 숨을 꺽꺽거린다. 흥분한 여자가 걱정이 된 나는 성큼 다가간다. 어쩔 줄 몰라 하는 여자의 가는 팔뚝을 움켜잡는다.

"진, 왜 그래? 진정해."

여자가 제 몸을 감싸 안은 팔을 풀지도 못한 채 내게서 벗어나려고 마구 몸을 비튼다. 허우적거리는 여자를 나는 더욱 단단하게 움켜잡는다. 여자가 가슴을 감싸고 있던 팔을 들어 내 손을 세차게 걷어낸다.

영문을 모른 채 세차게 밀쳐진 나는 다시 여자의 어깨를 왈칵 움켜잡는다.

"윽!"

갑자기 여자가 성난 짐승처럼 내 팔등을 옴팡지게 깨문다. 어찌나 세게 물었는지 살점이 뜯어져 나가는 것 같다. 얼른 손을 거두고 깨물린 팔등을 내려다본다. 여자의 잇자국이 깊이 파여 있다. 미간이 확 구겨진다. 도대체 왜 여자가 흥분해서 난리를 피워대는지 이유를 도통 모르겠다.

"진, 갑자기 왜 그래! 알아듣게 말을 해야 뭐가 잘못됐는지 알지."

나는 흥분한 여자를 달래기 위해 최대한 부드럽게 말한다. 여자가 죽일 듯이 노려본다. 얼굴뿐 아니라 온몸을 시뻘겋게 물들이고 여자가 소리친다.

"내 옷! 내 옷 어쨌어요! 왜 날 발가벗겼죠? 날 이렇게…… 해놓고 대체 무, 무슨 짓을 한 거예요!"

옷? 지금 옷 때문에 이러는 거야? 게다가 옷을 내가 벗겼다고? 하, 어이가 없다. 나는 거칠게 머리를 쓸어 올렸다.

"이봐, 진. 이젯밤 일, 생각 안 나?"

여자가 미간에 쌍심지를 켜고 씩씩거린다.

"어, 어젯밤?"

부릅뜬 눈을 데굴데굴 굴리는 폼이 잔뜩 약이 오른 기니피그 같다. 열심히 기억을 짜내는 모습이 역력하다. 나는 한 걸음 뒤로 물러났다. 팔짱을 끼고 여자가 어젯밤을 기억해 내기를 잠자코 기다렸다.

눈동자를 데굴데굴 굴리던 여자의 눈이 한순간 커다래졌다.

[아!]

가슴을 가리고 있던 손으로 벌어진 입을 막더니 다시 화들짝 놀라 얼른 가슴을 가린다. 여자가 어쩔 줄 몰라 한다.

"저…… 저……."

입은 뻐끔거리는데 제대로 된 말을 하지 못한다. 당황한 모양
이다. 나는 삐뚜름하게 서서 여자를 내려다보았다. 한참을 버벅
거리던 여자가 침을 꿀꺽 삼키고 고개를 푹 숙인다.

"저기, 오, 오해해서 미, 미안해요."

나는 너그럽게 여자를 용서해 주기로 한다. 대범하게 어깨를
으쓱거려 주었다. 팔짱을 낀 팔뚝에 벌겋게 부풀어 오르기 시작
하는 여자의 잇자국이 선명하다. 여자가 푹 숙인 얼굴은 들지도
않은 채 눈만 동그랗게 뜨고 올려다본다. 여자의 시선이 벌건
잇자국에서 멈춘다.

"정말, 미안해요. 너무 놀라고 당황해서 나도 모르게 그
만……."

여자의 시선이 팔뚝에서 떨어질 줄 모른다. 여자가 너무 미안
해하자 내가 더 무안하다. 나는 슬쩍 팔짱을 풀어 등 뒤로 감춘
다. 여자가 황급히 시선을 내리깐다. 온몸이 벌겋게 달아오른
여자와 벌겋게 달아오르는 팔뚝을 감춘 나는 서로 시선을 피한
다.

여자의 시선은 고집스레 바닥에만 고정되어 있고 나는 멀뚱
히 서서 듬성듬성 뚫린 짙푸른 천장만 바라본다. 어색하다. 자
꾸 가는 팔에 가려져 있는 여자의 가슴과 가랑이에 시선이 가려
고 한다. 목이 마른 것 같기도 하고 속이 타는 것 같기도 하다.
괜한 헛기침만 나온다.

"흠흠. 기억이 났다니 다행이군. 기분은…… 아니, 몸은 어때. 어디 아프지는 않나?"

기분이 어떠냐고 물어보려다가 얼른 질문을 바꾼다. 여자의 기분이 어떤지는 굳이 대답을 듣지 않아도 알 것 같다.

"괘, 괜찮아요. 당신이 아니었으면……. 정말 고마워요. 그리고 미안해요."

"괜찮다니 다행이군."

왜 이렇게 몸이 간질간질하고 속이 타는지 모르겠다. 짠 바닷물을 한가득 들이마신 기분이다. 멋쩍어진 나는 목덜미를 긁으며 몸을 돌렸다.

"목마르지 않나? 갈증이 날 텐데……. 음, 물을 어디에 뒀더라……."

괜히 파파야와 코코넛, 바나나 등을 올려놓은 나뭇잎을 뒤적인다. 물이 이쪽에 없다는 것은 잘 알고 있다. 여자가 오고 난 후부터 나는 물을 언제나 침상 뒤편에 놓아두고 있다. 하루 종일 침상에서 꼼짝하지 않는 여자가 손만 뻗으면 언제든지 마실 수 있도록 말이다.

나는 뻔히 알면서도 계속 엄한 곳을 뒤적거린다. 왠지 그녀가 앉아 있는 침상 쪽으로 다가가기가 꺼려진다.

"저기, 물…… 이쪽에 있는데……."

"응?"

얼굴만 삐죽 뒤로 돌렸다. 여자가 온몸을 옹송그리고 앉아 턱으로 침상 뒤쪽을 가리킨다. 그 모습이 너무 웃겨 나는 하마터면 왈칵 웃어버릴 뻔했다. 흰개미에 물려 어찌할 바를 모르는 동물처럼 온몸을 배배 꼬고 있는 모습이 여간 웃기지 않다. 벌겋게 달아오른 몸뚱이도 영락없이 흰개미에 물린 모양새다.

나는 가까스로 터져 나오려는 웃음을 누르고 침상으로 향한다. 여자가 슬금슬금 나를 피해 반대편 구석으로 도망친다. 가슴과 가랑이를 가린 손을 풀지도 못한 채 꼼지락거리느라 멀리 가지도 못하면서.

나는 여자를 안 보는 척, 딴청을 피우며 침상 뒤로 돌아간다. 커다란 소라 껍데기에 담아놓은 물이 보인다. 벌컥벌컥 들이켠다. 미지근한 물이 식도를 거쳐 내장으로 빠르게 흡수된다. 어지간히 물을 들이켰지만 타는 속은 여전하다. 여자 때문이다.

여자는 열심히 가린다고 가렸지만 한쪽 가슴이 가느다란 팔뚝 사이로 툭 불거져 나와 있다. 꼼지락거리며 움직이느라 저도 모르는 사이에 비어져 나온 것이리라. 가늘고 하얀 팔뚝 사이로 보이는 풍만한 가슴에서 시선이 떨어지지 않는다. 앙증맞게 불거져 나온 검은 조약돌이 팔뚝에 짓눌려 있다.

어젯밤에 본 것보다 여자의 가슴은 더 커 보인다. 컴컴한 어둠 속에서 누워 있던 여자의 가슴도 충분히 봉긋했지만 양옆으로 퍼져 있던 가슴이 지금은 앞으로 모아져 출렁거리고 있다. 게다가 손으로 꽁꽁 감싸고 있는 터라 가슴이 아주 부풀어 터질 듯 솟아나 있다.

나는 입 밖으로 흘러내리는 물을 닦을 생각도 하지 못한다. 물을 마시는 척하면서 곁눈질로 여자를 계속 훔쳐본다. 어째 물을 마실수록 갈증은 더 심해진다. 소라 껍데기 한가득 담겨 있던 물이 금세 바닥을 드러냈지만 갈증은 조금도 가시지 않는다. 안 되겠다. 아무래도 호수 물을 다 마셔야 해소될 갈증 같다.

손등으로 입가를 닦으며 소라 껍데기를 입에서 떼어냈다. 그제야 여자의 질겅거리는 마른 입술이 보인다. 이런, 여자도 목이 마를 텐데……. 얼른 소라를 흔들어보았다. 찰랑, 찰랑. 다행히 약간의 물이 남아 있다.

여자에게 소라 껍데기를 건넸다. 여자가 불쑥 내밀어진 소라 껍데기에 움찔 놀란다.

"물. 목마를 거야. 마셔."

여자가 고개를 살래살래 흔든다. 목이 마르지 않다고? 거짓말.

"목마르지 않아도 마셔. 어제 억지로 폐 속에 들어간 물을 게워냈기 때문에 속이 뒤집어졌을 거야. 마셔야 돼. 자, 얼른."

여자는 입술을 아예 먹어 치울 셈인가 보다. 아주 옴팡지게도 질겅거리고 있다. 누가 물을 마시라 그랬지 제 입술을 먹으라고 했나? 나는 푹 숙인 여자의 얼굴 앞으로 소라 껍데기를 바짝 들이밀었다.

여자가 소라 껍데기를 피해 얼굴을 피한다.

"내 옷…… 어디 있어요?"

이런, 또 옷 타령이다. 답답하다. 한숨이 터져 나온다. 가만, 여자 옷을 어쨌더라? 물에 빠진 여자를 구한 다음에…… 아, 챙겨오지 못했다. 여자 걱정에 옷 따위는 생각도 하지 못했다. 옷은 아직 여자가 어젯밤에 벗어놓은 곳에 그대로 있을 것이다. 호기심 많은 동물들이 가져가지 않았다면 말이지.

"당신 구하느라 챙기지 못했어. 어젯밤에 당신이 벗어놓은 곳에 있을 거야."

옷에 집착하는 여자가 또 흥분해서 난리를 피울까 봐 일부러 동물들이 가져갔을지도 모른다는 말은 슬쩍 뺐다.

여자는 여전히 요지부동, 얼굴을 들 생각을 하지 않는다. 물을 아예 코앞까지 들이밀었다.

"마, 마실 수가 없어요."

"왜?"

"소, 손 때문에……."

손이 또 왜? 아하! 물을 마시려면 벌거벗은 몸을 가릴 수가 없기 때문에? 이런, 정말 답답한 여자다. 헛웃음이 나온다. 고작 그런 이유 때문에 타는 듯한 갈증을 참고 있단 말인가. 휴, 하지만 어쩔 수 없다. 억지로 먹이려고 하면 더 난리를 피워댈 것이 뻔하다. 여자가 원한다면 최대한 편하게 해주는 수밖에.

나는 물이 쏟아지지 않도록 조심스럽게 소라 껍데기를 여자 옆에 놓아주었다. 침상 뒤에서 텅 빈 소라 껍데기 다섯 개와 나무줄기로 촘촘하게 엮어 만든 커다란 물통을 어깨에 둘러멨다.

"나가 있을 테니까 마셔. 그런데 물이 좀 모자랄 거야. 조금만 참아. 더 떠다 줄게."

밖으로 나서려는데 여자의 성급한 목소리가 들려온다.

"콜튼! 지금 호수로 가는 거예요?"

"응."

"그럼, 내 옷도 좀 찾아다 줄래요?"

"알았어."

밖으로 나오니 뜨거운 기운이 온몸을 휘감는다. 지글거리는 태양이 머리와 등가죽에 내리꽂힌다. 나는 팔을 하늘 높이 치켜들고 크게 기지개를 켰다. 전신의 관절이 늘어나며 근육들이 불끈거린다. 숨이 턱턱 막히는 뜨거운 공기를 가슴 깊이 들이마셨다.

벌거벗은 몸을 드러내 놓고 어찔 줄 몰라 하던 여자의 모습이 눈앞에 아른거린다. 뜨거운 기운이 스며든 피부 아래가 간질거린다. 저절로 웃음이 비어져 나온다. 나는 힐끗 뒤를 돌아보고는 얼른 걸음을 옮겼다.

태양이 어찌나 뜨겁던지 호수에 다다랐을 무렵에는 전신이 온통 땀으로 흠뻑 젖어버렸다. 우선은 좀 씻어야겠다. 옷에 발이 달린 것도 아닌데 옷이야 씻은 다음에 찾아도 충분하리라. 나는 호수 주변에 피어 있는 박하 향 나는 풀잎과 꽃을 한 움큼 뽑아 들고 풍덩 호수로 뛰어들었다. 따가운 태양열에 달아오른 피부가 금세 식으며 파시식 소리가 나는 듯하다.

"아, 시원하다."

나는 수면 밑바닥까지 깊숙이 들어갔다가 바닥을 박차고 수면 위로 솟구쳐 올라왔다. 물보라를 일으키며 시원하게 떨어지는 폭포까지 빠르게 헤엄쳐 갔다. 폭포 주변에는 발을 디디고 올라설 만한 바위가 듬성듬성 박혀 있었다. 나는 발끝에 힘을 주고 미끈거리는 바위 위에 올라섰다. 몸이 잠시 휘청거렸지만 금세 중심을 잡았다.

살짝 긴장된다. 폭포 주변은 온통 젖은 이끼로 뒤덮여 있어서 미끈거린다. 만만히 봤다가는 '아차' 하는 순간 그대로 곤두박질치기 십상이다. 방심은 금물이다. 폭포 주변의 수면은 상당히 깊기까지 하다. 게다가 잘못 곤두박질치면 수면 밖에서는 보이지 않는 바위에 머리가 부딪혀 깨질지도 모른다.

나는 조심스럽게 듬성듬성 솟아나 있는 평평한 바위를 밟고 걸음을 옮긴다. 폭포가 떨어지는 지점에는 다행히 발을 디디고 서 있을 만한 널찍한 바위가 하나 있다. 나는 훌쩍 몸을 날려 미끈거리는 바위 위에 무사히 안착한다. 두 팔을 벌리고 천천히 몸을 일으킨다. 엄청난 세기의 물이 정수리와 어깨, 양옆으로 활짝 벌린 팔뚝을 무지막지하게 강타한다.

물줄기가 피부를 뚫을 만큼 세차다. 정수리와 어깨를 때리며 쏟아지는 물줄기가 따끔거리며 아프기도 하지만 상쾌하기 그지없다. 숨을 쉬느라 벌어진 입으로도 물이 세차게 들이친다. 양

손을 머리 뒤로 돌려 깍지를 낀다. 얼굴을 들어 올려 세차게 쏟아지는 물줄기를 얼굴로 맞는다.

마음과 몸이 모두 깨끗하게 정화되는 기분이다. 흡족하다.

나는 천천히 뒤를 돌아선 후 발끝에 힘을 모았다. 잔뜩 웅크렸다가 미끈거리는 바위를 박차고 허공으로 몸을 날렸다. 수축했던 근육들이 일시에 쭉 펴지면서 잠시나마 나는 허공을 날았다. 두세 번 허공에서 발을 굴렸는가 싶었는데 내 몸은 어느새 폭포 뒤편에 나 있는 동굴 앞에 가볍게 안착해 있다.

절로 웃음이 터져 나온다. 가슴이 뻥 뚫리는 것 같다. 나는 날쌘 몸놀림으로 동굴 주변의 놀들을 밟고 올라서며 위로, 위로 올라간다.

쏴아아.

귀가 멍멍할 정도로 쏟아지는 물줄기 소리가 천둥이 치는 듯 우렁차다. 나는 미끈거리는 돌들을 하나씩 짚고 밟아가며 점점 더 높은 곳으로 올라간다. 어느 정도 높이까지 올라왔다는 판단이 서자 더 이상 올라가기를 멈춘다. 허공에 삐죽 튀어나와 있는 돌을 밟고 올라가 중심을 잡는다.

한 걸음 앞으로 나가자 다시 온몸으로 세찬 물줄기가 내리꽂힌다. 나는 눈을 감고 얼굴을 위로 들어 올린다. 크게 숨을 들이마시고 바위를 박찬다. 몸이 허공으로 솟구쳐 오른다. 나는 다시 두 팔을 쭉 뻗고 하늘을 날았다. 한순간 창공을 나는 한 마리의 새가 되었다.

다음 순간 나는 폭포와 하나가 되어 빠르게 낙하하기 시작한다. 양옆으로 활짝 벌렸던 팔을 재빨리 머리 위로 모아 마주 잡는다. 쏟아지는 폭포보다 더욱 빠르게 아래로 내리꽂힌다. 쭉 뻗은 손가락에 차가운 물기가 느껴진다고 생각한 순간,

풍덩!

내 몸은 밀어내는 물을 거스르며 수면 아래로, 아래로 빨려들어간다. 어느새 거칠게 밀어내던 물이 온몸을 감싸 안으며 전신을 칭칭 휘감아온다.

눈 깜짝할 순간에 깊고 깊은 바닥까지 내려간 나는 허리를 비틀어 방향을 바꿨다. 바닥을 세차게 박차고 수면 위로 솟구쳐 올라갔다. 한 마리의 새였던 나는 물속을 유영하는 한 마리의 물고기가 되어 자유를 만끽했다.

그 순간, 나는 행복했다. 거세게 뛰는 심장박동과 흥분으로 떨리는 피부가 가감없이 느껴졌다. 살아 있음을 느꼈다. 자연과 함께 살아 숨 쉬고 하나가 되어 공존하는 자유와 생명력에 나는 몸서리쳤다.

수면 밖으로 올라와 거칠어진 숨을 내뱉으며 천천히 얕은 물가로 헤엄쳐 갔다. 나는 전신을 압박하던 흥분을 만끽하며 큰소리로 웃었다. 찰박찰박. 천천히 헤엄치는 소리와 유쾌한 웃음소리가 커다란 호숫가에 울려 퍼졌다.

뭍으로 올라온 나는 뜯어온 풀잎으로 흥분이 가라앉지 않은 피부를 문질렀다. 박하 향 나는 여린 풀잎을 뜯어 질겅질겅 씹

었다. 상큼한 박하 향이 입안 가득 번져 갔다.

퉤.

진액이 나오기 시작하는 풀잎을 멀리 뱉어내고 깨끗한 물로 입속을 헹궈냈다. 물기 묻은 얼굴을 세차게 가로저었다. 후드득. 머리카락에 매달려 있던 물방울들이 사방으로 튕겨 나갔다. 젖은 머리를 뒤로 바싹 쓸어 올렸다.

"자, 이제 그만 옷을 찾아 돌아가 볼까."

실컷 자유를 만끽한 나는 느긋하게 여자의 옷을 찾기 위해 주변을 두리번거렸다. 어젯밤 여자가 서 있던 자리를 눈짐작으로 훑었다. 싱싱하게 자라난 풀들이 끝도 없이 펼쳐져 있다. 그러나 여자의 파란 옷은 어디에도 보이지 않았다. 어라, 이곳이 아니었나?

고개를 갸웃거리며 물이 뚝뚝 떨어지는 몸을 뒤로 돌렸다. 바닥을 훑으며 천천히 앞으로 나아갔다.

푸드득.

사삭, 사삭.

등 뒤 바위 뒤편에서 뭔가 움직이는 소리가 들렸다. 뭐지? 얼른 고개를 뒤로 돌렸다.

푸드득.

골든체리 모란앵무새다. 녀석도 목이 말라 이곳을 찾아온 모양이다. 뭐가 그리 바쁜지 녀석이 인사도 없이 하늘 높이 날아오른다. 피식. 날아가는 녀석을 보며 얼굴을 돌렸다. 아니, 돌리려고 했다. 그러나 어딘가 다른 녀석의 모양새에 시선이 다시 돌아갔다. 뭘까. 나는 눈을 가늘게 뜨고 높이 날아오르는 녀석을 유심히 살폈다.

응? 미간이 찌푸려진다. 녀석이 입에 뭔가를 물고 있다. 기다란 검은색의 천. 저게 뭐지? 좀 더 자세히 보기 위해 목을 뒤로 꺾었다. 그래도 잘 보이지 않는다. 입술을 모아 휘파람을 불었다. 둥지를 향해 날아가던 녀석이 휘파람 소리에 반응을 보인다. 화려하게 수를 놓듯 푸른 하늘 속에서 울긋불긋한 몸체를 자랑하며 핑그르 돌아 어깨 위로 사뿐 내려앉는다.

녀석이 입에 물고 있는 천을 뺏어 들었다. 가까이서 본 천은 짙은 청색이었다. 음, ……이건 뭘까. 예전에 어머니가 가슴을 가리기 위해 코코넛으로 간단하게 만들어 입으시던 것과 닮은 모양새다. 그것보다는 훨씬 천이 많이 들어갔지만.

여자가 이걸 입은 모습은 한 번도 본 적 없지만 직감적으로 여자 것이라는 생각이 들었다. 피치 섬에 이런 천을 가지고 있는 사람은 여자밖에 없다. 아마도 원피스라고 부르던 푸른 옷 속에 이런 것도 입고 있었나 보다.

이걸 대체 어디에 입고 있었을까? 나는 손가락으로 가느다란 줄을 들고 길쭉한 그것을 앞뒤로 찬찬히 살펴보았다. 가느다란 줄에 매달린 둥근 천이 두 개. 흠, 아무래도 가슴을 가리는 용도로 쓰이는 또 다른 옷인 모양이다.

골든체리 모란앵무새가 제 것을 돌려달라고 고개를 까닥이며 푸드덕, 요란스레 날갯짓을 해댄다. 녀석의 붉은 머리통을 손가락으로 살살 쓰다듬어 주었다.

"미안하지만 이건 돌려주지 못하겠다. 주인이 따로 있거든."

말을 알아들었는지 녀석이 잽싸게 부리를 내밀고 달려든다. 어, 요놈 봐라. 누가 뺏길 줄 알고? 나는 손을 번쩍 치켜 올린다. 여자의 것을 낚아채려는 녀석의 부리를 요리조리 피한다. 웬일인지 녀석이 포기를 하지 않는다. 날개를 푸드덕거리며 부리를 내밀고 여자의 것을 빼앗기 위해 집요하게 달려든다. 황당하기도 하지만 녀석과의 장난이 재미있기도 하다. 나는 녀석을 골려주기 위해 펄쩍펄쩍 뛰어다니며 이리저리 손을 감춘다.

그러나 확실히 날개 있는 녀석이 빠르긴 빠르다. 잠시 방심한 사이에 녀석이 뾰족한 부리로 손을 쪼아대고는 부리나케 떨어지는 옷을 잡아채 높이 날아오른다. 눈 깜짝할 순간이었다.

"아야! 어? 야, 안 돼! 그건 진 거야. 돌려줘! 야, 인마!"

하지만 녀석은 들은 체도 안 하고 후다닥 날아가 버렸다. 나는 멀어지는 검푸른 꼬리를 바라보며 소리를 바락바락 질러댔다. 한참을 쫓아갔다. 하지만 결국 나는 숨을 헉헉 몰아쉬며 뜀박질을 멈출 수밖에 없었다. 녀석은 이제 더 이상 보이지도 않았다.

"이런. 안 되는데……."

녀석은 저 짙은 천으로 둥지를 더욱 튼튼히 만들 것이다. 녀석은 새끼들을 돌볼 튼튼한 둥지를 만들어 좋아라 하겠지만 나는 어쩌란 말인가……. 이해가 안 갈 정도로 유독 옷에 집착하는 여자다. 만약 저걸 잃어버렸다고 하면 과연 어떤 반응을 보일지……. 솔직히 짐작이 안 간다.

"어쩐다?"

미간을 잔뜩 찌푸리고 허망하게 하늘만 노려보고 있던 나는 하는 수 없이 터덜거리며 발길을 돌렸다.

"할 수 없지 뭐. 설마 날 어쩌기까지 하겠어? 남은 옷이 있으니 어떻게든 되겠지."

나는 한숨을 푹 내쉬며 남은 옷이라도 챙기기 위해 얼른 녀석이 날아올랐던 바위로 돌아갔다.

"헉!"

나는 바위를 몇 걸음 앞두고 걸음을 멈췄다. 눈앞에 펼쳐져 있는 믿을 수 없는 광경에 너무 어이가 없어서 말도 나오지 않았다. 언제 따라왔는지 리사가 원숭이 두 마리와 여자의 옷을 두고 실랑이를 벌이고 있다. 그중 원숭이 한 마리는 골든체리 모란앵무새가 물고 가버린 것과 같은 색의 자그마한 천을 머리에 뒤집어쓰고 있었다.

녀석들은 서로 여자의 옷을 차지하기 위해 한 치도 물러서지 않았다. 이를 드러내고 서로를 향해 숲이 떠나가라 꺅꺅 소리를 질러댔다. 너무 어이가 없어서 말릴 생각도 하지 못하고 있는 사이, 녀석들의 실랑이에 옷이 팽팽하게 당겨졌다. 그리고…….

부우욱.

천이 찢어지는 소리가 들려왔다. 번쩍! 정신이 든 나는 사색이 되어 고함을 치며 달려갔다.

"안 돼! 그만! 안 돼!"

녀석들이 나의 고함에 놀라 우뚝 움직임을 멈추는가 싶더니, 후다닥 도망치기 시작했다. 그런데 이런 젠장! 녀석들은 도망을 치면서도 결코 천을 놓지 않았다.

부우우우욱!

결국 천이 세 갈래로 찢어지는 소리가 천둥처럼 커다랗게 들려왔다. 허겁지겁 달려간 내 앞에 리사만 혼자 남아 히죽거리며 웃고 있었다. 리사는 찢어진 푸른 천 조각을 한 손에 들고 자랑스레 살래살래 흔들어 보였다.

"이…… 이……."

정말 기가 막혀서 말이 나오지 않았다. 이제 여자의 옷은…… 더 이상 옷이 아니었다. 그냥 푸른 천 조각에 지나지 않았다. 더 이상 여자는 옷을 입을 수 없다. 그토록 집착하던 옷을 여자는 모두 잃었다.

이를 어쩌면 좋단 말인가.

나는 리사에게서 펄럭거리는 푸른 천 조각을 뺏어 들고 털썩 풀밭에 주저앉았다. 나오느니 한숨뿐이었다. 나는 땅이 꺼질 듯 한숨을 푹푹 내쉬었다. 결코 옷 따위가 없어져서가 아니다. 생각 같아서는 옷 따위 진작 어딘가로 없애 버리고 싶었다.

다만 내가 걱정되는 것은…… 더 이상 옷을 입을 수 없다는 사실에 여자가 어떻게 나올지……. 윽! 깊게 생각해 보지 않아도 여자가 어떻게 나올지 눈에 보일 듯 선하다.

분명 아까처럼 제 벌거벗은 몸을 꽁꽁 끌어안고 침상 밖으로는 한 발자국도 나오려 하지 않을 터였다. 이제 겨우 말을 텄는데, 힐끔거릴 뿐이지만 이제 겨우 조금씩 나를 바라보게 만들었는데…….

으, 미치겠다. 어쩌면 좋을까. 무슨 좋은 방법이 없을까?

나는 암담한 심정으로 물끄러미 팔랑거리는 천 조각을 내려다보았다. 부드러운 천 조각이 손등을 스친다. 나는 가만히 천 조각을 들어 올렸다. 천 조각에 얼굴을 묻고 깊이 숨을 들이마셔 본다. 달큰하고도 야릇한 여자의 냄새가 맡아진다. 그러자 울렁대던 심장이 조금은 차분히 가라앉는 것 같았다. 나는 여자의 냄새를 한껏 들이마시며 열심히 머리를 굴렸다.

꺅꺅.

말썽을 피우고도 뭐가 그리 좋은지 리사가 옆에서 방방 뛰어댄다. 뭘 잘했다고! 말썽쟁이 녀석, 꼴도 보기 싫다. 나는 녀석을 매섭게 노려본다. 시선이 마주치자 녀석, 눈치는 빨라서 금세 낑낑대며 눈을 내리깐다. 의기소침해진 모습으로 입술을 삐죽거리며 털썩 옆에 주저앉는다.

나는 요즘 여자가 놀란 그날 이후로 리사가 내 머리나 아랫도리 털을 절대로 만지지 못하게 하고 있다. 그랬더니 이 녀석, 슬금슬금 눈치를 살피며 종아리 털로 손을 뻗는다. 제 딴에는 화

풀라는 얘기다.

에라, 모르겠다. 네 맘대로 해라. 나는 녀석을 밀어내기도 귀찮아 종아리 한쪽을 아예 내어준다. 녀석, 금세 신이 나 입을 헤벌쭉 벌리고 종아리에 찰싹 달라붙어 떨어질 줄 모른다. 나는 그렇게 종아리에 난 무성한 털을 헤집는 리사를 옆에 앉혀놓고 오랫동안 고심에 고심을 거듭했다.

순간, 기가 막히게 좋은 생각이 번쩍 떠올랐다.

'아! 그래, 그게 좋겠다.'

나는 종아리에 붙어 있는 리사를 뻥 차버리고 후다닥 일어나 주변을 살핀다. 오랜만에 재미난 놀이에 빠져 있던 리사가 갑작스럽게 종아리를 뺏기자 꺅꺅거린다. 그러든가 말든가 상대도 해주지 않자 이번에는 어깨를 축 늘어뜨리고 졸래졸래 뒤를 따라다닌다. 주변을 살피며 돌아다니던 나는 알맞은 코코넛 나무를 발견하고 훌쩍 뛰어오른다. 잽싸게 나무 위로 올라간다.

나무 위에는 단단하게 잘 익은 코코넛 열매가 꽤 많이 열려 있었다. 나는 얼추 크기가 알맞아 보이는 코코넛만 골라 바닥으로 떨어뜨렸다.

툭툭.

꺅꺅.

멋모르고 나무 꼭대기까지 따라 올라온 리사가 떨어지는 코코넛을 보고 부리나케 내려간다. 바닥에서 나뒹굴고 있는 코코넛을 보며 신이 나 방방 뛰어댄다.

"리사, 먹을 거 아니야! 건들지 마. 한군데에 가만히 모아놔! 이번에도 말썽 부리면 정말 가만 안 둘 거야. 알았어!"

불만이 가득해서 입술을 들썩이며 픽픽거리면서도 리사 녀석, 시키는 대로 바닥에 뒹굴고 있는 코코넛을 한군데로 모은다. 녀석을 단단히 단도리한 나는 안성맞춤으로 보이는 코코넛 몇 개를 더 따서 떨어뜨린다.

더 이상 마땅한 크기의 코코넛이 보이지 않는다. 나는 나무에서 훌쩍 뛰어내려 부리나케 따놓은 코코넛의 크기를 검사한다. 몇 개는 깨져서 쓸 수가 없다. 깨진 코코넛은 미련없이 리사에게 훌쩍 던져 준다.

깍깍.

얼떨결에 코코넛을 받아 든 녀석, 신이 나서 코코넛을 깨기 위해 이리저리 뒹굴고 난리도 아니다. 나는 녀석에게서 등을 돌리고 앉아 성한 코코넛의 크기를 손으로 대보며 고개를 갸웃거린다.

'이 정도면 될까? 좀 작나? 이건 좀 크려나? 그럼 이건……. 음, 이 정도면 딱 맞겠는걸?'

동글동글하게 예쁘게 잘 익은 코코넛 하나를 발견하고 나는 눈앞에서 이리저리 돌려본다. 얼추 맞는 것 같다. 나는 팔뚝에 꽂고 다니는 칼을 뽑아 들고 조심스럽게 껍질을 벗긴다. 진갈색의 단단한 열매를 반으로 자른다. 달콤한 즙이 바닥으로 후드득 떨어진다. 받아먹을 생각도 하지 않고 속을 깔끔하게 발라낸다.

바닥에 떨어진 코코넛 속살은 리사에게 넘기고 호수로 헐레벌떡 뛰어간다. 파낸 코코넛 뚜껑을 깨끗하게 씻는다. 단단한 근육 덩어리 가슴에 척하니 대본다. 평평한 가슴에 여자처럼 둥근 가슴이 생겼다.

'여자의 가슴이 이 정도였나?'

글쎄, 잘 모르겠다. 하지만 이 정도면 얼추 맞을 것 같다. 나는 깨끗하게 씻어낸 코코넛 뚜껑 두 개를 바위 위에 잘 놔두고 다시 나무 위로 올라간다. 질기고 튼튼해 보이는 나뭇잎만 골라 잘라낸다.

준비를 끝낸 나는 바위에 등을 기대고 앉아 나뭇잎에서 부드럽고 질긴 심지만 골라내기 시작한다. 골라낸 심지 여러 개를 손바닥에 모아 쥐고 비비고 꼬아 하나의 기다란 줄을 만들어낸다. 꼬아 만든 줄을 옆에 두고 바싹 말라가는 코코넛 뚜껑을 가져온다.

가끔씩 어머니는 코코넛 뚜껑으로도 곧잘 가슴을 가리고는 하셨다. 아주 간편한 방법이라며 좋아하셨던 기억이 난다. 나는 기억을 되살려 가슴 위에 뚜껑 두 개를 올려놓고 대충 구멍을 뚫을 곳을 어림짐작한다.

구멍은 맨 위와 양옆으로 각각 세 군데씩 뚫어야 한다. 구멍은 커서도 안 되고 너무 작아서도 안 된다. 깨져서도 안 된다. 나는 기껏 만들어놓은 코코넛 껍질이 깨지는 불상사가 생기지 않도록 조심하면서 살살 구멍을 뚫었다. 뚫은 구멍에 꼬아놓은 가느다란 줄을 집어넣고 나머지 뚜껑과 연결시켰다.

하나로 연결된 코코넛을 가슴에 대보고 간격을 조정했다. 여자는 몸이 아주 작고 가느니까 간격이 아주 좁아야 할 것이다. 만족할 만큼 간격을 조정한 다음 단단하게 매듭을 지었다. 나머지 구멍마다 기다란 줄을 하나씩 꿰었다. 나는 가슴에 뚜껑을 얹어놓고 위쪽에 연결된 두 개의 줄은 목뒤로 돌려 묶고, 양옆에 하나씩 남은 줄은 등 뒤로 돌려 묶어보았다. 두 손을 번쩍 들고 상체를 위아래, 좌우로 흔들어보았다.

'이야호! 성공이다! 떨어지지 않는다.'

지금이야 내 가슴이 평평해 뚜껑 두 개가 이리저리 흔들리지만 여자의 가슴은 봉곳하니 솟아 있으니까 잘만 맞추면 뚜껑이 들썩이는 일은 없을 것이었다.

'자, 이만하면 근사하지?'

나는 묶었던 끈을 다 풀고 흐뭇하게 완성된 옷을 번쩍 들어보았다. 가슴을 가릴 옷은 다 만들었다. 이제 아래를 가릴 옷만 만들면 된다. 나는 호수 주변을 돌아다니며 울창하게 늘어져 있는 이파리들을 세심히 살펴보았다. 아랫도리를 가리는 옷을 만들기 위해서는 잎이 하나짜리인 커다란 코코넛 나무 잎은 안 된다. 자잘하고 길쭉길쭉한 이파리가 많이 달려 있는 나뭇잎이어야 한다. 그것도 최대한 여려야 한다. 뻣뻣한 잎은 쓰리고 아프다. 나는 한참을 돌아다니며 마음에 드는 이파리들을 한가득 잘라냈다.

수북이 쌓아놓은 이파리들을 다시 꼼꼼하게 선별해 냈다. 가장 여리고 잎이 많이 달려 있는 이파리들을 골라 한쪽에 나 있는 이파리들을 모조리 잘라내고 한쪽만 남겨두었다. 그렇게 만든 여러 개의 이파리들을 하나로 모아 길게 엮었다. 기다랗게 엮어진 이파리들을 허리에 대고 둘러봤다. 나한테는 한참 모자랐다. 그러나 내 한 손으로도 잡힐 것 같은 잘록한 여자의 허리에는 충분히 맞을 것 같다.

'자, 드디어 다 끝났다!'

나는 뿌듯한 마음으로 손을 툭툭 털면서 자리에서 일어났다. 만들 땐 몰랐는데 정수리가 뜨겁다. 머리 위로 태양이 높다랗게 솟아올라 있다. 온 세상을 태워 버릴 듯 뜨거운 열을 마구 뿜어내고 있다. 벌써 한낮인가? 아침에 일어나자마자 이곳으로 왔는데 벌써…… 끙. 한낮인 것을 인식하자 급작스럽게 시장기가 돈다. 아침 식사도 거른 텅 빈 뱃속에서 꼬르륵거리는 소리가 끊임없이 울려댄다.

나는 서둘러 물통과 소라 껍데기들에 물을 한가득 담는다. 한쪽 어깨에는 물이 가득 든 물통을, 나머지 한쪽 어깨에는 찢어진 천 조각과 여자에게 선물할 새로운 옷을 짊어지고 나는 날듯이 집으로 뛰어간다. 코코넛으로 실컷 배를 불린 리사가 불룩해진 배를 내밀고 꺄꺅, 꺅꺅, 노래를 부르며 뒤따라온다

뭐가 문제인지 모르겠다. 굶주린 배를 참아가며 기껏 옷까지 만들어줬건만 여자는 영 고마워할 줄 모른다. 고마워하기는커녕 오히려 비명을 지르고 팔짝팔짝 뛰어댄다. 뭐, 벌거벗은 몸을 가리느라 진짜로 방방 뛰어대지는 못하지만.

여자는 나를 보자마자 다짜고짜 옷부터 찾았다. 벌써 오전이 지나 한낮이 됐는데 배고프겠다는 말 한마디 없이. 빈정이 조금 상한 나는 아예 옷을 주지 말아버릴까 보다 했다. 그러나 오전 내내 웅크리고 앉아 있었을 것이 뻔한 여자가 안쓰러워 생각을 바꿨다. 이상할 정도로 옷에 집착하는 여자다. 속 넓은 내가 이해해야지 별수 없다.

나는 여자가 좋아라할 것을 기대하며 손바닥만 하게 찢어진 옷 조각과 새로 만든 옷들을 휙 던져 줬다. 가까이 가면 또 부리나케 도망칠 게 뻔하니 멀리서 던져 줄 수밖에 없었다. 여자가 화들짝 놀랐다. 나는 팔짱을 끼고 멀찍이 서서 기뻐할 여자의 반응을 기다렸다.

그런데 여자의 반응은 나의 예상을 보기 좋게 빗나갔다. 여자는 침상에 놓인 천 조각을 한참 동안 넋을 놓고 바라보았다. 그러더니 일언반구도 없이 얼굴이 새하얗게 질려서는 찢어진 천 조각을 들고 바들바들 떨어댔다. 기껏 만들어 가지고 온 옷은 쳐다보지도 않고 말이다. 그러니 내 기분이 어떻게 언짢아지지 않을 수 있겠는가 말이다. 더군다나 연신 뱃속에서 나는 꼬르륵 소리가 짜증을 부채질하고 있는데 말이지.

어쨌든 여자는 한참 동안 천 조각만 내려다보고 있다가 떨리는 손으로 천 조각을 들이밀며 입을 열었다. 여전히 가슴과 가랑이를 가리느라 제대로 손을 뻗지도 못하면서 말이다. 그 모양이 얼마나 우스꽝스러운지 여자는 알까? 흥, 절대 알지 못할 것이다. 알면 그런 짓은 못하지, 암!

자신 딴에는 가리느라고 가린 모양이지만 한 손으로는 가슴과 가랑이를 모두 가릴 수 없다는 것을 여자는 모른다. 다리를 있는 대로 모아 웅크리고 있었지만 여자의 다리 사이로 가랑이의 검은 털이 힐끗힐끗 다 보였다. 그 모양이 얼마나 우스꽝스러웠던지! 흐음, 사실은…… 전혀 우스꽝스럽지 않았다. 눈이 번쩍 뜨이고 심장이 또 벌떡거릴 정도로 유혹적이었다. 나는 여자의 거뭇한 가랑이에서 조금도 시선을 돌리지 못했다.

"내 옷, 내 옷을 도대체 어떻게 한 거예요? 콜튼, 내 옷을 어떻게 한 거냐고요!"

낮은 음성으로 시작된 여자의 음성은 뒤로 갈수록 히스테릭하게 높아졌다. 넋이 나간 것 같던 표정이 화가 난 것처럼 붉으락푸르락해지기까지 했다. 나는 여자의 예상 밖의 반응에 굉장히 놀랐다. 작은 천 조각으로 돌아온 옷에 대해 조금쯤 화는 낼지도 모른다고 생각했었지만 그런 반응을 보일 줄은 정말 몰랐다. 하지만 나는 드넓은 인내심을 발휘해 여자가 눈길도 주지 않는 코코넛과 이파리 옷을 힐끔거리며 자초지종을 설명했다.

처음 보는 짙푸른 색 조각들은 새들이 둥지를 만들기 위해 가져갔고 여자가 입고 있던 푸른색 옷은 다른 날짐승들이 가지고 놀다가 찢어버렸다고 말이다. 리사와 원숭이들이 그랬다고는 말하지 않았다. 여자의 심상치 않은 반응으로 보건대 리사와 원숭이들이 그랬다고 하면 왠지 리사를 가만두지 않을 것 같았기 때문이었다.

역시 내 판단이 맞았다. 여자는 멍한 표정으로 벌어진 입을 다물지 못하더니 갑자기 얼굴을 새빨갛게 물들이며 소리를 버럭버럭 질러대기 시작했다. 알아듣지 못하는 한국말과 영어를 뒤섞어가며 새들과 짐승들한테 욕을 해댔다. 사실, 여자가 하는 말이 욕인지는 확실치 않았다. 간간이 들려오는 말 중에 'shit'이라던가 'damn it'이란 단어가 섞여 있어 욕이라고 짐작했을 뿐이었다.

'shit'이나 'damn it'이라는 단어는 아버지가 가끔씩 사용하시던 단어였다. 무거운 나무를 들어 올리실 때나 코코넛게에 물리셨을 때 곧잘 혼잣말로 중얼거리시곤 하셨다. 어머니는 그 단어를 굉장히 싫어하셨다. 아버지가 그 단어를 입에 올리실 때마다 어머니는 내 귀를 단단히 틀어막고 '제발, 그런 욕은 더 이상 하지 말아요. 콜튼이 배우겠어요'라고 화를 내셨다. 애석하게도 난 이미 다 들은 후였지만. 그러면 아버지는 겸연쩍은 표정으로 미안하다며 사과를 하시고는 하셨다. 그래서 알았다. 그것이 욕이라고 불리는 나쁜 단어라는 것을.

그런데 여자가 그 예쁜 입으로 '욕'을 하고 있었다. 충격이었다. 여자가 길길이 화를 내는 것보다 내게는 여자가 욕을 한다는 사실이 그렇게 충격적일 수 없었다. 나는 어이가 없어서 여자를 멀뚱히 바라보기만 했다.

여자는 좀처럼 흥분을 가라앉히지 않았다. 버럭버럭 소리를 지르다가 급기야는 울먹이기까지 했다. 여자가 원숭이 엉덩이처럼 빨개진 얼굴로 울먹이는 것을 보자 충격이 가시고 안됐다는 생각이 들기 시작했다. 나는 주춤거리며 다가가 슬쩍 새로 만든 옷을 여자에게로 들이밀었다.

여자는 화를 내다가 울고, 또다시 화를 내기를 반복하는 중에도 내가 가까이 다가가자 움찔하며 몸을 피했다. 어쩔 수 없이 또 기분이 나빠졌지만 꾹 참았다. 제정신이 아닌 여자에게 화를 낼 수는 없는 노릇이니까. 나는 최대한 부드러운 목소리로 여자에게 새로운 옷을 입는 방법에 대해 설명했다.

여자가 눈을 동그랗게 뜨고 나와 새로운 옷을 번갈아 봤다. 커다란 눈에 눈물을 그렁그렁 매달고 입을 크게 벌린 채 말이다. 좀 멍청해 보였지만 어찌 보면 감동한 것 같아 보이기도 했다. 그럼, 당연히 감동해야지. 내가 누구를 위해 아침도 굶어가며 사방팔방을 뛰어다니면서 만들었는데. 나는 의기양양하게 턱을 치켜들고 여자가 고맙다고 말하기를 기다렸다.

그런데 아무리 기다려도 여자는 영 고맙다는 말을 할 기색을 보이지 않았다. 감사의 말을 하기는커녕 벌어진 입으로 헛바람 소리를 내더니 다시 고래고래 소리를 질러댔다. 다리를 최대한 오므리고 앉아 한 팔로 가려지지도 않는 가슴을 가리고서는 손가락으로 새로운 옷을 가리키며 삿대질해 댔다. 마치 썩어 문드러져 고약한 냄새가 나는 동물 시체를 가리키듯이.

'어어, 이건 아닌데.'

이렇게 나오면 나도 더 이상 참기 힘들지. 나는 여자가 움찔거리든지 말든지 상관없이 여자에게 성큼 다가갔다. 여자가 새파랗게 질린 얼굴로 엉덩이를 질질 끌며 벽 끝까지 도망쳤다. 그러던가 말던가. 나는 여자의 코앞까지 다가갔다. 양손을 허리에 척 걸치고 정면으로 마주 섰다. 나도 화를 낼 줄 안다는 것을 보여주고 싶었다. 인상을 있는 대로 쓰고 여자를 노려보았다. 여자가 바들바들 떨며 웅크린 몸을 더욱 옹송그렸다. 눈을 질끈 감고 얼굴을 팽 돌려 버렸다.

'흥, 이번에는 나도 참고만 있지는 않겠다.'

나는 모로 돌아간 여자의 턱을 움켜쥐고 위로 치켜 올렸다. 여자가 숨을 들이켜며 들린 턱을 따라 반쯤 딸려 일어났다. 그러나 여전히 두 눈은 꼭 감긴 채였다. 나는 가슴팍까지 여자의 얼굴을 들어 올리고 여자의 얼굴 가까이 얼굴을 들이밀었다. 최대한 목소리를 내리깔고 말했다.

"눈 떠."

그러나 여자는 말을 듣지 않고 눈을 더욱 세게 감는다. 얼마나 옴팡지게 감는지 눈 주위에 주름이 자글자글하게 잡힐 정도다. 어쭈. 그쯤 되자 나도 오기가 발동한다. 여자의 턱을 더욱 세게 움켜잡았다. 위로 더 들어 올렸다. 여자가 버둥거리며 꾹 다문 입술을 벌리고 신음 소리를 냈다. 어……. 순간적으로 여자의 신음 소리에 가슴이 철렁 무너진다.

'너무 세게 잡았나? 많이 아픈가?'

나는 얼른 손아귀에서 힘을 뺐다. 그러나 놔주지는 않았다. 여기서 약해지면 안 된다. 한껏 목소리를 내리깔고 으르렁거리듯이 말했다

"다시 한 번 말한다. 진, 눈을 뜨고 날 봐."

여자가 바르르 떨며 눈꺼풀을 들어 올렸다. 여자의 까만 눈농

자에 우스꽝스러울 정도로 어색하게 인상을 쓰고 있는 내 얼굴이 비쳐 보인다. 이런, 인상을 쓴다고 썼는데 조금도 무서워 보이지 않는다. 한쪽 눈썹을 치켜떠 볼까? 그럼 좀 그럴싸하게 보이려나?

아버지한테 배운 왼쪽 눈썹 치켜뜨기를 시도해 본다. 어렸을 때는 아무리 해도 잘 안 됐지만 나이가 들면서 저절로 몸에 익혀진 일종의 버릇이자 필살기다. 리사 녀석이 말을 듣지 않을 때 이렇게 슬쩍 인상을 쓰고 한쪽 눈썹을 치켜뜨면 백이면 백, 리사는 겁을 집어먹고 말을 잘 들었다. 과연 여자에게도 먹힐지 궁금하다.

그러나 나는 필살기를 제대로 써보지도 못하고 금방 치켜뜨려던 눈썹을 스르륵 내려야 했다. 손끝에 느껴지는 여자의 떨림이 너무 안쓰럽기 때문이었다. 워낙 파르르 잘 떠는 여자이긴 했지만 손끝에 느껴지는 떨림은 그냥 지나치기에는 너무 지나친 떨림이었다. 나는 흔들리는 여자의 눈동자를 자세히 보기 위해 코가 맞닿을 정도로 얼굴을 바짝 들이댔다.

여자는 두려움에 바들바들 떨고 있었다. 고작 한 번의 으름장에, 일부러 지어 보인 우스꽝스러운 인상에 여자는 겁을 잔뜩 집어먹고 있었다. 그 순간, 여자에게 나는 공포와 두려움의 대상이었다. 리사에게 드라곤이 그러하듯이.

망설여진다. 그만 내버려 둘까? 더 이상 여자에게 두려움의 대상이 되는 것은 싫다. 하지만 그렇다고 이제 와 그만두기도 좀 뭣하다. 이대로 내버려 두면 여자는 결코 만들어준 옷을 입으려고 하지 않을 게 분명하다. 그리고 침상에서 꼼짝도 하지 않을 것이다. 그럼 더 이상 식사도 같이할 수 없겠지? 끙, 그건 싫다.

나는 마음을 다부지게 먹고 기왕 세게 나간 것, 끝까지 밀어붙여 보자고 결심한다. 더 이상 여자가 미친 듯이 구는 것도, 고개를 돌리고 도망치는 것도 보기 싫다.

"이제 네가 입던 천 쪼가리 옷은 없어. 아무리 소리를 지르고 욕을 해대도 없어진 것이 다시 생기지는 않아. 대신 저걸 입어. 적어도 네가 그렇게 가리고 싶어하는 가슴과 가랑이는 가릴 수 있을 테니까. 나야 아무것도 입지 않는 편이 더 낫다고 생각하지만."

"코, 콜튼, 아파요. 이 손 좀 놔줘요."

"아니, 안 돼. 내 말, 끝까지 들어. 진은 저걸 입는 거야. 싫으면 입지 마. 강요는 하지 않아. 마음대로 해. 하지만 더 이상 집 안에서 틀어박혀 있을 생각은 하지 마. 저걸 입든, 벌거벗든 오늘부터 진은 나와 함께 움직여야 해."

"무, 무슨……."

"지금부터 바다로 나간다. 물고기를 잡을 거야. 배고프지 않나? 나는 엄청 고픈데."

여자의 흔들리는 시선을 바라보며 나는 씨익 미소 지었다. 일부러 입맛을 다시듯 혀로 아랫입술을 핥았다. 헉! 여자가 숨을 들이켜더니 좀 전보다 비교도 되지 않을 정도로 파르르 떨어댔다. 여자의 시선이 침으로 반들거리는 나의 입술에서 떨어질 줄 몰랐다.

순간 나는 여자의 흔들리는 시선에서 두려움과는 다른 빛을 보았다. 파르르 피어나는 짜릿한 불꽃. 갑자기 일어났던 불꽃은 피어나는 것과 동시에 빠르게 사라졌다. 그러나 나는 분명히 여자의 검은 눈동자에서 피어난 붉은 열망을 보았다. 척추로 짜릿한 전율이 훑고 지나갔다. 심장이 쿵쿵거리며 가파르게 뛰어댔다.

나는 빠르게 사라진 불꽃의 여운을 확인하기 위해 여자의 눈동자를 집어삼킬 듯 바라봤다. 잊고 있었던 배고픔이 빠르게 되살아났다. 그러나 되살아난 배고픔은 단순한 배고픔이 아니었다. 텅 빈 위가 아닌 쿵쿵거리며 뛰는 심장에서 느껴지는 배고픔이었다. 배고픔은 심장에서 빠르게 온몸으로 번져 갔다. 손발이, 단전이 급작스러운 배고픔에 조여들었다.

먹고 싶다.

열기가 느껴지는 여자의 가녀린 몸을 남김없이 핥고 빨며 자근자근 씹어 삼키고 싶다.

잡고 있는 여자의 보드라운 피부 감촉에 손이 녹아날 것 같다.

나는 다시 한 번 타는 듯한 갈증을 느끼며 천천히 아랫입술을 핥았다. 축축한 아랫입술을 핥으며 여자의 벌어진 입술을 노려보았다. 벌어진 입속으로 반들거리는 새하얀 치아와 꽃술처럼 붉은 혀가 보인다.

얼마나 달콤할까. 얼마나 부드러울까.

정말 혀에 닿기만 해도 녹아내릴까?

미치도록 달콤한 체취처럼 여자의 입술은, 여자의 몸은 정말 미치도록 달콤할까?

살짝 맛만 볼까? 살짝만…… 아주 살짝만…….

나는 홀린 듯이 여자의 붉은 입술을 향해 얼굴을 내린다. 시야 가득 유혹하듯 벌어진 붉은 입술과 혀만 보인다. 뜨겁게 뿜어져 나오는 달달한 숨결만 맡아진다. 바르르 떨고 있는 여자의 몸에서 뿜어져 나오는 뜨거운 열기만 온몸으로 느껴진다.

"아, 알았어요. 이, 입을게요. 그러니 이 손 좀…….."

여자의 벌어진 붉은 입술에 혀가 닿으려는 찰나, 여자가 입술을 오물거린다. 손아귀에 잡혀 제대로 입술을 놀리지도 못하면서 불분명한 발음으로 말을 내뱉는다. 혀끝에 여자의 보드라운 입술이 닿을 듯 말 듯하다. 입술이 바르르 떨린다.

"내 말을 듣겠다고?"

일부러 그런 것도 아닌데 한껏 가라앉은 목소리가 흘러나온다. 여자의 입속으로 쏟아져 들어가는 나의 뜨거운 숨결에 여자가 부르르 몸을 떤다. 여자의 두려움과 열망이 교차된 시선이 내 눈을 응시한다. 여자의 얼굴이 미세하게 끄덕이는 것이 느껴진다.

"네. 그럴게요. 그럴게요, 콜튼."

여자의 목소리 역시 나만큼이나 가라앉아 있다. 갈라지고 메마른 음성. 그러나 그 속에 숨기지 못한 달뜬 흥분이 깃들어 있음이 느껴진다.

"……그러니 제발, 날 놔줘요. 이 손 좀……. 아파요."

나는 집요하리만치 여자의 시선을 잡아채고 놓아주지 않았다. 닿을 듯 말 듯 맞닿아 있는 여자의 입술과 콧등에서 떨어지고 싶지 않았다. 조금만 더 가까이 다가가면, 슬쩍 혀만 더 내밀면 맛볼 수 있는 여자의 입술에서 멀어지고 싶지 않았다. 뜨겁게 일렁이는 여자의 눈동자를 놓치고 싶지 않았다.

그러나 지금은 물러날 때였다. 여자의 결정을, 선택을 존중해줘야 할 때였다.

"좋아. 그럼 지금 바로 입도록 해. 잠깐 나가 있어주지."

나는 떨어지고 싶지 않은 여자에게서 힘겹게 뒤로 물러났다. 움켜잡고 있던 여자의 얼굴을 놓아주었다. 여자의 뺨을 손가락으로 스치듯 쓰다듬으며 손을 내렸다.

나는 밖으로 나가기 전에 여자를 돌아보았다. 아름다웠다. 침상 위에 무릎만 대고 반쯤 일어나 앉아 있는 여자의 뒷모습. 머리 위에서 쏟아져 들어오는 햇빛이 여자의 가녀린 몸뚱이를 환하게 비추고 있었다. 좁고 둥근 어깨와 축 늘어진 길고 가는 팔, 척추를 따라 깊게 패인 등, 잘록한 허리에 비해 믿을 수 없을 만큼 볼록한 둥근 엉덩이. 하얗고 뽀얀 아름다운 육체는 들어가고 나온 곳마다 정확하게 음영이 지고 햇살에 눈부시게 빛나고 있었다.

다시 끔찍한 시장기가 몰아쳤다. 부풀어 오른 아랫도리가 성을 내며 아랫배를 압박해 왔다. 다시 여자에게 돌아가라고 연신 커다랗게 부푼 몸집을 까닥거렸다.

그러나 나는 다시 여자에게 돌아가지 않았다. 여자는 바위처럼 꼼짝도 하지 않고 있었다. 반쯤 넋을 놓은 것 같았다. 그렇게 가리고자 안달을 하던 가슴과 가랑이를 가릴 생각도 하지 못하고 있었다.

여자와 나 사이에 존재하던 공기의 흐름이 바뀌었다는 것이 느껴졌다. 서먹하고 멀뚱거리던 공기가 야릇하게 설레며 뜨겁게 타오르고 있었다. 아플 정도로 단단해진 아랫배의 압박이 야릇한 설렘과 기대, 흥분에 젖어 뒤로 밀려났다. 굳었던 입가에 미소가 저절로 지어졌다.

"서둘러."

나는 넋을 잃은 여자를 일깨우며 밖으로 나갔다.

여자가 한 걸음씩 다가오기 시작했다. 나를 두려움의 대상이 아닌 열망의 대상으로 바라보기 시작했다. 이제부터 시작이다. 여자는 머지않아 기꺼운 마음으로 마음을 열고 몸을 열 것이다.

기다리리라. 여자가 스스로 안겨오기를. 그때가 되면 참았던 욕망을 모두 저 가녀린 육체 속으로 남김없이 토해내리라. 달콤한 여자의 온몸을 샅샅이 핥고 먹어 치우리라. 저 뽀얀 피부를 거친 손자국으로 벌겋게 물들이리라.

나는 발산하지 못했던 욕망을 다른 방법으로 해소해야만 했다, 만만한 리사와 몸싸움을 하며 바닥을 뒹굴었다. 그러면서도 나의 시선은 한시도 집에서 떨어지지 않았다. 이제나저제나 여자가 나오기만을 초조하게 기다렸다. 리사가 깍깍거리며 가슴 위에서 방방 뛰어대는데도 그냥 내버려 두었다.

마침내 여자가 한참 만에야 집 밖으로 나왔다.

여자는 내가 만들어준 옷을 입고 있었다. 코코넛 껍질과 풍성한 이파리는 여자의 가슴과 가랑이를 완벽하게 가려주었다. 그런데도 여자는 뭐가 그리 부끄러운지 양팔로 여전히 제 몸을 가리고 있었다. 머뭇거리며 밖으로 나온 여자는 리사와 뒤엉켜 있는 나를 보고서 움찔 걸음을 멈췄다. 시선이 마주쳤다. 순간 여자가 표정을 딱딱하게 굳히며 얼굴을 옆으로 팽 돌렸다.

나는 모처럼 신나게 가슴 위에서 방방 뛰어대는 리사를 획 집어 던지고 자리에서 벌떡 일어났다. 천천히 여자에게로 다가갔다. 여자는 뭐가 그리 마음에 들지 않는지 아랫입술을 꽉 깨물고 있었다.

가까이 다가가자 여자가 뒤로 반걸음 물러났다. 모로 돌린 얼굴이나 꽉 깨물고 있는 입술은 여전했지만 다행히 눈을 감지는 않았다. 새파랗게 질리지도 않았다. 대신 붉은 기운이 목덜미부터 귓불은 물론 얼굴까지 삽시간에 발갛게 물들이고 있었다.

여자의 숨소리가 가파르다. 바닥만 내려다보고 있는 길고 풍성한 속눈썹이 파르르 떨린다. 달달하고도 매혹적인 암컷의 냄새가 물씬 풍겨난다.

가슴 밑바닥부터 몽글몽글 간지러운 물방울이 수없이 생겨났다 터져 나간다. 찌르르. 전율을 동반한 만족스러움이 등골을 따라 정수리까지 치밀어 오른다. 저절로 눈꼬리가 휘고 입가가 벌어진다.

다행히 조금 전에 느꼈었던 여자와의 사이에서 생긴 야릇한 흥분과 긴장도 아직 그대로다. 안 그래도 예쁜 여자가 무진장 예뻐 보인다. 발갛게 상기된 뺨이 사랑스러워 미칠 것 같다. 파르스름하게 머리가 돋아나기 시작하는 여자의 거뭇거뭇한 둥근 머리통을 쓰다듬어 주고 싶다.

"잘 맞나? 어디 잘 입었나, 한번 볼까?"

나는 여자의 사랑스러운 머리통 대신 가슴과 가랑이를 가리고 있는 여자의 양팔을 잡아 양옆으로 넓게 벌렸다. 여자가 팔을 빼내려고 한다. 뻣뻣하게 굳어 어깨를 움츠린다. 하지만 그렇다고 놔줄 내가 아니다. 나는 여자의 가는 손목이 부러지지 않을 정도로 힘을 주고 기다란 손가락으로 가녀린 손목을 칭칭 감았다.

"흠, 잘 맞는데."

코코넛과 나무 이파리로 가슴과 가랑이를 가린 여자의 모습은…… 뭐랄까. 잘 어울린다는 표현보다는…… 가슴 떨릴 정도로 매혹적이고 관능적이다. 그전의 여자가 입고 있던 파란 옷보다 훨씬 잘 어울린다. 가녀린 몸집에 비해 풍만한 가슴은 반 이상 코코넛 위로 불룩 튀어나와 있다. 한 줌밖에 되지 않는 잘록한 허리는 골반에 걸쳐져 있는 풍성한 이파리 때문에 더없이 가늘어 보인다.

고개를 숙여 이파리 아래로 미끈하게 뻗어 있는 다리까지 훑어 내린다. 흡족하다. 감상을 마친 나는 흐뭇하게 웃어 보였다.

"아주 잘 어울려. 정말 예쁜데, 진."

여자가 벌겋게 상기된 얼굴을 더욱 붉히며 말을 더듬는다.

"고, 고마워요."

솔직히 말한다면, 옷은 여자한테 약간 크고 또 작다. 아래를 가린 지나치게 풍성한 이파리는 여자에게는 좀 크다. 간신히 골반에 걸쳐져 있기는 하지만 금방이라도 흘러내릴 것 같다. 가슴을 가린 코코넛 껍질은 풍만한 가슴에 비해 조금 작다. 가슴이 반 이상 드러나 있다. 오래전 어머니 모습을 떠올려 보면 여자의 가슴은 지나치게 많이 드러나 있다. 아무래도 크기를 잘못 잰 모양이다. 그러나 나는 나의 그 같은 실수가 흐뭇하다. 덕분에 여자의 탐스럽고 뽀얀 가슴을 실컷 감상할 수 있으니까.

감상을 마친 나는 여자의 손목을 놓아주고 여자의 뒤쪽으로 돌아갔다. 아까 봤던 매혹적인 여자의 뒷모습이 어떻게 변했을지 자못 궁금했기 때문이다. 나는 입을 헤벌쭉 벌리고 싱긋 미소 지었다. 비록 깨물고 싶어 입에 침이 고이는 통통한 둥근 엉덩이는 빌어먹게도 풍성한 이파리에 가려져 보이지 않지만 가느다란 줄밖에 보이지 않는 근사한 등은 허리 아래까지 훤히 다 보인다.

아찔할 정도로 섬세한 선이 도드라진 목덜미로 손을 가져갔다. 여자가 흠칫, 몸을 굳힌다.

"가만. 매듭이 잘 매어져 있는지 보려고 그래."

나는 일부러 뒷덜미에 잘 매어져 있는 매듭을 확인하는 척하며 여자의 뒷목을 만지작거렸다. 여자가 허리를 곧추세우고 어깨를 바르르 떤다.

"잘 묶였네. 그럼 나머지는…….."

나는 나지막하게 속삭이며 손가락을 아래로 미끄러트렸다. 미끄러지는 손가락 아래 뜨거운 여자의 피부가 파르르 떨린다. 가녀린 등을 정확하게 반으로 갈라 깊은 골을 이루고 있는 척추를 따라 느릿느릿 손가락을 미끄러트렸다. 허리 아래까지 미끄러져 내려간 손가락의 방향을 바꿔 위로 거슬러 올라갔다.

"아차, 여기에도 매듭이 있었군."

파르르 떠는 여자의 긴 목에 뜨거운 입김을 토해냈다. 등 한가운데 매어져 있는 매듭을 만지작거리며 은근슬쩍 잡아당겼다.

"꽉 잡아."

여자의 귀에 대고 낮게 속삭였다. 하지만 여자는 흥분된 열기에 휩싸여 정신을 차리지 못하고 속삭임을 알아듣지 못했다. 나는 여자에게 정신을 차릴 시간을 주지 않았다. 기다란 끈을 끝까지 잡아당긴다. 스르륵. 매듭이 풀어져 나간다. 헉! 여자가 그제야 정신을 차리고 곧추세웠던 허리를 더욱 빳빳하게 곧추세우며 단말마에 가까운 신음 소리를 낸다. 힘없이 내려뜨리고 있던 손을 허겁지겁 들어 올려 벗겨지려는 가슴 가리개를 와락 움켜잡는다.

벌겋게 달아오른 귓불에 입술을 닿을 듯 말 듯 들이대고 나지막하게 속삭인다.

"이런. 꽉 잡으라고 했잖아."

뜨거운 숨결에 여자의 붉은 귓불이 더욱 붉게 달아오른다. 전신이 불덩이처럼 금세 시뻘겋게 물든다. 여자의 목덜미에 나 있는 자잘한 새하얀 솜털들이 일제히 곤두서는 게 보인다.

"잘못 묶었어. 살짝 건드렸을 뿐인데도 이렇게 풀어지고 말잖아. 다시 묶어줄게."

나는 양옆으로 늘어진 가느다란 끈을 잡기 위해 여자의 겨드랑이 속으로 손을 밀어 넣는다. 여자가 자지러질 듯 펄쩍 뛰며 온몸을 파르르 떨어댄다. 여자가 내게서 벗어나기 위해 바르작거리며 앞으로 한 발짝 움직인다.

"가만. 움직이면 묶을 수가 없잖아."

나는 끈을 쥐고 있는 손으로 한 뼘 멀어진 여자의 허리를 바짝 잡아당긴다. 매끄러운 피부에 닿은 손끝이 저릿하다. 한 줌밖에 되지 않는 잘록한 허리가 가슴에 뜨거운 불을 지핀다. 나는 여자의 허리에서 손을 떼지 못하고 녹아나는 부드러운 살결과 아찔한 곡선을 음미하며 천천히 허리춤을 어루만진다.

여자의 몸이 뭍으로 건져 올린 한 마리의 하푸카로 변한다. 팔딱거리는 떨림이 활기찰 정도로 드세다. 여자의 거센 떨림에 내 손도 바르르 떨려온다. 손끝에서 시작된 떨림이 척추를 지나 가슴으로, 머리로, 아랫배로 빠르게 치고 달린다. 나도 여자와 함께 펄떡이는 한 마리 하푸카가 된다.

허리춤에서 헤매던 손을 미려한 곡선을 따라 천천히 위로 들어 올린다. 나는 이제 하푸카에서 드라곤으로 변한다. 양손으로 여자의 몸을 휘감고 스멀스멀 기어오른다. 한참 만에야 여자의 겨드랑이에 도착한다. 몸에 딱 붙이고 있는 여자의 겨드랑이에서 뜨거운 열기와 습기가 느껴진다. 빡빡한 틈을 비집고 손가락을 겨드랑이 속으로 깊숙이 집어넣는다. 겨드랑이까지 밀려 나온 터질 것 같은 말랑말랑한 가슴살이 만져진다.

손가락 끝으로 양옆으로 비어져 나온 여자의 터질 듯한 말랑말랑한 가슴살을 희롱한다. 여자가 휘청거린다. 나는 비어져 나온 가슴살과 함께 겨드랑이를 움켜잡고 앞으로 꼬꾸라지려는 여자를 단단히 잡아챈다.

"가만있으라니까."

속삭이던 목소리가 어느새 바닥까지 가라앉아 잔뜩 쉬어 있다. 헐떡이는 여자의 호흡처럼 내 호흡도 가파르다. 온몸을 치고 돌아다니는 전율에 온몸이 저릿저릿하다. 이제는 익숙해질 만도 하건만 여전히 아찔한 전율에는 익숙해지지 않는다. 짜릿한 전율에 아랫도리 녀석이 무서운 속도로 팽창한다. 배꼽까지 닿을 정도로 덩치를 키우며 자란 녀석이 꿈틀거리며 요동친다. 나는 나도 모르게 여자의 엉덩이에 녀석을 밀어붙인다. 여자가 다시 벗어나기 위해 바르작거린다. 그러나 여자는 단단하게 움켜잡은 내 손에서 벗어날 수 없다.

곤두선 녀석은 엄청나게 예민하다. 연약한 여자의 피부를 쓰라리게 만들까 봐 애써서 여린 이파리만 골라 만들었건만 웬일인지 시뻘건 혈관이 툭툭 불거진 팽창한 녀석의 표면에 닿은 여린 이파리는 참을 수 없을 만큼 쓰라리다. 자극받은 녀석이 점점 더 성을 낸다.

눈앞에 보는 것만으로도 침이 고이던 보드랍고 탱글탱글한 여자의 둥근 엉덩이가 아른거린다. 그 탐스러운 엉덩이가 바로 눈앞에, 쓰라린 이파리 안에 숨어 있다. 성가신 이파리들을 헤집고 탱탱한 여자의 엉덩이에 녀석을 비벼대고 싶은 충동이 인다. 여자의 엉덩이는 미칠 듯이 보드라울 것이 틀림없다. 여자의 엉덩이가 탐이 난다. 여자의 엉덩이에 미칠 듯이 녀석을 비비대고 문지르고 싶다. 그 안으로 거칠게 들어가고 싶다.

떨리는 손이 제멋대로 이파리를 움켜잡고 헤집는다. 벌어진 이파리 사이로 여자의 탱글탱글한 엉덩이 살이 만져진다. 나는 다급하게 이파리에 비벼대던 성난 아랫도리를 바짝 들이민다. 터질 듯이 부풀어 오른 둥근 몸 끝에 여자의 보들보들한 피부가 맞닿는다. 가슴이 터질 것 같다. 눈앞이 온통 시뻘겋다.

꺅꺅!

이런 젠장! 까마득히 잊고 있었던 리사가 갑작스럽게 소리를 지르며 등에 매달린다. 장난을 치려는 속셈인지, 아니면 뭐에 잔뜩 성이 난 모양인지 녀석의 움직임과 울음이 여느 때보다 사납고 거칠다.

순간 여자와 나를 휘감고 있던 숨 막힐 듯한 시뻘건 열기가 펑 하고 터져 버렸다. 나는 허겁지겁 이파리를 헤집던 손을 거두었다. 쓰라린 이파리에 비비대고 있던 아랫도리도 서둘러 떼어냈다. 거친 숨이 가차없이 터져 나왔다. 쉴 새 없이 터져 나오는 거친 호흡에 시뻘겋던 시야가 서서히 제 색으로 돌아왔다.

그제야 딱딱하게 굳은 여자의 뒷모습이 눈에 들어온다. 애처로울 정도로 바들바들 떨어대는 여자의 가녀린 뒷모습이 미쳐 날뛰려는 욕망을 가라앉힌다. 여자가 비명처럼 내지르는 거친 숨소리가 들려온다. 아니, 여자는 숨조차 제대로 내쉬지 못하고 있다. 거친 숨소리라고 생각했던 것은 여자의 짓눌린 신음 소리였다.

겁이 난다. 혹시 여자가 이 일로 다시 나를 두려움의 대상으로 보면 어쩌지? 아직 여자는 나를 받아들일 마음의 준비가 안 됐을 텐데. 간신히 피어오르던 열기가 그만 식어버리면 어쩌지? 참아야 했는데, 좀 더 기다려야 했는데.

여자가 어떤 표정을 짓고 있을지 궁금하다. 보고 싶다. 침상에서처럼 여자의 눈동자가 욕망과 열기로 붉어져 있는지 확인하고 싶다. 방금 전 여자도 나와 같은 마음이었음을, 나와 마찬가지로 욕망에 전율했음을 확인하고 싶다.

그러나 한편으로는 두렵기도 하다. 여자의 눈동자에 두려움만이 깃들어 있을까 봐 두렵다.

나는 차마 여자를 돌려세우지 못하고 허둥거리며 서둘러 풀어져 있는 가슴 가리개 끈을 묶는다. 손이 떨려서 잘 묶이지 않는다. 나는 몇 번이나 다시 매고 또 맨다. 내가 허둥거리며 매듭과 씨름을 하고 있는 동안 리사는 여전히 내 등과 머리 위에서 펄쩍펄쩍 뛰어대고 있다.

간신히 매듭을 고쳐 매고 나는 서둘러 뒤로 두세 걸음 물러난다. 이제 급박하게 뛰어대는 심장박동은 짜릿한 욕망 때문만이 아니다. 가시지 않은 욕망과 함께 순식간에 들이닥친 두려움이 심장을 움켜쥐고 있다. 여자에게서 떨어지자 펄쩍거리며 뛰어대던 리사가 등에 매달려 목덜미를 휘감는다. 녀석이 어찌나 세게 휘감았는지 숨조차 쉬어지지 않는다.

숨 쉬기가 곤란해진 나는 그제야 등에 매달려 있는 리사를 거칠게 떼어내어 멀리 집어 던졌다.

꺅꺅, 꺅꺅!

녀석이 있는 대로 성을 내고 시끄럽게 울어댄다. 그러나 요란하게 울부짖는 리사의 울음소리가 내 귀에는 들리지 않는다. 꼼짝도 하지 않고 서 있는 여자의 거친 숨소리만이 들린다. 떨리는 굳은 뒷모습이 아프게 다가온다.

"……진 ……진?"

여자는 아무런 반응이 없다. 애처로운 나의 목소리에도, 두려움에 떨리는 나의 숨소리에도 여자는 아무런 반응을 보이지 않는다. 왈칵 두려움이 솟구친다.

"미, 미안해. 정말 미안해. 당신을 어떻게 하려는 게 아니었어. 정말이야. 진……."

나는 여자의 굳은 뒷모습에 대고 용서를 빌었다. 떨리는 목소리로 강제로 여자를 범하려 했던 추악함을 변명했다. 제발, 제발…….

"다시는 그러지 않을게. 너를 좋아해. 너를 아프게 하려던 게 아니야. 당혹스럽게 하려던 게 아니야. 다만, 다만……."

다만 뭐? 잠깐 자극만 주려고 했었는데 너만 보면 욕망이 걷잡을 수 없이 일어서 더 이상 참을 수 없었다고? 너한테서 풍기는 암컷의 냄새에 미쳐 버렸다고? 너의 달달한 숨결에, 녹아내리는 보드라운 살결에 정신이 나갔었다고? 아니, 너도 나처럼 잠시나마 흥분하지 않았었냐고, 네 눈에도 나를 원하는 시뻘건 욕망이 일렁이지 않았었냐고, 정말 나를 원하지 않느냐고 말할 테냐? 아니, 나는 할 말이 없다. 그저 제발 나를 돌아봐 달라고 애원하는 말밖에는…….

나는 네가 좋다. 나는 너와 사랑을 하고 싶다. 내 눈에 너만 보이는 것처럼 네 눈에도 나만 보였으면 좋겠다. 나는 이곳에서 영원히 너와 함께하고 싶다. 돌아가신 부모님처럼 그렇게 서로 사랑하며, 믿고 의지하며……. 휴우, 그러기 위해서는 조금 더 기다려야 했는데, 네 마음이 더 열리기를 기다려야 했는데…….

후회로 얼굴이 무참하게 일그러진다. 두려움이 머리를 잡아먹고 혈떡이는 심장을 잡아먹는다. 돌아보지 않는 여자의 뒷모습이 나를 뒷걸음치게 만든다. 그러나 나는 반 발자국도 움직일 수 없었다. 손끝 하나 까닥할 수 없었다.

하늘 높이 치솟은 태양이 온몸을 태울 듯이 지글거렸다. 쏴아. 멀리 동쪽에서 불어오는 짭조름한 바닷바람이 등 뒤의 울창한 숲을 뒤척이며 울어댔다. 숲 속 깊은 곳에서 울부짖는 원숭이들의 울음소리와 성난 리사의 울음소리가 한데 뒤섞여 사방으로 흩어졌다.

암담함에 눈앞이 까맣다. 가슴이 찢어지듯이 아프다. 사방은 평소처럼 평온하기만 한데 나 홀로 어두운 동굴로 떨어진 것 같다. 아직 시작도 못했는데, 이제야 겨우 너의 마음속으로 들어가려는데 여기서 멈춰야 하나? 네 마음을 얻는 것을 포기해야 하나? 다시 어제로 돌아가야 하나?

두 눈이 질끈 감겼다. 아무 생각도 나지 않았다. 눈앞이 캄캄했다. 여자가 두 눈을 질끈 감는 행동이 무엇을 뜻했는지 조금 알 것 같았다. 여자가 느꼈을 암담함과 절박함, 두려움 등이 조금이나마 읽혀졌다. 다른 의미의 암담함이었지만 그녀의 마음이 이해되었다.

"콜튼……."

나지막한 음성에 눈이 번쩍 떠졌다. 다시는 뜨지 못할 것 같던 두 눈이 여자의 미묘하게 굳은 음성에 번쩍 뜨여졌다. 눈앞에 정면으로 나를 오롯이 쳐다보고 있는 여자가 보였다. 나는 숨을 들이마시고 긴장된 숨을 내뱉었다. 그토록 확인하고 싶었던 여자의 표정과 눈빛을 두려운 마음으로 살폈다.

그런데 각오했던 것과는 조금 다르다. 여자의 얼굴은 그녀의 굳은 몸만큼이나 굳어 있었지만 눈빛은……. 굳은 눈빛 속에 아직 옅은 불꽃이 일렁이고 있는 것이 보인다. 아직 식지 않은 불꽃이 아른거리며 일렁이고 있다.

아!

가슴속에서 작은 기대가 꿈틀, 기지개를 켜며 자라난다. 참담하게 식었던 심장이 다시 가파르게 뛰어대기 시작한다. 왼쪽 가슴과 목덜미, 손목…… 맥박이 뛰어대는 모든 곳에서 터져 나갈 듯 거칠게 뛰어댄다.

"방금 나를 아프게 하지 않으려고 했다고 했죠? 당혹스럽게 하지 않으려 했다고 했죠?"

나는 여자의 예상치 못한 물음에 그저 고개만 열심히 끄덕거린다.

"그걸 어떻게 믿죠? 말뿐이잖아요."

"……."

나는 참담한 표정으로 여자를 바라본다.

"믿어…… 줘."

"그럼, 내 부탁을 들어줘요. 그러면 믿어줄게요. 당신 사과를 받아들이죠."

여자가 미심쩍어하는 표정으로 자신없이 말했다.

"오, 진……."

고마운 마음에 나는 여자에게 성큼 한 걸음 다가갔다.

"고마워. 뭐든 말만 해. 다 들어줄게."

"뭐든지? 한 가지가 아니라 좀 여러 가진데요?"

잠시 눈을 내리깔고 뭔가를 고민하던 여자가 고개를 비스듬히 들어 올린다. 초조한 듯 아랫입술을 질겅거린다.

"응. 뭐든지, 얼마든지."

순간적으로 열기가 남아 있는 여자의 까만 눈동자에 묘한 이채가 어린다. 굳어 있던 입술도 미세하게나마 살짝 늘어진 듯도 싶다. 뭔가 재미난 생각이 난 모양이다. 생각만으로도 긴장으로 딱딱하게 굳어 있던 여자의 입가에 미소가 어리게 만든 것이 과연 무엇일까 자못 궁금하다.

이제는 완전히 여자의 표정이 변했다. 여태껏 보아온 두려움에 떨거나 당황스러움에 젖은 겁먹은 표정이 아니다. 뭔가 승기를 잡은 승리자의 표정이다. 이채로움을 띠던 눈동자가 기대와 흥분으로 반짝거리기까지 한다. 여자가 처음으로 가슴을 가릴 요량이 아닌 몸짓으로 팔짱을 낀다. 턱도 약간 치켜든다.

불현듯 뭔가 잘못됐다는 두려움이 엄습한다. 여자가 뭔가 대단한 것을 요구할 것 같은 분위기다. 아, 이게 아닌데. 아무래도 급한 마음에 뭐든지 다 들어주겠다고 한 것부터 잘못한 것 같다. 일단 들어보고 결정하겠다고 할걸. 살짝 말을 바꿀까? 그래, 그게 좋겠다.

나는 얼른 말을 바꾸기 위해 입을 열었다. 그러나 이미 때가 늦었다. 여자가 한 템포 빨리 먼저 입을 열었다.

"그럼 우선 제발, 당신도 이 빌어먹을 나뭇잎 옷 하나 만들어 입어요. 지금 당장!"

8장 오, 세상에, 에이즈라고?

　젠장, 너무 불편하다. 예전에도 이렇게 불편했었나? 잘 기억나지 않는다. 하긴 어렸을 때도 어머니 외에는 이렇게 거추장스러운 이파리 옷은 입지 않았다. 아버지와 나는 항상 부드러운 동물 가죽이나 이파리를 으깨 얇은 막처럼 만든 후 햇볕에 오랫동안 말린 옷을 만들어 입고는 했었다. 이제야 왜 아버지가 그토록 귀찮은 방법을 고집했는지 알 것 같다.

　허리에 두른 이파리 옷은…… 정말 최악이다.

　답답하고 불편해서 미칠 지경이다, 여린 이파리들만 골라 만들었는데도 아랫도리가 쓰라리다 못해 아프다. 움직일 때마다 이파리들이 오그라져 있는 아랫도리를 어찌나 자극해 대는지.

때문에 여자가 가까이 있을 때만 발딱발딱 서던 녀석이 이제는 하루 종일 반쯤 곧추서 있다. 묵직하고 불편하고…… 아주 성가셔 죽겠다.

더구나 녀석이 반쯤 서 있으니 아무리 이파리로 아래를 가려 봤자 아무 소용이 없다. 이파리 사이로 발딱 선 녀석이 둥근 몸 끝을 삐죽 내밀고 자꾸 비어져 나오려고 한다. 여자가 바란 것은 이 녀석을 가리는 것이었을 텐데 이렇게 되면 이게 다 무슨 소용이란 말인가. 불편하기만 진탕 불편할 뿐. 이건 정말 내 탓이 아니다. 순전히 이파리 때문이다.

흠, 혹시 이파리를 더 많이 엮어서 두르면 좀 가려지려나? 윽, 그건 절대 안 돼. 못해! 안 해! 살포시 든 생각에 나는 고개를 세차게 가로젓는다. 그럼 얼마나 답답할까. 생각만 해도 진땀이 흐른다.

나는 삐질삐질 흐르는 진땀을 닦아내며 고개를 푹 숙인다. 체념 어린 시선으로 눈앞에 보이는 우스꽝스러운 이파리 옷을 노려본다. 그러나 이제 와서 아무리 노려본들 무슨 소용이 있을까. 신중하지 못하게 여자가 부탁하는 것은 뭐든지 다 들어주마 하고 넙죽 지껄여 버린 촐싹 맞은 입이 죄지.

나는 오후 내내 숲 속을 미친 원숭이처럼 방방 뛰어다니며 다시 여린 이파리들을 잔뜩 골라내 엮어야 했다. 멍청하게 서서 골반에 이파리들을 몇 겹이나 두르고 또 둘렀다. 이쯤이면 안 보이려나? 얼추 다 두르고 얼굴을 숙여 내려다보니 엄청난 양의 이파리밖에 보이지 않았다. 발도 보이지 않았다. 그나마 다행인 것은 그때까지만 해도 더 이상 꿈틀거리는 녀석이 보이지 않는 다는 사실이었다.

한숨이 연달아 터져 나왔다. 대체 이게 무슨 꼴인지. 꼭 야자 수가 된 것 같았다. 걸을 때마다 이파리들이 스치며 사각거리는 소리를 냈다. 너무 기가 막혀서 헛웃음밖에 터져 나오지 않았 다.

바야흐로 콜튼 나무가 탄생하는 순간이었다.

"으아~"

나는 걸음을 멈추고 하늘을 향해 괴성을 지를 수밖에 없었다.

✳

나는 터덜거리며 집으로 돌아왔다. 혼자 놀고 있던 리사가 나 를 발견하고 눈이 휘둥그레져서 깍깍거리며 쪼르르 달려온다. 내팽개쳐졌던 일로 단단히 토라져서 따라오지도 않던 녀석이 언제 그랬냐는 듯이 옆에 찰싹 붙어서 방방 뛰고 난리도 아니 다. 신기한 듯 걸음을 옮길 때마다 물결치며 흔들리는 이파리들 을 잡아당긴다. 벌써 녀석의 손에 떨어진 이파리들이 한 움큼이 다.

"리사, 하지 마."

잔뜩 목소리를 깔고 으름장을 주지만 녀석, 멈출 줄을 모른

다. 이제는 제 마음에 쏙 드는 재미난 장난감을 발견한 듯 신이
나 소리를 지르며 히죽히죽 웃어댄다. 녀석의 묘한 시선과 누런
이빨을 보니 안 그래도 언짢았던 기분이 무섭게 들끓는다.

"저리 안 가!"

나는 떨어질 줄 모르는 녀석을 단숨에 잡아채 분풀이 삼아 있
는 힘껏 멀리 집어 던진다. 그런데도 상한 마음이 좀처럼 가시
지 않는다. 그런데 이 녀석, 떼구루루 굴러가면서도 기묘한 웃
음을 멈추지 않는다. 혈압이 빠직, 상승한다.

"저 자식이!"

벌겋게 달아오른 얼굴로 한달음에 녀석에게 달려간다. 눈치
빠르기로 둘째가라면 서러운 녀석답게 바닥을 뒹굴며 꺅꺅거리
던 녀석이 눈 깜짝할 사이에 후다닥 일어나 휭하니 도망을 친
다. 이놈이 아예 불구덩이에 기름을 들이붓는구나. 누가 가만둘
줄 알고! 숲 속으로 도망치는 녀석을 잡아채기 위해 손을 쭉 뻗
으며 몸을 날린다.

"콜튼?"

이런, 타이밍도 절묘하지. 리사의 머리통을 낚아채려는 순간,
등 뒤에서 여자의 목소리가 들려온다. 의미심장한 여자의 목소
리에 심장이 철렁 내려앉는다. 깜짝 놀라 움직임이 절로 멈춘
다. 천운을 타고난 녀석! 갈퀴처럼 뻗은 손아귀에서 리사의 머
리통이 쏙 빠져나간다. 나는 극적으로 손아귀에서 벗어난 리사
녀석이 팔랑거리며 뛰어가는 뒷모습을 바보처럼 멀뚱히 바라보

기만 한다. 녀석의 살랑거리는 엉덩이가 점점 멀어져 간다.

"왔어요? 어머, 금세 만들어 입었네요."

사부작사부작. 여자가 등 뒤로 다가온다. 여자의 발걸음 소리가 가까워질수록 혈관을 빠르게 돌아다니던 피가 얼굴로 삽시간에 모여든다. 벌겋게 달아오른 얼굴을 푹 숙인다. 귓가에 아랫도리에서 한들거리는 이파리 소리가 더욱 크게 들려온다. 얼마나 우스꽝스러울까. 에이, 여자는 예쁘기만 한데 나는 왜 이 모양이냐고! 나는 벌겋게 달아오른 얼굴을 들지도 못하고 여자가 다가올 때까지 꼼짝하지 못한다.

여자가 등 뒤에서 멈춰 선다.

"콜튼, 돌아서 봐요. 잘 어울리나 봐줄게요."

순간 나는 리사처럼 그냥 도망가 버릴까? 하는 충동에 사로잡혔다. 숙인 얼굴을 들지도 못한 채 눈만 치켜뜨고 리사가 사라진 방향을 애타게 바라본다. 지금이라도 리사를 쫓아가는 척하고 도망쳐 버릴까? 그러나 때는 이미 늦었다. 도망치려면 진작 리사를 쫓는 척하며 도망쳤어야 했다. 아, 왜 난 항상 한 박자씩 늦는 걸까. 한심한 놈. 나는 여자 몰래 심호흡을 크게 들이마시고 침을 꼴깍 삼킨다. 천천히 뒤돌아선다.

[풋!]

여자가 눈을 동그랗게 뜨고 터져 나오려는 웃음을 손으로 막는다. 그런 여자의 모습에 얼굴은 물론 귓불까지 발갛게 달아오르는 것이 느껴진다. 인상이 저절로 구겨진다. 구겨지는 얼굴을 바라보며 여자는 입을 틀어막고 웃음을 참으려고 하지만 결국 참지 못한다.

[풋, 풋. 푸…… 푸하하하하!]

여자의 커다란 웃음소리가 뜨거운 대지에 울려 퍼진다. 바람마저 여자의 웃음소리를 따라 횡, 횡, 휘이이익. 박자를 맞추며 세차게 불어댄다. 사락, 사락, 사라라락. 세찬 바람 소리에 맞춰 새로 탄생한 콜튼 나무 이파리들이 요란스레 춤을 추어댄다.

처음 듣는 여자의 호탕하다 싶을 정도의 웃음소리다. 다른 때 같으면 반가울 만도 했겠지만 지금은 절대 아니다. 지금은 여자의 웃음소리가 드라곤의 해괴한 울음소리보다 더 듣기 싫다. 창피함과 불쾌함이 점점 더 덩치를 키운다. 인상도 점점 더 험악해진다. 나는 어금니를 꽉 깨물고 눈물까지 훔치며 웃어대는 여자를 찌릿, 노려본다.

어깨를 들썩이며 웃어대는 여자의 촉촉하게 젖은 눈빛과 나의 험악한 눈빛이 얼핏 마주쳤다. 여자가 움찔하더니 눈치를 살피기 시작한다. 그제야 심상치 않은 분위기를 눈치 챈 모양이다. 여자의 자지러질 듯한 웃음소리가 점점 잦아들어 간다.

여자가 휘어질 듯 숙이고 있던 허리를 바로 세우며 얼굴을 들었다. 웃느라 벌게진 여자의 얼굴은 가관도 아니었다. 웃는 것도 아니고 우는 것도 아닌 해괴망측한 표정이다. 여자가 눈꼬리에 매달려 있는 눈물을 쓰윽 훔쳐 낸다. 하지만 반달처럼 휘어진 눈꼬리는 여전하다.

[푸흣…… 흠흠! 휴우.]

여자가 가슴을 쓸어내리며 크게 숨을 내쉰다.

"콜튼, 도대체 왜 그렇게…… 음, 거창하게 입었어요?"

여자가 내 신경을 건드리지 않기 위해 적당한 단어를 골라냈지만 그 정도로 가라앉을 기분이 아니다. 나는 아무 대답도 하지 않았다. 그저 굳은 인상으로 대답을 대신했다. 아무것도 묻지 마! 입도 뻥긋하지 마! 그러나 여자는 내 대답을 알아듣지 못했는지 계속 조잘거린다.

"이건 꼭 마치…… 뭐랄까. 그래, 마치 유치원 애들 캉캉 치마를 뺏어 입은 것 같잖아요."

캉캉? 그게 뭐지? 나는 잠시 생소한 단어의 뜻을 기억해 내기 위해 미간을 찌푸렸다. 그러나 도무지 무슨 뜻인지 모르겠다. 다만 그다지 유쾌하지 않은 단어라는 것만은 알 것 같다. 진짜 너무해! 벌렁거리는 콧구멍으로 콧김이 쉭쉭 뿜어져 나온다.

간신히 웃음을 멈춘 여자가 여전히 해괴망측한 표정으로 아래위를 훑어본다.

"웃어서 미안해요. 하지만 당신 모습이 너무 쇼킹해서……."

"쇼킹이라니, 네가 부탁한 거잖아."

볼멘 음성이 툭 터져 나갔다. 여자가 심통난 나를 달래려는 듯 눈을 동그랗게 뜨고 고개를 마구 끄덕인다.

"그래요. 내가 부탁했어요. 설마했는데 부탁을 들어줘서 얼마나 고마운지 몰라요. 당신, 진짜 최고예요."

여자가 엄지를 번쩍 들어 보인다. 그러나 여자의 동그란 눈동자는 허리 아래의 풍성한 이파리에서 떨어질 줄 모른다.

"그런데 콜튼, 이건 좀 너무…… 과해요. 도대체 몇 겹이나 두른 거예요? 그러지 말고 몇 겹만 좀 풀면 안 돼요?"

여자가 한 걸음 바짝 다가온다. 직접 몇 겹을 풀어버리려는 듯 손까지 내밀고서.

"안 돼."

나는 화들짝 놀라서 펄쩍 뛴다. 여자도 깜짝 놀란다. 동그란 눈을 연신 깜박인다.

"왜요? 다시 만들어야 돼요?"

고개를 갸웃거리던 여자가 마치 다 안다는 듯 고개를 끄덕인다. 쳇, 아무것도 모르면서 아는 척은.

"아, 그렇구나. 그럼 다시 만들어요. 그다지 어려울 것 같지도 않은데. 그냥 풀어서 적당히 잘라내고 다시 두르면 되는 거 아니에요? 나, 다시 집에 들어가 있을 테니까 끝나면 불러요."

여자는 상큼하게 미소 짓고는 뒤를 돌아 냉큼 집으로 들어가 버리려고 했다.

"안 된다니까!"

나는 답답한 여자의 말에 화가 나 버럭 소리를 질렀다. 제발 아무것도 모르면서 다 아는 척 좀 하지 마, 이 여자야! 나라고 이렇게 입고 싶어서 입은 줄 알아. 화난 음성에 여자가 몇 걸음 가지도 못하고 빼꼼 뒤돌아본다.

"왜요?"

여자는 정말 궁금한 듯 눈을 동그랗게 뜨고 순진무구한 표정으로 물어본다. 말갛고 까만 눈동자가 햇빛에 반짝 빛을 발한다. 은빛 물고기처럼 뽀얀 피부를 태양 아래 드러내 놓고 있는 여자의 모습이 이 와중에도 아름답게 보인다니, 머리가 정말 어떻게 된 모양이다. 몸을 살짝 비틀고 돌아보는 여자의 한쪽 가슴이 작은 코코넛에서 반 이상 튀어나와 있다. 아래로 떨어지는 유선형의 둥근 곡선이 환장하도록 환상적이다. 뽀얗고 탱탱한 가슴에서 시선이 떨어지지 않는다.

아까 지분거렸던 가슴의 물컹한 감촉이 손끝에 되살아나려 한다. 미치겠군. 오그라들었던 녀석이 다시 꿈틀거리기 시작했다. 얼른 시선을 내려 아래를 확인한다. 휴, 다행이다. 아직은 울창한 잎에 가려 꿈틀거리는 녀석이 보이지 않는다.

그러나 다행이라고 생각했던 것은 한순간이었다. 발끝도 보이지 않는 울창한 이파리를 보는 순간 다시 속이 부글부글 끓는다. 얼굴이 오만상으로 구겨진다.

"이게 다 너 때문이잖아."

불퉁한 목소리가 튀어나갔다.

"나요?"

여자가 아무것도 모르겠다는 듯, 풍성한 속눈썹을 깜박거린다. 그 모양이 또 한입에 꿀꺽 삼켜 버리고 싶을 정도로 사랑스럽다. 꿈틀거리던 녀석이 좀 더 덩치를 키운다. 부풀어 오르는 피부에 이파리들이 맞닿는다. 쓰라려 죽겠다. 윽!

"그. 그래."

손이 근질근질하다. 쓰라린 이파리에 둘러싸인 예민해진 녀석을 꼼짝 못하게 꽉 움켜잡고 싶다. 그냥 내버려 두면 이파리를 뚫고 언제 녀석이 모습을 드러낼지 모른다. 이를 어쩐다. 그냥 확 잡아버릴까? 꿈틀, 꿈틀. 고민하는 사이 녀석이 어디 한번 해보려면 해보라는 듯 쑥쑥 덩치를 키워댄다. 에이, 모르겠다. 이쯤 되면 나도 이판사판이다. 나는 소리를 버럭 지르며 이파리를 뚫고 나오려는 녀석을 이파리째 거칠게 움켜잡았다.

"도대체 나보고 어쩌라고! 너 때문에 자꾸 이게 커지잖아. 나라고 이렇게 우스꽝스런 모습으로 있고 싶은 줄 알아! 얼마나 쓰라리고 불편한데……. 마음 같아서는 당장이라도 이따위 풀쪼가리 벗어 던지고 싶어. 그런데 네가 이 녀석, 안 보이게 가려달라며! 그런데 이렇게 하지 않으면 자꾸 녀석이 꿈틀대면서 이파리를 뚫고 나오는데 어떡하라고! 지금도 가만두면 뚫고 나올 것 같단 말이야!"

나는 무섭게 팽창하기 시작하는 아랫도리를 움켜쥐고 꽥 소리를 질렀다. 분명 내 얼굴은 불에 달궈진 자갈처럼 시뻘게졌을 터이다. 나는 거친 숨을 몰아쉬며 여자를 원망스레 노려보았다. 여자의 얼굴도 금세 시뻘게졌다. 안 그래도 커다란 눈이 뒤로 뒤집혀질 정도로 커다래졌다. 커다래진 눈만큼이나 여자의 입도 커다랗게 벌어졌다. 여자는 입을 다물지 못한 채 벌겋게 달아오른 내 얼굴을 한참 동안 올려다보다 아래로 시선을 내렸다.

헉! 여자가 거친 숨을 내쉬며 팽창한 녀석을 단단히 움켜잡고 있는 내 손에서 시선을 떼지 못한다.

"지, 지, 지금 그, 그게 무, 무슨 말, 아니, 무슨 짓……."

여자가 알아듣지 못할 정도로 말을 심하게 더듬거렸다. 그러더니 눈 깜짝할 사이에 몸을 팩 돌리고 눈썹이 휘날리도록 전속력으로 집으로 뛰쳐 들어갔다.

이런, 젠장. 나는 태어나서 두 번째로 어머니가 그토록 싫어하시던 욕을 내뱉으며 흘러내린 머리를 거칠게 쓸어 올렸다. 여전히 한 손으로는 꿈틀거리는 녀석을 꽉 움켜잡고서. 거칠게 뛰어대는 심장박동에 맞춰 화르륵 달아오른 체온이 뜨겁게 내리쬐는 태양보다 더욱 뜨겁게 달아오르고 있었다.

✳

여자는 집으로 들어간 후 나올 생각을 도통 하지 않고 있다.

여자가 눈앞에 보이지 않자 다행히 부풀었던 아랫도리는 얌전하게 가라앉았다. 태양보다 더욱 뜨겁게 지글거리던 체온도 평상시로 돌아왔다. 나는 내내 움켜잡고 있던 아랫도리를 슬그머니 놓고 신경질적으로 모래 바닥을 툭툭 차댔다. 대체 이게 무슨 꼴인가 모르겠다. 간신히 아까의 잘못을 만회할 기회를 잡았는데 울컥해서 모두 허사로 만들어 버렸다. 기껏 불편한 것도 참고 이런 우스꽝스러운 이파리까지 만들어 입었건만. 나는 원망스러운 눈초리로 조용해진 아랫도리를 노려보았다.

어느새 태양은 중천을 지나 벌써 뉘엿뉘엿 서쪽으로 기울어가고 있었다. 나는 집 안으로 들어가지도 못하고 계속 집 앞을 서성거리기만 했다. 불안하고 답답한데 짜증까지 나서 도저히 가만히 앉아 있을 수 없었다. 등 뒤로 길게 늘어져 있던 시꺼먼 그림자는 짧아진 지 오래였다.

꼬르륵. 꼬르륵. 꼬르륵.

하루 종일 굶었더니 뱃속에서 연신 천둥소리가 났다. 나는 등가죽에 붙어버린 홀쭉해진 배를 내려다보며 땅이 꺼져라 한숨을 내쉬었다. 배는 고픈 것을 지나 이제 아픈 것 같기까지 하고, 아랫도리는 쓰라려 미치겠고, 여자는 집에 들어가서 나올 생각을 하지 않고…… 도대체 나보고 어쩌라는 거야. 머리가 복잡해서 터질 것 같았다.

해가 기울자 열기를 머금은 바람이 약간 시원해졌다. 숲의 푸른 내음을 싣고 시원한 바람이 솔솔 불어왔다. 콜튼 이파리가 바람에 흔들려 사라락 사라락 노래를 불러댔다. 시끄러워. 나는 신경을 거슬리는 이파리 소리에 울창한 나뭇잎들을 떼어내려고 손을 번쩍 치켜들었다.

움찔, 힐끔.

미풍에 살랑살랑 흔들리는 얇은 문으로 시선이 향한다. 못난 꼴을 보였는데 이마저도 벗어버리면 여자가 어떻게 나올지 심히 걱정스럽다. 이파리를 허리에 두르고 있는 자신의 우스꽝스러운 모습에 키득거리면서도 최고라며 엄지를 치켜들던 여자의 모습이 눈앞에 계속 아른거린다.

'기왕 이렇게 된 거, 그냥 꾹 참아볼까? 최고라는 칭찬도 들었는데.'

번쩍 치켜들었던 손이 스르르 아래로 떨어진다.

꼬르륵. 꼬르륵.

연속으로 들려오는 꼬르륵 소리에 여자도 하루 종일 굶고 있다는 사실에 생각이 미친다. 여자도 배가 고플 텐데. 어쩌지? 어찌 된 일인지 내 배 고픈 것보다 여자 배고픈 것이 더 신경 쓰인다. 어차피 망쳐 버린 기회, 그냥 다 훌훌 벗어 던질까 싶다가도 절로 고개가 가로저어진다. 다른 건 몰라도 여자한테 약속도 지키지 않는 남자라는 인상까지 주고 싶지 않다. 새롭게 안 사실이지만 여자는 욕을 아주 잘한다. 그러니 어쩌면 욕을 해댈지 모른다. 그건 정말 싫은데.

부모님은 약속은 반드시 지켜야 하는 거라고 하셨다. 지키지 못할 약속은 처음부터 해서는 안 된다고 하셨다. 아무리 힘들어도 약속은 꼭 지키는 거라고 배웠다. 그래서 나는 아버지가 돌아가실 때도 울지 않았다. 아버지와 울지 않겠다고 약속했으니까,

아버지는 숨을 거두는 순간까지 몇 번이나 말씀하시고 또 말씀하셨다. 남자는 함부로 울어서는 안 된다고. 눈물은 약하기

때문에 나오는 것이라고. 남자는 강해야 한다고. 강한 남자가 연약한 여자를 보호해야 한다고. 그러면서 아버지는 내 손을 꼭 잡으셨다. 그때의 아버지 손힘이 얼마나 세고 강했는지 나는 지금도 기억한다.

솔직히 13살에 불과했던 나는 무서웠다. 언제나 든든하게 믿고 의지하던 아버지가 돌아가신다는 사실이 무서웠고 어리고 아무것도 모르는 내가 아버지를 대신해 어머니를 지켜 드려야 한다는 사실도 무서웠다. 내가 과연 아버지처럼 어머니를 지켜 드릴 수 있을까? 아버지처럼 깊은 바닷속까지 들어가 물고기들을 척척 잡아 올릴 수 있을까? 나무 꼭대기까지 올라가 잘 익은 파파야와 코코넛을 딸 수 있을까? 소금 바람과 시시때때로 쏟아지는 소나기 때문에 무너지고 헐거워지는 집을 튼튼하게 손볼 수 있을까? 사악한 드라곤에게서 어머니를 지켜낼 수 있을까?

바위보다도 단단한 아버지의 몸을 짓누르고 있는 저 나무조차 들어 올리지 못하는 내가? 아버지의 생명이 꺼져 가는 것을 두 손 놓고 바라볼 수밖에 없는 내가?

두렵고 무서워서 눈물이 날 것 같았다. 가슴 밑바닥에서 울부짖는 비명·소리에 귀가 터져 나갈 듯했고 어지럽고 매스껍기까지 했다. 그러나 나는 죽을힘을 다해 견디어냈다. 입안이 헐고 부드러운 속살이 찢어져 피가 날 때까지 참고 또 참아냈다. 끝까지 눈물을 보이지 않았다. 터져 나오려는 비명 대신 아버지의 손을 으스러지도록 움켜잡았다.

나는 약속했다. 울지 않겠다고. 아버지 대신 어머니를 지켜드리겠다고. 반드시 강해지겠다고.

나는 그 약속을 반은 지켰고 반은 지키지 못했다. 피치 섬을 떠나 아버지와 어머니의 가족을 찾겠다는 어머니와의 약속도 지키지 못했다. 더 이상 거짓말쟁이가 되고 싶지 않다.

약속은 무슨 일이 있어도 지켜야 한다.

나는 당장이라도 찢어버릴 듯 움켜잡고 있던 이파리에서 손을 떼고 주먹을 세게 움켜쥐었다.

"진, 진."

나는 차마 집으로 들어가지 못하고 얼기설기 얽어놓은 나무 문 앞에서 조심스럽게 여자를 불렀다. 안에서는 아무 대답도 없다. 들리지 않을 리 없는데. 화가 많이 났나 보다. 한숨이 절로 흘러나온다. 얕은 한숨에 얇은 문이 덜렁거리며 흔들린다. 살짝 벌어진 문틈으로 안을 흘끔거린다. 얼핏 침상에 앉아 있는 여자의 뽀얀 몸뚱이가 보인다.

"저기, ……먹을 것 좀 구해올게."

벌어진 문틈으로 자신없이 웅얼거리고는 힘없이 몸을 돌렸다. 터벅터벅. 발걸음이 무겁다. 하루 종일 먹은 게 없어서 그런지 힘이 하나도 없다. 너무 배가 고파서 큼지막한 물고기를 몇 마리나 먹어치울 것 같다. 물고기 생각이 간절하다. 하지만 오늘은 간단하게 과일만으로 만족해야 할 듯싶다. 밤이 깊어지면 바닷속이 잘 보이지 않는다. 잡으려면 잡을 수도 있지만 어두운 물속에서는 물고기 잡기가 쉽지 않다. 한참을 헤매야 겨우 한 마리 정도 잡을까. 그러나 지금은 만사가 다 귀찮다. 힘도 하나도 없어서 오랫동안 어두컴컴한 바닷속을 헤매고 싶지 않다.

'이럴 때 리사 녀석이라도 옆에 있으면 좋을 텐데.'

배가 고프고 힘이 없으니 귀찮게 굴던 리사까지 그립다. 녀석, 어지간히 놀다가 돌아올 것이지. 필요할 때는 꼭 없다니까. 나는 어깨를 축 늘어트리고 걸음을 옮겼다.

"콜튼."

숲에 거의 다다랐을 무렵 등 뒤에서 생각지도 못했던 여자의 음성이 들려왔다. 나는 화들짝 놀라 얼른 뒤를 돌아보았다. 여자가 주홍빛 역광을 등지고 서 있었다. 천지를 가득 물들인 주홍빛 물감이 여자의 뽀얀 살결을 연주홍색으로 물들이고 있었다.

"진……."

신음처럼 여자의 이름이 흘러나온다.

여자는 선뜻 말을 잇지 못한다. 막상 나를 불러놓고 망설인다. 커다란 까만 눈동자가 망설임에 흔들리고 있다. 고운 입매는 단단하게 굳어 있다. 앞으로 모아 잡은 손에도 힘이 잔뜩 들어가 있다. 뭔가 단단히 결심을 한 모양새다. 여자는 열 걸음 정도 떨어진 곳에서 더 이상 다가오지 않는다.

"나도 같이 가요. 앞으로 함께 움직여야 한다면서요. 당신 말이 맞아요. 벼룩도 낯짝이 있지, 계속 당신한테 신세만 질 수는 없죠. 나도 내 몫을 하겠어요."

망설임이 가득한 모습과는 달리 여자의 목소리는 차돌멩이처럼 단단하다. 나는 생각지도 못한 여자의 반응에 눈만 끔벅인다. 화가 많이 났을 줄 알았는데. 실망해서 상대도 안 해줄 줄 알았는데. 여자가 먼저 말을 걸어왔다. 나와 함께 가겠단다. 의외다. 믿기지 않는다. 나는 의심 가득한 시선으로 여자를 바라본다.

"정말 나와 함께 가겠다고?"

여자가 고개를 끄덕인다.

"화…… 난 거 아니었나?"

여자가 아랫입술을 꾹 깨물고는 고개를 가로젓는다.

"화난 거 아니에요. 조금 당황했을 뿐이지."

가슴 밑바닥에서 기쁨의 물방울들이 몽글몽글 피어오른다. 피어오른 물방울들이 방울방울 터져 나간다. 간질거리는 느낌에 재채기가 나올 것 같다. 축 처졌던 어깨가 어느새 쭉 펴져 있다. 처져 있던 입꼬리가 스멀스멀 말려 올라가고 흐릿했던 시야가 반짝반짝 윤이 나기 시작한다.

"정말, 정말이지, 진?"

끄덕끄덕

이제는 입이 아주 귀까지 길게 늘어진다. 나는 서둘러 여자에게 다가간다. 여자가 금세 마음을 바꿔 집으로 도망가기 전에 잡아야겠다. 그러나 마음처럼 여자의 손목을 얼른 잡아채지 못한다. 여자 앞에서 두어 걸음을 남겨놓고 멈춰 선다. 여자가 흠칫 놀란다. 그러나 다행히 도망가지 않는다.

나는 들뜬 마음으로 손을 내민다.

"좋아. 같이 가자."

여자가 주홍빛으로 물든 얼굴로 빤히 내민 손을 내려다본다. 순간적으로 여자의 얼굴에 망설임이 스치고 지나간다. 여자와 나 사이로 푸른 내음 가득한 바람이 사브작 휘돌아 지나간다. 쏴아. 등 뒤에서 바다로 변한 숲이 파도 소리를 내며 휘몰아친다. 팔랑거리는 바람이 여자의 마지막 망설임을 휩쓸어 멀리 날아간 모양이다. 놀랍게도 여자가 내민 손을 잡는다.

나는 한 손에 쏘옥 들어오고도 남는 여자의 자그마한 손을 얼른 잡아챈다. 빼지 못하게 단단하게 틀어쥐고 바보처럼 헤벌쭉 웃는다.

"비켜. 너무 가까이 서 있으면 다친다니까. 진, 멀찍이 비켜 있어!"

나는 나무 꼭대기에 대롱대롱 매달려 숲이 떠나가라 소리를 질렀다. 웃음기 잔뜩 머금은 우렁찬 목소리가 숲 전체를 들썩인다. 까마득히 아래에 있는 여자는 말을 알아들었는지 어쨌는지 고작 뒤로 두어 걸음 물러나고는 만다. 여자가 떨어지는 코코넛에 다칠까 걱정이 된 나는 한 손으로 허공을 휘휘 젓는다.

이마에 손을 얹고 한껏 목을 뒤로 젖혀 올려다보고 있던 여자가 다시 두어 걸음 뒤로 물러난다. 썩 만족스럽지는 않지만 그만하면 됐다 싶다. 더 이상 뒤로 물러날 생각이 없는 여자에게 더 이상 말해봤자 소용없다는 걸 나는 이제 안다. 떨어뜨릴 때 내가 조심해야지, 별수 없다. 와글와글 모여 있는 코코넛 열매 중에서 실하게 잘 익은 놈들만 골라 조심스럽게 따낸다. 나는 한 손에 코코넛 열매를 들고 어중간하게 떨어져 있는 여자와의 간격을 어림짐작한다.

그런데 이 여자 좀 보게? 한술 더 떠서 이마에서 손을 떼어내고 두 손을 번쩍 치켜든다. 떨어지는 코코넛을 받겠다는 심사다. 살짝 기가 막힌다. 어중간하게 서서 어중간하게 손을 들어올리고 있는 여자의 모습이 귀엽기는 하지만 그렇다고 여자의 뜻을 받아줄 수는 없다.

나는 여자를 향해 코코넛 열매를 던지려는 듯 손을 두어 번 크게 휘둘렀다. 여자가 눈을 동그랗게 뜨고 바짝 긴장해서 위치를 이리저리 바꾼다. 쿡쿡. 마치 안아달라고 안달난 새끼 원숭이 같다. 귀여워 미치겠다.

"간다. 잘 받아!"

나는 우렁차게 소리를 지르며 오른쪽으로 손을 크게 휘둘렀다. 여자가 방향을 가늠하며 오른쪽으로 쪼르르 달려간다. 여자가 오른쪽으로 달려간 틈을 타 나는 왼쪽으로 코코넛 열매를 얼른 떨어뜨렸다. 엉뚱한 방향으로 코코넛 열매가 떨어지자 여자가 어이없이 코코넛 열매를 바라본다.

툭. 떼구루루.

"콜튼, 방향이 다르잖아요! 제대로 좀 던져요!"

"푸하하하."

개미허리처럼 잘록한 허리에 손을 척 걸치고 여자가 씩씩거린다. 신기하게도 까마득히 아래에 있는 여자의 눈매가 새치름하게 변하는 것까지 또렷하게 보인다. 그 모양이 또 너무 귀엽고 앙증맞아 터져 나오는 웃음을 참을 수 없다.

"자, 이번에는 제대로 던진다. 잘 받아."

우렁찬 목소리에 여자가 고개를 크게 끄덕인다. 입술을 앙다물고 자세를 잡는다. 나는 잘 여문 코코넛 열매를 따 아래로 떨어트렸다. 물론 이번에도 여자와 반대편으로.

"콜튼!"

"하하하하."

그 후로도 계속 여자는 팔짝거리며 이쪽저쪽을 뛰어다녔고 나는 계속 여자가 움직이는 반대편으로 코코넛 열매를 멀리 떨어트리며 약을 올렸다. 해가 지는 보랏빛 숲 속에 여자의 씩씩거리는 거친 숨소리와 나의 유쾌한 웃음소리가 오랫동안 메아리쳤다.

장난을 치느라 생각했던 것보다 코코넛 열매를 너무 많이 땄다. 종아리까지 자라 있는 파릇한 수풀 사이에 코코넛 열매가 여기저기 뒹굴고 있다. 나는 훌쩍 나무 위에서 뛰어내려 씩씩거리는 여자에게 다가갔다.

"뭐예요, 이럴 거면 뭐 하러 나 데리고 왔어요?"

약이 바짝 오른 듯 여자가 팔짱을 끼고 씩씩거리며 노려본다.

"이 많은 걸 나 혼자 들고 갈 수는 없잖아? 그렇게 무섭게 노려보지만 말고 이리 와서 같이 좀 줍지."

나는 터져 나오려는 웃음을 참으며 바닥에 떨어져 있는 코코넛 열매를 부지런히 줍는 척했다. 움직일 때마다 아랫도리에서 여전히 사각거리는 소리가 났지만 더 이상 불쾌하지 않았다. 그다지 신경도 쓰이지 않았다. 아랫도리만 자극하지 않으면 이것도 나름 입을 만했다. 기분이 좋아진 나는 일부러 보란 듯이 엉덩이를 살랑살랑 흔들어 보이기까지 했다.

그 모양이 꽤나 우스웠던지 씩씩거리던 여자가 풋! 하고 웃음을 터트린다. 나는 여자의 웃음소리에 짐짓 골이 난 듯 괜히 인상을 팍 쓴다. 여자가 깜짝 놀라 얼른 손으로 입을 가리고 눈을 동그랗게 뜬다. 나는 입술을 삐죽거리며 몸을 팽 돌린다. 그리고 아까보다 더 심하게 엉덩이를 흔들어대면서 걸어간다.

히죽 웃으며 살며시 뒤돌아본다. 장난기 가득한 파란 눈동자와 어이없어하는 까만 눈동자가 마주친다. 그제야 장난이라는 걸 알아챈 여자가 눈을 흘기며 기가 막힌다는 듯 헛웃음을 짓는다. 헛웃음은 이내 유쾌한 웃음소리로 변한다.

우리는 흩어져서 부지런히 떨어진 코코넛 열매를 줍기 시작했다. 여자는 코코넛 열매 줍는 것이 꽤 재미있는 모양이었다. 허리를 잔뜩 구부리고 풀숲을 뒤져서 코코넛 열매를 하나 발견할 때마다 환호성을 질러댔다.

"꼭 소풍 와서 보물찾기하는 기분이에요."

그게 어떤 기분인지 잘 모르지만 여자가 좋으니 나도 무작정 좋았다. 환하게 웃는 여자의 얼굴은 반짝반짝 빛나고 있었다. 여자가 항상 저렇게 환하게 웃었으면 좋겠다고 생각했다. 나는 일부러 주운 코코넛 열매를 여자 주변으로 던지기도 했다. 여자가 깜짝 놀라 허리를 번쩍 들고 돌아보면 나는 후다닥 허리를 숙이고 딴청을 피워댔다. 한 번, 두 번 계속 장난을 치자 나중에는 여자가 내 주변으로 코코넛 열매를 집어 던졌다.

깜짝 놀라 뒤돌아보니 여자가 허리에 손을 척 걸치고 '어쩔테냐'는 듯 의기양양하게 쳐다보고 있었다. 턱까지 치켜들고. '오호라, 한번 해보겠다는 거지?' 나는 씨익 웃으며 한곳에 모아두었던 코코넛 열매들을 집어 들었다.

[어?]

눈을 동그랗게 뜬 여자가 자신이 모아놓은 코코넛 열매 무더기로 시선을 돌렸다. 그 틈을 노려 나는 가슴에 품은 코코넛 열매들을 가차없이 집어 던지기 시작했다.

[꺄악!]

여자가 비명을 지르며 자신이 모아놓은 코코넛 열매 무더기

쪽으로 내달렸다. 나는 교묘하게 여자가 맞지 않도록 코코넛 열매를 던지면서 여자의 앞길을 막았다. 허공에서 날아오는 코코넛 열매를 요리조리 피하며 날쌔게 달려간 여자가 무더기 앞에서 숨을 헉헉대며 소리를 꽥 질렀다.

"치사하게! 두고 봐요! 에잇!"

여자가 코코넛 열매를 마구잡이로 던지며 응수해 왔다. 있는 힘껏 코코넛 열매를 집어 던지는 여자의 눈이 밤하늘의 별처럼 반짝반짝 빛났다. 웃차 하는 기합 소리와 함께 여자의 입에서 끊임없이 웃음소리가 터져 나왔다. 여자의 양 볼이 점점 더 탐스럽고 붉게 물들어갔다.

"하하하하. 겨우 그 실력으로 날 맞히겠다는 거야? 근처에도 오지 않는데? 큭큭. 어때, 내가 다섯 발자국 앞으로 나가줄까?"

"흥, 잘난 척하지 말아요! 길고 짧은 건 대봐야 안다고요!"

"하하하하하."

온몸이 간질간질해서 끊임없이 웃음이 터져 나왔다. 처음이었다. 여자가 모든 경계를 누그러뜨리고 나를 향해 환하게 웃는 것은. 기쁨에 들떠 웃고 장난치는 모습. 행복했다. 서른세 해만에 처음 경험하는 순수한 행복이었다.

결국 그 행복은 엄청난 코코넛 열매 세례로 끝나고 말았지만. 주변에 던질 코코넛 열매가 동이 난 나와 달리 여자 주변에는 내가 던진 코코넛 열매로 가득했다. 낭패한 나를 보고 여자는 눈을 반짝이며 회심의 미소를 지었다. 그와 동시에 허공

에서 코코넛 열매가 마구잡이로 날아든 것은 당연한 수순이었
다.

지칠 때까지 뛰어논 우리는 하나의 나무를 사이에 두고 등을
기대고 주저앉아 거칠어진 숨을 골랐다. 터진 코코넛 열매로 갈
증난 목도 축였다. 목을 축이다 시선이 마주치면 누가 먼저랄
것 없이 키득거리고 웃었다.

그렇게 한참을 쉬고 난 우리는 부지런히 집어 던졌던 코코넛
열매들을 다시 모으기 시작했다. 금세 자그마한 코코넛 동산이
생겨났다. 모아놓고 보니 반은 뿌듯하고 반은 난감했다. 반 이
상이 깨져 달콤한 즙이 새어 나오고 있었다. 즙이 샌 코코넛 열
매는 집에 쌓아놓고 두고두고 먹을 수도 없다. 휴, 이걸 언제 다
먹어 치우나.

뭐가 잘못됐는지 모르는 여자가 뒤에 서서 뿌듯하게 모아놓
은 코코넛 열매들을 바라보고 있다. 털썩, 나는 바닥에 엉덩이
를 대고 주저앉았다. 무릎 사이로 가장 잘 익은 코코넛 열매를
단단히 끼우고 살짝 벌어진 틈에 칼을 쑤셔 박았다. 단단하게
여문 코코넛 열매의 속살이 예리한 칼날을 밀어낸다. 나는 힘을
주어 칼날을 안으로 쑥쑥 밀어 넣었다. 칼날을 반쯤 밀어 넣고
오른쪽으로 세게 비틀었다.

투둑.

틈이 벌어진다. 나는 단 즙이 흘러내리기 전에 얼른 멀뚱히
옆에 서 있는 여자의 손목을 잡아 앉혔다. 어어, 하면서 주저앉

는 여자에게 코코넛 열매를 내밀었다. 당황한 여자가 저도 모르게 코코넛 열매를 받아 들었다.

"마셔."

턱짓으로 얼른 마시라고 재촉했다.

"별로 목마르지 않아요. 당신 먼저……."

"그래도 마셔. 배고프잖아. 미안하지만 오늘은 이걸로 배를 채워야 돼. 얼른."

두 눈을 깜박이던 여자가 머리를 끄덕이고 두 손으로 코코넛 열매를 꼭 받아 든다.

"난, 괜찮은데……. 고마워요."

여자가 얼굴을 모로 돌리고 코코넛 열매를 들어 올린다. 벌어진 틈으로 갖다 댄 여자의 입술이 틈만큼 벌어지며 볼록 튀어나온다.

꿀꺽, 꿀꺽.

여자의 가녀린 목울대가 움직이며 즙이 식도를 타고 넘어가는 소리가 들린다. 넘쳐 나는 단 즙이 여자의 입술을 타고 얄쌍한 턱으로 쪼르르 흘러내린다. 달콤한 향내가 숲에 가득 들어찬다. 턱을 타고 흘러내리던 말간 액체가 턱에 대롱대롱 매달린다. 액체가 떨어지기 전에 받아 마시고 싶다는 욕망이 불쑥 들이친다. 여자의 입을 거쳐 흘러나온 액체는 그 어떤 단 즙보다 달고 향긋할 것이다.

갑자기 심한 갈증이 온몸을 휘감는다. 가슴을 활활 태울 정도로 극심한 갈증이다. 눈에서 열이 나는 것 같다. 나는 흐릿한 달빛에 반짝이는 여자에게서 이글거리는 시선을 떼지 못했다.

아쉬운 대로 코코넛과 바나나로 실컷 배를 채운 우리는 가슴 가득 성한 코코넛만 골라 잔뜩 끌어안고 집으로 돌아갔다. 터진 코코넛은 원숭이나 다른 동물들 몫으로 숲에 내버려 두었다. 바람이 부는 대로 살랑살랑 한들거리는 집이 파르스름한 달빛 아래 어슴푸레 보이기 시작한다. 검은 그림자에 뒤덮인 수풀을 조심스럽게 밟으며 바짝 뒤따라오던 여자가 어스름히 보이는 집을 보고 팔짝 앞으로 튀어나간다.

빨리 달리지도 못하면서 팔짝팔짝 뛰어가는 여자의 뒷모습에 저절로 입꼬리가 말려 올라간다. 기쁘게 집으로 향하는 여자의 모습에 새삼 가슴이 벅차다. 집, 여자. 여자와 함께하는 공간. 나의 피치 섬, 나의 집, 나의 여자…….

진과 콜튼, 콜튼과 진. 너와 나. 나와 너…….

우리……. 우리 집, 우리의 피치 섬.

꼬리에 꼬리를 물고 연상되는 단어에 단 과일들로만 배를 채운 뱃속이 갑자기 든든해진다. 달달한 단내까지 물씬 올라오는 것 같다. 뱃속에서 올라온 단내가 삽시간에 온몸으로 퍼져 나간다. 달콤하게 젖은 몸이 사르르 녹아내릴 것 같다.

나는 녹아내리는 두 눈을 꼭 감고 숨을 크게 들이마신다. 콧속으로 빨려 들어오는 공기마저도 달콤하다. 필요 이상으로 딴 코코넛 때문일까? 숲 전체가 온통 달콤하게 젖어 있다. 흡수된 달콤한 공기가 머릿속으로 빨려 올라갔다가 느릿느릿 가슴으로 밀려 내려온다. 천천히 스며든 달콤함이 심장을 쿵쿵 두드리고는 전신으로 부드럽게 흘러간다.

나는 달콤함에 흠뻑 젖어버렸다. 나른한 의식으로 여자의 이름을 조용히 불러본다.

"진, 나의 진⋯⋯."

입 밖으로 나른하게 뱉어낸 단어가 달콤한 공기와 뒤섞여 다시 입속으로 쏙 빨려 들어온다.

저절로 이른 아침에 눈이 번쩍 뜨여졌다. 아니, 이른 아침이라기보다는 해가 솟아오르기도 전인 푸르스름한 새벽이다. 전날 밤의 달달한 기운 덕분에 나는 모처럼 꿈도 꾸지 않고 단잠을 잤다. 온몸이 날아갈 듯 가볍다. 느긋하게 목 근육을 풀며 어스름한 내부로 시선을 돌린다. 좀 더 정확하게 말하자면 침상에 누워 있을 여자를 찾는 것이다.

여자는 내 쪽을 향해 누워 있다. 둥글게 몸을 말고 깊이 잠들어 있다. 어스름한 기운에도 여자의 부드러운 곡선이 한눈에 들어온다. 나는 여자의 작고 둥근 머리통에서부터 굴곡진 여자의 곡선을 따라 천천히 시선을 이동한다. 잘록한 허리와 둥근 산을 이루고 있는 둔부에서 유독 시선이 오래 머문다.

아랫배가 바짝 조여온다. 이제는 익숙해질 대로 익숙해진 통증이다. 이렇게 시작된 통증은 아랫배를 뜨겁게 달구고서도 한참이나 지나야 풀릴 터다. 풍성한 이파리 속에서 아랫도리가 불쑥불쑥 덩치를 키우는 것이 느껴진다. 녀석을 가라앉히기 위해 나는 할 수 없이 여자의 매혹적인 둔부에서 시선을 떼어낸다.

시선을 억지로 여자의 얼굴로 들어 올린다. 어렵게 들어 올린 시선이지만 어스름한 그림자를 드리우고 있는 여자의 얼굴에 시선이 닿자마자 금세 눈이 초롱초롱해진다. 아름다운 까만 눈동자는 보이지 않는다. 두 눈이 꼭 감겨 있기 때문이다. 아쉽지만 잠시 참기로 한다. 여자가 깊이 잠들었기에 이렇게 찬찬히 여자를 감상할 수 있는 것이다. 여자가 깨면 아름다운 까만 눈동자는 볼 수 있지만 이렇게 마음껏 찬찬히 살펴볼 수는 없다.

꼭 감긴 눈 아래 야트막한 콧잔등이 솟아 있다. 코가 앙증맞으니 콧구멍도 당연히 앙증맞다. 저 작은 구멍으로 숨을 쉰다니, 신기하다. 그 아래에는 여자의 입술이 자리하고 있다. 도톰한 입술이 살짝 벌어져 있다. 손가락 한마디가 간신히 들어갈 정도나 될까? 그 작은 틈새로 여자가 단숨을 쌕쌕 내뱉는다.

나는 여자의 입술을 한동안 주시하다 천천히 눈을 감는다. 숨을 들이마시고 온 신경을 귀에 모은다.

쌕쌕.

여자의 여린 숨소리가 한가득 귓가로 스며든다. 귓등을 스치고 스며들어 온 여자의 단 숨소리가 새벽바람에 흔들리는 숲의 노랫소리를 잠재우고 어슴푸레한 공간을 가득 채운다. 나는 가만히 여자와 엇박자로 숨을 내쉬고 들이마셔 본다. 여자가 숨을 내쉬면 들이마시고, 여자가 숨을 들이마실 때 숨을 뱉어낸다. 여자와 나의 숨이 하나로 섞인다. 나중에는 누가 누구의 숨을 들이마시는지 알 수 없을 정도다. 기분이 야릇하다. 심장이 쿵쿵 뛴다.

[음…….]

여자의 옅은 칭얼거림에 감았던 눈이 번쩍 떠진다. 재빨리 자리에 누워 자는 척한다. 실눈을 뜨고 여자를 살핀다. 휴, 여자는 아직 깊은 잠에 빠져 있다. 오랫동안 한 자세로 누워 있던 것이 불편한 모양이다. 여자가 몸을 돌린다. 이제 보이는 것은 매혹적인 여자의 뒷모습이다. 비록 여자의 얼굴은 보이지 않지만 가슴은 더욱 설렌다.

나는 척추골이 깊게 패인 가녀린 등과 잘록한 허리, 이파리에 가려져 있는 풍성한 엉덩이, 그리고 그 아래 곧게 뻗어 있는 다리를 천천히 눈으로 훑는다. 심장이 더욱 가파르게 뛰어댄다. 희끄무레하던 공간이 서서히 깨어나기 시작한다. 어느새 모습을 드러낸 태양이 조금씩 어둠을 잡아먹으며 자랐다. 자잘하게 부서지는 햇빛이 집 안으로 스며들어 왔다. 반짝이는 햇살이 여자의 매끄러운 등허리에 짙은 그림자를 만들어냈다.

나는 여자에게 시선을 떼지 않으며 크게 기지개를 켠다. 양손을 머리 위로 쭉 뻗어 손가락을 활짝 벌린다. 허리에 단단히 힘을 주고 등을 들어 올리며 다리를 쭉 늘린다. 발목까지 불끈 힘이 들어간다. 밤새 잠들었던 근육들이 일제히 깨어난다. 키가 훌쩍 자란 느낌이다.

이제 그만 일어나야겠다. 여자가 깰 때까지 실컷 여자만 바라보고 싶지만 여자가 깨기 전에 든든한 요깃거리를 잡아와야 한다. 어제는 너무 부실하게 먹었다. 오늘은 든든하게 먹여야지.

나는 부스럭거리는 소리도 내지 않고 조용히 집을 빠져나왔다. 눈부신 아침 햇살이 시리도록 눈꺼풀을 찔러댄다. 하늘을 바라보며 다시 한 번 크게 기지개를 켰다. 쩡한 햇빛 사이로 빨갛고 파랗고 노란 빛무리가 폭포처럼 쏟아지고 있다 조각조각 빛나는 빛무리에 눈이 부시다. 나는 실눈을 뜨고 하늘을 올려다본다.

끊임없이 밀려오는 파도의 흰 물살마저도 자취를 감춰 버린 또 하나의 바다가 머리 위에 펼쳐져 있다. 오늘따라 뭉게뭉게 떠다니던 구름 한 점 보이지 않는다. 머릿속까지 맑아지는 기분이다.

쏴악. 축축하게 젖은 진한 풀 내음과 함께 상쾌한 바람이 밀려온다. 눈을 감고 숨을 깊이 들이마신다. 양팔을 활짝 벌려 자연에 나를 맡긴다. 타오를 준비를 하는 햇살과 고요하면서도 힘차게 불어오는 바람이 부드럽게 온몸을 휘감는다. 이른 아침의 비릿하면서도 깨끗한 공기가 몸속 깊숙이 들어온다.

꺅꺅.

부드럽게 늘어져 있던 입술이 더욱 깊어진다. 종아리를 간질이는 적당히 거칠고, 적당히 부드러운 털의 감촉. 굳이 눈으로 보지 않아도 울음소리의 주인공이 누구인지 짐작이 간다. 녀석, 어제는 하루 종일 밖에 나가 돌아올 생각을 하지 않더니 오늘은 이른 아침부터 주변을 어슬렁거리고 있었나 보다.

천천히 눈을 뜨고 아래를 바라본다. 리사가 나를 힐끔힐끔 올려다보면서 종아리에 부성부성 난 털을 고르는 척하고 있다. 눈이 마주치자 어울리지도 않게 불쌍한 표정을 지어 보인다. 자기 딴에는 그만 화 풀라고, 잘못했다고 애교를 부리고 있는 게다. 나는 불쌍한 척하는 리사의 머리를 쥐어박았다.

"인마, 어제는 하루 종일 어디서 뭘 하다가 이제야 어슬렁거리고 돌아온 거야? 너 자꾸 네 마음대로 굴면 아주 집에서 쫓아낸다."

꺅꺅!

눈을 흘기며 짐짓 으름장을 놓지만 눈치 빠른 녀석, 단번에 내 기분이 좋다는 것을 알아챈다. 리사는 입을 헤벌쭉 벌리고 다리에 찰싹 달라붙어 더욱 애교를 부려댄다. 연신 소리를 꺅꺅 질러댄다.

"쉿! 조용히 해. 진은 아직 깨어나지 않았단 말이야."

나는 얼른 녀석의 입을 틀어막는다. 녀석이 갑자기 입을 틀어

막혀 답답했는지 펄쩍거리며 손을 떼어내려고 발버둥을 친다.

꺽…… 꺽…….

리사의 막힌 울음소리가 조용한 아침을 뒤흔든다. 나는 리사의 울음소리에 여자가 깰까 싶어 녀석을 허벅지에 매단 채 서둘러 집에서 멀리 떨어지려고 뒤뚱거린다.

"콜튼, 벌써 깼네요? 잘 잤어요?"

이런, 여자가 깨버렸다. 여자가 눈을 비비며 밖으로 걸어나온다. 나는 여자의 단잠을 방해한 리사를 노려보며 눈을 부라린다. '너, 이 자식, 이따 두고 봐!' 그리고 얼른 표정을 바꿔 여자를 향해 활짝 웃어 보인다.

"응? 응, 진도 잘 잤어? 그런데 왜 이렇게 일찍 일어났어? 혹시 이 녀석 때문에 깬 건가? 조용히 시킬 테니 들어가서 좀 더자. 아직 이른 아침이야."

"아니에요. 다 잤어요. 어젯밤에는 오랜만에 누가 업어가도 모를 정도로 정말 잘 잤어요. 아함."

여자가 늘어지게 기지개를 켜며 입을 가리고 하품을 했다. 그러다 순간 우뚝 멈췄다. 여자의 시선이 허벅지에 매달려 있는 리사에게 고정되어 떨어질 줄 모른다. 리사 녀석도 꺅꺅거리던 울음을 멈추고 고개를 휙 돌려 여자를 노려본다. 순간, 나는 바짝 긴장한다. 명확한 이유는 없다. 그냥 자동적으로 긴장이 된다. 여자와 리사의 시선이 허공에서 쨍하고 부딪히는 소리가 들리는 듯하다.

동그랗던 여자의 눈이 순식간에 가늘어진다. 기지개를 켜던 손이 천천히 내려간다. 하품으로 벌어져 있던 입술도 어느새 꾹 다물려 있다. 나른하게 풀어져 있던 여자의 얼굴이 딱딱하게 굳는다.

여자의 표정이 변한 이유를 정확하게는 모르지만 왠지 허벅지에 찰싹 달라붙어 있는 리사가 엄청 신경 쓰인다. 나는 당황해서 리사를 떼어내기 위해 손을 마구 내저었다. 그런데 리사 녀석, 왜 이러는지 모르겠다. 눈치라면 보통 빠른 게 아닌데, 오늘따라 눈치도 없이 죽자 사자 허벅지에 매달려 도통 떨어질 생각을 하지 않는다.

"리사, 제발 좀 떨어져."

나는 이를 악물고 낮게 중얼거린다. 다리까지 흔들며 녀석을 떼어내려고 안간힘을 쓰지만 아무 소용이 없다. 식은땀이 다 난다. 이쯤 되자 눈에 보이는 게 없다. '이 녀석이 정말!' 나는 최후의 수단으로 녀석의 뒷덜미를 움켜잡고 억지로 떼어낸다. 쩍 소리를 내며 떨어진 리사가 뒷덜미를 잡힌 채 허공에서 버둥거린다. 하하하. 이 녀석이 갑자기 왜 이러지? 나는 어색하기 짝이 없는 웃음을 흘리며 이마에 송골송골 맺혀 있는 땀을 닦아낸다.

"콜튼, 어제 나하고 한 약속, 잊지 않았죠?"

"응?"

굳은 표정만큼이나 굳은 목소리로 여자가 뜬금없는 말을 한다. 순간적으로 어리둥절해진 나는 멍한 표정으로 여자를 바라본다. 어제 여자하고 한 약속? 그게 뭐지? 아!

"어어, 당연히 잊지 않았지."

나는 목이 떨어져라 고개를 끄덕인다. 여자가 팔짱을 끼고 나와 허공에 대롱대롱 매달린 리사를 번갈아 노려본다.

"내 부탁이 한 개가 아니라 여러 개라는 것도 기억나요?"

"그럼."

나는 조금 더 큰 목소리로 자신있게 대답한다.

"지금 또 하나의 부탁을 하겠어요."

지금? 일어나자마자 무슨 부탁이 있을까나 싶어 고개가 갸우뚱해진다. 하지만 여자가 부탁할 게 있다면 있는 거다. 생전 입지도 않던 불편한 이파리까지 걸쳤는데 못해줄 게 무에 있을까. 나는 피치 섬의 주인, 콜튼 와이즈먼이다. 약속은 반드시 지킨다. 더욱이 여자가 바라는 것이라면 뭐든지 다 해줄 자신이 있다. 나는 자신만만하게 가슴을 앞으로 쭉 내밀고 턱을 치켜들었다. 뭐든지 말만 하라는 듯이.

"좋아. 말해."

여자가 허공에 대롱대롱 매달려 있는 리사를 힐끗 쳐다본다. 리사도 여자를 계속 빤히 노려보고 있다. 자신을 못마땅하게 쳐다본다는 것을 느꼈는지 녀석이 겁도 없이 턱을 치켜들고 입술을 부르르 털어댄다. 더럽게 녀석의 침이 사방으로 튀어나간다. 분명 여자한테 약을 올리는 거다.

나는 눈을 부릅뜨고 녀석의 뒷덜미를 더욱 세게 움켜잡았다.

녀석이 아픈지 낑낑거리며 불쌍하게 올려다본다. 그러든가 말든가, 나는 눈을 부라리며 입술을 실룩인다.

'가만 못 있어!'

"부탁하기 전에 미리 해둘 말이 있어요. 지금부터 내가 하려는 말, 오해하지 말고 들어줬으면 좋겠어요. 화도 내지 말고요. 당신, 기분 나쁠 수도 있거든요."

뭔데 그러지? 거창한 여자의 말에 잠깐 걱정이 된다. 설마 여자 주변으로 얼씬도 하지 말라고 하려나? 에이, 설마. 나는 불안한 시선으로 여자를 바라본다.

"혹시 당신 주변으로 얼씬도 하지 말라거나 그런 건 아니지? 진, 그건 불가능해. 그러려면 집도 새로 지어야 하고…… 무엇보다 먹거리나 물은 어떻게 하려고? 진 혼자서는 무리야. 그리고 어제 분명히 진이 그랬잖아. 앞으로는 나랑 같이 움직……."

"그런 말 아니에요. 앞으로 당신을 도와 내 몫을 하겠다는 생각은 변함없어요. 그리고 내가 어떻게 당신을 여기서 내쫓아요? 당신 집인데. 나가려면 내가 나가야죠."

"그게 무슨 소리야? 집에서 나가겠다고?"

나도 모르게 버럭 소리를 질렀다.

"아니요. 말을 하자면 그렇다는 거지, 내가 가긴 어딜 가겠어요. 당신이 내쫓으면 할 수 없지만."

"내가 왜 진을 내쫓아!"

얼굴까지 시뻘겋게 달아올라 버럭버럭 고함을 치지 진이 풋!

하고 웃음을 터트렸다. 굳어 있던 여자의 표정이 다소나마 부드러워졌다.

"고마워요. 사실 당신이 내쫓는다고 해도 아무 데도 못 가요. 당신 없이는 안 돼요. 당신이 없으면 나, 여기서 단 하루도 살지 못할 거예요. 앞으로 정신 똑바로 차리고 뭐든 열심히 배울게요. 많이 가르쳐 주세요."

여자가 난데없이 얼굴을 꾸벅 숙이고 인사를 한다. 어리둥절한 나는 엉거주춤 얼굴을 숙이다 만다. 정신이 하나도 없다. 그러나 그 와중에도 여자가 한 말 중 몇 마디가 뇌리에 콕 박혀 사라지지 않는다. 내가 없으면 안 된다는 말, 아무 데도 안 간다는 말. 입술이 양옆으로 스멀스멀 벌어지고 가슴이 둥글게 부풀어 오른다.

긴장했던 근육들이 노골노골 녹는다. 여자 근처에서 떨어지라는 부탁만 아니라면 못 들어줄 건 하나도 없다. 갑자기 온몸에 힘이 불끈불끈 솟는다. 나는 쭉 펴진 가슴을 한 손으로 탕탕 치며 큰소리친다.

"그럼 됐어. 무슨 부탁이든지 뭐든 말만 해. 다 들어줄게."

얼굴을 약간 숙이고 벌어지려는 입술을 꼭 다무는 여자의 모습이 보인다. 웃음을 참는 게 분명하다. 에이, 그냥 크게 웃어도 되는데. 나는 헤벌쭉 벌어지는 입을 다물지 못하고 키득거린다. 괜히 가슴 언저리가 간질거리고 자꾸 웃음이 난다.

하지만 여자가 숙였던 얼굴을 들자, 웃음이 뚝 멈춘다. 다물려고 해도 자꾸만 벌어지던 입도 빠르게 꾹 다물린다. 얼굴을 든 여자의 표정이 자못 진지해졌기 때문이다. 자취를 감췄던 긴장감이 다시 풀어졌던 근육을 뒤덮는다.

"저기, 정말 부탁인데요. 내 앞에서는 그 원숭이…… 아니, 리사랑 이상한 짓 좀 하지 말아줄래요? 아무리 무인도라지만 어떻게 사람이 원숭이랑……. 휴, 콜튼. 당신이 어떻게 살아왔는지는 그동안 봐와서 잘 알아요. 외로웠겠죠. 더욱이 당신은 나, 남자니까……. 흠, 흠. 하지만 그래도 그러면 안 될 것 같아요."

도대체 여자가 무슨 말을 하는 거지? 내가 리사랑 뭘 어쨌다고? 나는 미간을 찌푸리고 허공에서 바르작거리고 있는 리사를 번쩍 들어 바라본다. 영문을 모르기는 리사도 마찬가지인 듯싶다. 흰자위가 없는 새까맣고 동그란 눈을 끔벅이며 큼지막한 입술을 앞으로 모은 채 순진한 표정을 지어 보인다.

"리사랑 내가 뭐? 대체 무슨 말이야?"

리사와 나의 시선이 동시에 여자에게 향한다. 배꼽 앞에서 손가락을 배배 꼬던 여자가 머뭇거리며 힘겹게 입을 연다.

"음, 나도 이런 말까지 하고 싶지 않았어요. 하지만…… 저기요, 콜튼. 혹시 에이즈라는 말 들어봤어요?"

"에이즈? 그게 뭔데?"

꺅꺅.

리사와 나는 의아한 시선으로 서로를 한 번 쳐다보고 다시 여자를 돌아본다.

"그, 그게 뭐냐면 말이죠. 일종의 바이러스 감염으로 인한 병인데요. 아프리카에서 발생한 병명이에요. 아주 고약하고 위험한 거라고요. 한 번 걸리면 고치지도 못해요. 온갖 합병증이 생겨서 결국에는 고통스럽게 죽는 아주 무서운 병이에요."

"뭐? 병? 죽어?"

나는 죽는다는 단어에 인상을 팍 썼다.

"그런데 그게 리사랑 무슨 상관이 있지?"

"그게 말이죠……. 그러니까…… 아까 아프리카에서 발생한 거라고는 말했죠? 그게 왜 아프리카에서 발생한 거냐면 거기도 여기처럼 문명과는 동떨어진 아주 원시적이고 미개한 곳이거든요? 그래서…… 흠, 정확한 원인은 아닐지도 모르지만 어쨌든 알려진 바로는 무절제한 성행위는 말할 것도 없고 인간과 원숭이와의 성교에서 발생한 병이라고 알려져 있어요. 그래서……."

"자, 잠깐. 이봐, 진. 방금 뭐라고 했지? 무절제한 성행위? 사람과 원숭이와의 성교?"

하도 기가 막혀서 말도 나오지 않는다. 도대체 저 여자는 지금 무슨 상상을 하고 있는 거지? 성행위라고? 성교라면 교미를 말하는 거잖아. 그럼 여태 내가 리사와……! 하, 세상에. 말도 안 돼. 이게 무슨 터무니없는 소리야!

"진!"

나는 이성을 잃고 핏대를 올렸다. 숲이 들썩거릴 정도로 고함을 질렀다. 여자가 깜짝 놀라서 어깨를 움찔거리며 재빨리 시선을 피한다.

"난 리사와 아무 짓도 하지 않았어! 리사는 내 동생이나 마찬가지야! 어떻게 그런 생각을! 게다가 난…… 난…… 아무와도 교미하지 않았다구!"

유난히 청명하고 맑았던 이른 아침이 순식간에 끔찍하게 변하는 순간이었다. 푸드득. 나의 비명과도 같은 고함 소리에 멀리서 평화롭게 하루를 시작한 골든체리 모란앵무새가 깜짝 놀라서 꽁지 빠지게 하늘 높이 날아올라 갔다.

"저기요, 콜튼. 있잖아요. 내 말은 그러니까 그게……. 휴."

여자가 어쩔 줄 몰라 하며 주변을 맴맴 돌고 있다. 당황해서 벌게진 얼굴과 두 손을 배배 꼬아대는 여자의 모습에 이성이 잠시 돌아오기는 했지만 그렇다고 황당함의 충격이 사라진 것은 아니다. 나는 처음으로 여자한테서 시선을 돌려 버렸다. 당장은 정말 여자를 보고 싶지 않다.

여자가 안절부절못하며 주변을 맴맴 돌다가 얼굴을 배꼼 내밀고 표정을 살핀다. 팽! 나는 찬바람이 불도록 고개를 반대편으로 돌려 버렸다. 여자가 말도 안 되는 변명을 주절거리다가 한숨을 푹 내쉬었다.

"알았어요. 내가 잘못했어요. 정식으로 사과할게요. 콜튼, 내가 오해했어요. 정말 미안해요."

나는 여자의 사과에도 고개를 돌리지 않았다.

"콜튼, 화 풀어요. 콜튼……."

닳도록 내 이름을 부르던 여자가 잠시 말을 멈춘다. 초조하게 내쉬던 여자의 숨이 조금씩 거세지는 것이 느껴진다.

"좋아요. 계속 그렇게 어린아이처럼 삐쳐 있든지 말든지 당신 마음대로 해요. 나는 충분히 사과할 만큼 했으니까."

저자세에서 갑자기 여자가 고자세로 돌변한다. 기가 막힌다. 뭘 얼마나 사과했다고. 그런 엄청난 오해를 제멋대로 해놓고, 사람을 황당함을 넘어 기함하게 만들어놓고 고작 몇 번의 사과로 없던 일로 하잔다. 흥, 어디 누가 그딴 사과 받아주나 봐라.

"하지만 당신 잘못도 있다고요. 툭하면 리사가 당신의 그…… 그…… 부분을 조몰락대고 당신은 또 그렇게 망측한 짓을 하는 리사를 가만 내버려 뒀잖아요. 게다가 같이 바닥을 뒹굴기도 하고. 충분히 오해할 만한 상황들이었다구요."

여자는 오히려 화를 내고 언성을 높인다. 나는 그런 여자의 행동이 더 어이가 없어 팩하고 돌렸던 고개를 돌려 여자를 쳐다본다. 사나운 기세에 여자가 움찔 목을 움츠린다.

"그게 뭐 어떻다고. 녀석은 원래 털을 좋아해. 털 속의 이나 벌레를 잡아주는 것은 저 녀석 나름대로의 친밀함의 표현이야. 다른 원숭이들도 다 그래. 리사도 원숭이잖아. 그래서…… 그런 거야. 그리고 같이 바닥을 뒹구는 건 그저 장난……."

"이? 벌레?"

여자가 비명처럼 소리를 내지르며 펄쩍 뛴다. 식겁한 여자의 두 눈이 화등잔만 하게 커진다. 눈 깜짝할 사이에 뒤로 훌쩍 물러난다. 젠장. 또 다른 오해의 시작이로군. 나는 뜨거운 김이 모락모락 나는 머리통을 감싸 쥔다.

"으, 진짜 이나 벌레가 있다는 게 아니고 그냥 저 녀석들이 그런 행동을 좋아한다는 거야. 내 몸에 이나 벌레 따위는 없어."

여자가 못 미더운 눈초리로 나를 위아래로 훑어본다. 의심 가득한 눈빛이 어깨까지 뒤덮은 머리와 골반에 걸치고 있는 풍성한 이파리를 훑는다. 아이고, 정말 미치고 환장하겠네. 그렇다고 머리카락이나 아랫도리 털을 까뒤집어 확인시켜 줄 수도 없고.

"이나 벌레는 녀석들처럼 씻는 걸 싫어하는 동물한테나 생기는 거야. 난 씻는 거 좋아해. 매일 소금기 가득한 바다에 들어갔다가 호수에서 깨끗하게 씻는단 말이야. 그런데 어떻게 이나 벌레가 생기겠어."

나는 팔짱을 끼고 여자가 하는 양을 따라 눈을 가늘게 뜨고 여자를 머리에서 발끝까지 천천히 훑어 내렸다.

"그러고 보니 어쩌면 진한테는 생겼을 수도 있겠네. 진이야말로 며칠 전에 한 번 호수에서 씻은 게 전부잖아? 그나마도 제대로 씻지도 못했지, 아마?"

"뭐라고요? 하!"

여자가 커다란 눈을 깜박이며 기가 막힌 듯 콧김을 내뿜는다. 어지간히 놀란 모양이다. 그러나 여자는 입만 뻐끔거릴 뿐 더 이상 말을 잇지 못한다. 그야 당연하지. 내가 없는 말을 지어낸 것도 아니지 않은가. 나는 일부러 눈을 가늘게 뜨고 여자의 몸을 좀 더 노골적으로 훑는다.

"머리야 상처 때문에 빡빡 밀어버려서 털이라고는 없으니 괜찮을 테고⋯⋯."

나는 '어디 보자'는 듯 턱을 치켜든 채 눈동자만 움직여 여자의 전신을 천천히 훑는다. 의도적으로 파르스름한 둥근 머리통에서 여자의 허리 아랫부분으로 시선을 내린다.

"저번에 얼핏 보니까 진의 가랑이에도 털이 적지 않게 많이 있던데⋯⋯."

여자의 얼굴이 새파랗게 질린다. 새치름하던 눈빛이 순간적으로 멍해진다. 여자는 멍한 시선으로 나를 바라보다가 내 시선을 따라 자신의 아래로 얼굴을 내린다.

"어때, 가렵지 않아?"

나는 음성을 낮추고 의미심장하게 속삭인다. 호로로로로. 멀리서 새들이 한가로이 우짖는다. 꺅꺅. 나무 사이를 날아다니는 원숭이들이 그에 화음을 더한다. 태양은 이제 하늘 높이 솟아올라 뜨거운 열을 신나게 품어내고 있다 정수리가 뜨겁다 못해 지글지글 끓어오른다. 무성한 이파리에 감싸인 아랫도리가 습한 열기를 품어낸다. 송골송골 맺힌 땀방울이 허벅지를 따라 아래로 또로록 굴러 떨어진다. 동그란 코코넛 껍질을 매달고 있는 여자의 풍만한 가슴도 축축하게 젖어 있다. 바다 저편에서 불어온 뜨거운 바람이 골반 아래의 이파리들을 살며시 흔들어댄다.

사라라라락, 사라락.

활기찬 움직임 속에서 여자와 나만 굳은 듯 멈춰 있다. 나의 집요한 시선에 여자가 헉! 짧게 숨을 들이마시며 허겁지겁 손으로 아래를 가린다.

"이, 이⋯⋯."

하얗게 질려 있던 여자의 얼굴이 순식간에 붉으락푸르락 총천연색으로 변한다. 벌어진 입으로 여자가 거친 숨을 쉭쉭 토해낸다. 제대로 말도 못하면서 파르르 떨어대는 여자를 바라보며 나는 어깨를 으쓱거린다. 큰 선심이라도 쓰는 척, 고개를 끄덕거린다. 내가 생각해도 꽤 얄밉게 보일 것 같다.

"어쨌든, 일단은 진이 오해했다고 사과를 했으니 받아주기로 하지. 제대로 알지 못해서 그런 거니까. 하지만 방금 내가 한 말은 진심으로 진이 걱정돼서 한 말이니까 꼼꼼히 살펴보기 바라. 여기 이나 벌레는 꽤 독하다고. 한번 생기면 털을 완전히 밀어버려야 돼. 완전히 싹!"

넋을 잃은 여자의 얼굴이 다시 새파랗게 질린다.

"그럼, 난 이만."

나는 여자의 얼굴 앞으로 바짝 들이밀었던 얼굴을 들어 올리고 한쪽 입꼬리를 말아 올려 싱긋, 미소를 지어 보였다. 한 손을 천연덕스럽게 흔들며 몸을 돌렸다. 욱했던 마음이 새파랗게 질려 입만 빵긋대는 여자의 멍청한 모습을 보는 순간 쑥 내려갔다. 10년 묵은 체기가 한 방에 가신 듯 속이 시원하다. 내가 원래 이렇게 짓궂은 성격이었던가? 킄큭. 글쎄, 하기야 이전에는 여자처럼 나를 자극하는 대상이 없었으니 알 수 없었던 것이 당연하다. 새로이 발견한 나의 짓궂음에 내 자신도 약간 얼떨떨하지만, 솔직히 상당히 유쾌 상쾌 통쾌했다.

나는 황당한 표정으로 서 있는 여자를 뒤로하고 룰루랄라 바다로 향했다. 오늘은 멀리까지 나가 통통하게 살이 찐 물고기들을 적어도 서너 마리는 잡아야겠다. 어제, 너무 부실하게 먹은 탓에 뱃가죽이 등가죽에 들러붙어 있다. 통통하게 살이 찐 하푸카를 떠올리자 입에 군침이 고인다. 등가죽에 들러붙은 뱃속에서 꼬르륵 소리가 난다.

종아리를 간질이는 풀숲과 시야를 가리는 울창한 잎사귀들을 젖혀가며 나는 부지런히 앞으로 나아간다. 여자와 실랑이를 벌이는 사이에 태양은 이제 완전히 제 모습을 드러내고 하늘 높이 떠올라 있었다. 뜨겁게 내리쬐는 태양열이 무성한 잎사귀를 뚫고 자잘하게 부서져 내린다. 싱그러운 푸름을 자랑하는 잎사귀들이 눈부시도록 빛난다. 숲 속 이쪽저쪽에서 동물들의 울음소리가 메아리처럼 들려온다.

풀썩, 풀썩.

졸지에 내 부인이 되어버린 리사 녀석이 부리나케 쫓아오는 소리가 들린다. 녀석, 눈치 하나는 정말 끝내준다. 황당하고 기가 막혀 녀석의 뒷덜미를 움켜잡고 있던 손아귀의 힘이 저절로 빠져나간 틈을 노려 리사는 잽싸게 도망쳤었다. 어디 갔나 했더니 나무 위에서 여자와의 대치가 끝나기를 기다리고 있었나 보다. 녀석, 아무래도 사람 말을 모두 알아듣는 것 같다.

아까 녀석이 도망치지 않았다면 어찌 되었을까. 어쩌면 억울하고 황당한 마음에 여자 대신 리사에게 마구 화풀이를 해댔을지 모르겠다. 에이즌가 뭔가를 운운하며 리사와 교미를 하지 않았는가를 묻는 말에 정말이지 순간적으로 온몸의 피가 역류하는 것 같았다. 뒤통수를 세게 얻어맞은 듯 잠시 정신을 차릴 수 없었다. 황당함과 충격이 조금 가시자 나는 말도 안 되는 상상을 해댄 여자는 물론이고 여자에게 오해를 할 만한 빌미를 제공한 리사에게도 엄청 화가 났었다.

그만큼 나한테는 이나 벌레가 없으니 더듬지 말라고 누누이 말했건만 귓등으로도 듣지 않던 리사. 그 순간만큼은 모든 게 리사 탓인 것 같았다. 리사는 원숭이의 본능대로 친밀감을 표현한 것뿐이었는데 말이다.

녀석에게 조금 미안하다. 뒷덜미가 많이 아팠을 거다. 아무래도 달래줘야겠다. 나는 걸음을 늦추고 녀석의 표정을 살피기 위해 슬쩍 뒤를 돌아보았다. 그런데…… 엥? 이게 뭔 일?

"진!"

뒤따라온다고 생각했던 것은 리사가 아니었다. 여자였다. 여자는 굳은 얼굴 가득 땀을 삘삘 흘리며 부지런히 뒤따라오고 있었다. 너무 놀라서 나도 모르게 버럭 고함치듯 여자를 부른다. 깜짝 놀란 여자가 엉거주춤 걸음을 멈춘다. 그러나 당황한 것도 잠시, 원망 가득한 시선으로 나를 똑바로 쳐다본다.

"어, 어떻게……."

"내 몫은 한다고 했잖아요. 그리고……."

"그리고?"

"당신한테 사과를 받아야겠어요."

"사과?"

"네, 사과."

이건 또 무슨 소리야? 나는 미간을 찌푸리고 여자를 바라본다. 여자가 손으로 이마의 땀을 닦아낸다. 가쁘게 내쉬는 숨에 여자의 풍만한 가슴이 위아래로 출렁거린다. 땀으로 흥건한 이마와 목덜미를 훔치는 움직임에 안 그래도 반 이상 드러난 가슴이 코코넛 뚜껑 밖으로 툭 튀어나올 것 같다. 여자가 미처 훔쳐내지 못한 말간 땀방울이 기다란 목덜미에서 가슴골로 또르륵 굴러 떨어진다.

"또 뭐, 뭘 사과하라고?"

나는 햇빛을 받아 반짝거리는 여자의 뽀얀 몸뚱이에서 시선을 떼지 못한 채, 짐짓 굳은 목소리를 낸다.

"나는 내가 오해했던 부분에 대해서 분명히 사과했어요. 당신도 사과를 받아들였고요."

"그래서?"

"그런데 당신은…… 아주 치사한 방법으로 날…… 아주 불쾌하게 만들고 모욕했어요."

사실이다. 양심이 찔리기는 한다. 하지만 이제 와서 꼬랑지를 내릴 수는 없다. 나는 끝까지 고집을 부려본다. 기가 막힌 타이밍을 노려 왼쪽 눈썹을 바싹 치켜뜬다.

"사실이잖아."

"사실은 무슨!"

여자가 버럭 소리를 지르더니 흥분을 가라앉히기 위해 숨을 크게 들이마신다.

"좋아요. 그럼 사과할 마음이 없다는 거죠?"

나는 입술을 삐죽이며 콧방귀를 뀐다. 여자가 무섭게 노려본다. 그렇다고 물러설 내가 아니다. 심장이 벌렁거렸지만 나는 여자의 따가운 시선을 태연스레 맞받아쳤다. 여자가 입을 앙다물자 나도 입을 꾹 다물었다. 여자와 나는 잔뜩 독이 오른 구렁이처럼 콧구멍만 벌렁거리며 서로를 노려보았다. 고집스럽게 시간을 흘려보냈다.

오랫동안 꼼짝 않고 같은 자세로 서 있었더니 체중을 지탱하던 오른발이 저려오기 시작한다. 여자의 눈치를 살피면서 은근슬쩍 체중을 오른발에서 왼발로 바꿔 싣는다. 표정이 흐트러지지 않도록 신경을 쓰면서 저린 오른발을 슬쩍 털어내는 것도 잊지 않는다. 뒤늦은 후회가 슬며시 밀려온다.

에휴, 이게 무슨 짓이지? 어디서 이런 밑도 끝도 없는 무모한 고집이 튀어나온 걸까. 여자의 고집이 얼마나 센지 뻔히 알면서. 여기까지 따라온 걸 보면 여자 딴에는 화해를 하자는 뜻이었을 텐데. 그냥 대충 사과하고 넘어갈 걸 잘못했다. 어떡하지? 이번에는 여자도 정말 화가 난 것 같은데. 그냥 눈 딱 감고 미안하다고 할까?

슬며시 여자의 눈치를 살핀다. 싸늘하게 굳은 여자의 표정에는 약간의 변화도 보이지 않는다. 심장이 쿵 떨어지면서 입안이 소태처럼 쓰다. 내가…… 졌다. 쩝. 나는 쓴맛을 다시면서 미안하다는 말을 하기 위해 입술을 달싹인다.

그런데 놀랍게도 여자의 입이 먼저 열렸다. 하지만 무슨 말을 하는지는 알 수 없었다. 여자는 알아듣지도 못하게 작은 음성으로 한참을 혼자 구시렁대기 시작했다.

있는 대로 귀를 쫑긋거려 본다. 그러나 여전히 무슨 말을 하는지 알아들을 수 없다. 목소리가 너무 작기도 작지만 여자가 중얼거리는 말이 한국어이기 때문이다. 혹시 한국어로 욕을 하는 것은 아니겠지? 사과하려던 입이 조개처럼 꾹 다물리고 인상이 팍 써진다. 나는 의심스러운 눈초리로 오물거리는 여자의 입술을 노려본다. 젠장, 치사하기는 누가 치사하다는 거야? 치사할 걸로 치면 알아들을 수 없다는 것을 뻔히 알면서도 한국어로 중얼거리는 여자가 오만 배는 더 치사하다. 흥, 좋다. 여자가 이렇게 나온다면 나한테도 비장의 무기가 있다. 한국어는 모르지만 나도 영어 말고 다른 말을 할 줄 안다고, 이거 왜 이래!

나는 회심의 미소를 지으며 비장의 무기를 꺼내 들었다.

〈오늘은 정말 날씨가 좋군. 안 그래, 치사하고 고집불통 아가씨?〉

나는 느물거리며 유창하게 불어로 말했다. 단번에 새치름하던 여자의 표정이 변했다. 두 눈을 동그랗게 뜨고 깜짝 놀라 쳐다본다.

"뭐라고요?"

〈날씨가 좋다고. 왜 못 알아들어? 아하, 불어 못하는구나.〉

여자가 동그랗게 뜬 눈을 믿을 수 없을 만큼 빠르게 수십 번 깜박거린다.

"혹시 그거 부, 불어 아니에요? 콜튼, 불어도 할 줄 알아요?"

〈뭘 그리 놀라나. 당신이 한국어를 할 줄 아는 것처럼 난 불어를 할 줄 아는 것뿐인데. 어때, 이만하면 얼추 균형이 맞는 것 같지 않아?〉

여자가 입만 뻐금거리다 기가 막힌 듯 하! 하고 헛웃음을 터트린다.

"정말, 당신은…… 알면 알수록 놀라운 사람이로군요. 어떻게 불어를……. 불어도 부모님한테 배운 건가요?"

〈그야 당연하지. 어머니한테 배운 거야. 어때, 내 불어 발음 괜찮나? 그동안 잘 쓰지 않아서 좀 어색하긴 한데 말이야.〉

여자의 얼굴에 감탄의 빛이 서렸다. 어깨에 힘이 들어간다.

나는 으쓱거리며 턱을 약간 치켜들었다. 여자가 저렇게 감탄할 줄 알았으면 진작 불어를 할 줄 안다는 걸 보여줄 걸 그랬다. 이봐, 진. 날 우습게 보지 말라고. 이래 봬도 나, 콜튼 와이즈먼이야. 피치 섬의 주인, 콜튼 와이즈먼.

〈어머니가 프랑스인이셨어. 그래서…….〉

"콜튼, 자, 잠깐. 미안하지만 영어로 말해줄래요. 나, 불어 할 줄 몰라요."

여자의 얼굴이 조금 붉게 상기되었다. 오호, 불어를 모른다 이거지? 힘이 잔뜩 들어간 어깨가 한 뼘은 더 치켜 올라간다. 나는 잠시 고민한다. 이참에 여자를 좀 더 골려줄까, 말까. 크크. 그만 하자. 대신 조건을 걸자.

나는 너그럽게 여자의 부탁을 들어준다.

"그래? 좋아. 불어를 모른다니 영어로 말해주지. 대신…….'

"대신?"

"너도 앞으로 영어로만 말해. 난 한국어를 몰라. 넌 불어를 모르고. 그러나 우리 모두 영어는 알지. 그러니까 앞으로는 서로 알아들을 수 있는 말로만 말하기로 해. 한국어, 불어 사용 금지. 아, 혼잣말도 안 돼. 오케이?"

여자가 다시 한 번 헛웃음을 치더니 예쁘게 눈을 흘긴다. 발 갛게 상기된 여자의 얼굴에서 반짝반짝 빛이 난다 은근슬쩍 말 려 올라가는 작고 붉은 입술이 금방이라도 영글어 터지려는 체 리 같다. 나는 스멀스멀 말려 올라가려는 입꼬리에 힘을 단단히 주고 팔짱을 꼈다. 새치름하게 눈을 흘기던 여자가 빙그레 웃으며 오른손을 내민다.

"좋아요. 협상 타결."

'협상 타결'이라는 뜻 모를 말에 고개가 잠시 갸우뚱 기운다. 그러나 무슨 뜻이냐고 물어볼 생각은 없다. 눈치로 알았다는 뜻이라는 것은 알아챘다. 나는 배꼽 앞으로 쭉 뻗어온 여자의 자그마한 오른손을 내려다본다. 활짝 펴진 손가락들이 참 길고 가늘다. 조금만 세게 잡으면 톡 하고 부러질 것 같다.

나는 여자의 손을 내려보다가 눈만 치켜 올리고 여자의 얼굴을 살핀다. 여자가 어서 제 손을 잡으라는 듯 눈썹을 꿈틀댄다.

"협상이 타결됐으니 화해와 약속의 의미로 악수를 해야죠. 악수, 몰라요?"

이 여자가 또 사람을 은근히 무시한다. 누가 악수도 모를까 봐? 나도 어렸을 때는 아버지와 악수를 수도 없이 해봤다. 약속을 한다거나 내가 아버지의 도움없이 내 힘만으로 커다란 물고기를 잡았을 때, 처음으로 불을 지피는 데 성공했을 때, 아버지는 대견하다는 눈빛으로 쳐다보시며 어깨를 두드려 주셨다. 그때마다 아빠는 오른손을 내미셨다. 남자 대 남자의 힘찬 악수.

불현듯 가슴이 자잘하게 부서진다. 오랫동안 잊고 있었던 아버지와의 악수가 떠오른 탓이다. 단단하고 힘찼던 아버지의 커다란 손. 내 손은 아버지의 손에 쏙 들어가고도 남을 정도로 자그마했었다. 마치 지금의 여자 손처럼. 내가 아버지의 커다란 손바닥에 자그마한 손을 내려놓으면 아버지는 호탕하게 웃으시며 내 손을 으스러져라 꽉 움켜잡으셨다. 어찌나 세게 움켜잡고 위아래로 흔드시는지 어깨가 떨어질 것 같았다. 아파서 조금이라도 손을 빼낼라 치면 아버지는 더 세게 움켜잡으셨다. 그리고 호통을 치셨지.

"콜튼, 더 세게 잡아라. 사내 녀석이 고작 이 정도 힘밖에 주지 못한데서야 말이 되나. 이래 가지고 어떻게 어머니를 보호하겠다는 거지? 콜튼, 힘을 더 줘. 아빠 손이 으스러질 정도로 세게 한번 잡아봐."

그 말에 발끈한 나는 있는 대로 힘을 주고 아버지의 손을 꽉 움켜잡았다. 그제야 아버지는 호탕하게 웃으시며 손을 놔주셨다. 커다란 손으로 앞머리를 마구 헝클이셨다.

"그래, 바로 그거다. 녀석. 하루가 다르게 힘이 붙는구나."

환하게 웃으시던 아버지의 파란 눈동자는 햇살을 머금은 투명한 바다보다도 더욱 파랗고 투명했다. 나는 뿌듯함이 깃든 아름다운 파란 눈동자를 보며 아버지가 자랑스러워하실 만한 강한 사내가 되고야 말겠다고 결심했었다.

아버지, 나의 아버지.

이제 내 손은 기억 속의 아버지의 손보다 훨씬 키졌다. 힘도 당연히 그만큼 세지고 강해졌다. 다시 한 번 아버지와 악수를 할 수 있다면 얼마나 좋을까. 어렸을 때 내가 그러했듯이 얼얼한 손 때문에 인상을 찌푸리는 아버지의 모습을 볼 수 있었을지 모르는데. 그럼 아버지는 얼얼해진 손으로 대견하다며 어깨를 팡팡 두드려 주셨겠지?

그러나 이제 두 번 다시는 그 손을 잡을 수 없다. 아버지의 바람대로 크고 강하게 자랐지만 이런 내 모습을 아버지는 알지 못한다. 아버지의 기억 속에서 나는 영원히 13살 어린 소년일 것이다. 슬픔과 두려움에 바들바들 떨면서도 울지 않기 위해 이를 악물고 안간힘을 쓰던 13살 어린아이.

'아버지, 어머니. 두 분은 지금 함께 계십니까? 지금도 절 지켜보고 계십니까?'

나는 파란 하늘을 아련한 시선으로 올려다보았다. 따갑도록 강렬했던 태양 빛이 살며시 옅은 구름 뒤로 모습을 감추고 따사로운 열기로 온몸을 감싸 안는 것이 느껴졌다. 마치 오래전의 아버지, 어머니의 품이 그러했던 것처럼. 비록 두 분의 육신은 오래전에 차가운 흙으로 돌아갔지만 나는 매 순간 두 분이 나와 함께하고 계시다는 것을 느낀다. 두 분은 영원히 피치 섬에서, 내 심장에서 살아 계실 것이다.

"콜튼?"

의아함과 걱정이 잔뜩 깃들어 있는 여자의 목소리에 나는 퍼뜩 아릿한 그리움에서 깨어난다. 몇 번의 눈 깜박임으로 아릿한 기운을 감춘다. 깊어진 눈빛으로 여자의 새까만 눈동자에 시선을 맞춘다. 파르스름한 둥근 머리통을 눈에 새기고 발그스름하게 상기된 여자의 작은 얼굴을 가슴에 아로새긴다.

마치 두 분에게 여자를 소개하듯이 여자의 모습을 하나하나 눈에, 가슴에 담는다. 눈을 감으시던 순간까지 혼자 남을 나를 걱정하시던 어머니. 그분의 어깨에서 무거운 짐이 사라지는 것이 느껴진다. 한결 개운해진 얼굴로 환하게 미소 지으시는 어머니. 여자가 마음에 들으셨나 보다.

손을 뻗어 오랫동안 허공에 떠 있는 작고 하얀 손을 조심스럽게 움켜잡는다. 따뜻한 온기를 품은 작은 손이 손바닥에 폭 감겨온다. 너무 가녀린 손이라 잠시만 잡아보고 금방 놓아주려고 했는데 마음이 바뀌었다. 놔주고 싶지 않다. 힘이 바짝 들어간 손이 자그마한 온기를 빈틈없이 꽁꽁 감싼다. 답답한 걸까, 아니면 아픈 걸까? 옴짝달싹 못하게 사로잡힌 여자의 작은 손이 손바닥 안에서 꼼지락거린다. 꼼지락거릴 때마다 연약한 피부와 거친 피부가 부드럽게 마찰된다. 그 사이에서 아지랑이마냥 열기가 피어오른다. 열기에 전염된 듯 여자의 목덜미가 붉게 달아오르고 삽시간에 얼굴까지 빨간 꽃물이 들고 만다. 열기를 띤 여자의 체온이 손바닥을 통해 가슴으로 빠르게 흘러들어 온다. 내부에서 잔잔하게 소용돌이치는 후끈한 열기에 폐부가 빵빵하게 부풀고 목까지 괜스레 메어온다.

"좋아. 협상 타결."

더 이상 가두어지지 않는 열기를 품어내듯 나는 뜻도 정확하게 모르는 단어를 웅얼거린다.

✳

나는 여자를 데리고 바닷가로 갔다. 여자는 새하얀 백사장과 끝도 없이 펼쳐진 푸른 바다를 보며 연신 환호성을 질러댔다. 여자의 환호성에 바다 위를 비행하던 갈매기들이 날갯짓을 멈추고 아래를 기웃거렸다. 호기심 많은 갈매기 한 마리가 호기심을 참지 못하고 백사장까지 날아왔다. 호기롭게 날아온 갈매기는 여자의 어깨 주변을 느림보처럼 천천히 빙빙 돌아댔다.

"어머, 애 좀 봐요!"

어깨에 내려앉을 듯 가까이 날아왔다가 한 바퀴를 빙 돌고는 훌쩍 날아가고, 다시 가까이 날아오기를 반복하는 갈매기에 여자는 잔뜩 겁먹고 움츠리면서도 흥분을 감추지 못했다. 태양보다 반짝이는 까만 눈동자를 커다랗게 뜨고 연방 웃음을 터트렸다. 갈매기가 다가오면 여자는 손으로 입을 가리며 웃음을 멈췄고 갈매기가 멀어지면 여자는 까르르 웃어댔다.

"얘가 왜 이러죠? 여기 갈매기는 원래 이래요?"

"아니. 아무래도 그 녀석이 진한테 반한 모양인데? 분명 그 자식 수컷일 거야."

심통이 난 듯 입술을 삐죽이며 말하자 여자가 '설마. 말도 안 돼. 놀리지 마요' 하며 어이없다는 듯 웃었다. 하지만 싫어하는 눈치는 아니었다.

끼룩, 끼룩.

멀리서 동료를 찾는 또 다른 갈매기의 울음소리가 들려왔다. 여자에게 반한 것이 분명한 갈매기는 아쉬운 듯 여자 주변을 한 바퀴 빙 돌고는 힘찬 날갯짓으로 제 무리에게로 돌아갔다.

"아……."

아쉬운 듯 날아가는 갈매기를 따라 두어 걸음 따라간 여자는 홍조로 물든 얼굴에 미소를 가득 담고 갈매기를 향해 두 손을 크게 흔들었다.

"잘 가! 안녕! 또 보자!"

오므린 양 손바닥을 입가에 대고 크게 소리친 여자가 뒤를 돌아보며 새하얀 이가 다 보이도록 활짝 웃어 보였다.

"콜튼, 나 이곳이 점점 좋아져요. 여기는 정말…… 지상 낙원 같아요. 너무 아름다워요!"

여자는 진심으로 행복해 보였다. 여자가 마침내 피치 섬을 좋아하게 되었다는 사실에 나는 심장이 터질 것 같았다. 가슴이 너무 벅차올라 입도 뻥긋할 수 없었다. 귀밑까지 벌어진 입을 다물지 못하고 그저 얼굴만 크게 끄덕거려 주었다.

양팔로 가슴을 감싸고 눈을 감은 채 하늘을 향해 얼굴을 들어 올린 여자의 뺨은 점점 더 붉어졌다. 한참 동안 온몸으로 태양과 바다를 느끼던 여자가 두 눈을 번쩍 뜨고 바다를 집어삼킬 듯 쳐다보았다. 바다를 삼킨 여자의 까만 눈동자가 파란빛을 토해낸다고 느끼는 순간, 여자가 갑자기 환호성을 지르며 첨벙첨벙 바다로 뛰어들기 시작했다. 여자는 종아리가 잠길 정도까지만 뛰어들어 갔다가 파도가 밀려오자 까르르 웃으며 백사장으로 부리나케 도망쳐 왔다. 그리고 파도가 물러가면 파도를 따라다시 쪼르르 따라 들어갔다. 파도가 여자의 뽀얀 종아리에 부딪혀 하얀 포말을 일으키며 부서졌다.

"하하하하."

촤아아, 촤아.

끼룩끼룩끼룩.

까르르르.

끊임없이 밀려오는 파도의 노랫소리와 갈매기의 울음소리가 여자의 맑은 웃음소리와 한데 섞여 아름다운 화음을 만들어냈다. 나는 물고기를 잡기 위해 바다로 나온 원래의 목적을 까마득히 잊어버렸다. 바다와 하나가 된 여자의 아름다운 모습에 홀려 정신을 차릴 수 없었다. 하염없이 파도와 장난을 치는 여자를 끊임없이 눈으로 좇았다. 아름다웠다. 눈부시도록 아름다웠고 눈물이 날 정도로 감미로웠다. 등가죽을 벗길 정도로 뜨겁게 내리쬐는 태양열조차도 마냥 포근하게 느껴질 정도였다. 하얗고 파란 풍경 속에 여자가 처음부터 원래 그 자리가 그녀의 자리였던 것마냥 그렇게 자연스럽게 스며들어 있었다.

"콜튼! 뭐 해요. 이리 와요! 정말 시원해요."

여자가 활짝 웃으며 얼른 오라고 손짓한다. 한껏 벌어진 입술 사이로 새하얀 이가 반짝인다. 햇살과 바닷물에 젖은 여자의 얼굴은 가슴 떨릴 정도로 상큼하고 아름답다. 까만 눈동자가 푸른 빛에 감싸여 더없이 깊고 푸르다. 여자가 저렇게 바다를 좋아할 줄 몰랐다. 진작 데리고 올걸, 하는 후회가 잠시 든다. 발만 담그고도 저렇게 좋아하는데 바닷속으로 들어가면 얼마나 좋아할까. 여자가 수영을 못한다는 사실이 새삼 안타깝다. 흥분한 여자를 혼자 두고 바다로 들어갈 생각을 하니 마음이 놓이지 않는다. 두 번이나 물에 빠져 죽을 뻔한 여자다. 깊이 들어가면 안 된다고 단단히 일러두고 다짐을 받아야겠다. 내게 오라고 손짓하는 여자에게 나는 반대로 얼른 나오라고 손짓한다.

"왜요?"

"이리 와봐. 잠깐이면 돼."

거듭 나오라고 하자 여자가 못마땅한 듯 뿌루퉁한 표정을 짓는다. 장난감을 뺏겼을 때의 리사 표정과 닮았다. 큭. 만일 여자가 내가 가끔씩 여자의 표정이나 행동에서 리사를 떠올린다는 것을 안다면 분명 기겁을 하겠지? 큭큭. 그래도 어떡하나. 저런 표정을 지을 때면 여지없이 리사인 것을.

여자는 아쉬운 듯 몇 번 더 파도와 장난을 치고 마지못해 바다에서 나온다. 올망졸망한 작은 얼굴에 싱그러운 웃음이 한가득이다. 여자가 가까이 다가오자 싱그러운 바다 냄새와 뒤섞인 달콤한 체취가 코끝을 간질인다. 나는 여자의 뺨에 맺혀 있는 물기를 닦아주며 슬쩍 아름다운 얼굴을 훔치듯 쓰다듬는다. 여자가 겸연쩍은 듯 손등으로 제 얼굴을 재빨리 훔친다.

"왜요? 안 들어가요?"

"들어갈 거야."

"물고기 잡을 거예요?"

"응."

햇살보다 여자의 환한 얼굴이 더욱 눈부시다. 나는 여자를 좀더 자세히 보고 싶어 손으로 그림자를 만든다. 흥분한 여자의 달뜬 숨소리에 가슴이 떨린다. 햇살에 반짝이는 여자의 가녀린 몸을 와락 끌어안고 싶어 손이 근질거린다. 짭조름한 바다 내음에 뒤섞인 여자의 달큰한 체취에 머리가 어지럽다.

물고기를 잡으러 바다로 들어갈 거라는 대답에 여자의 까만 눈동자가 기대감으로 반짝인다. 발목까지 하얀 모래로 뒤덮인 작은 발은 기다림을 모른다. 몸이 벌써 반 이상 바다 쪽으로 향해 있다. 나는 팔랑 날아가 버릴 것 같은 여자의 손목을 잽싸게 낚아챈다. 여자가 의아한 눈초리로 뒤돌아본다.

"진, 바다는 호수보다 훨씬 깊고 위험해. 얕아 보인다고 절대로 더 깊이 들어가면 안 돼. 수영도 못하는데 파도에 한번 휩쓸리면 큰일 난다고. 내가 돌아올 때까지 여기서 꼼짝 않고 있어. 알았지?"

여자가 인상을 찌푸리며 손을 잡아 빼려고 한다.

"싫어요. 나도 같이 들어갈 거예요."

"안 돼. 수영도 못하면서 어딜."

"나 수영……."

여자가 깜짝 놀라 눈을 동그랗게 뜨며 말을 삼킨다. 내가 골반에 두르고 있는 이파리들을 벗기 시작했기 때문이다. 바다에 들어가려면 거추장스러운 이파리는 벗어야 한다. 만약 이걸 두른 채 바다로 들어가면 거추장스러울 뿐 아니라 소금물에 축축하게 젖어서 다시 입지 못할지도 모른다. 이걸 만들어 입기 위해 다시 풀숲을 이리저리 뛰어다니기는 정말 싫다. 뭐, 조만간 이파리가 많이 떨어져 나가면 싫어도 할 수 없이 그래야 하겠지만. 괜히 그 귀찮은 짓을 앞당길 필요는 없지 않은가. 나는 바르작거리는 여자의 손목을 놓아주지 않은 채 한 손으로 거추장스러운 콜튼 나무들을 훌훌 벗어 던졌다.

여자의 눈이 화등잔만 하게 커지더니 금세 얼굴이 시뻘게진다. 일순 숨까지 멈추더니 거친 숨을 마구 품어낸다. 급작스럽게 가팔라진 호흡을 내뱉느라 말도 제대로 하지 못한다. 자유로워진 내 아랫도리에서 홀린 듯 시선을 떼지 못하던 여자가 두 눈을 질끈 감고 얼굴을 팽 돌려 버린다. 얼굴은 물론 온몸이 아주 시뻘겋다 못해 붉으죽죽해졌다.

"왜, 왜……."

"응? 뭐라고?"

여자가 하도 더듬거려서 말을 알아들을 수가 없다. 나는 팽 돌아간 여자의 얼굴에 얼굴을 바짝 들이밀었다. 여자가 번개를 맞은 듯 펄쩍 뛴다. 목에 핏대를 세우고 버럭 소리를 지른다.

"왜 그걸 벗느냐고요! 당장 다시 입지 못해요!"

"아, 이거."

짐작은 했지만 역시. 쿡. 나는 짐짓 이제야 알겠다는 듯 능청을 피운다.

"바다에 들어가야 하잖아. 설마 이걸 걸치고 들어가라는 건 아니겠지? 에이, 그건 안 돼. 그랬다가는 거추장스러워서 헤엄도 못 칠 거야. 게다가 젖으면 다시 입지도 못하는걸. 음, 그래도 돼?"

"다시 만들어 입으면 되잖아요!"

"그게 얼마나 힘든지 알아? 게다가 진 거랑 내 거 만드느라고 여린 이파리를 하도 많이 잘라내서 이제는 거의 없어. 빳빳한 이파리로 만들면 여기가 얼마나 아픈데."

"그, 그래도……."

"그런데 방금 뭐라고 그랬지? 진도 들어간다고?"

나는 화제를 슬쩍 바꿨다. 여자는 거친 숨만 쉭쉭 내쉴 뿐 대답을 하지 못한다. 내 벗은 몸을 처음 본 것도 아닌데 매번 얼굴을 붉히고 바로 쳐다보지도 못하다니, 참 일관성있는 여자다. 덕분에 수영도 못하면서 무작정 따라오겠다는 고집을 꺾을 수 있긴 하지만. 나는 벗은 이파리를 일부러 소리나게 백사장에 풀썩 집어 던지고 몸을 쭉 편다. 으, 시원해. 축축하던 아랫도리가 바닷바람에 금세 깨끗하게 씻기는 것 같다. 따가운 햇살과 시원한 바람에 금세 보송보송해진다.

나는 지금 결단코 여자와의 약속을 어기는 것이 아니다. 지금은 어쩔 수 없는 상황이다. 그러니 여자도 이해해 줘야 한다. 안 그래, 진? 나는 비어져 나오려는 웃음을 꾹 참고 불덩이로 변한 여자의 빨간 머리통을 바라본다. 아, 잠깐. 방금 여자가 뭐라고 말하려고 했지? 혹시 수영을 할 줄 안다는 걸까?

"혹시 수영할 줄 알아?"

여자는 아무 말이 없다. 그럼 정말 수영을 할 줄 안다는 건가? 흐음, 이상하다. 고개가 갸웃거려진다.

"그런데 저번에는 왜 호수에 빠졌던 거야?"

"그, 그건…… 갑자기 깊어져서……."

음, 그럴 수도 있겠다.

"그래? 그럼 같이 들어갈래? 난 아주 멀리, 깊이 들어가 볼 생각인데, 괜찮겠어?"

나는 걱정스럽게 여자를 바라보며 잡았던 손을 놔준다. 여자도 바다에 들어가려면 옷을 벗어야 할 테니까. 여자는 손이 자유로워지자마자 후다닥 두세 걸음 뒤로 도망친다. 나는 뒷걸음질치는 여자를 바라보며 느긋하게 팔짱을 낀다. 여자가 준비를 마칠 때까지 기다려 줄 심산이다.

그런데 이 여자 좀 보게. 도통 옷 벗을 생각을 하지 않는다. 벌게진 얼굴로 먼 산만 바라보고 서 있다. 초조한 듯 모래가 잔뜩 묻은 발로 하얀 모래만 툭툭 차대면서. 여자의 조급한 발길질에 허공으로 흩어지는 하얀 모래 알갱이가 시선에 잡힌다. 나는 여자의 모로 돌린 얼굴에서 시선을 내려 아래를 바라본다. 얼마나 많이 모래를 차댔는지 여자의 발아래에는 벌써 작은 동굴이 생겨났다. 아무래도 계속 저러다가는 머지않아 여자가 아예 모래에 파묻히지 싶다.

"이봐, 진. 어떡할 거야. 들어갈 거야, 말 거야?"

여자는 대답 대신 하늘을 향해 한숨을 푹 내쉰다. 거칠었던 숨은 많이 진정됐지만 벌겋게 달아오른 피부는 아직 그대로다. 여자가 부루퉁한 음성으로 대답한다.

"됐어요. 여기서 기다릴게요."

"왜? 아까는 들어가고 싶다며. 수영할 줄 안다며."

"그게……! 휴우. 아니에요. 사실, 수영 잘 못해요. 그냥 한번 들어가 보고 싶어서 한 말이었어요. 다시 생각해 보니까 안 들어가는 게 나을 것 같아요. 당신이나 다녀와요. 난 여기서 당신의 그 잘난 옷이나 지키고 있죠 뭐."

여자는 '잘난 옷'이라는 말을 강조하듯 유난히 힘을 주어 딱딱 끊어 말했다. 왠지 기분이 나쁘다. 빈정거리는 것 같다. 그런데 왜? 왜 빈정거려? 내가 뭐라고 했다고? 자기가 수영을 할 줄 안다고, 바다에 들어가고 싶다고 하지 않았나? 내가 꼭 같이 들어가야 한다고 한 것도 아닌데.

사실, 여자와 함께 바닷속 깊이 들어가 보고 싶다. 여자에게 바닷속이 얼마나 예쁘고 신비로운지 자랑하고 싶다. 그래서 일단은 허기진 배를 채운 후 기회를 봐서 여자에게 수영을 가르칠 생각이었다. 물론 호수에서 먼저. 여자가 물과 친해진 다음 바다에서 헤엄치는 법을 알려줄 생각이었다.

나는 눈을 가늘게 뜨고 뾰로통해진 여자의 벌겋게 익은 얼굴을 바라본다. 정말 여자의 속은 알다가도 모르겠다. 아무리 내가 이파리를 좀 벗어 던졌기로서니 방실방실 웃을 때는 언제고 금세 또 뾰로통해지다니. 절로 고개가 절레절레 저어진다.

하기야 처음과 비교하면 지금은 많이 나아진 거다. 그때는 곁에 다가가지도 못했다. 겁에 잔뜩 질려서 내가 보이기만 해도 구석으로 숨기에 바빴다. 그랬던 여자와 이제는 이렇게나마 나란히 서서 티격태격할 수 있다니, 기뻐해야 하는 걸까?

아, 그러고 보니 파도에 밀려온 여자를 처음 발견한 장소가 바로 이곳이다. 그때는 정말 시체나 다름없었다. 미역처럼 까맣고 긴 머리에 붉은 피를 잔뜩 흘리고 있었지. 그때 난 여자를 묻어줘야 되나, 갈매기 먹이가 되도록 내버려 둬야 하나 심각하게 고민했었다. 그 정도로 여자의 상태는 심각했었다. 리사의 장난 덕분에 살아난 것은 정말 기적과도 같은 일이었다.

그랬던 여자가 이제는 파릇파릇한 민머리에 코코넛과 이파리를 걸치고 펄쩍펄쩍 뛰어다닌다. 말도 못하고 웅크리고만 있던 여자가 이제는 성질도 부리고 고집도 부린다. 당당하게 부탁을 가장한 약속을 종용하기도 하면서 말이다.

여자는 변했다. 짧은 시간에 빠르게 피치 섬에 적응하고 있다. 나와 피치 섬에. 아직은 완벽하게 적응하지 못하고 있지만 그날이 머지않았으리라 믿는다. 어머니가 그러셨던 것처럼. 조급하게 굴지 말자. 지금처럼만 여자가 물기에 젖어가는 모래처럼 천천히, 자연스럽게 적응해 가기를 바란다.

나는 이쯤 해서 여자의 속마음을 파악하는 짓 따위, 그만두기로 했다. 어차피 여자의 속마음은 이해 불가능하다. 워낙 변덕이 심한데다가 어제서야 알게 된 사실이지만 성격도 불같다. 욕도 잘하고 말도 안 되는 상상력도 대단하다. 여자는 하루가 지날 때마다 매번 색다른 모습을 보여준다. 때문에 나는 한시도 긴장을 늦출 수 없다. 배도 자주 굶고. 꼬르륵. 으, 배고파.

자, 이제 그만. 여자가 싫다면 싫은 거고, 그렇다면 그런 거다. 나는 이만 주린 배를 빵빵하게 채워줄 물고기나 잡으러 가야겠다. 내 잘난 옷이나 지키고 있겠다는 다짐까지 받아두었으니 여자가 바다에 빠져 죽을지도 모른다는 걱정도 덜었다.

나는 한결 가벼워진 마음으로 여자를 백사장에 남겨두고 파란 포말을 일으키는 새파란 바다로 뛰어들었다.

오늘의 물고기 사냥은 대성공이었다. 눈 깜짝할 사이에 살이 통통한 하푸카와 스캠피, 거나드 등 물고기들을 네 마리나 잡아 올렸다. 여자와 나는 하푸카와 거나드 두 마리를 구워 배부르게 먹었다. 물론 리사도 함께. 남은 두 마리는 저녁거리로 먹을 요량으로 잘 손질해서 바나나 껍질에 싸 침상 아래 숨겨놓았다.

식탐 많은 원숭이들이 훔쳐 가지 못하도록. 배가 부르자 여자는 땀에 끈적이는 몸을 씻고 싶은 모양이었다. 여자는 호수에 가고 싶어했다. 어차피 마실 물을 떠올 참이었기 때문에 나는 얼른 자리에서 일어났다. 가면서 숲을 좀 더 자세히 보여줘야지, 생각했다. 이제 어디를 가든, 무엇을 하든 여자와 함께할 수 있다는 사실이 너무 행복했다.

그런데 우리와 함께 잔뜩 배를 채운 리사가 눈치없이 자리에서 일어나는 내 등에 얼른 올라탄다. 괜히 여자의 눈치가 보인다. 나는 어깨까지 기어올라 온 리사를 떼어내며 슬쩍 여자의 눈치를 살핀다. 여자는 일부러 그러는 것인지 먼 곳을 바라보며 딴청을 부리고 있다.

떼어낸 리사를 얼른 바닥에 내려놓고 달려들지 못하게 양어깨를 단단히 움켜잡아 거리를 벌린다. 자세를 낮춰 녀석과 눈을 맞춘다. 새로운 장난인 줄 아는지 녀석이 신이 나 깍깍거린다.

"리사, 오늘은 친구들한테 가서 놀아. 알았지?"

여자에게 들리지 않도록 목소리를 낮춰 속삭인다. 저를 떼어낼 속셈이라는 것을 눈치 챈 녀석이 인상을 쓴다. 나는 녀석이 심통을 부리기 전에 얼른 머리통을 쓱쓱 쓰다듬어 주고 반대편 숲 쪽으로 쓰윽 밀었다. 리사가 팔뚝을 잡고 매달린다. 녀석, 버티는 힘이 어찌나 세지 팔뚝의 근육이 툭툭 불거져 나올 지경이다. 하지만 결국 내가 이겼다.

"나중에 실컷 놀아줄게. 아, 그래. 이도 실컷 잡게 해줄게.

응? 그렇지. 옳지. 아, 착하다."

결국 하지 말아야 할 약속까지 해야 했지만 말이다. 밍기적거리며 뒤를 돌아보며 멀어지는 녀석의 뒷모습이 어찌나 처량 맞아 보이는지 마음이 조금 아팠다. 하지만 여자와 단둘이 숲 속으로 들어가자 아팠던 마음은 순식간에 사라졌다. 아프기는커녕 들뜨기까지 했다.

나는 일부러 호수까지 바로 가는 길을 내버려 두고 빙 돌아간다. 숲의 아름다운 모습을 최대한 많이 보여주고 싶다. 하늘을 찌를 태세로 높이 솟아오른 다양한 모양의 나무들, 하늘을 뒤덮을 듯이 울창하게 늘어져 있는 잎사귀들. 그 잎사귀들을 헤치고 걸어가노라면 가지각색의 붉고 노란 꽃들이 흐드러지게 피어 있는 모습을 발견하게 된다. 짙푸른 녹음의 향내와 진한 꽃향기가 한데 뒤섞여 들뜬 마음을 더욱 들뜨게 만든다.

여자는 풀숲이 들썩이는 소리에 흠칫 놀랐다가 쪼로로 달려가는 기니피그들의 앙증맞은 모습에 함박웃음을 짓는다. 푸드덕거리며 파란 창공으로 솟아오르는 골든체리 모란앵무새의 화려한 비상에 감탄한다. 숲으로 깊이 들어갈수록 여자의 감탄사는 점점 더 크게 터져 나온다. 숲에 매혹되어 흥분한 여자의 얼굴은 황홀할 정도로 아름답다. 여자는 숲에, 나는 여자에게 점점 더 깊이 매혹당한다.

먼 길을 돌아왔음에도 호숫가에 도착하자 여자는 아쉬운 듯자꾸만 뒤를 돌아본다. 아쉬움이 짙게 밴 한숨을 가쁜 숨과 함께 토해낸다. 천천히 느긋하게 걸었는데도 불구하고 여자의 숨은 가쁘다. 양 볼은 붉게 상기되어 있고 자그마한 콧잔등에는 땀방울이 몽골몽골 맺혀 있다.

나는 여자에게 깊은 곳으로 들어가지 말 것을 당부하며 걸어오는 동안 꺾어가지고 온 박하 향 나는 이파리와 바닐라 향이 나는 이파리, 진한 단내를 풍기는 꽃들을 손에 쥐어준다. 박하 향 나는 여린 이파리로는 치아를 문질러 닦고 바닐라 향 나는 이파리와 단내 나는 꽃은 몸에 문지르라고 일러준다.

여자는 뛸 듯이 기뻐한다. 반짝이는 까만 눈동자 가득 감동의 빛이 역력하다. 여자가 고맙다는 말을 연신 반복하며 감동까지 하자, 나는 오히려 머쓱해진다. 지천에 널려 있어서 얼마든지 꺾어 쓸 수 있는 이파리 따위를 주었을 뿐인데. 이제야 뒤늦게 알려준 것이 미안할 지경이다. 머쓱해진 나는 서둘러 당부를 마치고 저번과 마찬가지로 커다란 바위 뒤로 걸어간다. 이제는 여자가 먼저 말하지 않아도 뭘 바라는지 정도는 안다.

뒤통수에 감동한 여자의 시선이 느껴져 나는 괜히 뒷머리를 벅벅 긁어댄다. 사라락. 등 뒤에서 이파리 부딪히는 소리가 들려온다. 여자가 옷을 벗는가 보다. 뒷머리를 긁어대던 손이 우뚝 멈추고 침이 꼴깍 넘어간다. 잠시 후 풍덩, 여자가 물속으로 들어가는 소리가 들려온다. 나는 크게 뱉어낸 한숨으로 긴장을 이완시키고 바위에 등을 기대고 앉는다. 멀뚱거리고 앉아 있기가 뭣해서 내 몫으로 따가지고 온 박하 향 이파리를 질겅질겅

씹는다. 쌉싸래한 맛이 식도를 관통한다. 입안에 침이 잔뜩 고인다. 침을 한소끔 뱉어내고 계속 이파리를 질겅질겅 씹는다. 이내 쌉싸래한 맛 대신 시원한 향기가 입안 전체로 번져 간다. 코가 뻥 뚫릴 정도로 시원하다.

얼마나 오래 씹었을까. 더 이상 시원한 박하 향이 느껴지지 않는다. 텁텁한 진액 맛만 남았다. 형체도 없이 뭉개져 버린 이파리를 입안에서 한 바퀴 굴린 후 퉤 하고 바닥에 뱉어낸다. 깊게 숨을 들이마신 후 한번에 크게 뱉어낸다. 푸른 내음 사이로 시원한 박하 향이 사방으로 흩어진다. 입안은 물론 가슴속까지 상쾌하다.

이를 닦고 나자 땀에 찌든 몸도 깨끗하게 씻어내고 싶다. 여자는 아직 멀었을까? 뒤를 돌아보려다 그만둔다. 에이, 그냥 하자. 바닥에 놓아둔 바닐라 이파리와 단내 나는 꽃을 집어 들고 쓱쓱 팔뚝에 문지른다. 물에 적시지 않아서 그런지 진한 향이 나지 않는다. 흠, 아무래도 안 되겠다. 나는 반쯤 으깨져 있는 이파리와 꽃을 내려다보다 슬쩍 뒤를 돌아본다. 물속에 몸을 잠갔는지 보이는 거라고는 여자의 동그란 머리통뿐이다. 그것도 뒷머리통.

반쯤 몸을 일으켜 목을 뒤로 꺾고 한참을 살펴본다. 여자는 내 쪽을 돌아볼 생각은 아예 하지 않는다. 멀리 보이는 폭포에 시선을 빼앗겼는지 여자의 얼굴은 주구장창 앞만 향해 있다. 그렇다면 일어나 나간다고 해서 문제될 것은 없을 듯하다. 나는 주섬주섬 이파리와 꽃들을 챙겨 들고 호수로 조심조심 다가간다. 금방이라도 여자가 뒤돌아볼까 봐 심장이 조마조마하다.

여자에게 들키지 않고 무사히 호수에 다다른 나는 일부러 여자에게서 멀찍이 떨어진 곳에 자리를 잡는다. 몸이 부르르 떨릴 정도로 차가운 물에 손을 담그고 이파리와 꽃에 물을 적신다. 축축하게 젖은 그것들을 몸에 대고 빡빡 문지른다. 아까보다는 훨씬 진한 향내가 풍겨난다. 피부도 덜 아리다. 나도 얼추 몸을 다 씻었다.

그러나 선뜻 돌아서지지가 않는다. 슬쩍 한번 담가본 차가운 호수 물이 못내 아쉽다. 나는 여자를 힐끔 살피며 슬며시 이파리들을 벗어 던진다. 물소리가 나지 않도록 조심하면서 점점 더 깊이 들어간다. 으, 시원하다. 남아 있던 소금기가 맑은 호수 물에 깨끗하게 씻기어간다.

여자는 도통 물에서 나올 생각을 하지 않는다. 눈치를 살피며 몇 번이나 물속에 머리끝까지 담갔다 나왔지만 여자는 여전히 같은 자리에 있다. 돌아볼 생각도 하지 않는다. 어딘지 마음 한 구석이 허전하고 김이 샌 기분이다. 나는 알 듯 모를 듯한 아쉬움에 쓴맛을 다시며 뭍으로 걸어나온다. 가만히 바닥에 놓여 있는 이파리를 보자 괜히 신경질이 난다. 거친 손놀림으로 이파리를 다시 골반에 칭칭 두른다.

여자는 내가 바위 뒤로 돌아오고서도 한참이 지나 무료함에 지쳐 갈 때쯤에야 뭍으로 올라왔다. 여자는 뭍으로 올라오기 전에 '나, 나가요' 하며 먼저 알리는 것을 잊지 않았다. 벌거벗고 나오니 돌아보지 말라는 의미다. 쳇, 누가 돌아본다고. 나는 괜히 심통이 나 바위 주변의 풀들을 죄 뜯어놓았다.

저녁으로는 낮에 잡아놓은 스캠피를 파파야와 함께 끓여 수프를 만들어 먹었다. 넉넉하게 끓였지만 내가 반 이상을 먹어치웠다. 신경질이 나니까 배가 부른데도 엄청 먹어댔다. 한마디도 하지 않고 무섭게 먹어대자 리사조차도 눈치를 살피며 근처에 오지 않으려고 했다. 눈을 동그랗게 뜨고 눈치를 살피던 여자가 조심스럽게 무슨 기분 나쁜 일이라도 있느냐고 물어왔다. 마땅히 대답할 말이 없는 나는 우물쭈물했다. 걱정스러운 여자의 시선이 당황스럽기도 했다.

"일은 무슨. 그냥 배가 고파서……. 하하하."

나는 여자의 시선을 피하며 어색한 웃음으로 상황을 모면했다. 목이 찰랑거릴 정도로 가득 찬 음식 때문이었을까, 아니면 여자가 보여준 관심 때문이었을까. 호수에서 돌아온 후로 계속 들러붙어 있던 짜증이 웃음과 함께 씻은 듯이 사라졌다.

해가 진 숲은 한낮의 열기가 거짓말이었던 듯 금세 시원해졌다. 여자와 나는 각자 나무 하나씩을 꿰차고 등을 기대고 앉아 나른한 포만감과 숲이 선사하는 안락감을 한껏 만끽했다. 숲 저편에서부터 불어오는 미풍에 흔들리는 나뭇잎들의 파도 소리가 귓가를 조용히 맴돌았다. 아랫도리에서도 이파리들이 한들거리며 파도 소리에 스며들었다. 어스름이 내려앉은 숲은 신비롭고 평화로웠다. 짙푸른 녹색의 공기가 시원한 바람과 함께 주변을 아스라이 감싸 안았다.

나는 깍지 낀 손을 머리 뒤로 돌리고 나무에 길게 기대앉았다. 시선이 저절로 맞은편에 앉아 있는 여자에게로 향했다. 여자는 눈을 감고 있었다. 한들거리는 바람을 만끽하고 있는 듯 얼굴이 살포시 허공을 향해 들려 있었다. 입가에 핀 잔잔한 미소가 또렷하게 보였다.

'행복하다.'

그 순간 나는 행복하다는 벅찬 감정이 가슴 밑바닥부터 목구멍까지 찰랑찰랑 차오르는 것을 느꼈다. 여자는 완벽하게 자연과 하나가 되어 있었다. 마치 처음부터 피치 섬과 하나였던 것처럼. 가슴이 뭉클할 만큼 행복했다. 뭉클해진 가슴은 금세 터질 듯이 부풀어 올랐다. 순간적으로 달콤한 단내가 전신을 휘감았다. 숲에서 나는 단내인지, 내 몸에서 나는 단내인지, 아니면 바람에 실려오는 여자의 달콤한 체취인지 분간할 수 없었다.

가슴을 설레게 만드는 단내의 진원지를 찾아 무의식적으로 코를 킁킁거리던 나는 이내 빙그레 미소 지었다. 누구에게서 풍겨오는 단내면 어떠한가. 그 순간만큼 나는 여자와 내가 따로 떨어진 개별적인 존재로 여겨지지 않았다. 여자와 나는 하나가 되어 피치 섬의 일부로 녹아 있었다.

올곧게 쏟아지는 시선을 느꼈는지 여자가 부스스 눈을 떴다. 여자의 시선이 한 치도 비껴가지 않고 오롯이 나를 향했다. 여자와 나의 시선이 하나로 얽혔다. 하나로 얽힌 시선은 쉽사리 떼어지지 않았다. 점점 집요해지고 뜨거워졌다. 그녀의 시선이 내 몸을 칭칭 감쌌고, 내 시선이 여자를 단단히 휘감았다.

점차 호흡이 조금씩 가팔라지기 시작한다. 고요하고 평화롭던 공기의 흐름이 바뀌어간다. 좀 더 달짝지근하고, 좀 더 은밀하게. 새근거리던 여자의 호흡 역시 점점 가팔라진다. 어스름한 달빛에 뽀얗게 드러난 가슴 둔덕이 박자를 빨리하며 오르락내리락한다. 점점 부풀어 오르는 가슴의 압박 때문인지 여자의 얼굴에서 나른했던 미소가 사라졌다. 도톰하고 붉은 입술이 반쯤 벌어진다. 여자가 내쉬는 달뜬 숨결이 어두운 공간을 훌쩍 뛰어넘어 전신에 달라붙는다. 뜨겁고 달콤한 숨결. 온몸에 소름이 돋는다.

　입이 바짝 마른다. 해갈되지 않는 갈증이 또다시 시작됐다. 나는 메말라 버린 아랫입술을 혀로 훑으며 자리에서 천천히 일어난다. 여자의 동그란 눈이 커다래진다. 커다래진 눈 속에서 까만 눈동자가 어지러이 흔들린다. 그럼에도 나를 향한 여자의 시선은 비켜가지 않는다. 한 번 흔들릴 때마다 까만 눈망울에 알 수 없는 열기가 촉촉이 깃들어간다.

　무슨 용기가 났는지 모르겠다. 지금, 나는 아무 생각도 할 수 없다. 머릿속은 새하얗고 눈에는 여자밖에 보이지 않는다. 나는 여자에게 다가가고 있다는 것도 인식하지 못한다. 손끝에 여자의 녹아날 듯 부드러운 피부가 느껴진다. 눈에 익은 커다란 손이 여자의 뺨을 쓸어내리고 얼굴을 어루만지고 있지만 나는 그 손이 내 손이라는 것조차 자각하지 못한다.

　여자의 반짝이는 검은 눈동자는 무서울 정도로 나를 빨아들이고 있다. 여자의 눈동자에 사로잡힌 나는 벗어날 의지도 없고 벗어나고 싶지도 않다. 그냥 이대로 여자의 눈 속으로 빨려 들어가고 싶다. 아니, 여자를 내 안으로 집어넣고 싶다. 남김없이, 모조리 다.

어느새 이렇게 가까워졌을까. 뺨에 여자의 가쁜 숨이 뜨겁게 뿜어지고 있다. 달아오른 피부에 닿는 여자의 뜨거운 숨결이 피어오르는 열기에 불을 지핀다. 겁도 없이 불을 지피는 여자의 붉은 입술에 시선이 멈춘다. 달큼한 호흡이 사무치게 달콤하다. 갈증이 더욱 거세게 식도를 태우고 가슴을 태운다. 목이 마르다. 미칠 정도로.

어떻게 하면 이 타는 듯한 갈증을 멈추게 할 수 있을까. 어떻게 하면 너를 남김없이 집어삼킬 수 있을까. 어떻게 하면……

콧등이 스친다. 고개를 좀 더 깊숙이 숙이자 뜨거운 호흡이 더욱 가까워진다. 메마른 입술에 미치도록 보드라운 감촉이 느껴진다. 아까와는 비교도 되지 않을 정도로 아찔한 소름이 온몸에 돋는다.

이게 뭘까. 입술에 닿는 이것은……. 정말 여자의 입술인가?

불에 덴 것처럼 뜨겁다. 그러면서도 동시에 이슬처럼 촉촉하다. 아, 눈물이 날 정도로 뜨겁고 촉촉하고 부드럽다.

숨이 쉬어지지 않는다. 가슴이 터져 나갈 것 같다. 그럼에도 한 번 맞닿은 입술은 떨어지지 않는다. 온몸을 강타하고 돌아다니는 시뻘건 불길에 온몸이 타버릴지언정 이 숨 막히도록 감미로운 감촉에서 떨어지고 싶지 않다.

가슴 밑바닥에서 시뻘겋게 타오른 불길이 무섭게 치솟기 시작한다. 치솟은 불길은 가만히 맞대고 있는 보드라움에 만족하지 않는다. 좀 더 많은 것을 원하고 요구한다. 뭘, 도대체 뭘? 이제 어떻게 해야 하지? 어떻게 하면 이 치솟는 불길을 잠재울 수 있지? 어떻게 하면 이 불길에 갈증을 불사를 수 있지?

마른침이 꿀꺽 삼켜진다. 저절로 입술이 벌어진다. 혀가 꿈틀 움직이며 맞닿은 보드라운 입술을 스친다. 혀가 델 것 같은 뜨거움에 온몸이 바르르 떨린다. 내가 떠는 것일까, 여자가 떠는 것일까? 글쎄, 알 수 없다. 아무 생각도 나지 않는다. 오로지 혀끝에 남아 있는 뜨거움을 다시 한 번 느껴보고 싶다는 열망뿐, 한 번 닿았던 촉감을 좇아 혀를 살포시 내밀어본다. 아, 이번에 닿는 것은 방금 전의 뜨겁고도 보드랍던 감촉이 아니다. 그보다 훨씬 더 뜨겁고 보드랍고 또 촉촉하다. 단전을 찌르르 울리던 전율이 빠르게 정수리까지 치솟는다. 여자의 입술 또한 나처럼 벌어졌다는 것을 본능적으로 느낀다. 벌어진 여자의 입속은 뜨겁고 촉촉한 동굴이다. 단내 나는 동굴이다.

동굴이 혀를 빨아들인다. 한 번 빠져 버린 동굴에서 나는 빠져나가는 방법을 알지 못한다. 혀끝에 가지런히 모여 있는 단단한 자갈들이 닿는다. 앙증맞고 귀엽다. 혀로 살살 자갈들을 스치고 맛본다. 여자가 바르르 떨며 헉, 가쁜 숨을 토해낸다. 여자의 뜨거운 숨결이 입안으로 훅 건너온다.

건네받은 뜨거운 숨결을 남김없이 흡수하고 목구멍까지 치솟아오른 뜨거운 열기를 여자의 입속으로 모조리 토해낸다. 혀를 가둔 뜨거운 동굴의 온도가 한층 더 뜨거워졌다. 열기에 녹아버리기 전에 조금 더 달콤한 동굴을 맛보고 싶은 혀가 미친 듯이 동굴을 훑고 돌아다닌다. 아, 그제야 여자의 입속 뜨거운 동굴 속에는 앙증맞은 자갈 이외에도 말랑거리는 자그마한 뱀 한 마리가 살고 있다는 사실을 알아챈다. 자그마한 뱀은 겁이 많은가 보다. 혀끝으로 툭, 건드리자 후다닥 꼬리를 감춘다. 꿈틀꿈틀 움직이는 것이 꼭 새끼 뱀 같다. 나는 두 눈을 꼭 감고 축축한 비늘을 뒤덮고 있는 말랑말랑한 새끼 뱀을 다시 한 번 톡 건드려 본다. 움찔 놀란 새끼 뱀이 또다시 후다닥 숨는다.

놓치고 싶지 않다. 나는 벌어진 여자의 입술을 더욱 크게 벌리며 동굴 속 깊숙이 혀를 밀어 넣는다. 여자의 손이 소름이 돋아난 팔뚝을 억세게 움켜잡는 순간, 구석에 웅크리고 있는 새끼 뱀을 찾아냈다. 도망치려는 새끼 뱀을 옴짝달싹 못하게 칭칭 감아올리는 혀는 더 이상 혀가 아니다. 내 혀는 어느새 드라곤이 되어버렸다. 나는 탐욕적인 드라곤이 되어 칭칭 감아올린 새끼 뱀을 한번에 깊숙이 집어삼킨다.

여자가 중심을 잃고 휘청인다. 팔뚝을 움켜잡은 여자의 악력이 점차 거세어진다. 움켜잡힌 팔뚝이 뜯겨져 나갈 것 같다. 그러나 조금도 아프지 않다. 오히려 찌릿한 쾌감이 전신을 휘돌고 척추를 울린다. 두 손으로 휘청거리는 여자의 가녀린 어깨를 움켜잡는다. 움켜잡은 어깨를 가슴으로 바싹 끌어당긴다. 여자가 훅

당겨온다. 당겨온 여자의 풍만한 가슴을 탄탄한 가슴으로 밀어붙인다. 여자의 등이 단단한 나무를 뚫고 깊숙이 박힐 정도로 끝까지 밀어붙인다. 여자는 나와 나무 사이에 갇혀 움쭉달싹 못한다.

윙.

머릿속에서 아찔한 소음이 난다. 깊은 바닷속으로 잠수해 들어갔을 때 들리던 소음과 비슷하다. 머릿속은 물론이고 고막까지 멍멍하다. 숨이 쉬어지지 않는다. 그럼에도 나는 이 숨 막히는 아찔함에서 벗어나고 싶지 않다. 안전한 수면 위로 올라가고 싶지 않다. 결코 여자를 놓아줄 생각이 없다. 나는 여자를 끌고 바다 밑바닥까지 침몰한다. 목구멍으로 밀려들어 오는 여자의 뜨거운 숨결에 의지해 숨을 내쉰다. 파닥거리는 여자에게 내 호흡을 건네준다.

넘겨준 호흡을 꿀꺽 삼킨 여자가 희미하게 앓는 듯한 신음 소리를 낸다. 식도까지 힘껏 빨아들인 여자의 물컹한 혀를 타고 야릇한 신음 소리가 심장으로 흘러들어 간다. 여자의 신음 소리를 삼킨 심장이 흐느끼듯 거친 신음을 토해낸다. 고요했던 숲에 여자의 야릇한 신음 소리와 한데 뒤섞인 나의 짓눌린 신음 소리가 생생하게 울려 퍼진다.

딱딱하게 곧은 아랫배에 날카로운 통증이 관통한다. 헉! 숨이 턱 하고 막히는 짜릿한 전율에 전신에서 식은땀이 왈칵 솟아난다. 아랫배에 몰리는 엄청난 압박감. 나는 짓눌린 신음 소리를 토해내며 여자의 이름을 애타게 부른다.

"하아…… 진, 진……."

품속에서 흐느적거리며 녹아 있던 여자가 순간적으로 **빳빳**하게 굳는다. 어깨와 팔뚝을 쥐어뜯듯이 움켜잡고 있는 손아귀의 힘이 더없이 강해진다. 누가 먼저랄 것 없이 서로의 혀를 쟁탈하듯 휘감으며 세차게 빨아들이던 흡입이 순간 거짓말처럼 멈춘다. 입안을 뜨겁게 데우고 심장으로 흘러들어 가던 여자의 가쁜 숨결도 더 이상 느껴지지 않는다.

갑작스럽게 모든 움직임과 호흡을 멈춘 여자. 깜짝 놀란 나는 감겨 있던 눈을 번쩍 뜬다. 눈꺼풀로 뜨거운 열기를 가두고 있던 눈은 금방 초점을 찾지 못한다. 시야가 뿌옇다. 부리나케 눈을 수없이 깜박여 본다. 그제야 흐릿했던 시야가 약간이나마 또렷해진다. 눈앞에 부릅떠진 눈 사이로 까만 동공만이 남은 눈동자가 보인다. 아, 이 눈. 언젠가 본 적이 있는 눈이다. 언제였더라? 아, 그래, 맞다. 파도에 떠밀려 온 여자가 정신을 차리고 처음으로 날 보았을 때 보았던 그 눈! 낯선 두려움에 사로잡혀 있던 그 눈동자! 눈꺼풀을 깜박일 정도의 짧은 순간에 불쑥 튀어나온 기억으로 나 역시 모든 움직임을 멈춘다. 잠시 모든 것이 멈췄다. 소용돌이치던 뜨거움도, 열기도 삽시간에 멈춰 버렸다.

얼마나 오랫동안 그러고 있었을까. 눈도 깜박이지 못하던 여자가 두 눈을 질끈 감더니 허겁지겁 얼굴을 떼어낸다. 멀어지는 여자의 입술과 나의 입술 사이로 끈적거리는 타액이 거미줄처럼 길게 이어져 있다. 붉게 상기되어 있던 여자의 얼굴이 순식간에 새하얗게 질린다. 떨리는 손으로 여자가 부리나케 입을 틀어막는다. 여자의 손등에 끈적거리는 거미줄이 툭 끊겨 버린다. 끊겨 버린 거미줄이 여자의 손등을 휘감는다.

충격에 얼어붙은 여자를 확인하고서도 나는 방금 전의 뜨거웠던 열기와 전율에서 헤어나지 못한다. 새파랗게 질린 여자의 얼굴을 감싸기 위해 두 손을 내민다. 하지만 여자는 고개를 돌리고 손을 쳐낸다. 여자에게서 내쳐진 손이 무안하고 아프다. 고통이 빠르게 가슴으로 흘러간다. 상처받은 심장이 바닥으로 곤두박질친다.

새파랗게 질렸던 여자의 얼굴이 다시 불꽃처럼 시뻘겋게 달아오른다. 여자는 입을 틀어막은 채 허겁지겁 내 품에서 벗어나 일어나기 위해 발버둥 친다. 나를 밀어내는 여자의 버둥거림에 일시에 온몸에서 힘이 쭉 빠져나간다.

"이, 이러면 안……. 왜…… 왜 그랬……. 하아, 하아. 미, 미안해요. 정말 미안……."

여자는 횡설수설하며 부리나케 품에서 벗어나 집으로 쏜살같이 도망친다.

뜨거웠던 공간에 홀로 버려진 나는 넋을 잃고 도망치는 여자의 뒷모습만 바라본다. 입술을 달싹일 힘도, 손가락 하나 까딱일 힘도 남아 있지 않다. 머리는 뒤죽박죽으로 엉켜 차갑게 식어버렸고 몸은 아직도 뜨겁다. 그리고 가슴은…… 조여들 듯 아프다.

그날 이후로 여자와의 관계가 미묘하게 변했다.

여자는 아무 일도 없었던 듯 행동했다. 계속 나를 따라 숲 이쪽저쪽을 돌아다니며 과일을 따고, 물고기를 잡는 동안 백사장에서 기다렸다. 함께 호수로 가 몸을 씻고 먹을 물을 길어오고, 마주 앉아 식사를 했다, 잠도 예전처럼 한집에서 같이 잤다. 겉으로는 변한 것이 없었다. 그러나 여자는 분명히 변했다.

그날 이후로…….

가장 큰 변화는 여자가 예전처럼 다시 나를 제대로 쳐다보지 않게 되었다는 것이다. 나 또한 여자를 똑바로 쳐다보지 못한다. 우리는 서로의 눈치를 살피며 조심스럽게 행동하고 필요한 말만 나눈다. 간혹 시선이 마주치면 누가 먼저라 할 것 없이 우리는 후다닥 시선을 피해 버린다. 그러나 시선을 피하고 멀뚱히 있노라면 그날의 달달했던 감정과 열기가 되살아나 얼굴이 화끈거리고 가슴이 두근거린다. 어쩌면 여자도 마찬가지일지 모른다는 생각이 든다. 여자는 나를 슬쩍슬쩍 훔쳐보면서도 눈만 마주치면 얼굴을 붉히고 고개를 돌린다. 호흡이 가팔라지는 듯도 싶다. 혹시 이 또한 간절한 바람으로 인한 착각일까? 글쎄.

그날 이후로 나는 처음 하루 이틀은 복잡한 심사에 경황이 없기도 했지만 일정한 거리를 두고 떨어져 있는 여자를 어떻게 대하면 좋을지 몰라 전전긍긍하기 바빴다. 그러나 그런 날이 삼 일이 되고 나흘이 되고…… 칠 일째가 되자 더 이상 참을 수 없는 지경이 되었다.

이제는 여자와 함께 있는 좁은 공간에서 잠도 깊이 들지 못한다. 오늘도 나는 밤새 뒤척이다가 이른 시간에 깨어났다. 잠든 여자를 물끄러미 바라보다가 여자가 깨기 전에 얼른 집 밖으로 나왔다. 청명한 아침 공기를 폐 깊숙이 들이마셔도 좀체 답답함이 가시지 않는다. 이대로는 더 이상 못 견딜 것 같다. 숨이 막히고 무엇보다 여자와의 관계가 처음보다 더 멀어진 것 같아 마음이 아프다. 오늘은 무슨 일이 있어도 여자와의 이 서먹하고 불편한 관계를 어떻게든 바꿔보리라.

그러나 현실은 생각처럼 쉽지 않았다. 지난 칠 일 전보다는 많이 나아졌지만 여전히 여자는 내 시선을 피해 쭈뼛거리며 슬금슬금 주변을 돌아다녔다. 굳은 결심과는 달리 붉게 상기된 얼굴을 휙 돌려 버리는 여자를 보면 나도 쭈뼛거리게 되고 말았다. 그러면서도 매 순간 여자만 보면 그날 처음 맛본 여자의 붉은 입술의 감촉과 뜨겁던 숨결이 되살아나곤 했다. 여자를 바로보기가 너무 힘들었다.

뜻대로 되지 않는 내 자신과 거리를 두려는 여자의 행동에 날이 갈수록 가슴을 짓누르는 답답함은 점점 더 심해졌다. 입맛도 없어졌다. 어제저녁만 해도 잔뜩 잡아놓은 게를 반 이상이나 남겼다. 평소였다면 깨끗하게 해치웠을 양이었는데.

여자는 뒤따라 바로 일어났다. 집에서 나오자마자 잘 잤느냐는 인사 한마디를 웅얼거리고는 몸을 돌렸다. 나뭇둥걸에 앉아 어제 먹다 남은 게살을 바르기 시작했다. 그날 이후부터 식사준비는 여자가 도맡아하고 있다. 내가 물고기나 게를 잡아와 손질을 해주면 여자가 음식을 만든다. 도와주려고 해도 여자는 한사코 저 혼자 할 수 있다고 고집을 피웠다. 나보고는 편히 쉬고 있으란다. 음식 만드는 것은 자기 몫이라나? 아니, 대체 언제부터? 누가 시키기라도 했나?

여자가 제법 능숙하게 음식을 만드는 모습이 마음에 들기는 하지만 지금 이 상황에서는 결코 아니었다. 마치 어쩔 수 없이 함께 지내기는 하지만 내가 하는 만큼 본인도 하겠다는 것으로 느껴졌다. 나한테 도움을 받는 것이 끔찍하다는 듯. 철저하게 선을 긋고 생활하는 것 같았다. 생각할수록 울컥하지 않을 수 없었다. 몇 번이나 여자가 세워놓은 벽을 깨뜨려 보려고 했지만 고집이 웬만해야지. 나도 고집이 꽤 센 놈인데 어쩐 일인지 여자한테만은 맥을 못 춘다. 결국 나가떨어진 것은 내 자신이었다. 나는 삼 일 전부터 아예 손질만 해주고 멀찍이 떨어져 구경만 하고 있다.

여자는 지금 당장 하지 않으면 큰일이라도 나는 것처럼 고개를 푹 숙인 채 게살 바르는 일에만 열중하고 있다. 배도 고프지 않은데 뭘 저리 열심히 하나. 나 좀 봐주지. 나는 속으로 툴툴거리며 게걸음으로 은근슬쩍 여자에게 다가간다. 여자와의 간격이 좁아질수록 가슴이 쿵쾅거리며 요란하게 뛰어대기 시작한다. 뭘 했다고 손바닥이 땀으로 흥건하게 젖는다.

바스락.

"헉."

여자와의 간격을 몇 발자국 남겨놓고 젠장, 나뭇가지를 밟았다. 어제저녁 땔감으로 쓰고 남은 마른 나뭇가지 하나를 밟았을 뿐인데 그 소리가 어찌나 크게 들리는지 나는 기겁하듯 놀라고 말았다. 여자의 반응을 살펴볼 겨를도 없이 나는 얼굴을 시뻘겋게 물들이고 후다닥 내 자리로 돌아갔다.

결국 나는 여자 몰래 한숨을 내쉬고 뒷머리를 긁적이며 털썩 바닥에 주저앉아 버린다. 리사가 쪼르르 달려와 발을 툭툭 차며 장난을 건다. 요즘 여자와의 관계 이외에 달라진 것이 또 하나 있다면 바로 리사의 행동이다. 틈만 나면 달려들어 장난을 치거

나 이를 잡으려고 하는 행동에는 변화가 없지만 녀석이 여자 눈
치를 본다는 점이다. 내가 하도 여자 눈치를 보며 자꾸 밀어내
니까 녀석도 뭔가 느끼는 것이 있는 걸까? 하긴 눈치가 빠른 녀
석이니까. 뭐, 그도 오래가지는 않지만.

에라, 모르겠다.

나는 답답한 마음에 달려드는 리사와 한바탕 바닥을 뒹군다.
애초에 힘으로는 상대가 안 되는 녀석이라 땀 빼기에는 영 시답
지 않은 상대지만 그래도 녀석과 엎치락뒤치락하고 있으니 답
답함이 조금 가시는 듯하다. 모처럼 상대를 해주자 리사 녀석,
아주 좋아 죽는다. 신이 난 녀석의 울음소리가 고요한 아침을
들썩인다. 슬쩍 져주는 척하며 바닥에 등을 대고 누워버리자 기
가 산 녀석이 배와 가슴 위로 훌쩍 뛰어올라 와 방방 뛰어댄다.
나는 녀석에게 깔려 아침 준비를 하는 여자를 힐끔거린다.

헉, 시선이 마주쳤다.

흠칫, 여자가 어깨를 굳힌다. 여자가 시선을 피하려고 한다.

나 역시 시선을 돌리려고 했다. 그런데 갑자기 이게 뭐 하는
짓인가 하는 생각이 들면서 지금의 상황을 더 이상 참을 수 없
다는 생각이 들었다. 울화가 치민다. 내가 바란 것은 결단코 이
런 경직된 관계가 아니다. 여자와 스스럼없이 마주 보고 얘기를
나누고 싶다. 여자의 웃는 얼굴을 보고 싶다. 그리고 ……여자
의 입술을 다시 맛보고 싶다.

'그래, 그러자면 이대로 그냥 내버려 둬서는 절대 안 돼.'

갑자기 용기가 용솟음친다. 나는 마음을 단단히 먹고 눈에 있는 대로 힘을 준다. 재빨리 피하려는 여자의 시선을 잡아챈다. 심장이 더없이 벌렁벌렁거리고 전속력으로 섬을 열 바퀴 이상 뛴 것마냥 거세게 뛰어댄다. 나는 속으로 눈빛만은 흔들림없이 강렬하게 보이길 간절하게 기원한다.

바람대로 제대로 강렬한 눈빛이 만들어진 모양이다. 여자가 웬일로 시선을 돌리지 않는다. 오, 이게 얼마 만인가. 여자와 꽤 오랫동안 시선을 마주쳤다. 벌렁거리는 심장이 가슴팍 위에서 방방 뛰어대는 리사처럼 마구 뛰어댄다.

'좋았어! 아, 그런데 이제 어떻게 하지? 이 기회를 놓치면 안 되는데. ……에이, 모르겠다. 일단 부딪혀 보자.'

나는 좋아 죽는 리사를 멀찍이 내팽개치고 부리나케 자리에서 일어난다. 여자의 얼굴이 일어나는 나를 따라 위로 치켜 올라간다. 가슴이 쉴 새 없이 콩닥거리지만 나는 태연함을 가장하기 위해 온몸에 묻은 흙을 털어내는 시늉을 한다. 천천히 조심스럽게 여자에게 다가간다. 다가가는 동안 혹시라도 여자가 시선을 돌려 버릴까 봐 어찌나 겁이 나는지 심장이 바짝 조여든다. 눈에 너무 많이 힘을 줬나 보다. 눈꼬리에 바르르 경련이 일어나는 것 같다.

'참아야 한다. 참아야 한다, 콜튼. 눈이 튀어나오는 한이 있어도 참아야 한다. 참아, 콜튼 와이즈먼!'

주문을 외우는 동안 간신히 나뭇등걸에 앉아 있는 여자 앞에

서는 데 성공했다. 휴! 여자가 무슨 일이냐는 듯 속눈썹을 파닥
거리며 올려다본다. 빠르게 깜박이는 여자의 속눈썹의 움직임
에 따라 가슴이 가파르게 들썩거린다. 쿵쾅거리는 요란한 심장
박동 소리에 귀가 다 먹먹할 지경이다. 나는 혹시나 여자에게까
지 요란한 심장박동 소리가 들릴까 싶어 일순 숨을 멈춘다. 하
도 긴장한 탓에 뒷목이 뻐근하다. 근육까지 뻣뻣하게 굳었는데
목소리가 제대로 나와줄지 걱정이 된다. 나는 최대한 태연함을
가장하기 위해 목청을 힘껏 돋아본다.

"오늘 아침은 뭐야, 진?"

윽, 기껏 한다는 소리가 아침은 뭐냐고? 멍청한 콜튼 와이즈
먼. 게살 바르는 것을 빤히 보면서 이게 지금 가당키나 한 질문
이냐. 나는 멍청한 말을 생각없이 토해낸 입술을 부르터지도록
때려주고 싶었다.

멍청한 질문에 어이가 없었던지 간단한 질문임에도 불구하고
여자는 대답을 하지 않는다. 대신 눈을 동그랗게 뜨고 한참을
올려다보더니 갑자기 풋! 하고 웃음을 터트린다. 우와, 여자가
웃었다! 여자의 웃음을 보는 것도 이게 얼마 만이냐. 근 칠 일
만이다. 여자를 웃게 만든 것이 뭔지는 모르지만 어쨌든 여자가
웃으니 나도 덩달아 기분이 좋아졌다. 생각없이 입을 놀린 죄로
의기소침해 있던 입술이 금세 의기양양해져서 귀까지 헤벌쭉
벌어지려고 한다.

여자의 웃음에 고무된 나는 용기를 내서 더욱 큰소리로 말

한다.

"그건 어젯밤에 먹었던 거잖아. 다 식었을 텐데. 부, 불 지필
까?"

여자가 입을 틀어막고 자지러질 듯 웃어댄다. 응? 멍청한 질
문에 대한 반응치고는 여자의 웃는 모양새가 좀…… 과하다. 이
쯤 되자 여자를 웃게 만든 진짜 이유가 궁금하다. 뭘까? 혹시 리
사 녀석이 또 무슨 괴상망측한 짓을 하고 있나? 궁금함에 슬그
머니 뒤를 돌아본다.

이런, 나는 뜨끔해서 돌렸던 얼굴을 후딱 바로 돌린다. 생각
없이 뒤돌아본 것을 잠시 잠깐 후회했지만 적어도 여자를 웃게
만든 것이 리사가 아닌 것만은 확실하다. 리사 녀석은 갑자기
내팽개쳐진 것에 화가 나서 잔뜩 부어 있었다. 심통이 나서 나
를 아주 죽일 듯이 노려보고 있었다. 시선이 마주치자 녀석, 누
런 이를 드러내고 으르렁거리기까지 한다. 물론 제까짓 놈이 그
래 봤자 꺅꺅거리는 소리밖에는 내지 못하지만.

금세라도 달려들려는 듯이 몸을 웅크리는 리사에게 나는 궁
색한 미소를 지어 보인다. 화난 녀석이 무서운 것은 결단코 아
니다. 녀석이야 한입감이다. 내가 무서운 것은 간신히 잡은 기
회가 무산될까 봐.

'리사, 오지 마. 제발 거기 그대로 있어. 나중에 또 놀아줄게.
알았지?'

그럼에도 리사 녀석, 공격 자세를 풀지 않는다. 어쭈, 요것 봐

라. 이번에는 인상을 험악하게 만들고 눈을 부라려 보았다.

'어허! 말 안 들어? 너, 분위기 파악 못하고 정말 그럴래? 말 안 듣고 네 멋대로 행동하면 정말 다시는 안 놀아준다!'

다행히 이번에는 리사가 말귀를 즉각 알아들었다. 몇 번 분통이 터진다는 듯 꺅꺅거리더니 잔뜩 골난 표정으로 나를 째려보고는 획, 숲 속으로 뛰쳐 간다. 휴우, 절로 안도의 숨이 쉬어진다. 단단히 삐친 리사가 걱정되기는 하지만 지금 중요한 것은 리사가 아니다.

'자, 일단 리사 문제는 해결했고…… 이제 남은 것은 여자 문젠데……. 도대체 뭘 보고 웃은 걸까?'

궁금증이 가시지 않은 나는 여자를 힐끔힐끔 살핀다. 여자는 여전히 숨죽여 쿡쿡거리고 있다. 그러다 눈이 마주치자 헛기침을 하며 간신히 웃음을 가라앉힌다. 여자가 웃은 이유를 궁금해하는 표정을 읽었는지 여자가 웃음기 가득한 목소리로 나지막이 말한다.

"리사 때문에 웃은 거 아니에요."

그럼 왜? 눈치가 빠르기는 여자도 리사 못지않다. 아무 말 안 했는데도 여자는 내 표정만 보고 속마음을 읽어버렸다.

"콜튼, 당신 때문에 그래요."

"나?"

내가 뭘 어쨌기에?

나는 미간을 모으고 방금 전의 상황을 떠올려 본다. 내가 한 짓이라고는 고작 몸에 묻은 흙 좀 털어내고, 어정쩡한 걸음이긴 했지만 어쨌든 그냥 걸어서 여자 앞에 선 게 전부인데? 아, 멍청한 질문도 했지. 정말 그거 때문에 웃었나? 에이, 설마. 머리를 이리저리 굴려보지만 도무지 이거다 하고 떠오르는 것이 없다. 그러다 보니 괜히 몸이 움츠러들려고 한다. 윽, 콜튼 와이즈먼. 덩치는 커다래가지고 배포가 고작 이 정도밖에 안 됐었냐? 실망이다. 에휴, 그러나저러나 일단 궁금증은 풀고 보자.

"저기, 난 아무 짓도 하지 않았는데?"

목소리가 자꾸 작아지려고 한다. 이래선 안 되겠다는 생각에 일부러 목소리를 더 크게 지른다.

"풋! 바로 그…… 큭큭, 당신 목소리요."

목소리? 내 목소리가 어때서?

"바로 코앞에서 무슨 목소리를 그렇게 크게 질러요? 조용히 말해도 다 들리는데. 그리고 크게 말하려면 떨지나 말든지. 덩치에 안 맞게 떨기는 왜 그렇게 떨어요?"

"내, 내가 언제!"

"어머, 지금도 떨고 있잖아요. 쿡쿡."

초조한 것을 감춰볼 요량으로 언성을 높였건만, 이럴 수가……. 오히려 '나, 지금 엄청 떨고 있어요' 하고 고스란히 고백한 꼴이란 말인가. 이럴 줄 알았으면 그냥 작게 소곤거릴 걸 그랬다. 윽, 실수다. 삽시간에 얼굴로 피가 몰려든다. 부끄럽고 민망하다. 나는 벌겋게 달아오른 얼굴로 헛기침을 연방 쥐어짜

낸다.

"흠, 흠."

그 후로도 꽤 오랫동안 여자는 입을 막은 채 쿡쿡거렸다. 나는 벌겋게 달아오른 얼굴로 먼 산을 바라보며 헛기침만 해댔고.

민망한 순간이 지나고 여자의 웃음도 잦아들어 갈 무렵, 다행히 지난 칠 일간 여자와 나를 둘러싸고 있었던 서먹했던 분위기가 달라졌다. 완전히 긴장이 사라진 것은 아니었지만 그래도 좀 전보다는 훨씬 부드러워지고 자연스러워졌다. 잠시의 민망함으로 거둔 소득치고는 꽤 만족스러운 결과였다.

여자는 쿡쿡거리면서도 어느새 게살을 모두 발라냈다. 커다란 바나나 잎사귀에 하얀 게살이 소복이 쌓였다. 여자는 물에 깨끗하게 씻은 나머지 잎사귀 두 개에 발라낸 게살을 3등분하여 담기 시작했다. 말이 3등분이지, 사실은 반과 그 반의 반이다. 여자는 잎사귀 하나에 발라낸 게살의 반 이상을 담고 나머지 잎사귀 두 개에는 남은 양을 반으로 나눠 담았다.

게살을 나눈 여자가 파파야 두 개를 내민다. 깎아달라는 거다. 나는 팔뚝에 꽂고 있는 칼을 꺼내 익숙한 손놀림으로 파파야 껍질을 벗기고 먹음직스럽게 듬성듬성 잘라낸다. 파파야 하나를 다 자르고 나머지 하나를 집어 드는데 여자가 잘라낸 파파야 조각들을 모조리 게살의 반이 담긴 잎사귀 한 귀퉁이에 쓸어 담는다. 그리고 새로 잘라낸 파파야 조각들을 게살의 반의반씩을 덜어놓은 잎사귀에 나누어 담는다. 그리고는 부리나케 일이

나 집으로 뛰어들어 간다. 처음에는 왜 저러나 했지만 이제는 여자가 왜 집으로 뛰어들어 가는지 안다.

짐작대로 금세 밖으로 다시 나온 여자의 손에는 바나나 3개와 물주머니가 들려 있다. 여자는 잎사귀 하나마다 바나나 하나씩을 놓고 음식들을 내려다본다. 고개를 갸우뚱거린다. 뭔가 마음에 들지 않는 눈치다.

여자가 허리를 펴고 주변을 휘휘 둘러본다. 그러다 눈을 반짝이며 후다닥 풀숲으로 달려간다. 허리를 구부리고 한참 동안 풀숲을 뒤적거리더니 만개한 붉은 꽃을 잔뜩 꺾어 돌아온다. 흠, 이건 모르겠다. 갑자기 꽃은 꺾어서 뭘 하려는 걸까. 나는 의아함에 고개를 갸우뚱했다. 그러나 이내 어깨를 으쓱거리고는 파파야 즙으로 끈적거리는 칼을 깨끗이 씻어내는 데 열중했다.

아버지에게 물려받은 칼은 소중하게 관리하고 보관해야 한다. 단 하나뿐인 칼. 녹이 슬거나 부러지면 큰일이다. 칼이 없으면 과일을 따기도 힘들고 물고기 껍질도 벗기기 어렵다. 더욱이 언제 마주칠지 모르는 드라곤을 생각하면 칼은 반드시 있어야 한다. 침상 밑에는 오래전 아버지가 쓰시던 커다란 도끼도 한 자루 있다. 하지만 도끼는 내 팔 길이보다도 한 뼘가량 더 길고 날은 내 가슴 넓이만큼 커다랗기 때문에 칼처럼 항상 들고 다닐 수 없다.

나는 물로 깨끗하게 씻어낸 칼날에 물고기 기름을 발라 반질반질하게 윤기를 냈다. 손질을 마치고 칼을 하늘 높이 치켜들어

보았다. 칼날이 햇살에 부서져 예리하게 번뜩인다. 나는 흡족하게 미소 지으며 칼을 팔뚝에 단단히 꽂아 넣었다. 뒤를 돌아보니 여자는 양손을 허리에 걸친 자세로 잎사귀를 내려다보고 있다. 여자 역시 흡족한 미소를 짓고 있다.

여자는 뭘 보고 흡족하게 웃고 있는 걸까 궁금해진 나는 여자의 등 뒤로 다가가 어깨 너머로 잎사귀들을 내려다본다. 이런, 여자가 음식에 장난을 쳐놨다. 커다란 잎사귀는…… 울긋불긋한 꽃밭이 되어 있다.

하얗고 탱글탱글한 게살은 잎사귀 위쪽에 소담스럽게 놓여 있고 그 아래에는 각을 맞춘 파파야 조각들이 반듯한 모양을 이루며 모여 있다. 노란 바나나는 게살과 파파야 가운데에 길게 놓여 있다. 여기까지는 그다지 대수로울 게 없다.

문제는 그다음이다. 붉은 꽃들이 게살과 파파야 주변을 둘러싸고 있다. 꽃에 파묻혀 게살과 파파야가 보이지 않을 정도다. 그런데 그로도 모자랐는지 여자는 게살 한가운데에 떡하니 붉은 꽃 한 송이를 얹어놓았다.

'이게 뭐지? 이 꽃, 먹을 수 있는 거였던가?'

나는 재빨리 머리를 굴린다. 흠, 이 꽃은 아무리 생각해도 먹을 수 있는 음식이 아니다. 여자가 무슨 생각으로 먹는 것과 먹을 수 없는 것을 같이 놔두었는지 모르겠다. 혹시 이 꽃을 먹을 수 있으리라 생각했을까? 여자를 힐끗 쳐다본다. 여자는 뿌듯한 미소를 짓고 있다. 마치 자랑스러운 것마냥.

"예쁘죠? 에이, 그렇다고 그렇게 넋을 놓고 보기만 하면 어떻게 해요. 콜튼, 아침 먹게 리사 좀 불러줄래요?"

예쁘다고? 나는 생글거리는 여자를 바라보고는 다시 잎사귀를 내려다보았다. 예쁘다라……. 그래, 예쁘긴 하다. 꽃이니까 당연히. 그런데 왜 꽃을 먹을 음식에 꽂아두었느냐는 말이지. 여자 말마따나 꽃은 예쁘다. 예쁜 꽃은 두고 보거나 아니면 어머니처럼 머리에 꽂는 것이다. 아, 때로는 화관으로 만들어 쓰기도 한다. 그러나 아무리 예뻐도 먹지는 않는다. 아무거나 집어먹다가는 크게 낭패를 볼 수도 있다. 흠.

"진, 저기 물어볼 게 있는데……."

여자가 소라 껍질에 물을 하나씩 담아 쏟아지지 않도록 고정시키려 애를 쓰면서 건성으로 대답한다.

"뭐요?"

"저 꽃 말이야. 혹시 먹어본 적 있어?"

"응? 그게 무슨 말이에요, 콜튼?"

여자가 그게 무슨 말이냐는 듯 되레 반문한다. 그때까지 나는 먹음직스러운 게살과 파파야를 감싸고 있는 꽃에서 시선을 떼지 못하고 있었다. 그런 나를 보고 여자는 후훗, 웃음을 터트린다.

"에이, 꽃을 어떻게 먹어요. 뭐, 장미나 진달래, 국화 같은 꽃은 먹기도 하지만 이건 먹을 수 있는 꽃이 아니잖아요."

그러니까.

갑자기 뭔가가 생각난 듯 여자가 퍼뜩 놀라 눈을 휘둥그레 뜬다.

"아! 혹시 이거 먹을 수 있는 꽃이에요? 그래요? 어머, 어머. 어떻게 먹을 수 있어요? 그냥 생으로 따먹어도 되나요? 아님, 말려서 우려먹어야 돼요?"

이건 또 뭔 소리. 나는 미간을 찌푸리고 고개를 가로저었다.

"몰라. 하지만 내가 알기로는 이 꽃, 먹을 수 있는 음식이 아니야."

흥분하던 그녀가 금세 샐쭉해서 눈을 흘긴다.

"난 또. 혹시나 해서 괜히 좋아했잖아요. 이보세요, 미스터 와이즈먼. 꽃 좀 그만 보시고 얼른 리사나 불러오시죠. 아무리 예뻐도 먹을 수 없는 걸 먹으면 배탈나요. 약도 없는데 배탈나면 어쩌려고 그래요."

내 말이 그 말이거든! 어처구니없는 여자의 타박에 기가 막혀 말도 나오지 않는다. 여자는 뭐가 그리 좋은지 콧노래까지 흥얼거리면서 계속 꽃들을 꼼지락거리고 있다. 나는 먹지도 않을 거면 왜 음식에 꽃으로 장난을 쳐놨냐고 물어보려다가 입을 꾹 다문다. 모처럼 기분 좋아 보이는 여자의 기분을 상하게 하고 싶지 않다. 에라, 모르겠다. 나는 큰소리로 리사를 부른다.

단단히 토라져서 멀리 가버린 줄 알았는데 리사 녀석, 앙큼하게도 주변에서 어슬렁거리고 있었나 보다. 두어 번 부르자 녀석이 나무 뒤에서 얼굴을 삐죽 내민다. 눈이 마주치자 뜨끔한 표정의 얼굴이 나무 뒤로 쏙 들어간다.

"아침 먹자. 셋 셀 때까지 안 오면 내가 다 먹어버린다. 하
나…… 두울……."

셋을 세기 전에 녀석이 후다닥 나무 뒤에서 튀어나온다. 역시
아무리 화가 나도 배가 고픈 건 절대 못 참는 녀석답다. 그래도
쪼르르 달려오기는 좀 뭣한지, 녀석이 쭈뼛거리고 있다. 눈으로
는 음식 보랴, 골난 표정 지어 보이랴, 내 눈치 보랴……. 녀석,
아주 바쁘다, 바빠. 그 모양이 너무 우습고 귀여워 슬금슬금 웃
음이 비어져 나온다. 녀석과 눈이 딱 마주쳤다.

가슴 앞에서 팔짱을 끼고 검지를 까닥거렸다. 녀석이 마지못
한 척 엉덩이를 뒤로 쭉 빼고 슬금슬금 게처럼 옆으로 걸어온
다. 그 모습에 웃음이 빵 터졌다.

"푸하하하. 리사, 너 뭐냐? 네가 게냐? 킥킥."

숲이 들썩일 정도의 큰 웃음소리에 녀석이 무안했던지, 그 자
리에 딱 멈춰서 움직이지 않는다. 아예 주저앉아서 기다란 양팔
로 푹 숙인 얼굴을 감춘다.

"리사."

아까 약속한 것도 있고, 불쌍해 보이기도 해서 나름 생각해서
최대한 부드럽게 불렀건만, 녀석이 얼굴을 들지 않는다. 이번에
는 좀 엄하게 불러본다.

"리사!"

녀석의 얼굴이 번쩍 들린다. 역시 녀석은 엄하게 대해야 말을

듣는다. 부드럽게 대해주면 이때가 기회다 싶은지, 겁도 없이 기어오르거나 제멋대로 하려고 한다. 그럴 때 귀엽다고 한두 번 봐주면 안 된다. 위계질서가 무너진다.

"좋게 말할 때 빨리 튀어와."

웃음기를 싹 지우고 눈을 부라리자 녀석, 아니나 다를까. 꽁지 빠지게 달려온다. 크크크. 그제야 나는 싱긋 웃으며 허겁지겁 달려온 녀석의 머리를 쓰다듬어 준다.

각자 나뭇등걸 하나씩을 차지하고 빙 둘러앉았다. 여자가 만족스러운 표정으로 각자 앞에 장난친 음식들을 내려놓았다. 슬슬 배는 고파오는데 선뜻 바닥에 놓인 음식에 손이 가지 않는다. 난감하다. 꽃을 먹으라고 준 것은 아니라니까 걱정 하나는 내려놓았지만 꽃을 어떻게 처리하고 음식을 먹어야 될지 판단이 서지 않는다. 이유는 알 수 없지만 여자가 신경 써서 꽂아둔 것만은 확실한데 말이지. 나는 곁눈질로 여자를 힐끗거린다.

엥?

여자는 흐뭇하게 웃으며 기껏 꽂아놓은 꽃을 옆으로 치우고 맛나게 게살을 먹고 있다. 이럴 때 보면 여자의 행동은 정말 이해 불가능이다. 저렇게 치워놓고 먹을 것을 왜 힘들게 꺾어서 괜히 음식을 더럽게 만드는 걸까. 저 조그만 머릿속에 뭐가 들어 있을까 정말 궁금하다.

어쨌든 꽃의 처리 방법을 알았으니 이제 남은 것은 신나게 먹는 일만 남았다. 나는 여자가 하는 양을 따라서 게살 위에 놓인 꽃을 조심스럽게 빼냈다. 순간, 시선 끝에 음식으로 손을 뻗는 리사가 보였다. 아차, 녀석한테도 일러줘야 하는데. 저러다 꽃까지 다 먹어치우는 거 아니야? 나는 리사를 말리기 위해 얼른 손을 들어 올렸다…… 가 내렸다.

이내 리사 주변으로 떨어지는 붉은 꽃들이 보였기 때문이다. 리사는 꽃을 덥석 집어 킁킁 냄새를 맡아보고는 미련없이 바닥으로 집어 던졌다. 금세 꽃들을 죄 내다 버린 리사는 커다란 입을 히쭉 벌리며 게걸스럽게 게살과 파파야를 먹어치우기 시작했다. 괜한 걱정을 했군. 너털웃음을 흘린 나는 그제야 편한 마음으로 게살을 한 움큼 집어 입에 넣었다. 우걱우걱 씹어 꿀꺽, 삼키고 소라 껍질에 담겨 있는 물을 마셨다. 전방에 여전히 꽃을 집어 던지면서 꾸역꾸역 음식을 입에 쓸어 담고 있는 리사와 그런 리사를 보며 어쩔 수 없다는 듯 고개를 살레살레 흔들며 웃음을 참고 있는 여자가 보인다.

소라 껍질 뒤로 웃음기 가득한 여자의 눈과 시선이 마주쳤다. 여자는 가는 손가락으로 게살을 앙증맞게 집어 입에 넣는 척하며 입을 가리고 속삭인다.

'리사는 역시 원숭이예요, 그죠? 꽃의 아름다움을 감상할 줄 모른다니까요.'

속삭임이 아니라 정확히 말하자면 뻐끔거림에 불과했지만 나는 용케도 여자의 말을 다 알아들었다. 나는 동의한다는 듯 열심히 고개를 끄덕인다. 하지만 그 끄덕임은 여자의 뻐끔거림이 아닌 리사의 행동에 대한 끄덕임이었다. 기껏 좋아진 분위기만 아니었다면 나도 리사처럼 꽃들을 몽땅 내버렸을 것이다. 여자의 눈치를 살필 필요 없이 멋대로 행동하는 리사가 부럽기는 지금이 처음이다.

아, 오늘따라 감칠맛나는 게살과 상큼 달콤한 파파야 맛이 너무 떫다. 나는 연신 여자를 따라 검지와 엄지로 꽃들을 조심스럽게 집어 옆으로 치우며 겨우 식사를 마쳤다. 정말 예상치 못한 고된 아침 식사였다. 잠깐, 그런데 앞으로 계속 이러면 어떡하지? 으, 제발 진.

✳

저녁 식사를 하기 전에 나는 숲을 둘러보기 위해 혼자 숲으로 들어갔다. 여자가 따라오려고 했지만 이번만큼은 여자를 데리고 들어가지 않았다. 오늘 숲을 둘러보려는 이유는 드라곤의 흔적을 찾기 위해서다. 한동안 잠잠했지만 얼추 시기를 따져 보니 이제 곧 녀석이 움직일 시기가 됐다. 나는 녀석의 흔적을 찾기 위해 숲 속 깊은 곳까지 들어가 풀숲을 들썩여 바닥을 살피고 잎사귀와 나뭇등걸의 냄새를 맡았다.

다행히 녀석의 비린내는 나지 않았다. 아직 녀석이 활동을 시작하지 않았다는 뜻이다. 드라곤은 꽤 오랜 시간 칩거를 하는 만큼 한번 사냥에 나서면 엄청난 양의 동물들을 먹어 치운다.

특히, 드라곤은 원숭이를 좋아한다. 하지만 눈치가 빠르고 몸놀림이 잽싼 원숭이들은 결코 쉬운 사냥감이 아니다. 그래서 녀석은 원숭이 사냥에 실패하면 닥치는 대로 다른 작은 동물들을 잡아먹는다.

몇 번 녀석이 사냥하는 것을 본 적이 있다. 녀석은 거대한 몸집에 비해 몸놀림이 상당히 빠르다. 한번 포착한 사냥감을 웬만해서는 놓치는 법이 없다. 소리없이 다가가 눈 깜짝할 사이에 커다란 몸으로 사냥감을 꽁꽁 휘어 감는다. 그러면 사냥감은 대부분 질식하거나 뼈가 으스러져 죽고 만다.

그 후에 드라곤은 사냥감을 한입에 꿀꺽 삼켜 버린다. 다른 동물들에 비해 제법 몸집이 있는 원숭이도 다를 바 없다. 녀석의 아가리는 믿을 수 없을 만큼 크게 벌어진다. 아무리 큰 동물일지라도 통째로 머리부터 야금야금 삼켜 버린다. 그렇게 녀석의 뱃속으로 들어간 동물들은 녀석이 칩거하는 동안 양분으로 쓰인다. 피치 섬의 동물들 중에 드라곤에 대적할 만한 동물은 하나도 없다. 물론 나는 예외다.

녀석은 나를 두려워하기도 하지만 한편으로는 가장 탐내고 있기도 하다. 피치 섬에서 녀석 다음으로 가장 덩치가 큰 동물이 나이기 때문이다. 부모님이 살아 계실 때는 녀석이 가장 탐내는 먹잇감은 아버지였다. 그다음이 어머니, 마지막이 나였다. 아버지는 녀석으로부터 어머니와 나를 보호하기 위해 한시도 경계를 게을리하신 적이 없으셨다. 아버지는 녀석과 맞서 싸우기보다 피하는 방법을 선택하셨다. 힘이 없는 어머니와 나를 보호하기 위해서는 어쩔 수 없는 선택이셨으리라. 아버지는 숲에서 녀석의 흔적을 발견하면 그 즉시 식량과 물을 잔뜩 준비하셨다. 도르래를 이용해 가장 높은 나무 위로 식량과 어머니, 나를 안전하게 대피시킨 다음, 도끼를 등에 매고 나무 위로 올라오셨다. 녀석의 사냥이 끝날 때까지 내게는 칼을 들게 하시고, 당신은 도끼를 들고 녀석을 경계하셨다.

아버지가 돌아가신 후, 나 역시 녀석이 사냥에 나설 때마다 같은 방법을 선택했지만 어머니가 돌아가신 후로는 방법을 바꿨다. 나는 녀석을 이길 자신이 있다. 이긴 경험도 있다. 그럼에도 내가 녀석을 내버려 두는 이유는 어머니의 말씀 때문이다. 어머니는 말씀하셨다. 드라곤 또한 피치 섬의 일원이며 가슴 아픈 일이기는 하지만 드라곤의 사냥은 먹이사슬에 의한 자연의 법칙일 뿐이라고. 사람이 그 자연의 법칙을 인위적으로 망가트려서는 안 된다고 하셨다.

나는 오늘날까지 어머니의 말씀을 잘 따라왔다. 녀석이 나를 공격하지 않는 이상, 나도 녀석을 공격하지 않는다. 하지만 이제 상황이 바뀌었다. 어쩌면 나는 녀석을 공격할지도 모른다. 아니, 녀석을 죽일지도 모른다.

여자가 있는 이상.

나는 한순간도 여자를 두려움에 떨게 하고 싶지도 않다. 겁 많은 여자에게 드라곤의 존재를 알게 하고 싶지 않다, 어떠한 경우에도 여자를 위험에 빠트리지 않을 것이다. 여자는 어머니와 다르다. 먹이사슬이나 자연의 법칙 따위로 생명을 위협하는 존재를 이해하고 받아들일 리 없다. 녀석의 사냥이 시작된다면 나는 반드시 여자가 드라곤을 보기 전에 녀석을 처치해 버릴 것이다. 이번에는 반드시.

다행히 놈에게도 약점은 있다. 바로 녀석의 냄새다. 사방으로 진동하는 역겨운 비린내. 그 비린내가 약점이랄 것까지는 없지만 녀석에게 대항할 힘이 없는 동물들에게는 아주 유용하다. 일종의 경보 역할을 해주기 때문이다. 소리도 없이 다가오는 놈에게서 미리 도망칠 수 있는 일종의 경보.

그래서 드라곤이 출몰하면 숲의 공기가 변하고 냄새가 변하고 소리가 변한다. 평온하던 공기의 흐름이 긴장감으로 팽팽하게 당겨지고 푸르고 향긋하던 내음은 비릿하게 변한다. 하루 종일 노래를 불러대던 골든체리 모란앵무새의 울음소리도 더 이상 들리지 않게 된다. 장난이 심한 원숭이들의 아우성 소리도 이때만큼은 들리지 않는다.

그러나 지금 숲은 여전히 평화롭고 향긋하며 여러 동물들의 울음소리로 요란하다.

아직은 아니다.

나는 안도의 숨을 내쉬며 천천히 집으로 돌아간다.

✳

걱정거리가 사라진 내 머릿속은 온통 여자 생각뿐이다. 여자와 함께할 저녁 식사 생각에 나는 잔뜩 들뜬 마음으로 집으로 돌아왔다. 또 꽃이 등장할까 봐 살짝 걱정이 되기는 했지만.

그런데 여자가 어디에도 보이지 않는다.

어디 갔을까.

나는 집 안 구석구석을 살펴봤다. 좁은 집 안에 있는 거라고는 침상밖에 없어 굳이 살펴볼 것도 없었지만. 혹시나 싶어 침상 아래까지 살펴봤다. 침상 아래에는 번쩍이는 도끼밖에 보이지 않았다.

혹시 또 꽃을 따러 갔을까?

나는 아침에 여자가 꽃을 땄던 장소로 서둘러 뛰어갔다. 사방을 둘러보고 수풀을 헤치며 깊이 들어가 봤지만 흐드러지게 핀 꽃들 외에는 개미 새끼 한 마리도 보이지 않았다. 드래곤의 흔적을 살피고 온 후라 그런지 갑자기 사라진 여자 걱정에 가슴이 철렁한다. 두려움을 동반한 막연한 걱정이 스멀스멀 발바닥을 통과해 빠르게 심장으로 스며든다.

"진! 진!"

목이 터져라 여자의 이름을 부른다. 그러나 돌아오는 것은 숲의 울부짖음과 공허한 메아리뿐이다.

"리사! 리사!"

혹시 싶어서 대답없는 여자 대신 서둘러 리사를 불러본다. 분명히 여자 옆에 꼭 붙어 있으라고 단단히 일러놓고 갔는데! 행방이 묘연한 여자와 달리 리사는 부르자마자 금세 어디선가 쪼르르 달려온다. 와락 안기는 녀석의 어깨를 득달같이 부여잡고 고함을 지른다.

"리사, 왜 너 혼자야? 진…… 진은 어디 있지?"

저절로 목소리가 떨려 나온다. 내가 들어도 겁을 잔뜩 집어먹은 목소리다. 드라곤의 사냥 시기가 아직 시작되지 않았음을 확인하고 왔음에도 불안하다. 혹시나 여자에게 무슨 일이 생겼을까 봐 겁이 난다. 피치 섬에서 여자를 위험에 빠트리게 할 수 있는 것은 드라곤 이외에는 아무것도 없음에도 불구하고.

처음에는 분위기 파악을 못하던 리사가 금세 긴장된 분위기를 감지하고 더 이상 펄쩍거리지 않는다. 까만 눈동자를 깜박거리며 손을 뻗어 창백하게 변한 뺨을 쓸어내린다. 두려움에 떨고 있는 내 모습이 생소한 모양이다.

꺄…… 꺄…….

나는 뺨을 쓸어내리는 리사의 손을 움켜잡고 버럭 소리친다. 녀석의 손길은 전혀 도움이 되지 않는다.

"리사, 여자는 어디 있지? 여자가 없어. 어디에도 없다구!"

아무리 다그쳐도 리사는 두 눈만 멀뚱거릴 뿐이다. 답답하다. 아무래도 녀석도 여자가 어디로 갔는지 모르는 모양이다. 나는 리사를 내팽개치고 다시 주변을 샅샅이 뒤지기 시작한다.

어디 갔을까. 대체 어디로…….

머리를 쥐어짜 내지만 여자가 혼자 갈 만한 곳이 떠오르지 않는다. 얼마 전부터 숲을 둘러보고 다녔다지만 아직은 여자 혼자 숲으로 들어가기에는 무리다. 어디가 어딘지, 방향도 제대로 모르는 여자가 아닌가.

"혹시…… 호수에 갔을까?"

번뜩 호수에 생각이 미친다. 이와 벌레를 운운했던 날 이후로 여자는 하루도 빠짐없이 호수에서 몸을 씻고 있다. 여자는 나 못지않게 씻는 것을 무척 좋아한다. 낮이나, 밤이나……. 그러고 보니 오늘은 여자를 호수에 데려가지 않았다. 아차 싶다. 나는 성마르게 머리를 쓸어 올렸다. 식은땀이 배어난 이마가 끈적거린다.

'호수라……. 젠장.'

호수는 숲에서 가장 깊은 곳에 위치하고 있다. 아무리 매일 갔다 해도 여자 혼자 찾아가기는 무리다. 게다가 나는 숲을 구경시켜 줄 요량으로 매번 다른 길로 여자를 데리고 갔다. 여자가 길을 알 턱이 없다. 불가능하다. 만약 여자가 어림짐작으로 호수를 찾아갔다면? 여자는 길을 잃었을 것이 분명하다.

젠장, 젠장.

드라곤이 나타나지 않은 이상 숲 속에서 길을 잃었다 하더라도 크게 위험할 것은 없다. 하지만 길을 잃었다는 것을 알면 여자가 얼마나 당황할까. 가도 가도 끝이 보이지 않는 길을 걸으며 여자는 점차 두려움에 빠질 것이다. 곧 있으면 해까지 진다.

숲의 어둠은 일찍 찾아온다. 어둠 속에서 길을 잃은 여자가 지금 어디선가 두려움에 벌벌 떨며 울고 있을지 모른다!

눈앞에 하얗게 질려 바들바들 떨고 있는 여자의 모습이 그려지자 눈이 뒤집힌다. 나는 쏜살같이 숲으로 뛰어들어 갔다. 뒤에서 리사가 꺅꺅거리며 부리나케 쫓아와 손목을 잡아챈다.

"놔, 리사! 여자가, 진이……."

꺅꺅꺅!

있는 힘껏 뿌리치는데도 웬일인지 리사가 좀처럼 떨어지지 않는다. 단단히 손목을 움켜쥐고 대롱대롱 매달려 발버둥을 친다. 그러나 여자 걱정에 눈이 뒤집힌 내 눈에는 리사의 모습이 제대로 보이지 않는다. 다급하게 외쳐 대는 리사의 외침조차 제대로 들리지 않는다.

"이 녀석이, 너 정말 왜 이래!"

목에 핏대를 세우고 있는 대로 고함을 친다. 그에 지지 않는 리사의 우렁찬 외침이 겹쳐진다. 녀석의 행동이 평소와 너무 다르다. 답답하다는 듯 원망스럽다는 듯, 안타깝다는 듯한 눈빛으로 나를 바라보고 있다. 리사? 그제야 녀석이 뭔가를 말하고 싶어한다는 것을 알아챘다.

"리사, 여자가 어디 있는지 알고 있어?"

녀석의 어깨를 움켜잡고 다그친다. 어린놈이 한숨을 푹 내쉬며 떨떠름한 표정으로 손가락을 들어 올린다. 리사의 손가락이 가리키는 방향으로 얼굴을 들어 올린다. 호수와는 반대 방향이다. 동쪽? ……동쪽이라면!

"바다? 리사, 여자가 바다로 갔어?"

꺅꺅.

대충 고개를 끄덕이는 리사를 뒤로하고 동쪽으로 뛰어간다. 높다랗게 자란 잎사귀들을 쳐낼 생각도 하지 못한 채 그대로 내달린다. 얼굴에 잎사귀들이 칼날처럼 스치며 지나간다. 베일지도 모르지만 상관없다. 지금은 오로지 여자를 빨리 찾아야 한다는 생각밖에 나지 않는다.

전속력으로 달린 덕분에 나는 순식간에 바닷가에 도착했다. 폐가 터질 듯 턱까지 숨이 차올랐지만 그마저도 무시했다. 나는 해가 지는 백사장을 뛰쳐나가 여자를 소리쳐 불렀다.

"진! 어디 있어!"

순간적으로 리사의 말을 잘못 알아들었나 하는 생각이 든다. 맞은편 끝까지 한눈에 보이는 백사장 어디에도 여자의 모습이 보이지 않는다. 그럴 리가 없는데! 흔들리는 시선으로 사방을 이 잡듯이 훑는다. 몸은 이미 반쯤 숲으로 돌아가 있다.

"……!"

보랏빛으로 물들어가는 백사장 한가운데에 눈에 익은 물건이 보인다. 시야에 잡힌 물건이 머리에 인식되기도 전에 몸이 먼저 튀어나간다. 단숨에 물건이 놓여 있는 장소에 다다랐다.

색이 바랜 이파리 더미 위에 얌전하게 놓여 있는 진갈색의 코코넛 뚜껑 두 개. 여자의 옷이다!

허겁지겁 여자의 옷을 집어 들었다. 뜀박질을 멈추자 기침이 각혈하듯 목구멍을 치밀고 올라왔다. 나는 얼굴이 벌겋게 달아오를 정도로 미친 듯이 기침을 해대며 여자의 이름을 소리쳐 불렀다. 온몸에서 흘러내린 땀방울이 비처럼 모래사장을 적신다.

"진!"

그토록 소중하게 여기는 옷을 벗어 던지고 여자는 어디로 간 걸까. 설마, 바다?

나는 허리를 꺾고 거친 숨을 몰아쉬면서 끝없이 펼쳐진 바다를 샅샅이 훑는다. 그러나 노랗고 붉은빛으로 변해가는 바다 어디서도 여자의 모습은 보이지 않는다. 하긴, 여자는 수영을 하지 못한다. 기껏해야 발장구를 치는 정도다. 그런 여자가 깊은 바다까지 들어갔을 리 없다.

바다를 노려보던 나는 고개를 가로젓고 시선을 돌린다. 다시 한 번 백사장의 끝과 끝을 번갈아 살핀다. 옷을 여기에 벗어뒀다면 멀리 갔을 리가 없는데. 근처 어딘가에 있는 것이 분명한데! 어디로 갔을까. 대체 어디로!

그때였다. 두리번거리는 시선 끝에 총천연색으로 빛나는 바다 한가운데서 동그랗고 자그마한 물체가 둥실 솟구쳐 오르는 것이 보였다. 오른쪽으로 돌아가려던 얼굴이 잽싸게 바다를 향해 돌아갔다. 눈을 가늘게 뜨고 솟구쳐 오른 물체를 노려본다. 수면 위로 솟구쳐 올라온 동그란 물체는 한가롭게 둥실둥실 떠 있다. 파도가 밀려오자 둥실 떠 있던 동그란 물체는 넘실넘실 춤까지 추어댄다. 저게…… 뭐지?

온 신경을 눈에 집중시키자 점차 둥그런 물체가 또렷하게 보이기 시작했다. 또렷해진 물체가 노랗고 붉은 노을의 역광에 빙그르르 옆으로 방향을 돌린다. 물체의 앞모습이 드러났다.

헉!

나는 폐가 끊어질 듯 연거푸 튀어나오는 숨을 일순 멈추고 숨을 들이켰다.

여자였다! 여자……. 바로 나의 진!

눈으로 보면서도 나는 믿을 수 없었다. 어찌 믿을 수 있겠는가. 물에 빠져 죽을 뻔했던 여자가, 수영을 못한다는 여자가 물고기처럼 바다에서 헤엄치고 있는데! 파도 위에서 덩실덩실 춤을 주고 있는데…….

믿을 수 없는 눈앞의 광경에 경악할 정도로 놀라면서도 나는 그 광경에 홀린 듯 빠져 들어갔다. 넋을 잃고 바다에서 노는 여자를 바라보았다. 숨 막히던 두려움과 걱정은 어디론가 빠르게 사라졌다. 대신 그 자리를 빠르게 치고 들어온 생각은 단 하나.

'아름답다!'

노란빛과 보랏빛을 넘나들며 붉게 타오르는 노을 속에서 여자는 누가 더 아름다운가를 내기라도 하듯이 그 어느 때보다 아름다웠다. 눈부시도록 찬란하게 빛나고 있었다.

여자의 아름다움을 시샘이라도 하듯 파도가 크게 밀려온다.

여자는 올 테면 와보라는 듯 부드럽게 훌쩍 파도를 타고 뛰어넘는다. 부서지는 파도에 시야가 가렸는지 여자가 얼굴을 쓸어내리며 까르르 웃는다. 여자의 맑고 청아한 웃음소리가 쓰르르 척, 쏴아. 밀려왔다 밀려가는 파도 소리에 실려 백사장까지 밀려온다. 거칠었던 숨이 점차 서서히 가라앉아 간다. 바다에서 한 마리의 돌고래처럼 뛰어노는 여자를 바라보는 동안 가라앉아 가던 숨은 다시 고요하게 멎어간다.

그렇게 얼마나 오래 있었을까. 마침내 붉게 빛나던 노을이 바닷속으로 가라앉고 대신 희뿌연 어둠이 하늘을 뒤덮기 시작한다. 시시때때로 노란빛으로, 붉은빛으로, 또 보랏빛으로 물들던 여자의 둥근 머리도 까만 어둠에 가려졌다가 고개를 들이미는 달빛을 받아 하얀빛으로 되살아난다.

새로이 솟아난 달의 정기를 모두 빨아들일 셈일까? 여자가 하늘을 향해 얼굴을 들어 올리고 숨을 크게 들이마신다. 마음껏 달의 정기를 흡수한 여자의 입술에 만족스러운 미소가 어린다. 그 미소에 작동을 멈춘 심장이 급작스럽게 펄떡이기 시작한다. 스스로의 거친 심장박동 소리에 깜짝 놀라 순간적으로 눈이 깜박인다. 첨벙 소리가 난다. 내려오던 눈꺼풀이 득달같이 다시 밀려 올라간다. 이런, 여자가 보이지 않는다. 뿌연 달빛이 찰랑거리는 바다뿐이다. 사라졌던 두려움이 다시 엄습한다. 눈이 부릅떠진다. 몸이 저절로 앞으로 튕겨 나간다.

순간, 사라졌던 여자가 다시 모습을 드러낸다. 달빛을 무색하게 만드는 환한 여자의 미소에 튕겨 나갔던 몸이 움찔 멈춘다. 여자가 다시 크게 숨을 들이마신다. 다시 한 번 첨벙 소리가 나고 여자가 까만 바닷속으로 모습을 감춘다. 이번에는 눈도 깜박이지 않고 여자가 떠 있던 바다의 한 지점만을 노려본다. 자동적으로 튀어나가려는 근육을 부여잡는다. 다음 순간 나는 다시 한 번 믿을 수 없는 광경과 접한다. 바다 밑으로 사라진 둥근 머리 대신 만월처럼 둥근 엉덩이가 수면 밖으로 불쑥 튀어나온 것이다. 촉촉한 물기를 머금은 뽀얀 엉덩이. 그 또한 금세 바닷속으로 사라지고 말았지만 나는 여전히 눈을 깜박이지 못한다. 부릅떠진 눈만큼 입이 쩍 벌어져 있다는 것을 깨달은 것은 그로부터 한참이 지난 후였다.

바다가 다시 고요해졌다.

쓰르르르, 척. 쓰르르르 척.

사라라락, 사라락. 사라라락, 사라락.

쉼없이 파도가 밀려왔다 밀려가고 멀리서 바람에 흔들리는 나무 이파리 소리가 아련하게 들려온다. 현실임이 분명한데 도무지 현실 같지가 않다. 꿈을 꾸고 있는 것만 같다. 나는 지금 꿈을 꾸고 있는 것일까? 나는 몽롱한 상태로 눈도 깜박이지 않고 여자가 사라진 검푸른 바다만을 응시한다. 그렇게 해야만 마치 꿈에서 깨지 않는 듯.

[푸하.]

현실 같지 않은 몽롱한 공간에 여자가 불쑥 모습을 드러낸다.

꿈이라면 깨지 않기를 바라는 미련한 마음을 비웃듯이 여자가 아까보다는 훨씬 가까운 바다에서 솟아올라 왔다. 여자의 얼굴이 보다 또렷하게 보인다. 붉은 입술에서 터져 나오는 가쁜 숨까지 고스란히 느껴진다. 달빛에 반짝이는 여자의 활짝 웃는 아름다운 얼굴도 손에 잡힐 것 같다. 아, 꿈이 아닌가? 나는 정신을 차리기 위해 눈을 질끈 감고 머리를 좌우로 세차게 뒤흔든다. 숨을 크게 들이쉬고 천천히 눈꺼풀을 들어 올린다. 아, 꿈이 아니다! 이제 알겠다. 물기에 젖은 파르스름한 머리통과 촉촉하게 젖은 눈망울, 가쁜 숨을 몰아쉬며 동시에 해맑게 미소 짓느라 활짝 벌어진 붉은 입술이 또렷하게 보인다. 현실을 자각한 심장이 미친 듯이 뛰기 시작한다. 미친 심장박동에 시야가 다시 몽롱해지려고 한다.

하늘을 향했던 여자의 얼굴이 정면을 바라보는 순간, 여자의 젖은 시선과 몽롱한 나의 시선이 만났다. 아이마냥 행복하게 웃던 여자의 얼굴에서 미소가 빠르게 사라진다. 눈이 커다래지고 미소가 사라진 얼굴이 딱딱하게 굳는다. 가쁜 숨을 몰아쉬던 여자의 숨이 멈춘다. 덩달아 나까지 호흡을 멈춘다. 미친 듯이 뛰어대던 심장이 우뚝 작동을 멈춘다.

우리는 그렇게 서로에게서 시선을 떼지 않고 서로를 한참 동안 뚫어지게 응시했다. 서서히 굳어 있던 여자의 얼굴이 미세하게 움직이기 시작한다. 하얗게 질려 있던 얼굴도 붉게 상기되기 시작한다. 슬쩍 시선을 피한다. 그러나 더 이상의 움직임은 없다. 여자는 턱 끝까지 몸을 담그고 꼼짝하지 않는다. 그저 젖어서 번들거리는 붉은 아랫입술을 살짝 깨물 뿐이다. 죄지은 아이처럼 웅얼거린다.

"어, 언제부터 와 있었어요? 나, 여기 있는 건 어떻게 알았어요?"

대답을 해야 하는데 말이 나오지 않는다. 혀까지 굳어버린 모양이다.

"너무 더워서 잠깐 몸만 식히고 돌아가려고 했는데……."

여자의 시선이 어둠에 묻힌 허공을 훑는다.

"이렇게 늦은지 몰랐어요."

"……."

"콜튼? 저기…… 혹시 화났어요?"

화났냐고? 글쎄, 모르겠다. 나는 솔직히 지금 이 상황이 내가 화를 낼 만한 상황인지, 아닌지 판단이 서지 않는다. 검푸른 바다와 희뿌연 달빛 아래 꿈처럼 빛나고 있는 여자에게 홀린 나는 이미 이성이 마비된 상태다.

내가 아무 말도 하지 않자 여자는 내가 화가 많이 났다고 생각된 모양이다. 쭈뼛거리며 변명을 늘어놓는다.

"아무 말도 안 하고 혼자 와서 화났어요? 그게요, 그러려고 그런 게 아니라…… 당신이 혼자 숲으로 들어가고 나니까 좀 무섭고 심심하더라고요. 아, 덥기도 하고요. 그래서 당신이 오기 전까지만 잠깐 물에 들어갔다 오자 그랬거든요. 처음에는 호수에 가려고 했는데…… 호수로 가는 길을 도저히 모르겠는 거예요. 그래서 하는 수 없이……."

여자는 슬금슬금 눈치를 살피며 계속 예쁜 입을 움직인다.

"다행히 바다로 가는 길은 쉽게 찾을 수 있었어요. 그래서……."

여자의 긴 변명이 노랫소리처럼 들린다. 나는 넋을 놓고 그녀의 조잘대는 노랫소리에 심취한다. 그러다 아주 잠깐, 여자가 너무 오랫동안 차가운 바닷속에 몸을 담그고 있다는 생각이 든다. 여자의 뽀얀 얼굴색이 투명하리만치 새하얗게 질려 있다.

"……그만 나와. 너무 오랫동안 물속에 있으면 안 돼. 그러다 감기 걸려."

귓가에 들리는 목소리가 내 목소리 같지 않다. 생소한 목소리다. 바닥에 깔리듯 낮게 가라앉은 데다가 힘이 하나도 없다. 그렇다고 마냥 축 처져 있는 것은 아니다. 가라앉은 목소리에 묘하게 들뜬 흥분이 깃들어 있다.

처음 듣는 생소한 목소리는 여자에게도 생소한 모양이다. 더욱 어쩔 줄 모르며 눈치를 살폈다.

"이제 그만 나와, 진."

여전히 생소한 목소리. 여자는 선뜻 나오지 못하고 주저한다. 아랫입술을 잘근잘근 깨물더니 조심스럽게 입을 연다.

"안 그래도 나갈 생각이었어요. 그런데……. 어, 콜튼, 미안하지만 뒤로 좀 돌아서 있어줄래요?"

여자의 망설이는 말투와 간절한 눈빛에 몸이 저절로 꿈틀 움직인다. 자동적으로 몸이 뒤로 돌아간다. 어? 그런데 느낌일 뿐이었나 보다. 눈앞에 여전히 당황한 여자의 얼굴이 보인다. 어쩐 일인지 몸이 말을 듣지 않는다. 당황스럽다. 왜 이러지? 인상을 쓰고 꼼짝 않고 서 있는 다리를 힐끗 내려다본다. '다리야, 제발 움직여라' 명령을 내린다. 그러자 거짓말처럼 뇌가 다른 방향으로 빠르게 움직이기 시작한다. 아니, 어쩌면 뇌가 아닌 가슴속 깊은 곳에 숨어 있던 또 다른 마음일지 모르겠다. 좀 더 엉큼하고, 좀 더 솔직한……. 고개를 들이민 또 다른 마음이 빠르게 나를 지배하기 시작한다. 나는 꼼짝 않고 서서 여자만을 뚫어지게 바라본다. 내 시선에서 여자를 단 한순간도 벗어나게 하고 싶지 않다는 생각만 가득하다.

입이 저절로 열리고 제멋대로 말이 튀어나간다.

"아니. 돌아서지 않겠어. 앞으로 널 내 시선에서 한시도 떨어트리지 않을 거야. 그냥 나와, 진."

"……!"

"직접 들어가서 널 안고 나오기를 바라나? 그렇게 되면…… 미안하지만 그냥 순순히 놔줄 자신이 없는데? 네가 아무리 발버둥 치고 밀어내도 저번처럼 그냥 놔주지 않을 거다. 더 이상은 참지 않는다."

아무래도 여자가 엄청 충격을 받았나 보다. 도저히 믿을 수 없다는 눈빛으로 나를 바라본다. 저절로 스르르 벌어진 붉은 입술에서 숨소리 하나 새어 나오지 않는다. 그럼에도 나는 물러나지 않는다.

"그러니 너 스스로 나와. 이제 그만 스스로 내게 와줘."

나는 좀 더 단단해진 시선으로 충격받은 여자의 시선을 칭칭 옭아맨다. 어디서 이런 무모함이 튀어나오는지 모르겠다. 하지만 솔직히 무척 마음에 든다. 가슴 밑바닥에서 진한 만족감과 함께 밑도 끝도 없는 자신감이 용솟음친다. 여자를 향한 시선이 점차 달아오르는 것이 느껴진다. 가슴도 덩달아 후끈 달아오른다. 갑자기 뜨겁게 달아오른 나의 시선 때문일까, 충격과 당혹감으로 까맣기만 하던 여자의 눈동자 안쪽에서도 붉은빛이 새어 나오기 시작한다. 점차 달아오르기 시작하는 여자의 눈동자가 한순간 파르르 흔들린다. 본인도 느낀 것이다. 열기를 띠어가는 본인의 변화를. 그런 여자의 변화에 일순 용솟음친 자신감이 정수리까지 관통하고 폭포처럼 전신을 휘감는다.

본인의 내면에서 달아오르는 열기에 당황한 여자는 눈을 빠르게 깜박이며 열기를 누르려고 애를 쓴다. 숨 한 톨 뱉어내지 못했던 붉은 입술에서 연신 가쁜 숨이 터져 나온다. 흐트러지는 뜨거운 호흡이 마치 여자의 속마음일지도 모른다는 생각이 든다. 나는 점차 승기를 잡아가는 여자의 열기에 힘을 보탠다. 주저하고 망설이면서도 간신히 버티고 있는 흔들리는 까만 눈동자를 태워 버릴 듯 뜨겁게 응시한다.

여자와 보이지 않는 줄다리기가 시작됐다. 서로 지지 않으려는 줄다리기. 상대가 감추고 있는 열기와 욕망을 끄집어내려는 자와 욕망을 내리누르려고 안간힘을 쓰는 자의 줄다리기.

여자가 한 뼘쯤 시선을 잡아당긴다. 나는 슬쩍 끌려간다. 그러나 이내 눈을 가늘게 뜨고 줄을 느슨하게 잡는 척하다 한순간에 힘껏 잡아당긴다. 마음을 놓았던 여자가 깜짝 놀라 두 뼘, 아니, 세 뼘쯤 와락 당겨온다. 단 한 번의 당김으로 여자의 고집스럽고 혼란스럽던 의지가 점점 사그라지기 시작한다. 그리고는 이내 자잘하게 부서져 흔적없이 사라진다.

여자의 혼란과 고집을 마침내 날려 버린 나는 한시도 머뭇거리지 않는다. 여자가 숨이 막혀 헐떡일 때까지 여자의 시선을 놓아주지 않는다. 칭칭 감아올려 단단히 손목에 동여맨다.

서서히 잡아당긴다. 의지를 빼앗긴 여자는 이제 끌어당기는 대로 고스란히 딸려온다. 드디어 여자의 눈에서도 불덩이처럼 활활 타오르는 불길이 치솟는다. 달뜬 호흡을 거칠게 내쉬며 여자가 열기에 촉촉하게 젖은 눈을 질끈 감았다 천천히 뜬다. 풍성한 속눈썹이 말려 올라가자 나만을 담은 깊고 까만 눈동자가 오롯이 드러난다. 바닷속으로 가라앉았던 붉은 노을이 여자의 까만 눈동자 속에서 다시 피어오르고 있다.

여자의 까만 눈동자에 담긴 내 모습이 점점 더 몸집을 부풀리고 급기야 둥근 붉은 노을에 완벽하게 사로잡히는 속도와 비례해 여자가 조금씩 수면 밖으로 모습을 드러낸다. 검푸른 바다에 잠겨 있던 기느다란 목이 드러나고 좁고 둥근 어깨가 살포시 떠오른다. 물기에 반짝이는 좁은 어깨에 이어 가느다란 팔뚝이 모습을 드러낸다. 그리고…… 그녀를 비추는 둥근 달보다도 하얗고 동그란 가슴이 출렁이며 바닷속에서 뛰어 오른다.

숨이 막힌다. 시선이 물기를 머금은 둥근 두 개의 만월에서 떨어지지 않는다. 검은 하늘에 떠 있는 달은 더 이상 달이 아니다. 여자의 가슴에 떠 있는 두 개의 달만이 진정한 달이다. 은은한 빛을 발하며 사람을 유혹하는 매혹의 달. 출렁이는 두 개의 달그림자 아래로 잘록한 허리가 드러나고 음영이 드리워진 납작한 배가 모습을 드러낸다. 뽀얀 달의 한가운데 볼록 솟은 진갈색 몽우리에서 투명한 물방울이 이슬처럼 떨어진다. 바다로 떨어진 물방울은 여자의 몸을 떠나는 아쉬움을 풍당거리는 한숨으로 달랜다. 선택받은 물방울들은 바다로 돌아가지 않고 여자의 납작한 배를 타고 검푸른 숲으로 빨려 들어간다.

여자의 숨이 가파르다. 가파른 숨을 내쉴 때마다 풍만한 가슴은 현란하게 들썩거린다. 납작한 배는 갈비뼈가 튀어나올 만큼 홀쭉하게 들어갔다 나오기를 반복한다. 출렁이는 가슴에 위태롭게 매달려 있는 진갈색 몽우리보다 더 작고 진한 빛깔의 배꼽은 더욱 깊고 오목한 그림자를 만들어낸다.

오목한 그림자는 움직일 때마다 들이마셨던 물방울을 조금씩 토해낸다. 물방울은 이제 가는 물길로 변해 납작한 아랫배로 흘러내린다. 여자의 배꼽에서 흘러내린 가는 물줄기는 가슴에서 떨어진 물방울을 따라 아래로, 아래로 흘러내려 간다.

드러난 잘록한 허리로는 미루어 짐작할 수 없었던 둥근 둔부가 축축하게 젖은 검은 수풀과 함께 수면 밖으로 천천히 모습을 드러낸다. 아래로 흘러내리던 물줄기가 여자의 검은 수풀 속으로 스며든다. 물기를 머금고 촉촉하게 반짝이는 검은 수풀이 물기를 더하며 더욱 은밀하게 반짝인다.

은밀하게 반짝이는 검은 수풀. 그 안에 무엇이 있는지 나는 아직 모른다. 다만 이 타는 듯한 갈증을 드디어 해갈시켜 줄 무언가가 있다는 것을 어렴풋이 느낄 뿐. 지금 내 몸은 단전에서 발화한 뜨거운 열기에 바삭 말라가고 있다. 목구멍이 타는 듯이 따갑다. 물기를 잔뜩 머금은 축축한 검은 수풀을 입안 가득 머금고 들이마시고 싶다. 이 사이로 미끈거릴 것이 분명한 수풀을 한 가닥도 빠짐없이 꽉 물고 목구멍으로 모조리 빨아들이고 싶다. 검은 수풀이 머금은 물기를 오롯이 내 안으로 흡수하고 싶다. 촉촉하게 젖은 여자를 통째로 들이마시고 싶다.

그럼, 이 미칠 듯한 갈증이 가셔질까? 온몸을 돌아다니며 뜨겁게 불을 지피는 불꽃을 잠재울 수 있을까?

그러나 바람과는 다르게 여자의 검은 수풀을 머금는다는 생각만으로 불꽃은 더욱 치열하게 불타오른다. 삽시간에 심장을 태우고 단전을 불태운다. 피를 말리고 손발을 오그라뜨린다. 척추를 타고 올라간 뜨거운 열기가 머릿속을 새하얗게 태운다.

검푸른 바다를 박차고 여자가 점점 더 뭍으로 올라온다. 여자의 거친 숨은 점점 더 가팔라지고 붉은 노을에 완전히 잡아먹힌 붉은 시선은 내게서 떨어질 줄 모른다. 바다의 내음마저 몰아낸 여자의 달큼하고도 야릇한 향내가 사방에 진동한다.

수풀 아래 정교하게 반으로 갈라진 미끈한 다리가 하나둘씩 드러난다. 물기 머금은 다리가 하나씩 교차할 때마다 여자는 점점 더 가까워져 오고 허벅지를 지나 종아리, 그리고 발가락까지 완전히 모습을 드러낸다.

나는 달빛 아래 은빛으로 빛나는 여자의 나신에 숨을 멈춘다. 이파리 하나 걸치지 않은 뽀얗고 하얀 나신이 온전히 내 눈앞에 서 있다. 눈이 멀 정도로 아찔하고 아름답다. 아니, 아름답다는 말로는 부족하다. 밤을 지배하는 달도, 낮을 다스리는 태양도 여자의 은빛 나신에 빛을 잃는다. 그녀의 아름다움은 숭고하다. 절대적이다. 그녀의 곁에 있을 수만 있다면 평생 그녀의 발아래 엎드려 기꺼이 발바닥을 핥으리라.

여자에게서는 달큼하고도 약간은 짭조름한, 그러면서도 사람을 흥분시키는 야릇한 체취가 풍겨난다. 나는 허겁지겁 숨을 크게 들이켜 여자의 체취를 남김없이 흡입한다. 마치 바람이 여자의 체취를 빼앗기라도 하는 듯. 매혹의 향기. 지독하게 황홀한 미향. 여자의 향기로 가득 찬 머리가 독초에 쏘인 것처럼 핑 돌고 어지럽다.

"당신은…… 대체 누구죠? 대체 누구기에 날 이렇게 혼란스럽게 만드는 거죠? 왜 날……."

여자의 떨리는 목소리가 몽롱하게 젖어 있다. 여자의 물음에 나는 대답하지 않는다. 여자도 대답을 바라고 던진 물음이 아니란 것을 알기에. 꿈에 홀린 듯 여자의 목소리가 고요한 백사장으로 나지막이 흘러갔다.

"난 혹시 이미 죽은 걸까요? 바다에 추락했을 때 이미 죽었던 걸까요? ……여기는 어디죠? 당신은 누구죠?"

"진……."

"하아, 난 내가 누구인지 모르겠어요. 이런 감정, 이런 느낌…… 모든 게 혼란스러워요."

"진……."

여자의 붉은 시선이 흔들린다. 여자는 그녀와 나를 휘감고 있는 뜨거운 열기를 감당하지 못하고 흔들거리고 있다.

"난…… 두려워요. 내일은 또 무엇이 기다리고 있을까."

열기로 가득 찬 여자의 눈동자에 말간 액체가 차오른다.

"그거 알아요? 내가 당신을, 이곳을 얼마나 두려워했는지?"

안다. 구석으로 숨기 급급했던 여자의 모습에서 나는 수없이 그녀의 두려움을 읽었었다.

"처음에는 난파당했다는 사실을 받아들일 수 없었어요. 나한테 어떻게 이런 일이 벌어진 건지…… 현실을 감당할 수 없었어요. 그러다 차츰 현실을 인정하게 됐죠. 그러자 더 큰 두려움이 엄습했어요. 이대로 영영 집으로 돌아갈 수 없는 건가? 아무도 날 구해주러 오지 않는 걸까?"

"진……. 그만."

"아니요. 끝까지 말하게 해줘요. 지금이 아니면 언제 말할 수 있을지 모르잖아요. 나, 이제 내일을 믿지 못해요. 내일 또 무슨 일이 벌어질지 우리는 아무것도 몰라요."

나는 여자의 말을 끊을 수 없었다. 여자의 마음을 이해하기에. 여자가 다시 웃을 수 있게 되기까지 어떠한 과정을 거쳐 왔는지 너무나 잘 알기에. 여자가 다시 힘겹게 입을 연다.

"지금은 아니라는 것을 알지만 처음에는 당신이 언제 짐승처럼 달려들지 모른다고 생각했어요. 어쩌면 평생……. 하루하루가 두려움의 연속이었어요. 지옥 같았어요. 그래서 나, 속으로 결심했었어요. 만약 정말 그렇게 되면 차라리 죽어버리자고."

순간 뜨거웠던 피가 싸늘하게 식는 것이 느껴졌다. 뒤통수가 터지는 듯한 엄청난 충격이 느껴졌다. 난 정말 거기까지는 몰랐다. 여자가 나…… 로 인해 죽음까지 결심하고 있었다는 사실은. 그렇게 끔찍했단 말인가? 내가? 누군가 심장을 칼로 찌르고 쑤시는 것 같다. 참을 수 없는 고통이 여자를 안으려고 했던 손으로 빠르게 흘러들어 간다. 손바닥을 뚫을 듯 주먹이 불끈 쥐어진다. 관절이 허옇게 도드라진 손등으로 혈관이 터질 듯 부풀어 오른다.

난데없는 충격과 고통으로 신음하는 마음이 무참하게 일그러진 표정으로 얼굴에 드러났을까? 여자가 당황한다. 고개를 가로저으며 빠르게 말을 잇는다.

"아, 아니에요. 콜튼, 제발 내 말을 끝까지 들어줘요. 제발 오해하지 말아요."

오해하지 말라고? 무엇을? 어떻게?

"하지만 당신은 그런 사람이 아니었어요. 아무 짓도 하지 않았어요. 그저 내 상처를 치료해 주고 잠을 재워주고 보살펴 줬어요. 언제나 내 주위를 떠나지 않았어요. 날 지켜줬죠. 한결같이, 소중하게…… 마치 사랑하는 여자를 보살피듯이."

나는 속으로 울부짖었다. 그렇게 보인 것이 아니라 정말 그녀를 사랑한다고. 너야말로 내 사랑을 오해하지 말라고.

'내 눈에는 너만 보여. 하루 종일 네 생각뿐이다. 네가 무슨 생각을 하는지, 네가 무엇을 바라는지 그것만을 생각해. 너만 보면 가슴이 뛰고 네 체취만 맡으면 정신을 차릴 수 없어. 이런 감정이 사랑이 아니라면 도대체 사랑이라는 것은 뭐지? 이게 사랑이 아니라면 난 사랑이라는 것을 하고 싶지 않다. 알고 싶지도 않다.'

"그런데…… 어느 순간부터 신기하게도 당신이 마음으로 건네는 소리가 들리기 시작했어요. 날 소중히 하겠다고, 날 원한다고, 날 사랑하는 것 같다고……. 하아, 어쩌면 내가 미친 건지도 몰라요. 아니, 벌써 미쳐 버렸을지도 모르죠."

여자가 떨리는 손을 들어 굳은 내 얼굴을 감쌌다. 뜨겁게 달아올랐다가 차갑게 식은 뺨에 바닷물에 젖은 축축한 여자의 손길이 닿는다. 온몸에 소름이 돋는다. 이 상황에서도 어찌할 수 없는 짜릿한 전율이 등골을 훑는다. 바보 같은 콜튼 와이즈먼. 그런 말을 들었는데도 여자를 향한 열망은 조금도 줄어들지 않는다. 바보처럼 통증을 호소하던 심장이, 검붉은 선혈을 뿜어내던 피가 여자의 손길에 치유되고 멈춰 버린다. 어쩌자고……. 나는 숨 쉬는 것도 잊어버린 채 여자의 얼굴만 하염없이 내려다 보고 있다. 여자의 간절한 눈빛과 뜨거운 체온에 매달려서.

"미안해요. 당신 마음을 아프게 해서. 지난 어리석었던 마음을 굳이 털어놔서. 하지만 이해해 줘요. 지금, 당신한테 모두 털어놓지 않으면 나, 한 발자국도 여기서 더 나아가지 못할 것 같았어요. 당신을 기쁜 마음으로 받아들일 수 없을 것 같아서……. 당신을 속이는 것만 같아서……."

여자의 입에서 연달아 뜨거운 한숨이 터져 나온다. 여자의 얼굴은 더욱 벌겋게 달아오르고 눈동자는 한정없이 흔들린다.

"하아, 이런 극단적인 상황에서 생겨난 감정을 믿으면 안 되는데……. 어쩌면 한순간에 지나치는 열풍일지도 모르는데……. 한순간에 깨져 버릴 꿈일지 모르는데……."

안타까운 여자의 혼란이, 진심이 일시에 가슴으로 오롯이 전해져 온다. 상처 입고 고통에 신음하던 심장이 다시 힘차게 움직이기 시작한다. 아, 그런 거였어? 폭풍처럼 휘몰아치는 안도와 깨달음, 그리고 안타까움이 동시에 전신을 뒤흔든다. 나는 여자의 손바닥에 뺨을 부비고 고개를 가로저었다. 아니, 그렇지 않다. 너를 향한 내 마음은 한순간 휘몰아치고 사라지는 열풍이 아니다. 한순간에 깨져 버릴 하룻밤 꿈이 아니다. 그러니 너도 부질없는 생각을 버려. 난 결코 너를 놓아주지 않는다. 네가 나를 받아주지 않더라도. 무슨 일이 있더라도.

"그런데 열풍이 점점 거세지고 말았어요. 내 몸을 칭칭 휘감고 사라지지 않아요. 하루 종일 내 몸을 뜨겁게 데우고 떨리게 만들어요. 어느 순간부터 나를 좇는 당신의 시선을 나 역시 좇고 있다는 것을 깨닫고 말았어요."

치유된 가슴이 세차게 요동치면서 부풀어 오른다. 어느 순간부터 나를 좇았다는 여자의 고백에 부풀어 오른 심장이 펑! 터져 나갈 것 같다.

"진…… 진……."

"자신은 없어요. 이 감정이 진짜인지, 환상인지. 극단적인 상황에서 겪게 되는 어쩔 수 없는 욕망인지, 아니면 사랑인지조차 구분할 수 없어요. 그런데 매 순간 몸속에 똬리를 틀고 있는 불덩이에 온몸이 터버릴 것 같아요."

여자의 흔들리던 눈동자가 점차 진동을 멈춘다. 뜨겁게 타오르던 열기가 점차 덩치를 키우고 깊고 견고해진다. 어떤 세찬 바람에도 결코 흔들리거나 꺼지지 않을 불꽃이 된다.

"후우. 콜튼, 나 이제 더 이상 부인하지 않을래요. 그러기에는 이 감정이 너무 깊어졌어요. 콜튼, 나…… 당신을 아무래도…… 사랑하는 것 같아요."

"아……."

벅찬 감동과 환희에 휩싸인 나는 탄성 같은 신음 이외에는 아무 말도 할 수 없었다. 와락 여자의 얼굴을 두 손으로 움켜잡고 끌어 올렸다. 허겁지겁 여자의 붉은 입술을 찾았다. 벌어진 입술에서 뜨거운 숨결이 훅 끼쳐 들어온다. 한 입에 꿀꺽 삼킬 듯이 여자의 입술을 모조리 입에 담고 빨아들였다. 온몸을 휘돌아다니는 뜨거운 열기를 여자의 입속으로 모조리 뿜어냈다.

혀를 뾰족하게 내밀어 여자의 입속으로 밀고 들어간다. 일전에 맛본 축축하고 뜨거운 동굴의 달콤한 맛을 찾아서 혀가 저절로 움직인다. 이번에는 새끼 뱀도 숨지 않는다. 침범한 혀를 반갑게 맞이한다. 나는 새끼 뱀을 단 한 번의 움직임으로 칭칭 감아 내 쪽으로 세차게 빨아들인다.

[으음…….]

여자가 야릇한 신음 소리를 뱉어낸다. 여자의 얼굴을 터트릴 정도로 세게 움켜잡고 있는 악력에 아파하는 것인지, 여자의 혀를 뿌리째 뽑을 듯이 빨아 당기는 세찬 흡입에 아파하는 것인지 모르겠다. 여자의 신음 소리에 나는 주춤 머뭇거린다. 그 틈을 타고 이번에는 여자가 마주 공격을 해온다. 여리고 말랑말랑한 새끼 뱀이 겁도 없이 드래곤으로 변한 거친 혀를 세차게 감아 빨아들인다.

뿌리째 뽑혀 나갈 듯한 통증은 잠시, 끔찍한 쾌락이 전신을 휘감는다. 나는 마치 지금이 아니면 죽기라도 할 듯, 여자의 얼굴을 부여잡고 쉴 새 없이 여자의 입술을 탐한다. 달콤한 타액을 마음껏 들이마신다. 식도를 타고 내장으로 흘러간 달콤한 타액이 휘몰아치는 불길에 더욱 거대한 불을 지핀다.

아무리 여자의 타액을 들이마셔도 타는 듯한 갈증은 점점 더 거세어질 뿐 조금도 해소되지 않는다. 여자가 목덜미를 강하게 끌어안는다. 가느다란 손가락이 머리카락을 헤집고 근육으로 탄탄하게 뭉친 어깨와 등을 쓰다듬는다. 좀 더 뜨겁고 거친 열망을 갈구하는 여자의 손길에 온몸의 털이 곤두선다.

여자의 잘록한 허리를 바싹 끌어당긴다. 한 팔로 휘감아도 남아도는 잘록한 허리가 휘청거리며 와락 당겨온다. 단단한 가슴에 여자의 출렁이는 보드라운 가슴이 짓눌려 이지러진다. 말랑말랑하고 보드라운 풍만한 감촉에 온몸이 녹아내리는 것 같다.

나는 여자의 입술을 한시도 놓아주지 않고 쉴 새 없이 여자의 등을 쓰다듬고 훑어 내린다. 여사의 길게 패인 척추를 따라 손가락을 내리자 여자가 바르르 경련을 일으킨다. 그럼에도 우리는 치열할 정도로 서로의 입술을 집어삼키며 서로의 몸을 끊임없이 어루만진다. 서로를 탐하며 쓸어내린다.

여자가 타액으로 흥건하게 젖은 입술을 떼며 뜨거운 숨을 토해낸다. 허공으로 흩어지는 뜨거운 숨결에 실린 여자의 목소리가 더없이 뜨겁다.

[콜튼, 콜튼…….]

여자의 부름에 고무된 나는 눈앞에 보이는 여자의 가녀린 목덜미를 물어뜯는다.

[학!]

여자가 목을 뒤로 젖히며 단말마의 비명을 내지른다.

뽀얀 피부에 붉은 잇자국이 꽃물처럼 번져 있다. 조금만 더
힘을 주어 깨물면 금세 붉은 선혈이 톡 하고 터져 나올 듯하다.
나는 축축한 혀를 내밀어 여자의 선홍빛 자국을 쓰윽 핥아 올렸
다.

짧은 숨을 거칠게 내쉬던 여자가 바르르 떨며 긴 한숨을 내쉰
다. 여자의 목에서 짭조름한 소금 맛이 난다. 야릇하고 생소한
바다의 맛이 갈증을 불러온다. 목이 탄다. 식도를 태울 듯이. 식
도를 타고 내려간 갈증이 심장을 태우고 혈관을 지진다. 순식간
에 온몸이 뜨겁게 달아오른다.

여자의 기다란 목 아래에는 얕은 고랑이 숨어 있다. 길고 얕

은 고랑은 혀로 핥으면 금세 바닥에 닿고 만다. 아직 마르지 않은 바닷물이 식은땀과 함께 뒤섞여 고여 있다. 입술을 오목하게 만들어 혹 하고 들이마셔 보았다. 가느다란 쇄골 뼈를 할짝할짝 핥는다.

여자의 상체가 둥글게 휜다. 얼굴을 뒤로 젖히고 까만 하늘을 향해 더운 입김을 쏟아내는 모습이 더없이 색정적이다. 여자의 입김이 닿자 까만 하늘마저 붉게 얼굴을 붉힌다. 여자의 매혹적인 몸짓에 하늘 또한 유혹당하고 만다.

하늘을 유혹하려는 걸까, 나를 유혹하려는 걸까. 여자는 만월처럼 뽀얗고 풍만한 가슴을 거침없이 드러내 놓고 바르르 떤다. 가녀린 떨림에 풍만한 가슴이 파르르 출렁인다. 내 심장도 덩달아 바르르 떨어댄다. 손끝이 저릿저릿하고 혈관이 타 들어간다.

여자의 쇄골에 고여 있던 바닷물을 들이켰기 때문일까. 목이 타고 입술이 마른다. 입술이 쩍쩍 갈라지는 것 같다. 마른 입술에 타액을 묻히고 떨리는 손을 들어 올린다. 중지로 출렁이는 가슴을 쿡 찔러본다. 빵빵하게 부푼 피부는 믿을 수 없을 정도로 부드럽고 매끄럽다. 손가락 끝이 녹는 것 같다. 손가락이 녹기 전에 볼록 튀어나온 진갈색 정점도 톡 건드려 본다. 꾹 눌렀다가 살살 어루만지니 탱글탱글한 멍울이 발딱 제자리로 돌아오는 모습이 앙증맞다. 오똑 솟은 몽우리를 손가락으로 꾹 눌러 빙글빙글 돌린다. 작게 시작된 원이 짜릿한 전율과 함께 점점 더 크기를 키워 나간다. 헐떡이는 여자의 숨이 더욱 급박해진다.

손끝으로 여자의 가슴과 몽우리를 탐하고 어루만지던 나는 용기를 내 한 손 가득 여자의 가슴을 움켜쥔다. 여자가 억센 힘으로 팔뚝을 잡아챈다. 가슴과 팔뚝을 서로에게 내어준 채 여자와 나는 동시에 야릇한 신음을 뱉어낸다.

커다란 손을 활짝 벌려 움켜잡은 다섯 손가락 사이로 탱글탱글하고 뽀얀 가슴살이 비어져 나온다. 움켜잡았다 스르르 놓기를 여러 번. 풍만한 가슴이 손바닥 아래서 이지러지고 뭉개진다. 꼿꼿하게 튀어나온 진갈색 정점이 손바닥을 뚫을 듯이 파고든다.

쾌락을 동반한 거센 욕망이 미친 원숭이처럼 몸속에서 마구 날뛴다. 녀석은 뜨거운 숨을 쉴 새 없이 뿜어내며 혈관을 쥐어뜯고 손톱을 세워 거침없이 할퀴어댄다. 녀석의 손톱에 할퀴어진 피부에서 피 대신 불꽃이 솟구친다. 전신을 휘감는 열기에 뇌수가 하얗게 녹아내린다.

나는 굶주린 아이처럼 여자의 가슴을 한가득 움켜쥐고 입으로 왈칵 집어삼킨다. 탱글탱글한 몽우리가 치아에 튕기고 입속으로 빨려 들어온다. 혀로 단단한 멍울을 휘감고 미친 듯이 빨아들인다. 좀 전보다 더욱 단단해지고 크기가 커진 멍울이 입안을 가득 채운다.

달다. 지독하게 달다.

여자의 몸은 세상에서 가장 단 과일이다. 여자가 흘리는 땀은 달콤한 과즙이다. 아무리 베어 물고 들이마셔도 줄어들거나 마르지 않는 신비의 과일. 비명처럼 내지르는 여자의 달뜬 신음 소리가 귓가를 때린다. 팔뚝과 어깨를 할퀴고 쥐어뜯는 여자의 손길은 내게 있어 짜릿한 쾌락이자 희열이다.

여자의 허리가 휘청거린다. 나는 뒤로 넘어질 것 같은 여자의 잘록한 허리를 한 손으로 단단하게 받치고 내 쪽으로 바짝 끌어당긴다. 아랫배에 여자의 보드라운 피부가 밀착된다. 밀착된 피부 사이에서 금세 열기가 피어오르고 습기가 배어난다.

이미 어찌해 볼 도리도 없이 커져 버린 몸 끝에 여자의 미끄덩거리는 아랫배가 느껴진다. 여자의 뜨거운 몸에 자극받은 아랫도리가 미친 듯이 요동친다. 이미 이파리를 뚫고 튀어나온 녀석이 더욱 몸집을 부풀리며 팽창한다. 붉게 충혈된 혈관이 금방이라도 터질 듯 벌건 몸체 위로 툭툭 불거져 튀어나온다. 여자가 살짝만 몸을 비틀어도 녀석은 거칠게 요동친다. 참을 수 없는 전율이 머리에서부터 발끝까지 쉴 새 없이 휘몰아친다. 나는 허겁지겁 골반에 걸치고 있는 이파리를 사납게 뜯어낸다.

사라락.

발등에 떨어지는 이파리 더미를 거칠게 차버린다. 그러면서도 나는 걸신들린 아이마냥 한시도 여자의 가슴에서 입술을 떼어내지 않는다. 여자의 가슴에서 뭉근한 우유 대신 진한 매혹의 액체가 흘러내린다. 이성을 마비시키는 마력의 즙. 나는 온몸을 이용해 여자를 야금야금 먹어 치운다.

여자가 미끈한 다리로 허리를 휘감는다. 헉! 으! 꽉 막힌 목에
서 성난 짐승의 헐떡거림이 터져 나온다. 빈틈없이 맞닿은 아랫
도리에서 불길이 치솟는다. 척추를 타고 빠르게 정수리까지 치
솟아올라 오는 불길에 머리가 터져 버릴 것 같다. 전신의 혈관
을 치고 달리는 끔찍한 전율에 온몸에 힘이 바짝 들어간다. 등
이 굽고 목이 뒤로 꺾인다. 뭘 어떻게 해야 하는지도 모르면서
나는 무작정 본능이 시키는 대로 번쩍 들린 여자의 허벅지를 으
스러져라 움켜잡고 와락 끌어당긴다. 불끈 힘이 들어간 허리를
튕긴다.

하나로 합쳐진 두 개의 수풀에서 질척거리는 마찰음이 난다.
팽창할 대로 팽창한 아랫도리가 바르르 떨리는 여자의 아랫배
와 단단하게 뭉친 나의 아랫배 사이에 갇혀 울부짖는다. 하나로
뒤엉킨 수풀 아래에서 치솟아오른 뜨거운 열기에 마침내 녹아
버린 그 무언가가 울부짖는 녀석의 끄트머리에서 쿨럭쿨럭 새
어 나온다. 뜨겁게 달아오른 여자의 아래에서도 미끄덩거리는
무언가가 새어 나온다. 빈틈없이 맞닿은 여자와 나의 아래가 축
축하게 젖는다. 정신을 차릴 수 없는 아찔한 전율이 죽을 것 같
은 초조감을 불러일으킨다. 여자의 가는 허벅지를 으스러트릴
듯이 움켜잡고 있던 억센 손이 초조함에 내몰려 움질움질 떨어
대는 여자의 둥근 엉덩이를 터트릴 듯 움켜잡는다.

[콜튼, 콜튼…….]

열에 달뜬 목소리가 간절하게 내 이름을 부른다. 칭얼거리는

것도 같고 뭔가를 애절하게 바라는 것도 같다. 여자가 바라는 것이 뭘까. 뭘 어떻게 해줘야 할까. 심장이든 목숨이든 뭐든 달라는 대로 내어줄 수 있는데······.

"하아, 하아. 진, 진, 나의 진······. 뭘······ 어떻게 해줄까. 제발 말해줘. 네가 원하는 게 뭔지······."

나는 풍만한 가슴과 진갈색의 몽우리를 왈칵 집어삼켰다. 입 안 가득 목구멍까지 닿도록 세차게 빨아들였다. 단단하게 뭉친 몽우리를 게걸스럽게 핥고 터질 듯이 부푼 살덩이를 자근자근 씹어 먹었다.

[하악!]

여자가 몸서리치며 비명을 내지른다. 여자의 새된 비명 소리에 얼굴이 번쩍 들린다. 입안 가득 머금고 있던 여자의 가슴을 뱉어내고 여자의 안색을 살핀다. 그러나 나는 여자의 얼굴을 살피는데 실패한다. 순식간에 달려든 붉은 입술이 강탈하듯 입술을 삼켜 버렸기 때문이다. 여자는 엄청난 흡입력으로 입술과 혀를 빨아들인다. 세차게 빨아들인 혀를 잘근잘근 씹어댄다. 내게 당한 것을 그대로 되돌릴 셈인가 보다. 나는 기꺼이 모든 것을 여자에게 내어준다. 아픔 따위는 없다. 여자의 타액에 젖어가는 혀와 입술은 짜릿하기만 하다. 나는 여자의 목구멍까지 깊숙이 혀를 밀어 넣는다. 더 빨아달라고, 더 씹어달라고.

입술과 혀를 욕심껏 탐하던 여자의 입술이 아래로 미끄러져 내려간다. 축축한 혀가 목덜미를 핥기 시작한다. 아아! 소름 끼치는 전율. 생각지도 못했던 여자의 애무에 내 입에서 앓는소리가 튀어나간다. 왠지 부끄럽고 민망해 참아보려고 하지만 도저히 참을 수가 없다. 이를 악물어도 민망한 신음 소리는 연신 새어나간다. 그에 고무된 여자의 손이 더욱 열기를 띠고 조금 더 적극적으로 움직이기 시작한다. 차돌처럼 단단하게 뭉친 가슴과 허리, 엉덩이를 쉴 새 없이 오르락내리락거린다. 여자의 손이 스치고 지나가는 피부마다 불꽃이 피어오른다.

여자의 입술이 점점 더 아래로 미끄러져 내려간다. 바윗덩어리처럼 단단하게 뭉친 가슴 근육을 천천히 배회하던 여자의 입술이 갑자기 젖꼭지를 와락 삼킨다. 혀로 부드럽게 감고 살살 핥아낸다.

전류가 등골을 할퀴듯 훑고 내려간다. 손발이 오그라들고 숨이 턱턱 막힌다. 하얗게 변한 시야가 그새 새빨갛게 변한다. 다리에 힘이 풀리고 허리가 휘청거린다. 목이 저절로 뒤로 꺾이고 막힌 숨만 거칠게 터져 나온다. 중심을 잃고 휘청거리는 나, 온몸으로 매달리며 안겨오는 여자.

시뻘겋게 변한 세상이 빙글빙글 돈다고 느낀 순간, 어찌해 볼 사이도 없이 나는 여자와 함께 백사장을 나뒹군다. 장난꾸러기 리사처럼 내 가슴 위를 차지하게 된 여자가 거친 숨을 몰아쉬며 상체를 들어 올린다. 허리 아래에 걸터앉은 여자의 얼굴이 터져버릴 듯 발갛게 달아올라 있다. 내 얼굴 역시 여자 못지않게 시뻘겋게 달아오른다. 나는 벌렁거리는 콧구멍으로 쉭쉭 뜨거운 바람을 뿜어내며 여자의 허리를 움켜잡는다. 아, 아무것도 생각나지 않는다. 아무것도 보이지 않는다. 오로지 꿈틀거리는 아랫도리를 힘껏 내리누르고 있는 뜨겁고 축축한 그 무언가의 감촉만이 느껴질 뿐! 그 무언가는 미칠 듯이 뜨겁고 말랑말랑하다. 끈적거리는 그것은 마치 살아 있는 듯 당장이라도 짓눌려진 비대한 아랫도리를 통째로 삼켜 버릴 듯 끊임없이 꿈틀거린다. 벌겋게 달아오른 여자의 뜨거운 시선이 한계까지 내몰려 혼몽해진 시야를 단단하게 옭아맨다.

그 순간, 나는 본능적으로 깨닫는다. 지금이 바로 여자와 교미할 순간이라는 것을. 나를 받아들일 여자의 준비가 완벽하게 끝났다는 것을. 언젠가 봤던 수컷 원숭이처럼 여자의 몸을 꿰뚫고 울부짖는 녀석을 끝까지 집어넣을 순간이 왔다는 것을.

거친 숨을 몰아쉬며 엉덩이를 들썩이는 여자의 잘록한 허리를 부여잡고 나는 후다닥 몸을 일으킨다. 깜짝 놀라는 여자를 재빨리 교미하던 암컷 원숭이처럼 엎드리게 만든다. 버둥거리며 일어나려는 여자의 상체를 손바닥으로 내리누른다. 저절로 들어 올려진 여자의 엉덩이를 움켜잡고 더 위로 치켜 올린다. 이제 눈앞에 보이는 거라고는 만월처럼 둥근 여자의 엉덩이와 바들바들 떨리는 가는 허벅지, 그리고 하얀 모래를 뒤집어쓰고 있는 자그마한 발바닥뿐이다.

탱글탱글한 엉덩이를 터트리기라도 할 듯 있는 힘껏 움켜잡고 양쪽으로 활짝 벌린다. 뽀얀 엉덩이가 양쪽으로 갈라지며 붉은 속살이 드러난다. 축축하게 젖은 붉은 속살이 물고기처럼 뻐끔거릴 때마다 말간 액체를 토해내는 것까지 훤히 보일 정도로 노출된 여자의 은밀한 부분. 화라락, 눈에서 불길이 솟구친다. 심장이 터질 듯이 부풀어 오른다. 요동치는 맥박이 온몸에서 뛰어댄다.

헐떡거리는 손가락을 슬며시 움찔거리는 그곳에 갖다 대본다. 훅 끼쳐 오는 뜨겁고 축축한 열기만으로 손가락이 흔적도 없이 녹아 사라질 것 같다. 용기를 내 손바닥으로 붉은 속살 전체를 움켜잡는다. 엎드린 여자가 허리를 들썩이며 탄성을 질러댄다. 밭은 숨만을 간신히 토해내는 내 입에서도 간헐적인 신음 소리가 끊임없이 흘러나온다. 떨리는 손으로 움켜잡았던 붉은 속살을 달래듯이 천천히 쓰다듬고 어루만진다. 미끈거리는 액체가 손을 흠뻑 적신다. 벌겋게 달아오른 시선은 한순간도 벌렁거리며 알싸한 액체를 토해내는 충혈된 속살에서 떨어지지 않는다. 일순 눈이 커다랗게 부릅떠진다. 벌렁거리며 움직이는 붉은 입술 사이에 숨어 있던 작은 동굴을 발견했기 때문이다. 하아, 하아. 터져 나오는 가쁜 숨을 집어삼키고 새로이 발견한 동굴 속으로 질척거리는 액체를 뒤집어쓴 중지를 천천히 집어 넣어본다. 결코 틈을 내주지 않으려는 듯 말랑말랑해 보이던 붉은 속살들이 일시에 자잘한 주름을 만들어내며 공간을 좁힌다.

순식간에 손가락이 모래알처럼 으스러질 것 같은 엄청난 압박이다. 숨이 턱턱 막히고 눈동자가 당장이라도 튀어나올 것 같다. 온몸의 혈관이 터져 나갈 것 같다. 그런데도 결코 중지를 빼고 싶지 않다. 산산이 부서지고 으스러진다 해도 더 깊이 들어가고 싶다. 끙. 이를 악물고 온 힘을 다해 중지를 깊숙이 밀어넣는다. 어떻게든 틈을 넓혀보려고 빡빡한 공간에 갇혀 버린 중지를 꿈틀꿈틀 움직여 본다.

엎드려 있는 여자의 등이 둥글게 휘며 가느다란 몸이 갓 잡아올린 물고기마냥 퍼덕거린다. 하악! 질척한 비명을 내지르며 여자가 땀에 흠뻑 젖은 머리를 번쩍 치켜들고 마구 도리질 친다. 그럼에도 여자는 내게서 결코 벗어나려 하지 않는다.

조이고 밀어내기만 하던 동굴이 갑자기 중지를 쭉 빨아들인다. 엄청난 흡입에 중지가 통째로 뽑혀 나갈 것 같다. 찔끔찔끔 말간 액을 흘리던 동굴이 급기야 미끈거리는 액체를 울컥 토해낸다. 여자는 쉴 새 없이 탄성과 흐느끼는 듯한 신음 소리를 내지르며 온몸을 격렬하게 떨어댄다. 여자가 숙였던 얼굴을 들어 뒤를 돌아본다. 여자의 얼굴은 불타오르는 불꽃이다. 그 불꽃의 정점인 양 까만 눈동자 속에서 시뻘건 불꽃이 거세게 일렁이고 있다.

[하아, 하아…… 콜튼, 제발…… 아!]

여자가 무엇을 바라는지 나는 대번에 알아차린다. 엉덩이를 움켜잡은 손에 힘을 바짝 주고 질척거리는 속살에서 중지를 빼낸다.

"하아, 하아. 진, 사랑해……. 사랑해."

중지가 빠져나온 공간을 향해 나는 곧추선 아랫도리를 힘껏 들이밀었다. 아! 여자가 열에 들뜬 비명을 질러대며 온몸에 힘을 준다. 아아……. 다음 순간 여자와 나의 입에서 동시에 안타까운 탄성이 한숨과 함께 터져 나온다. 차돌멩이보다도 단단해진 녀석이 어쩐 일인지 곧바로 동굴로 진입하지 못하고 자꾸만 미끈거리는 속살을 거칠게 비벼대기만 한다. 뜻대로 되지 않는 삽입에 애가 탄다. 조급함에 내몰린 욕망이 팽팽하게 당겨진 근육들을 재촉하지만 팔뚝 크기만큼 커져 버린 녀석은 허둥대기만 할 뿐, 영 나아갈 길을 찾지 못한다. 그에 나 역시 허둥대고 갈피를 잡지 못하기는 마찬가지다.

삐질 식은땀이 흘러내린다. 다시 한 번 허리에 힘을 바짝 주고 힘껏 여자를 들이받지만 결과는 여전히 같다. 녀석은 여자의 엉덩이만 들이받을 뿐 도통 비좁은 틈을 비집고 들어가지 못한다. 입이 바짝바짝 말라가고 머리는 텅 비어간다. 짜릿하고도 아찔한 쾌감과 전율은 연신 전신을 후려치지만 더 큰 열락을 눈앞에 두고도 얻지 못하는 답답함에 온몸이 당장이라도 터져 버릴 것 같다. 등줄기에서는 땀이 비 오듯 흘러내린다.

"하아, 아! 젠장. 이…… 이게 왜……."

"하아, 하하…… 콜튼, 왜……?"

"이, 이게 잘……."

뒤돌아보는 여자의 얼굴은 영문을 모르겠다는 표정이다. 열기로 혼탁해진 눈동자가 이를 악물고 여자의 엉덩이를 연신 치받기만 하는 내게서 떨어지지 않는다. 이내 여자의 눈동자가 놀라움으로 커다래진다. 무안하고 당황스러운 나는 여자의 얼굴을 똑바로 쳐다보지 못한다. 훔쳐본 시야에 여자의 표정이 당혹감으로 붉게 물드는 것이 보인다. 여자가 붉은 입술을 꼭 깨문다.

"저기, 콜튼……."

망설이는 여자의 음성에 나는 마지못해 여자와 시선을 맞춘다. 시선이 마주치자 여자가 부리나케 시선을 내리간다.

"어…… 저기……. 소, 손으로 그, 그걸 잡고…… 해야……."

응? 뭐라고? 나는 우뚝 움직임을 멈춘다. 멍청한 표정으로 부끄러운 듯 얼굴을 푹 숙인 채 시선을 피하는 여자를 내려다본다. 잠시의 적막. 순간 나는 불현듯 깨닫는다. 아, 손! 나는 여자의 엉덩이를 터트릴 듯 억세게 움켜잡고 있는 커다란 손과 활짝 드러난 엉덩이를 금세라도 꿰뚫을 듯이 곤추서 있는 웅장한 아랫도리를 번갈아 쳐다본다. 아, 왜 그 방법을 진작 생각해 내지 못했을까. 한심한 놈. 나는 성마르게 마른 입술을 축이고 얼른 한 손으로 요동치는 녀석의 뿌리 부분을 꼭 움켜잡는다. 팽팽하게 당겨진 둥근 몸 끝을 엉덩이 골 사이로 밀어 넣는다.

[하아, 학!]

드디어 **빡빡한** 공간을 차돌멩이보다도 단단해진 녀석이 비집고 들어가기 시작한다. 깊고 깊은 골 사이로 녀석의 모습이 사라지는 것과 동시에 온몸에서 번개가 내리치고 천둥이 울린다. 소름 돋은 피부가 터져 나가고 끔찍한 쾌감이 뇌를 관통해 사방으로 뻗어나간다. 척추가 마디마디마다 툭툭 불거져 튀어나가고 갈라진다. 온몸이 바스러지는 것 같다.

여자는 바다보다도 깊고, 폭포 뒤에 숨어 있는 동굴보다도 더 축축하다. 문어의 빨판처럼 내 몸을 끝없이 빨아들인다. 밭은 숨조차 내쉬지 못할 정도로 고통스럽기도 하고 동시에 정신을 잃을 정도로 황홀하기도 하다. 한번도 경험해 보지 못한 엄청난 쾌락. 아, 이럴 수가! 감히 상상도 하지 못했던 감각이다. 온몸이 녀석을 통해 여자의 몸속으로 끊임없이 빨려 들어가는 것 같다. 이제는 녹아서 흔적조차 사라진 뇌수가 여자의 몸속으로 끝없이 빨려 들어가는 것 같다.

이제 피치 섬의 주인, 콜튼 와이즈먼은 더 이상 존재하지 않는다. 나는 선우진이라는 여자의 일부가 되어버렸다.

여자가 허리를 둥글게 휘고 머리를 세차게 가로젓는다. 끊어질 듯하면서도 결코 끊어지지 않는 탄성과 밭은 숨을 쏟아내며 여자가 온몸으로 흐느낀다. 전율한다. 여자의 전율에 고무된 듯 잔뜩 힘이 들어간 허리가 쉴 새 없이 움직인다.

비명이 터져 나올 만큼 끔찍한 쾌락이 온몸을 뒤흔들고 여자의 전율을 부채질한다. 더, 더, 더 흐느껴, 더 전율해, 더, 더! 나는 이를 악물고 허리를 세차게 튕기며 으스러트릴 듯 움켜잡은 가느다란 허리를 거칠게 잡아당긴다. 여자를 파고드는 움직임이 점차 과격해진다. 하얗게 탈색된 머릿속에서는 아무것도 생각나지 않는다. 그저 본능적으로 미친 듯이 허리를 튕겨 올리며 여자를 꿰뚫을 뿐이다. 시뻘건 시야의 뒤쪽에서 하얀 섬광이 파바밧, 터지는 듯하더니 점차 기세를 부풀리며 무섭게 커져 나가기 시작한다. 아아, 아아!

[아악, 콜튼, 콜튼!]

극한의 쾌락과 함께 새하얀 섬광이 온몸을 집어삼키려는 순간, 여자가 격정적으로 울부짖으며 깊숙이 연결된 내 몸까지 부들부들 떨릴 정도로 전신을 심하게 떨어대는가 싶더니 이내 뻣뻣하게 경직한다. 경직한 여자의 동굴이 믿을 수 없을 만큼 극렬하게 아랫도리를 움켜쥐고 억세게 조인다. 옴짝달싹 못할 정도로 단단히 틀어 잡힌 녀석의 몸통 위로 뜨거운 액체가 뭉텅뭉텅 쏟아진다.

아아, 어떻게 이런 일이……. 끊어질 것 같은 엄청난 압박과 몸서리쳐지는 뜨거운 감각에 나는 정신을 차릴 수 없다. 뻣뻣하게 굳어 경련하는 여자를 잠시라도 놔줘야 한다는 생각이 희미하게 들었지만 그뿐이다. 나는 더욱 미친 듯이 허리를 움직인다. 부러질 것 같은 잘록한 허리를 두 손으로 움켜쥐고 온 힘을 다해 여자의 안을 더욱 깊고 빠르게 파고든다.

[꺅.]

여자가 새된 비명을 지르며 벗어나려고 버둥거린다. 그러나 나는 여자를 놔줄 수 없다. 이미 내 몸은 전신이 거대한 성기가 되어버린 후다. 이성이라고는 남아 있지 않다. 태어나 처음으로 사랑하는 여자와 교미를 하는 지금, 나는 한 마리의 미친 짐승이다. 욕망에 미쳐 날뛰는 발정난 짐승.

급기야 여자의 가는 팔이 푹 꺾이며 여자가 바닥으로 풀썩 고꾸라진다. 그럼에도 나는 여자의 엉덩이를 놔주지 않는다. 여자의 가슴이 모래사장에 바짝 밀착되자 엉덩이만 되려 더욱 높이 들리는 꼴이 되고 만다. 헉, 다시 끔찍한 전율이 거세게 휘몰아친다. 여자의 자세가 바뀜으로 해서 여자의 몸속 깊은 곳에 뿌리박혀 있는 아랫도리의 감각과 쾌감 또한 달라지다니!

신기하다. 신비롭다. 여자가 선사하는 쾌락과 환희가 얼마나 다양하고 많을지, 감히 상상도 가지 않는다. 기대와 흥분이 가세한 몸 끝이 여자를 더욱 끝까지 파고든다. 여자는 힘을 잃었지만 신비의 동굴은 결코 힘을 잃지 않았다. 더욱 세차게 빨아들이고 조여댄다.

"으, 으헉."

미처 삼킬 사이도 없이 터져 나오는 신음을 토해내며 나는 끈적거리는 땀으로 흠뻑 젖은 가슴 가득 여자를 끌어안는다. 바르르 떨리는 뽀얀 목덜미에 쾌감에 일그러진 얼굴을 파묻는다. 빈틈없이 하나로 포개어진 여자와 나. 파들파들 전율하는 가녀린 등의 열기가 단단한 가슴으로 고스란히 스며든다. 불덩이처럼 뜨거운 여자의 좁고 깊은 몸에 파묻힌 몸 끝에 부딪혀 오는 감각 또한 새롭다. 나는 축축하게 젖은 여자의 뜨거운 몸을 부둥켜안고 새로이 발견한 쾌감을 쫓아 연신 허리를 들썩여 댄다. 연달아 터져 나오는 가쁜 숨을 여자의 젖은 목덜미에 훅훅 뿜어낸다. 뜨거운 호흡에 가뜩이나 뜨겁던 여자의 목덜미가 폭발할 듯 뜨겁게 타오른다. 발갛게 익어가는 여자의 목덜미가 허리를 튕겨 올릴 때마다 어지러이 흔들린다. 퍽퍽. 세찬 폭풍우에 흔들리는 여린 이파리처럼 힘없이 이리저리 흔들리기만 하던 여자가 진저리를 치듯 파르르 떨며 납작하게 깔려 있던 상체를 반쯤 일으켜 세운다.

간신히 힘을 내는 여자가 고맙고 안쓰럽지만 나는 여자를 한시도 가만 내버려 두지 못한다. 묵직한 무게를 어쩌지 못해 출렁거리며 바닥으로 쏟아지는 풍만한 가슴을 와락 움켜잡는다. 여자의 몸속으로 깊이 파고들 때마다 손바닥 가득 들어찬 가슴이 터져 나갈 듯 이지러진다. 여자의 숨이 다시 가팔라지고 더없이 뜨거워진다. 힘을 잃고 쓰러졌던 허리가 다시 낭창낭창 흔들리고 얼굴이 허공을 향해 들린다. 가느다랬던 신음 소리가 점점 더 드세어진다.

여자가 자신의 가슴을 터질 듯이 주무르고 있는 커다란 손등을 부여잡는다. 자신도 어찌할 수 없는 희열과 쾌락에 빠져 내 손등을, 제 가슴을 쥐어뜯는다. 열정적인 여자의 반응에 고무된 나는 여자를 부둥켜안은 채 상체를 벌떡 일으킨다. 여자가 버둥거리며 힘없이 따라온다.

어둠에 파묻힌 허공으로 여자의 뜨거운 한숨이 뿌옇게 터져 나온다. 나는 여자의 가슴을 움켜쥔 채 손등을 감싼 여자의 손이 떨어지지 못하도록 단단히 깍지를 낀다. 여자의 가슴은 내 손에 틀어 잡혔고, 내 손은 여자의 손에 틀어 잡힌 셈이다. 나는 여자와 함께 그녀의 가슴을 쥐어짜듯이 주무르며 마음껏 탐한다. 자유로운 손으로 낭창 휘어지는 가녀린 몸을 휘감는다. 허리를 거세게 위로 튕겨 올린다. 지치지 않는 단단한 몸 끝이 여자의 심장까지 꿰뚫을 기세로 깊숙이 파고든다. 환락의 근원인 동굴 속으로 깊이 치고 들어갈 때마다 움찔거리는 여자의 아랫배 근육이 손바닥에 잡힌다. 팽팽하게 당겨져 뭉쳐졌다가 풀어지기를 수없이 반복하는 여린 근육들.

빈틈없이 포개어진 몸뚱이에서 숨이 막힐 듯한 열기가 솟구쳐 오르고 후각을 마비시키는 알싸한 향내가 사방으로 진동한다. 끈적거리며 쉴 새 없이 부딪혔다 떨어지기를 반복하는 색정적인 움직임에 파도마저 조용히 숨을 죽인다. 드넓은 백사장에는 여자와 내가 내지르는 비명과 신음 소리, 그리고 찰박찰박 살이 부딪혔다 떨어지는 야한 소리만이 끊임없이 울려 퍼진다.

어느 순간, 단전에서 이루 말할 수 없는 뜨거운 기운이 솟구쳐 오르기 시작한다. 시뻘겋던 시야가 새하얗게 변했다가 도로 까맣게 어두워지기를 반복한다. 소름 끼치도록 머리끝이 쭈뼛 곤두서고 엄청난 벼락이 정수리를 통과해 척추를 따라 발끝까지 빠르게 이동한다. 온몸의 털이란 털이 모조리 곤두선다. 한계에 내몰린 심장은 이미 터져 버린 지 오래다.

그럼에도 어디서 힘이 샘솟는지 모르겠다. 이제는 그만 지칠 만도 한데 지치기는커녕 오히려 허리는 이전보다도 더욱 빠르게 움직인다. 여자의 후끈한 목덜미에 파묻은 얼굴에서 땀이 비 오듯이 흘러내린다. 상상도 하지 못했던 극심한 쾌감을 견뎌내지 못하는 두 눈이 질끈 감긴다. 가쁜 숨을 몰아쉬는 벌어진 입에서는 짐승처럼 거친 신음 소리만 연신 비어져 나온다.

여자도 마찬가지다. 목을 있는 대로 뒤로 젖힌 여자는 도리질을 치며 연신 달뜬 신음을 비명처럼 내지르고 있다. 그녀가 내뱉는 뜨거운 숨결과 달뜬 신음 소리가 고요한 백사장을 뜨겁게 달군다. 까만 하늘에 떠 있는 무수히 많은 별들이 열기에 녹아 벌겋게 달아오른 여자의 얼굴로 우수수 쏟아져 내린다.

쏟아져 내린 별무리가 여자의 몸속으로 빠르게 빨려 들어간다고 느낀 순간, 나는 여자의 몸을 바스러트릴 정도로 부둥켜안고 쉼없이 튕겨 올리던 허리를 강하고 깊숙이 튕겨 올린다. 아까부터 새하얗게 터지면서 벌건 시야를 잡아먹던 섬광이 한순간 이전과는 비교도 될 수 없을 정도로 강렬하게 펑! 하고 터져 버린다. 눈이 멀 정도의 강렬한 빛무리가 머리부터 발끝까지를 삽시간에 삼켜 버린다. 온몸을 휘돌아다니던 불덩어리가 하나로 단단하게 뭉쳐 여자의 심장까지 파고든 몸 끝에서 일시에 분출된다.

"허억!"

목이 뒤로 한정없이 꺾이며 성난 짐승의 울부짖음이 터져 나간다. 죽음과도 같은 끔찍하고도 아찔한 쾌감. 순간 나는 무아지경에 빠져 이대로 죽어도 좋다고 생각한다. 이 순간이 제발 끝나지 않기를, 영원히 계속되기를! 울컥울컥 쏟아지는 정염에 전신이 부르르 떨린다.

강렬한 전율에 휘청거리던 나는 움찔거리는 여자의 아랫배를 터트릴 듯 움켜잡고 그녀를 내 안으로 깊숙이 집어넣을 듯, 있는 힘껏 바짝 끌어당긴다. 정작 깊숙이 파고드는 것은 내 자신이면서. 여자의 뜨거운 몸속으로 극상의 쾌락을 맛보고 제 온몸을 모두 터트려 버린 녀석을 더욱 깊숙이 집어넣는다. 여진처럼 끊임없이 밀려오는 자잘한 전율에 부르르 떨면서도 나는 계속 허리를 튕겨 올린다. 진액 한 방울조차 남기지 않고 모조리 다 쏟아버리려는 듯.

기력을 모두 소진한 여자는 탈진한 듯 꼼짝도 하지 않는다. 나 역시 축 늘어진 여자를 품에 꼭 끌어안고 뜨거웠던 체온이 내려가고 축축하게 젖었던 몸이 끈적거리며 마를 때까지 꼼짝하지 않는다. 작열하는 태양열에 뜨겁던 한낮처럼 뜨겁게 달아올랐던 백사장이 밤이슬에 축축하게 젖어간다.

처얼썩 척. 쏴아아.

처얼썩 척. 쏴아아.

뭍 위까지 밀려온 밀물의 찬 기운이 뜨거웠던 여자와 나의 체온을 적당하게 식혀준다. 까만 하늘에 셀 수 없을 만큼 빼곡하게 박힌 크고 작은 별들이 하나로 뒤엉켜 있는 여자와 나를 포근하게 감싸며 쏟아진다. 원래 두 개였던 듯 검푸른 바다에도 둥실 떠오른 둥근 달이 지쳐 쓰러졌음에도 나른한 미소를 입가에 띠고 있는 여자의 아름다운 얼굴을 환하게 비춘다.

나는 축축하게 젖은 여자의 작은 정수리에 입술을 꾹 포개며 나지막이 속삭인다.

"사랑해. 사랑한다, 진. 이제 넌 내 아내야. 영원히 함께할 나만의 아내."

여러 갈래로 갈라지고 탁한 음성이지만 그 안에는 진한 만족감이 진득하게 깃들어 있다. 행복에 겨운 한숨이 이제야 겨우 터져 나온다. 아직도 가시지 않은 열기가 고스란히 함께 뿜어져 나온다. 그런데 여자는 아무 대답이 없다. 얼굴조차 끄덕이지 않는다. 일순 까닭 모를 불안감이 엄습한다. 긴장한 나는 얼굴을 들고 조심스럽게 여자의 턱을 잡고 뒤로 돌린다. 하! 여자의 얼굴을 확인하고서야 굳어졌던 얼굴 근육이 스르르 풀어진다. 나른한 미소를 띠고 있는 여자의 눈은 꼭 감겨 있다. 행복과 만족에 겨워 발갛게 상기된 뺨을 달빛에 반짝이면서. 그제야 일정한 간격으로 쿵쿵 뛰는 여자의 심장박동 소리가 들린다. 달콤한 숨결이 뺨을 간질인다. 지친 여자는 깊이 잠들어 있다. 잠든 여자의 얼굴을 하염없이 내려다보는 내 입가에 행복에 겨운 미소가 빙그레 지어진다. 비록 여자의 목소리로 원하는 대답은 듣지 못했지만 더 이상 불안하지 않다. 초조하지도 않다. 듣고 싶은 대답은 이미 들었다. 발그레하게 홍조 띤 얼굴로 행복한 미소를 머금은 잠든 얼굴로 여자는 내게 말하고 있다.

'사랑해요, 콜튼. 영원히 당신과 함께할게요.'

나는 새근거리며 잠든 여자를 더욱 깊이 끌어안고 두 눈을 꼭 감는다. 깊이 잠들었음에도 여자는 품을 깊이 파고든다. 가슴을 간질이는 따뜻한 숨결에 자꾸 웃음이 비어져 나온다. 여자를 품에 안고 있는데도 믿기지 않는다. 이런 행복이, 이런 사랑이 가능하다니. 태어나 처음 느끼는 가슴 벅찬 사랑과 감동에 괜스레 가슴이 먹먹하다. 눈가가 시큰해지는 순간 여자를 조심스럽게 안은 손에 힘이 바짝 들어간다.

나는 빌어먹을 옷들을 어깨에 둘러메고 잠든 여자가 깨지 않
도록 조심스럽게 들어 올렸다. 폭 안겨오는 여자를 온몸으로 감
싸듯 끌어안고 조심조심 걸음을 옮겼다. 숲으로 들어가자 늦은
밤까지 잠들지 않은 동물들의 울음소리가 멀리서 들려왔다.

[으음……. 콜튼…….]

여자가 미간을 찌푸리고 바르작거린다. 여자가 깬 건가 싶어
잔뜩 긴장한 나는 숨을 죽이고 걸음을 멈춘다. 내 꿈이라도 꾸
고 있는 건가? 여자가 내 이름을 한숨처럼 속삭이며 가슴팍을
깊이 파고든다. 다행히 여자는 한 번 칭얼거리고는 이내 다시
깊이 잠든다.

너무 행복해서 하늘이라도 날 것 같다. 바보처럼 입술이 자꾸 스멀스멀 벌어진다. 잠꼬대에 불과하지만 여자의 사랑을 확인했다는 생각에 가슴이 벅차다. 꿈을 꾸는 여자의 얼굴이 부끄러운 듯 발그스름하게 달아오른다. 어둠 속에서도 여자의 붉게 상기된 뺨이 또렷하게 보인다. 도대체 무슨 꿈을 꾸고 있는 걸까? 한숨처럼 내쉰 내 이름과 뜨거운 호흡, 그리고 붉게 상기되는 얼굴. 어쩌면 여자는 꿈속에서 다시 나와 사랑을 나누고 있는지도 모르겠다. 여자의 꿈을 상상해 보는 것만으로 체온이 후끈 달아오른다. 어쩜 이렇게 사랑스러울까. 가슴이 설렌다. 나는 벅찬 감정을 어쩌지 못하고 잠든 여자의 정수리에 살포시 입술을 맞춘다. 마냥 사랑스러워 까슬거리는 머리통에 뺨을 조심스럽게 비빈다.

가슴이 간질거린다. 벌레인가? 오른쪽 가슴을 간질이던 벌레가 젖꼭지 주변을 신나게 배회하고는 스멀스멀 왼쪽 가슴으로 기어간다. 간질간질. 잠결에도 나는 잘게 진저리친다. 무의식적으로 벌레를 떼어내기 위해 손바닥으로 가슴을 툭 쓸어내린다. 다행히 벌레가 떨어진 모양이다. 더 이상 간질거리지 않는다.

만족스러운 숨을 내쉬며 다시 깊은 수면으로 빠져들려는 찰나, 다시 가슴이 간질거린다. 음? 의식이 옅은 수면으로 기어나온다. 다시 시작된 간질거림은 방금 전과는 조금 느낌이 다르다. 가슴을 더듬는 움직임이 아무래도 벌레는 아닌 것 같다. 슬쩍슬쩍 닿았다 떨어지기도 하고 젖꼭지를 살짝 잡아당기기도 한다. 아무래도 벌레는 아닌 것 같다. 벌레보다는 조금 더 크고, 훨씬 부드러운 피부를 가지고 있는 그 무엇……! 그렇다면……?

아!

나는 비어져 나오려는 웃음을 집어삼키고 몰래 손을 들어 올린다. 그리고 눈 깜짝할 사이에 앙큼한 그 무엇을 확 잡아챈다.

"꺄악."

버둥거리는 그것을 한 손에 꽉 틀어잡고 가슴팍으로 와락 끌어당기며 눈을 번쩍 뜬다. 바로 눈앞에 당황해서 까만 눈을 동그랗게 든 여자의 얼굴이 보인다. 깜짝 놀란 여자의 입이 반쯤 벌어져 있다.

"잡았다. 벌레."

한쪽 눈을 찡긋거리며 짓궂게 말하자 여자가 놀란 표정을 지우고 금세 샐쭉한 표정을 지어 보인다.

"뭐, 벌레요? 그럼 내가 벌레란 말이에요?"

여자는 눈 흘기는 것조차 너무 예쁘다. 얼마나 사랑스러운지. 나는 가슴 밑바닥에서 울려 나오는 웃음을 나지막이 터트리며 여자를 끌어안은 채 몸을 한 바퀴 굴렀다. 내 몸의 반도 채 되지 않는 여자 위로 훌쩍 올라갔다. 온몸으로 가녀린 몸을 꼼짝 못하게 틀어막았다. 꺄악! 비명을 질러대며 버둥거리는 여자의 양 손목을 잡고 머리 위로 번쩍 치켜 올렸다. 움쭉달싹 못하게 간혀 버린 여자의 얼굴이 벌겋게 달아오른다. 호흡도 점차 가빠라진다. 맞닿은 여자의 풍만한 가슴이 빠르게 오르락내리락한다. 그럼에도 여자는 시선을 피하지 않는다. 깜박이는 풍성한 속눈썹 사이로 열기를 띠어가는 까만 눈동자가 보인다.

"그럼, 벌레가 아니라 뭐지? 난 분명 몰래 가슴팍을 기어다니는 벌레를 잡았는데. 자, 어떻게 생겼는지 어디 한번 볼까?"

나는 잡아챈 여자의 손을 번쩍 치켜들었다.

"어라, 처음 보는 벌레네? 음, 좀 요상하게 생겼군. 다리가 다섯 개밖에 없는데?"

나는 가느다란 손가락을 덥석 입에 넣고 자근자근 깨물었다. 여자가 숨을 멈춘다. 나는 흔들리는 까만 눈동자에 시선을 고정하고 손가락 하나하나를 천천히 빨아댔다. 여자의 숨이 조금씩 가빠지기 시작한다. 여자가 손가락을 빼내기 위해 꼼지락거렸지만 나는 꼼짝 못하게 움켜쥐고 한마디씩 야금야금 집어삼켰다.

여자의 다섯 손가락을 모두 꼼꼼히 맛본 후 손바닥을 거쳐 손목까지 길게 핥아 내렸다. 혀에 파닥거리는 맥박이 느껴진다. 뜨거운 숨을 토해내는 여자의 입속으로 물컹한 혀를 가차없이 집어넣었다. 여자의 혀가 다급한 나의 움직임에 맞춰, 아니, 보다 더욱 다급하게 입술을 탐하고 혀를 휘감아온다.

나는 혀를 깊게 빨아들일 때마다 홀쭉해지는 여자의 뺨을 감싸 안고 어루만졌다. 매끄러운 피부의 감촉이 욕망을 부채질한다. 우리는 누가 먼저랄 것 없이 다급하게 얼굴을 이리저리 돌려가며 서로의 입안을 꼼꼼히 훑고 서로의 호흡을 빼앗았다. 점차 거칠어져 가는 키스에 여자와 나의 심장이 미친 듯이 뛰어댔다.

달콤한 여자의 타액을 들이마시며 심장을 달래보려 하지만 소용없는 바람일 뿐. 이미 질주를 시작한 심장은 거세게 날뛰고 머릿속은 텅 비어가고 온몸의 감각은 예민하게 곤두선다. 수백 개의 가시가 온몸을 찔러대는 것 같다. 따가운 전율이 저릿저릿하게 온몸을 휘돌아다니고 단전을 세차게 두드려 댄다.

아찔한 전율에 허리에 힘이 바짝 들어가고 아랫도리가 무럭무럭 자라기 시작한다. 마침내 무성한 수풀을 뚫고 거대한 몸집을 드러낸 녀석이 앞으로 돌진한다. 열락의 근원지였던 깊은 동굴을 찾아. 전신을 꽁꽁 동여매고 숨도 쉴 수 없을 만큼 강하게 조여대던 신비한 동굴을 찾아. 탄탄한 가슴에 짓눌려져 있는 풍만한 가슴을 가득 움켜잡았다. 오뚝 솟아오른 단단한 봉우리를 손바닥의 넓은 면으로 살살 굴리다 잡아당기고 손톱으로 긁어내렸다.

[하악.]

여자가 단말마에 가까운 신음을 내지르며 육중한 체구에 깔린 몸을 바르작거린다. 허리를 들썩이고 다리를 버둥거린다. 목을 뒤로 젖히고 출렁거리는 가슴을 앞으로 내민다. 아래에서부터 모아 움켜쥐자 풍만한 가슴이 더욱 풍만해지며 터질 듯이 크게 부푼다. 그 위에 볼록 튀어나온 진갈색 봉우리를 게걸스럽게 빨고 핥아댔다.

허리를 휘감는 미끈한 다리를 어루만지며 탱탱한 엉덩이를 손안에 넣는다. 탄력적인 엉덩이를 마음껏 주무르자 여자가 허리를 들썩거린다. 잔뜩 성이 난 아랫도리에 습하고 뜨거운 열기가 찰싹 닿았다가 살짝 떨어지기를 반복한다. 감질나는 아찔한 전율에 몸이 바르르 떨린다. 벌건 욕망이 거세게 타오르기 시작한다. 허리에 휘감겨 있는 다리가 떨어지지 않도록 팔뚝으로 단단하게 조이고 들썩거리는 여자의 엉덩이를 와락 끌어당긴다. 화끈거리는 가랑이가 불끈거리는 아랫도리에 빈틈없이 밀착되자 열기가 최고조로 상승한다. 부풀 대로 부푼 녀석이 여자의 아랫배를 꿰뚫을 듯 압박한다. 촉촉하게 젖은 두 개의 수풀이 하나로 뒤엉킨다.

시뻘건 정염에 사로잡힌 나는 양쪽으로 활짝 벌어진 여자의 가랑이에 하체를 밀어 넣고 허리를 들썩인다. 근육으로 뒤덮인 엉덩이가 바윗덩어리처럼 단단하게 뭉쳤다 풀어지기를 반복한다. 이미 한번 극렬한 환락과 쾌락을 경험한 육체는 더 큰 쾌락을 내놓으라며 아우성을 친다. 아찔함에 넋이 나갈 것 같은 정신이 벼랑 끝까지 내몰린다. 밀착된 아랫부분에서 들려오는 야한 질척거림과 야릇한 교성이 한데 뒤섞여 사방으로 흩어진다.

나는 혀와 입술로 여자의 온몸을 핥고 맛본다. 간밤의 격렬했던 교미를 증명하듯 뽀얀 피부 곳곳에 울긋불긋한 흔적들이 아로새겨져 있다. 거친 남자의 흔적. 안쓰러우면서도 한편으로는 뿌듯한 이 기분은 무엇일까. 슬쩍 미안해진 나는 상처를 치료하듯 붉은 자국을 할짝할짝 핥았다. 가르랑거리는 달뜬 신음 소리가 여자의 입에서 흘러나오고 울긋불긋한 꽃물은 동심원처럼 넓게 번져 나간다. 금세 뽀얗던 피부가 빨간 꽃물을 뒤집어쓴 듯 붉게 물들기 시작한다. 바르르 떠는 여자의 전율이 민감한 혀를 통해 혈관으로, 심장으로 빠르게 흡수되어 간다. 거센 욕망이 들불처럼 전신으로 번져 나간다.

여자의 가랑이까지 미끄러져 내려간 붉은 시선으로 촉촉하게 젖은 검은 수풀을 바라본다. 무성한 수풀 너머 오도카니 숨어 있는 열락의 근원지를 꿰뚫어 보듯이. 수풀을 가르고 아침 햇살에 반짝이는 분홍빛의 여린 살결을 드러낸다. 움찔거리며 말간 액체를 토해내는 분홍빛 속살.

한없이 여려 보이는 만큼 가슴 떨리게 아름답다. 촉촉하게 젖어 반들반들 윤기가 나는 모양이 마치 갓 피어나는 꽃술 같다. 이슬비에 젖어 고개를 치켜드는 여린 꽃술. 나는 홀린 듯이 손가락을 살며시 움찔거리는 꽃술에 갖다 댄다.

흡! 여자가 숨을 들이켜며 거친 교성을 내지른다. 들썩이는 허리의 움직임에 꽃술이 조금 더 확연하게 모습을 드러낸다. 치가 떨리도록 보드라운 느낌에 손이 녹아나는 것 같다. 움찔거리며 바르르 떨어대는 속살이 어제보다는 약간 부풀어 오른 것 같아 보인다.

아픈 걸까?

짐승처럼 날뛰려는 시뻘건 욕망을 내리누르고 상처 입은 속살을 달래주기 위해 천천히 입술을 내린다. 움찔거리던 꽃술이 파르르 떨며 말간 물을 울컥 뱉어낸다. 분홍빛 꽃술의 즙은 무슨 맛일까 궁금하다. 혀를 내밀어 쓰윽 핥아 올린다.

[하악!]

여자가 온몸을 바르르 떨며 머리카락을 움켜잡는다. 알싸하면서도 지독하게 단 즙을 게걸스럽게 삼키며 눈만 치켜떠 여자를 살핀다. 열기에 들뜬 흐릿한 시야에 진분홍색으로 물든 여자가 보인다. 표정은 잘 보이지 않는다. 한껏 뒤로 젖혀진 얼굴 탓에 오롯이 눈에 차는 것은 갸름한 턱과 바르르 떨리는 가는 목뿐이다. 거친 숨을 쉴 새 없이 토해내며 간헐적으로 흐느끼는 붉은 입술도 보인다.

여자가 토해내는 단숨을 모조리 들이켜고 싶다는 열망과 함께 타는 듯한 갈증이 시작된다. 바싹 조바심이 인다. 나는 눈앞에 있는 달디단 꽃술을 여자의 입술 대신 탐닉한다. 야릇한 맛이다. 시큼하면서도 향긋한…… 생전 처음 맛보는 맛, 향기. 동시에 지독하게 달다.

나는 급작스러운 갈증에 뇌수까지 바싹 마르는 것을 느꼈다. 도저히 참을 수 없는 지독한 갈증에 나는 물 대신 촉촉하게 젖은 여린 꽃술을 한입 가득 삼켰다. 진한 액체가 입안을 감싸고 식도를 따라 흘러들어 간다. 식도를 통과한 진한 액체가 심장을 불태우고 혈관을 팽창시킨다. 짐승처럼 사나운 욕망이 단전에서부터 불시에 깨어나 거세게 솟구친다.

입안 가득 빨아들인 속살을 혀로 꼼꼼하게 핥았다. 핥는 대로 여린 속살이 움찔거리며 벌어지는 것이 느껴진다. 얼굴을 스치는 까슬거리는 수풀이 거추장스러워 얼굴을 조금 들어 올리자 수풀 속에 숨어 있는 작은 구슬이 모습을 드러냈다. 여자의 몸은 정말 신비한 것들로 가득 차 있다. 동굴에 이어 향긋한 여린 꽃술은 물론 그 위에는 작은 구슬까지 숨겨놓고 있었다니.

나는 작은 구슬을 혀로 톡톡 건드려도 보고 쪽쪽 빨아보기도 했다. 입술을 바짝 들이대고 앞니로 잘근잘근 씹어보기노 했다. 그럴 때마다 여자는 미친 듯이 버둥거리면서 머리카락을 세게 잡아당겼다. 어찌나 세게 잡아당겨 쥐어뜯는지 머리카락이 다 뽑혀 나가는 것 같았다. 그러나 그 정도의 아픔 따위는 참아낼 수 있었다. 여자의 거친 숨과 사방으로 울려 퍼지는 달뜬 교성, 더없이 뜨거워지는 체온으로 여자가 고통스럽기 때문에 그러는 것이 아니라는 것쯤은 알 수 있었기 때문이었다.

한 가지 안타까운 것은 자꾸 여자가 다리를 오므리려고 한다는 사실이었다. 아파서 그러는 것이 아니면서도, 나와 마찬가지로 엄청난 쾌락에 몸 둘 바를 모르면서도 왜 자꾸 피하려 하는 걸까. 나는 그만둬야 하나 싶어 갈등했지만 살짝 입술을 떼면 또 득달같이 뒤통수를 내리누르는 여자의 행동에 이내 갈등을 거둬들였다.

한참 동안 구슬을 희롱하는 데 열중하고 있던 나는 불현듯 여린 꽃술이 그리워져 입술을 아래로 내렸다. 아까보다도 더 진한 액을 흘리는 꽃술은 붉게 상기된 모습으로 펄떡거리고 있었다. 아마 속살 또한 열에 달뜨면 상기되는 모양이었다.

나는 혀를 내밀어 흘러내리는 액을 거슬러 아래에서부터 위로 쓰윽 핥아 올라갔다. 시큼하고도 달짝지근한 맛이 입안 가득 들어찼다. 그 맛은 정말…… 사람을 미치게 만드는 맛이었다. 어디서도 맛볼 수 없는 맛. 내 여자, 진에게서만 맛볼 수 있는 천상의 맛.

여러 번 핥아 올리자 욕심은 더욱 무럭무럭 자라났다. 나는 여자의 허벅지 안쪽 여린 살을 움켜잡고 벌리던 손을 옮겨 바들바들 떠는 꽃술을 양옆으로 활짝 벌려보았다.

이런, 그 속에는 꽃술보다도 더욱 여린 속살이 숨어 있었다. 선명한 선홍빛의 속살은 윤기가 반질반질 나는 것이 눈이 부셔 차마 제대로 바라볼 수 없을 정도로 아름다웠다. 나는 침을 꿀꺽 삼키고 숨어 있던 보물에 혀를 슬며시 갖다 대었다. 여자의 교성이 더욱 세차게 울려 퍼지고 머리카락은 더욱 뽑혀 나갔다.

선홍빛 속살 아래에는 작은 동굴도 있었다. 나는 여린 속살을 실컷 맛보고 동굴 속으로 혀를 집어넣어 보았다. 음, 잘 들어가지 않았다. 이번에는 혀에 힘을 바짝 주고 뾰족하게 만들어 다시 집어넣었다. 아, 그러자 조금씩 들어가졌다. 아찔했다. 온몸이 펄펄 끓는 물을 뒤집어쓴 듯 고통스러울 정도로 뜨거워졌다.

뇌수가 모두 녹아버려 줄줄 흘러내리는 듯했으며 믿을 수 없는 크기만큼 팽창해 버린 아랫도리는 바위도 찌를 수 있을 만큼 단단해졌다.

뜨거운 호흡에 여자의 여린 피부가 발갛게 불타오른다. 퍼덕거리며 경련하는 피부가 맞닿아 있는 입술을 때리고 욕망을 부채질한다. 한껏 양쪽으로 벌어진 여자의 가랑이 사이에 자리를 잡고 웅크리고 앉은 나는 순식간에 여자의 몸을 뒤집었다.

[꺄악.]

여자가 비명을 내지르며 거꾸로 눕혀진 거북이처럼 버둥거린다. 버둥거리는 여자의 허리를 잡아채 아래로 휙 끌어당겼다. 그리고 여자가 두 손으로 상체를 들어 올리기도 전에 나는 벌건 손자국이 무성하게 남은 여자의 육감적인 엉덩이를 번쩍 치켜들어 올렸다.

"코, 콜튼…… 자, 잠깐만! 아앗!"

벌겋게 달아오른 얼굴로 뒤를 돌아보는 여자는 끝내 말을 마치지 못했다. 양쪽 엉덩이를 벌린 틈으로 벌겋게 부풀어 오른 속살이 촉촉이 젖어 있는 것을 본 순간 이성을 잃은 몸뚱이가 무작정 달려들었기 때문이다.

좁고 뜨거운 틈을 비집고 거대하게 부푼 살덩이를 집어넣자 여자가 온몸을 퍼덕거리며 야릇한 비명을 질러댔다. 나 역시 짐승처럼 으르렁거리며 비명을 질러댔다. 미끄덩거리는 액이 끊임없이 흐르는 그곳은 환상의 신천지였다. 비좁은 틈을 벌리고 침입하는 거대한 녀석을 동굴은 머리부터 뿌리 끝까지 꼭 옥죄고 놔주지 않았다.

녀석은 동굴 속에서 그대로 터져 버릴 것 같았다. 그와 함께 내 몸도 산산이 부서지고 터져 버릴 것 같았다. 그러나 그렇더라도 나는 멈출 수 없었다. 여자의 잘록한 허리를 움켜쥔 채 목을 뒤로 꺾었다. 이파리를 뚫고 눈부시도록 쏟아져 내리는 찬란한 아침 햇살을 향해 태양보다도 뜨거운 숨을 뿜어냈다. 허공에서 작열하는 태양의 열기와 그 열기를 몰아내는 뜨거운 호흡이 거세게 부딪혔다. 누구의 열기가 더 뜨거운지 내기를 하듯 나는 태양과 거센 다툼을 벌였다.

바스러트릴 듯 억세게 조여대는 그곳에서 아랫도리를 빼냈다가 다시 격하게 밀고 들어갔다. 허리의 움직임이 점점 급박하게 빨라지고 격해질수록 눈앞은 하얗게 탈색되고 열기는 점점 더 뜨거워졌다. 급기야는 온몸이 거대한 불덩이로 변해 버렸다.

나무 침상을 긁으며 교성을 내지르는 여자가 밀고 들어갔다가 빠져나오는 움직임에 따라 몸을 마주 흔들어댔다. 여자와 나의 격렬한 움직임을 감당하지 못한 나무 침상이 삐거덕거리며 비명을 질러댔다. 아슬아슬하게 흔들리는 모양새가 금방이라도 폭삭 무너져 버릴 것 같았다.

그럼에도 여자와 나는 멈추지 않았다. 아니, 멈출 수가 없었다. 이미 멈추기에는 우리는 너무 멀리까지 달려가고 있었다. 이제는 그 무엇으로도 여자와 나를 멈추게 할 수 없었다. 폐가

파열될지라도, 온몸의 혈관이 모두 끊어져 퍼져 버릴지라도, 나무 침상이 끝내 무너져 버릴지라도.

여자가 새된 교성을 내지르며 침상보다 먼저 무너져 내렸다. 나는 어제처럼 무너져 내린 여자의 등을 감싸고 상체를 무너트렸다. 찰싹 맞닿은 여자의 등가죽이 쉴 새 없이 부풀었다 가라앉으며 가슴과 뱃가죽을 쿵쿵 때려댔다. 끈적거리는 땀이 하나로 합쳐져 여자의 피부 속으로, 내 피부 속으로 흡수되었다가 다시 빠르게 흘러내렸다.

여자와 하나가 되는 몸짓, 사랑을 나누는 행위에 중독된 나는 조금도 멈추지 않았다. 여자의 어깨를 꼭 끌어안고 허리를 가열차게 움직였다. 여자가 얼굴을 돌려 허겁지겁 입술을 찾는다. 나는 단내 나는 여자의 입술을 마음껏 탐하고, 대신 내 모든 것을 여자에게 모조리 갖다 바쳤다.

여자가 버둥거리며 꺾인 팔을 뒤로 돌려 어깨를 움켜잡고 목덜미를 휘감았다. 여자의 상체가 비스듬히 뒤로 돌려졌다. 반쯤 돌려진 상체에 여자의 가슴이 덩달아 드러났다. 여자의 어깨를 잡고 있던 손을 내려 출렁이는 가슴을 한 움큼 잡아챘다. 끈적거리는 땀이 흥건하게 배어 있는 가슴을 마음껏 주물렀다. 엄청난 갈증에 얼굴을 내려 여자의 가슴을 한입 가득 베어 물었다.

[하악!]

여자가 바들거리며 상체를 조금 더 일으켜 세워 뒤로 사정없이 비틀어댔다. 그 모든 순간 내내 여자의 몸속으로 끊임없이 파고들던 나는 엄청난 흡입력과 조임에 단말마의 비명을 내지르며 등을 둥글게 말았다. 빈틈없이 맞닿아 있던 여자와의 사이에 미세한 틈이 생겨났다.

그 틈을 타고 여자가 눈 깜짝할 사이에 몸을 휙 돌려 바로 누워버렸다. 순간적으로 당황한 나는 벌겋게 충혈된 눈을 커다랗게 뜨고 거친 신음 소리를 흘렸다. 안 된다. 누가 이 정도에서 놔줄 줄 알고! 나는 부리나케 다시 여자를 엎드리게 만들기 위해 손을 뻗었다.

여자의 허리를 향해 뻗은 손을 여자가 부드럽게 잡아챘다. 부드럽지만 감히 거역할 수 없는 손길. 나는 어정쩡한 자세로 몸을 웅크리고 앉아 아래에 바로 누워 있는 여자를 태울 듯이 바라보았다. 여자의 붉은 시선이 허둥대는 시선을 잡고 놓아주지 않았다.

[하아…… 하아…….]

여자가 거친 숨을 몰아쉬며 손을 천천히 아래로 내린다. 여자가 이끄는 대로 속수무책 이끌려 간 손바닥에 하늘 높이 고개를 빳빳이 치켜들고 으르렁거리는 녀석의 끈적거리는 몸체가 스친다. 움찔 놀란 내가 손을 치우려고 하자 여자가 단단해진 눈빛으로 시선을 놓아주지 않은 채 손을 놓아주고 대신 녀석을 움켜잡는다.

"으헉!"

갑자기 환락의 동굴에서 내쳐짐을 당한 녀석이 여자의 보드라운 손에 꼬옥 감싸여 꿈틀거린다. 거센 항의 같기도 하고 열렬한 환영이기도 했다. 나는 여자가 어찌하려는지 감히 짐작도 하지 못한 채 여자가 이끄는 대로 가만히 이끌려 간다. 여자가 꿈틀거리는 불덩이를 잡아당긴다.

자세가 점점 더 낮아지고 호흡은 더욱 가빠라진다. 여자의 다리는 더 이상 벌어질 수 없을 정도로 더없이 벌어진 채다. 여자가 발바닥을 침상에 대고 무릎을 세운 자세 그대로 허리를 들어 올린다.

[학!]

꿈틀. 녀석의 둥근 몸 끝에 여자의 뜨겁고 습한 동굴 입구가 맞닿는다. 그리고 맞닿았다고 느낀 그 순간 여자의 손아귀 힘이 드세지더니 아랫도리를 휙 잡아당긴다. 거짓말처럼 녀석이 여자의 동굴 속으로 순식간에 빨려 들어간다.

태양보다도 더욱 시뻘겋게 타오른 여자의 얼굴에 미세한 균열이 생기고 가쁜 숨을 토해내는 입술이 점점 더 크게 벌어진다. 미간이 좁혀지고 주름이 옴팡지게 생긴다. 붉은 눈동자가 불꽃에 휩싸여 활활 타오른다.

거친 호흡을 내뱉으며 허리에 힘을 바짝 주었다. 여자의 얼굴을 바로 내려다보며 동굴 속까지 깊숙이 밀고 들어가는 기분은…… 뭐라고 표현할 수 없을 정도로 끔찍하게 짜릿했다. 어제와는 비교할 수도 없는 극렬한 쾌감과 전율이 머리와 온몸을 강타하고 심장을 쥐어뜯었다.

빈틈없이 맞닿아 있는 여자와 나의 아랫도리에서 불길이 일고 열기가 치솟는다. 여자의 까슬거리는 수풀이 아랫배를 간질이고 아랫도리 안쪽 살을 자극한다. 환상적인 합일을 이끈 여자의 손이 치골을 훑고 올라와 옆구리를 부여잡는다.

달라진 자세에 어찌할 바를 몰라 꼼짝없이 여자에게 잡혀 굳어 있는 나를 올려다보며 여자가 허리를 움직이기 시작한다. 천천히, 아주 조심스럽게.

하얗던 눈앞이 시뻘겋게 타오르고 엄청난 전율이 등골을 따라 쉴 새 없이 오르내린다. 불끈불끈 튀어나온 근육들이 파르르 떨어대고 저절로 허리에 힘이 들어간다. 숨이 턱턱 막혀 입을 다물 수 없다. 바짝 마른 입속이 어느 순간부터 침으로 가득 차기 시작한다.

천천히 움직이던 여자의 허리가 속도를 높여간다. 허리춤을 잡고 있는 작은 손아귀의 힘이 믿을 수 없을 정도로 드세다. 여자의 동굴을 가득 채운 녀석을 옥죄었다가 풀어내는 세기와 간격은 점점 더 빨라지고 급박해진다.

[아아아…….]

"하악, 하악!"

의지를 벗어난 몸이 저절로 움직인다. 아주 거세고 급박하게. 목구멍을 비집고 튀어나온 비명이 도무지 내 목소리 같지 않다. 나는 여자의 활활 타오르는 붉은 눈동자에서 한시도 시선을 떼지 않고 허리를 미친 듯이 움직였다.

동굴 속 끝까지 빠르고 거칠게 파고들어 가는 움직임에 여자가 자꾸 위로 밀려간다. 밀려 올라가는 여자의 허리와 어깨를 잡아채 꼼짝 못하게 고정시켰다. 달라진 자세에 치미는 욕정은 끝 갈 데를 모른다.

이럴 수도 있다니, 아아, 어떻게 이런 일이……

"진, 진……. 으헉, 아아아아……. 진, 진!"

[아악, 악! 하아, 하아……. 콜튼…… 콜튼!]

팔뚝을 움켜쥔 여자가 도리질을 치며 울부짖는다. 온몸을 시뻘겋게 물들이고 쉴 새 없이 허리를 들썩거린다. 여자가 정수리를 침상 깊숙이 막고 하늘을 향해 뜨거운 호흡을 뿜어낸다. 침상에 뿌리처럼 박혀 있던 두 다리를 들어 허리를 휘감아온다. 휘감은 두 다리로 허리를 부러트릴 듯 조여온다.

나는 웅크리고 있던 상체를 들어 올렸다. 이런, 은밀한 동굴에 맞닿는 느낌이 또 달라졌다. 여자의 동굴은 조금씩 자세를 바꿀 때마다 다른 느낌으로, 다른 쾌락으로 다가와 나를 옥죈다. 매번 다른 환락으로 나를 이끈다.

엄청난 요기가 온몸을 후려친다. 비 오듯이 흘러내리는 땀이 사방으로 후드득 떨어진다. 더 이상 아무것도 보이지 않는다. 숨도 쉬어지지 않는다. 여자 이외에는 아무것도 느낄 수 없다.

"진, 진, 진!"

나는 여자를 목청껏 부르며 온몸을 극렬하게 떨었다. 환한 아침인데도 불구하고 어젯밤처럼 어김없이 찾아온 눈부신 별무리에 한순간 눈이 멀어버린다. 팽팽하게 당겨진 피부를 뚫고 솟구치는 혈관의 뜨거운 전율이 전신을 후려치고 뜨거운 액체가 녀석을 통해 빠르게 분출된다.

어깨만 간신히 침상에 맞대고 하체가 번쩍 치켜 올려진 자세 그대로 여자는 한순간 바들바들 떨며 경직했다. 비명 한마디 내지르지 못하고 여자도 숨을 멈췄다. 얼굴이 보이지 않을 정도로 뒤로 꺾인 여자의 가느다란 목이 아슬아슬하다.

모든 사물이 정지하고 공기의 흐름조차 멈췄다. 눈부신 태양은 패배를 인정하고 모습을 감췄다. 나무 틈새와 이파리를 뚫고 불어오던 후끈한 바람 역시 더 이상 불어대지 않았다.

"하아, 하아, 진⋯⋯."

격랑처럼 사나웠던 떨림이 잦아들고 자잘한 떨림이 뒤이어 전신을 휘감았다. 서서히 시야가 트이고 멈췄던 호흡이 조금씩 다시 쉬어지기 시작했다.

풀썩.

나는 여자 위로 무너져 내렸다. 깊은 바닷속을 몇 날 며칠 헤엄친 것처럼 몸은 머리부터 발끝까지 흠뻑 젖었고 머리는 멍멍했으며 시야는 흐릿했다. 손가락 하나 꼼짝할 수 없을 정도로 힘이 쭉 빠지고 나른했다.

나는 힘 하나 없는 몸을 움직여 가쁜 숨을 몰아쉬는 여자의 마른 입술을 찾았다. 여자는 힘겹게 움직이면서도 내 입술을 반갑게 맞아주었다. 땀으로 끈적거리는 몸뚱이를 꼭 끌어안아 주었다.

"사랑해⋯⋯. 사랑해, 진."

입술을 꼭 맞붙이고 나지막이 속삭였다. 잔뜩 가라앉은 목소리에는 아직 축축한 열기가 배어 있었다. 입술을 움직일 때마다 살짝살짝 붙었다 떨어지는 여자의 입술이 감칠맛날 정도로 달콤하고 짜릿했다.

"하아⋯⋯. 사, 사랑해요, 콜튼⋯⋯."

뜨거운 숨결과 함께 토해진 여자의 고백은 너무 낮아서 자세히 귀를 기울여야 들릴 정도로 나지막했다. 그러나 나에게는 그어떤 소리보다도 더욱 크고 강하게 들려왔다. 사랑한다는 여자의 고백은 폭풍처럼 휘몰아쳤던 좀 전의 뜨거웠던 행위를 완성시키는 대단원의 마지막 행위였다.

여자와 나는 뱀처럼 서로의 몸을 휘감았다. 후끈거리는 체온도 끈적이는 육체도 우리의 포옹을 가로막지 못했다.

✳

여자와 나는 태양과 달이 세 번 떠오르고 질 때까지 삐걱거리는 침상에서 한 발자국도 벗어나지 않았다. 서로를 꼭 부둥켜안은 채 단잠을 취했고 서로의 품속에서 눈을 뜨면 누가 먼저랄 것 없이 서로의 육체를 탐했다. 여자와 사랑을 나눌 때마다 폭풍처럼 휘몰아치는 환락과 쾌감은 매번 덩치를 키워갔고 사랑을 나누는 행위 또한 다양해졌다.

나는 많은 것을 빠르게 터득했다. 원숭이나 다른 동물들처럼 교미할 때, 암컷을 엎드려 놓고 뒤에서 달려드는 것만이 전부가 아니라는 것을 알게 되었다. 사람은 놀랍게도 동물들처럼 뒤에서는 물론 서로의 얼굴을 마주 보며 사랑을 나눌 수도 있었다. 가장 놀라운 것은 때로는 여자가 나를 깔고 앉아 사랑을 나눌 수도 있으며 서로를 마주 보며 앉아 사랑을 나눌 수도 있다는 사실이었다.

나는 새로운 방법으로 사랑을 나눌 때마다 매번 놀라고 감탄했다. 이 얼마나 신비로운 일인가. 사람은 얼마나 다양한 자세로 사랑을 나눌 수 있는 걸까. 얼마나 많은 쾌락을 몸속에 감추고 있는 걸까. 얼마나, 얼마나, 얼마나……. 놀라움과 의문은 끝이 없었다.

특히 여자란 참으로 신비로운 존재였다. 그 여리고 가는 몸 어디에 그토록 뜨거운 정열이 존재하는 건지 모르겠다. 뜨겁고 깊은 열락의 동굴은 또 어떻고. 아랫도리를 옥죄는 힘은 가히 상상을 불허한다. 매번 까무룩 정신을 잃을 만큼 지쳐 곯아떨어지면서도 여자는 입맞춤 한 번, 뜨거운 손길 한 번에 금세 화르륵 타오르고는 했다. 그리고 열정적인 몸부림으로 나를 받아들이고 아득하게 빨아들였다.

지난 삼 일 내내 우리는 그렇게 서로를 탐하다 지쳐 잠들었다. 목이 마르면 떠다 놓은 호수 물로 목을 축였다. 배가 고프면 따다 놓은 과일로 허기를 달랬고 서로의 타액과 육체로 배를 채웠다. 이제 여자는 나의 전부가 되어버렸다. 여자의 타액은 갈증을 잠재우는 신비의 생명수였으며 여자의 호흡은 나를 숨 쉬게 만드는 공기였다. 여자의 존재는 콜튼 와이즈먼의 존재 가치, 그 자체가 되어버렸다.

여자와 함께 있다는 사실만으로 나는 물을 마시지 않아도 목이 마르지 않았으며 먹지 않아도 배가 불렀다. 잠을 자는 시간마저도 아쉽고 안타까웠다. 그래선지 여자와 함께 탈진해서 쓰러져도 얼마 지나지 않아 저절로 눈이 떠지고는 했다. 내 체취를 흠뻑 뒤집어쓰고 내 품에 안겨 잠든 여자를 보고 또 보며 그녀가 잠에서 깨어나기를 기다렸다. 나는 평생 여자와 사랑만 나누며 살 수도 있을 것 같았다.

그런 내가 삼 일 만에 여자를 침상 밖으로 이끈 것은 어쩔 수 없는 선택이었다. 물은 물론 과일까지 똑 떨어져 버렸기 때문이었다. 나야 상관없지만 여자를 굶길 수는 없었으니까. 여자를 생각한다면 혼자 움직이는 것이 옳았으리라. 그러나 나는 여자를 품에서 한시도 떨어트리고 싶지 않았다. 혼자서는 어디에도 가고 싶지 않았고, 그 무엇도 하고 싶지 않았다. 그래서 잠에서 깬 여자를 억지로 일으켜 세웠다.

삼 일 만에 침상에서 내려온 여자는 갓 태어난 문착 새끼처럼 잘 걷지 못했다. 다리에 힘이 하나도 없는지 바닥에 발을 딛는 순간 앞으로 고꾸라지려고 했다. 깜짝 놀란 나는 휘청거리는 여자를 단숨에 번쩍 안아 들고 여자의 안색을 주의 깊게 살폈다. 느리게 끔벅이는 눈꺼풀과 다소 지친 듯한 표정이 걱정스럽기는 했지만 다행히 여자의 안색은 그 어느 때보다 맑고 싱그러워 보였다. 한껏 물이 오른 하푸카처럼 탱글탱글한 피부가 손에 착 감겼다.

볼그스름한 뺨을 반짝이며 나른하게 미소 짓는 모습이 얼마나 예쁘고 사랑스럽던지 나는 하마터면 이성을 잃고 또다시 여자에게 달려들 뻔했다. 삼 일 전부터 고장난 심장은 여전히 헐떡거려 댔고 벌써 수십 번, 아니, 수백 번, 수천만 번이나 경험한 짜릿한 전율이 온몸을 휘몰아치며 돌아다녔다. 영원히 익숙해질 수 없는 아찔함이었다.

허겁지겁 여자의 입술을 입에 머금고 마른 입속에 타액을 건네주었다. 그러나 여자의 마른입은 쉬 축축해지지 않았다. 나는 할 수 없이 파르르 들고 일어나는 거센 욕망을 단단히 억누르지 않을 수 없었다. 아쉽고 안타깝지만 할 수 없었다. 일단은 땀과 체액으로 흠뻑 젖은 여자를 씻기고 마른입이 충분한 수분을 들이켤 수 있도록 해줘야만 했다.

나는 여자와 달리 그 어느 때보다 힘이 용솟음쳤다. 여자와 사랑을 마치고 여자의 몸속으로 뜨거운 체액을 모조리 발산한 후에는 손가락 하나 움직일 힘이 없을 만큼 지쳐 쓰러졌지만 여자를 안고 있으면 금세 지친 몸은 회복되었다. 회복되는 근육들을 따라 축 늘어졌던 아랫도리도 금세 발딱 일어났다.

지금도 내 몸은 어느 때보다 건강하고 힘이 넘쳐 난다. 주체하지 못할 정도라 버거울 지경이다. 축 늘어진 여자를 안고도 하나도 무겁지 않다. 여자의 머리를 가만히 가슴에 기대게 만들고 나는 성큼성큼, 알싸한 향기로 가득한 집을 벗어났다. 삼 일 동안 초조하게 집 앞을 서성이며 기다리던 리사가 눈을 동그랗게 뜨고 호들갑스럽게 달려온다. 하지만 선뜻 다가오지는 못한다.

나는 지난 삼 일 동안 리사가 가끔 집 안을 훔쳐보는 것을 알고 있었다. 공교롭게도 그때마다 나는 여자와 진한 사랑을 나누고 있었다. 몰래 기어들어 온 녀석에게 신경 쓸 겨를이 없었다. 다행히 녀석은 쫓아낼 필요도 없이 금방 달아나고는 했다. 여자와 내가 내지르는 신음 소리에 놀라 눈을 동그랗게 뜨고 숨을 헥헥거리면서 두려운 시선으로 연방 힐끔거리기는 했지만.

처음에는 내가 여자를 잡아먹는 줄 알았나 보다. 어쩔 줄 몰라 하며 제자리를 빙글빙글 돌며 바들바들 떨기까지 했었다. 그러나 자세가 바뀌어 여자가 내 위에 걸터앉아 허리를 들썩거리는 모습을 보고는 생각이 바뀌었나 보다. 입까지 헤벌리고는 한참을 신기한 듯 바라보더니 슬그머니 꼬리를 말고 자리를 피했다. 아니, 구석 어디엔가 웅크리고 있었던가? 글쎄, 그건 잘 기억이 안 난다. 여자가 나를 집어삼키고 허리를 아찔하게 들썩이는 순간 시야가 새하얗게 변했으니까.

주변을 뱅뱅거릴 뿐 선뜻 다가오지 못하던 리사는 결국 따라오지 않았다. 호수로 가는 동안 나는 손이 닿는 대로 갖은 열매와 바나나를 따서 여자에게 건네주었다. 축 늘어진 여자는 주는 대로 넙죽넙죽 잘도 받아먹었다. 여자는 항상 반은 자신이 먹고 반은 내 입에 넣어주었다. 나도 여자가 먹여주는 대로 넙죽넙죽 받아먹었다.

과일로 텅 빈 뱃속을 얼마간 채운 덕분인지 여자는 호수에 다다를 때에는 어느 정도 기력을 되찾은 듯 보였다. 시원한 밤바람이 열기로 뜨거운 체온을 식혀주고 땀에 끈적이는 몸을 상쾌하게 말려주었다.

"내려줘요."

호숫가에 다다르자 여자가 나지막이 속삭였다. 어림없는 소리. 나는 여자의 말을 못 들은 척하고 여자를 안은 채 그대로 호수로 천천히 들어갔다. 종아리를 감싸고 허벅지를 적시는 차가운 기운이 상쾌하기 그지없다. 온몸에 저절로 자잘한 전율이 일어난다. 여자가 호수로 내려서고 싶어 품속에서 꼼지락거린다. 깊이도 적당해 내려줄까 했지만 이내 나는 생각을 바꾼다. 체력이 떨어진 여자에게는 아무래도 너무 차다. 나는 여자를 한 손으로 단단히 모아 안고 한 손으로 물을 퍼 올린다.

차르르.

퍼 올린 물을 조심스럽게 여자의 팔뚝에 끼얹는다.

"으, 차."

눈을 동그랗게 뜨고 여자가 깜짝 놀란다. 소름이 끼치는지 바르르 떨며 품을 파고든다. 영락없는 새끼 문착이다. 그 모습이 어찌나 귀엽고 앙증맞은지 나는 쿡쿡거리며 여자의 이마에 입을 쪽 맞춘다.

"많이 차가워?"

"조금. 하지만 기분은 좋아요."

배시시 웃은 여자가 허리를 비틀어 상체를 기울이고 손을 길게 늘어뜨린다. 가늘고 기다란 손가락 끝이 호수 표면에 닿을락 말락 한다. 여자를 안은 손에 힘을 바짝 주고 허리를 앞으로 숙인다. 파란 핏줄까지 선명하게 비쳐 보이는 투명한 손등이 검푸른 수면을 가르고 쓰윽 들어간다.

"아, 시원해."

여자의 얼굴에 환한 미소가 어린다. 찰박찰박. 손으로 물장구를 치며 마음껏 호수의 찬 기운을 만끽한다. 늘어져 있던 여자가 생기를 되찾고 파릇파릇한 새싹처럼 싱싱하게 살아나는 것이 느껴진다. 데려오기를 잘했다. 나는 흐뭇하게 웃으며 물장난에 심취한 여자를 바라본다.

"으앗!"

[풋!]

넋을 놓고 여자를 내려다보고 있던 나는 화들짝 놀라 괴상한 비명을 질러댔다. 방심한 틈을 노리고 여자가 얼굴에 차가운 물을 한 움큼이나 끼얹은 탓이다. 물에 흠뻑 젖어 이마 앞으로 쏟아진 머리카락에서 물이 뚝뚝 떨어진다. 어이가 없다. 나는 멍한 표정으로 여자를 바라본다. 여자는 목을 움츠리고 연신 킥킥대고 있다.

"진!"

버럭 터져 나온 음성에 여자가 어깨를 움찔한다. 그러나 그
뿐. 여자는 금방 다시 어깨까지 들썩이며 쿡쿡거린다. 나는 미
간을 잔뜩 찌푸리고 짐짓 화난 표정을 짓지만 진짜 화난 것은
아니다. 갑작스러운 찬 기운에 놀란 마음도 잠시, 고작 물장난
한 번으로 좋아 죽는 여자의 깜찍한 모습에 마음이 금세 흐물흐
물 녹아내린다.

한참 어깨를 들썩이던 여자가 흠흠, 호흡을 가다듬는다. 힐끗
눈치를 살핀다. 진짜 화난 것이 아니란 것을 확인한 여자가 동
그란 눈이 반달이 되도록 방긋 웃는다. 그 예쁜 미소에 나도 어
쩔 수 없이 환한 미소를 되돌린다. 입꼬리가 자동적으로 스멀스
멀 벌어지는데 도리가 없다. 여자가 다시 손을 호수에 담근다.

"콜튼, 조금만 더 아래로 숙여줘요. 물 끼얹어줄게요."

대놓고 물을 끼얹겠다며 허리를 더 숙이라는 여자의 요구에
도 나는 순순히 따른다. 여자에 한한 나는 'No'라는 단어를 잊
었다. 여자가 물을 한 움큼 떠 목덜미에 끼얹었다. 이번에는 조
심스러운 동작이었다. 차가운 물이 뜨끈하게 달아올라 있는 목
을 적시고 탄탄한 가슴골로 흘러내려 간다. 시원하고 상쾌한 느
낌에 저절로 한숨이 쉬어져 나온다. 나는 눈을 감고 나지막이
한숨을 내쉬었다.

"으음……."

"시원해요?"

"응."

여자가 다시 물을 한 움큼 퍼 올려 목덜미를 적셔주고 촉촉하게 젖은 손으로 뺨을 어루만졌다. 나는 시원하고 자그마한 손바닥에 뺨을 비비댔다. 여자가 쿡쿡 웃으며 물을 더 퍼 담아 올려 얼굴과 귀 뒤까지 꼼꼼하게 닦아주었다. 귓바퀴를 훑고 뺨으로 돌아온 청량한 손가락. 나는 개구리가 먹이를 잡아채듯이 여자의 손가락을 날름 집어삼켰다. 여자가 일순 숨을 들이마셨다가 이내 예쁘게 눈을 흘기며 손가락을 슬며시 빼냈다.

여자의 손가락은 이제 더 이상 차갑지도 시원하지도 않다. 뜨거운 타액을 뒤집어쓴 손가락은 뜨끈하다. 뜨끈한 손가락이 입술선을 따라 가만히 입술을 훑는다. 감질나는 느릿느릿한 움직임에 애가 바짝 탄다. 가슴 끝이 달달하니 간지럽다. 단전이 아릿하더니 금세 단단하게 뭉친다. 지칠 줄 모르는 아랫도리에 힘이 불끈 들어간다. 입술을 스치며 여자의 손가락이 멀어져 간다. 어딜! 나는 실컷 변죽만 올려놓고 새침하게 돌아서려는 여자의 손가락으로 와락 달려든다.

[까아!]

여자가 화들짝 놀란 시늉을 하며 잡아먹히기 직전에 손을 쏙 뺀다. 도로 잡아채 삼키려는 입과 먹히지 않고 입술만을 탐하려는 손가락이 실랑이를 벌인다. 여자와 함께하는 시간은 매 순간이 새롭고 즐겁다. 무엇이든지 한 번 시작하면 멈출 수가 없다. 끝내 가슴 끝의 간질거림이 팡! 하고 터져 버렸다. 나의 낮은 웃음소리와 여자의 높은 웃음소리가 한데 뒤섞여 고요한 새벽녘의 호숫가를 들썩인다. 웅장한 폭포의 소리마저 아련하게 주변을 감싼다.

승패가 나지 않는 야릇한 장난. 여자와 나의 호흡은 다시 가팔라졌다. 서로만을 향한 시선에도 붉은 너울이 넘실거리기 시작했다. 차가운 물속에 담겨 있는 체온이 빠르게 급상승하기 시작했다. 짜릿한 전율이 흥분을 몰고 온다.

"하아, 콜튼, 이, 이제 그만 내려줘요. 씻고 싶어요."

발그레 상기된 얼굴로 가쁜 숨을 몰아쉬며 여자가 나지막이 속삭인다. 이럴 때는 'No' 라는 단어를 기억해 내도 괜찮을 텐데, 에휴, 나는 이번에도 여지없이 여자의 요구에 순순히 응한다. 아쉬움이 잔뜩 묻은 한숨만 몰래 내쉬며.

"조심해. 차가워."

나는 여자가 조금만 잘못하면 깨어질세라, 다칠세라 안절부절, 극성을 부려댄다. 여자를 조심스럽게 물속에 내려주고도 잡은 손을 놓지 못한다. 바짝 다가선다. 여자가 잡힌 손을 살며시 비틀며 속삭인다.

"놔줘요. 이렇게 잡고 있으면 씻을 수가 없잖아요."

"내가 씻어줄게."

"치. 그럼 당신은요?"

"나? 음, 진이 씻겨주면 되지."

어떻게 이렇게 좋은 생각을 해냈을까. 나는 순간적으로 이런 기특한 생각을 해낸 내 자신이 뿌듯했다. 새초롬이 눈을 흘기고 어이없다는 듯 피식거리면서도 여자는 더 이상 손을 빼내려고 하지 않았다. 나는 여자의 손을 꼭 잡은 채 다른 손으로 여자를 정성껏 씻기기 시작했다. 소담스럽게 담아 올린 물을 가늘고 둥근 어깨에 끼얹고 또다시 담아 올려 한 줌도 안 되는 가느다란 목덜미에 끼얹었다. 투명한 물줄기가 우아한 목선을 타고 쪼르르 흘러내렸다. 이번에는 어깨에도 미치지 않는 푸르스름한 정수리에 조심스럽게 물을 끼얹었다. 여자가 잘게 진저리치며 까르르 웃음을 터트렸다. 여자의 웃음소리에 마냥 웃음이 비어져 나오는 나는 입을 헤벌리고 연신 물을 퍼 담아 올려 여자의 얼굴, 어깨, 가슴 할 것 없이 빠짐없이 씻어냈다.

여자는 깍지 낀 손을 꼭 얽은 채 눈을 감고 상큼한 웃음을 날리며 고스란히 몸을 내어주었다. 나는 말갛게 씻기어가는 여자의 예쁜 얼굴과 몸을 계속 씻어내고 또 씻어냈다.

물비늘에 반짝이는 여자의 몸이 불그스름하게 물들어가기 시작했다. 투명한 물방울을 매단 양 볼도 발그스름해졌다. 차가운 물에 젖어서도 여자의 체온은 서늘해지기는커녕 점점 더 올라가는 듯했다. 여자가 눈을 뜨고 촉촉하게 젖은 눈으로 올려다보았다.

"이제 내가 씻어줄게요. 그런데 이 손은 좀 놔줘요. 당신은 너무 커서 한 손으로는 불가능하단 말이에요."

약간 허스키해진 음성으로 빠르게 말을 토해낸 여자가 까치발을 들어 눈 깜짝할 사이에 입을 쪽 맞추고는 방심한 틈을 타얼른 손을 빼냈다.

"어, 어."

다시 잡아채려는 손을 피해 한 발 뒤로 성큼 물러간 여자가 물속으로 감쪽같이 사라졌다. 여자를 따라 물속으로 들어가려는 순간 여자가 등 뒤에서 불쑥 튀어나왔다. 해맑은 웃음을 날리며 여자가 등에 물을 끼얹기 시작했다. 뒤로 돌아 여자를 잡아채려던 나는 여자의 감미로운 손길에 움직임을 멈췄다.

가늘고 가느다란 손가락들이 목덜미, 어깨, 등, 팔뚝을 날아다니며 춤을 추어댄다. 나비처럼 팔랑대는 움직임에 나는 숨을 멈추고 눈을 감았다. 여자가 겨드랑이 사이로 손을 뻗어 두툼한 가슴에 물을 끼얹을 때는 등에 일그러지는 여자의 말랑말랑한 가슴의 감촉에 온몸에 전율이 일었다.

여자는 정말 열심히도 씻어냈다. 여자의 손길에 혼자 욕망에 달아오르는 내 자신이 무안할 정도로. 어느새 앞으로 빙그르 돌아 나온 여자가 키를 깡총 높인다. 물에 젖어 흘러내려 온 머리카락을 쓸어 올리고 달뜬 얼굴을 어루만진다. 차가운 물은 어느새 뜨뜻미지근해졌다. 1도씩 올라간 여자와 나의 체온에 차가웠던 물의 수온까지 덩달아 상승한 듯했다.

나는 더 이상 참지 못하고 바짝 앞으로 다가온 여자의 허리를 단숨에 낚아챘다. 여자가 낮은 비명을 지르며 와락 안겨왔다.

사랑을 나누는 데도 여러 가지 자세가 가능하다는 것을 알게 된 지금, 나는 또 다른 시도를 해볼 참이다. 굳이 작정한 것은 아니지만 호수 가운데까지 들어온 이상 다시 뭍으로 나가기에는 거리가 너무 멀게 느껴지기 때문이기도 하다.

나는 여자의 다리를 허리춤까지 들어 올리고 다리 사이를 파고들었다. 여자가 꺄악거리며 뒤뚱거리다 얼른 중심을 잡고 몸을 바로 세운다. 동그란 눈을 깜박거리던 여자가 아랫배를 압박하는 커다란 물체에 거친 숨을 몰아쉰다. 들썩이는 풍만한 여자의 가슴이 단단한 가슴에 이지러지며 거친 욕망에 불을 지핀다.

여자가 시선을 맞춘 채 어깨를 움켜쥐고 있던 손을 아래로 미끄러트린다. 여자의 손이 빈틈없이 맞닿아 있는 두 개의 몸뚱이 사이를 파고든다. 가슴을 스치고 내려간 자그마한 손이 복부를 어루만지고는 성이 난 녀석을 살며시 움켜잡는다.

여자의 손이 움직이는 대로 나의 손도 따라 움직인다. 여자의 척추를 따라 등을 애무하며 잘록한 허리를 간질인다. 바르르 떠는 여자의 허리춤을 힘껏 잡았다 놓아주고는 오동통, 탄력있는 엉덩이를 세게 움켜잡는다.

손가락이 제멋대로 점점 더 아래로 미끄러져 들어간다. 차가운 물속에서도 여자의 홧홧한 입구의 열기가 느껴진다. 미끄덩거리는 동굴 입구를 살살 어루만지다 하수가 동굴 속으로 불쑥 침입해 들어갔다. 흡! 여자가 숨을 들이마시며 휘청거린다. 까치발을 든 한 발만으로는 휘청거리는 체중을 지탱하기 어렵다. 무릎이 꺾이고 여자의 체중이 뒤로 쏠린다

여자의 동굴 속으로 침입한 손가락을 빼지 않은 채 나는 넘어지려는 여자의 체중을 받아낸다. 나는 허공에 매달려 허우적거

리는 여자의 다리를 허리에 휘감는다. 말랑말랑한 엉덩이를 움켜잡고 번쩍 들어 올린다.

엉덩이의 갈라진 곳을 따라 은밀한 동굴로 손을 쓸어내린다. 숨 막히는 탐험이 시작된다. 여자가 자지러지는 신음 소리를 내뱉으며 단숨을 뿜어내고 허리를 들썩인다. 여자의 손아귀에서 벗어난 팽창한 녀석이 득달같이 여자의 가랑이를 파고든다. 그러나 성급한 녀석의 돌진은 미리 자리를 차지한 손가락에 가로막힌다. 침입이 불가능하다는 것을 알게 된 녀석, 으르렁거리며 비어 있는 공간을 파고든다. 손등을 마구잡이로 들이받는다.

여자의 신음 소리가 점점 더 고음으로 올라가고 목덜미를 휘감은 악력이 점차 세기를 더해간다. 차가운 호수와 달리 여자의 몸 깊숙이 들어가 있는 손가락은 뜨겁기 그지없다. 여자의 동굴 속과 밖의 세상은 전혀 다른 세상이다.

헉헉. 두 사람이 품어내는 달뜬 숨결에 서늘하게 식어버린 숲이 작열하는 태양열에 지글거리던 한낮처럼 뜨겁게 달아오르고 욕망에 내몰린 급박한 몸짓에 잔잔하던 호수는 바다처럼 출렁인다. 손등을 무지막지하게 들이받는 성난 녀석의 공격에 지고만 손가락이 슬그머니 자리를 내어준다. 손가락이 빠져나간 자리를 득달같이 녀석이 파고든다.

[하악!]

"으헉!"

어둑해진 밤하늘을 향해 내지른 여자와 나의 달뜬 비명 소리가 숲을 울리고 길게 메아리친다. 찰박이는 거친 움직임에 호수는 성난 바다마냥 출렁거린다. 일렁이는 파도가 한 몸으로 엮인 여자와 내 몸뚱이를 쉴 새 없이 휘감고 밀려온다. 때아닌 야릇한 비명 소리에 놀란 새들이 안락한 둥지를 떠나 어두워진 하늘로 높이 날아오르고 단잠에 빠져들려던 동물 등은 잠에서 깨어나 우왕좌왕, 풀숲을 뛰어다닌다.

그럼에도 여자와 나는 서로를 소유하기 위한 거친 움직임을 멈추지 않는다. 끊임없이 서로를 파고들고, 거침없이 내어준다. 끝 간 데 없이 서로를 몰아세우며 시뻘건 쾌락의 정점을 향해 치달아간다. 한껏 뒤로 젖혀진 상체. 여자를 깊이 파고들 때마다 여자의 얼굴이 물속에 잠겼다 솟아오르기를 반복한다.

솟구치는 여자의 몸을 으스러트릴 정도로 끌어안고 나는 점점 더 높은 곳을 향해 날아오른다. 엄청난 쾌감에 사로잡힌 나는 미묘한 숲의 변화를 알아차리지 못한다. 모든 감각은 오로지 뜨겁게 옥죄고 빨아들이는 열락의 근원지에만 집중되어 있다.

후드득, 떨어지는 땀방울. 터질 듯이 부풀어 오른 근육들. 욕망에 내몰린 음란한 교성과 끝없이 울려 퍼지는 마찰음. 새하얗게 탈색된 시야.

사랑하는 사람과 마음껏 사랑을 나누는 이곳, 이곳이 바로 천상이며 낙원이다.

콜튼 와이즈먼과 선우진의 파라다이스. 우리 둘만의 세상.

"와, 대단해요. 너무 아름다워요."

까만 눈동자를 반짝이며 감탄을 금치 못하는 여자. 뿌듯함에 절로 어깨에 힘이 들어간다. 뭐, 이 정도쯤이야. 나는 잘난 척하며 으스댄다. 여자에게 그토록 자랑하고 싶었던 폭포 뒤 동굴. 역시 여자가 좋아할 줄 알았다.

여자는 겉으로 드러나 보이는 절경보다 은밀하게 감춰져 있는 숲의 또 다른 모습을 발견할 때 더 흥분한다. 바다로 처음 데려갔을 때도 그랬고 호수로 처음 데려왔을 때도 그랬다. 오늘 아침만도 그랬다. 물고기를 잡기 위해 바다로 나갔던 나는 처음으로 여자에게 신비로운 바닷속 세상을 보여주었다. 깊은 바닷속까지 들어간 여자는 기묘한 모양의 알록달록한 산호초들과 그 사이를 자유자재로 유영하는 다양한 물고기들에게서 눈을 떼지 못했다. 어찌나 흥분해서 좋아하던지, 걱정이 될 정도였다. 게다가 물속에 있다는 것도 잊어버리고 꺅꺅 소리를 질러대다니. 내 참. 짠 바닷물을 잔뜩 들이켠 여자 때문에 몇 번이나 서둘러 수면 밖으로 올라와야 했는지 모른다. 덕분에 오늘 물고기 사냥은 완전히 허탕이었다. 흥분한 여자와 함께 물고기를 잡는다는 것은 불가능했다. 여자의 수영 실력이 나 못지않다는 것이 오늘 아침만큼은 그리 달갑지만은 않았다.

허탕만 치고 백사장으로 돌아온 나는 괜히 수영을 못한다고 거짓말했었던 여자를 타박했다. 솔직히 내심 흥분이 가라앉지 않아 붉게 상기된 여자의 얼굴과 반짝이는 까만 눈동자도 마음에 들지 않았다. 나 이외의 그 무언가에 여자가 지나친 관심을 보이고 흥분하는 것이 싫었다. 나만 바라보고, 나만 좋아해 주고, 나한테만 흥분하기를 원했다. 그 대상이 아무리 상대도 되지 않는 바다이고 피치 섬이라고 할지라도. 그런 내 마음도 모르고 여자는 입술을 삐죽거렸다.

"그야, 당신이 발가벗고 들어가야 한다고 했으니까 그랬죠. 어떻게 그래. 창피하게……."

이런 앙큼한 여자 같으니라고. 그럼 지금은! 지금도 상황은 마찬가지인데. 나는 일부러 보란 듯이 노골적인 시선으로 물기 배인 여자의 벌거벗은 몸뚱이를 아래위로 훑었다. 여자가 양 볼을 빨갛게 물들이고 자그마한 주먹으로 어깨를 팡팡 때렸다. 꽤 얄밉다는 듯이. 빨갛게 물든 여자의 얼굴은 바다에 흥분했을 때보다 훨씬 더 붉었다. 내 시선 한 번이 신비롭고 아름다운 바다의 절경을 이겼다! 히히. 나는 금세 뾰루퉁했던 것을 잊고 히죽히죽 웃어댔다.

덕분에 여자는 지금 폭포 뒤, 동굴에 와 있을 수 있는 것이다. 여자가 수영만 할 줄 안다면 신비한 동굴을 보여줄 수 있을 텐데, 하고 아쉬워했던 마음이 무색하게 만약, 아침에 여자가 곧장 나의 시선에 대한 반응을 보이지 않았다면, 나는 결코 여자를 이리로 데려오지 않았을 것이다. 뭐, 그도 오래가지는 않았겠지만. 적어도 오늘은 아니었을 것만은 확실하다.

어쨌든 여자의 수영 실력은 사방이 미끈거리고 수면이 깊은 폭포까지 헤엄쳐 오기에 충분한 실력이었다. 여자는 한 번도 뒤처지거나 머뭇거리지 않았다. 유유하게 헤엄을 쳐 폭포까지 날 따라왔다. 나는 새삼스러운 시선으로 여자를 바라봤다. 속도는 비록 빠르지 않지만 헤엄치는 모습은 정말…… 눈이 튀어나올 정도로 아름다웠다.

무사히 폭포까지 도착한 나는 잠시 고민하지 않을 수 없었다. 폭포를 지나 동굴로 올라가자면 또 한 가지의 난관이 기다리고 있었기 때문이었다. 디디고 올라서야 할 바위들이 온통 오랜 시간 쌓이고 쌓인 이끼에 둘러싸여 미끄럽기 그지없다는 점. 여자가 미끄러지지 않고 잘 올라갈 수 있을까?

그런데 여자는 고민했던 내가 민망할 정도로 민첩하게 바위에 올라 중심을 잡았다. 동굴 입구에 도착해서는 비틀거리면서도 좋아서 환호성을 꺅꺅 질러댔다. 그리고는 더 욕심을 냈다.

　용케도 동굴 위에 또 하나의 동굴이 더 있다는 것을 본 모양이었다. 여자는 중턱에 위치한 덩굴까지 올라가 보자고 떼를 썼다. 어, 그건 내 계획에 없던 건데. 나는 정말 한참을 망설였다. 생각보다 여자가 민첩하고 강단이 있기는 했지만 선뜻 고개가 끄덕여지지 않았다. 중간쯤에 위치한 동굴까지 올라가자면 위에서 떨어지는 폭포를 고스란히 맞으며 듬성듬성 솟아 있는 바위를 밟고 올라가야 했다. 폭포에서 떨어지는 물이 시야를 방해하는 것은 물론이고 진녹색의 이끼를 잔뜩 두르고 있는 미끄러운 바위를 타고 올라가는 것은 꽤 위험한 일이었다. 자칫 잘못하면 여자가 다칠 수 있었다.

　망설이는 내게 여자는 자신있다며 어서 올라가자고 재촉을 해댔다. 여자는 날이 갈수록 어째 겁이 점점 더 없어진다. 바라던 바이기는 하지만 이건 좀 아닌 듯싶었다. 가까이만 다가가도 무섭다고 침상 구석을 찾아 몸을 웅크리던 여자와 위험천만한 바위를 타고 올라가자고 졸라대는 여자가 같은 여자인지 의문이 생길 정도였다.

　생긴 건 덩치도 작아서 딱 겁 많은 기니피그이구만, 한참을 망설였지만 결국에는 여자가 이겼다. 나는 여자의 재촉에 못 이겨 바위를 탔다. 나는 왜 여자의 요구를 뿌리치지 못하는 걸까.

심히 골똘히 고민해 볼 문제다.

나는 여자보다 먼저 올라가 바위를 디디고 올라오는 여자를 잡아주었다. 발을 잘못 디디거나 미끄러지기라도 해서 떨어질까 봐 나는 진땀이 흐르는데 여자는 내 속도 모르고 연신 손을 너무 세게 잡았다고 투덜거리기만 했다. 쳇, 생각 같아서는 고집불통인 여자가 심통을 부려대든 말든 당장이라도 답삭 등에 업고 뒤도 돌아보지 않고 집으로 돌아가고 싶고만. 여자는 내 마음을 너무 모른다.

다행히 여자는 별 사고 없이 무난하게 동굴까지 올라오는 데 성공했다. 난 새삼 놀라지 않을 수 없었다. 내 반의반밖에 되지 않는 가녀린 체구 어디에서 깜짝 놀랄 만한 힘과 투지가 샘솟는지, 여자는 진정 불가사의한 존재였다.

동굴 속으로 들어온 여자는 들어오자마자 연신 탄성을 지르면서 입을 다물지 못했다. 어찌나 좋아하는지 여자가 다칠까 봐 가슴을 졸인 것이 무안할 지경이었다. 어쨌든 여자가 흥분해서 좋아하는 것을 보니 나도 덩달아 슬금슬금 기분이 좋아졌다.

"와, 이렇게 넓을 줄 몰랐어요. 되게 깊네요. 끝이 안 보여요. 콜튼, 저 끝까지 들어가 봤어요? 여기에 박쥐 같은 동물도 사나요?"

여자는 여러 가지 질문을 한꺼번에 해대면서 나를 동굴 속으로 연신 잡아끌었다. 나는 허허 웃으며 여자가 이끄는 대로 가만히 끌려가 주었다. 신이 나서 방실방실 웃는 여자의 모습을 계속 볼 수 있다면 얼마든지, 언제까지나, 어디로든 기꺼이 끌려가 줄 수 있는 사람이 나다. 대가로 속앓이를 얼마나 하든지 상관없이.

"우선, 동굴은 꽤 깊어. 반대쪽 산등성이까지 뚫려 있는 것 같아. 아, 그렇다고 반대편에도 출구가 있다는 말은 아니야. 막혀 있지. 그리고 또 뭐라고? 박쥐? 음, 그건 뭐지?"

"왜 낮에는 천장에 매달려 있다가 밤만 되면 날아다니는 징그럽게 생긴 동물 있잖아요. 포유류 중에서 유일하게 날아다니는. 박쥐가 뭔지 몰라요? 흠, 당신이 모르는 걸 보면 아무래도 여기에는 안 사는 모양이네요."

"글쎄, 그런 동물은 본 적 없는데."

"다행이다. 사실 박쥐는 좀 무섭거든요."

여자가 앙증맞은 콧잔등에 잔뜩 주름을 만들고 잘게 진저리를 친다. 아, 귀엽다. 나는 주름 잡힌 앙증맞은 콧잔등을 톡 건드리며 크게 웃는다. 깊고 텅 빈 동굴에 웃음소리가 '와' 하며 빙글빙글 넓게 퍼져 나간다.

"와아, 여기 울림 죽인다. 아아, 아아."

여자는 또 흥분해 목청을 한껏 돋워 크게 소리친다. 여자의 목소리가 우웅 울리며 동굴의 벽면을 세차게 두드린다. 까르르 웃으며 여자가 빙글빙글 퍼져 나가는 울림을 따라 빙글빙글 제자리를 돈다. 벌거벗고 있다는 것도 잊어버렸는지, 양팔까지 좌우로 넓게 펼친다. 활짝 드러난 뽀얀 육체. 여자가 빙글 돌 때마다 풍만한 가슴이 출렁이며 시야를 어지럽히고 반짝반짝 빛나는 검은 수풀이 숨통을 막히게 한다. 작고 탄력있는 동그란 엉덩이가 성급한 욕망을 부채질한다. 완벽한 물방울 모양의 가슴이 정말 톡하고 떨어질 것 같아 나는 여자를 와락 끌어안았다. 탐스러운 물방울이 떨어지는 대신 단단한 가슴에 이지러진다. 하아, 하아. 가쁜 숨을 토해내는 여자의 뺨이 더욱 붉어진다. 쑥스러운 듯 살풋 시선을 내리는 여자. 나도 모르게 볼록 튀어나온 이마에 입을 맞춘다.

살포시 눈을 감은 여자의 턱을 슬며시 들어 올린다. 이마에 이어 자그마한 콧잔등에도 입을 맞추고 속눈썹 그림자가 짙게 드리워진 발그레한 뺨으로 입술을 이동한다. 쪽쪽. 자그마한 얼굴 곳곳에 퍼부어지는 자잘한 입맞춤. 간지러운지 여자가 목을 움츠리며 달뜬 호흡과 함께 낮은 웃음을 터트린다. 쿡, 가슴 깊은 곳에서 울리는 허스키한 웃음이 여자의 낮은 웃음소리와 합세한다. 빈틈없이 맞닿은 가슴과 가슴이 잘게 진동하며 흔들린다. 온몸을 감싸는 감미로운 열기. 달뜬 호흡을 내쉬는 붉은 입술로 천천히 입술을 내린다. 살짝 맞닿은 입술이 뜨겁다. 가느다란 허리를 감싸 안은 손에 힘이 불끈 들어간다. 바짝 밀착된 두 개의 몸. 습윤한 열기가 파르르 피어오른다.

엄지로 여자의 보드라운 뺨을 쓸어내리고 살짝 벌어진 붉은 입술을 어루만진다. 길고 풍성한 속눈썹이 파르르 떨리며 눈꺼풀이 스르르 열린다. 열기 어린 뜨거운 시선들이 하나로 얽힌다. 천천히 입술을 내려 달콤한 입술을 슬쩍 훔친다. 맞닿은 여자의 입술이 길게 늘어지는 것이 느껴진다. 미소 짓는 여자의 입술이 욕심난다. 삼켜 버려야지. 입술을 벌리고 바짝 다가간 순간, 여자가 얼굴을 한 뼘쯤 뒤로 뺀다. 응? 절로 미간이 찌푸려진다. 왜? 의아한 시선으로 여자를 내려다본다.

"잠깐만요. 나 정말 해보고 싶은 게 있단 말이에요."

쑥스러운 듯 자그마하게 속삭인 여자가 아랫입술을 살짝 깨물며 상체를 뒤로 조금 더 뺀다. 도대체 지금 진한 키스 말고 하고 싶은 게 뭐가 더 있다는 말일까. 이해가 가지 않는다. 마음에도 들지 않는다. 그럼에도 나는 여자를 가만히 내버려 둔다. 여자가 하는 양을 두고 본다. 여자가 손을 둥글게 말아 입가에 댄다. 끝도 보이지 않는 동굴을 향해 소리친다.

"아아, 안녕하십니까. 시사추적의 선우진입니다."

"시사추적?"

난데없는 말에 나는 여자를 어이없이 내려다본다. 쿡! 별처럼 초롱초롱 빛나는 눈을 커다랗게 뜨고 여자가 활짝 웃는다.

"혹시 전에 내가 방송국 PD라고 했던 말, 기억나요?"

"응."

그게 뭔지는 모르지만 여자가 한 말은 토씨 하나 빼놓지 않고 모조리 기억하고 있다.

"나, 문화탐방 맡기 전에는 시사추적이라는 프로를 맡고 있었어요. 보도국 PD들이 기획부터 취재, 연출, 진행까지 모두 맡아보도하고 진행하는 시사프로였는데 상당히 의미있는 프로였어요. 입사할 때부터 그 프로에 투입되는 것이 내 목표였죠. 운이 좋아서 입사 2년 만에 그 프로에 합류하게 됐어요. 비록 선배들 뒤치다꺼리나 하는 역할이었지만 그래도 좋았어요. 열심히 배우고 커리어를 쌓으면 나한테도 언젠가는 기회가 오겠지, 하면서 정말 열심히 했죠. 그런데……."

여자의 얼굴이 갑자기 어두워졌다. 안 좋은 일이라도 있었던 모양이다. 걱정이 된 나는 얼굴을 숙이려는 여자의 턱을 잡고 들어 올렸다. 가라앉는 까만 시선을 잡아챘다. 여자가 억지로 밝은 척 웃어 보인다. 일부러 콧잔등을 찡긋거린다.

"얼마 못 가서 밀려났어요."

"왜?"

"정부 정책을 비난하는 내용을 방송했거든요. 그것도 특집으로. 그랬더니 높으신 분들이 많이 언짢았던 모양이에요. 정치적 힘을 이용해 교묘하게 압박하더니 급기야 고소까지 했지 뭐예요. 차장님하고 선배 몇 분은 구속까지 당하고 정말 난리도 아니었어요. 난 신참 PD였기 때문에 고소까지는 당하지 않았지만 결국 다른 프로로 쫓겨났죠. 억울했지만 따를 수밖에 없었어요. 프로그램을 살리려면 그 방법밖에 없었으니까."

"왜?"

여자가 무슨 얘기를 하는지 하나도 이해할 수 없었다. 내가 할 수 있는 말이라고는 그저 '왜' 라는 질문뿐이었다.

"일종의 타협이었죠. 문제가 됐던 방송에 참여했던 PD들을 전원 교체하는 대신 프로그램이 폐지되는 것을 막은 거예요. 고소 건은 법원의 공정한 판결에 맡기고 경영진들 나름대로 최선을 다해 외부 압력으로부터 프로그램과 무고한 PD들을 지킨 거죠. 신속하고 올바른 결정이었어요. 난, 이해해요."

여전히 나는 여자의 말을 하나도 이해할 수 없었다. 다만 이해한다고 말을 하는 여자가 사실은 마음 깊이 상처를 받았다는 것만은 눈치 챌 수 있었다. 괜히 알지도 못하고, 한 번도 본 적 없는 정부라던가, 높으신 분들이라는 사람들이 무진장 미워졌다. 여자를 속상하게 한 그들이, 그 사회가. 아픔을 감추고 남남히 이야기하는 여자의 슬픈 눈동자가 마음을 무겁게 짓눌렀다.

"진, 그곳이…… 그리운가?"

"……."

여자가 촉촉하게 젖은 눈을 들어 시선을 맞춘다. 그리고는 화급히 시선을 돌려 버린다.

"진."

열기에 들떴던 공기가 갑자기 무겁게 가라앉았다. 넓은 동굴의 어둑한 천장과 벽이 서서히 조여오는 것 같았다. 여자는 대답이 없다. 그저 동그란 출구 사이로 보이는 세찬 폭포 줄기만 물끄러미 응시할 뿐.

"……그리워요."

여자의 어깨를 감싸고 있는 손에 힘이 불끈 들어간다. 먼 곳을 응시하는 여자의 얼굴을 강제로 돌리고 싶다. 나만 바라보라고 소리치고 싶다. 지금의 여자는 금세라도 어디론가 훌쩍 날아가 버릴 것 같다. 어깨를 감싸 쥐고 있는 손만 놔준다면, 그대로 그냥 그렇게……

"어떻게 그립지 않을 수 있겠어요. 아빠, 엄마, 현이, 친구들, 동료들이 있는 곳인데……. 모두 그리워요. 너무 보고 싶어요. 잘들 지내고 있는지, 별일은 없는지. 특히, 내 사고 소식에 많이 놀라셨을 부모님과 현이……."

여자는 어깨를 두르고 있는 손을 슬그머니 치우고는 뒤돌아 폭포 앞으로 한 걸음씩 다가갔다.

"나, 가끔 그런 생각이 들어요. 여기는 다른 차원의 세상인지도 모른다고. 분명 수색이 이뤄졌을 텐데, 아직 아무도 찾아오지 않고 있잖아요."

여자의 아릿한 목소리가 흔들리며 동굴을 울린다.

"이제 모두들 날 찾는 걸 포기했겠죠? 죽었다고 생각하겠죠? 하긴 시간이 이렇게 오래 지나 버렸으니까. 휴우. 하지만…… 난 아직 이렇게 살아 있는데, 숨 쉬고 있는데……."

여자가 머뭇거리며 웅얼거린다.

"혹시 시신도 찾지 못했는데 장례까지 치렀을까?"

슬픔에 젖은 여자가 내게서 한 발자국씩 멀어지고 있다. 나는 서둘러 여자를 향해 손을 내밀지만 차마 잡지 못한다.

"엄마는 괜찮을까? 충격으로 쓰러지시지는 않으셨을까? 아빠는, 우리 현이는……. 현이한테 지금이 얼마나 중요한 시기인데. 나 때문에 공부에 지장이 있으면 안 되는데, 어떡하지? 올해 꼭 대학에 들어가야 되는데……."

"진……."

나는 떨어지지 않는 걸음을 억지로 옮겨 여자에게 조금씩 다가간다. 가슴이 아프다. 내가 어떻게 해줄 수 없는 사랑하는 가족에 대한 사무친 그리움과 그 그리움으로 인한 고통이 느껴져 아프고 그런 여자가 어딘가로 사라져 버릴까 봐 두렵다. 장막처럼 드리운 세찬 물줄기 사이를 뚫고 쏟아져 들어오는 눈부신 햇빛을 역광으로 받고 서 있는 여자는 마치 신기루처럼 보인다. 잡아야 한다. 여자가 사라지기 전에, 여자가 멀어지기 전에.

"내가 말했던 가요? 현이 말이에요."

나는 고개를 가로젓는다. 여자는 보지도 않고 내 대답을 들었다.

"현이는 내 동생이에요. 나이가 9살이나 차이나는 어린 남동생. 우리 현이, 지금 고3이거든요? 공부를 얼마나 잘하는지 몰라요. 어렸을 때부터 전교 1, 2등만 한 수재라고요. 죽자 사자 공부해야 겨우 반에서 1, 2등 하던 나하고는 수준이 완전히 다른 녀석이죠. 유학이 뭐야, 해외 연수 한번 안 가본 내가 이만큼 영어를 할 줄 알게 된 것도 사실, 다 현이 덕이에요. 녀석이 꼬마 때부터 영어를 얼마나 잘하던지, 9살이나 어린 동생한테 우습게 보일까 봐 코피 쏟아가면서 공부한 덕분이라고요. 그 덕에 기자도 되고…… 또 당신하고 대화도 나눌 수 있는 건데."

한숨을 폭 내쉰 여자가 다시 밝은 음성을 흉내 낸다.

"아, 그리고 생긴 것도 얼마나 잘생겼는지 알아요? 완전 꽃미남이라니까요. 게다가 체격도 얼마나 잘 빠졌는데. 당신만큼 크지는 않지만 키가 182cm인가? 그럴걸요? 어렸을 때는 달리기든, 주먹질이든 만날 나한테 졌는데 중학교 2학년 겨울방학 때인가? 갑자기 쑥 크더라고요. 자식, 분명히 대학 들어가면 여자 꽤나 울리고 다닐 거야. 아, 내가 옆에서 도끼눈 뜨고 감시해야 되는데……."

나는 떨리는 손으로 신기루 같은 여자의 가는 팔목을 살며시 잡았다. 여자가 잡힌 손목을 내려다보고는 천천히 뒤를 돌아보았다.

"우리 아빠 소원이 뭔지 알아요?"

그리움으로 촉촉하게 젖은 여자의 눈망울이 안타깝다. 여자를 달래주고 싶은데 방법을 모르겠다. 나는 그저 하릴없이 고개만 가로젓는다.

"자식들 중 한 명은 꼭 반드시 서울 법대에 보내서 판, 검사시키는 거예요. 킥, 좀 촌스럽죠? 요즘 시대가 어떤 시대인데 아직도 판, 검사가 되어야만 성공한다고 생각하시다니, 우리 아빠는 아직 70, 80년대에 살고 계시다니까요."

슬픈 여자의 얼굴이 다시 전방을 향해 돌려졌다. 허공을 응시하는 여자의 눈동자에는 사무치는 그리움과 애정이 절절하게 배어 있다.

"그래도 가능하면 아빠의 꿈을 이뤄 드리고 싶었는데…… 난, 못했어요. 성적이 안 돼서. 우리 아빠, 많이 실망하셨을 텐데, 내색 한번 안 하시라고요. 아마 속으로는 일찌감치 포기하고 계셨던가 봐요. 분명 똑똑한 막내아들이 있었기 때문일 거야. 나, 그래서 현이한테 더 미안해요 어렸을 때부터 막내면서도 장남이라는 이유로 어리광도 마음껏 피우지 못하고 일찍 철이 들었는데, 못난 누나 때문에 부담만 더 지우고 말았거든요."

여자가 목소리를 낮게 깔고 남자 목소리를 흉내 낸다. 아마 아버지의 목소리를 흉내 내는 모양이다.

"넌 꼭 서울대 법대에 들어가야 한다. 너만은 꼭 판사가 되어야 한다. 아빠의 꿈을 꼭 이뤄다오. 넌 우리 집안의 기둥이다."

킥킥. 여자가 숨죽여 웃는다. 그리고는 한숨을 폭 내쉰다.

"가엾은 놈. 현이는 어렸을 때부터 꿈이 뭐냐고 물어보면 '판사'라고 망설이지도 않고 말하곤 했어요. 아빠한테 귀에 딱지가 앉을 정도로 하도 들어서 완전히 세뇌가 된 거죠. 다른 꿈은 꿔 보지도 못하고. 휴, 그래도 현이가 공부를 잘해서 얼마나 다행인지 몰라요. 만약 안 그랬으면 현이 녀석, 스트레스가 말도 못 했을 거예요."

여자가 설핏 웃어 보였다.

"그래도 난 그런 우리 아빠를 이해해요. 가난 때문에 못 배운 게 한이 되셔서 그런 거니까. 우리 아빠, 고등학교를 중퇴하셨거든요. 너무 가난해서 학교에 다닐 수 없으셨대요. 돈을 벌기 위해서 17살에 세탁공장에 취직을 하셨는데 교복을 입고 등교하는 친구들이 엄청 부러우셨대요. 그래서 그때부터 악착같이 돈을 벌어서 언젠가는 다시 학교에 다니겠다고 결심하셨대요."

나는 아프게 웃는 여자를 바라보며 마주 웃어줄 수 없었다. 여자의 미소가 너무 아파서, 너무 슬퍼서.

"그런데 아직 그 꿈을 이루지 못하셨어요. 가족을 부양하시느라 포기하셨죠. 우리 아빠 직업이 뭔지 알아요?"

여자가 돌아보지도 않고 불쑥 대답 못할 질문을 던졌다. 나는 가만히 여자만 바라보았다.

"동네에서 작은 세탁소를 운영하세요. 여름이나 겨울이나 할 것 없이 일 년 내내, 하루 종일 좁은 세탁소에서 옷하고 씨름을 하시죠. 실력 하나는 정말 끝내주시는데 워낙 규모가 작다 보니까 벌이는 그리 많지 않으세요. 영세업자의 비애죠. 우리 네 식구 먹여 살리고 나와 현이 공부시키고 뒷바라지하시는 것만도 빠듯한 살림살이라 자신의 꿈은 접으신 거죠. 대신 그 꿈을 자식한테서 이루고 싶으신 거예요. 그런 아빠를 누가 뭐라고 할 수 있겠어요. 난, 누가 뭐래도 우리 아빠가 자랑스러워요. 가족을 위해 열심히 사시는 우리 아빠. 법 없이도 사실 우리 아빠."

여자의 커다란 눈이 촉촉하게 젖어가는가 싶더니 금세 눈물이 그렁그렁하게 맺혔다.

"나 때문에 얼마나 놀라셨을까. 아, 어떻게 해. 우리 아빠 간도 안 좋으신데, 나 때문에 술 많이 드셨으면 어떡하지? 착하기만 한 우리 엄마, 쓰러지셨으면 어떡하죠? 안 그래도 몸이 많이 약하셔서 충격받으시면 안 되는데. 그리고 우리 현이……. 아, 너무 보고 싶어요. 너무너무……. 너무 그리워서 여기가, 여기가 너무 아파요. 여기가 터져 버릴 것 같아."

급기야 여자가 가슴을 부여잡고 풀썩 주저앉는다. 후드득 눈물을 떨어트린다. 나는 무너지는 여자를 무너지는 가슴으로 와락 끌어안았다. 여자의 눈물이 가슴을 후벼 팠다. 흐느끼는 여자의 몸짓에 온몸이 마주 떨렸다. 나는 멈추지 않는 떨림을 감추기 위해 여자를 더없이 세차게 끌어안았다.

가족을 그리워하는 여자의 마음을 모르지 않는다. 왜 그립지 않을까. 왜 사무치지 않을까. 나 역시 돌아가신 부모님을 아직도 사무치도록 그리워하고 있는데. 더욱이 여자는 불시에 가족들과 헤어졌다. 아무런 마음의 준비도 없이, 어쩔 수 없는 상황에 강제로 이끌려 생이별을 해야만 했다.

가능하다면 돌아가고 싶으리라. 사랑하는 가족에게로.

그러나 나는 너를 돌려보내 줄 수 없다. 무슨 일이 있어도 돌려보내지 않을 것이다. 네가 아무리 슬퍼 울어도, 그리움이 사무쳐 애달파하더라도. 진, 미안하다. 이제 너 없이는 나 또한 단 하루도, 단 한순간도 살아갈 수 없다. 네가 없는 세상은 죽음과도 같을 것이다. 그러니, 그러니 제발…….

잊어라.

네가 사랑하고 그리워하는 가족들과 네가 살아온 세상을 잊어라. 대신 내가 그만큼 행복하게 해주겠다. 사랑하겠다. 그들의 몫까지 모두. 그러니 진, 이제 제발 그만 울어라. 그만 슬퍼해라. 그렇게 세상이 무너진 듯 아픈 표정으로 울지 마라. 네가 아파하면 난…… 어떻게 해야 할지 모르겠다. 너무 아파서, 너무 죄스러워서…….

나는 여자를 으스러져라 끌어안았다. 가슴 깊이 파고드는 여자의 둥근 정수리에 뜨거운 입을 맞췄다. 여자의 눈물에 축축하게 젖는 가슴이 썩어 문드러지는 것을 감추기 위해, 죄스러움에 온몸이 오그라드는 것을 떨쳐 버리기 위해.

나는 눈을 질끈 감고 여자를 더욱 꼭꼭 끌어안았다. 그 무엇에도 뺏기지 않으려는 듯이, 머릿속에 어렴풋이 떠오른 망할 기억 따위를 깨끗이 지워 버리기 위해. 그러나 한번 떠오른 망할 기억은 쉽사리 지워지지도, 사라지지도 않았다.

어머니가 돌아가시면서 남겨주신 노트들. 거기에 적혀 있던 글과 그림들. 어머니의 유언.

나는 망할 기억을 떨쳐 버리기 위해 머리를 세차게 흔들었다. 부모님의 유골과 함께 파묻어 버린 그것들이 꿈틀거리며 기어 나오려고 했지만 나는 입을 꾹 다물고 눈을 감아버렸다.

*

시간이 지날수록 가족들에 대한 여자의 그리움은 점점 깊어져 갔다. 환하게 웃다가도 불현듯 쓸쓸함에 젖어 흐릿하게 웃는 여자. 하염없이 먼바다를 응시하며 깊은 상념에 젖는 여자. 그런 여자를 볼 때마다 나는 불안하고 안타까워 미칠 것 같았다.

그럴 때마다 나는 더욱 강하게 여자를 안았고 온몸이 부서질 듯 사랑을 나눴다. 미친 듯이 입술을 맞추고 숨도 쉴 수 없을 정도로 여자를 몰아붙였다. 나만 바라보라고, 나만 생각하라고……. 여자의 몸을 파고들며 나는 차마 입 밖으로 뱉어낼 수 없는 말들을 속으로 수없이 되뇌고 울부짖었다.

다행히 여자는 내 품에 안길 때면 가족들에 대한 그리움을 잠시나마 잊을 수 있는 것 같았다. 오롯이 나에게만 집중하고 매번 뜨겁게 타올랐다. 고향과 가족을 그리워하는 순간 이외의 모든 순간, 여자의 시선은 언제나 나만을 향해 있었다. 어쩌면 돌아갈 방법이 없다는 사실에 자포자기하고 있는지도 몰랐다. 자식들을 위해 꿈을 포기했다는 그녀의 아버지처럼.

나는 그럴수록 점점 더 여자에게 집착했다. 시야에서 여자를 한시도 떨어뜨리지 않았다.

하다못해 여자가 생리적인 욕구를 해결할 때마저도 나는 여자의 주변을 어슬렁거렸다. 여자는 일을 마치고 수풀 속에서 나올 때까지 지키고 서 있는 나를 보고는 얼굴을 붉히며 눈을 흘겼지만 나는 못 본 척했다.

그러던 어느 날, 여느 때처럼 나는 잠에서 먼저 깨어나 여자가 깨어나기를 초조하게 기다렸다. 여자가 눈을 뜨는 것을 보자마자 부리나케 달려들었다. 그런데 여자가 나를 살포시 밀어냈다. 거부하는 여자의 몸짓에 심장이 철렁했다. 여자는 한 번도 나를 거부한 적이 없었다. 매일 밤, 네다섯 번씩 이상 지쳐 쓰러질 때까지 열정적으로 사랑을 나누고도 모자라 은근슬쩍 축 늘어진 가녀린 몸을 훑어 내리면 금세 파르르 떨며 반응을 보이던 여자가 그날 처음으로 나를 거부했다.

거부당한 충격에 나는 정신을 차릴 수 없었다. 온몸이 돌멩이처럼 딱딱하게 굳어졌다. 얼굴마저 창백하게 굳어버렸다. 그런 나를 보고 여자가 얼굴을 붉히고 쑥스러운 듯 속삭였다.

"미안해요. 당분간은 안 돼요."

"왜? 혹시 내가…… 싫어진…… 거야?"

"아니요. 그런 게 아니라, 저기, 음…… 그날이란 말이에요."

"무슨 날?"

충격에 가라앉은 목소리가 바르르 떨리고 있었다.

"그게, 저……."

여자는 한참을 횡설수설하다가 얼굴을 가슴에 파묻고 나지막이 속삭였다.

"여자는 말이에요, 한 달에 한 번씩 생리라는 것을 해요. 그때는 사랑을 나눌 수 없어요."

"생리?"

여자는 가슴에 파묻은 얼굴을 들 생각도 하지 않고 고개만 주억거렸다.

"여기…… 에서 며칠 동안 피가 나오는 거예요."

여자의 손이 아래를 가리켰다. 나는 여자를 살짝 밀어내고 얼굴을 아래로 숙였다.

"헉!"

순간 나는 정말 소스라치게 놀랐다. 눈을 휘둥그레 뜨고 벌떡 일어나 앉았다. 세상에! 여자의 가랑이 사이에서 빨간 피가 흘러나와 있었다. 여자는 벗어놓은 이파리 옷으로 슬그머니 가랑이를 가렸다. 그러나 나는 이미 여자의 뽀얀 허벅지에 묻은 빨간 핏자국을 봐버린 후였다.

나는 후다닥 자세를 바꿔 여자의 다리 사이를 파고들어 가 앉았다. 여자는 허벅지를 딱 붙이고 한사코 다리를 벌리지 않으려 했다. 밀어내는 여자와 작은 실랑이가 벌어졌지만 나는 기어코 여자의 다리를 활짝 벌리고 그 사이에 자리를 잡고 앉았다.

당황한 여자는 어깨를 밀어내며 계속 다리를 오므리려고 했다. 그러나 이번만큼은 여자의 요구를 들어줄 수 없었다. 피가 난다는 것은 상처를 입었다는 이야기였다. 그것도 가랑이 사이 여자의 몸 깊은 곳에. 무섭고 두려웠다. 나는 이를 악물고 밀어내는 여자의 손을 틀어잡고 머리 위로 들어 올렸다. 확인을 해야만 했다.

떨리는 손으로 피에 젖은 이파리를 떼어냈다. 피비린내가 진동했다. 두려움으로 심장이 멈췄다. 순식간에 피가 바싹 마르고 손발이 오그라들었다.

"다…… 쳤나?"

어젯밤에 연속으로 여섯 차례나 여자를 몰아붙였던 것이 떠올랐다. 짐승처럼 지쳐 쓰러진 여자를 안고 또 안은 어젯밤. 밤새 난폭하리만치 달려들고 또 달려들었던 기억.

여자가 아랫입술을 앙 물고 붉어진 얼굴을 가로저었다.

"아니야. 다친 게 틀림없어. 이렇게 피, 피가 나잖아. 진, 어떡하지? 나 때문에…… 나 때문에…….."

여러 갈래로 갈라진 목소리가 파들파들 떨려 나왔다. 나는 목소리만큼이나 바들바들 떨리는 손으로 허벅지에 묻은 빨간 핏줄기를 닦아냈다. 여자가 움찔하며 손을 또다시 밀어내리려고 했지만 나는 멈추지 않았다. 아니, 멈출 수 없었다. 여자의 뽀얗고 여린 살결에 묻어 있는 빨간 핏자국. 심장이 갈기갈기 찢어지는 것 같았다. 지독한 자괴감에 찢어진 심장이 산산이 부서지는 것 같았다.

눈물이 왈칵 치밀어 올랐다. 무슨 일이 있어도 결코 눈물을 흘리지 않겠다던 아버지와의 약속도 잊은 채 나는 나도 모르는 사이에 눈물을 뚝뚝 흘렸다.

"아, 미안, 미안해, 진. 내가, 내가……."

나는 흐르는 눈물을 닦을 생각도 하지 못한 채 얼굴을 내려 여자의 허벅지에, 가랑이에 입술을 갖다 대었다. 진동하는 비린 피 냄새에 찢어진 가슴이 또다시 만신창이로 헤집어졌다. 나는 상처를 소독하기 위해 혀를 내밀고 피를 핥아냈다.

여자가 화들짝 놀라며 펄쩍 뛰었다. 온몸을 버둥거리며 품에서 벗어났다. 다리를 부리나케 오므리고 뒤로 훌쩍 물러났다.

"꺄악. 콜튼! 뭐 하는 짓이에요! 그, 그러지 말아요. 왜, 왜 그래요!"

도망치는 여자의 다리를 도로 붙잡아 다시 아래로 끄집어 내렸다. 창피한 것도 모르고 나는 울먹거렸다.

"내, 내가 치료해 줄게, 진. 아프지 않게 조심해서……."

"아이 씨, 정말! 그런 게 아니란 말이에요!"

당황했던 여자는 급기야 화까지 내기 시작했다. 내가 아프게 해서 화가 난 건가? 참담할 정도로 죄스럽다. 뭐 어떻게 해야 좋을지 모르겠다. 나는 뚝뚝 떨어지는 눈물을 닦아낼 생각도 하지 못한 채 허둥거렸다.

"미, 미안해. 나 때문에……. 많이 아파?"

"아, 정말 다친 게 아니라니까요! 왜 말을 못 알아들어요?"

"하지만……."

"하지만이고 뭐고 아니라면 아닌 줄 알아요, 제발. 여자는 한 달에 한 번씩 생리라는 것을 한다니까요? 이건 아주 자연스러운 일이라고요. 여자의 몸속에는 난소라는 것이 있는데 그게 그러니까……. 으, 미치겠네, 정말. 도대체 어떻게 설명하지? 아, 맞다! 어머니하고 같이 살았다면서요? 혹시 어머니가 한 달에 한 번, 나처럼 여기에서 피 흘리는 거 본 적 없어요?"

나는 고개를 가로저었다. 나는 맹세코 어머니가 여자처럼 가랑이에서 피 흘리는 것은 본 적이 없었다.

"정말? 단 한 번도?"

"으응......"

"어떻게 한 번도 못 봤을 수가 있죠? 어머니가 생리를 안 하셨을 리 없었을 텐데? 그럼, 최소한 어머니가 한 달에 한 번쯤 유난히 바깥출입을 안 하셨다거나 그런 적은 없었어요?"

도저히 이해할 수 없다는 듯한 여자의 표정에 나는 경황이 없는 와중에도 곰곰이 과거를 회상해 봤다. 아, 그러고 보니 그런 적이 있었다. 여자 말처럼 어머니는 가끔씩 바깥출입을 극도로 자제하고 며칠 동안 집 아니면 호숫가 근처에만 머물러 계시고는 했었다.

"가끔 집과 호숫가 근처에만 머물러 계신 적은 있었어."

여자가 거보라는 듯 반색을 하며 손뼉을 마주쳤다.

"그래, 바로 그거예요. 분명 어머니도 그때 생리를 하고 계셨을 게 틀림없어요."

의기양양해하는 여자에게는 미안하지만 그래도 나는 어머니가 피를 흘리시는 모습은 한 번도 본 적이 없었다. 아무래도 그건 아니었던 듯싶었다. 나는 미심쩍어하는 눈빛으로 여자를 슬쩍 쳐다봤다. 여자가 미간을 찌푸리고 눈을 동그랗게 떴다.

"지금 내 말을 못 믿겠다는 거예요? 아, 참 내."

여자가 답답하다는 듯이 자그마한 주먹으로 가슴을 통통 두드려 댔다. 돌아가신 분을 다시 불러올 수도 없고, 이제 와서 완벽할 만큼 깔끔하셨던 어머니를 원망해서 무슨 소용이냐는 둥, 여자는 혼자 한참을 고시랑거렸다.

"안 되겠다. 콜튼, 잠깐만 이리 와봐요."

여자는 벌떡 일어나 바닥에 쭈그리고 앉았다. 멀뚱히 쳐다보고만 있는 나를 와락 끌어당겨 옆에 앉혔다. 여자는 주변을 휘휘 둘러보더니 바닥에 떨어져 있는 나뭇가지 하나를 집어 들고는 바닥에 뭔가를 그리기 시작했다.

여자가 그리는 그림은 좀 이상했다. 동그스름한 형태의 세모를 거꾸로 그려놓고 그 양옆으로 꼬부랑길을 만들어 끝에 동그라미를 하나씩 그렸다. 가꾸로 세워진 세모의 뾰족한 부분 아래에는 길쭉한 길도 하나 만들었다.

요상한 그림을 그려놓은 여자는 흡족한 듯 두 손을 탁탁 털며 고개를 끄덕거렸다. 크게 심호흡을 한 다음 나뭇가지로 그림을 가리키며 설명하기 시작했다.

"자, 잘 봐요, 콜튼. 이게 자궁, 이건 나팔관, 그리고 이 양옆에 있는 동그란 원들은 난소란 거예요. 이렇게 생긴 게 여기, 그러니까 이 뱃속에 들어 있거든요?"

나는 여자가 가리키는 아랫배와 바닥에 그려져 있는 그림을 번갈아 보며 고개를 갸웃거렸다. 이렇게 이상하게 생긴 게 여자 뱃속에 들어 있다고? 설마…… 농담이지? 하지만 여자의 진지하기 짝이 없는 표정은 절대 농담이 아니라고 말하고 있었다.

이거 참, 믿을 수도 없고, 안 믿을 수도 없고, 난처하네. 하지만…… 좋아, 까짓것 믿어주자. 그런데 이거랑 가랑이에서 피흘리는 거랑 무슨 상관이지? 게다가 뱃속에 들어 있는 장기가 이렇게 생겼는지 어떻게 아는 거지? 눈으로 볼 수도 없는데?

여러 가지 의문이 연달아 떠올랐지만 나는 현명하게 떠오른 의문들을 입 밖으로 내뱉지 않았다. 얼굴을 숙여 미심쩍은 눈초리를 완벽하게 감추는 것도 잊지 않았다. 열심히 바닥의 그림만 바라보는 척했다. 여자는 부지런히 설명하기 시작했다.

"이 동그란 난소에서 매월 한 번씩 1개의 난자라는 것을 만들어내요. 이때, 남자와 여자가 음, 사랑을 하게 되면, 물론 아주 운이 아주 좋아야 가능한 일이긴 하지만 난자와 정자가 만나게 돼요. 그럼 수정란이란 것이 만들어지는데요, 이 수정란이 자궁에 안전하게 착상하려면 우선 자궁점막이 부드러워지면서 두꺼워져야 된대요. 그래서 자궁은 한 달에 한 번씩 수정란을 안전하게 품을 준비를 미리 하는 거예요. 그런데 수정이 일어나지 않으면 어떻게 되겠어요? 기껏 준비한 두꺼워진 자궁점막이 필요없게 되겠죠?"

여자가 동의를 구하듯 나를 빤히 쳐다보았다. 나는 여자의 열의에 못 이겨 무조건 고개를 끄덕거렸다. 설명에 너무 집중해서인지, 아니면 비로소 이해했다는 나의 반응에 만족해서인지 여자의 까만 눈동자는 초롱초롱 빛나고 뺨은 볼그스름하게 홍조를 띠고 있었다.

"그래서 자궁은 더 이상 필요없어진 자궁점막을 떨어뜨려 내는 거죠. 왜냐? 다음 달이면 싫든 좋든 자동적으로 또 새로운 자궁점막을 또 만들어야 되는데 왜 군이 헌 걸 가지고 있겠어요. 헌 걸 버리고 새 걸 만들어야죠. 안 그래요?"

　"그렇겠지."

　그도 그렇겠구나 싶었다. 나는 서서히 여자의 설명에 동조되기 시작했다. 그런 나의 변화는 느꼈는지 흥이 난 여자는 점차 고무되어 갔다.

　"바로 그때! 출혈이 일어나는 거예요. 왜 군은살이 떨어질 때도 어떨 때는 가끔 피가 나기도 하잖아요. 그런데 얘는 본래가 손바닥이나 발바닥처럼 단단한 애가 아니라는 거죠. 아주 말랑말랑한 애거든요. 그래서 헌 자궁점막이 떨어질 때 피가 나는 거예요. 그럼 그 피는 어디로 배출되느냐? 바로 여기, 이 길로 배출되는 거란 말이죠. 이 길이 바로 질이고요."

　"질은 뭔데?"

　"네?"

　볼그스름한 여자의 얼굴이 더욱 붉어졌다.

　"아, 그, 그건 그러니까……."

　거침없이 설명하던 여자가 갑자기 당황한 듯 말을 더듬거렸다. 그런 여자의 모습에 더욱 궁금해진 나는 불덩이처럼 변한 여자의 얼굴을 말똥말똥, 빤히 쳐다보았다. 여자가 시선을 슬쩍 피했다.

"질은 말이죠……. 저기, 우리가 사랑할 때 있잖아요."

"어."

"그때, 당신…… 그게 들어오는…… 길을 말하는 거예요."

"아! 진 가랑이 사이의 그…… 좁고 뜨거운 동굴!"

나는 여자가 말하는 곳이 어디인지 금세 알아챘다. 하지만 막상 입 밖으로 표현하려니까 마땅히 적당한 단어가 떠오르지 않았다. 아, 그 동굴을 질이라고 하는 거구나! 나는 커다란 깨달음을 얻은 것마냥 크게 고개를 주억거렸다. 퀙! 갑자기 사레라도 걸렸는지 여자가 벌겋게 달아오른 얼굴로 헛기침을 연달아 해 댔다.

"어, 어쨌든, 거기로 헌 자궁점막이 피와 함께 배출되는 거예요. 그, 그걸 바로 생리 또는 월경이라고 하는 거고요. 알았어요? 절대 당신 때문에 상처가 생기고 피가 나는 게 아니라고요. 건강한 여자라면 누구나 하는, 아주아주 자연스러운 생리적인 현상이란 말이에요."

여자가 긴 설명을 하는 동안 나는 입을 헤벌린 채 멀뚱멀뚱 여자만 바라보았다. 알 듯 모를 듯했다. 질이라는 곳이 어디인지, 새로운 걸 만들기 위해 헌 것을 버린다는 것은 대충 이해가 갔지만 여전히 왜 그런 수고를 굳이 매달 반복해야 하는 건지는 이해 가지 않았다. 특히, 난소, 난자, 정자, 수정란, 자궁 등 생소한 단어들 때문에 머리가 어지러웠다. 나는 새로이 접한 단어들을 천천히 되뇌어보았다. 혹시라도 예전에 부모님에게 들은 적이 있지 않았나 싶어서. 그러나 역시 모두 생전 처음 듣는 생소한 단어들이었다. 그러다 불현듯 여자의 마지막 말에 정신이 번쩍 들었다.

"알았어. 좋아. 진 말대로 자연스러운 생리적인 현상이라고 쳐. 하지만 어쨌든 출혈이 일어난다는 말이잖아. 출혈이라면 피를 흘린다는 말인데……. 피는 무조건 다쳐야 나는 거야. 그러니까 진은 지금 다친 거 맞아."

"아니라니까요!"

"굳은살을 떼어낸다고 해서 피가 나지는 않아. 진 말대로 가끔 억지로 떼어내서 피가 날 수는 있어. 하지만 그건 굳은살만 떼어내지 못하고 생살까지 잘못 떼어내서 그런 거란 말이야. 그러면 얼마나 아픈지 알아? 나, 어렸을 때 그런 적 몇 번 있어서 잘 알아."

"억지로 떼어내는 게 아니라니까요? 자연적으로 떨어져 나가는 거라고요. 그리고 자궁 표면은 손바닥이나 발바닥하고 다르다니까……."

"그걸 어떻게 알아? 직접 봤어?"

"아니요, 그건 아니지만……."

"거봐. 보지도 않고 이렇게 생겼는지, 표면이 어떤지 어떻게 아는 거야? 억지로 떨어져서 피가 나는 거지, 아닌지 어떻게 알아?"

나는 마침내 궁금한 걸 참지 못하고 다다다다 쏟아내듯 말하고 말았다. 여자는 입을 반쯤 벌리고 벌건 얼굴로 한동안 나를 빤히 쳐다보기만 했다. 기가 막힌다는 듯 한숨을 푹 내쉬었다. 그러더니 손을 내밀어 내 얼굴을 감싸 들어 올렸다. 나는 살짝 긴장이 됐다. 섣불리 입을 연 스스로를 책망하며 여자가 이끄는 대로 가만히 있었다. 여자는 코가 맞닿을 정도로 얼굴을 바짝 들이댔다. 여자가 너무 가까이 얼굴을 들이대 여자의 얼굴이 여러 개로 보였다. 답답함과 진지함이 어우러진 여러 개의 까만 눈동자 안에 긴장한 내 얼굴도 여러 개로 보였다.

"콜튼, 지금 당장은 이해하기 쉽지 않을 거라는 거 알아요. 하지만 제발 내 말을 믿어요. 나는 다친 게 아니에요. 이건 정말 그냥 자연스러운 현상이에요. 정상적인 건강한 여자라면 누구나 한 달에 한 번씩 겪는 일이라고요. 그리고 내가 장기의 모양을 알고 있는 건 고등학교 때 배워서 그래요. 아, 고등학교란 것은 음, 나보다 공부를 많이 하고 지식이 많은 사람들한테 여러 가지 지식을 배우는 곳인데요. 밖의 세상에서는 누구나 공부할 나이가 되면 학교란 곳에 가서 공부를 하거든요? 그래서……."

나는 여자의 설명에 인상을 더욱 찌푸렸다.

"학교? 공부? 이를테면 대학교 같은 건가?"

"어머, 네, 맞아요! 대학교 같은 거예요. 고등학교는 대학교 가기 전에 조금 더 나이 어린 학생들이 공부하는 곳이에요. 콜튼, 대학교를 알아요? 어떻게?"

깜짝 놀란 여자가 눈을 휘둥그레 떴다. 나는 별일 아니라는 듯이 어깨를 으쓱거렸다.

"그야 부모님한테 들었으니까. 두 분이 대학 캠퍼스라는 곳에서 처음 만나셨다고 하더군. 그래서 대충 알아. 그건 그렇고, 그럼 그곳에서는 모두 진처럼 자기 몸속의 장기들이 어떻게 생겼는지 배우나? 어떻게?"

"아, 그랬군요. 당신은 매번 날 깜짝 놀라게 한다니까요. 정말 당신 부모님이 어떤 분들이셨는지 너무 궁금해요. 돌아가셔서 만나뵐 수 없다는 게 너무 아쉬워요. 음, 어쨌든, 그건 그렇고, 고등학교에서는 아주 기초적인 것만 배워요. 대학교에서는 전공이라는 것을 선택해서 사람의 몸에 대해 전문적으로 공부하기도 하지만요."

"어떻게? 그 사람들은 어떻게 사람 몸속에 있는 것들을 볼 수 있어?"

"여러 가지 방법으로요. 우선 중학교나 고등학교에서는 책으로 보고 배워요. 의과대학에 진학하면 직접 해보도 하고. 음, 어쨌든, 당신 질문에 가장 적합한 대답은 '해부를 통해서' 라고 할 수 있겠네요."

"해부?"

여자는 고개를 끄덕거렸다.

"칼로 직접 살을 가르고 장기들이 어디에 있으며 어떻게 생겼는지 보는 것을 해부라고 해요."

나는 기절초풍할 정도로 소스라치게 놀랐다.

"뭐? 칼로 살을 가른다고? 사람 몸을, 생살을 자르고 그 안을 들여다본다는 말이야? 고작 뱃속에 어떤 것들이 들어 있는지 보기 위해서? 미쳤군! 고작 그런 이유로 사람을 죽인다니, 제정신이야? 정말 미쳐도 단단히 미쳤어!"

하얗게 질린 나를 달래듯 여자가 안타까운 표정을 지어 보였다.

"살아 있는 사람을 일부러 죽여서 배를 가르는 게 아니에요. 죽은 사람을 해부하는 거죠. 산 사람을 어떻게 일부러 죽여요."

"죽은 사람?"

"네, 죽은 사람."

그나마 산 사람을 고의로 죽이지 않는다는 것은 다행이었다. 그러나 아무리 죽은 사람이라고 할지라도 시체의 배를 가른다는 것은 여전히 이해 가지 않았다. 어쨌든 같은 사람인데.

"하지만 왜 꼭 그래야 하지? 아무리 죽었다지만 칼로 배를 가르고 안의 장기들을 꺼내 본다는 것은 옳지 않은 일이야. 사람을 두 번 죽이는 거잖아."

"물론 함부로 그래서는 안 되죠. 하지만 의학을 위해서는 꼭 필요한 일이기도 해요. 그렇게 함으로 해서 다른 많은 사람들의 생명을 살릴 수 있거든요. 어떤 사람들은 자신이 죽으면 자신의 몸을 의학 해부용으로 써달라고 기증하기도 해요. 이를테면 인류를 위한 숭고한 죽음, 희생인 셈이죠."

나는 못마땅한 눈초리로 여자를 가만히 쏘아보았다. 도통 여자의 말을 이해할 수 없었다. 뭐가 인류를 위한 숭고한 죽음이고, 희생이란 말인가. 어차피 결론은 죽은 사람을 두 번 죽이는 짓이라는 사실에는 변함없는 걸.

여자는 이해를 못하는 나를 한참 동안 바라보며 눈살을 찌푸렸다. 나를 이해시키기 위해 고심하는 티가 역력했다.

"콜튼, 한번 잘 생각해 봐요."

여자는 바닥에 그려진 그림의 동그란 부분에 작은 동그라미를 그려 넣었다.

"여기에 이런 혹 같은 게 생겼다고 생각해 봐요. 그러면 열이 오르고 엄청 아프대요. 혹이 점점 커지면 결국 죽기까지 하죠."

"이런 데 혹도 생기나?"

"그럼요. 자연적으로 사라지는 것도 있지만 어떤 혹은 그냥 방치하면 생명을 앗아가거나 영구불임이 될 정도로 아주 위험하기도 해요. 그런데 콜튼 말대로 여기는 눈에 보이는 곳이 아니에요. 그죠?"

나는 고개를 끄덕거렸다.

"자, 한번 생각해 봐요. 어떤 여자가 열이 막 올라요. 그럼, 당신은 어떻게 생각하겠어요? 어디가 안 좋다고 생각할 것 같아요?"

"……감기나 열병에 걸렸다고 생각하겠지."

"맞아요. 눈에 보이는 증상만 가지고 감기나 열병이라고 단순하게 생각할 거예요. 사실은 몸속에 몹쓸 혹이 자라고 있기 때문인데 말이죠. 그럼 어떻게 될까요? 감기약이나 열을 떨어뜨리는 약만으로 이 혹이 사라질까요?"

"아니……."

"그래요. 엉뚱한 약만 먹다가 영구불임이 되거나 최악의 경우에는 죽기까지 할 거예요. 그런데 누군가의 숭고한 희생정신으로 인체를 해부해서 장기는 어떻다는 것을 알게 되었다고 생각해 봐요. 뭐, 여러 가지 장비가 필요하긴 하지만 그런 것까지 설명하자면 한도 끝도 없고 또 나도 잘 모르는 분야라 자세히 설명할 수 없으니까 그 부분은 그냥 넘어가기로 하자고요."

여자는 진지하게 말을 이어갔다.

"어쨌든 내부 장기에 대해 잘 아는 사람이 있어서 여기에 혹이 생겼다는 것을 알게 됐다고 가정해 봐요. 그럼 엉뚱한 약을 먹이는 것이 아니라 수술이라는 것을 통해서 직접 이 혹을 제거할 수 있겠죠. 물론 해부와 수술은 다른 거지만 일단은 비슷하다고 가정하자고요. 뭐, 마취라든가 이런 부분도 필요하지만 그것도 잠시 패스."

나는, 여자의 장황한 설명에 솔직히 정신이 하나도 없었다. 그러나 일단은 꾹 참고 여자의 얘기를 경청했다.

"그래서 이 여자를 살릴 수 있다면 얼마나 다행스러운 일이에요? 안 그래요? 죽은 사람을 해부해서 알게 된 지식으로 다른 수많은 사람을 살릴 수 있는 거잖아요. 그러니까 숭고한 죽음이라는 거죠. 이해가 돼요?"

여자가 눈을 동그랗게 뜨고 내 표정을 살펴보았다. 나는 찡그려지려는 표정을 가까스로 관리하며 보일 듯 말 듯 얼굴을 끄덕거려 주었다. 마음에 들었는지 그제야 여자가 흡족하게 웃었다.

나는 곰곰이 생각해 보았다. 대강 알아들은 여자의 말을 정리해 보자면 여자가 살아온 세상에서는 죽은 사람의 몸을 이용해 내부 장기들을 꺼내 보고 공부를 한다는 것이다. 그래서 내부 장기에 생긴 몹쓸 혹 같은 것들까지 알아낼 수 있고 심지어 해부? 수술? 어쨌든 비슷하다니까 뭐 그런 걸로 산 사람의 살을 갈라 직접 혹을 잘라낸다는 것이다.

그래서 결론은 죽을 고비에 처한 사람을 살릴 수 있다는 말이었다. 음, 그 말이 사실이라면 굉장한 일이 아닐 수 없었다. 나는 불현듯 감기 고열로 돌아가신 어머니가 떠올랐다. 혹시 어머니도 이런 혹 같은 것이 내부 장기에 생겨서 돌아가신 것은 아닐까? 여자가 살던 세상에서라면 어머니도 수술인가 해부인가 라는 것을 통해 살 수 있지 않으셨을까?

정말 그렇다면 내가 틀렸고 내가 사는 이곳은 사람이 살기에 적합하지 않은 곳일지도 모른다.

나는 뒤죽박죽으로 뒤엉킨 머리를 세차게 뒤흔들었다. 모르겠다. 내가 살아온 삶의 방식이 잘못됐을지도 모른다는 생각에 나는 무척이나 혼란스러웠다.

그러나 나는 일단 복잡한 생각은 뒤로 밀어내고 눈앞에 있는 현실, 여자에게만 집중하기로 했다.

"진, 어쨌든 진은 지금 피를 흘리고 있어. 게다가 매달 한 번씩 피를 흘려야만 건강하다는 얘기인데 진은 여태 한 번도 피를 흘린 적 없었잖아?"

"휴, 그야 충격을 받거나 스트레스를 받으면 가끔 여자는 생리 주기를 건너뛰기도 하기 때문에 그래요. 그 말은 다시 말하면 내 몸이나 정신 상태가 갑자기 난파당한 충격에 정상이 아니었단 뜻이죠. 그러던 상태가 지금은 정상으로 돌아왔단 거예요. 그러니까 즉, 안 좋았던 상태에서 정상적이고 아주 좋은 상태로 건강이 호전되었단 뜻이에요. 이건 아주 좋은 일이에요, 콜튼. 건강하다는 증거니까. 절대로 걱정하거나 안 좋은 일이 아니라고요."

나는 미심쩍은 표정으로 여자를 바라보았다.

"……정말?"

여자가 조금 안도한 얼굴로 고개를 크게 끄덕였다.

"그럼 그렇게 좋은 일인데 왜 사랑을 나누면 안 돼? 건강해진 거라면서? 그런데 왜?"

"네? 음, 그, 그건……."

여자가 난감한 얼굴로 입을 몇 번 뻐끔거렸다. 나는 여자가 어떻게 될까 봐 걱정되는 마음과 치미는 두려움에 조바심이 일었지만 참을성있게 여자가 질문에 답해주기를 기다렸다. 여자는 내가 모르는 것을 아주 많이 알고 있으니까. 진은 믿을 수 없을 만큼 아주 똑똑하니까.

여자는 한참을 심각하게 생각하다가 천천히 입을 열었다.

"그건 말이에요, 몸에서 쓸모없어진 피가 빠져나가는 건데 만약 그 입구를 그 뭐냐, 으, 뭐라고 설명하지? 에라 모르겠다."

여자는 답답한지 얼굴을 감싸고 있던 손을 떼어내 있지도 않은 머리카락을 쓸어 올리는 시늉을 했다.

"딱 한 번만 설명할 거니까 잘 들어요."

나는 열심히 고개를 끄덕였다.

"휴우, 그러니까 쓸모없어진 피가 몸 밖으로 원활하게 배출되어야 하는데 입구를 뭔가가 자꾸 막아대거나 안으로 밀어대면 어떻게 되겠어요? 흐름이 방해를 받게 되겠죠? 그럼 깨끗하게 배출을 할 수가 없게 되잖아요. 그거 아주 안 좋은 거예요. 어쩌면 정말 아프게 될지도 몰라요."

나는 아프게 될지도 모른다는 여자의 말에 깜짝 놀라 눈을 깜박이며 여자의 진지한 얼굴과 피 묻은 가랑이를 번갈아 보았다.

"이렇게 피가 나도록 내버려 두는 게 더 좋은 거라고? 막거나 안으로 밀어대면 네가 아프게 된다고?"

"네. 그러니까 이 피가 모두 빠져나갈 때까지는 당분간 사랑을 나누면 안 돼요. 알았어요?"

나는 인상을 찌푸리고 다시 한 번 곰곰이 생각에 잠겼다. 여자의 말은 모두 사실일 터였다. 완벽하게 모두 이해할 수는 없었지만 어쨌든 쓸모없어진 피를 몸 안에 가지고 있을 필요는 없는 거니까. 그리고 보면 여자의 몸은 정말 신기하고 신비롭다.

한 달에 한 번씩 수정란인가 뭔가를 만들어내고 필요없게 되면 자동적으로 그것을 몸 밖으로 배출해 낸다니, 아, 이 얼마나 신기한 일인가.

다만 아직도 이해가 가지 않는 부분은 왜 필요도 없게 될 것을 굳이 매달 꼬박꼬박 만들어내 피를 흘리느냐 하는 점과 언제까지 사랑을 나눌 수 없느냐는 점이었다.

"알았어. 진이 시키는 대로 할게. 그런데 몇 가지만 더 물어봐도 돼?"

여자는 곤란한 표정이 되었다.

"뭔데요?"

"왜 필요도 없을 것을 매달 만들어내지? 그리고 피를 흘리기 시작하면 언제까지 사랑을 나눌 수 없는 거야?"

"그건……. 그게 그러니까."

여자가 미간을 찌푸리고 얼굴을 벌겋게 붉혔다.

"임신을 하기 위해서……."

갑자기 목소리를 낮추고 웅얼거리는 바람에 여자가 무슨 말을 하는지 하나도 알아들을 수 없었다.

"뭐라고?"

여자가 얼굴을 벌겋게 붉히고 난처한 눈빛으로 찌릿, 한 차례 노려보았다.

"임신을 하기 위해서 그런다고요. 여자는 임신을 하잖아요. 아기집을 만들기 위한 준비를 하는 거란 말이에요!"

"임신? 아기집?"

나는 눈을 휘둥그레 뜨고 여자의 어깨를 부여잡았다.

"우리 아기? 진과 내 아기?"

아기라니! 그럼 여자는 매달 우리 아기를 만들기 위해 수정란이라는 것을 만든다는 건가?

[아야.]

너무 세게 잡았나 보다. 여자가 작게 비명을 질렀다. 나는 여자의 작은 비명 소리에 깜짝 놀라 부리나케 부여잡은 어깨를 놓았다.

"아, 미, 미안. 아팠어?"

"아니요. 괜찮아요."

하지만 여자의 어깨에는 벌써 벌건 손자국이 생겨나 있었다. 여자는 어깨를 문지르며 시선을 피했다. 이런 멍청한 놈. 안 그래도 피를 흘리는 여자를 또 아프게 하다니. 나는 다시 여자를 아프게 할까 봐 여자에게 손도 대지 못한 채 요리조리 피하는 여자와 시선을 맞추기 위해 안절부절못했다.

"진, 날 좀 봐봐. 그러니까 진 말은…… 진이 매달 우리 아기를 만들기 위해 수정란이라는 것을 만든다는 거야?"

"수정란을 만드는 게 아니라, 휴, 수정란이라는 것은 당신 정자와 내 난자가 만나야 되는 거예요. 난 그저 수정할 준비를 하는 거죠."

여자는 자포자기한 듯 한숨을 푹 내쉬고 지친 듯 말했다.

"내 정자? 진의 난자? 그건 어떻게 만나는 건데?"

"그야 사랑을 할 때 운 좋으면 만나는 거죠."

"사랑을 할 때? 어떻게?"

"그게……. 흠흠, 그러니까 사랑을 나눌 때 마지막에 당신 몸에서 정액이라는 것이 나오잖아요. 그 안에 정자라는 녀석들이 무수히 많이 살고 있어요. 그건 당신이 만드는 거예요."

"정액?"

나는 또다시 새로이 등장한 단어를 의미없이 되뇌었다. 정액이라니. 그건 또 뭔가. 사랑을 나눌 때 마지막에 내 몸에서 나오는 거라고? 그럼 그것은……. 허여멀건하고 뿌연 액체인 그거? 끈적거리고 시큼한 냄새가 나는 그것?

그걸 정액이라고 하는 거구나. 그런데 그 끈적거리는 액체에 정자라는 것이 있다고? 내가 그 정자라는 것을 만든다고? 어떻게? 나는 어떻게 만드는지도 모르는데……. 아, 그래서 수정이라는 것이 이루어지지 않은 건가? 여자는 꼬박꼬박 아기를 만들 준비를 하는데 나는 아무것도 만들지 못해서?

아하, 그렇구나. 그래서 여자가 피를 흘리는구나. 이런, 그럼 정말 내 탓인 거네. 여자가 피를 흘리는 것도, 아기가 만들어지지 않는 것도.

나는 그 어느 때보다 진지하고 심각한 얼굴로 여자의 손을 꼬옥 잡았다.

"진, 미안해. 난 그런 줄도 모르고 아무것도 만들지 않았어.

사실 그 정자라는 것을 어떻게 만드는지도 몰라. 정말 미안해.
모두 내 잘못이야. 진, 제발 알려줘. 정자라는 것을 어떻게 만드
는 거지? 내가 어떻게 하면 돼? 늦었지만 이제라도 알려주면 오
늘부터 정말 열심히 만들게. 다시는 진이 피 같은 거 흘리지 않
도록."

여자가 넋을 잃고 나를 빤히 바라봤다. 창피했다. 미안했다.
그런 것도 여직 모르고 있었다니. 얼마나 한심할까. 나는 여자
가 모르는 어딘가로 꽁꽁 숨어버리고 싶었다. 그러나 아무리 부
끄러워도 숨어서는 안 되리라. 똑똑한 여자에게 반드시 배워서
정자라는 것을 만들어내야 하니까.

어이없이 빤히 쳐다보고만 있던 여자가 갑자기 어깨를 들썩
이며 까르르 웃어댔다.

"오, 콜튼. 당신을 어쩌면 좋죠? 당신, 왜 이렇게 순수하고 사
랑스러운 거예요?"

진은 눈물까지 찔끔거리며 연방 웃어댔다. 나는 창피함에 얼
굴은 물론 온몸까지 새빨갛게 상기되어 버렸다. 여자는 그런 내
가 엄청 사랑스럽다는 듯이 와락 끌어안고 온 얼굴에 마구 입술
을 맞춰댔다.

나는 갑자기 돌변한 여자의 태도가 어리둥절했다. 두 눈만 동
그랗게 뜨고 소나기처럼 퍼붓는 여자의 키스를 숨도 못 쉬고 받
았다. 그러나 이유가 어찌 되었든 열정적인 여자의 포옹과 키스
는 기분을 금세 붕 뜨게 만들고 가슴을 콩닥거리게 만들었다.

아찔해진 나는 허둥지둥 여자를 와락 끌어안고 정신없이 열정적으로 입맞춤을 되돌렸다. 아, 잠깐. 지금 이럴 때가 아닌데. 반드시 알고 넘어가야 할 일이 있잖아?

"쪽쪽. 진, 진······. 자, 잠깐만. 쪽쪽. 정액 만드는 방법 좀······ 쪽쪽, 알려주고······ 쪽쪽."

"가만히 좀 있어요, 콜튼. 지금 방법을 알려주고 있잖아요. 쪽쪽. 큭큭. 쪽쪽."

"지, 지금? 쪽쪽. 그게 무슨······ 쪽쪽."

"아까 내가 뭐라고 그랬죠? 생리란 매달 한 번씩 자동적으로 내 몸에서 일어나는 생리적인 현상이라고 말했죠?"

나는 무지막지하게 쏟아지는 여자의 키스를 받아내느라 정신이 하나도 없는 와중에도 고개를 끄덕거리는 것을 잊지 않았다.

"마찬가지예요. 정자를 만들어내는 방법 같은 건 따로 없어요. 건강한 남자의 몸에서 자동적으로 만들어지는 거니까. 사랑스럽고 섹시한 미스터 콜튼 와이즈먼, 당신은 지금도 차고 넘칠 정도로 충분히 건강하잖아요? 그러니까 새삼 더 열심히 몸을 만들 필요는 없어요. 당신은 오히려 넘쳐 나는 힘을 좀 줄일 필요가 있다고요. 더 건강해졌다가는 내가 도저히 감당할 수 없을 테니까. 지금도 당신 몸에서는 건강한 정자가 무수히 만들어지고 있답니다."

여자의 말처럼 정말 5일 정도가 지나자 여자는 더 이상 피를 흘리지 않았다. 지난 5일 동안 여자는 거의 대부분을 침상에서만 보냈다. 가끔 집 주변을 돌아다니기는 했지만 결코 오래 걷지는 않았다. 아무래도 이파리를 가랑이에 대고 걷는 것이 많이 불편한 모양이었다.

하지만 그나마도 없으면 여자는 엄청 곤혹스러워했다. 해서 나는 매일 여린 이파리를 잔뜩 뜯어다 주어야만 했다. 피에 젖어 버려지는 이파리의 양은 대단했다. 여자는 건강하다는 증거라고 했지만 그 양만 보고는 글쎄……. 집 안은 금세 비린 피 냄새로 가득 찼고 나는 불쑥불쑥 솟구치는 두려움을 견디기가 섭지 않았다.

그러다 여자의 가랑이에서 드디어 피가 멈췄다. 나는 뛸 듯이 기뻤다. 이제는 여자를 맘껏 안을 수 있다는 사실이 기쁘기도 했지만 무엇보다 건강하다는 증거이든 뭐든 간에 피 흘리는 여자를 더 이상 보지 않게 되었다는 사실이 가장 기뻤다. 안도의 한숨이 저절로 터져 나왔다.

여자는 피가 멈추자마자 가장 먼저 호숫가를 찾았다. 그동안 엄청난 양의 물을 꼬박꼬박 길어다 주었지만 그것으로는 부족했던 모양이다. 씻는 걸 무진장 좋아하는 여자의 성에 찼을 리가 없었다. 나는 여자를 안고 한달음에 호숫가로 날 듯이 달려갔다. 그날은 멈췄는가 싶으면 뭉턱뭉턱 쏟아져 나오는 피 때문에 거동이 부자연스러웠던 여자, 걱정되고 불안해서 초조하게 여자 주위를 맴돌던 나. 그리고 괜히 덩달아 불안하게 눈치를 살피던 리사가 모처럼 진심으로 활짝 웃을 수 있었던 날이었다.

나는 호수로 가는 동안 엄청난 양의 향기나는 이파리를 잔뜩 땄다. 여자를 안고 가느라 손이 부자연스러운 나는 딴 이파리와 꽃잎을 몽땅 여자의 몸 위에 올려놓았다. 작은 동산을 이룰 정도로 잔뜩 쌓인 이파리와 꽃잎들에 파묻혀 여자의 몸이 보이지도 않을 정도였다. 여자의 몸에서 비릿한 피 냄새 대신 향긋한 향기가 진동했다.

호수에 도착하자 여자는 내려달라고 했지만 들은 척도 하지 않았다. 여자를 안고 함께 호수에 몸을 담갔다. 가슴 언저리까지 물이 차오르자 여자 위에 쌓여 있던 이파리들과 꽃잎들이 물 위로 둥실둥실 떠올랐다. 여자와 내 주변으로 붉고 푸른색으로 뒤덮인 물살이 동그랗게 퍼져 나갔다.

나는 평평한 바닥을 확인하고 조심스럽게 여자를 내려놓았다. 여자는 기분이 좋은지 차가운 물의 기운에 잘게 진저리를 치면서도 환하게 웃었다. 나는 둥실둥실 떠다니는 이파리를 한 움큼 건져 여자에게 건넸다. 여자가 손을 내밀었다. 여자의 자그마한 손바닥에 젖은 이파리를 한 움큼 내려놓으려는 찰나 여자가 이파리를 건네받는 척하면서 손바닥으로 물을 힘껏 튕겨 냈다.

"어이쿠."

방심했던 나는 고스란히 물에 흠뻑 젖고 말았다. 깜짝 놀라 눈을 끔벅였다. 까르르 웃는 여자의 웃음소리가 들려왔다. 장난을 치겠다 이거지? 좋아. 나는 얼굴을 닦아내는 척하면서 다른 손으로 물을 한가득 퍼 담아 여자 쪽으로 튕겨냈다.

[꺄악!]

흠뻑 젖은 여자가 두 눈을 동그랗게 뜨고 비명을 지른다. 깜박이는 속눈썹에 물방울이 대롱대롱 매달려 있다. 여자가 찌릿 째려본다. 나는 씨익 웃으며 슬금슬금 뒷걸음친다. 장난기 가득한 까만 눈동자가 번득인다.

"콜튼, 한번 해보자는 거죠."

나름 음산하게 중얼거린 여자가 불시에 와락 달려들며 양손으로 물을 가차없이 튕겨낸다. 흥, 누가 그냥 당하고만 있을까 봐? 나는 잽싸게 몸을 옆으로 돌려 날아오는 물을 피했다. 그리고 손바닥으로 물을 거침없이 튕겨낸다.

[꺄악!]

"아하하하. 이크."

폭삭 젖어서 씩씩거리는 여자의 모습이 귀엽고 재미있다. 터져 나오는 웃음을 도저히 참지 못하겠다. 나는 배를 움켜쥐고 박장대소를 해댔다. 그런데 아차! 방심한 것이 실수다. 여자의 눈이 반짝인다 싶더니 이내 엄청난 양의 물이 머리며 얼굴, 가슴 어디라고 할 것 없이 전신으로 사정없이 날아든다. 흠뻑 젖은 여자와 나는 넓은 호수가 좁다고 느껴질 만큼 이리저리 쫓고 도망치며 연신 물장난을 쳐댔다. 갑갑한 집을 벗어난 여자는 그 어느 때보다 즐거워 보인다. 정말 아팠던 것은 아니었던 모양이다. 생기 넘쳐흐르는 여자의 모습이 마냥 보기 좋다.

함께 장난을 치고 싶어 안달이 난 리사가 저만치 멀리 떨어져서 방방 뛰어다닌다. 물을 워낙 싫어하는 녀석이라 물속으로는 감히 들어올 생각을 하지 못한다. 그저 땅을 구르며 꺅꺅 소리를 질러댄다. 여자와 나는 그런 리사를 보며 또 한바탕 웃음을 터트린다.

"리사, 그러지 말고 너도 들어와. 응? 얼마나 시원한데."

여자가 달콤한 목소리로 리사를 유혹한다. 손을 내밀고 천천히 다가간다. 달콤한 여자의 유혹에 리사 녀석, 이러지도 저리지도 못해 아주 울상이다. 여자가 상체를 고스란히 드러낸 채 물으로 걸어나갔다. 리사에게 손을 뻗는 몸짓에 물에 젖은 여자의 미끈한 등이 꿈틀 움직인다. 리사에게 눈높이를 맞출 셈인지 여자가 상체를 숙인다. 잘록한 엉덩이 아래 활짝 드러난 달덩이처럼 부푼 둥글고 뽀얀 엉덩이가 욕망을 달군다.

거친 욕망이 불쑥 치민다. 나는 성마르게 마른침을 꿀꺽 삼킨다. 지난 5일 동안 여자를 안지 못했다. 하루에도 수십 번 이상 불끈대던 욕망도 지난 5일간은 다행히 자취를 감췄었다. 피를 흘리며 힘들어하는 모습이 안타깝고 걱정스럽기만 했었다. 그러나 이제는……

나는 먹이를 노리는 드라곤처럼 소리도 없이 주저하는 리사를 물로 끌어들이기 위해 실랑이를 벌이는 여자의 뒤쪽으로 천천히 접근한다. 여자보다 먼저 나의 접근을 눈치 챈 리사가 눈을 동그랗게 뜨고 기척을 살핀다. 녀석과 눈이 마주친 나는 여자의 손을 잡지 말라는 은근한 압력을 가한다. 미간을 살짝 찌푸리고 얼굴을 보일 듯 말 듯 가로젓는다.

그런데 요 녀석 봐라. 입술을 삐죽이며 일부러 보란 듯이 여자의 손을 잡으려고 한다. 요놈, 반항이냐?

턱을 치켜들고 호전적으로 눈을 빛내는 리사. 마치 여자를 내게서 보호라도 하려는 것 같다.

내 참, 어제부터 지 녀석이 여자와 친했다고? 먹을 때 이외에는 여자 곁에는 얼씬도 하지 않던 녀석이. 음, 그리고 보니 일전에 여자와 사랑을 나누는 것을 훔쳐본 후부터 행동이 달라진 것 같다. 뭘 알고 그러는 건지, 아니면 내가 여자를 괴롭힌다고 생각하는 건지 요즘 들어 부쩍 여자를 챙기고 있다.

리사에게 좀체 마음을 열지 못하던 여자가 마음을 활짝 열고 리사와 친해지려고 노력한 탓도 있을 것이다. 나와는 달리 여자는 굉장히 부드럽게 대해주고 장난도 곧잘 받아주니까. 하여튼 그때 이후로 리사는 시키지 않아도 먹을거리를 구하기 위해 집을 비울 때면 날 따라오지 않고 여자 곁에 머물고는 했다.

그런데 여자가 피까지 흘리며 꼼짝하지 못하자 녀석은 아무래도 내가 여자를 괴롭혀 피를 흘리는 거라고 결론을 내린 듯싶다. 뭐, 완전히 틀린 말은 아니다. 내가 정자를 잘 만들지 못해 임신이 되지 않아서 그런 거니까. 그렇다고 여자가 내게 했던 것처럼 리사를 앉혀놓고 시시콜콜 설명을 해주고 싶지는 않다. 여자가 피를 흘리는 것은 건강하다는 증거라는 알쏭달쏭한 사실을 녀석이 알아들을 리 만무하다.

나는 한쪽 눈썹을 치켜뜨고 무섭게 녀석을 노려본다. 그런데 리사 녀석, 몸을 사리기는커녕 되려 잇몸을 드러내고 으르렁거린다. 당장이라도 달려들 기세다. 어허, 정말 기가 찰 노릇이다.

나는 꿈쩍도 하지 않는 리사를 어르는 것을 포기하고 방법을 바꾸기로 했다. 여자가 눈치 채기 전에 무엇보다 벌써 덩치를 키우기 시작하는 아랫도리 녀석의 사정이 시급하다. 오랜만에 뻐근해 오는 단전이 은근하게 기분 좋은 반면, 조바심과 욕망에 달뜬 온몸이 저릿저릿하다.

소리없이 여자의 등 뒤로 다가간 나는 물속으로 손을 집어넣어 여자의 가느다란 발목을 움켜잡는데 성공했다. 여자가 깜짝 놀라 돌아보기 전에 얼른 잡은 발목을 뒤로 확 잡아당긴다. 무방비하게 서 있던 여자가 비명을 지르며 벌렁 뒤로 나자빠진다.

풍덩.

얕은 물에서 허우적거리던 여자가 털썩 주저앉아 소리를 지른다.

"콜튼, 정말 이러기예요!"

"내가 뭘? 약 오르면 잡아보지 그래."

나는 혀까지 메롱 내밀고는 부리나케 뒤로 돌아 헤엄쳐 가기 시작했다. 첨벙, 첨벙. 세찬 물장구 소리와 약이 바짝 오른 여자의 목소리, 그리고 리사의 성난 울음소리가 조용했던 호숫가를 요란하게 들썩인다.

호수 중앙까지 헤엄쳐 간 나는 속도를 늦추고 슬쩍 뒤돌아본다. 우히히, 그럼 그렇지. 아니나 다를까, 지기 싫어하는 여자가 펄쩍펄쩍 뛰어대는 리사를 내버려 두고 엄청난 속도로 돌진해오고 있다. 물살을 가르는 기세가 대단하다. 뭐, 아무리 그래도 날 이길 수는 없겠지만.

여자가 가까이 다가오기를 기다려 나는 다시 잽싸게 폭포 쪽으로 헤엄치기 시작한다. 잡을 듯 말 듯하면서도 잡지 못하자 여자가 약이 바짝 올라 시근덕거린다.

나는 일부러 발장구를 세게 치면서 앞으로 나아간다. 세찬 물보라가 여지없이 바짝 다가온 여자의 얼굴로 쏟아진다. 여자가 꽥 소리를 지른다. 덕분에 추격해 오는 여자의 속도가 더 느려졌다. 빠르게 폭포를 지난 나는 미끄덩거리는 바위를 타고 동굴로 올라가기 시작한다. 잠시 잠깐, 흥분한 여자가 성급하게 바위를 오르다 다치면 어쩌나 싶은 생각이 들기는 했지만 제법 운동신경이 좋은 여자이니 한번 믿어보기로 한다.

"콜튼, 거기 서요! 치사하게!"

"내가 왜? 난 지금 엄청 천천히 가고 있다고. 그런데도 따라잡지 못하는 건 누구의 모자란 수영 실력 탓이지 결코 내 탓이 아니야."

나는 틈틈이 여자를 약 올리는 것을 잊지 않는다. 성큼성큼 미끄러운 바위를 타고 오른다. 그러나 생각보다 영 움직임이 빠르지 않다. 무거워진 아랫도리 때문이다. 움직일 때마다 아랫배가 욱신거린다. 묵직한 아랫도리를 건사하랴, 부리나케 쫓아오는 여자를 살피랴 정신이 하나도 없다.

마침내 동굴에 오른 나는 고개를 삐죽이 내밀고 아래를 내려다보았다. 다행히 여자는 미끄러지지도 않고 잘도 올라오고 있다. 흠, 저 속도라면 금세 올라오겠는걸. 나는 마지막 디딤돌을 밟는 여자를 확인한 후 얼른 동굴 속으로 몸을 숨긴다.

"헉헉, 콜튼! 어딨어……. 꺄악!"

씩씩거리며 사방을 두리번거리는 여자의 손목을 단숨에 휙 낚아챈다. 깜짝 놀라 비명을 지르는 여자를 동굴 벽에 밀어붙이고 우선 급한 대로 시끄러운 비명을 질러대는 입부터 틀어막는다.

"흡, 흡!"

축축하게 젖은 알몸이 빈틈없이 포개어지자 밀착된 두 개의 몸뚱이가 금세 뜨겁게 달아오른다. 벌어진 입으로 달달한 숨결이 뿜어져 나온다. 나는 달달한 여자의 호흡을 허공에 한 톨이라도 뺏길세라 혀를 끝까지 밀어 넣고 여자의 입안을 탐욕적으로 맛보기 시작했다.

깜짝 놀라 밀어내던 여자의 손이 이내 목덜미와 등을 휘감아 온다. 머리카락을 헤집고 등을 쓸어내리는 여자의 손길은 부드러우면서도 거칠다. 허겁지겁 달려드는 나를 달래려는 듯 부드럽게 쓸어내리고 스스로의 욕망을 주체하지 못해 다급하게 쓸어 올린다. 평소보다 빠르고 뜨겁게 달아오르는 여자의 체온에 온몸이 걷잡을 수 없이 뜨거워진다. 짜릿한 전율이 온몸을 훑고 돌아다닌다. 여자의 목을 뒤로 꺾어버릴 듯 거칠게 내리누르며 혀를 더욱 깊숙이 밀어 넣는다. 단숨에 목구멍까지 파고든 혀가 앙증맞은 치아와 타액에 젖은 말랑말랑한 속살을 폭풍처럼 쓸어버린다. 막힌 여자의 입에서 야릇한 신음 소리가 흘러나온다. 호흡이 거칠어질수록 여자는 더욱 치열하게 매달린다. 벌어진 입술과 입술 사이로 두 개의 혀가 쉴 새 없이 넘나든다.

물컹한 가슴이 탄탄한 가슴에 짓눌려 이지러지고 바르르 경련을 일으키는 납작한 아랫배와 홧홧한 가랑이가 무섭게 팽창해 곤두선 아랫도리와 밀착된다. 아찔한 머릿속이 뜨겁게 들끓어 펑 하고 터질 것만 같다. 나는 정신없이 그립던 여자의 몸을 쉴 새 없이 어루만지고 쓸어내린다. 손바닥에 쓸리는 여자의 보드라운 피부가 당장이라도 작열하는 태양열에 녹아 사라질 것 같다. 다급한 손과 입술이 핥고 지나간 자리마다 뽀얀 피부에 욕망의 열꽃이 피어난다.

여자가 상체를 둥글게 휘고 기다란 다리로 허리를 칭칭 감아 온다. 시야를 어지럽히는 봉긋 솟은 가슴을 한입 크게 베어 물자 여자가 흐느끼듯 교성을 내지른다. 열망에 들떠 바르르 떠는 여자의 전율이 온몸으로 느껴진다.

여자가 준비를 마쳤는지 손으로 확인할 겨를도 없다. 나는 허리에 휘감긴 가느다란 허벅지를 움켜쥐고 여자를 번쩍 들어 올렸다. 한 뼘쯤 허공에 들린 여자의 벌어진 가랑이 사이를 거침없이 파고들었다.

[하악!]

"허억!"

단 한 번의 삽입으로 거칠게 꿰뚫린 가녀린 육체가 한순간 돌멩이처럼 굳었다가 이내 파들파들 떨어댄다. 비좁고 뜨거운 동굴이 거친 침입자를 강하게 옭아맨다. 기다랗고 커다란 몸체를 빈틈없이 옥죈다. 숨통이 틀어막히는 것 같은 아찔한 고통이 끔찍한 쾌감이 되어 정수리를 관통하고 등짝을 후려친다. 온몸이 습기 가득한 뜨거운 동굴로 오롯이 빨려 들어가는 것 같다. 온몸의 혈관이 터져 버릴 듯 단단한 피부를 뚫고 불룩불룩 튀어나온다. 서늘한 동굴의 기운은 민감해진 피부를 희롱하고 또 하나의 뜨거운 동굴은 이성을 송두리째 잡아먹는다.

바스라질 것 같은 아랫도리를 빼내려고 엉덩이를 뒤로 움찍거려 보지만 단단히 틀어 잡힌 녀석은 뒤로 반 발자국도 빠져나오지 못한다. 움쭉달싹 못하고 꼼짝없이 잡혀 버린 몸 끝. 그럼에도 여자의 동굴은 만족을 모르고 더욱 강하게 수축한다. 찰싹 맞닿은 피부 사이를 비집고 손을 집어넣는다. 땀과 물로 축축하게 젖은 피부는 열기로 한층 뜨겁게 달아올라 있다. 맞닿은 두 개의 몸뚱이에서 발산되는 열기에 억지로 밀어 넣은 손이 흔적도 없이 흐물흐물 녹아버릴 것 같다.

이를 악문다. 악다문 이 사이로 거친 숨과 짐승 같은 신음 소리가 비어져 나온다. 손끝에 축축한 수풀이 닿는다. 내 것인지, 여자 것인지 알 수 없는 축축한 수풀을 헤치고 통통하게 부풀어 오른 둥글고 매끄러운 속살을 손가락으로 꾹 누른다. 여자의 몸이 크게 파닥거린다. 단말마와 같은 새된 비명이 허공으로 흩어지다 간헐적인 흐느낌으로 변한다. 나는 인내심을 가지고 꾹 눌렀던 둥근 살점을 부드럽게 어루만지고 원을 그리듯 비벼댄다. 강하게 옥죄기만 하던 비좁은 동굴이 미끈거리는 액체를 흠뻑 토해내며 빠르고 강하게 수축했다가 풀어지기를 반복한다.

수축이 살짝 이완된 사이에 나는 서둘러 꼼짝없이 갇혀 있던 아랫도리를 끄트머리까지 빼냈다가 허리를 다시 세차게 튕긴다. 다시 뿌리 끝까지 파고든다. 여자의 가녀린 몸이 하릴없이 들썩거린다. 아아! 끔찍한 쾌감과 전율을 감당하지 못한 여자가 고개를 세차게 가로저으며 손톱을 어깨에 박는다. 아찔한 쾌감, 전율. 나는 비지땀을 흘리며 어금니를 악문다. 한 줌도 되지 않는 가는 허리를 꼼짝 못하게 움켜쥐고 허리를 연속으로 거듭 강하고 빠르게 튕긴다.

무섭게 안으로 파고들 때마다 휘청거리는 여자는 이제 커다란 불꽃이 되어버렸다. 거센 불꽃은 더없이 찬란하게 피어오른다. 자궁 끝까지 빠르게 치고 들어갔다가 빠져나오기를 반복할 때마다 온몸의 정기가 여자의 몸속으로 한 방울도 남김없이 빨려 들어간다. 그럼에도 여자는 부족하다고, 더 내놓으라고 재촉하고 부추긴다. 나는 여자의 불꽃을 지피는 꺼지지 않는 커다란 장작개비가 되어 끊임없이 여자를 불태운다.

질척거리는 음탕한 마찰음과 뜨거운 교성이 동굴을 커다랗게 울린다. 헐떡이는 고음의 교성이 천장과 벽을 휘돌아 사방으로 메아리친다. 그에 질세라 바닥에 깔리는 낮은 교성이 헉헉거리며 뒤를 잇는다.

서늘하던 동굴의 공기는 더 이상 이질적이지 않다. 급박하게 하나가 되어가는 뜨겁고도 사나운 몸짓에 서늘하던 공기마저 뜨겁게 달궈져 버렸다. 마치 음란하고 뜨거운, 축축한 둥근 막에 갇혀 있는 것 같다. 커다랗게 메아리치던 여자와 나의 교성조차 더 이상 들리지 않는다. 발작적으로 흔들리는 뜨거운 몸뚱이를 휘감는 공기의 흐름조차 느껴지지 않는다.

오로지 느껴지는 것은 온몸을 옥죄고 불태우는 여자의 뜨거운 열기와 미칠 것 같은 쾌감, 그리고 끝없이 치달아가는 시뻘건 욕망뿐.

요란하게 떨어지는 폭포수가 욕망에 녹아 흘러내리는 뇌수처럼 우수수 쏟아져 내린다.

쏴아아.

[하악, 하악! 콜튼, 콜튼⋯⋯.]

쏴아아.

"헉헉. 진, 진! 너무 뜨거워. 너무, 너무⋯⋯."

나는 스스로도 무슨 소리를 지껄이는지 알 수 없다. 무아지경이 되어버린 지 오래. 그저 미친 듯이 뜨겁게 타오르는 여자의 몸을 헤집고, 탐하고, 취하기를 반복한다. 그 어느 때보다도 욕망이 거칠고 사납다. 몸속 어딘가에 숨어 있던 야수가 고삐를 풀고 뛰쳐나와 제멋대로 미쳐 날뛰어대고 있다. 만족을 모르는, 지칠 줄 모르는 야수가 여자를 끊임없이 먹어 치운다.

이제는 몇 번의 쾌락이 여자를 덮쳤는지조차 알 수 없다. 다만 온몸의 근육을 경직시키고 비명을 질러대며 뜨거운 액체를 울컥울컥 쏟아내던 여자가 축 늘어졌다가 다시 뜨겁게 살아나기를 서너 번 반복하고 있다는 것만을 어렴풋이 기억할 뿐이다. 여자는 거듭 살아날 때마다 좀 전보다 더욱 거세게 고삐 풀린 거친 야수의 심장을 부러트릴 정도로 억세게 조여댔다.

나는 끈적거리는 땀을 뒤집어쓰고 힘없이 무너지려는 여자를 쉼없이 일으켜 세웠다. 나는 여자의 어디를 어루만지고 어디에 입을 맞추면, 어디를 어떻게 자극하면 축 늘어졌던 여자가 다시 전율하며 불꽃처럼 불타오르는지 잘 알고 있었다. 나는 이제 내 몸보다 여자의 몸을 더 알고 있었다.

흐느적거리는 여자를 뒤로 돌려세웠다. 축축하게 젖은 가슴에 마른 여자의 등이 밀착되었다. 뒤로 젖혀지는 지친 여자의 얼굴을 단단한 어깨로 받친다. 붉게 상기된 여자의 얼굴이 거꾸로 보인다. 눈앞에 단숨을 헐떡이는 여자의 붉은 입술이 시선을 사로잡는다. 힘없이 감긴 눈꺼풀과 파르르 떨리는 길고 풍성한 까만 속눈썹이 만족할 줄 모르는 야수를 유혹한다.

커다란 손으로 땀으로 끈적거리는 풍만한 가슴을 와락 움켜쥔다. 터트려 버릴 듯 주무르고 손가락을 세워 단단하게 솟은 젖꼭지를 희롱한다. 진한 암컷의 향내가 진동하는 목덜미를 길게 핥아 올리고 이로 자근거린다. 질척한 액체로 뒤범벅되어 있는 가랑이를 전율에 헐떡거리는 손으로 끊임없이 어루만진다.

미끈거리는 액체로 뒤범벅된 손가락을 살짝 부풀어 꿈틀거리는 속살 속으로 깊숙이 집어넣는다. 지쳤음에도 여자는 손가락을 부러트릴 듯 조여댄다. 축축하게 젖은 뜨거운 내벽을 손톱으로 부드럽게 긁어내리며 자극하자 미끄덩거릴 정도로 질척하고도 뜨거운 동굴은 또다시 말간 액체를 울컥 쏟아낸다. 끝나지 않은 욕정에 여자가 온몸을 바들바들 떨어댄다.

여자가 힘겹게 손을 뒤로 돌려 돌덩이처럼 단단해진 엉덩이를 양껏 움켜잡는다. 엉덩이를 움켜잡아 당기며 다른 손으로 맞은편 벽을 짚는다. 지칠 줄 모르는 욕망에 허덕이는 여자의 상체가 저절로 앞으로 숙여지고 다리가 슬며시 벌어진다. 사랑해달라고 조르는 여자의 몸짓. 씨익. 나도 모르게 저절로 단숨이쉼없이 터져 나오는 입가에 미소가 어린다. 나는 여전히 검붉은 힘줄을 돋우고 팽팽하게 곤두서 있는 커다랗고 단단한 아랫도리를 움켜잡고 활짝 드러난 둥근 엉덩이를 은밀하게 벌린다. 아까보다는 다소 부푼 듯 보이는 붉은 속살이 촉촉하게 젖어 애타게 벌렁거리고 있다. 시뻘건 욕망이 거세게 뛰는 심장을 압박한다. 수없이 탐하고 취했건만 욕망은 조금도 가라앉지 않았다. 말간 액을 뚝뚝 흘리는 검붉은 아랫도리를 갈라진 엉덩이 사이로 천천히 밀어 넣는다. 꿈틀거리는 둥근 몸 끝이 여자의 뜨겁고 비좁은 틈을 벌리고 다시 안으로 깊게 침범해 들어간다.

[아…… 악……]

여자가 전신에 힘을 주며 얼굴을 번쩍 들어 올린다. 꼿꼿하게 상체를 세우는가 싶더니 갑자기 상체를 깊숙이 숙인다.

"윽!"

자세가 바뀌자 심장을 꿰뚫는 아찔한 쾌감이 덩달아 모습을 달리한다. 끔찍할 정도의 전율이 온몸을 휘돌아다닌다. 시야가 뿌예지고 머릿속이 하얗게 탈색된다. 엄청난 쾌감이 정수리를 후려치고 눈앞에 번개가 번쩍인다.

"으아······. 으······. 헉헉."

아무리 이를 사리물어도 발정난 짐승의 흐느낌이 멈춰지지 않는다. 퍽퍽. 상체를 숙인 여자의 잘록한 허리를 억세게 움켜잡고 사납게 허리를 움직인다. 거칠게 파고든다. 후득, 후드득. 붉은 손자국으로 물든 여자의 등이 이마에서 떨어지는 땀방울에 하염없이 젖어간다.

급기야 나는 얼굴을 젖히고 짐승처럼 포효한다. 여자가 화답하듯 도리질을 치며 음란한 교성을 질러댄다. 단전을 자극하는 여자의 음란한 교성에 나는 몸을 부르르 떨며 더욱 거칠게 여자의 몸속으로 달려든다. 뿌리까지 깊이 파묻고 엉덩이를 빙글빙글 돌린다. 입구까지 천천히 빠져나왔다가 느리게 깊숙이 파고든다. 감질나는 삽입에 여자가 항의하듯 갸르랑거리며 허리를 비튼다. 여자가 벽을 짚고 스스로 몸을 빠르게 들썩거린다. 느리게 움직이는 엉덩이를 다급하게 잡아당긴다. 그 색정적인 움직임에 눈앞이 아찔하고 거친 숨이 터져 나온다.

끝나지 않는 질척한 정사. 끝나지 않을 시뻘건 욕망, 욕정, 쾌락.

나는 꺾어질 것 같은 가느다란 허리를 양손으로 단단히 움켜잡고 다시 빠르게 질주하기 시작한다. 수십 번 올라갔다 내려온 고지를 향해 숨 가쁘게 내달린다. 여자의 자궁 끝까지 파고들었다가 빠져나오기를 쉴 새 없이 반복하는 녀석이 몸부림치며 울부짖는다. 달구어질 대로 달구어진 뜨거운 피가 숨구멍이라는 숨구멍을 모두 뚫고 비어져 나올 것 같다. 온몸이 빵빵하게 부풀어 오른다. 부푼 몸이 정액으로 온통 가득 차버린 느낌이다. 한정없이 부풀어 오른 몸은 어느 한순간에 펑 하고 터져 버릴 것이다.

한정없이 치솟는 기대감과 흥분에 시야가 붉게 물든다. 나는 익히 경험한 환상과 환락을 향해 미친 듯이 질주한다. 여자도 역시 기꺼이 함께 열락에 동참한다. 아아, 벌겋던 눈앞이 새하얗게 변한다. 온몸이 팽창하고 머리끝에서부터 손끝, 발끝까지 저릿저릿하다 못해 오그라든다. 한계를 넘어 질주하던 심장이 끔찍한 쾌감을 감당하지 못하고 터져 버린 모양이다. 숨이 쉬어지지 않는다. 피부를 뚫고 솟아오른 울퉁불퉁한 혈관이 마침내 펑 하고 터져 버린다.

"아아악!"

엄청난 전율과 쾌감이 폭포처럼 우수수 쏟아져 내린다. 목이 한정없이 뒤로 꺾인다. 보이지 않을 정도로 빠르고 거칠게 움직이던 허리가 거짓말처럼 한순간 우뚝 멈추는 순간, 나는 동굴이 무너질 정도로 크게 포효했다. 시뻘건 혀를 날름거리며 사방을 집어삼키고 불태우던 화염이 동굴 천장을 뚫고 하늘까지 화려하게 치솟아 불타올랐다.

울컥, 울컥.

뿌옇고 시큼한 액체가 여자의 뜨거운 자궁에 한 방울도 남김없이 모조리 쏟아진다. 정액이라고 했던가. 그 안에 정자라는 것이 살아 있다고 했던가. 운이 좋으면 여자의 몸속으로 쏟아진 정자가 여자의 몸속에 자리 잡고 있는 난자라는 것과 만난다고 했던가…….

그럼, 아기가 태어난다고 했다.

여자와 나의 아기, 선우진과 콜튼 와이즈먼의 아기.

나는 앞으로 꼬꾸라지려는 여자를 온몸으로 감싸 안고 풀썩 주저앉았다. 축 처져 흐느적거리며 기대어오는 여자의 뜨겁고 축축한 몸을 단단히 끌어안는다. 땀에 흠뻑 젖은 작은 머리와 이마에 쉴 새 없이 뜨거운 입을 맞춘다.

뜨겁게 달아올랐던 공기가 서늘하게 느껴질 때까지 우리는 서로를 한 몸처럼 꼭 부둥켜안고 있었다. 지쳤던 여자가 열기가 가시지 않은 얼굴을 들어 올려 턱과 뺨, 입술에 자잘한 입맞춤을 한다. 나는 여자의 달뜬 입술에 입술을 맞추며 속삭인다.

"이번에는 정말 운이 좋았으면 좋겠다."

입술을 떼지 않고 웅얼거린 탓에 여자가 무슨 소리냐는 듯, 의아스러운 눈빛으로 올려다본다. 나는 여자의 사랑스러운 야트막한 콧잔등을 어루만지며 다시 속삭인다.

"운이 좋으면 건강한 정자가 진의 난자와 만난다며. 그럼, 우리…… 아기가 생기는 거지?"

여자가 아직도 붉은 열기가 가시지 않은 눈을 동그랗게 뜨고 올려다본다. 왠지 쑥스럽다. 하지만 여자의 말간 시선을 피하지는 않았다. 사랑스러운 여자의 얼굴을 눈에 아로새기듯 오롯이 내려다보았다. 쿡, 여자가 힘없이 웃으며 살풋, 얼굴을 숙인다. 붉은 자국이 울긋불긋 남은 여자의 뽀얀 목덜미에서 붉은 열기가 아지랑이처럼 피어오르고 있다. 붉은 얼굴로 여자가 예쁘게 눈을 흘긴다. 지친 손을 동그랗게 말아 가슴을 툭 치는 시늉을 한다.

"응큼쟁이."

여자의 귀여운 핀잔에 나는 웃음으로 대답한다. 여자도 작게 따라 웃는다. 달뜬 교성으로 가득 찼던 동굴이 행복하면서도 쑥스러운 웃음소리로 가득 차기 시작한다.

어느덧 해는 벌써 숲 저편으로 뉘엿뉘엿 지기 시작했다. 동굴 안은 칠흑 같은 어둠에 묻혀 버렸다.

"숨을 크게 들이마셔."

나는 단단히 이르고 지친 여자를 품에 꼭 안았다. 목덜미를 감은 가느다란 손에 힘이 바짝 들어가는 것과 여자가 깊이 숨을 들이마시는 것을 확인한 후 나는 허공으로 몸을 날렸다. 세차게 떨어지는 폭포를 관통해 짙푸른 호수로 하강했다. 노곤노곤 풀어졌던 근육들이 일제히 단단하게 굳으며 긴장하는 것이 느껴졌다. 정수리와 어깨를 때리는 세찬 물줄기의 따갑고 차가운 기운에 나른했던 정신이 번쩍 났다. 상쾌하기 그지없었다.

풍덩! 거세게 밀어내는 물살을 내리누르며 깊은 호수 밑바닥까지 가라앉았다가 바닥을 박차고 빠르게 수면 위로 올라왔다.

여자의 상큼한 웃음소리가 첨벙이는 물살과 함께 사방으로 흩어졌다. 몸은 피곤하지만 마음만은 어느 때보다 행복하고 만족스럽다. 다시 찾아온 나른함을 만끽하며 여자와 나는 느릿느릿, 호수 가장자리로 헤엄쳐 갔다.

어스름한 어둠이 내려앉은 호숫가 어디에도 리사의 모습이 보이지 않는다. 기다리다 못해 지쳐 혼자 돌아간 모양이다. 외톨이가 되어 홀로 쓸쓸하게 돌아갔을 녀석의 뒷모습이 어렵지 않게 그려진다. 마음이 쓰인다. 녀석, 많이 삐쳤을까? 휘유, 달래려면 꽤 고생하겠는걸.

여자도 나와 마찬가지로 마음이 쓰이는 모양이다. 리사를 몇 번 소리쳐 불렀지만 녀석이 모습을 보이지 않자 여자가 꽤나 곤혹스러워하는 표정을 짓는다. 여자가 집으로 돌아가기 위해 서둘러 걸음을 뗀다.

이런, 아무리 그래도 아직은 안 되지. 나는 얼른 여자의 손목을 잡아챈다. 몸도 지쳤고 배도 고프다. 게다가 삐쳐서 돌아간 리사를 생각하면 얼른 돌아가야 하리라.

그러나 모처럼 5일 만에 찾은 호수다. 피와 땀 냄새로 물들었던 몸을 씻기 위해 온 길이었다. 그런데 정작 몸은 제대로 씻지도 못했다. 되려 끈적거리는 땀으로 흠뻑 젖어버렸다. 리사를 생각하는 여자의 마음이 예쁘기는 하지만 그렇다고 본래의 목적도 이루지 못하고 돌아갈 수는 없다.

나는 돌아가자고 재촉하는 여자를 물속으로 다시 이끌었다.

"어서. 제대로 씻지도 못했잖아."

"하지만……."

"괜찮아. 빨리 씻으면 돼. 자, 어서."

여자가 연신 뒤를 돌아보면서 머뭇거린다. 여자의 손을 꼭 잡고 호수 한가운데로 이끈다. 여자가 마지못해 끌려온다. 나는 사방으로 흩어져 물 위에 둥둥 떠다니는 이파리와 꽃잎들을 부지런히 줍는다. 흐물흐물해진 그것들을 여자의 짧은 머리와 여린 피부에 조심스럽게 문지른다. 달콤한 향기가 사르르 퍼져 나간다. 주저하던 여자의 얼굴에 만족스러운 미소가 짙게 어린다. 흐응. 만족 어린 신음 소리가 붉은 입술에서 나지막하게 흘러나온다.

"좋아?"

"으응."

어리광을 피우듯 여자가 귀여운 코맹맹이 소리로 대답한다. 입술이 절로 귀밑까지 벌어지고 사랑스러운 여자를 안고 싶어 손이 근질거린다. 괜히 여자의 앙증맞은 코를 살짝 잡아당긴다.

[아야!]

엄살을 피우는 여자. 그 모습마저도 너무 사랑스럽다. 콩닥콩닥. 심장이 다시 두근거린다. 아, 이놈의 심장은 여자만 보면 시도 때도 없이 두근거린다. 고장난 게 틀림없다. 하지만 그래도 좋다. 나는 실실 웃으며 어깨를 쫙 편다.

"거봐. 내 말 듣기 잘했지?"

"피이."

입술을 삐루퉁 내밀고 살짝 눈을 흘긴 여자가 이내 고개를 끄덕이며 환하게 웃는다. 나는 더 이상 참지 못하고 여자의 이마에 얼른 입을 맞춘다. 살풋 미소 지은 여자가 무슨 생각인지 갑자기 주변을 휘휘 둘러본다. 둥실둥실 떠 있는 꽃잎을 잡기 위해 손을 쭉 뻗는다. 여자의 손끝에 걸리기 직전, 동그랗게 퍼져가는 물살에 떠밀려 꽃잎이 더욱 멀리 두둥실 떠밀려 간다.

[어!]

약이 오른 여자가 발을 동동거린다. 쿡. 나는 웃음을 터트리며 얼른 여자 대신 꽃잎과 이파리를 한 움큼 건져 올린다. 자, 여기. 여자의 자그마한 손바닥에 꽃잎과 이파리를 수북이 쌓아 올린다. 여자가 까만 눈을 초롱초롱 빛내며 배시시 웃는다.

다음 순간, 나는 깜짝 놀란다. 여자가 꽃잎과 이파리를 한 움큼 움켜쥐고 내 몸을 문지르기 시작했기 때문이다. 동작을 멈추고 놀란 눈빛으로 여자를 내려다본다.

"뭘 그렇게 놀라요? 사람 무안하게."

붉은 꽃잎처럼 얼굴을 붉히고 여자가 괜히 장난스레 콧등을 찡그린다.

"그렇게 가만히 서 있지만 말고 몸 좀 낮춰봐요. 그래요, 그렇게."

얼떨결에 상체를 숙이자 여자가 반색한다. 팔을 있는 대로 위로 뻗어 올리고 목덜미와 어깨를 부드럽게 문지르기 시작한다.

"헤헤. 이래야 공평하잖아요. 어때요, 시원해요?"

여자는 한껏 까치발을 들어도 내 가슴 언저리까지밖에 닿지 않는다. 가늘기는 또 얼마나 가는지, 내 몸의 반밖에 되지 않을 것이다. 게다가 방금 전까지만 해도 손가락 하나 까딱할 힘도 없을 정도로 지쳐 있던 여자가 아닌가. 그런 여자가 나를 씻겨줄 생각을 다 하다니! 생각지도 못했던 여자의 행동에 어이가 없으면서도 한편으로는 가슴 한 켠이 울컥한다. 아, 이렇게 감동스러울 데가! 꼬마였을 때 이외에는 아무도 나를 씻겨준 적이 없었다. 차고 넘칠 정도로 사랑해 주시던 어머니도 내 덩치가 큰 후로는 한번도 씻겨주신 적이 없었다.

"어, 뭐예요? 씻겨주다 마는 게 어디 있어요?"

감동해서 울컥한 나를 보고 여자가 괜히 너스레를 떤다.

"그럼 나도 그만 한다?"

짐짓 으름장을 놓는 여자. 나는 와락 여자를 끌어안고 만다. 벅찬 가슴이 밀어낸 단 한 마디.

"사랑해."

사랑한다는 단 한 마디를 쉴 새 없이 속삭이며 나는 동그란 머리통과 자그마한 얼굴 곳곳에 입을 맞춘다. 여자가 가만히 얼굴을 내어주고 널따란 어깨를 꼭 끌어안는다. 마치 자그마한 제 가슴이 배는 더 큰 나를 감싸 안으려는 듯이. 그러나 정작 폭 감싸인 것은 자그마한 몸. 여자가 얼굴을 한껏 들어 올리고 입술을 쪽 맞춘다.

"나도 사랑해요."

사랑을 속삭이는 여자의 목소리는 언제 들어도 감미롭다. 자잘한 전율들이 빠르게 훑고 지나가자 나른하게 풀어져 있던 근육이 단단하게 뭉치기 시작한다. 여자의 홀쭉한 배를 찌르기 시작하는 단단한 물체에 여자가 화들짝 놀라 몸을 뒤로 뺀다.

"세상에. 어떻게 이렇게 금세……."

여자가 눈을 휘둥그레 뜨고 물속에 어슴푸레 비치는 장대한 아랫도리와 내 얼굴을 번갈아 쳐다본다. 도저히 믿을 수 없다는 듯 고개를 절레절레 가로젓는다. 흠흠. 나는 괜히 헛기침만 내뱉는다. 내가 생각해도 지치지 않고 벌떡벌떡 서는 아랫도리가 좀 민망하기는 하다. 어쩐지 내가 정말 짐승이라도 된 것 같은 기분이다. 얼굴이 화끈거린다.

"이봐요, 백만돌이 에너자이저 씨."

여자가 한 뼘쯤 공간을 띄어놓고 가느다란 팔로 목을 휘감는다. 뭐? 백만돌이 에너자이저? 지금 그거 나한테 하는 말이야?

"나, 아무래도 전생에 나라를 수십 번은 구했나 봐요."

응? 그건 또 무슨 말?

"그러니까 이렇게 멋지고 근사하고 섹시한 남자를 만났지. 게다가 이렇게 지치지도 않는 백만돌이 정력의 소유자를 말이에요. 쿡. 그런데, 콜튼……."

은근하게 말꼬리를 늘이는 여자의 속삭임이 왠지 불안하다. 침이 꼴깍, 넘어간다. 나는 목을 바짝 끌어당기고 의미심장한 눈빛을 쏘아대는 여자를 물끄러미 내려다본다.

"어쩌죠? 나…… 더 이상은 무리인데……. 리사처럼 삐치거나 하는 건 아니죠?"

"그, 그럼! 내가 왜……. 괜찮아. 가만 내버려 두면 제풀에 가라앉아. 정말이야. 그러니까 신경 쓰지 마."

불안하던 마음이 살짝 삐치려다가 여자의 말에 혼비백산해 후다닥 달아난다. 천만의 말씀이라는 듯 에이, 하면서 손을 휘휘 내젓는다. 그런데 왜 얼굴은 점점 더 붉게 달아오르고 목소리를 쩌렁쩌렁 울리는 건데?

"아이, 착해라. 고마워요."

여자가 상큼하게 웃으며 물속에서 엉덩이를 토닥거린다. 왠지 기분이 묘한 것이 꺼림칙하다. 어쩐지 여자에게 말리는 기분이다. 에이, 설마……. 그러면서도 나는 은근슬쩍 엉덩이를 뒤로 뺀다. 어렸을 때 어머니가 말 잘 들어서 착하다고 엉덩이를 토닥거려 주시던 때와 기분이 흡사하다. 진, 이건 좀 아니지 않아?

어쨌든, 여자와 나는 서로를 마저 깨끗이 씻겨주었다. 물론 눈치없이 좀체 흥분을 가라앉히지 않는 녀석을 자극하지 않도록 최대한 떨어져서 말이다. 여자와 나는 호수에 둥둥 떠다니는 이파리와 꽃잎들을 하나도 남김없이 모조리 이용했다.

짓궂은 여자는 간혹 일부러 예민해진 녀석을 툭 건드리고 자극하기도 했다. 그럴 때마다 나는 숨을 멈추고 손가락 하나 까닥할 수 없었다. 바짝 굳어버린 나를 보고 여자는 아랫입술을 꼭 깨물고 억지로 웃음을 삼켰다. 내 마음대로 여자를 안아버릴 수도, 화를 낼 수도 없는 난처한 상황. 울상을 짓던 나는 결국 킥킥거리는 여자를 따라 어색한 웃음을 흘릴 수밖에 없었다.

행복하기도 하고 고문과도 같았던 기나긴 시간이 마침내 끝났다. 휴, 나는 기진맥진해서 어기적어기적 뭍으로 기어올라 갔다. 모처럼 깨끗하게 씻은 여자는 나와 달리 기분이 아주 좋아 보였다. 기력도 어느 정도 회복했는지, 방긋방긋 웃는 얼굴이 그렇게 싱그러울 수 없었다. 마치, 이른 새벽이슬을 촉촉하게 머금은 갓 피어난 꽃술 같았다.

그 순간 까마득히 잊고 있던 오래된 기억이 불현듯 떠올랐다. 나는 서둘러 근처 숲으로 달려갔다. 무슨 일이냐며 여자가 따라오려고 했지만 나는 한사코 여자를 떼어놓고 혼자 달려갔다. 갑작스럽게 떠오른 기억이 나를 들뜨게 만들었다.

나는 붉은빛을 띤 꽃은 쳐다보지도 않고 오로지 하얗거나 흐린 핑크빛이 도는 꽃들만을 골라 조심스럽게 땄다. 지천에 깔린 것이 꽃이라 다행히 시간은 그리 오래 걸리지 않았다. 나는 깨끗하게 씻은 것도 아랑곳하지 않고 바닥에 철퍼덕 주저앉았다. 기억을 되살려 한 움큼 딴 꽃들을 엮기 시작했다. 오랜만에 만드는 것이라 처음에는 허둥대기만 할 뿐, 잘 되지 않았다. 그러나 시간이 지나자 다행히 몸에 익은 기억은 금세 되살아났다.

나는 오래지 않아 심혈을 기울여 만든 것을 뒤춤에 감추고 여자에게로 돌아갔다.

"콜튼, 어디 갔다 왔어요? 혹시 큰일? 에이, 그런 건 씻기 전에 해결해야죠. 기껏 다 씻어놓고. 어서 뒷물하고 와요."

엉뚱한 말을 재잘거리며 여자가 개구쟁이처럼 어깨를 들썩이며 쿡쿡 웃어댄다. 어이가 없다. 그런데도 나는 나도 모르게 고개를 돌려 힐끔 엉덩이를 내려다본다. 엉덩이가 흙투성이다. 이런, 다시 씻기는 씻어야겠다.

"그런 거 아니야."

변명을 투덜거리면서도 나는 게걸음으로 어기적거리며 얕은 물가로 들어간다. 대충 엉덩이에 묻은 흙을 씻어낸다. 여자가 다 아는데 뭘 그러냐는 듯 입술을 삐죽거린다. 에이 씨, 정말 아닌데. 제대로 알지도 못하면서……. 나는 연신 구시렁거리면서 여자에게로 다가간다.

"시원하시겠습니다."

여자가 얼굴을 빠끔 들이밀고 씨익 웃는다. 이럴 때 보면 여자는 굉장히 얄밉다. 그런데도 귀엽고 사랑스럽다는 생각이 들다니, 머리가 어떻게 된 모양이다. 천의 얼굴을 가진 여자. 나는 매 순간 여자에게 흠뻑 빠져서 어쩔 줄 모른다.

"자, 그럼 이제 우리 그만 슬슬 돌아갈까요? 지금쯤 쫓아오지도 않는다고 리사, 화 많이 났을 거예요."

여자가 몸을 획 돌리고 성큼 걸음을 뗀다. 나는 화들짝 놀라 황급히 돌아선 여자의 손목을 잡아챈다. 여자가 의아한 얼굴로 돌아본다. 민망함에 열이 오르는지 얼굴이 화끈거린다. 목소리가 절로 기어들어 간다.

"잠깐만. 잠깐이면 돼."

"응? 왜요? 무슨 일 있어요?"

벌겋게 달아오른 얼굴이 이상했나 보다. 여자의 얼굴이 걱정스럽게 변한다.

"아니, 그런 게 아니라. 음, 저……. 진, 잠깐 눈 좀 감아봐."

"네?"

"눈 좀 감아보라고."

나는 한 손으로 여자의 눈을 억지로 감긴다. 여자가 손목을 걷어내려고 한다. 하지만 나는 꿈쩍도 하지 않는다. 작게 항의하던 여자가 단호한 손짓에 할 수 없다는 듯, 잡았던 손목을 놓고 손을 내린다. 작게 한숨을 내쉰다. 손바닥에 여자의 눈꺼풀이 스르륵 감기는 것이 느껴진다.

"왜 그래요, 콜튼. 빨리 돌아가야……!"

스스럼없이 눈을 감아주고서도 몇 마디 보태던 여자가 움찔, 말을 멈춘다. 숨도 쉬지 않는다. 종알대던 여자가 겨우 조용해지자 나는 여자의 눈에서 손을 조심스럽게 걷어낸다. 그런데도 여자는 눈을 뜨지 않는다. 속눈썹을 파르르 떨어댈 뿐이다. 한 걸음 뒤로 물러나 숨을 죽이고 여자의 반응을 살폈다. 심장이 작은 새의 날갯짓처럼 마구 파닥거린다.

말을 하다 멈춰 버린 붉은 입술이 살짝 벌어진다. 손가락 한

마디쯤은 충분히 들어갈 만큼 벌어져 있다. 옆구리에 다소곳이 놓여 있던 손이 천천히 위로 올라간다. 바르르 떨리는 투명한 손이 얼굴을 가리고 점점 더 위로 올라간다. 동그란 머리에 살풋 얹힌 것을 더듬거려 확인한다. 가는 손가락이 꽃잎을 하나하나 스쳐 지날 때마다 벌어진 붉은 입술이 점점 더 동그랗게 벌어진다.

여자의 풍성한 속눈썹이 바르르 떨리는가 싶더니 꿈에서 깨어날 때처럼 느릿느릿, 스르륵 위로 말려 올라간다. 떠진 눈 한가운데에 촉촉하게 젖은 커다란 까만 눈동자가 흔들리고 있다. 습윤한 습기를 머금은 눈동자가 떠오르는 달빛에 아른거리며 반짝인다.

"이, 이건……."

여자가 놀라서 말을 잇지 못한다. 넋을 잃고 바라보기만 한다. 솔직히 나는 여자가 환호성을 지르며 기뻐할 줄 알았다. 와락 안겨오리라 내심 기대했었다. 그런데 기대했던 반응이 아니다. 그러나 나는 실망하지 않는다. 아니, 실망하기는커녕 기대했던 것 이상의 반응에 가슴이 벅차오르기만 한다. 뿌듯하고 행복해서 구름 위를 나는 기분이다.

물기를 머금은 까만 눈동자에는 놀라움과 함께 감동이 한가득이다. 붉게 상기된 얼굴이 눈부시도록 환하게 빛난다. 말을 잊은 붉은 입술이 바르르 떨리고 있다. 감격한 여자의 모습에 입술 꼬리가 절로 길게 늘어난다. 어깨에 힘이 잔뜩 들어간다.

"화관이야. 예전에 곧잘 어머니한테 만들어 드리고는 했었어. 하도 오랫동안 안 만들어서 처음에는 애 좀 먹었는데 다행히 금세 기억이 되살아났어. 내가 보기에는 그런대로 잘 만들어진 것 같은데, 어때, 마음에 들어?"

"그럼요. 그런데 왜…… 왜 갑자기?"

나는 여자에게 한 걸음 가까이 다가갔다.

"사실 처음에는 충동적이었어. 환하게 웃고 있는 진을 보니까 불현듯 예전에 화관을 쓰고 기뻐하셨던 어머니 모습이 떠올랐거든. 그런데 만들다 보니 또 다른 기억이 떠올랐어. 그래서 더 열심히 만들었지."

"뭔데요?"

"음, 부모님이 이곳에 정착하신 후 아버지가 처음으로 어머니한테 선물하신 게 바로 이 화관이었다더군. 결혼 선물로."

"결혼…… 선물?"

"응. 두 분은 이미 영국에서 정식으로 결혼식을 올리신 후였지만 두 분만의 낙원을 찾은 후에 다시 한 번 결혼식을 하셨대. 여기서, 단둘이서만."

"콜튼……."

여자의 커다란 눈동자에 가득 스며들어 있던 물기가 점점 차오르더니 찰랑거릴 정도로 고여 갔다. 나는 화관에서 손을 떼지 못하는 여자의 손을 커다란 손으로 꼬옥 잡았다. 한 손에 폭 들어오고도 남는 자그마한 손바닥에 길게 입술을 맞추고 왼쪽 가슴 위에 살며시 얹었다.

"아버지가 그러셨다더군. 어머니 머리에 화관을 씌어주시고는 이렇게 어머니의 손을 심장에 얹으셨대. 그리고⋯⋯."

나는 그렁그렁 눈물이 맺힌 여자의 눈을 바라보며 온 마음을 다해 진심으로 속삭였다.

"오늘 나는 당신을 아내로 맞이합니다. 하늘과 땅과 물과 바람만이 존재하는 이곳에서, 태초의 모습으로 순수함만이 존재하는 이곳의 모든 생물들을 증인으로 삼아 당신을 영원히 사랑할 것을 약속합니다. 결코 변치 않을, 죽어서도 함께할 것을 맹세합니다. 내 영혼의 반려자, 영원히 당신과 함께하겠습니다."

까만 눈동자에 그렁그렁 맺혀 있던 눈물이 급기야 투두둑, 붉게 상기된 보드라운 뺨으로 떨어진다.

나는 다른 손으로 여자의 투명한 눈물을 닦아낸다. 심장 위에 얹혀 있는 여자의 손을 힘주어 잡는다.

"이 심장이 뛰는 순간까지, 아니, 이 심장이 멈춰 한 줌 흙으로 돌아간다고 해도 이 심장의 주인은 오직 단 한 사람, 당신뿐입니다. 영원히 당신만을 바라보며 뛸 것입니다."

여자가 입술을 바들바들 떨며 무슨 말인가를 하려고 한다. 나는 여자의 눈물을 닦아낸 젖은 손가락으로 바들거리는 붉은 입술을 지그시 누른다.

"진, 나의 아내, 나의 신부, 나의 영혼. 당신을 사랑합니다."

"오, 콜튼⋯⋯."

나는 천천히 얼굴을 내렸다. 눈을 감고 떨리는 붉은 입술을 살포시 머금었다. 여자의 달콤한 향내가 코끝을 스치고 입안으로 밀려들어 온다. 밀려들어 온 여자의 향내는 심장으로 곧바로 흘러내려 간다. 심장이 욱신거리며 세차게 뛰기 시작한다. 쿵쿵거리는 심장 소리가 단단한 살갗을 뚫고 튀어나올 듯하다.

맞닿은 여자의 입술이 열리고 한숨처럼 달콤한 숨결이 입안으로 스며든다. 떨리는 여자의 눈도 이내 스르륵 감긴다. 또로록, 하나로 얽혀 있는 입술로 흘러내린 눈물방울. 짭조름하면서도 달콤한 맛이 입안으로 스며든다. 내 심장 소리와 마찬가지로 여자의 왼쪽 가슴에서도 세차게 쿵쾅거리며 가파르게 뛰어대는 심장 소리가 들려온다.

여자의 숨결 같은 속삭임이 고요하게 주변을 감싸 안는다.

"콜튼, 사랑해요. 영원히 당신만을……. 무슨 일이 생기더라도 영원히, 영원히……."

"콜튼, 왜 그래요? 무슨……."

"쉿!"

집에 거의 다다를 무렵, 가까운 풀숲에서 원숭이들의 울부짖는 소리가 요란하게 들려왔다. 한두 마리가 내지르는 울음소리가 아니었다. 원숭이들이야 원체 호들갑스럽고 시끄러운 녀석들이니 숲이 떠나가라 울부짖는 것이 하등 이상한 일은 아니다. 그러나 지금 들리는 저 울음소리는 평소와는 사뭇 다르다. 저들끼리 의사를 소통하거나 장난을 치느라 내는 울음소리가 아니다. 뭔가에 단단히 화가 난 듯한 울음소리, 일촉즉발의 긴장감마저 느껴지는 날 선 울음소리다.

여자는 아직 동물들의 울음소리로 그들의 감정을 구분하지 못한다. 궁금증을 이기지 못한 여자가 성급하게 앞으로 나가려고 한다. 나는 얼른 여자의 손을 잡아 등 뒤로 물러서게 만들었다. 깜짝 놀란 여자가 눈짓으로 왜 그러냐고 물어온다. 나는 중지로 입을 가리고 조용히 하라고 이른다.

눈치 빠른 여자는 재빨리 긴장한 내 표정을 읽는다. 얼른 입을 꾹 다물고 상체를 숙여 수풀 더미에 몸을 감춘다. 나는 안전하게 여자를 등 뒤에 감추고 조금씩 앞으로 나아간다. 얼마쯤 나아가자 전방에 덩치 큰 원숭이 세 마리가 보인다. 뭔가에 대단히 화가 난 듯 세 마리는 큼지막한 이를 드러내고 서로 대치하고 있다. 덩치로 보아하니 큰 수컷 원숭이들이다.

순간 의아한 생각이 든다. 숲 전체가 제집이요, 놀이터인 원숭이들이지만 내 집 앞에서는 결코 소란을 피우지 않는다. 저들 나름대로 각별히 조심하는 것이다. 그런데 이곳은 내 집에서 불과 얼마 떨어지지 않은 곳이다. 이런 곳에서 한 마리도 아니고 세 마리씩이나 잔뜩 털을 곤두세우고 으르렁대고 있다니, 이상한 일이 아닐 수 없다. 무슨 일인지는 아직 모르겠지만 녀석들이 저 정도로 적의를 드러내고 있다면 뭔가 대단히 위험하거나 중차대한 일이 생긴 것이 틀림없다.

서열 싸움인가? 녀석들은 가끔 치열하게 서열 싸움을 벌인다. 혈기 왕성한 녀석들 중 제법 힘이 센 녀석들이 작심하고 대장 우두머리에게 반기를 드는 것이다. 일종의 반란이다. 그럴 때면 녀석들은 죽기 살기로 싸운다. 간혹 싸움이 너무 치열해지면 상대방을 죽이기까지 한다. 마음은 아프지만 이런 경우에는 모른 척, 상관하지 않는 편이 좋다. 비정하고 잔인하다고 해도 할 수 없다. 이 또한 강한 놈만이 살아남는 자연의 한 모습이니까.

그럼에도 미간이 찌푸려지는 것은 어쩔 수 없다. 감히 여기가 어디라고 이곳까지 와서 난리를 피우는가. 여자까지 있는데. 녀석들이 여자 앞에서 험한 꼴을 보이기 전에 얼른 쫓아버려야겠다는 생각이 든다. 그러다 불현듯 리사에게 생각이 미친다. 녀석이 이 근처에 있을 텐데. 워낙 호기심 많고 대책없는 녀석이라 겁도 없이 근처에서 어슬렁거리고 있을지 모른다.

나는 재빨리 이를 드러내고 으르렁대는 녀석들 주변을 살핀다. 어? 리사다. 그럼, 그렇지. 녀석이 이런 소란에 나와보지 않을 리 없다. 그런데…… 이런. 리사가 녀석들과 너무 가까이 있다. 가장 덩치가 큰 녀석 바로 등 뒤에서 리사가 얼굴을 삐쭉 내밀고 있다. 잔뜩 겁을 집어먹은 얼굴로. 어라, 저 녀석이 왜 저기에 있는 거야?

때마침 여자도 리사를 발견했다.

"어? 콜튼 저기, 리사 아니에요?"

여자가 목소리를 죽이고 손가락으로 리사를 가리키다 오호, 이제 제법 리사도 한눈에 알아보고, 기특한데? 흐뭇해진 나는 기특한 여자의 머리를 쓱쓱 쓰다듬어 주며 고개를 끄덕인다.

"쟤네 지금 싸우려는 거 아니에요? 그런데 왜 리사가 저기 있죠? 아이, 저러다 다치겠어요. 리사! 리사! 이리 와!"

여자가 잔뜩 목소리를 낮추고 다급하게 리사에게 손짓한다. 그러나 리사는 물론 성이 난 녀석들까지 다급한 여자의 기척을 알아채지 못한다. 여자가 답답한지 내 등을 통통 치면서 밀어낸다.

"에이, 안 되겠어요. 당신이 가서 좀 말려요. 아니, 그냥 얼른 리사만 구해와요. 빨리요!"

덩치 작은 장난꾸러기 리사만 보던 여자는 화가 난 덩치 큰 원숭이들이 어지간히 무서운 모양이다. 잔뜩 겁에 질려 소리도 크게 내지 못한다. 그런 와중에도 잊지 않고 리사를 걱정하고 챙기는 여자가 대견하다. 예쁜 말만 하는 붉은 입술에 입 맞추고 싶다는 충동이 불쑥 솟구친다. 나는 잽싸게 여자의 입술을 훔친다.

"알았어. 그런데 잠깐만 기다려 보자. 지금은 녀석들이 너무 흥분해 있어서 안 돼. 흥분한 녀석들은 무슨 짓을 저지를지 모르거든."

"그럼 리사가 더 위험한 거 아니에요?"

나는 시선을 돌려 원숭이들을 유심히 살핀다. 당장이라도 대장 원숭이한테 달려들 것 같은 성난 두 마리의 원숭이, 그 원숭이들한테서 리사를 지키려는 듯 그 앞을 가로막고 서 있는 대장 원숭이. 그리고 벌벌 떨면서도 대장 원숭이한테 딱 붙어서 떨어지지 않는 리사. 단순한 서열 다툼이 아닌지도 모른다. 어쩌면……

"당장은 안전할 거야. 저기, 가장 덩치 큰 녀석 보이지? 저 녀석이 원숭이들 대장이야."

"대장? 우두머리?"

"응. 무슨 일인지는 모르지만 저 녀석이 지금 리사를 보호하고 있어. 리사도 저 녀석을 꽤 믿는 것 같고. 지금 내가 나가면 다른 두 마리뿐 아니라 대장 원숭이까지 흥분해서 날뛸 거야. 리사를 뺏길지도 모른다는 생각에 죽자 사자 덤벼들 게 분명해. 나야 상관없지만 여차하다가는 리사가 다칠 수도 있어. 일단은 지켜보자."

그래, 리사는 안전할 터였다. 내 짐작이 맞는다면 녀석들은 지금 리사를 사이에 두고 쟁탈전을 벌이고 있는 것이리라. 원숭이들이 서로 다투는 경우는 거의 세 가지다. 첫 번째는 서열 싸움, 두 번째는 먹이 다툼. 세 번째는 암컷을 차지하기 위한 다툼.

그중 두 번째 경우는 분명히 아니다. 피치 섬에서는 어떤 동물도 먹이 때문에 크게 다투지 않는다. 먹을거리는 차고 넘치기 때문이다. 조금 더 맛난 먹거리를 차지하기 위해 소소한 다툼이 간혹 벌어지기는 하지만 말 그대로 그 경우에는 소소한 다툼일 뿐이다. 결코 저 녀석들처럼 살기를 세우는 법은 없다.

그렇다면 첫 번째 아니면 세 번째 경우일 터다. 처음에는 첫 번째 경우인 줄 알았으나 자세히 살펴보니 확실히 그건 아닌 것 같다. 녀석들이 굳이 여기까지 와서 서열 다툼을 벌일 리 만무하다. 여태 한 번도 그런 경우가 없었다. 무엇보다 서열 다툼이라면 리사가 그 틈에 끼어 있을 리 없다. 눈치 빠른 녀석이니만큼 일찌감치 도망쳤을 게 틀림없다. 대장 원숭이도 그렇다. 한 마리도 아니고 두 마리씩이나 자신의 자리를 노리고 덤벼드는데 굳이 귀찮게 리사를 보호하고 있을 리 없다.

그렇다면 역시…….

정말 마음에 드는 암컷을 차지하기 위한 쟁탈전이란 말인가. 리사, 저 녀석을 사이에 두고?

어이가 없으면서도 기분이 이상하다. 나는 새삼스러운 시선으로 리사를 쳐다본다. 자식, 아직 어린 줄만 알았는데, 벌써 다 컸단 말인가. 아무리 봐도 내 눈에는 아직 어리게만 보이는데 녀석들의 생각은 다른 모양이다. 서열이 확실한 원숭이들이 감히 대장에게 대들 각오까지 할 정도라면 아무래도 암컷으로서의 리사의 매력이 상당한 모양이다. 어느새 다 커서 암컷으로서의 매력을 맘껏 발산하는 리사가 대견스럽기도 하지만 어딘지 모르게 서운하기도 하다. 흠. 어쨌든 나는 녀석들을 좀 더 지켜보기로 했다.

꺄꺄꺄!

꺅꺅!

꺄악 꺅!

덩치 원숭이 두 놈이 으르렁거리자 포스가 남다른 대장 원숭이도 으르렁거린다. 역시 대장이라서 그런가, 으르렁거리는 소리가 두 녀석과 다르다. 울림이 상당히 좋다. 단박에 분위기를 압도한다. 그러나 두 녀석도 만만치 않다. 평상시라면 대장의 커다란 울음소리에 움찔하고 슬금슬금 자리를 피했을 녀석들이 지금은 잠깐 움찔거리기만 할 뿐 꼼짝도 하지 않는다. 각오를 단단히 한 모양이다.

오호, 제법인데.

꺄꺅⋯⋯.

리사가 겁먹은 울음소리를 내며 딜을 곤두세운 수컷 원숭이들을 살핀다. 지 딴에는 화난 녀석들을 달랠 심산인가 보다. 그러나 이미 단단히 각오를 한 녀석들에게 리사의 간청은 씨알도 먹히지 않는다. 저들 딴에는 리사에게 멋진 수컷으로서의 면모를 과시하고 싶은지도 모르겠다.

오른쪽에 있던 녀석이 먼저 자세를 낮추고 공격할 준비를 한다. 대장 원숭이의 긴장한 시선이 오른쪽 녀석에게로 향한다. 그런데 정작 먼저 달려든 것은 오른쪽 원숭이가 아니다. 왼쪽에 있던 원숭이가 먼저 달려든다. 그것도 대장 원숭이한테가 아니라 오른쪽 원숭이에게.

대장 원숭이만 노려보고 공격할 준비를 하고 있던 오른쪽 원숭이가 갑작스럽게 자신에게 달려든 왼쪽 원숭이의 공격에 허둥거린다. 허둥거리는 녀석의 빈틈을 잡아챈 녀석, 잽싸게 허둥거리는 녀석을 바닥에 깔아뭉개고 우위를 차지한다. 허둥거리던 녀석이 금세 불리해진 상황을 판단하고 제 위에 올라탄 녀석의 목덜미를 물어뜯기 위해 이빨을 드러낸다.

깍깍!

꺄아악! 꺄악!

녀석들이 서로의 목덜미를 물어뜯기 위해 엎치락뒤치락하며 바닥을 뒹군다. 녀석들의 새된 울부짖음에 숲이 들썩거린다. 주먹질이 난무하고 발길질이 뒤를 잇는다. 거친 녀석들의 몸싸움에 여자가 깜짝 놀라 비명을 내지른다. 그러나 여자의 비명 소리는 녀석들이 내지르는 우렁찬 울음소리에 묻혀 버린다.

나는 얼른 커다란 손으로 여자의 눈을 가린다. 여자에게 녀석들의 사나운 싸움을 보여주고 싶지 않다. 놀라서 바르르 떠는 여자를 꼭 끌어안고 안심하라고 어깨를 다독인다. 그러나 시선은 죽기 살기로 싸우는 녀석들에게서 한시도 떨어지지 않는다. 녀석들의 싸움이 생각보다 너무 치열하다. 저러다 정말 큰일이 벌어지는 건 아닌가 싶다. 불편한 심기가 잔뜩 찌푸려진 얼굴로 고스란히 드러난다. 시선이 슬쩍 대장 원숭이에게로 향한다.

녀석은 여전히 리사를 등 뒤에 감춘 채 장승처럼 서 있다. 하나로 뒤엉킨 녀석들을 쏘아보는 눈매가 예사롭지 않다. 언제 갑자기 녀석들 중 한 마리가 달려들까 싶어 긴장을 늦추지 않은 채로 공격 자세를 취하고 있다. 폼이 꽤나 근사하게 보인다. 싸우고 있는 녀석들도 생김새나 덩치가 상당하지만 대장 녀석에게는 비할 바가 아니다. 녀석, 마음에 든다.

우선 포스부터가 남다르고 리사가 다칠까 봐 조심하고 있는 것이 마음에 든다. 역시 대장은 뭔가 달라도 다르다. 싸움이 끝나봐야 알겠지만 나는 일단 속으로 대장 원숭이를 리사의 짝으로 인정한다. 저 정도는 되어야 리사를 믿고 맡길 수 있지, 암.

그런데 리사의 마음은 어디에 있는 걸까? 대장 녀석 뒤에 찰싹 붙어 있는 걸로 보아서는 리사의 마음도 대장 녀석에게 있는 것 같기는 한데. 그러나 저처럼 다른 수컷들이 목숨을 걸고 싸울 정도라면 어느 정도 리사가 저놈들의 마음도 받아주었다는 얘기가 된다. 그렇지 않고서는 서열이 확실한 녀석들이 감히 대장에게 대들 생각을 하지 못했을 것이다.

흠, 그렇다면…… 이 난리의 원인은 리사의 행동에 문제가 있었다는 이야기로군. 아무래도 이 싸움이 끝나고 나면 행동 좀 똑바로 하고 다니라고 따끔하게 한마디 해야겠다. 괜히 저 때문에 평화롭던 피치 섬에 이게 무슨 때아닌 난리란 말인가. 고얀 놈.

깍! 깍

한순간 고통에 울부짖는 새된 울음소리가 고막을 찢을 듯이 들려왔다. 대장 원숭이 뒤에 숨어 있는 리사를 못마땅하게 노려보던 나는 깜짝 놀라 새된 비명 소리가 들린 곳으로 시선을 돌렸다. 두 눈이 가려져 보지는 못해도 들을 수 있는 여자가 놀라 흠칫 몸을 떨며 비명을 질렀다. 나는 서둘러 여자의 귀까지 단단히 막았다. 녀석들의 싸움이 걷잡을 수 없을 만큼 광폭해지고 있었다.

한 녀석의 목덜미에서 피가 분수처럼 쏟아져 나오고 있다. 목덜미를 물어뜯긴 녀석이나 물어뜯은 녀석이나 두 마리 모두 피를 옴팡 뒤집어쓴 상태다. 피범벅이 된 두 녀석을 보아하니 한 놈만 다친 것이 아닌 것 같다. 두 녀석 모두 다친 게 틀림없다. 안 되겠다. 저대로 뒀다가는 두 놈 모두 무사하지 못하리라.

나는 바들바들 떨고 있는 여자를 꼭 끌어안았다가 살며시 품에서 떨어뜨렸다. 두려움에 흔들리는 시선을 안타깝게 내려다보았다.

"진, 여기 꼼짝 말고 있어. 내가 돌아올 때까지 눈 뜨면 안 돼."

"콜튼……."

여자가 가지 말라는 말 대신 고개를 가로젓는다. 관절이 하얗게 돋아날 정도로 강하게 팔뚝을 부여잡는다.

"괜찮아. 별일 없을 거야. 걱정 말고 기다려. 응?"

"하지만……."

나는 최대한 밝게 웃어 보인다. 정말 별일 아니라는 듯이. 점차 강하게 팔뚝에 박히는 여자의 손톱. 아릿해 오는 아픔만큼 여자의 두려움이 짙어지는 것 같아 마음이 아프다. 팔뚝을 움켜쥐고 있는 작은 손등을 커다란 손바닥으로 덮는다. 부드럽게 어루만지자 서서히 여자의 손에서 힘이 빠져나간다. 흔들리는 까만 눈동자에서 시선을 떼지 않고 손에 파묻힌 자그마한 손바닥에 입을 맞춘다. 까만 눈동자에 물기가 차오르더니 붉은 기가 가셔 버린 입술에서 흐느낌과 함께 거친 숨이 흘러나온다.

"쉬이. 아무 일도 없을 거야. 약속할게. 리사, 데려오라며?"

여자가 망설이며 고개를 미세하게 끄덕인다. 물기 어린 까만 눈동자가 좌우로 크게 일렁거린다. 꼭 깨문 아랫입술이 새하얗게 질린다. 손바닥으로 핏기 잃은 여자의 뺨을 감싸고 엄지로 하얗게 질린 아랫입술을 살며시 빼낸다. 금방이라도 핏물이 터져 나올 듯이 발갛게 패인 이 자국을 부드럽게 어루만진다.

"이런, 아팠겠다."

나는 미간을 찌푸리고 여자의 상처 입은 아랫입술을 내려다본다. 얼굴을 내리고 치료하듯 혀로 살며시 핥아낸다.

"앞으로는 절대 상처 입히지 마. 이거, 이제 내 거야. 소중하게 다뤄줘. 또 마음대로 괴롭히면 내가 미워서 그러는 걸로 안다?"

여자가 어처구니없다는 듯이 피식, 웃는다. 헛웃음이나마 엷게 터져 나온 여자의 웃음소리가 반갑다. 연신 비명을 질러대는 녀석들의 울음소리에 마음은 조급하지만 난폭한 야생을 처음 접한 여자를 그냥 내버려 두고 일어날 수는 없다. 그나마 여자가 점차 진정되어 가는 것 같아 다행이다. 나는 부러 뚱한 표정을 지어 보인다.

"어? 대답 안 하네?"

"……알았어요."

여자가 마지못해 대답한다. 나는 싱긋 웃으며 한쪽 눈을 찡긋
거린다.

"착하다. 그럼 여기서 조금만 기다려. 내, 얼른 저 녀석들 다
시는 쌈질 못하게 혼구멍을 내고 올게. 알았지?"

미약하나마 고개를 주억거리는 여자를 보고서야 나는 웅크렸
던 몸을 일으켰다. 그때였다. 등 뒤에서 또 다른 세찬 울부짖음
이 들려왔다. 고통에 내지르는 비명 소리가 아닌 성난 울부짖
음. 깜짝 놀란 나는 널따란 등으로 여자의 시야를 가리며 황급
히 뒤를 돌아보았다.

두 녀석의 싸움을 주시하고만 있던 대장 원숭이가 벼락같이
소리를 지르며 두 녀석에게 달려들고 있었다. 심한 부상을 당했
으면서도 싸움을 멈추지 않는 두 녀석에게 달려든 대장 원숭이
는 엄청난 기세로 바람을 가르며 두 녀석을 동시에 거세게 후려
쳤다. 저런, 비겁한 놈! 비겁하게 경쟁자들끼리 혈투를 벌이고
있는 틈을 노리고 달려들다니! 울컥 화가 난 나는 서둘러 뛰어
나가려다 우뚝 멈춰 섰다.

다시 보니 대장 원숭이는 녀석들을 공격하는 것이 아니었다.
피를 철철 흘리면서도 서로의 목덜미를 놓지 않는 두 녀석을 떼
어놓으려 하고 있는 것이었다. 대장 원숭이는 자신이 죽는지도
모르고 상대방을 죽이기 위해 혈안이 된 녀석들에게 화를 내고
있었다. 언뜻 보기에도 상당히 화가 많이 난 듯 보였다. 으르렁

거리는 입에서는 진득한 침이 튀어나오고 예사롭지 않던 눈빛은 분노로 시뻘겠다. 그럼에도 두 녀석은 여전히 서로의 목덜미를 물어뜯은 채 한 덩이로 뒤엉켜 바닥을 데굴데굴 굴렀다.

급기야 분노가 폭발한 대장 원숭이가 쏜살같이 달려들어 엉겨 붙은 두 녀석을 엄청난 힘으로 떼어냈다. 그러나 한 뼘쯤 떨어졌던 원숭이들은 이내 다시 미친 듯이 상대방에게 달려들었다. 가운데에 끼어버린 대장 원숭이도 이제 두 녀석과 한 덩이가 되어 바닥을 구르는 신세가 되어버렸다.

한데 뒤엉켜 있는 것을 보니 대장 원숭이가 나머지 두 녀석과 덩치가 비슷하다고 여겼던 것이 얼마나 큰 착각이었는지 그제야 나는 알게 되었다. 대장 원숭이의 덩치는 녀석들보다 적어도 반 배 정도는 더 컸다. 힘도 엄청났다. 미쳐 버린 두 녀석 사이에 끼어서도 대장 원숭이는 힘에서 조금도 밀리지 않았다. 오히려 상대방의 피에 붉게 물든 이를 드러내고 달려드는 녀석들의 얼굴을 차례로 후려갈겼다. 벌렁 뒤로 나자빠진 녀석들이 다시 부리나케 덤벼들었지만 대장 원숭이는 녀석들을 어떻게든 말리려고만 할 뿐, 먼저 공격하지는 않았다. 오, 녀석 정말 멋진데. 나는 대장 원숭이의 강한 힘과 위급한 상황에서도 무리의 일원을 지키려고 하는 모습에 반하고 말았다. 절로 감탄의 휘파람이 흘러나왔다.

그러나 대장 원숭이의 노력에도 불구하고 녀석들은 여전히 하나로 뒤엉켜 목숨을 건 싸움을 멈출 생각을 하지 않는다. 대장 원숭이가 숲이 떠나가라 포효하며 서로의 목덜미를 물어뜯는 녀석들을 다시 한 번 떼어낸다. 대장 원숭이의 힘에 밀려 두 녀석이 억지로 떨어진다. 그런데 이런. 억지로 떼어낸 녀석들 입에 찢어진 살덩이가 한 덩이씩 물려 있다. 살점이 뜯겨져 나간 녀석들의 목덜미와 어깨에서 피가 분수처럼 뿜어져 나온다. 고통에 몸부림치는 괴성이 두 녀석의 입에서 동시에 터져 나온다.

이런 젠장! 녀석들의 상처가 너무 크다. 눈앞이 아찔한 나는 부리나케 뛰쳐나간다. 저대로 두면 두 녀석 모두 무사하지 못할 것이 분명하다. 어쩌면 이미 늦었을지 모른다.

"뭐 하는 짓이야! 그만두지 못해! 이것들이 정말!"

숲을 쩌렁쩌렁 울리는 호통 소리에 미쳐 날뛰던 녀석들이 그제야 몸부림을 멈춘다. 흠칫 놀라 비틀거리면서 뒤돌아본다. 두 녀석을 양옆으로 떼어놓은 대장 원숭이가 거친 숨을 씩씩대며 비틀거리는 두 녀석들에게서 손을 거둔다. 대장의 손이 거둬지자 간신히 비틀거리며 서 있던 녀석들이 거짓말처럼 앞으로, 뒤로 홀러덩 나자빠진다.

나는 이를 드러내고 시뻘건 시선으로 올려다보는 대장 녀석을 일별하고 우선 바닥에 나자빠져 있는 두 녀석에게로 달려간다. 가까이서 보니 우려했던 것보다 상태가 더 심각하다. 시꺼먼 털로 뒤덮인 녀석들의 전신은 물론 바닥까지 시뻘건 피로 흥건하게 웅덩이가 만들어져 있다. 그럼에도 녀석들의 목덜미와 어깨에서는 계속 피가 철철 흘러내리고 있다. 역한 피비린내에 숨이 막힌다. 사지를 바들바들 떨고 있는 녀석들의 시꺼먼 눈동자는 벌써 까뒤집혀 흰자위가 반 이상 드러나 있다.

나는 다급한 마음에 우선 시뻘건 피가 울컥울컥 쏟아져 나오는 녀석들의 목덜미를 손으로 틀어막았다. 손바닥은 물론 팔뚝까지 금세 붉은 피로 젖는다. 온 힘을 다해 강하게 내리누르고 있는데도 손이 들썩거릴 정도로 녀석들의 몸이 몇 차례 세차게 들썩거린다. 그러더니 녀석들의 거친 숨이 점차 잦아들기 시작한다. 까뒤집힌 흰자위가 검은 동공을 몽땅 잡아먹기 시작한다. 그리고는 이내 바르르 떨던 사지를 축 늘어뜨린다.

"젠장."

나는 거친 욕설을 내뱉으며 씩씩거리는 대장 녀석에게 소리쳤다.

"야, 너도 그렇게 서 있지 말고 뭐라도 좀 해봐. 지금 이 녀석들 죽어가고 있는 거 안 보여! 이파리랑 단단한 줄기를 따와. 어서!"

그러자 말귀를 알아들었는지 대장 원숭이가 잽싸게 몸을 날려 나무 위로 올라간다. 녀석이 이파리를 뜯으러 나무로 올라가자 저만치 떨어져 벌벌 떨고 있는 리사의 모습이 보인다.

"너!"

녀석, 어지간히도 충격을 받은 모양이다. 화가 나 소리를 지르려다가 웅크리고 앉아 벌벌 떠는 모습이 또 안쓰러워 나는 말을 삼킨다. 그저 한 차례 쏘아보고는 시선을 돌려 버린다.

대장 원숭이가 얼마 안 있어 이파리와 줄기를 한 움큼 따 돌아왔다. 그러나 때는 이미 늦어버렸다. 두 녀석은 벌써 커다란 덩치를 축 늘이고 숨을 멈춰 버렸다. 나는 소용없음을 알면서도 대장 원숭이에게서 이파리와 줄기를 뺏다시피 잡아채 아직도 피를 쏟아내고 있는 목덜미를 단단히 동여맨다.

양손으로 숨이 멈춘 녀석들의 가슴을 미친 듯이 내리누른다.

"제발, 제발……. 숨을 쉬어! 숨을 쉬라고, 이 멍청한 녀석들아!"

그러나 한번 숨을 멈춘 녀석들의 숨을 돌아오지 않는다. 푸른 이파리가 금세 붉게 젖을 정도로 피만 울컥울컥 쏟아낼 뿐이다. 끝났다. 생명은 이미 녀석들의 몸에서 빠져나갔다. 그 무엇으로도 녀석들을 다시 살려낼 수 없다. 이제는 모두 부질없는 짓. 그럼에도 나는 전신이 흠뻑 젖을 만큼 비지땀을 흘리면서도 움직임을 멈추지 않는다. 녀석들의 가슴을 누르고 또 눌러댄다.

"콜튼……."

여자의 떨리는 목소리가 바로 등 뒤에서 들려왔다. 나는 그제야 움직임을 멈추고 뒤를 돌아보았다. 창백한 얼굴의 여자가 눈물을 흘리면서 나를 안타깝게 내려다보고 있다. 뒤를 돌아보는 바람에 바닥에 널브러져 있는 녀석들의 처참한 몰골이 여자의 시야에 확연하게 드러난 모양이다. 창백했던 여자의 얼굴이 더욱 창백해진다. 여자가 터져 나오려는 비명을 손으로 막아보지만 아무런 소용이 없다. 손가락 사이로 간헐적인 흐느낌이 연신 흘러나온다. 두려움과 슬픔이 혼재된 흔들리는 까만 눈동자와 시선이 마주친다.

"콜튼, 그만······. 이제 그만 보내줘요."

여자가 떨리는 손으로 어깨를 잡고 얼굴을 천천히 가로젓는다. 나는 천천히 몸을 일으켜 정작 본인도 큰 충격을 받았으면서도 나를 위로하려고 안간힘을 쓰는 여자를 끌어안았다. 여자가 가슴에 얼굴을 묻고 어깨를 떨며 흐느껴 운다. 나는 떨리는 여자의 뒷머리와 어깨, 등을 쓰다듬으며 어금니를 깨문다.

좀 더 빨리 움직였다면 최소한 녀석들의 죽음은 막을 수 있었을 텐데······. 암컷을 차지하기 위해 무모하게 싸움을 벌인 녀석들의 어리석음 이전에 녀석들이 생사를 걸고 싸운다는 것을 알면서도 설마하는 마음에 그냥 두고 본 내 잘못이 더 크다. 안타까움과 후회가 물밀듯이 밀려온다.

생명이 사라지고 차갑게 식어가는 두 몸뚱이를 사이에 두고 여자와 나, 그리고 대장 원숭이는 오랫동안 아무 말도 하지 못했다.

휘이잉.

까아아······ 까아.

비릿한 피비린내를 동반한 스산한 바람이 리사의 애처롭고 슬픈 울음소리를 싣고 등 뒤에서 세차게 불어왔다.

✳

"푸하."

작살에 꿰뚫린 스캠피 네 마리를 대롱대롱 매달고 나는 다리를 끌어당기는 파도를 뒤로한 채 백사장으로 걸어나왔다.

요즘 여자는 음식을 통 먹지 못한다. 그나마 조금이라도 먹는 것이라고는 과일과 수프 정도. 그렇게 좋아하던 하푸카 구이나 코코넛게는 아예 입에도 대지 못한다. 먹은 것도 없는데 속이 더부룩하단다. 체한 것 같아 박하 즙을 먹여봤지만 소용이 없다. 그때뿐이다. 시간이 지나면 여자는 다시 속이 더부룩하다면서 다시 음식을 밀어냈다. 단단히 체한 모양인데 이상하게 열은 나지 않는다. 그저 먹지 못할 뿐이다. 몸이 안 좋은 것은 분명한데 도대체 어디가 어떻게 안 좋은 건지 모르겠다.

여자는 이러다 말 거라면서 걱정하지 말라고 하지만 그건 말도 안 되는 이야기다. 벌써 며칠째 제대로 먹지를 못하는데 어떻게 걱정이 안 되겠는가. 가뜩이나 작고 마른 여자 몸이 반쪽이 됐다. 원인도 없이 먹지를 못해 자꾸 야위어만 가는 여자를 곁에서 지켜보는 나는 피가 마른다.

오늘은 일부러 스캠피를 많이 잡았다. 구이는 먹지 못하지만 그나마 수프라도 먹는 여자를 위해서다. 오늘은 한 마리가 아니라 네 마리를 넣고 수프를 걸쭉하게 만들 생각이다.

집에 혼자 두고 온 여자 걱정에 마음이 급한 탓인지 오늘따라 작살이 자꾸 빗나갔다. 네 마리를 잡는데 평소보다 시간이 배나 더 걸렸다. 오랫동안 깊은 바닷속에 헤매고 다닌 탓에 호흡이 유난히 가쁘다. 나는 턱까지 차오른 숨을 가쁘게 몰아쉬며 백사장으로 올라왔다. 백사장에는 흑갈색 무더기 하나와 커다란 스캠피 네 마리가 매달려 있는 기다란 작살이 하나가 놓여 있다. 나는 그 옆에 들고 온 작살을 휙 던져 놓는다.

풀썩.

기다란 작살 두 개에 매달려 있는 총 여덟 마리의 스캠피들. 한번에 이렇게 많이 잡기는 머리털 나고 처음이다. 부모님 두 분이 모두 살아 계실 때도 한번에 이렇게 많이 잡은 적은 없다. 여자의 입맛이 살아날 때까지는 할 수 없다. 뭐, 그도 오늘 여자가 걸쭉한 수프를 잘 먹느냐에 따라 달려 있지만.

비린내를 없애기 위해서는 코코넛 열매와 파파야도 배는 더 넣어야겠지? 나는 돌아가는 길에 과일들을 잔뜩 따야겠다고 생각하며 바닷물에 흠뻑 젖은 골반에 벗어놓았던 옷을 입었다.

부드러운 가죽이 축축하게 젖은 거웃과 찬 바닷물에 오그라든 아랫도리에 닿는 감촉이 그리 나쁘지 않다. 가죽으로 만든 옷은 아무리 연한 이파리로 엮어 만든다고 해도 이파리로 만든 옷과는 비교 자체가 되지 않는다.

여자와 나는 더 이상 이파리와 코코넛으로 만든 옷을 입지 않는다. 54일 전에 죽은 원숭이 녀석들의 가죽으로 옷을 해 입었기 때문이다.

녀석들이 죽은 것은 안타깝고 슬픈 일이었다. 그러나 그렇다고 녀석들을 그냥 썩게 내버려 둘 수는 없었다. 사냥을 하지 않는 나로서는 가죽을 얻을 수 있는 흔치 않은 기회였다. 저들끼리 싸우다 죽거나 자연사를 당해 죽은 동물들의 가죽을 얻기란 쉬운 일이 아니니까. 비정하다 욕해도 할 수 없다.

나는 우선 적지 않은 충격에 휩싸인 여자와 리사를 집으로 데리고 갔다. 그녀와 리사에게 녀석들의 가죽을 벗기는 모습은 보여주고 싶지 않았다. 다행히 여자와 리사는 지쳐서 금세 잠에 곯아떨어졌다. 나는 집을 나서기 전에 서로를 꼭 끌어안고 잠이 든 여자와 리사를 다시 한 번 확인한 후에 밖으로 나왔다. 집 앞에는 침울한 표정의 대장 원숭이가 어슬렁거리고 있었다. 녀석과 정확하게 시선이 마주쳤지만 녀석과 나는 약속이나 한 듯, 서로 시선을 피해 버렸다. 녀석도 나와 마찬가지로 조금 더 빨리 두 녀석이 서로에게 치명적인 상처를 내기 전에 말리지 못했음을 후회하고 있는 것 같았다.

나는 대장 원숭이한테 묘한 동질감과 유대감을 느꼈다. 진한 신뢰감과 더불어. 이상한 일이었다. 아버지가 돌아가신 후 처음 있는 일이었다. 마음 한쪽이 든든했다. 잠시 동안 잠든 여자와 리사를 믿고 맡겨도 될 것 같은 믿음.

"어이, 대장."

녀석이 무겁게 가라앉은 눈빛으로 올려다보았다. 녀석의 까만 눈동자는 온통 슬픔에 젖어 있었지만 나는 그 속에서 흔들리지 않는 강인함을 엿보았다. 그 강인함 속에는 자신보다 강한 자를 향한 경외심이 깃들어 있기는 했지만 조금도 비굴해 보이지는 않았다. 나는 그 점이 더욱 마음에 들었다.

"여기에 좀 있어. 잠깐이면 돼. 믿는다."

어차피 가라고 내쫓아도 리사를 보기 전에는 어디에도 가지 않을 녀석이라는 것을 나는 알고 있었다. 그럼에도 나는 한 번 더 확실하게 녀석에게 내가 돌아올 때까지 여자와 리사를 지키고 있어달라고 부탁했다. 말귀를 알아들었는지 대장 원숭이가 천천히 문가로 다가왔다. 나는 녀석의 머리를 쓰다듬어 주고 서둘러 숲으로 들어갔다.

두 녀석은 처음 봤던 그 자리에 그대로 있었다. 다만 달라진 것은 녀석들이 더 이상 숨을 쉬지 못한다는 사실이었다. 이제 싸늘하게 굳어버린 녀석들에게 남은 것은 썩어서 자연으로 돌아가는 길뿐이었다. 나는 왼쪽 팔뚝에서 단도를 꺼내 들고 녀석들에게 천천히 다가갔다. 축 늘어진 시꺼먼 몸뚱이 옆에 자리를 잡고 앉자 머리가 핑 돌 정도의 역한 피비린내가 콧속으로 훅 끼쳐 들어왔다. 구역질이 났다.

'젠장.'

절로 욕설이 튀어나왔다. 순간적으로 돌린 시선에 하필이면 허옇게 까뒤집어진 눈이 들어온 탓이었다 나는 약해지려는 마음을 다잡고 녀석들의 눈을 감겨주었다. 손끝에 닿은 서늘한 기운에 팔뚝에 소름이 돋았다.

'잘 가라. 그리고…… 미안하다.'

나는 굳어서 무거워진 녀석들을 뒤로 돌려 눕혔다. 그리고 눈을 질끈 감고 단도를 높이 치켜들었다. 나는 내장까지 엉망으로 쏟아져 나올 것 같은 구역질을 참고 녀석들의 가죽을 끝까지 벗겨냈다. 그리고 나는 붉은 생살이 드러난 녀석들을 정성껏 잘 파묻어주었다. 그것만이 내가 녀석들을 위해 마지막으로 해줄 수 있는 유일한 일이었다.

녀석들을 파묻고 나는 나무에 기대앉아 가죽에 나 있는 무성한 털들을 제거했다. 내 아랫도리를 가릴 옷과 여자의 옷을 만들기 위해서였다.

어린 시절, 아버지는 곧잘 사냥을 하셨고 어머니는 그 사냥한 짐승의 가죽으로 당신 옷과 아버지 옷, 그리고 내 옷을 만드셨다. 아버지와 내 옷은 덜렁 아랫도리만 대충 가릴 정도면 되었기 때문에 옆에서 어머니가 만드시는 걸 지켜만 보던 나도 그쯤은 쉽게 만들 수 있었다.

그러나 여자가 입을 옷은 달랐다. 가슴과 아랫도리를 모두 가려야 하기 때문에 좀 복잡했다. 게다가 설상가상으로 어머니가 어떻게 만드셨는지도 기억이 잘 나지 않았다. 할 수 없이 나는 내 마음대로 만들었다.

우선 아랫도리는 나와 같은 모양으로 만들었다. 어차피 같은 아랫부분이니 괜히 다르게 만들 필요가 없을 것 같았다. 가죽 하나로 내 옷과 여자의 아랫도리는 너끈히 만들 수 있었다. 남은 문제는 윗도리였다. 나는 바닥에 커다란 가죽을 넓게 펴놓고 한참을 고심했다. 어떻게 만들어야 하는 걸까. 어머니가 어떻게 하셨더라?

그러나 아무리 내려다봐도 뾰족한 방법이 떠오르지 않았다. 난감했다. 똑같지는 않더라도 최소한 어머니가 만들어 입으시던 것과 비슷하게는 만들어야 할 텐데. 에이, 모르겠다. 아무리 생각해 봐도 이 방법밖에는 없겠어.

나는 커다란 가죽을 똑같은 모양 두 개로 잘라냈다. 아랫부분은 가슴을 모두 덮을 수 있도록 넓게 잘라냈고 윗부분은 한쪽으로 치우친 세모꼴로 잘라냈다. 같은 모양의 가죽 두 개를 맞대고 넓은 면 한쪽을 동여맸다. 그 상태로 얼추 가슴과 등에 둘러보았다. 벌어진 한쪽 면을 마저 묶고 손을 뒤로 돌려 등 뒤에서 나풀대고 있는 기다랗게 잘라낸 가죽과 앞쪽의 기다랗게 잘라낸 부분을 왼쪽 어깨에서 단단하게 묶었다.

두 팔을 넓게 벌리고 상체를 좌우로 흔들어보았다. 다행히 흘러내리지 않았다. 양쪽 겨드랑이 아래의 매듭이 불룩 튀어나와 양 팔뚝 안쪽 부분이 조금 불편하기는 했지만 가죽이 워낙 부드러워 어린 여자의 피부가 가죽에 스쳐 쓰리거나 아리지는 않을 것 같았다.

'됐다!'

나는 완성된 옷들을 한 손에 그러쥐고 자리를 뜨기 전에 마지막으로 녀석들을 묻은 땅을 두어 번 밟아준 뒤 서둘러 집으로 돌아갔다. 내가 집에 도착했을 때는 서두른다고 서둘렀는데도 시간이 꽤 많이 지나 버린 후였다. 여자와 리사는 한참 전부터 깨어나 있었던 듯 나를 맞는 그들의 얼굴에는 잠 톨 하나 배어 있지 않았다. 다만 그들의 얼굴에는 진한 피곤과 슬픔만이 흔적처럼 남아 있을 뿐이었다. 대견하게도 리사와 대장 원숭이는 내가 돌아올 때까지 여자 옆에 가만히 앉아 있었다. 리사야 지쳐서 꼼짝할 힘이 없어 그랬을 뿐이었겠지만. 나는 리사와 대장 원숭이의 머리를 쓰다듬어 고마운 마음을 전한 후 밖으로 내보냈다. 리사는 엉덩이를 뒤로 빼고 마지못해 대장 원숭이한테 이끌려 억지로 끌려 나갔다. 그때까지도 여자는 충격과 슬픔에 젖어 있었다.

"어디 갔었어요?"

여자는 내가 자리를 비운 그 잠시가 불안했던 모양이었다. 원망 어린 시선으로 쳐다보더니 이내 깊숙이 품을 파고들었다. 어깨를 단단히 감싸주자 그제야 안심이 되는 모양인 듯, 여자가 깊은숨을 토해냈다. 가슴팍을 간질이는 따뜻한 입김과 함께 잔뜩 힘이 들어가 있던 여자의 어깨에서 힘이 빠지는 것이 느껴졌다.

나는 가는 어깨와 등을 쓸어내리며 뒤춤에 감춰놓았던 가죽옷들을 얼른 침상 아래 감췄다. 죽은 녀석들의 끔찍한 몰골을 가까이서 본 여자에게 그들의 가죽일 것이 뻔한 것을 입으라고 내밀 생각을 하다니. 그제야 내 생각이 짧았다는 것을 깨달았다. 아직은 아니었다. 적어도 오늘은······.

"당신 몸에서 아까보다 더 많이 피…… 냄새가 나요."

여자가 가슴에 파묻었던 얼굴을 들었다. 조그마한 머리로 무슨 생각을 하는지, 올려다보는 까만 눈동자가 두려움에 흔들리고 있었다. 나는 뒤늦게 가죽을 벗기고 녀석들을 묻어주느라 손과 몸에 묻은 피를 미처 씻어내지 못했다는 데에 생각이 미쳤다. 재빨리 여자의 등 뒤로 손을 들어 살펴보았다. 손은 물론 팔목까지 온통 검붉은색으로 물들어 있었다. 이런, 이런 손으로 여자를 만졌다니. 나는 깜짝 놀라 방금 전에 손으로 쓸어내렸던 여자의 어깨와 등을 살폈다. 다행히 여자의 몸 어디에도 피는 묻어 있지 않았다. 휴. 다행히 피는 모두 말라 버린 뒤였다.

나는 여자를 품에서 살짝 떼어놓고 침상에서 일어났다.

"씻고 올게. 잠깐 기다……."

"콜튼! 어디 갔다 온 거예요? 설마 거기에 갔다 온 거예요?"

여자가 와락 팔뚝을 잡아당겼다.

"왜요? 설마……."

나는 어떻게 대답해야 할지 몰라 아무 말도 할 수 없었다. 여자를 돌아보지도 못했다. 헉! 여자가 숨을 급하게 몰아쉬는 소리가 등 뒤에서 들려왔다. 팔목을 낚아챘던 여자의 손이 바르르 떨리며 멀어져 갔다.

"설마…… 그, 그 원숭이들을 먹을……."

이런, 여자는 또 엉뚱한 상상을 하고 있었다. 가죽을 벗겨냈다는 사실 때문에 꺼림칙하기는 했지만 나는 그 부분에서는 당당하게 말할 수 있었다. 나는 여자를 돌아보며 고개를 분명하게 가로저었다.

"아니, 그런 일은 없어. 나는 원숭이를 먹지 않아. 리사 친구들인걸."

여자가 안도의 숨을 크게 내쉬었다. 눈에 띄게 안심하는 여자의 모습에 가슴 끝이 조금 아팠다.

"오해해서 미안해요. 다큐 프로그램에서 원숭이를 먹는 부족을 본 적이 있어서 그만. 그럼 왜?"

"묻어주고 왔어."

"오, 콜튼……."

벌떡 자리에서 일어난 여자가 목덜미를 끌어안고 와락 안겨왔다.

"난, 그런 줄도 모르고. 정말 미안해요."

눈물을 흘리는지 여자가 얼굴을 파묻은 목덜미가 축축하게 젖어갔다.

"잘했어요. 정말 너무……."

결국 그날 나는 불안해하는 여자 때문에 떠다 놓은 물로 간단하게 피만 닦아내고 잠자리에 들었다. 하루 종일 이런저런 일 때문에 녹초가 된 여자는 내 품에 안겨 금세 깊은 잠에 빠져들었지만 침상 아래 숨겨놓은 가죽옷에 계속 신경이 쓰인 나는 그 밤 내내 깊이 잠들지 못하고 설쳐야만 했다.

그날로부터 8일이 지난 뒤에야 나는 여자에게 가죽옷을 내밀었다. 숲에 들어가기를 꺼려하던 여자가 다시 숲으로 발을 들여 놓은 날로부터 3일이 지난 날이기도 했다. 가죽옷을 보자마자 여자는 금세 그 가죽이 누구의 것인지 알아챘다.

어느 정도 충격을 받은 것은 분명했지만 우려했던 것처럼 신경질적인 반응을 보이지는 않았다. 여자는 자신 앞에 내밀어진 가죽을 한동안 말없이 물끄러미 내려다보기만 했다. 견디기 힘든 긴장된 침묵이 한동안 이어졌다. 여자의 반응을 살피며 전전긍긍하던 내가 더 이상 참지 못하고 입을 열려고 할 때, 여자가 먼저 입을 열었다.

"언제……?"

벌어졌던 입술이 꾹 다물렸다. 여자의 물음에 대답할 말이 없었다. 다행히 여자도 더 이상 같은 질문을 물어오지 않았다. 대신 여자는 눈가에 맺힌 눈물을 가느다란 손가락으로 훔쳐내며 자조적인 미소를 지어 보였다.

"그거 알아요? 나란 애, 참 웃기고 가증스러운 애라는 거. 한국에 살 때는 가죽 벨트, 가죽 지갑, 가죽 구두, 가죽 백, 가죽 재킷……. 생각해 보면 온갖 동물들의 가죽을 아무렇지도 않게 입고 썼으면서 지금은 고작 가죽 쪼가리 몇 개에 예민해져서 또 당신한테 막 뭐라고 하려고 한 거 있죠."

"진……."

여자가 두 손으로 가죽을 내민 손을 꼭 감싸 잡아주었다.

"정작 이걸 만들면서 가장 가슴 아팠을 사람이 누군데…….

누구 때문에 당신이 이걸 만들었는데……."

눈물이 그렁그렁 맺힌 눈으로 아스라이 올려다보던 여자가
내 손과 함께 가죽을 가슴으로 당겨 품었다. 깊이 고개를 숙인
여자의 눈에 투명한 눈물이 그녀의 손등으로, 내 손등으로 뚝뚝
떨어졌다.

"미안해요, 나 때문에……."

"진……."

여자의 눈물에 젖은 손등이 뜨거웠다. 찌르르, 가슴 한편이
아려왔다. 예상하지 못했던 여자의 반응에 나는 당황하지 않을
수 없었다. 화를 내는 여자도, 엉뚱한 상상을 하는 여자도 싫지
만 나는 우는 여자가 가장 싫었다. 아니, 정확히 말하자면 여자
를 울리는 내 자신이 가장 싫었다. 어떤 이유에서건. 나는 여자
의 눈물을 닦아주기 위해 여자의 얼굴을 들어 올리려고 했다.
그러나 여자는 턱에 힘을 주고 좀체 얼굴을 들려고 하지 않았
다. 미안하다는 말을 반복하면서 그저 고개를 세차게 가로저을
뿐이었다. 나는 차마 억지로 여자의 얼굴을 들게 할 수 없었다.

내려다보이는 것은 이제는 제법 많이 자라 하얀 머리통이 보
이지 않을 만큼 까만 머리카락으로 뒤덮인 자그마한 머리통뿐.
나는 한 손은 여자에게 잡힌 채, 다른 손으로 여자의 까만 머리
통을 잡아당겼다. 와락, 품에 들어온 자그마한 몸. 바르작거리
는 어깨를 단단히 감싸 안고 보송보송한 까만 정수리에 턱을 괴
었다. 그 정수리에 입을 맞추고 짙은 한숨을 토해냈다.

"울지 마, 제발. 차라리 잔인하다고 화를 내. 그 편이 낫겠다. 네 눈물은…… 정말 싫다."

나는 여자의 흐느낌이 가라앉을 때까지 그렇게 여자를 품에 오래도록 안고 있었다. 강한 듯하면서도 한없이 여리고, 어린아 이처럼 개구지면서도 다음 순간에는 한없이 어른스럽고 생각이 깊은 내 여자, 예측할 수 없기에 한시도 시선을 뗄 수 없고, 그 래서 더욱 사랑스러운 내 여자, 내 아내, 선우진.

울컥했던 감정이 어느 정도 가라앉자 여자는 쑥스러운 듯 얼 른 눈물을 닦아내고 옅게 미소를 지어 보였다. 나를 위해 억지 로 지어 보이는 그 미소가 너무 애산하고 고마워 나는 붉어진 눈시울과 붉게 꽃물이 든 앙증맞은 콧잔등에 입을 맞췄다.

"이거, 어떻게 입는 거예요?"

여자가 가죽을 몸에 이리저리 대보며 애써 밝은 음성으로 내 보려 했지만 잔뜩 가라앉은 목소리는 쉽게 가벼워지지 않았다. 나는 여자의 어깨를 잡고 턱을 들어 올렸다. 이번에는 여자의 얼굴이 스스럼없이 들어 올려졌다. 물기 어린 투명하고 깊은 까 만 눈동자를 깊이 응시했다.

"진, 애써 입을 필요 없어. 그러지 마. 괜찮아."

"아니요. 입고 싶어요. ……입을래요. 어떻게 입으면 되는지 말해줘요."

나는 여자의 진심을 파악하기 위해 까만 눈동자를 오랫동안 들여다보았다. 여자는 내 시선을 피하지 않았다. 올곧은 눈빛으로 내 눈동자를 깊이 응시했다. 흔들리지 않는 투명한 까만 눈동자에는 굳은 결심과 고집이 어려 있었다. 나는 그제야 여자가 진심이라는 것을 알 수 있었다.

나는 여자의 손에서 가죽옷을 가만히 뺏어 들고 묵묵히 여자에게 가죽옷을 입혔다. 여자도 나도 옷을 다 입을 때까지 입을 열지 않았다. 고요한 공간에 스륵스륵, 가죽 스치는 소리만이 조용하게 울려 퍼졌다.

그날 이후로 나는 가죽옷을 입을 때마다 마음이 숙연해지고는 한다. 여자도 마찬가지인 듯 가죽옷을 입을 때면 항상 애잔한 손길로 가만히 쓸어내리고는 한다. 벗을 때도 얌전하게 개켜 소중하게 머리맡에 내려놓는다.

나는 골반에 가죽을 단단히 여미고 물고기가 주렁주렁 매달린 작살을 들어 올렸다. 생각보다 시간이 오래 걸렸다. 벌써 해가 뉘엿뉘엿 저물어가고 있었다. 마음이 급하다. 나는 물기가 뚝뚝 떨어지는 머리를 대충 털어내며 서둘러 걸음을 옮겼다.

'여자는 뭘 하고 있으려나? 또 자고 있을까?'

입맛을 잃은 여자는 며칠 전부터 잠까지 부쩍 늘었다. 어디를 가든 꼭 나를 따라다니던 여자가 피곤하다며 잘 움직이려고 하지도 않는다. 분명 먹는 게 시원찮아서 힘이 없기 때문일 터다. 게다가 어디 그뿐인가.

나는 아직도 긴가민가하지만 여자는 줄기차게 건강하다는 중

거라고 주장하던 피도 더 이상 흘리지 않는다. 분명히 여자는 한 달에 한 번, 출혈을 한다고 했었다. 그래야 건강하다는 증거라면서. 그런데 처음 피를 흘린 후로 54일이 지난 지금까지 여자는 한 번도 피를 흘리지 않고 있다.

다행스러우면서도 한편으로는 걱정이 되지 않을 수 없다. 혼자 마음을 졸이던 나는 이틀 전 밤에 조심스럽게 물어봤다. 왜 요즘에는 피를 흘리지 않느냐고. 여자는 깜짝 놀란 눈치였다. 본인도 잊어버리고 있었나 보다. 고개를 갸웃거리며 고심하던 여자는 자신없이 대답했다. 아마도 원숭이들의 싸움과 죽음을 목격한 충격에 받은 스트레스 때문인 것 같다고. 스트레스를 받으면 곧잘 건너뛰기도 한다고 했다.

스트레스라……

그건 또 뭔지 모르겠지만 분명히 굉장히 몸에 안 좋은 병인 것만은 확실한 것 같다. 걱정이 된 나는 그 스트레스인가 하는 병을 고치려면 어떻게 해야 하느냐고 물어봤다. 여자는 핼쑥한 얼굴로 쿡 웃으며 내 손을 토닥였다. 마냥 사랑스럽다는 시선으로 나를 바라보았다. 힘 하나 없는 목소리로 속삭였다.

"걱정하지 말아요. 스트레스는 큰 병이 아니니까. 그냥 마음을 편히 가지고 잘 먹고, 잘 자면 금방 괜찮아질 거예요."

역시 통 먹지 못하는 것이 문제였다. 날이 새자마자 나는 부리나케 숲으로 나가 파파야와 코코넛, 바나나 등 그나마 여자가 먹을 수 있는 과일들을 잔뜩 따다 대령했다. 혹시나 싶어서 코코넛게도 여러 마리 잡아서 찌고 물고기 수프도 잔뜩 만들었다. 코코넛게살은 여자가 냄새를 맡자마자 인상을 찌푸려서 몽땅 리사와 대장 원숭이 차지가 되어버렸지만 다행히 과일과 수프는 평소보다 많이 먹었다.

그런데 그게 또 탈이 되어버렸다. 얼마 안 있어 모두 게워낸 것이다. 아무래도 내 성의를 생각해 억지로 많이 먹은 게 문제였던 모양이다. 먹은 걸 모두 토해낸 여자는 탈진해서 그대로 잠에 빠져들었다. 나는 애가 시꺼멓게 타서 잠든 여자를 바라보고 또 바라보기만 했었다. 해가 중천에 걸리고도 한참이 자나서야 깨어난 여자의 얼굴은 다행히 오전보다는 많이 나아져 보였다. 배가 고픈 것 같다고까지 했다.

나는 기쁜 마음에 냉큼 달려가 오전에 먹다 남은 수프를 따뜻하게 데워 가져갔다. 그런데 여자는 수프를 몇 모금 마시지도 못하고 다시 구역질을 해댔다. 먹은 게 없어서 게워낼 것이 없는데도 여자는 자꾸 게워냈다. 시큼한 액체가 나올 때까지. 그러고도 여자는 헛구역질을 좀체 멈추지 못했다. 잘 먹던 수프가 비리다고까지 했다. 그새 상해 버렸던가 싶어서 후다닥 맛을 봤지만 수프는 아무렇지 않았다. 갓 끓인 수프보다는 스캠피 냄새가 좀 더 진하게 나기는 했지만.

혹시나 싶어서 나는 날 듯이 바다로 나가 다시 스캠피 한 마리를 잡아다 새로 수프를 끓여주었다. 다행히 여자는 새로 끓인 수프는 게워내지 않고 먹을 수 있었다. 그러나 여자는 헛구역질을 멈추지 않았다. 심하지는 않았지만 잊을 만하면 한 번씩 헛구역질을 해댔다. 걱정이 된 나는 겁이 나서 죽을 것 같았다. 나보고 괜한 걱정 말라며 핀잔을 주던 여자도 드디어 겁이 난 건지 얼굴이 새하얗게 변했었다.

그러더니 여자는 어젯밤 피곤하다면서 저녁도 먹는 둥 마는 둥 하고 자러 들어가 버렸다. 하지만 여자는 밤새 제대로 자지 못하고 뒤척였다. 골똘하게 뭔가를 생각하다가 땅이 꺼져라 한숨만 쉬어댔다. 무슨 일이냐고 물어보면 화들짝 놀라 아무 일도 아니라면서 후다닥 자는 척했다.

결국 여자와 나는 밤새 한숨도 자지 못했다. 여자는 한숨을 내쉬고 뭔가 말하려는 듯 망설이다가 그만두고 다시 한숨만 내쉬고 나는 그런 여자 걱정에 피가 말라서 잠을 잘 수 없었다. 분명히 여자는 자신의 몸 어디가 안 좋은지 알아챈 것 같은데 도통 얘기를 해주지 않으니……. 내가 미덥지 못해서 그러나 싶어 섭섭하기도 하고 원인을 모르니 뭘 어떻게 해줘야 하는지 몰라 막막하고 겁도 나고 그랬다.

정말 내 자신이 아무짝에도 쓸모가 없는 것 같아 한심스럽기 그지없었다. 나는 지난밤 내내 터져 나오려는 한숨을 꾹꾹 집어삼키며 그저 근심에 빠져 있는 여자를 꼭 끌어안기만 했다. 다행히 여자는 무력하고 한심한 나를 밀어내지 않고 마주 꼭 끌어안아 주었다. 그러다 얼핏 잠이 들었나 보다. 어렴풋이 '콜튼, 어떡하죠. 사실이면 기뻐해야 하는데 마냥 좋아해지지가 않아요. 나, 겁이 나요. 여기서 어떻게……' 라고 속삭이는 여자의 목소리를 들은 것 같다. 꿈결이라 확실하지는 않지만.

"휴우."

참았던 한숨이 터져 나온다. 터져 나온 무거운 한숨에 숲과 바닷가의 경계 즈음에 늘어져 있는 이파리들이 한들거린다.

"휴우, 휴우."

여자 앞에서 참고 참았던 한숨을 연거푸 내쉬어봐도 답답한 마음은 조금도 나아지지 않는다. 괜히 한 손에 틀어 모아 쥐고 있는 작살을 들어본다. 주렁주렁 매달려 있는 물고기들이 은빛 비늘을 반짝이며 입을 반쯤 벌리고 있다. 녀석들도 나를 한심한 눈초리로 바라보고 있다.

이렇게 많이 잡아간다고 해서 여자가 다 먹을 수나 있을 것 같아? 여자의 건강이 나아질 것 같아? 멍청한 놈, 한심한 놈.

물고기들이 뻐끔거리며 입을 모아 타박을 해대는 것 같다.

"휴우."

녀석들의 타박이 백번 맞다. 작살에 꿰인 물고기들은 내일 아침쯤이면 거의 태반이 그냥 버려질 것이다. 여자는 수프 한 그릇도 다 비워내지 못할 것이고 그런 여자를 지켜보는 나 역시 먹지 못할 테니까. 아마 모조리 땅에 파묻던지 아니면 리사와 그날 이후부터 리사 곁에서 떨어지지 않는 그놈의 잘난 대장 원숭이 녀석 몫이 되겠지.

이게 다 리사와 그 대장 놈 탓이다. 지들이 그날 그 난리를 피워대지 않았다면 여자가 놀라 충격을 받지도 않을 테고, 그랬다면 그 빌어먹을 스트레스인가 하는 병에도 걸리지 않았을 것 아닌가. 에이, 괘씸한 놈들!

나는 잠깐 걸음을 멈추고 얄밉게 비늘을 반짝거리는 물고기들을 쏘아보았다. 그냥 두 마리만 놔두고 모두 확 파묻어 버려? 네 마리를 한꺼번에 끓였다가 또 비리다고 입에도 대지 못하고 구역질을 해대면 어떡하지? 그럼 몽땅 그 괘씸한 놈들 차지가 될 텐데. 아니, 그럴 게 아니라 두 마리만 놔두고 나머지는 비린 채로 그냥 내버려 둬서 고놈들 먹지도 못하게 해버릴까?

"에휴, 아니다. 그랬다간 분명히 진이 못됐다고 쌍심지를 켜고 닦달을 해댈 게 분명해. 그래, 이게 다 내가 못난 탓이지, 아무것도 모르는 니들 탓이겠냐."

나는 성마르게 이마까지 흘러내려 온 젖은 머리카락을 쓸어 올리며 숲으로 성큼 들어갔다.

"음?"

나는 숲으로 들어가자마자 걸음을 멈추고 근육을 경직시켰다.

냄새가…… 이상하다. 변화된 공기의 흐름도 확연하게 느껴진다. 날이 저물어도 떠들썩한 숲이 오늘따라 죽은 듯이 조용하다. 나는 본능적으로 위험을 감지한다. 예리하게 감각을 곤두세우고 숨을 멈췄다가 천천히 공기를 폐 깊숙이 들이마신다. 진저리 쳐질 정도로 노릿하고 비린 냄새가 후각을 자극한다.

'헉! 이 냄새는!'

드라곤!

공기 중에 옅게 퍼져 있는 이 역겨운 냄새는 분명 드라곤의 냄새다. 혈관을 따라 돌던 피가 빠르게 치달리면서 근육이 긴장으로 바짝 조여든다. 재빨리 수풀 아래로 자세를 낮추고 공격 자세를 취한다. 기묘한 적막에 젖어 있는 숲을 날카롭게 주시한다. 소리없이 팔뚝에 꽂아놓은 칼을 빼 들고 상체를 조금 더 웅크린다. 본능적으로 예민해진 감각으로 놈의 역겨운 냄새를 따라 천천히 앞으로 나아간다.

숲으로 깊이 들어갈수록 놈의 냄새가 점점 더 짙어진다. 재빨리 바닥을 훑는다. 정강이까지 무성하게 자란 풀잎들은 여전히 파릇파릇하게 돋아나 있다. 어디에도 놈의 비대한 몸뚱이에 짓눌리고 쓸린 흔적이 없다. 놈이 근처에 없는 것은 확실하다. 그러나 한순간도 방심해서는 안 된다. 놈이 모습을 드러낸 이상 언제 어디서 공격해 올지 모른다.

'젠장. 빌어먹을!'

갑자기 건강이 나빠진 여자 걱정에 그동안 놈이 모습을 드러낼 시기가 가까워졌음에도 녀석을 까마득히 잊고 있었다. 일전에 한 번, 녀석이 이번에는 꽤 오랫동안 칩거해 있다는 생각만 일핏 들었을 뿐이다. 이제는 녀석도 늙어서 배가 고파도 움직이기 힘든 모양이라고 생각했었다.

그런데…… 드디어 녀석이 모습을 드러냈다.

이런, 젠장. 여자에게 조심하라는 말도 아직 하지 못했는데. 녀석이 노리는 리사가 여자와 함께 있는데. 아니, 후각이 발달한 녀석이 여자의 달콤한 냄새를 못 맡을 리가 없는데!

나는 공기 중에 떠도는 역한 비린내의 방향을 가늠하며 소리 없이 몸을 빠르게 움직였다. 다행히 녀석의 비린내가 풍겨오는 방향은 집으로 향하는 길과는 다른 방향이었다. 그럼, 그렇지. 아무리 놈이 리사를 노리고 있다고 하더라도 겁도 없이 함부로 내 집까지는 침입하지 못할 터였다. 몸이 아파 집에서 꼼짝하지 못하는 여자의 상태가 지금은 다행스럽기 그지없다. 그렇지 않았다면 여자는 평소보다 저녁 식사 거리를 준비해 오는데 시간이 오래 걸린 나를 찾아 숲으로 들어왔을 테니까.

분명 대장 원숭이도 드라곤의 출몰을 알아챘을 것이다. 녀석이 여자와 리사를 안전하게 나무 위로 데리고 올라갔을까? 아니, 그건 불가능하다. 영문도 모르는 여자가 대장 원숭이를 따라 나무 위로 올라갔을 리 없다. 더구나 여자는 지금 움직일 힘도 없지 않은가. 대장 원숭이 덩치가 아무리 크다고 하더라도 여자를 안고 나무를 탈 수는 없다. 큰일이다. 제발 아무 일도 없어야 될 텐데. 제발 대장 원숭이가 리사만 데리고 도망가지 않았어야 될 텐데. 제발, 제발…….

순간적으로 여자 혼자 덩그러니 텅 빈 침상에 누워 잠들어 있고 아무것도 모르는 여자에게 소리없이 접근하는 드라곤의 모습이 눈앞에 아른거렸다. 안 돼! 나는 세차게 머리를 흔들어 끔찍한 상상을 떨쳐 버렸다. 공포에 가까운 두려움에 숨을 헐떡이며 나는 미친 듯이 집을 향해 달려갔다.

"진, 진!"

집에 다다르자마자 나는 여자를 부르며 쏜살같이 집으로 뛰어들어 갔다.

털썩.

집 안으로 들어간 나는 믿을 수 없는 광경에 눈을 부릅뜨고 숨을 멈췄다. 순간적으로 온몸에서 힘이 빠져나가면서 무거운 작살이 손에서 빠져나갔다. 침상에 누워 있어야 할 여자가 보이지 않는다. 집이 텅 비어 있다. 대체…… 어디로 사라진 거지?

순간적으로 정신이 잃었던 나는 퍼뜩 정신을 차리고 텅 빈 집을 재빠르게 다시 한 번 휘휘 둘러본 다음 쏜살같이 밖으로 뛰어나갔다.

"진, 진!"

목이 터져라 여자를 소리쳐 불렀다. 그러나 돌아오는 것은 숲 저편에서 되돌아오는 공허한 메아리뿐이었다. 좁아들었던 심장이 철렁, 바닥으로 곤두박질쳤다가 튕겨 오르면서 급박하게 뛰어댄다.

"진! 리사! 대장!"

나는 미친 듯이 주변을 뛰어다니며 여자와 리사, 그리고 대장을 다급하게 불러댔다. 그러나 여전히 돌아오는 것은 텅 빈 숲에서 울리는 기괴한 메아리뿐이었다. 가파르게 뛰어대는 심장이 숨통을 조인다. 애써 떨쳐 냈던 끔찍한 상상이 다시 떠오르면서 온몸이 부르르 떨린다. 아니야, 그럴 리가 없어! 나는 이를 악물고 망할 상상을 몰아낸다. 숨을 헐떡이며 코를 킁킁거렸다.

드라곤의 역한 비린내가 숲 전체에 진동한다. 그러나 근처에서 맡아지는 냄새는 바람에 실려오는 냄새일 뿐, 결코 진하지 않다. 녀석이 이쪽으로는 아직 얼씬도 하지 않았다는 것만은 확실하다. 미친 듯이 끓어오르던 공포와 두려움은 다소 가라앉지만 모습을 보이지 않는 여자 때문에 심장은 여전히 오그라든 상태다. 여자는 어디로 갔단 말인가. 리사는, 대장은?

딸깍.

희미하지만 집 안에서 무언가 움직이는 소리가 났다. 나는 다시 집으로 허겁지겁 뛰어들어 간다. 혹시 날 놀래키기 위해 집 어딘가에 숨어 있는 걸까? 제발, 제발, 진. 지금도 충분히 심장이 튀어나올 정도로 놀랐으니까 장난을 치려는 거라면 이제 그만 나와. 응? 제발, 진!

"진! 어디 있어!"

나는 집으로 뛰어들어 가자마자 침상을 훌떡 뛰어올라 건너편으로 넘어갔다. 그러나 침상 반대편도 텅 비어 있기는 마찬가지다. 후다닥 바닥에 엎드려 침상 아래를 훑는다. 그러나 침상 아래에도 텅 비어 있다. 커다란 도끼 한 자루만 휑뎅그레 놓여 있을 뿐. 제길! 아까 분명히 집 안에서 무슨 소리가 났었는데! 나는 진땀이 비어져 나오는 이마를 훔치며 초조하게 여자의 이름을 연거푸 소리쳐 부른다. 아무래도 잘못 들은 모양이다. 여자는 집 안에 없다. 괜히 시간만 낭비했다. 나는 여자를 찾으러 숲으로 가기 위해 다시 훌쩍 침상을 건너뛰려고 했다. 그러던 찰나, 나는 그 자리에 우뚝 멈추고 말았다. 여자에 대한 걱정으로 시뻘겋게 충혈된 시선 끝자리에 뭔가가 들어왔기 때문이다. 텅 비어 있는 공간. 있어야 할 것이 없다. 여자가 쉽게 물을 마실 수 있도록 항상 침상 옆에 놓아두었던 커다란 물주머니가 보이지 않는다.

"……!"

말라가기 시작하는 텅 빈 젖은 흙바닥을 노려보는 눈이 점점 부릅떠지면서 피가 싸늘하게 식는다.

그렇다면…… 혹시? 물…… 호수!

"진, 안 돼!"

터져 나온 새된 비명 소리에 침상이 흔들거린다. 나는 쏜살같이 침상을 건너뛰고 활짝 열려진 문으로 달려갔다. 허겁지겁 뛰쳐 나가는 발끝에 무언가 차인다. 바닥에 내동댕이쳐진 작살. 나는 핏발이 곤두선 눈으로 작살에 꿰뚫려 있는 여러 마리의 스캠피들을 노려보다 발등으로 작살을 튕겨 올렸다. 네 마리의 스캠피가 일시에 허공으로 튀어 오른다. 허공으로 튀어 오른 작살 끄트머리를 한 손으로 잡아챘다. 주렁주렁 매달린 거추장스러운 스캠피들을 단숨에 뽑아내고 나머지 작살까지 깨끗하게 비어냈다. 오른손에는 시퍼런 칼을, 왼손에는 작살 두 자루를 움켜쥐고 나는 번개처럼 호수로 달려갔다.

호수가 가까워질수록 역한 비린내가 숨 쉬기 어려울 정도로 진동을 해댄다. 놈의 냄새가 짙어질수록 공포는 배로 커진다. 덩치를 부풀린 끔찍한 공포에 온몸이 짜부라져 터져 버릴 것 같다. 두려움에 물든 신음 소리가 거친 호흡과 함께 흘러나온다. 나는 어금니를 바스러질 정도로 악다물고 흘러나오는 신음 소리를 내리누른다. 그러나 고통스러운 신음 소리는 조금도 잦아들지 않는다. 괴기스러울 정도로 고요한 숲 속에 쏜살같이 내달리는 거친 호흡과 풀숲을 스치는 뜀박질 소리, 그리고 억눌린 신음 소리만이 스산하게 울려 퍼진다.

꺄아아……

호숫가에 다다르자 맑은 공기를 잡아먹은 역한 비린내를 뚫고 낑낑거리는 울음소리가 들려오기 시작했다. 리사의 울음소리다! 공포에 짓눌린 어린 울부짖음. 나는 시야를 가로막는 무성한 이파리들을 단숨에 뛰어넘으며 살 떨리는 공포와 숨 막히는 긴장감만이 떠도는 공간으로 들어갔다.

가장 먼저 시야에 들어온 것은 커다랗고 기다란 시꺼먼 물체였다. 당장이라도 호수로 뛰어들려는 듯 잔뜩 고개를 치켜든 드라곤의 모습. 나의 기척을 눈치 챈 녀석이 휙, 뒤를 돌아본다.

녀석의 노릿한 눈동자와 정확히 시선이 마주쳤다.

"드라곤! 멈춰!"

샤아아아악!

녀석이 골치 아픈 방해자의 등장이 마음에 안 든다는 듯 커다란 아가리를 벌리고 숲이 들썩일 정도로 커다랗게 소름 끼치는 쇳소리를 낸다. 드러난 아가리 사이로 끈적거리는 침이 뚝뚝 떨어지고 날카로운 이빨 두 개가 침에 젖어 번들거린다. 나는 녀석의 노릿한 시선을 단단히 잡아채고 재빨리 주변을 훑어본다.

숲을 등지고 당장이라도 달려들 듯 공격 자세를 취하고 있는 나와 호수를 등에 진 드라곤이 거대한 몸뚱이를 꿈틀거리며 있다. 리사와 대장 원숭이는 나와 한참 떨어진 위치에 숲을 등지고 서 있다. 바들바들 떠는 리사를 등 뒤에 감춘 대장 원숭이가 드라곤을 향해 누런 이를 으르렁거리고 있다. 다행히 그들은 높은 나무를 등지고 서 있다. 여차하면 드라곤이 달려들기 전에 나무 꼭대기까지 오를 수 있을 것 같다.

그런데 여자는? 진은 어디 있지?

눈을 희번덕거리며 사방을 둘러봐도 여자는 어디에도 보이지 않는다. 벌써 나무 위로 피했을까? 순간적으로 든 생각에 나무 위를 올려보려다 꿈틀거리는 드라곤의 움직임에 시선을 멈춘다. 나는 꼼짝도 하지 않고 노려보는 녀석을 마주 죽일 듯이 노려본다. 빈틈을 보이지 않는다. 하지만 머릿속은 뒤죽박죽으로 형클어져 있다. 어디에도 보이지 않는 여자 생각 외에는 아무 생각도 나지 않는다.

정말 나무 위에 올라가 있을까?

살풋 밀려오는 기대. 그러나 이내 머리가 가로저어진다.

아니다. 그럴 리가 없다. 여자는 나무 위에 없다. 여자는 나무를 탈 줄 모른다. 만약 안다고 해도 리사보다 먼저 나무 꼭대기에 오를 수는 없었을 것이다. 그렇다면 어디에 있는 거지?

모습이 보이지 않는 여자 때문에 가슴이 터질 것 같다. 두려움과 공포가 와락 등짝에 달라붙는다. 설마, 설마…….

그때였다.

"코, 콜튼……."

애타게 찾던 여자의 모습 대신 그녀의 음성이 드라곤의 뒤편 호숫가에서 나지막이 들려왔다. 겁에 질린 여자의 목소리! 그러나 녀석의 커다란 덩치에 가려 호수가 보이지 않는다. 나는 눈을 번쩍 뜨고 빠른 몸놀림으로 옆으로 한 걸음 이동했다. 녀석의 노릿한 눈동자가 빈틈을 노리고 따라온다. 녀석이 움직이자 그제야 녀석의 비대한 몸집 뒤로 검은빛의 호수가 보이고 저 멀리 소낙비처럼 호수로 떨어지고 있는 폭포가 보인다. 그리고 그 가운데 자그마하고 둥근 머리통이 보인다.

진! 여자다!

"진!"

아찔한 광경에 나는 아무 생각 없이 무작정 앞으로 달린다. 어서 빨리 여자를 구해야 한다는 생각뿐이다. 공격할 자세도,

방어할 자세도 무너져 버렸다. 그저 눈앞에 보이는 것은 오로지 여자의 작은 머리뿐. 비명처럼 여자의 이름이 터져 나온다.

샤아!

빈틈을 발견한 드라곤이 쇳소리를 내며 득달같이 공격을 해 온다. 녀석이 머리를 노리고 측면에서 곧장 머리를 향해 달려든다. 엄청난 속도로 돌진해 오는 녀석. 나는 본능적으로 몸을 웅크리고 바닥을 뒹굴었다. 녀석의 아가리가 아슬아슬하게 머리 끝을 스치고 지나가며 허공을 삼킨다. 바닥을 뒹굴며 나는 있는 힘껏 외쳤다.

"진, 헤엄쳐! 동굴로, 동굴로 가, 어서!"

"꺄악! 콜튼, 위험해요! 꺄악!"

공포에 울부짖는 여자가 비명 소리가 피를 말린다. 핏줄이 터져 벌게진 시야에 작은 머리통이 수면 밑으로 가라앉았다 솟아오르기를 반복하는 여자가 보인다. 물살을 헛되이 짚으며 허우적거리는 여자. 다시 방향을 바꿔 공격해 오는 드라곤을 피해 바닥을 뒹굴면서도 저 멀리 공포에 젖어 사색이 된 여자의 얼굴이 확연하게 보인다.

[꺄악! 콜튼! ……허푸!]

여자의 비명 소리와 허우적거리는 세찬 물소리에 공격해 오던 드라곤이 허공에서 우뚝 멈추고 여자 쪽으로 고개를 휙 돌린다.

"진, 헤엄쳐! 정신 차리고 헤엄을 치란 말이야! 동굴로 가야 돼, 어서! 제발!"

녀석의 관심이 잠시 여자에게 향한 틈을 타서 나는 천둥처럼 고함을 지르며 칼을 치켜들고 드라곤에게 달려들었다. 드라곤의 머리가 다시 내 쪽으로 돌려졌다. 녀석이 노릿한 눈동자를 번뜩이며 비대한 몸집을 믿을 수 없을 만큼 빠르게 비틀었다. 그러나 나의 공격을 이미 피하기에는 늦어버렸다는 것을 느낀 녀석은 맞서 공격하는 것을 선택했다. 아가리를 있는 대로 쩍 벌리고 나를 한입에 잡아채기 위해 허공을 날았다.

[꺄악!]

여자의 비명 소리가 요동치는 수면을 박차고 숲을 뒤흔든다. 나는 순간적으로 방향을 바꿔 녀석의 역겨운 아가리를 가까스로 피해 착지했다가 방향을 바꿔 측면에서 다시 땅을 박차고 허공으로 뛰어올랐다. 엉뚱한 방향에서 금세 다시 솟아오른 나를 미처 따라잡지 못한 드라곤이 머리를 뒤늦게 급선회했다. 그 틈을 노리고 나는 허공을 디디며 녀석의 미끌거리는 정수리를 한쪽 발로 차고 오른손을 번쩍 치켜들었다.

예리한 칼날이 어스름 피어나는 스산한 달빛을 받아 번쩍거렸다. 나는 이를 악물고 녀석의 정수리에 칼을 내리꽂기 위해 칼을 휘둘렀다.

샤아아!

허공에서 녀석의 정수리에 칼을 깊숙이 꽂으려는 찰나, 번개처럼 빠른 움직임으로 드라곤이 미끄러지듯이 자세를 바꿔 용케 칼날을 피해 버렸다. 스경. 허공에서 순식간에 사라진 목표물을 놓친 칼날은 아쉽게도 미끈거리는 가죽을 살짝 스치고 말았다. 허공에서 공중제비를 두 번 넘어 반대편 땅에 착지한 나는 발바닥이 땅에 닿자마자 자세를 바꿔 다시 돌진할 준비를 했다.

"진, 뭐 해! 어서 가라니까!"

"하, 하지만⋯⋯. 헉헉."

공포에 휩싸여서도 여자는 헤엄을 치려고 안간힘을 쓰지만 몸은 여전히 그 자리에서 꼼짝을 못하고 있다. 사지가 굳어서 움직일 수 없으리라. 안타까움에 심장이 터져 버릴 것 같았다. 나는 애걸하듯 여자에게 소리쳤다.

"제발, 진. 날 믿지? 응?"

"네, 네. 하, 하지만⋯⋯ 흑흑, 몸이⋯⋯ 그리고 당신은 어떻게 해요⋯⋯."

"제발, 진. 내 말대로 해. 진이 거기 있으면 내가 이 녀석을 상대하는 데 방해만 된다고. 그러니까 날 위해서 제발, 동굴로 가. 정신 잃지 말고, 뒤도 돌아보지 말고 죽을힘을 다해 헤엄쳐. 제발, 어서!"

[꺽꺽.]

극도의 공포에 절어 새하얗게 변한 여자의 얼굴은 처참했다. 게다가 굳은 사지를 억지로 움직이려다 힘이 바닥났는지 허우적거리는 팔의 움직임이 아까보다 훨씬 눈에 띄게 느려져 있었다. 벌어진 입으로 연신 물을 삼키면서도 여자는 입도 다물지 못하고 있었다. 비명과 함께 터져 나오는 여자의 짓눌린 울음소리가 심장을 갈가리 찢어댔다.

꼼짝 못하는 여자의 상태가 어떤지 모르지 않는다. 멀리서 보는 것만으로도 전신이 바들바들 떨릴 정도로 무섭고 두려운 존재가 바로 드라곤이다. 그런 녀석이 아가리를 벌리고 날카로운 이빨을 드러내며 공격을 해오고 있다. 그러니 공포로 온몸의 근육이 오그라들고 머릿속이 하얗게 질려 아무 생각도 나지 않는 것은 당연하다. 공포의 올가미에 칭칭 감겨 전신이 뻣뻣하게 마비되고 있을 터였다.

모르지 않는다. 그런 여자가 헤엄쳐서 동굴까지 도망치는 것 자체가 무리라는 것을. 그러나 지금으로서는 다른 방도가 없다. 당장은 여자를 도울 수도, 갈 수도 없다. 여자에게 달려가는 순간 드라곤이 뒷덜미를 잡아채기 위해 달려들 것이 뻔하다. 어쩌면 보다 수월한 먹잇감을 노리고 도망치는 여자에게 달려들지도 모를 일이다.

녀석은 땅에서보다 물에서의 움직임이 다소 느리다. 물에서는 내 쪽이 더 유리하다. 하지만 그렇다고 해서 여자를 지금보다 더한 위험에 노출시킬 수는 없다. 지금은 오로지 여자의 안전만을 생각해야 한다. 여자를 한시라도 빨리 드라곤의 공격이 미치지 않는 동굴로 피신시켜야 한다. 그때까지는 무슨 일이 있어도 녀석의 관심을 내게 잡아두어야 한다.

나는 여자에게 다시 고함을 쳤다.

"진! 정신 차려! 어서 가란 말이야, 제발! 날 위한다면 제발 몸을 움직여. 네가 거기 있으면 우리는 더 위험에 빠지고 말아. 날 죽이고 싶나? 날 위험에 빠트리고 싶어?"

"으흐흑, 아, 아니, 아니⋯⋯."

"그렇다면 어서 가, 어서!"

여자가 바닥까지 떨어진 힘을 끌어 모으기 위해 안간힘을 낸다. 바들바들 떨리는 새하얀 입술을 옴팡지게 깨물고는 굳은 손으로 억지로 들어 올린다. 여자의 입술에서 주르륵 흘러내린 붉은 피가 턱을 타고 호수로 스며드는 것이 사색이 되어 새하얘진 얼굴 때문에 멀리서도 확연하게 보인다. 진! 혼미해져 가는 정신을 부여잡기 위해 일부러 상처를 입히고 피를 흘리는 여자의 모습에 내 가슴에서도 피가 터져 나간다.

잠시 후, 피가 흐르는데도 터져 버린 입술을 빼지 않는 여자의 얼굴이 더 이상 보이지 않는다. 보이는 것은 억지로 굳은 팔을 움직여 물살을 긁어내며 멀어져 가는 여자의 뒤통수뿐이다. 작은 뒤통수가 멀어지는 것만큼 동굴과의 거리가 가까워지고 있다. 헤엄치는 것 자체가 무리일지도 모른다고 생각했는데 다행히 여자는 잘해주고 있다. 버둥거리면서도 조금씩 앞으로 나아가고 있다.

울컥.

희미한 안도와 함께 가슴이 벅차오르면서 눈시울이 붉어진다. 그래, 내 여자는 강하고 현명하다. 비록 상상도 하지 못했던 끔찍한 공포에 처음에는 어쩔 줄 몰라 했지만 여자는 곧 냉정을 되찾았다. 자신이 해야 할 일이 무엇인가를 깨닫고 안간힘을 내고 있다. 자신을 위해 그리고 나를 위해……. 그래, 그거야. 바로 그거야, 진!

그러나 어처구니없게도 상황은 전혀 다른 방향으로 치달았다. 간신히 싹이 트던 안도는 곧 산산이 부서지고 더 큰 공포가 되고 말았다. 목표로 삼았던 만만한 먹잇감이 달아나는 것을 두고 볼 드라곤이 아니었다. 녀석이 아가리를 쩍 벌리고 역한 냄새를 공기 중에 뿜어내며 순식간에 방향을 바꿔 여자를 따라 호수로 날 듯이 뛰어들었다. 날 무시하고! 자신의 숨통을 끊어버릴 수 있는 나를 뒤로한 채! 생각지도 못했던 일이 벌어졌다.

첨벙!

"감히 어딜! 여자를 내버려 둬! 네 상대는 나다, 드라곤! 기필코 오늘, 네 녀석의 멱을 따주마!"

첨벙!

기함한 나는 앞뒤 잴 것 없이 버럭 소리를 지르며 곧바로 호수로 달려드는 드라곤을 따라 몸을 날렸다. 녀석은 내가 뒤에서 쫓는다는 것을 알면서도 뒤도 돌아보지 않았다. 멈칫거리지도 않았다. 오로지 여자만을 향해 돌진했다. 멈칫거리는 순간, 나에게 따라잡히고 그러면 자신이 불리하다는 것을 녀석은 본능적으로 알고 있는 듯했다.

그러나 녀석이 제아무리 있는 힘껏 나아간다고 해도 땅에서보다 움직임이 둔해진 녀석을 따라잡는 것은 내게 일도 아니었다. 나는 금세 녀석을 따라잡았다. 있는 힘껏 커다란 몸통을 끌어안았다. 그러나 양손에 작살과 칼을 움켜쥐고서는 녀석의 미끈거리는 몸통에 올라타는 것이 쉽지 않았다. 원체 미끄러운 녀석의 몸통이 물속에서는 한층 더 미끄러워져 있었다. 나는 이를 악물고 녀석을 올라타려고 했지만 자꾸 미끄러졌다.

그러나 나름대로 성과는 있었다. 드라곤이 드디어 멈춘 것이다. 녀석은 몸통을 끌어당기고, 그 위로 올라가려는 나의 거친 몸부림에 앞으로 나아가는 것을 포기해야만 했다. 드라곤은 우선 나를 해치워야 한다는 사실을 새삼 깨달은 듯 물속에서 방향을 바꿔 바로 공격해 왔다. 나도 녀석의 몸통 위로 오르는 것을 포기했다. 대신 녀석의 공격을 아슬아슬하게 피해 수면 밑으로 빠르게 잠수해 들어갔다. 빠른 속도로 녀석의 거대한 몸통을 가로질렀다.

덩달아 수면 아래까지 내려온 녀석이 시꺼먼 물속에서 더욱 노랗게 빛나는 눈동자를 희번덕거리며 아가리를 벌리고 달려들었다. 녀석을 가로지르면서 뱃가죽 아래로 들어가 칼을 꽂아 넣으려고 했던 나는 생각보다 빠르게 달려드는 녀석의 날카로운 이빨을 피해 일단 방향을 틀었다.

기다란 녀석의 꼬리 부분까지 눈 깜짝할 사이에 헤엄쳐 간 나는 녀석이 방향을 채 틀기도 전에 꿈틀거리는 꼬리에 칼을 깊숙이 꽂아 넣는데 성공했다. 순간 노란 눈동자에 세로로 뚫린 까만 동공이 옆으로 크게 벌어지더니 녀석이 아가리를 벌리고 미친 듯이 포효했다. 꼬리 부분에서 터져 나온 시뻘건 피가 삽시간에 검은 수면을 붉게 물들였다.

시뻘겋게 물들은 시야를 걷어내며 간신히 꽂아 넣은 칼로 녀석의 배를 가르려던 나는 상처 입은 상태에서도 세차게 꼬리를 비틀어 흔드는 녀석의 거친 움직임에 옆구리를 차이고 칼을 놓치고 말았다.

'헉!'

갈비뼈가 부러진 듯, 엄청난 고통이 폐부를 엄습했다. 순간적으로 숨이 막히고 눈앞이 샛노랗게 변했다. 내지르지 못한 막힌 비명에 벌어진 입으로 녀석의 시뻘건 피로 물든 차가운 물이 왈칵 밀려들어 왔다. 폐가 팽창하고 심장이 터질 것 같았다. 순간적으로 눈앞이 까맣게 변하고 머리가 핑 돌았다. 역겨운 핏물이 아닌 신선한 공기가 필요했다. 그러나 여기서 몸을 돌릴 수는 없었다. 나는 이를 악물고 눈이 튀어나올 만큼 온몸에 힘을 주었다. 검붉은 물살을 헤치고 놈을 찾았다.

그런데 녀석이 보이지 않는다!

아차 싶은 나는 서둘러 수면 밖으로 올라갔다.

"푸하! 으헉!"

막혔던 숨이 터져 나오며 녀석의 꼬리에 들이받힌 옆구리에 극심한 통증이 밀려왔다.

"헉헉, 쿨럭!"

뼈가 부서지는 통증을 참고 삼켰던 역한 핏물을 토해내며 사방을 두리번거렸다. 다행히 얼마 떨어지지 않은 곳에 동굴을 향해 빠르게 나아가는 녀석이 보였다. 깊숙이 박힌 칼을 매단 꼬랑지가 물살을 헤집으며 꿈틀거릴 때마다 시뻘건 피가 사방으로 흩뿌려지고 있었다.

나는 사력을 다해 녀석을 따라잡았다. 작살을 든 손으로 물살을 긁어낼 때마다 옆구리의 통증이 척추까지 바스러뜨릴 듯 엄청난 고통으로 밀려왔지만 일순간도 멈추지 않았다. 작살도 버리지 않았다. 아니, 버릴 수 없었다. 칼을 놓친 이상, 작살이라도 있어야 했다. 다행히 얼마 가지 않아 요란스레 물살을 가르는 꼬리가 바로 눈앞에 보였다. 등과 옆구리를 강타하는 끔찍한 고통을 무시하고 손을 쭉 뻗었다.

턱!

녀석의 꼬리가 아슬아슬하게 빠져나가려는 찰나 미끄덩거리는 칼 손잡이가 손에 잡혔다. 그래, 됐다! 나는 녀석의 배를 가르기 위해 칼을 온 힘을 다해 움켜잡았다.

그런데……. 무시했던 끔찍한 고통이 척추를 타고 뇌수까지 뻗쳐 올라왔다. 턱까지 차올랐던 숨이 폐를 무섭게 압박해 왔다. 순간적으로 등과 어깨에 마비가 왔다. 아, 안 돼! 헤엄을 칠 수가 없다! 허우적거리는 몸이 속절없이 가라앉아 갔다. 나는 죽을힘을 다해 칼을 움켜잡았다. 다른 손으로는 녀석의 아무 데

나 작살을 찔러 넣었다. 작살은 녀석의 꼬리에 박혀 있는 칼 옆에 비스듬히 꽂혔다. 놓치면 끝장이다!

녀석의 꼬리에 깊이 박혀 있는 칼과 작살 덕분에 몸은 더 이상 가라앉지 않았지만 수면 위로 올라가는 것은 불가능했다. 미처 다 뱉어내지 못했던 비릿한 핏물이 다시 밀려들어 온 핏물과 뒤섞여 폐 속에 그득 차 간신히 참고 있는 폐를 부풀렸다. 한계까지 치달은 산소 부족이 팽창한 폐를 터트릴 듯 압박해 오고 눈동자가 금방이라도 툭 떨어질 듯 튀어나왔다. 화끈거리는 옆구리에서부터 시작되어 온몸으로 번져 가는 끔찍한 통증. 웡웡, 머릿속에서 때아닌 벌레 우는 소리가 진동했다. 등과 어깨를 굳게 만들었던 마비가 칼을 움켜쥔 손끝까지 밀려오기 시작했다. 그리고 금세 물살을 가르는 발끝까지 스며들어 갔다.

더 이상 버티는 것은 위험하다!

나는 드라곤의 배를 가를 수 있는 모처럼의 기회를 포기할 수밖에 없었다. 대신 칼을 더욱 깊숙이 찔러 넣고 한 차례 후벼 판 후 시뻘건 피를 울컥울컥 토해내는 녀석의 몸통에서 칼을 빼냈다. 비교적 깊이 박히지 않았던 작살은 녀석의 몸부림에 저절로 빠져나왔다. 나는 작살을 떨어뜨리지 않도록 단단히 움켜잡은 후 내 스스로 칼로 마비가 오는 어깨와 허벅지에 상처를 냈다. 내 몸에서 흘러나온 선홍빛 피가 녀석의 피와 함께 뒤섞이는 것을 보며 나는 마비가 마저 풀리기 전에 수면을 박차고 위로 솟구쳐 올라왔다.

"푸하! 쿨럭, 쿨럭! 헉헉헉……."

첨벙, 첨벙.

시아악! 샤아아!

수면 위로 올라오자마자 나는 막혔던 숨을 미칠 듯 터져 나오는 세찬 기침과 함께 토해냈다. 드라곤은 저만치 떨어진 곳에서 물보라를 일으키며 온몸을 비틀면서 첨벙거리고 있었다. 요동치는 녀석의 몸부림에 사방으로 피가 튀어나갔다.

그런데도 녀석은 결코 여자를 포기하지 않았다. 어쩌면 녀석은 본능적으로 이 순간이 자신의 마지막 사냥일지도 모른다고 생각하는지도 몰랐다. 마지막 만찬으로 놈은 그토록 원하던 인간을 고른 것인지도. 먹잇감을 향한 녀석의 집착은 대단했다. 어느새 녀석은 벌써 동굴까지 다다라 있었다. 녀석과의 간격이 생각보다 많이 벌어졌다. 낭패였다. 당황한 나는 서둘러 여자의 위치를 찾았다. 여자는 금방 눈에 띄었다. 여자는 시킨 대로 뒤도 돌아보지 않고 바위를 오르고 있었다. 조금만 더 올라가면 동굴이었다.

그래, 조금만 더, 조금만 더! 진 힘내!

아슬아슬한 여자의 움직임은 금방이라도 손이나 발을 헛디뎌 호수로 곤두박질칠 것처럼 위험천만해 보였다. 그럼에도 여자는 죽을힘을 다해 바위를 오르고 또 오르고 있었다. 나는 다시 죽을힘을 다해 빠르게 헤엄치기 시작했다. 마음으로는 여자가 조금 더 힘을 내기를 간절히 애원하고 눈으로는 여자와 거의 폭포까지 다가간 드라곤에게서 시선을 떼지 않았다.

여자의 오른손이 동굴 입구 턱 바위를 짚는 것이 보였다. 됐다! 이제 발밑의 바위만 밟고 올라가면 여자는 안전한 동굴로 들어갈 수 있다. 빨리, 빨리, 진! 조금만 더 힘을 내! 나는 눈을 빛내며 대견한 여자의 모습을 끝까지 지켜보았다. 여자가 한 발만 더 디디면 이제 정말 한시름 놓아도 될 터였다.

그때였다.

샤아아아!

드라곤이 포효하며 마지막 힘을 끌어 모아 상처 입은 꼬리로 수면을 디디고 허공으로 솟구쳐 올랐다. 쩍 벌어진 아가리가 곧장 여자를 향해 허공을 가로질렀다. 비상한 녀석의 몸뚱이에서 시뻘건 핏방울이 폭포처럼 사방으로 흩뿌려졌다.

"안 돼!"

나는 비명을 지르며 녀석의 머리통을 향해 작살 하나를 힘껏 던졌다. 기다란 작살이 허공을 가른다.

쉬이잉! 풍덩!

그러나 허공을 가르며 빠른 속도로 날아간 작살은 꼿꼿하게 치켜든 녀석의 머리통을 아슬아슬하게 스치고 여자 바로 옆의 바위에 튕겼다가 호수로 떨어지고 말았다. 비록 녀석을 맞추지는 못했지만 녀석의 공격을 막는 데는 성공했다. 흠칫 놀란 드라곤이 몸을 비틀어 작살을 날린 나를 한 차례 노려보았다. 나는 남은 작살 하나를 머리 위로 치켜 올렸다. 그러사 녀석이 순식간에 방향을 틀어 풍덩, 물속으로 몸을 감췄다.

"휴우. 헉헉."

위험천만했던 고비를 넘긴 나는 거친 숨과 함께 안도의 한숨을 몰아쉬었다. 그런데 고막을 찢는 여자의 새된 비명 소리가 뒤늦게 들려왔다.

[꺄악!]

소스라치게 놀란 나는 얼굴을 번쩍 치켜들었다. 헉! 중심을 잃은 여자가 간신히 밟고 올라섰던 바위에서 미끄러지고 있었다. 아무 생각이 나지 않았다. 끔찍한 공포, 그 자체였다. 나는 미친 듯이 허우적거리며 절규했다.

"진! 안 돼! 꽉 잡아!"

디딤돌을 잃은 여자는 동굴 입구에 대롱대롱 매달려 있는 상태였다.

[꺄악! 콜튼! 살려줘요!]

여자는 비명을 지르면서도 악착같이 동굴로 올라가려고 버둥거렸다. 그러나 손힘만으로는 체중을 끌어 올리는 것은 여자로서는 무리였다. 여자가 꺾어진 나뭇가지처럼 이리저리 흔들거린다. 여자는 금세라도 손힘이 빠져 바위를 놓치고 아래로 곤두박질칠 것 같았다. 상상도 하지 못했던 끔찍한 두려움이 엄습한다. 물속으로 숨어들어 간 드래곤이 방심한 틈을 노려 공격해 올 것이라는 생각 따위는 들지도 않는다. 여자의 위험천만한 모습에 드래곤의 존재 따위는 잊혀졌다.

"진, 조금만 버텨. 조금만! 내가, 내가 갈게! 그때까지만!"

"으흐흑, 콜튼! 손에, 손에서 힘이 빠져나가요. 아악! 아, 나, 더, 더 이상은 버틸 수가 없어! 꺄악! 아아악!"

나는 작살을 버리고 미친 듯이 헤엄치기 시작했다. 온몸을 세차게 두드려 대는 폭포를 지나 허겁지겁 바위를 오르기 시작했다. 온몸을 강타하던 통증도 더 이상 느껴지지 않았다. 어깨와 허벅지에서 흘러나오는 피가 발등을 적시고 바위를 적셔도 아무것도 보이지 않았다. 여자가 바위를 놓치기 전에 여자에게 가야 한다는, 여자를 구해야 한다는 생각밖에는 아무것도 떠오르지 않았다. 칼을 오른손에 쥐고 있다는 것도 깨닫지 못했다. 바위를 오를 때마다 단단히 틀어쥔 칼날이 팔뚝을 스치고 생채기를 냈지만 아무것도 느껴지지 않았다.

정신없이 기어올라 간신히 여자에게 거의 다다랐다. 손만 뻗으면 허공에 대롱대롱 매달려 있는 여자의 발을 잡을 수 있을 것만큼의 가까운 거리다. 나는 지체없이 허공을 가르며 허우적거리는 여자의 뽀얀 발을 향해 왼손을 있는 힘껏 뻗었다. 그러나 아무리 어깨가 빠져나갈 듯이 손을 힘껏 뻗어도 여자의 발과의 간격은 한 뼘 정도의 차이를 두고 좁혀지지 않았다. 오른손이라면 잡을 수도 있을 것 같은데. 나는 두 번 생각할 것도 없이 칼을 버리고 여자의 발을 잡으려고 했다.

사아악!

그때 또다시 드라곤이 수면을 박차고 위로 솟구쳐 올라왔다.

[꺄악!]

"헉!"

천지를 울리는 여자의 비명 소리. 허공을 헤집으며 달려드는 드라곤의 시뻘건 아가리. 나는 생각할 사이도 없이 본능적으로 허공으로 몸을 날렸다. 버리려던 칼을 더욱 단단히 움켜잡고서.

푸욱!

샤아악! 샤악!

나는 허공을 날아 옆으로 비스듬히 달려드는 드라곤의 정수리 아래 목덜미에 체중을 실어 칼을 깊숙이 찔러 넣었다. 녀석이 미친 듯이 몸부림쳤다. 나는 녀석의 목덜미 옆을 꿰뚫은 칼을 단단히 움켜잡고 양팔과 양다리로 녀석의 몸통을 부둥켜안았다. 시뻘건 비린 피가 왈칵 솟구쳐 올랐다. 순식간에 터져 나온 엄청난 피가 사방으로 흩뿌려지며 온몸을 질척하게 적셨다. 녀석이 비명을 지르며 온몸을 비틀고 거칠게 요동을 쳐댔다.

그럼에도 나는 부둥켜안은 녀석에게서 떨어지지 않았다.

나는 미끄덩거리는 녀석의 몸을 감싸고 있던 양다리를 풀고 손에서도 힘을 뺐다. 대신 깊숙이 박아 넣은 칼에 온 체중을 실었다. 칼이 더욱 깊숙이 녀석을 파고들었다. 양손으로 칼을 움켜잡고 양 발바닥으로 녀석의 미끄러운 몸통을 지그시 누르며 무게의 중심을 아래로 모았다. 발바닥이 미끄러지면서 저절로 몸이 아래로 쭉 미끄러져 떨어지기 시작했다.

북북, 부우욱.

녀석의 단단한 비늘 가죽이 갈라지는 소리가 바로 머리 위에서 천둥처럼 들려왔다. 갈라진 틈을 비집고 뜨거운 피가 더욱 세차게 솟구쳐 나왔다. 녀석의 몸이 길게 갈라지면서 벌어지기 시작한다.

샤아악! 샤악!

[꺄아악!]

나는 미처 보지 못했다. 녀석의 사나운 마지막 몸부림에 바위에 간당간당하게 매달려 있던 여자가 부딪히는 모습을. 여자의 새된 비명 소리에 시뻘건 피를 흠뻑 뒤집어쓴 얼굴을 들어 올렸을 때는 여자는 벌써 바위를 놓치고 추락하고 있었다.

"안 돼! 진!"

나는 녀석의 몸을 가르며 미끄러져 내려가던 칼에서 손을 놓고 추락하는 여자를 향해 몸을 날렸다. 공포에 부릅떠진 새까만 눈동자와 두려움에 아무것도 보이지 않는 파란 눈동자가 허공에서 마주쳤다. 부지불식간에 뻗은 피 묻은 손끝에 무서운 속도로 추락하는 서늘한 손끝이 스친다. 잡았다! 잡을 수 있어!

"진!"

[콜튼!]

비명처럼 터져 나온 외침이 허공에서 부딪히는 순간 나는 여자를 잡았다는 확신이 들었다. 갈퀴처럼 벌렸던 손가락을 억세게 오므리며 와락 움켜잡았다. 그러나……. 손아귀에 느껴지는 것은 손바닥을 파고드는 뭉툭한 손톱. 그리고 손끝에 낙인처럼

남은 여자의 서늘한 체온뿐이었다. 아슬아슬한 차이로 가속도
가 붙은 여자와 나의 몸뚱이는 서로 엇갈리고 떨리는 손아귀에
는 여자의 손 대신 피비린내 나는 공기만 잡혔다.

첨벙!

첨벙!

첨벙!

여자가 물속으로 곤두박질친다. 나도 곤두박질친다. 허공에
서 피를 내뿜으며 요동치던 드라곤 역시 폭포를 가르고 물속으
로 처박힌다.

쿵!

물살이 무섭게 사지를 옭아매고 추락한 몸뚱이를 깊은 호수
바닥까지 빨아들였다. 단단한 바닥으로 내동댕이쳐진다. 바스
러졌던 척추가 다시 한 번 바스러지는 듯 엄청난 고통이 온몸을
강타한다. 온몸의 관절이 모두 바스러진 것 같다. 그러나 추락
한 여자에 대한 걱정과 두려움은 이깟 고통에 비할 바가 아니
다. 나는 고통도 잊은 채 삐거덕거리는 몸을 움직여 검붉은 물
살을 가르고 미친 듯이 여자를 찾기 시작했다.

흐릿한 달빛과 드라곤의 비릿한 피로 검붉게 변해 버린 물속.
그 속에서 여자의 모습은 보이지 않는다.

진, 진 어디 있어. 진!

나는 비명을 지르며 이끼 낀 바닥을 훑고 또 훑었다. 한계까
지 내몰린 폐가 터질 것 같았지만 결코 수면 위로 올라갈 수 없

다. 눈알이 튀어나오고 공기가 부족해 뇌수가 터져 나가는 한이 있어도 여자를 찾기 전에는 멈출 수 없다.

그렇게 얼마나 오랫동안 호수 바닥을 헤매었을까.

저 멀리서 여자의 몸뚱이처럼 보이는 뿌연 물체가 보였다. 얼핏 보면 호수 바닥에 침전된 돌멩이인 듯 조금도 움직이지 못하는 뿌연 물체. 시야를 가로막는 검붉은 물살을 헤치고 눈을 부릅뜬 채 다가갔다. 헉! 허연 몸뚱이였다. 나는 비명을 내지르며 미친 듯이 헤엄쳐 갔다. 깊은 호수 바닥에 정신을 잃고 축 늘어진 여자를 끌어안고 울부짖었다. 벌어진 입으로 역한 물이 연신 들이쳤지만 울부짖음은 멈춰지지 않았다. 현실이 되어버린 끔찍한 공포에 사지가 뒤틀리고 눈에서 피눈물이 흘러내렸다. 나는 새파랗게 질린 여자의 얼굴을 부둥켜안고 수면 위로 빠르게 올라가기 위해 미친 듯이 허우적거렸다.

"푸하! 헉헉……. 진, 진! 정신 차려! 눈을 떠봐!"

수면 위로 솟구쳐 올라오자마자 나는 정신을 잃고 새파랗게 질린 여자의 얼굴을 부여잡고 울부짖었다. 그러나 여자는 미동도 하지 않았다. 감긴 속눈썹 하나 흔들리지 않았다. 아니야, 아닐 거야. 머릿속에서는 아니라는 말만 끊임없이 되풀이되고 있었다. 벌벌 떨리는 손가락을 코에 갖다 대보았다. 미세한 숨도 느껴지지 않았다. 두려움에 머리가 하얗게 비어졌다. 몸이 덜덜 떨렸다. 나는 숨도 쉴 수도, 아무 생각도 할 수 없었다.

여자가 숨을 쉬지 않는다는 사실만이 끔찍한 공포가 되어 내 모든 것을 집어삼키고 있었다. 여자의 숨을 되돌려야 한다. 여자를 살려야 해! 나는 본능적으로 여자를 끌어안고 폭포 뒤에 있는 가장 가까운 바위로 미친 듯이 기어올라 갔다.

바위 위에 축 늘어진 여자를 눕히고 뛰지 않는 여자의 가슴을 세차게 누르기 시작했다. 숨 한 톨 비어져 나오지 않는 여자의 입에 두려움에 가득 찬 숨을 억지로 집어넣었다. 그리고 다시 여자의 가슴을 누르고 또 눌렀다.

"진, 진……. 숨을 쉬어, 제발, 숨을 쉬라고……. 숨을 쉬고 눈 좀 떠봐. 응? 제발, 진……. 안 돼. 이대로, 이대로 가면……. 제발, 진!"

나는 공포와 두려움으로 흐릿해지려는 정신을 억지로 부여잡고 끊임없이 같은 말을 주절거리며 여자의 가슴을 누르기를 멈추지 않았다. 피눈물이 연신 흘러내려 얼굴을 적시고 핏기를 잃어버린 여자의 하얀 얼굴 위로, 가슴 위로 떨어졌지만 나는 내가 눈물을 흘리고 있다는 것도, 부족했던 산소 탓에 코에서 피가 흘러나오고 있다는 것도 인식하지 못했다.

[쿨럭…….]

영원과도 같던 고통스러운 시간이 지났을 무렵, 기적처럼 여자가 상체를 비틀며 막혔던 숨을 토해냈다.

"오, 진, 진!"

나는 정신없이 여자의 이름을 부르고 또 불렀다. 마치 그래야만 여자가 눈을 뜨기라도 하는 듯이. 눈물과 콧물, 코피, 침,

땀…… 사람이 흘릴 수 있는 타액이라는 타액은 모두 흘리며 나는 그렇게 여자가 눈을 뜨기를 기다렸다. 여자가 약하디약한 숨을 몇 번 토해냈다. 온몸을 뒤틀며 간헐적으로 기침을 해댔다. 울컥, 여자의 시퍼런 입술에서 멀건 액체가 연거푸 뿜어져 나왔다.

그리고 드디어 여자가 영원히 떠지지 않을 것 같았던 눈꺼풀을 힘들게 들어 올렸다. 생기가 빠져나간 흐릿하고 탁한 검은 눈동자가 바르르 떨리는 속눈썹을 밀어내고 모습을 드러냈다. 나는 차갑게 식은 여자의 몸을 끌어안고 오열했다.

"아, 진, 진! 됐어, 이제 됐어. 정말…… 고마워. 고마워!"

[콜튼…….]

여자가 정신을 차리려는 듯 눈꺼풀을 몇 번 더 깜박였다. 흐릿한 눈빛으로 오랫동안 나를 응시하더니 안도의 한숨을 약하게 내쉬었다. 그러더니 아직 여자를 영원히 잃어버릴 뻔했다는 끔찍한 공포에서 헤어 나오지 못해 정신 나간 듯 얼이 빠져 있는 나를 위로하려는 듯, 자신은 아무렇지도 않다는 듯 억지로 입술을 늘이려고 했다. 가슴이 미어졌다. 눈물이 다시 왈칵 쏟아졌다. 그제야 여자가 살아났다는 사실이 조금씩 실감나기 시작했다.

"알아, 당신 마음……. 하지만 그러지 마. 힘들어."

나는 미소 지으려 애쓰는 여자의 얼굴을 감싸고 고개를 가로저었다. 눈물이 다시 여자의 뺨으로 투두둑 떨어졌다. 핏기 잃은 얼굴이 미세하게 찌푸려졌다. 여자가 차갑게 식은 손을 힘들게 억지로 들어 얼굴을 쓰다듬었다.

"당신도…… 울지…… 마요. 나도 당신 눈물…… 싫어. 우리……
둘 다 무사…… 하면 됐잖아요. 우리…… 무사한 거, 맞죠?"

"응, 응."

나는 미친 듯이 고개를 끄덕였다. 끝내 힘들게 미소를 지어
보인 여자는 힘에 벅찬 듯 이내 털썩 손을 떨어트리고 말았다.
나는 축 늘어진 여자의 몸을 꼬옥 끌어안고 쉼없이 눈물을 흘렸
다. 내 눈물이 싫다는 여자의 말을 들어줘야 되는데, 오늘 한 번
만 봐달라고, 사랑한다고 여자의 귀에 대고 끊임없이 속삭였다.

그러고도 한참이 지났다. 폐 속에 들어찼던 물을 모두 게워 내
고 기력이 다해 다시 잠시 정신을 잃었던 여자가 다시 정신을 차
렸다. 가만히 올려다보는 까만 눈동자가 처음보다는 훨씬 또렷
해 보였다. 다행이었다. 여자가 억지로 몸을 일으키려고 했다.

"아직 안 돼. 조금만 더 있다가."

그러나 여자는 고집을 부리고 억지로 상체를 일으켜 세웠다.
나는 어쩔 수 없이 축 늘어지는 여자의 상체를 부축해 가슴에
기대게 해주었다. 여자가 얼굴을 힘없이 기대고 중얼거렸다.

"우리…… 우리 아가는……."

너무 나지막한 웅얼거림이라 여자가 무슨 말을 제대로 알아
들을 수 없었다. 그러나 알아들을 수 없는 웅얼거림을 되풀이하
며 힘 하나 없는 손으로 제 배를 연신 쓸어내리는 여자에게 조
금만 더 크게 말해달라고 부탁할 수는 없었다. 나는 그저 자꾸
만 힘없이 미끄러지려는 여자를 단단히 감싸 안고 걱정스러운

시선으로 바라볼 뿐이었다.

"지금은 아무 말도 하지 마. 조금만 더 쉬어. 금방 집으로 데려가 줄게."

"우리 아가……."

여자를 안고 몸을 일으키려고 하자 여자가 고집스레 나를 밀쳐 내려고 했다. 미약한 움직임이었으나 밀쳐 내려는 여자의 움직임에 나는 여자를 살포시 몸에서 떼어냈다. 뭔가 급하게 할 말이 있는 것 같았다.

"뭐라고?"

나는 여자의 입술에 귀를 바짝 갖다 댔다. 지금 당장은 여자가 살아났다는 사실 외에는 그 무엇도 중요한 것이 없었지만 여자가 무언가 할 말이 있다면 귀를 기울여 줘야 했다.

"우리 아가요……. 헉!"

상체를 조금 더 일으켜 억지로 앉은 여자가 자신의 몸으로 시선을 내렸다. 순간 힘없이 내리떠졌던 눈이 부릅떠졌다. 희미하게 핏기가 돌아오기 시작하던 얼굴이 다시 새하얗게 질려 버린다. 간신히 내쉬던 숨조차 일순 도로 멈춰 버렸다. 무언가에 엄청 충격을 받은 모습이었다.

충격을 받은 여자의 모습에 바짝 걱정이 된 나는 여자의 시선을 따라 시선을 내렸다.

힘없이 벌어져 있는 여자의 가랑이 사이가 피로 붉게 물들어 있있다. 흠칫 놀란 나는 잠깐 드라곤의 피가 묻은 거라고 생각했다. 그러나 자세히 보니 드라곤의 피가 묻은 것이 아니었다. 피는 가랑이 깊은 곳에서 흘러나와 있었다. 여자가 흘린 피가 분명했다. 가슴이 벌떡거리며 세차게 뛰기 시작했다. 머릿속으로는 여자가 말했던 건강하다는 증거인 한 달에 한 번 한다는 생리가 이제야 겨우 시작한 모양이라고 생각했지만 왠지 모르게 소름이 돋을 정도로 무섭고 두려웠다.

'두려워할 것 없어. 여자가 걱정할 일이 아니라고 했잖아. 그래, 맞아. 건강하다는 증거랬어. 그러니까 저 피는…… 다행스러워해야지 결코 두려워할 일이 아니야.'

나는 모골이 송연해지는 두려움을 떨치기 위해 속으로 연신 같은 말을 되뇌었다. 하지만 아무 소용이 없었다. 알 수 없는 두려움과 공포가 가슴 밑바닥에서부터 스멀스멀 차올라 식도를 압박해 오기 시작했다. 무엇보다 여자의 반응이 심상치 않았다. 여자는 드라곤에게 위협을 당했던 순간보다 더 큰 충격과 두려움에 빠진 듯 보였다. 두려운 시선으로 자신의 가랑이를 넋을 놓고 바라보고만 있었다. 밭은 숨조차 내쉬지 못하고 온몸을 사시나무처럼 거세게 떨어대면서.

[아…… 아…… 아악! 우리 아기가…… 안 돼!]

여자의 처절한 비명 소리가 피비린내로 진동하는 호숫가를 발기발기 찢어버릴 듯 그악스럽게 울려 퍼졌다.

호로로로로로로.

까아아, 까아.

스스슥, 스슥.

차르르르 촤아.

조각난 달이 은은한 은빛을 흩뿌리며 홀로 드넓은 숲을 내려다보고 있다. 어둠이 사방으로 내려앉은 지 한참이 지났건만 여전히 숲은 아직 잠들지 않은 동물들의 울음소리로 뭉근한 진통을 앓고 있다. 스산한 바람에 흔들리는 이파리의 웅웅소리가 오늘따라 유독 애달프다.

쓸쓸하고도 아릿한 숲의 향기를 몰고 온 바람이 한 차례 머리카락을 쓰다듬고 조심스럽게 어깨를 다독이며 스쳐 지나간다. 이제는 더 이상 날 리 없는 비릿한 피비린내가 새삼 코끝을 자극한다. 욱신. 가슴 한 켠이 오그라들면서 예리한 통증을 호소한다. 그날, 심장에 박혀 버린 자괴란 이름의 시뻘건 칼날이 다시금 심장을 난도질하듯 후벼 판다. 시뻘겋다 못해 검자줏빛을 띤 선혈이 후벼 파진 틈새를 비집고 울컥울컥 쏟아져 흐른다.

이제는 단 한순간도 편한 숨을 쉴 수 없다.

그러나 나는 선혈이 솟구쳐 오르는 심장을 차마 움켜잡지도 못한다. 숨통을 틀어쥐는 통증을 감히 억누르지도 못한다. 아니, 오히려 온몸을 후려치는 고통에 나를 내던지고 조금 더 혹독하게 몰아치라고 울부짖는다.

고통아, 더욱 나를 옥죄어라. 비루하기 짝이 없는 몸뚱이를, 무지몽매한 영혼을 후려치고 심장을 터트려라. 목줄기를 잡아채 숨통을 틀어막고 폭풍처럼 매질을 하여라. 그리하여 생살을 발라내고 터져 나간 심장을 흔적없이 밟아버려라.

감겨 있는 눈을 비집고 뜨거운 눈물이 흘러내린다. 터져 버린 심장에서 솟구친 피가 눈물과 함께 쏟아지는가 보다. 비릿한 피 냄새가 한층 더 짙어졌다. 그럼에도 나는 뺨을 타고 흐르는 뜨거운 액체를 닦아내지 못한다. 제 마음대로 흘러내린 눈물이 뺨을 적시고 허벅지로 떨어져 내린다.

감은 두 눈에 심연처럼 검은 시야를 뚫고 미지의 존재인 하얗고 작은 덩어리가 빠끔히 모습을 드러내는 것이 보인다. 하얗고 작은 덩어리가 꿈틀꿈틀 움직인다. 흐릿하게만 보이던 하얀 덩어리가 어느 한순간 모습을 달리해 인간의 형상을 갖춘다. 그러나 여전히 한없이 작기만 한 존재. 언제 보아도 신기하다. 어떻게 저 작은 존재에 얼굴과 꼬물거리는 가늘고 짧은 팔, 다리가 모두 달려 있는 걸까.

넋을 놓고 한참을 바라보고만 있자 그 작은 존재가 꼬물거리는 짧은 팔을 버둥대며 앞으로 쭉 내민다. 마치 안아달라는 듯이, 잡아달라는 듯이. 그러나 나는 감히 그 손을 잡지 못한다. 염치없이 뻗어나가려는 팔을 옆구리에 붙이고 전신을 바들바들 떤다. 하얗게 관절이 도드라질 정도로 꽉 쥔 주먹이 파르르 떨리고 있다. 그러자 얼굴로 짐작되는 작고 하얀 동근 형체가 기다림에 지쳐 눈을 뜬다. 나는 숨을 멈추고 커다랗게 떠진 눈에서 시선을 떼지 못한다. 커다랗고 까만 눈은 여자를 닮았다. 그러나 여자를 닮은 그 까만 눈동자는 지독한 슬픔에 젖어 있다.

저 작고 어린것이 무엇이 그리 슬플까. 심장이 아린다.

슬픔에 젖은 까만 눈동자가 점점 더 커다랗게 떠진다. 그러더니 이내 커다란 눈동자 가득 투명한 이슬이 맺혀 또르륵 굴러 떨어진다. 이슬이 떨어진 눈동자에는 이제 슬픔 대신 공포와 원망만이 맺혀 있다.

여자를 닮은 작고 하얀 미지의 존재. 그 존재가 쏟아내는 공포와 원망이 촉수처럼 뻗어 나와 온몸을 칭칭 감는다. 아릿하게 조여들었던 심장이 다시 울컥 피를 토한다.

미지의 존재가 작은 입을 벌리고 비명을 지른다. 그러나 비명 소리는 한 톨도 밖으로 새어 나오지 않는다. 소리없는 비명 대신 팽팽하게 당겨진 까만 어둠이 부르르 공명하며 전율한다. 미지의 존재의 작고 하얀 손이 허우적거리며 애타게 흔들린다.

나는 뒤늦게 서둘러 바들바들 떨고만 있던 손을 뻗는다. 그러나 이미 때는 늦었다. 허공을 헤매는 작고 하얀 손을 잡아채려는 순간, 미지의 존재가 뒤로 어딘가로 확 끌려간다. 시꺼먼 어둠이 미지의 존재를 잡아먹고 있다. 나는 허둥지둥 미지의 존재를 어둠으로부터 구하기 위해 미친 듯이 허우적거린다.

그러나 미지의 존재는 눈 깜짝할 사이에 어둠에 잡아먹히고 사라지고 만다. 고통에 물든 원망에 가득 찬 까만 눈동자와 소리없는 비명만을 텅 빈 공간에 흔적처럼 남겨둔 채.

허망하게 사라진 미지의 존재.

나는 폐가 터질 듯 헉헉거리는 가쁜 숨을 몰아쉬며 어둠 속에 홀로 덩그러니 남아 서성인다. 사방에서 미지의 존재가 내지르던 소리없는 비명이 들려온다. 귀로가 아닌 심장으로 들려오는 찢어지는 듯한 비명 소리에 온몸이 갈기갈기 찢어질 것 같다.

어느새 미지의 존재가 내지르는 비명 소리는 그날, 여자가 가랑이 사이로 흘러내리던 핏자국을 바라보며 내지르던 비명 소리로 겹쳐져 공명한다. 문드러진 내장을 토해내고 찢어진 심장을 뱉어내듯 내지르던 고통에 찬 그 비명 소리.

"헉!"

번쩍 눈을 뜨고 현실로 돌아온 나는 온몸이 갈기갈기 찢어지고 생살이 발라지는 고통을 참지 못하고 허리를 굽힌다. 어둠 속에서 보았던 환상은 눈을 뜨는 순간 연기처럼 사라졌지만 그 환상 속에서 느꼈던 고통은 여전히 현실로 남아 내 몸을 짓누른다. 오랫동안 감고 있던 눈이 고통에 신음하듯 바들바들 떨린다. 쉴 새 없이 흘러내리는 눈물이 날카로운 갈퀴가 되어 아린 눈동자를 도려내 바닥으로 내동댕이칠 것만 같다. 나뭇등걸에 앉아 있던 나는 어느새 바닥으로 주저앉고 만다.

그날 이후로 수시로 찾아오는 미지의 존재에 대한 환상. 그러나 환상이라고 하기에는 그 미지의 존재의 존재감은 너무도 생생하다. 그 공포, 두려움, 그리고 애끓는 그리움과 슬픔. 나는 바닥에 꿇어앉아 바들바들 떨리는 손으로 하릴없이 무성한 풀잎을 뜯어내고 흙을 긁어낸다.

그럼에도 잦아들지 않는 고통과 떨림, 나는 한참이 지나도록 웅크린 몸을 일으키지 못한다. 등짝을 후려치는 자괴감과 아픔에 온몸을 내어주고 힘없이 무너진다.

그날 이후로 이렇게라도 깊은 밤 혼자 스스로의 등골을 후벼파고 생살을 발라내지 않으면 나는 단 하루도 버틸 수 없다. 시체처럼 쓰러져 망연자실하게 허공만 응시하는 여자 앞에서는 차마 나 또한 아프고 슬프다고, 뻔뻔하게 내색조차 할 수 없기 때문이다. 나는 여자와 아주 짧은 순간 존재하다 허망하게 사라진 미지의 존재에게 영원한 죄인일 뿐이다.

드라곤과의 사투가 있던 그날, 피치 섬을 위협하던 단 하나의 존재, 드라곤은 영원히 사라졌다. 그리고 그와 함께 그토록 바라던 여자와 나의 아이 역시 사라졌다. 존재하는지도 몰랐던 미지의 존재로서 그렇게.

여자는 그날 이후로 사흘 동안 계속 피를 흘렸다. 여자는 흘러나오는 피를 보며 고통에 몸부림을 쳤다. 아랫배를 부여잡고 울부짖었다. 제 배를 할퀴고 바닥을 긁어내리다 못해 내 손을 부러트릴 듯 움켜잡고 온몸으로 애원했다. 제발, 아이를 살려달라고, 이대로 보낼 수는 없다고, 어떻게든 아이를 구해달라고.

그러나 난 여자에게, 이미 사라져 버린 미지의 존재에게 아무것도 해줄 수 없었다.

미련하고 어리석은 나는 피 흘리며 사지를 버둥거리며 고통에 신음하는 여자를 고통에서 벗어나게 할 수 있는 방법을 알지 못했다. 한 덩이의 핏덩이로 사라지는 내 아이를 살리기 위해 무엇을 어떻게 해야 하는지…… 나는 알지 못했다.

그저 속수무책으로 고통에 신음하는 여자의 애끊는 애원을 묵묵히 들어주는 것이 내가 할 수 있는 것의 전부였다. 소용도 없는 약초를 캐다 몸부림치는 여자의 입속에 억지로 쓴물을 먹이는 일밖에 내가 할 수 있는 일은 없었다.

그렇게 사흘이 지났다.

여자는 더 이상 피를 쏟아내지 않았다.

피가 멈추자 여자는 거짓말처럼 더 이상 몸부림치지 않았다.

그저 멍하니 넋을 놓고 허공만 응시할 뿐이었다.

피치 섬은 이전과 다름없이 평화로워졌다.

그러나 여자와 나는 알았다.

피치 섬에서의 여자와 나의 미래는 이미 사라지고 만 아이와 함께 사라졌다는 것을.

넋을 놓아버린 여자는 시체처럼 꼼짝도 하지 않았다. 벌거벗은 사지를 널브러트린 채 텅 빈 시선으로 허공만 응시했다. 나는 사흘 내내 그리했던 것처럼 여자의 가랑이 사이에서 검붉은 피딱지를 닦아냈다. 손이 사시나무처럼 떨려 물에 적신 가죽이 자꾸 미끄러졌지만 나는 몇 번이고 가죽을 깨끗하게 씻고 또 씻어 여자의 가랑이를 닦고 또 닦아냈다. 끊임없이 흘러내리는 눈물과 함께. 그럼에도 여자는 꼼짝도 하지 않았다.

여자와 나는 아무 말도 나누지 않았다. 허옇게 부르튼 여자의 입술을 약초를 달인 쓴물과 갓 떠온 물로 적실 때조차 여자와 내 입에서는 옅은 흐느낌조차 흘러나오지 않았다.

여자와 내가 그렇게 지옥과도 같은 시간을 보내고 있음에도 피치 섬의 시간은 잘도 흘러갔다. 붉은 태양은 매일 솟아올라 대지를 뜨겁게 달구었고 태양이 지면 그 뒤를 이어 고요한 은빛 월광이 대지를 감쌌다. 그러나 여자와 나를 둘러싼 시간은 그날 이후로 멈춰 버렸다.

5일 전, 여자가 처음으로 말라비틀어진 입술을 열었다.

"미안…… 해요, 콜튼."

여러 갈래로 갈라지고 쉬어버린 음성으로 흘러나온 여자의 첫말은 뜻밖에도 미안하다는 말이었다.

"당신한테 미리 말했어야 했는데……. 혼자 호수로 가지 말았어야 했는데……. 리사가 그렇게 말렸는데……."

여자는 소리없이 울었다. 손등으로 눈을 가리고 소리없이 흐느끼는 여자의 모습이 나를 더욱 고통스럽게 했다.

"처음에는 나도 알지 못했어요. 그저 또다시 생리가 늦어진다고만 생각했어요. 그러다 불현듯 임신했을지도 모른다는 생각이 들었어요. 컨디션이 나쁘고 자꾸 잠만 자고 싶은 게…… 어쩌면 그게 말로만 듣던 임신 초기 증상일지도 모른다는 생각이 들었어요."

"진……. 그만."

내 목소리도 여자의 음성처럼 갈라지고 메마르기는 마찬가지였다. 나는 눈을 가린 여자의 손등 사이로 비어져 나오는 눈물을 차마 닦아줄 엄두가 나지 않았다. 내게 그럴 자격이 아직 남아 있는지 자신할 수 없었다.

"무서웠어요. ……두려웠어요. 아무것도 없는 이곳에서 아이를 낳는다는 게. 그래서…… 그래서 당신한테 미처 말을 못했어요. 하지만 당신 아이를 가졌다는 사실이 기쁘지 않았던 것은 아니에요. 정말 세상을 다 가진 듯 기뻤어요. 정말이에요. 믿어줘요, 콜튼. 잠시 혼란스러웠을 뿐인데…… 정말 당신한테 곧 다 말하려고 했는데……. 그랬는데……. 미안해요, 정말……."

자격이 없을지 몰라도 나는 스스로를 자책하는 여자를 더 이상 두고 볼 수 없었다. 떨리는 손으로 침상에 시체처럼 널브러져 있는 여자의 손등을 조심스럽게 포갰다. 여자는 어이없게도 내게 사과를 하고 있었다. 이 모든 잘못은 내게 있는데도. 여자를 지키지 못하고 아이를 지키지 못한 무능하고 어리석은 나에게. 나는 여자가 내 손을 내칠지도 모른다고 생각하면서도 여자의 손을 꼬옥 잡았다. 여자의 손은 바싹 말라 조금만 힘을 줘도 금세 바스라질 것 같았다. 예전의 따스했던 여자의 온기는 사라지고 없었다.

　그러나 다행히 여자는 내 손을 밀쳐 내지 않았다. 여자는 막혔던 봇물이 터진 것처럼 그동안 가슴속에 맺혀 있던 말을 한꺼번에 쏟아내기 시작했다.

　"임신했다는 것을 인정하고 자각하자 갑자기 저번에 호숫가에서 먹었던 달고 시던 열매가 먹고 싶었어요. 나무에 열려 있던 작고 검붉은색의 열매 있잖아요."

　안다. 여자가 무엇을 말하는지. 나는 맺혀 있던 눈물과 함께 고개를 떨어뜨렸다.

　"당신을 기다렸어야 되는데……. 먹고 싶다는 생각이 들자 도저히 당신이 올 때까지 기다릴 수 없었어요. 너무 먹고 싶어서. 그래서 왜지 겁먹은 것 같은 리사와 대장 원숭이가 난리를 피우며 말리는데도 호수로 달려갔어요. 열매 생각에 주변이 이상스럽게 고요하다는 깃도, 리사가 난리를 피워대는 것도, 숲 전체에 퍼져 있는 비릿한 냄새도 전혀 알아채지 못했어요. 그저 당신이 오기 전에 빨리 열매를 먹고 물을 길어갈 생각뿐이었어요. 그런데, 그런데……."

여자가 갑자기 억세게 손을 잡아왔다.

"갑자기 그, 그 커다란 뱀이……."

여자가 헐떡이며 전신을 바들바들 떨어댔다. 나는 떠는 여자의 몸을 와락 끌어안았다.

"그만, 그만 진. 제발 그만."

그러나 여자는 도리질을 치며 더욱 세차게 울부짖었다. 뭔가에 쫓기듯 빠르게 남은 말을 토해냈다.

"가지 말았어야 했는데…… 당신한테 미리 말했어야 했는데……. 조심했어야 했는데……. 모두 내 잘못이야. 아, 아……. 내가, 내가 우리 아기를 죽였어!"

여자가 제 가슴을 쥐어뜯으며 고통에 신음했다.

"아니야! 그건 진 잘못이 아니야. 내 잘못이야. 내가 빨리 알아차렸어야 했는데 그러지 못했어. 내가 그놈의 드래곤이 곧 출몰할 거라고, 조심하라고 일러줬어야 했는데 그러지 못했어. 진을 안전하게 보호했어야 했는데 그러지 못했다고! 아, 아기……. 우리 아기를 살렸어야 했는데…… 내가 그러지 못했어. 미안, 정말 미안해, 진. 날 용서하지 마."

"오, 콜튼……. 어, 어떻게……. 우리 아기 불쌍해서 어떻게 해요. 우리 아기……."

여자가 발작처럼 온몸을 떨며 울부짖었다. 도리질을 치며 새된 비명을 지르고 피눈물을 흘렸다. 단단히 끌어안은 내 어깨를 부들부들 떨리는 주먹으로 밀어내며 제 머리와 가슴을 잡아뜯었다. 나는 제 머리를 잡아뜯는 여자의 손을 잡아채 내 머리카락을 쥐어주었다. 제 가슴을 잡아뜯는 손에 내 몸을 내어주었다.

여자가 머리카락을 잡아뜯고 어깨를 미친 듯이 두드려 댔다. 그러나 나는 여자의 거친 손짓에도 불구하고 어떤 고통도 느끼지 못했다. 여자의 내면에서 무너져 내리는 고통이, 내내 여자의 속에서 휘돌다가 이제야 터져 나온 고통의 몸부림이 더욱 고통스러웠다. 내 몸속에서 휘몰아치는 고통이 더욱 처참하고 끔찍했다.

나는 금세라도 바스라질 것 같은 여자가 진정할 때까지 오래도록 안고 있었다. 급기야 정신을 까무룩 놓으며 여자가 힘없이 흐느꼈다.

"……집에 가고 싶어."

그리고…….

[엄마, 엄마…….]

그날, 여자는 밤새 아팠다. 나는 손을 댈 수 없을 정도로 뜨거운 여자의 몸을 정신없이 차가운 물로 닦아내며 열을 식혔다. 간신히 고열이 가라앉는가 싶으면 그다음에는 오한이 여자를 덮쳤다. 여자는 이를 무시로 떨어대며 온몸을 사시나무처럼 떨어댔다. 가녀린 몸이 금세 식은땀으로 흠뻑 젖어버렸다.

나는 추위를 호소하는 여자를 위해 해줄 수 있는 일이 하나도

없었다. 그저 여자를 끌어안고 전신을 어루만지며 내 체온을 전
해주는 일밖에는.

여자는 고열과 오한을 번갈아 앓으며 쉼없이 흐느꼈다.

집으로 돌아가고 싶다고…….

아기를 살려달라고…….

그리고 '엄마'를 목 놓아 불렀다.

나는 그날 밤 지쳐 잠든 여자를 물끄러미 바라보다 주적거리
며 이곳으로 나왔다. 아버지와 어머니가 잠들어 있는 나뭇등걸
로. 나는 이곳에서 예의 그 환상을 바라보며 여자 앞에서 차마
울부짖지 못했던 오열을 토해냈다.

그리고 그 후로 나는 매일 밤 잠든 여자를 지켜보다 참을 수
없을 지경이 되면 홀로 이곳을 찾았다. 무능한 남편, 무능한 아
비로서의 회환과 자괴감을 모조리 이곳에 쏟아냈다. 그리고 오
늘 밤, 나는 드디어 결정을 내렸다.

"아버지, 어머니……. 죄송합니다."

나는 나뭇등걸 아래 다양한 모양의 소라와 색색의 자갈로 표
식을 해둔 바닥을 물끄러미 내려다보며 속삭였다. 사랑하는 이
를 단 한 명도 지켜내지 못한 내 자신이 너무 부끄럽고 죄송스
러워 차마 소리를 높일 수 없었다.

부모님께 용서를 구한 나는 진한 그림자를 만들어내는 은은
한 달빛에 의지해 땅을 파기 시작했다. 단단한 나뭇가지와 뾰족

한 돌멩이를 하늘 높이 치켜들어 오래전 부모님을 묻기 위해 땅을 팠던 것처럼 그렇게 땅을 팠다.

쉬이이잉, 쉬잉.

촤르르르 촤아.

스산하고도 고요한 바람이 울창한 나무 잎사귀들을 때린다. 울부짖는 파도처럼 울부짖는 나무 잎사귀들의 울음소리가 퍽퍽 땅을 파내는 소리에 맞춰 애처롭게 울부짖는다.

여자는 조금씩 안정을 되찾고 있다.

아기를 잃은 슬픔을 이겨낸 여자는 이제 조금씩 웃어보기도 한다. 그러나 그 웃음에 내 가슴은 무참히 무너져 내린다. 아프다고 내색하지 못하는 나를 위한 여자의 슬픈 억지웃음이란 것을 모르지 않기 때문이다.

오랜 시름 끝에 발작처럼 울부짖던 지난 새벽녘의 그날 이후로 여자는 두 번 다시 집으로 돌아가고 싶다거나 '엄마'라는 단어를 입에 담지 않았다. 아마 여자는 그날 자신이 그런 말을 입 밖에 내뱉었다는 것 또한 자각하지 못할 것이다. 그저 까무룩 정신을 잃은 와중에 무의식적으로 내뱉은 말이었을 테니까.

그러나 나는 여자의 말을 똑똑히 기억한다. 그동안 여자 홀로 마음속에 묻어두고 혼자만 몰래 곱씹던 애달픈 그리움과 아픈 울부짖음이라는 것을 나는 안다.

부모님의 무덤은 예전과 다름없는 모습으로 나뭇등걸 아래 그대로 있다. 그러나 그 안에 묻혀 있던 것들은 이제 사뭇 달라졌다. 아버지와 어머니와 함께 묻었던 노트들과 여러 물건들은 이제 내 손안에 있다.

나는 여자 몰래 침상 밑에서 커다란 도끼를 꺼냈다. 부모님의 무덤에서 꺼낸 물품들을 숨겨놓은 장소에 함께 갖다 놓았다. 나는 먹을거리를 구하러 나갈 때마다 그곳에 들러 잠시 머문다. 노트에 적혀 있는 내용들을 수없이 들춰보고 그대로 만들 수 있는 방법을 강구하기 위해서다.

다행인지 불행인지 여자는 아직 숲 속으로 발을 들여놓기를 꺼려한다. 드라곤이 사라진 피치 섬이 더 이상 위험하지 않다는 것을 모르지 않지만 여자는 그날의 충격에서 아직 벗어나지 못하고 있다. 여자가 조금이라도 집 밖으로 걸어나올 때는 먹을거리를 구하러 나가는 나를 향해 손을 흔들 때뿐이다. 더 이상 그렇게 좋아하던 호수 또한 찾지 않는다. 나는 그런 여자가 사무치게 안쓰럽다.

그러나 나는 여자를 그냥 내버려 둔다. 굳이 그날의 충격과 상처를 상기시키면서까지 여자를 밖으로 데리고 나오고 싶지 않다. 아니, 겁쟁이가 된 나는 위험을 감수할 자신이 없다. 또한 여자 몰래 계획한 일을 하기 위해서 어쩔 수 없는 선택이기도 하다.

여자에게 뭔가를 숨기고 감추는 일 따위는 정말 하고 싶지 않았다. 그러나 아직 성공할 자신이 없는 나는 섣불리 여자에게 사실대로 말해줄 자신이 없다. 실패를 거듭할 것이 분명하기 때문이다.

겨우 마음을 잡기 시작한 여자를 다시 혼란스럽게 하고 싶지 않다. 여자에게는 모든 일이 완벽하게 이루어졌을 때 말할 것이다.

그리고 운명을 여자의 선택에 맡길 것이다.

63일째 되는 날, 드디어 그동안 여자에게 몰래 감추고 계획했던 일이 마무리되었다.

나는 커다란 그것을 끙끙거리며 바닷가로 끌고 나갔다. 철벅거리는 파도가 넘실대며 발등을 적셔온다. 나는 조심스럽게 그것을 바다에 띄웠다.

철썩, 철썩.

다행히 커다란 그것은 부딪혀 오는 파도를 이겨내고 둥실 떠올랐다. 그러나 아직은 안심할 단계가 아니다. 벌써 몇 번째 실패인지 모른다. 며칠 전에도 아버지가 노트에 그려놓으신 모양대로 얼추 비슷하게 만들어 '노'라는 것을 젓고 바다로 나아갔다가 얼마 못 가 물이 스며들어 겨우 묶어놓았던 나무들이 제멋대로 뿔뿔이 갈라지고 말았다. 나침반이라는 것을 이용해 서남쪽으로 이동해 볼 틈조차 없었다.

나는 그것을 바다에 띄우고 신중하게 노를 저었다. 흠, 이번에는 제법 오래 버티는 것 같기는 하다. 그러나 아직은 안심할 단계가 아니다. 일단 출발하고 나면 얼마나 오랫동안 바다 위를 떠다녀야 할지 모른다. 만전에 만전을 기울여야 한다. 한두 번의 시도로 섣불리 속단해서는 안 된다. 나는 나침반을 보며 서

남쪽 바다 한가운데까지 노를 저어 나갔다가 서둘러 빨리 백사장으로 돌아왔다. 그리고 눈에 안 띄는 곳에 '뗏목'이라고 불리는 그것을 바다 가까이에 있는 나뭇등걸에 매달아 숨겼다.

앞으로 며칠 동안 두고 보아야 할 것이다. 세찬 파도에 얼마나 버티는지, 매일 바다로 나아가 한데 엮어놓은 나무들이 흩어지지는 않는지 살펴봐야 할 것이다. 이번에도 실패할지 모른다. 그러나 나는 실망하지 않겠다. 처음부터 다시 시작하면 된다. 다행히 매번 실패를 딛고 새로 만들 때마다 상황은 조금씩 나아지고 있다.

나는 좌절하거나 포기하지 않는다.

여자를 위해 내가 할 수 있는 일은 무엇이든지, 시간이 얼마나 걸리던지 기필코 하고 말 것이다. 그것이 내가 아기를 잃어버린 여자를 위해 해줄 수 있는 유일한 길이다.

밖의 세상은 사람의 몸을 갈라보면서까지 병을 고치고 아픈 사람을 살려낼 수 있다고 했다. 만약 밖의 세상이었다면 드라곤으로 인한 그런 처참한 일은 결코 벌어지지 않을 것이다. 만약 그런 일이 만에 하나 벌어진다고 하더라도 밖의 세상이었다면 사람들은 여자의 뱃속에서 아기를 살릴 수 있었을지 모른다.

그랬다면 지금처럼 여자가 시름시름 야위어가는 일 따위는 없었을 터였다. 죽음의 문턱을 넘나들며 고열과 한기에 내몰리는 일도 일어나지 않았을 것이다.

나는 무섭다. 여자마저 잃어버릴까 봐 무섭고 두렵다.

다시는 여자를 어떠한 위험에도 노출시키지 않을 것이다. 여자의 고통을 더 이상 무능력하게 지켜만 보지 않겠다.

기필코 여자와 함께 밖의 세상으로 나갈 것이다. 그래서 여자가 그토록 사무치게 그리워하는 가족들을 만나게 해줄 테다. 부쩍 약해진 여자의 몸도 예전처럼 건강하게 되돌릴 것이다. 여자가 더 이상 슬피 웃는 일이 없도록 만들 것이다.

미지의 세상으로 나간다는 것이 제아무리 두렵고 무섭더라도.

여자를 위해서라면, 선우진, 그녀를 위해서라면…….

어깨까지 찰랑이는 검은 머리카락을 휘날리며 여자가 어서 오라고 손짓을 한다. 반달처럼 곱게 휘어진 눈매가 고우면서도 아릿하다. 활짝 벌어진 붉은 입매가 어딘지 모르게 처연하다. 아기를 잃은 지 제법 오랜 시간이 지났음에도 여자의 미소는 여전히 아프고 시리다.

물고기를 잡아오겠다고 해놓고 빈손으로 돌아온 나를 보고 여자가 의아한 눈빛을 보낸다. 씻을 수 없는 아픔을 간직한 까만 눈동자가 오롯이 나를 향해 반짝인다. 나는 바람에 찰랑이는 여자의 검은 머리카락을 부드럽게 등 뒤로 쓸어내리며 정수리에 입을 맞췄다. 담뿍 안겨온 여자의 몸에서 달큰한 체취와 함께 시린 향내가 풍겨온다. 아무리 씻어도 씻기지 않는 아픔의 시린 향내가.

"무슨 일 있어요?"

여자의 까만 눈동자가 살풋 흔들린다. 서로의 상처를 헤집을

까 봐 애써 가슴속 깊이 꽁꽁 감춰놓은 두려움이 슬며시 고개를 드러낸다. 표정을 살피는 여자의 조심스러운 시선에 목이 메인다. 나는 목울대를 움직여 울컥한 감정을 꿀꺽 삼킨다.

"아니. 무슨 일은. 아무 일도 없어."

"그런데 왜…… 물고기가 없어요?"

"응. 없어. 대신 다른 게 있어."

"뭔데요?"

나는 여자의 삐쩍 마른 몸을 꼭 끌어안고 정수리에 얼굴을 파묻었다. 숨을 크게 들이켜 여자의 체취를 폐 속에 잔뜩 집어넣었다. 그제야 잔잔하게 소용돌이치던 감정의 서서히 가라앉는다. 나는 다시 한 번 여자를 힘주어 안고는 살며시 품에서 떨어트렸다. 창백한 여자의 얼굴을 어루만지며 커다란 까만 눈동자에 시선을 맞췄다.

"궁금해?"

여자가 망설이듯 고개를 주억거린다. 어린아이 같은 여자의 움직임에 긴장으로 굳었던 입매가 저절로 슬며시 벌어진다.

"보여줄게. 가자."

여자의 머리를 쓸어내리고 어깨를 어루만지며 손을 아래로 내렸다. 여자의 자그마한 손을 손아귀에 꼬옥 쥐고 나지막이 속삭였다. 여자가 이끄는 대로 걸음을 옮기다 우뚝 멈춘다. 숲으로 들어가려는 것을 알아챈 것이다.

"어, 어디……."

나는 걸음을 돌려 다시 여자 앞에 마주 선다. 두 손으로 여자의 얼굴을 감싸 쥐고 위로 살짝 들어 올렸다. 두려움이 찰랑거리는 까만 눈동자와 시선을 맞췄다.

"바닷가."

나지막한 속삭임에 여자가 아랫입술을 깨문다. 몸을 뒤로 빼며 아픈 미소를 지어 보인다.

"다, 다음에요. 지금은…… 배, 배가 고파요. 물고기 대신 뭐라도……."

여자는 계속 이런 식이다. 그날 이후로 숲으로는 한 발자국도 들여놓지 않는다. 여자의 공간은 오로지 집과 몇 발자국 되지 않는 근방뿐이다. 이제 피치 섬은 여자에게 더 이상 낙원이 아니다. 여자를 옥죄는 커다란 감옥이 되어버렸다. 보이지 않는 두려움의 감옥. 끔찍한 공간.

나는 슬금슬금 뒤로 도망치는 여자의 얼굴을 놔주지 않았다. 오히려 더욱 꼬옥 끌어당겨 안았다.

"배 많이 고파? 난 괜찮은데. 진도 조금만 참으면 안 될까? 지금 진에게 꼭 보여주고 싶은데. 얼른 갔다가 돌아오는 길에 코코넛게 몇 마리 잡아서 근사하게 먹자. 응?"

평상시처럼 쉬이 놓아주지 않고 은근히 고집을 피워본다. 초조한 듯 여자는 시선을 피한 채 아랫입술만 연신 깨문다. 불안해하는 여자. 마음이 흔들린다. 아직은 무리일까? 그러나 나는 이내 고개를 가로젓는다. 아니, 이대로 언제까지나 여자의 불안과 초조를 지켜보고만 있을 수는 없다. 어쩌면 여자의 불안과 초조는 영원히 나아지지 않을지 모른다. 이곳에 갇혀 있는 이상…… 그러니 흔들리지 말자. 잠깐이면 돼. 나는 마음을 단단히 먹는다. 속으로 크게 심호흡을 한다.

안타까움을 내리누르고 다정하게 볼록한 이마와 사랑스러운 작은 콧등에 입을 맞춘다. 괜히 시달림을 당하고 있는 아랫입술을 살며시 빼낸다. 금세 부풀어 오른 입술. 초조하고 불안할 때마다 하도 깨물어서 여자의 입술은 자잘한 상처투성이다. 깊이 상처난 그녀의 내면이 그대로 드러난 것 같아 가슴이 욱신거린다. 나는 달래듯 부풀어 오른 여자의 아랫입술에 살짝 입을 맞춘다. 상처를 혀로 핥는다. 상처 입은 여자의 마음도 이렇게 핥아서 치유할 수 있다면 얼마나 좋을까.

"……가자."

간절하게 속삭였다. 여자가 가슴을 들썩이며 크게 숨을 몰아내쉰다. 떨리는 달큰한 숨결이 보스스 피부에 맞닿는다. 나는 일부러 불쌍한 표정을 우스꽝스럽게 지어 보인다. 여자가 마지못해 풋 하고 작게 웃음을 터트린다.

희미하지만 비로소 터진 여자의 웃음에 은근하게 맴돌던 긴장감이 조금 누그러졌다.

"뭐예요, 그 표정은. 바보 같아."

여자가 눈을 예쁘게 흘리며 입술을 삐죽인다. 그런 여자에게 나는 계속 어리광을 피우듯 고집을 피우고 보챈다. 여자가 땅이 꺼질 듯 묵직한 한숨을 내쉰다.

"알았어요. 가요."

용기를 내준 여자가 너무 고맙고 예쁘다. 나는 여자를 와락
끌어당겨 안고 작은 머리와 얼굴에 마구 입을 맞춘다.

동쪽 바닷가로 가기 위해서는 숲을 가로질러야 한다. 여자에
게는 짧지 않은 길이다. 다행히 여자는 두려움을 잘 참고 견뎌
내 주었다. 꼭 맞잡은 손에 식은땀이 진득하니 고이고 부스럭
소리가 날 때마다 전신이 굳어 걸음을 멈춰야 했지만 여자는 들
숨과 날숨을 가파르게 내쉬며 용기를 내고 다시 걸음을 뗐다.
나는 숲을 헤치고 가는 동안 여자에게서 한시도 눈을 떼지 않았
다. 여자도 한순간도 경계를 늦추지 않았다. 연신 두려운 시선
으로 사방을 두리번거렸다. 그러다 나와 시선이 마주치면 여자
는 억지로 미소를 지어 보였다. 가슴이 짜르르 하니 아팠다.

그렇게 우리는 우거진 수풀을 헤치며 나아갔다. 언제부턴가
바람의 향기가 다르게 맡아졌다. 짭조름한 바다 향기가 바람에
실려오고 있다. 처얼썩, 철썩. 밀려왔다 밀려가는 파도 소리가
가까이 들려온다. 드디어 동쪽 바닷가에 거의 다 왔다.

호로로로 호로.

끼룩끼룩끼룩

숲을 날아다니는 새들의 울음소리와 함께 바다 위를 날아다
니는 갈매기의 울음소리가 한데 어울려 메아리친다. 지쳐서 느

려졌던 여자의 걸음이 빨라진다. 땀으로 흥건하게 젖어 있는 여자의 이마로 또 한 방울의 땀방울이 또로록 흐른다. 나는 얼른 커다란 손으로 여자의 땀방울을 닦아낸다. 여자가 배시시 웃으며 땀도 흐르지 않는 내 뺨을 축축한 손으로 닦아낸다.

마지막 수풀을 헤치고 나아가자 눈부신 백사장이 드러났다. 작열하는 태양에 이글거리는 백사장을 가로질러 넘실대는 푸른 바닷가로 여자를 이끌었다. 밀려오는 파도에 휩쓸려 슬쩍슬쩍 밀려왔다 밀려가는 커다란 진갈색 물체를 향해.

가쁘게 숨을 몰아쉬던 여자가 일순 숨을 멈추고 걸음을 멈춘다. 나는 슬쩍 여자의 표정을 살핀다. 여자의 까만 눈동자가 이루 말할 수 없을 정도로 부릅떠져 있다. 주먹 하나가 통째로 들어갈 만큼 입도 크게 벌어져 있다. 여자는 벌어진 입을 미처 가릴 생각도 하지 못한다. 나는 여자의 반응을 살피며 조심스럽게 좀 더 앞으로 여자를 이끈다. 콩닥콩닥, 가슴이 쉴 새 없이 두근거린다.

무의식중에 뗏목 가까이 끌려온 여자가 꽉 막힌 목소리로 웅얼거린다.

"이, 이게……. 어, 어떻게 된 거예요, 콜튼?"

"뗏목이야."

나는 최대한 아무렇지도 않게 태연스럽게 대답한다. 여자가 기함할 정도로 놀라 나와 뗏목을 번갈아 쳐다본다.

"그, 그게 그러니까……. 이게 어떻게 여기에……."

나는 놀라서 말도 제대로 하지 못하는 여자를 마주 보고 선다. 놀란 여자의 얼굴을 두 손 가득 감싸 들어 올린다. 흔들리는 까만 눈동자를 깊게 응시한다.

"내가 만들었어. 처음 만들어보는 거라 그동안 실패도 많이 했는데 이제는 어지간히 된 것 같아."

"다, 당신이? 어, 어떻게······."

"부모님이 돌아가시면서 남겨주신 유품 중에 이게 있었어."

나는 뗏목 옆에 매달아둔 이파리 주머니에서 손때 묻은 노트를 꺼내 여자에게 건넸다. 여자가 멍한 표정으로 노트를 건네받는다. 그러나 여자는 들여다볼 생각도 하지 못한다. 그저 멍한 표정으로 나만 바라본다.

"그 안에는 프랑스와 영국에 있는 부모님의 가족들 이름과 주소가 적혀 있어. 그리고 부모님이 이곳을 찾기까지의 항해일지가 적혀 있지."

"항······ 항해일지?"

"응. 그리고 만약의 경우, 이곳을 떠날 것을 대비해 아버지는 뗏목을 만드는 방법과 밖의 세상으로 돌아갈 수 있는 항로를 적어놓으셨더군. 항해에 필요한 나침반과 여러 가지 항해 도구들과 함께 말이야."

여자는 아무 말도 못하고 커다란 눈만 끔벅거렸다. 믿기지 않는다는 표정이다.

"이 모든 것은 어머니가 돌아가시면서 남기신 거야. 어머니는 마지막 순간, 내가 그분들이 떠나온 세상으로 돌아가기를 바라셨거든. 당신들의 가족을 찾으라고 하셨어. 하지만 나는 여기를 떠날 생각이 없었어. 그래서 이것들을 보지도 않은 채 어머니와 함께 묻어버렸어. 그래서 그동안 까마득히 잊고 살았어."

여자가 멍한 시선으로 손때 묻은 낡은 노트를 내려다보았다.

"성공할지는…… 나도 솔직히 몰라. 뗏목은 제법 튼튼하게 만들어진 것 같지만 밖의 세상으로 나가는 데 얼마나 오랜 시간이 걸릴지 모르거든. 부모님은 이곳을 찾기까지 다섯 달이 걸리셨다고 하더군. 하지만 아버지는 이 노트에 사람들이 사는 가장 가까운 섬까지 6일이면 도착할 수 있다고 적어놓으셨어. 바다 한가운데서 방향만 잃지 않으면 말이야."

나는 마른침을 삼키고 아직도 충격에 빠져 정신을 차리지 못하는 여자를 내려다보았다. 여자가 겁먹지 않도록 최대한 부드럽게 말하고 싶었다. 하지만 잘 되지 않았다. 저절로 굳은 목소리가 나오고 말았다.

"진, 네가 선택해. ……너의 세상으로 돌아가고 싶어?"

여자의 커다란 눈동자가 더욱 부릅떠졌다.

"아니면 이곳에서 나와 평생 살아가겠나?"

"코, 콜튼……."

"네가 무슨 선택을 하던 난 진의 결정에 따를 거야."

"하, 하지만…… 바다로 나갔다가 잘못하면 주, 죽을 수도……."

"그래. 그럴 수도 있지. 아니라고는 말 못해. 방향을 잘못 잡으